"पुरुवंश के कुलदीपक सर्वदमन की
महाराज भरत के रूप में
असुर-संस्कृति के विरुद्ध
अभियान आरम्भ करने की
गौरव-यात्रा"

रणक्षेत्रम्

पाँच खण्डों में फैली रणक्षेत्रम् शृंखला का चौथा भाग

भरतवंश का उदय

रणक्षेत्रम्

- चतुर्थ खण्ड -

भरतवंश का उदय

उपन्यास

उत्कर्ष श्रीवास्तव

अंजुमन प्रकाशन

अंजुमन प्रकाशन
942, मुट्ठीगंज, प्रयागराज-3 उत्तर प्रदेश, भारत
www.anjumanpublication.com
contact@anjumanpublication.com

ISBN : 978-93-88556-56-9

प्रथम संस्करण अंजुमन प्रकाशन द्वारा 2021 में प्रकाशित

आवरण : ईशान चतुर्वेदी
टाइप सेटिंग : अंजुमन प्रकाशन

।। ॐ श्री गणेशाय नमः।।

मेरी माँ कहती हैं कि देवों में श्रेष्ठ भगवान गणेश का नाम पूजा में सबसे पहले लिया जाता है, इसलिए मैं भी अपनी इस महागाथा का आरम्भ इनकी आराधना से करता हूँ; क्योंकि इस कथा को लिखना मेरे लिए किसी पूजा से कम नहीं।

मेरे जीवन के सबसे बड़े आदर्श, मेरे नाना
श्री पौहारी शरण श्रीवास्तव
को समर्पित

अब तक...

जब दुर्भीक्ष और दुर्धरा सामने आते हैं तो उन दोनों को दस वर्ष पूर्व की कथा का स्मरण हो आता है। हस्तिनापुर का सेनापति कीर्तिध्वज, दुर्भीक्ष के परममित्र शत्रुघन के राज्य पर आक्रमण करता है। दुर्भीक्ष गुप्त रूप से उसका रक्षण करता है। उसी समय उसकी मुठभेड़ गरुड़ों से होती हैं जहाँ वो गरुड़राज जम्बाल का वध करके गरुड़रानी के श्राप का भागी बनता है। गरुड़रानी को इतने में भी संतोष नहीं होता और वो रीछराज जामवंत से न्याय की गुहार लगाती है। फलस्वरूप जामवंत और दुर्भीक्ष में भयंकर द्वन्द्व होता है। दुर्भीक्ष के पराक्रम से प्रसन्न हुए रीछराज जामवंत उससे उसका जीवन-परिचय पूछते हैं।

दुर्भीक्ष की जीवनकथा सुन जामवंत का हृदय द्रवित हो जाता है। वो उसे सद्मार्ग पर लाने का निश्चय करते हैं और एक व्यापारी सुलोचन का वेश धरे दुर्भीक्ष (सुर्जन) को लेकर यात्रा पर निकलते हैं।

सुलोचन और सुर्जन त्रिगर्ता पहुँचते हैं जहाँ उनकी भेंट गंधर्वों से होती है जो वहाँ के नरेश उपनंद के अत्याचारों से पीड़ित हैं। वहीं सुर्जन की भेंट गंधर्वों की राजकुमारी दुर्धरा से भी होती है जिसे उपनंद किसी भी मूल्य पर प्राप्त करना चाहता है। सुर्जन और दुर्धरा निकट आने लगते हैं। वहीं उपनंद दुर्धरा को पाने के उद्देश्य से गंधर्वराज उग्रसेन सहित पच्चीस गंधर्वों को बंदी बना लेता है।

उन्हें मुक्त कराने हेतु सुर्जन गंधर्वों के साथ डकैत दल के सरदार (मेघवर्ण के पालक पिता) दुर्मुख के साथ मिलकर उपनंद को पराजित करने की योजना बनाता है।

दस सहस्त्र योद्धाओं और एक उत्तम युद्ध-नीति का प्रयोग कर दुर्भीक्ष उपनंद को पराजित करके गंधर्वों को मुक्त कराने में सफल होता है, किंतु उपनंद की मृत्यु निकट देख डकैतों का सरदार दुर्मुख उसके रक्षण को दुर्भीक्ष पर प्रहार करता है। डकैत दल से द्रोह के अपराध में महाबली अखण्ड दुर्मुख को मेघवर्ण के सामने मृत्युदण्ड देते हैं। कुपित हुआ मेघवर्ण, अखण्ड से घृणा करने लगता है।

इसके उपरांत सुर्जन और दुर्धरा का विवाह निश्चित होता है किंतु पांचाल पर आक्रमण करने के कारण सुर्जन के दुर्भीक्ष होने का भेद प्रकट हो जाता है।

फिर कपटी भैरवनाथ एक ऐसा प्रपंच रचता है जिससे गंधर्व और दुर्भीक्ष एक-दूसरे के विरुद्ध हो जाते हैं। कुपित हुआ दुर्भीक्ष पाँच सहस्त्र गंधर्वों की नृशंसतापूर्वक हत्या करता है। किंतु सत्य का ज्ञान होते ही दुर्भीक्ष का हृदय ग्लानि से भर जाता है। दुर्भीक्ष और दुर्धरा का विछोह हो जाता है। फिर कथा वर्तमान में आती है जहाँ दुर्भीक्ष सुर्जन के रूप में मेघवर्ण और चंद्रकेतु के पास लौट आता है।

तक्षक नाग विदर्भ के युवराज दिग्विजय को षड्यंत्र द्वारा सिंघल देश में द्रविड़ों और गरुड़ों द्वारा बंदी बनवा देता है। उसे और सौ स्त्रियों को मुक्त कराने के उद्देश्य से मेघवर्ण, चंद्रकेतु और सुर्जन सिंघल पहुँचते हैं।

वहाँ उनकी भेंट द्रविड़ों से होती है जो पिछले तीन सौ वर्ष से अपनी मातृभूमि को पाने के उद्देश्य से दक्षिणी आर्यावर्त पर आक्रमण की तैयारी में हैं।

सिंघल पहुँचकर मेघवर्ण के दल और द्रविड़ों के मध्य कड़ा संघर्ष होता है, जिसके उपरांत मेघवर्ण को ज्ञात होता है कि दिग्विजय को बंदी बनवाकर उन सभी को सिंघल भेजने की योजना महाबली अखण्ड की ही थी और सौ स्त्रियों के बंदी होने की सूचना मिथ्या थी। वास्तव में ये योजना दुर्भीक्ष को सागर पार भेजने के लिये रची गयी थी ताकि अवसर पाकर विदर्भराज जयवर्धन को बंदी बनाया जा सके।

इस संघर्ष में अपने शक्ति-प्रदर्शन के कारण सुर्जन के दुर्भीक्ष होने का रहस्य प्रकट हो जाता है और वो सागर पार कर पातालपुरी लौट जाता है।

इधर महाबली अखण्ड, जयवर्धन को बंदी बनाकर उसे सुबाहु की आत्मा से मुक्त करने का प्रयास करते है किंतु उपनंद और भैरवनाथ वहाँ आकर उनकी योजना को ध्वस्त कर देते हैं। भैरवनाथ, जयवर्धन को लेकर पलायन कर जाता है, वहीं उपनंद स्वेच्छा से डकैत दल का बंदी बन जाता है।

दुर्भीक्ष पातालपुरी लौटकर आता है। कुछ दिवस उपरांत ही दुर्धरा वहाँ आकर उससे विवाह का प्रस्ताव रखती है जिससे दुर्भीक्ष प्रफुल्लित हो उठता है।

इधर भैरवनाथ चिंता में है कि भले ही दुर्भीक्ष ने जयवर्धन के समर्थन का प्रण लिया हो किंतु उसके मन में जयवर्धन के प्रति जो द्वेष है उसके कारण वो पूर्ण बल से कभी जयवर्धन का समर्थन नहीं करेगा।

अब आगे....

कुछ नये पात्र

अवधूत	: महर्षि ओमेश्वर के भ्राता और रक्षगुरु भैरवनाथ के बालसखा।
शत्रुंजय	: एकचक्रनगरी नरेश शत्रुघन का पुत्र।
चंद्रलेखा	: विदर्भराज जयवर्धन की पुत्री।
भगदत्त, नंदका	: विदर्भ के पूर्व सेनापति गजेन्द्र के पौत्र और पौरवों के गणान्ग दल के प्रमुख।
बल्लार	: वक्रबाहु का पुत्र।
वृषप्रवा	: दानवों का अधिपति।
विश्वसेन	: मत्तमयूर नरेश और जलकुम्भी सेना के अधिपति।
त्रिकुम्ब	: द्रविड़राज अल्मबुष का ज्येष्ठ पुत्र और यतियों का नायक।

रणक्षेत्रम

मानचित्र

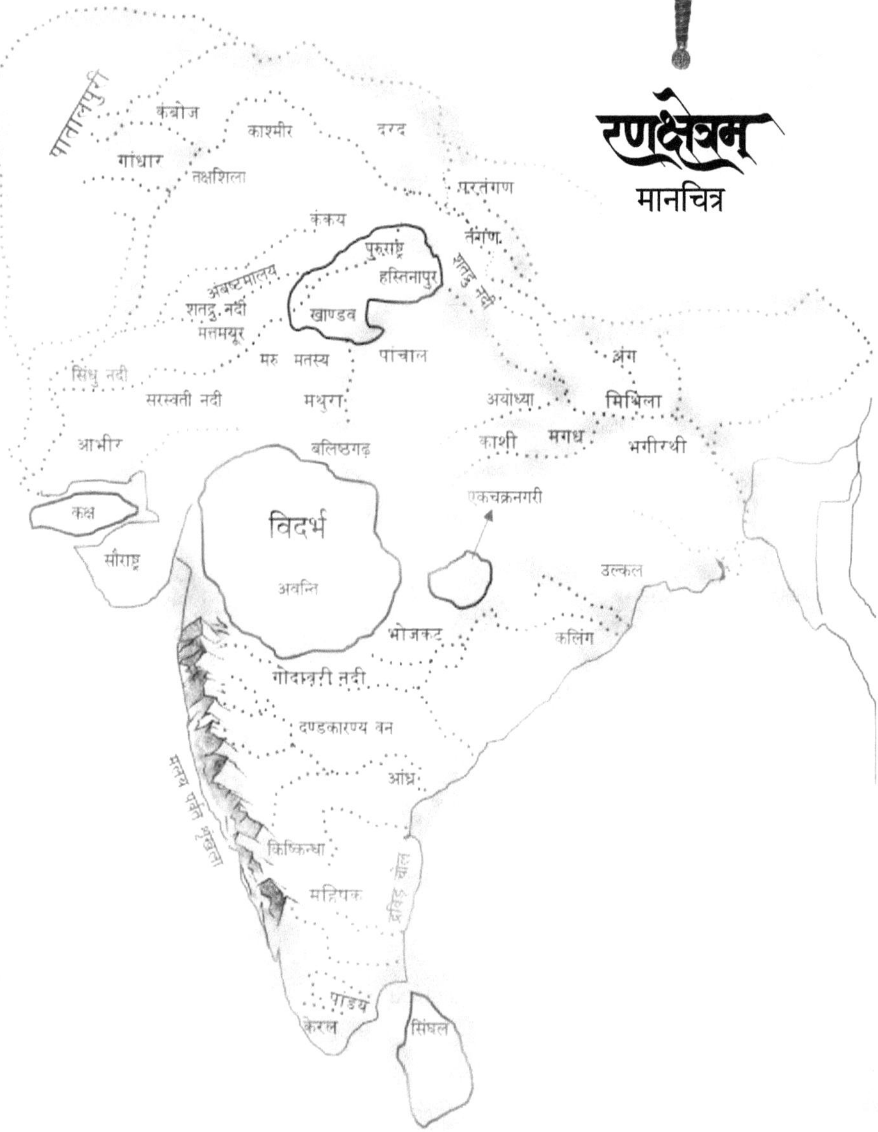

कुछ रोचक तथ्य

1995 में विश्वामित्र नाम का एक धारावाहिक आया था। उस धारावाहिक में दिखायी गयी कथा, कुछ लेखकों की पुस्तकों और कुछ लोककथाओं को आधार बनाकर कई लोगों ने मुझसे प्रश्न किया कि चंद्रवंशी महाराज दुष्यंत और प्रभु श्रीराम के पूर्वज सूर्यवंशी महाराज हरीशचंद्र एक ही पीढ़ी के थे, तो दुष्यंत-पुत्र भरत की कथा में रीछराज जामवंत कहाँ से आ गये जो राम-रावण के युद्ध के उपरांत की समयावधि को प्रदर्शित कर रहे हैं। प्रश्न अनुचित नहीं है तो चलिए चंद्रवंश और सूर्यवंश की वंशावली पर थोड़ी चर्चा हो जाये।

महाकवि कालीदास द्वारा रचित रघुवंश महाकाव्य के अंतिम चार सर्गों में हमें सूर्यवंशियों का वर्णन मिलता है जिसके अनुसार अयोध्या नरेश महाराज हरीशचंद्र से लेकर प्रभु श्रीराम तक के राजाओं का वर्णन कुछ इस प्रकार है।

हरीशचंद्र - रोहिताश्वा - हरिताष्वा - विजया - बहुका - सागर - असमंजा - अंशुमान - दिलीप - भगीरथ - सिंधुविपा - ऋतुपर्णा - सर्वकाम -सुदास - कल्माषपाद - अस्माक - मुलाक - विश्वासाहा - अनारण्य - खातवांगना - दिलीप - रघु - अजा - दशरथ - श्रीराम

अर्थात हरीशचंद्र की चौबीसवीं पीढ़ी में भगवान राम ने जन्म लेकर रावण का वध किया। अब तनिक चंद्रवंशी महाराज दुष्यंत की पीढ़ी का आकलन किया जाये। संक्षिप्त महाभारत ग्रंथ के आदिपर्व (सम्भवपर्व) के अध्याय 95 में सम्पूर्ण चंद्रवंश का वृत्तान्त मिलता है जिसके अनुसार महाराज दुष्यंत के उत्तराधिकारियों की सूची कुछ इस प्रकार है।

दुष्यंत - भरत - भूमन्यु - सुहोत्र - हस्ति - विकुण्ठन - अजमीढ़ - संवरण -कुरु (जिनके नाम से चंद्रवंशियों की भूमि कुरुराष्ट्र कहलायी) विदुर -अनश्रवा - परीक्षित - भीमसेन - प्रतिश्रवा - प्रतीप - शांतनु

महाराज दुष्यंत की पंद्रहवीं पीढ़ी में जन्मे महाराज शांतनु के पुत्र हुए गंगापुत्र

भीष्म, चित्रांगद और विचित्रवीर्य। भीष्म के ब्रह्मचर्य तथा चित्रांगद, विचित्रवीर्य की मृत्यु के उपरांत शांतनु की भार्या रानी सत्यवती ने अपने पुत्र वेदव्यास की सहायता से धृतराष्ट्र और पाण्डु की उत्पत्ति करवायी। धृतराष्ट्र-पुत्र कौरवों और पाण्डुपुत्र पाण्डवों में महाभारत का महायुद्ध हुआ और कुछ इस प्रकार हुआ कलियुग का आरंभ।

किन्तु यदि विश्वामित्र धारावाहिक और प्रचलित लोककथाओं को सत्य मानकर एक बार को हम सतयुग, त्रेता, द्वापर और कलियुग के नियमों को भूल भी जायें तो भी ग्रन्थों के अनुसार हरीशचंद्र की चौबीसवीं पीढ़ी में राम-रावण युद्ध, और दुष्यंत की अठारहवीं पीढ़ी में हुआ था महाभारत का युद्ध।

इन तथ्यों का अगर इन लोककथाओं से मिलान किया जाये तो राम-रावण युद्ध महाभारत के उपरांत हुआ था। आप ही विचार कीजिए क्या ये किसी भी प्रकार से सत्य हो सकता है।

कहने का सीधा अर्थ ये है कि मेरी कथा अवश्य काल्पनिक है किन्तु मैंने किसी गलत तथ्य का प्रयोग नहीं किया।

चंद्रवंशी महाराज ययाति पुत्र पुरु की महानता। उनसे आरम्भ हुए पुरुवंश की कथा और उन्हीं के नाम पर चंद्रवंशियों की भूमि का पुरुराष्ट्र नामकरण। पुरूवंशी महाराज ऋक्ष और तक्षक की संधि और उनका तक्षक पुत्री ज्वाला से विवाह। सात वर्ष की आयु में सर्वदमन द्वारा एक महाकाय राक्षस का वध। दुष्यंत द्वारा दानवराज वृषप्रवा का वध। प्रजा का भरण-पोषण करने के नाम पर सर्वदमन का महाराज भरत के रूप में अभिषेक होना। महाराज भरत द्वारा गंगा, यमुना, सरस्वती के तट पर अश्वमेध यज्ञों का आयोजन। ये सारे तथ्य महाभारत ग्रंथ से ही लेकर इस कथा में जोड़े गये हैं।

और जो भैरवनाथ के अतीत की कथा मैंने रचना की है वो भी विष्णु पुराण की एक लोककथा पर आधारित है। जब देवगुरु बृहस्पति गुरु शुक्राचार्य का वेश धरकर दैत्यों को श्रापित करवाने का षड्यंत्र रचते हैं।

बस एक तथ्य का ज्ञान मुझे कहीं नहीं मिला। तथ्य ये है कि भरत के वंशज हस्ति के नाम पर पुरुराष्ट्र की राजधानी का नाम हस्तिनापुर पड़ा। किन्तु उससे पूर्व पुरुराष्ट्र की राजधानी का नाम क्या था इसका वर्णन कहीं नहीं मिलता इसलिए मैंने इस कथा में पुरुराष्ट्र की राजधानी का नाम हस्तिनापुर ही निश्चित किया है और विदर्भ की राजधानी का नाम अवन्ति।

इस पुस्तक में मैं बस इतना ही कहना चाहूँगा। कथानक थोड़ा लम्बा हो गया इसलिए अंतिम खण्ड को दो भागों में विभाजित किया गया है। आशा है पुरुवंश के पौरवों का कीर्तिवर्णन करने वाली ये कथा आप सभी को अवश्य लुभायेगी।

अनुक्रम

सदियों पूर्व

यह कथानक विष्णुपुराण की एक लोककथा से प्रेरित है

दैत्यगुरु शुक्राचार्य अपने आश्रम में असुरों को सम्बोधित करते हुए बोले, ''अगला जन्म होगा या न होगा ये किसी को ज्ञात नहीं। जीवन एक ही बार प्राप्त होता है तो क्या ये उचित नहीं कि हम इस सम्पूर्ण जीवन का भरपूर आनंद उठायें। हमने वर्षों तक देवों से युद्ध किया किन्तु सदैव हमारे भाग में पराजय ही आयी, इसलिए मेरा मत ये है कि अब हम संसार पर अधिकार करने के मोह को त्यागें। अपनी इस मनोकामना को त्याग दो असुरों और ये जीवन जो तुम्हें मिला है इसका पूरा आनंद उठाओ ताकि इस जीवन के समाप्त होने के उपरांत मन में कोई पछतावा न रहे कि हमने जीवन का आनंद नहीं लिया।''

असुर शिष्यों ने खुलकर दैत्यगुरु शुक्राचार्य का समर्थन किया, किन्तु एक युवा शिष्य उन्हें संदेह की दृष्टि से देख रहा था। कक्षा समाप्त होने के उपरांत रात्रि में वो शिष्य विश्राम करने के लिये अपना शिविर व्यवस्थित कर रहा था।

तभी वहाँ उसका एक मित्र आया। वेशभूषा से वो एक युवा ब्राह्मण और शारीरिक बनावट से वो मनुष्य प्रतीत हो रहा था। उसने प्रश्न किया, ''क्या हुआ भैरव, तुम बड़े चिंतित प्रतीत हो रहे हो!''

भैरव ने अपने उस मित्र की ओर देखा किन्तु कुछ कहा नहीं।

''क्या अपने मित्र से भी अपने मन की बात नहीं कहोगे!'' भैरव के उस मित्र ने प्रश्न किया।

''मन में बस एक संदेह उत्पन्न हुआ है मित्र अवधूत; गुरुदेव के स्वभाव और नीतियों में इतना परिवर्तन कैसे आ गया?'' भैरव ने अपने मन की बात कही।

''हम्म... संदेह तो मेरे मन में भी उत्पन्न हुआ है, किन्तु आज उन्होंने जो कहा उसमें अनुचित क्या है; शांति का मार्ग तो सदैव प्रगति का ही मार्ग है।'' अवधूत ने तर्क दिया।

''प्रगति का मार्ग! जिस मार्ग का अनुसरण करने के लिये आज गुरुदेव ने हमें कहा है वो असुरजाति के पतन का मार्ग है। आज देव हमारा सम्मान नहीं करते और यदि हमने उनके इस मत का सम्मान करते हुए अपना शक्ति-प्रदर्शन बंद किया तो कल न मनुष्य और न कोई गंधर्व अथवा अन्य प्रजाति हमारा सम्मान करेगी। तुम तो स्वयं एक मनुष्य हो, तुम्हारे ज्येष्ठ भ्राता एक सिद्ध ब्राह्मण भी हैं; तुम तो मानव समाज से भी परिचित हो और उनके दृष्टिकोण से भी।'' भैरव ने तर्क दिया।

''हाँ जानता हूँ ज्येष्ठ भ्राता ओमेश्वर एक सिद्ध ब्राह्मण अवश्य हैं किंतु उनका दृष्टिकोण भी एक सामान्य मनुष्यों की भाँति ही हैं। उनके भी मन में असुर, राक्षस और दानव जाति के लिए घृणा ही है, चाहे ये प्रजातियाँ धर्म का कार्य करें या अधर्म का। उनके साथ रहकर मैंने बहुत सी सिद्धियाँ प्राप्त की हैं, किन्तु हम दोनों भ्राताओं की विचारधारा अलग है और मेरा स्वप्न है कि एक दिन मैं उनकी इस विचारधारा को चुनौती दे सकूँ।'' अवधूत ने कहा।

''और क्या महाऋषि ओमेश्वर की ये विचारधारा असुरों के प्रति मानव समाज के दृष्टिकोण का साक्ष्य नहीं है? जिन प्रजातियों के प्रति सभी के मन में इतनी घृणा है, यदि उन्होंने शक्ति-प्रदर्शन बंद किया तो तुम्हें अनुमान भी है कि बाकी प्रजातियाँ उनकी क्या दशा करेंगी।'' भैरव ने चिंतित स्वर में कहा।

अवधूत ने कुछ क्षण विचार किया, ''कहीं ऐसा तो नहीं कि जो व्यक्ति हमें शिक्षा दे रहा है वो कोई बहरूपिया है।''

भैरव का मस्तिष्क ठनका, ''तुमने मेरे मन की बात छीन ली अवधूत, क्यों न हम असुरराज को इस विषय में सूचित करें।''

''विचार उत्तम है अवधूत, चलो।'' भैरव और अवधूत असुरराज के महल की ओर चल पड़े।

शीघ्र ही वो दोनों शिष्य तत्कालीन असुरराज 'सुमेरु' के पास पहुँचे और उन्हें

अपने मन की शंका बतायी कि उनके अनुसार दैत्यगुरु शुक्राचार्य कदाचित असुरों को भ्रमित कर रहे हैं। मदिरा और क्रोध के मद में चूर असुरराज ने उन दोनों शिष्यों को देश निकाले का दण्ड दे दिया।

भैरव और अवधूत दस वर्ष तक भटकते रहे और ऐसे ही भटकते हुए वो एक दिन एक कुटिया में पहुँचे, जहाँ दैत्यगुरु शुक्राचार्य एक कुटिया के बाहर लकड़ी काट रहे थे।

"दैत्यगुरु यहाँ, असुरों के प्रदेश से इतनी दूर!" भैरव आश्चर्य में था। दोनों अश्व से नीचे उतरकर उनके निकट गये और शुक्राचार्य के चरण-स्पर्श करके उन्हें प्रणाम किया।

"तुम लोग यहाँ! असुर प्रदेश में सब ठीक तो है न?" शुक्राचार्य ने प्रश्न किया।

"ये प्रश्न आप कर रहे हैं ऋषिवर... हमें तो दस वर्ष पूर्व ही वहाँ से निष्कासित कर दिया गया था।" अवधूत ने आश्चर्यपूर्वक कहा।

"तुम जैसे योग्य शिष्यों को निष्कासित कर दिया गया, भला वो क्यों?" शुक्राचार्य ने आश्चर्यपूर्वक प्रश्न किया।

तभी पीछे से एक स्वर सुनायी दिया, "स्वामी...!" कुटिया से एक अत्यंत रूपवती स्त्री बाहर निकली।

"ये देवी कौन हैं गुरुदेव?" भैरव ने प्रश्न किया।

"ये देवराज की इन्द्र की पुत्री और मेरी धर्मपत्नी जयंती हैं; दस वर्ष पूर्व हमारा विवाह हुआ था तबसे मैं असुर प्रदेश छोडकर इसी कुटिया में निवास कर रहा हूँ।" शुक्राचार्य ने कहा।

भैरव और अवधूत दोनों के ही नेत्र आश्चर्य से फैल गये।

भैरव ने आश्चर्यभाव से प्रश्न किया, "यदि आप यहाँ है तो असुर प्रदेश में कौन है जो पिछले दस वर्ष से असुरों को भ्रमित कर रहा है? हमने उस बहरूपिये पर संदेह किया इसीलिए तो हमें देश निकाले का दण्ड मिला... किंतु हमारा संदेह करना उचित था, है न अवधूत?"

"उचित कहा तुमने मित्र।" अवधूत ने सहमति जतायी।

दैत्यगुरु शुक्राचार्य स्तब्ध रह गये। उन्होंने घूरकर जयंती की ओर देखा, "तो इसीलिए आयी थी तुम मेरे जीवन में हम्म मुझे मेरे मार्ग से भटकाने के लिये?"

इन्द्रपुत्री जयंती ने उनके निकट आकार क्षमा माँगी, "क्षमा करें स्वामी मैंने बस अपने पिता देवराज इन्द्र की आज्ञा का पालन किया है।"

"ये तुमने उचित नहीं किया देवी, मुझे तुमसे ऐसी आशा न थी।" कहकर शुक्राचार्य भैरव और अवधूत के साथ असुर प्रदेश की ओर निकल पड़े।" जयंती उन्हें जाते देखती रह गयी।

असुरप्रदेश के एक वन में एक वृक्ष के नीचे बैठकर बहरूपिया शुक्राचार्य असुरों को शिक्षा देने में लीन था। तभी शुक्राचार्य अपने शिष्यों भैरव और अवधूत के साथ वहाँ आ पहुँचे।

दो शुक्राचार्य को देख असुर विस्मित रह गये। वास्तविक शुक्राचार्य ने असुरों को बहरूपिये शुक्राचार्य का विरोध करने को कहा, किन्तु भोग-विलास में डूबे असुरों ने वास्तविक शुक्राचार्य को ही बहरूपिया मानकर उन्हें अपमानित किया। उन्होंने शुक्राचार्य पर पत्थर की वर्षा आरम्भ कर दी। अपने गुरु की रक्षा के लिये सर्वप्रथम भैरव आगे आया, फिर अवधूत। भैरव को घायल होता देख शुक्राचार्य को क्रोध आया और उन्होंने असुरों को श्राप दिया।

"मूर्ख और विलासी असुरों, तुमने अपने गुरु का अपमान किया है इसलिए मैं तुम्हें श्राप देता हूँ कि तुम लोग हर संग्राम में देवों से सदैव पराजित ही रहोगे।"

उनके श्राप देते ही बहरूपिया शुक्राचार्य अपने असली रूप में आ गया। ये अंगिरा पुत्र देवगुरु बृहस्पति थे जिन्होंने पिछले दस वर्ष से असुरों को भोग विलास और मोहमाया के जाल में फँसा रखा था। उन्हें देख असुर अचम्भित रह गये और शुक्राचार्य से क्षमा याचना करने लगे। बृहस्पति की योजना सफल हो चुकी थी अतः वो वहाँ से अंतर्धान हो गये।

असुरराज सुमेरु शुक्राचार्य के चरणों में गिर पड़े और उनसे क्षमा याचना की। किन्तु श्राप मिथ्या नहीं हो सकता था। शुक्राचार्य भैरव और अवधूत को लेकर वहाँ से प्रस्थान कर गये। शुक्राचार्य को अपने दिये श्राप का पछतावा भी था और बृहस्पति के किये छल पर क्रोध भी आ रहा था।

क्रोध में शुक्राचार्य सीधा महादेव के पास कैलाश पर्वत पहुँच गये, और उन्हें बृहस्पति के किये कपट के विषय में बताकर उनसे न्याय की माँग की। महादेव ने देवगुरु बृहस्पति को कैलाश बुलाया और उनका पक्ष जानना चाहा। बृहस्पति ने सीधा-सा उत्तर दिया कि असुर देवों पर बार-बार चढ़ाई कर रहे थे इसीलिए इन्द्रपुत्री जयंती को शुक्राचार्य को गृहस्थ आश्रम में उलझाने के लिये भेजा गया।

सारे तर्क सुनने के उपरांत महादेव ने निष्कर्ष निकाला कि असुरों के साथ अन्याय

हुआ है और न्याय स्वरूप उन्होंने शुक्राचार्य से कहा, "हे शुक्राचार्य! आपका दिया हुआ श्राप मिथ्या नहीं हो सकता, आप अपनी इच्छा प्रकट कीजिए कि मैं आपको कैसे न्याय का संतोष प्रदान करूँ।"

महादेव को प्रणाम करते हुए शुक्राचार्य ने कहा, "हे देवों के देव मैं आपसे ये वचन चाहता हूँ कि एक बार मैं स्वयं अपनी इच्छा से अपने एक शिष्य को मनवांछित वरदान दे सकूँ। "

"जैसी आपकी इच्छा शुक्राचार्य।" महादेव ने सहमति जतायी।

शुक्राचार्य पृथ्वीलोक लौट आये। असुर ब्राह्मण भैरव की निष्ठा से शुक्राचार्य पहले ही बहुत प्रसन्न थे। उन्होंने भैरव को द्वापर के अंत तक जीवित बने रहने का वरदान दे दिया।

इसके पश्चात असुरों के शिक्षण का कार्य छोड़ कई वर्ष तक उन्होंने घने वन में अपने विश्वासपात्र शिष्यों भैरव और अवधूत के साथ साधना की, पृथ्वी के कई भागों की यात्रा भी की। कई कठिन यात्राओं पर शुक्राचार्य ने अवधूत और भैरवनाथ को अकेले ही भेजा। इस दौरान अवधूत ने एक बार अपने ज्येष्ठ भ्राता ओमेश्वर से भेंट भी की। यात्रा के अनुभव लेकर वो दोनों शिष्य शुक्राचार्य के पास लौट आये। शुक्राचार्य ने अपने दोनों शिष्यों को नाना प्रकार की मायावी और दिव्य शक्तियाँ प्रदान कीं।

उसके पश्चात उन्होंने भैरव से कहा, "वत्स भैरव, तुम असुरों में सबसे अधिक योग्य हो इसलिए मैं चाहता हूँ मेरे उपरांत, असुरों के कल्याण का उत्तरदायित्व तुम सँभालो।"

"आपके उपरांत... ये आप क्या कह रहे हैं गुरुदेव ?" भैरव ने आश्चर्यपूर्वक प्रश्न किया।

"मेरा कार्यकाल अब समाप्त हुआ भैरव और इसीलिए असुरों में सबसे योग्य ब्राहमण होने के नाते मैं चाहता हूँ तुम असुर, राक्षस और दानव प्रजाति को एकत्र कर उनकी शक्ति बढ़ाओ। मैंने असुरों को देवों से पराजित होने का श्राप अवश्य दिया है, किन्तु मानवों पर विजय तो वो प्राप्त कर ही सकते हैं; उनका मार्गदर्शन करो और दिखा दो इस संसार को कि हम असुर उन देवताओं के किए कपट का उनके भक्तों को क्या दण्ड देते हैं।"

"अवश्य गुरुदेव, मैं वचन देता हूँ कि जिस प्रकार देवताओं ने नाना प्रकार के प्रपंच किये हैं, मैं भी साम, दाम, दण्ड, भेद हर नीति का प्रयोग कर असुरों के आधिपत्य और उनकी संस्कृति को समग्र संसार में फैलाऊँगा और यही होगी आपके प्रति मेरी गुरुदक्षिणा।" भैरव ने सहमति जतायी।

भैरव के नेत्रों की ज्वाला देख अवधूत के मन में शंका उत्पन्न होने लगी कि वो उसका साथ देकर उचित कर रहा है या नहीं।

"मुझे विश्वास है भैरव तुम मुझे निराश नहीं करोगे।" शुक्राचार्य ने भैरव को विश्वास भरी दृष्टि से देखा।

इसके उपरांत शुक्राचार्य अवधूत की ओर मुड़े, "क्या लगता है तुम्हें अवधूत, तुमने भी तो समग्र आर्यावर्त का भ्रमण किया है; असुरों का नेतृत्व करने वाला सबसे सामर्थ्यवान योद्धा कौन हो सकता है ?"

"वो एक सत्रह वर्ष का बालक है गुरुदेव।" अवधूत ने उत्तर दिया।

"एक सत्रह वर्ष का बालक असुरों का नेतृत्व करेगा?" भैरव ने आपत्ति जतायी।

"हाँ मित्र भैरव, राजा बलि का वंशज दुशल, वो पातालपुरी के एक छोटे से गाँव में रहता है । उस राज्य में राक्षसराज त्रिशुंक का राज है जो असुरों से घृणा करता है और दुशल के गाँव में उसका साथ देने वाले केवल तीन सौ योद्धा हैं, किंतु आज तक त्रिशुंक उसके गाँव पर अधिकार नहीं कर पाया। वो युद्धकला और युद्धनीतियों में इतना पारंगत है कि राक्षसराज की भेजी बड़ी से बड़ी सेना भी उसके ग्राम में आकर पराजित हो जाती है, और त्रिशुंक में इतना साहस ही नहीं कि उस सत्रह वर्ष के बालक का सामना करने स्वयं जाये; पिछले एक वर्ष से मैं उसकी चर्चा सुन रहा हूँ।" अवधूत ने विस्तृत किया।

"केवल चर्चाओं से एक योद्धा का सामर्थ्य सिद्ध नहीं होता अवधूत।" भैरव ने तर्क दिया।

"मानता हूँ किन्तु किसी निर्बल राजा से उत्तम ये होगा कि हम उस बालक को एक अवसर दें, इस प्रकार कदाचित असुर, दानव और राक्षस जाति एकता के सूत्र में बँध पाये।" अवधूत ने तर्क दिया।

"अवधूत का दिया तर्क अनुचित नहीं है भैरव, जाओ और उस बालक दुशल की परीक्षा लो और यदि वो सफल हो तो उसका मार्गदर्शन करो।" शुक्राचार्य ने कहा।

"जो आज्ञा गुरुदेव।" दोनों शिष्यों ने अपने गुरु को प्रणाम किया और अपने उद्देश्य को पूर्ण करने हेतु प्रस्थान कर गये।

शीघ्र ही वो रक्षराज दुशल से मिले और पहले असुरराज सुमेरु को सत्ता से हटाया और फिर राक्षसराज त्रिशुंक पर भी विजय प्राप्त की। राक्षसों की पराजय के उपरांत दानवजाति ने स्वयं ही दुशल के आगे घुटने टेक दिये। असुरराज दुशल राक्षसों और दानवों पर विजय प्राप्त करने के उपरांत महज उन्नीस वर्ष की अवस्था में रक्षराज दुशल के नाम से प्रसिद्ध हुआ। भैरव रक्षगुरु भैरवनाथ के नाम से प्रसिद्ध हो चुका था, वहीं अवधूत बिना किसी निहित स्वार्थ के दुशल की हर सम्भव सहायता करता रहा।

उसकी निःस्वार्थ भावना देख दुशल ने उसे अपना प्रमुख सलाहकार नियुक्त किया, साथ ही साथ उन्हें भी गुरु का स्थान और सम्मान दिया।

राक्षसों और दानवों पर विजय प्राप्त करने के उपरांत रक्षगुरु भैरवनाथ ने मानवों द्वारा अधिकृत राज्यों पर आक्रमण करने की इच्छा जतायी। दुशल ने अपने गुरु का मान रखा और सबसे पहले पातालपुरी के निकटतम राज्य गांधार पर आक्रमण किया।

इस युद्ध में रक्षराज ने बड़ी सरलता से विजय प्राप्त की। युद्ध समाप्ति के उपरांत विश्राम हेतु रक्षराज युद्धभूमि में स्थित अपने शिविर में लौट गया। विजय प्राप्त होते ही असुर राज्य के नगरों में घुसने लगे। सुंदर मानव स्त्रियों को देखते ही उनकी कामवासना जाग उठी। वो नगरों से स्त्रियों को उठाने लगे और मार्ग में जो भी आता उसकी हत्या करने लगे।

यह देख क्रोधित अवधूत रक्षराज दुशल के पास गये जो शिविर में भैरवनाथ के साथ बैठा था। उनका क्रोध देख रक्षराज ने उससे प्रश्न किया, ''क्या हुआ गुरुदेव, आप इतने क्रोधित क्यों हैं?''

''क्या तुमने ये राजपाठ इसलिए सँभाला है कि अपने वंश को कलंकित कर सको रक्षराज?'' अवधूत ने दुशल से प्रश्न किया।

''ये आप क्या कर रहे हैं, मुझसे ऐसा क्या दुष्कर्म हो गया?'' रक्षराज ने आश्चर्यपूर्वक प्रश्न किया।

''तुम भक्त प्रह्लाद और राजा बलि जैसे महान शासकों के वंशज हो और तुम्हारे योद्धा युद्ध में विजय के उपरांत यो इस प्रकार निर्बल स्त्रियों से बलात्कार और निर्दोषों की हत्या कर रहे हैं, क्या यही है तुम्हारे वंश की परम्परा?'' अवधूत ने क्रोध में प्रश्न किया।

इससे पूर्व रक्षराज कुछ कहता, भैरवनाथ ने हस्तक्षेप किया, ''तो इसमें अनुचित क्या है, युद्ध में विजय के उपरांत हारे हुए राज्य की प्रजा विजित हुए राजा की दास होती है और दासों के साथ जो चाहे वो व्यवहार किया जा सकता है।''

रक्षराज ने रक्षगुरु के तर्क का विरोध किया, ''ये आप क्या कह रहे हैं रक्षगुरु, युद्ध में शत्रु केवल विपक्ष के योद्धा होते हैं, निर्दोष जीव नहीं।'' इसके उपरांत वो अवधूत की ओर मुड़ा, ''आप चिंतित न हों मैं अभी अपनी सेना को रोकता हूँ।''

रक्षराज दुशल ने अपनी बाकी सेना के साथ गांधार में प्रवेश किया और वहाँ के सैनिकों को नियंत्रित किया। उन सबका नेतृत्व कर रहे योद्धा को रक्षराज ने अपने समक्ष घुटनों के बल झुकाया और उससे प्रश्न किया, ''मेरे आदेश दिये बिना तुम सबका साहस कैसे हुआ गांधार की प्रजा का उत्पीड़न करने का?

वो असुर योद्धा सहमते हुए बोला, ''क्षमा रक्षराज, क्षमा कीजिए, किन्तु रक्षगुरु ने ही हमें कहा था कि पराजित हुई प्रजा हमारी दास है हमारी जो इच्छा हो हम कर सकते हैं।''

रक्षराज ने भैरवनाथ को घूरकर देखा, फिर उस असुर सैनिक से प्रश्न किया, ''बाकी के असुर कहाँ हैं?''

''वो राजमहल की ओर गये हैं।'' उस असुर ने सहमते हुए कहा।

क्रोधित रक्षराज ने भैरवनाथ को फटकारा, ''यदि राजकुटुम्ब की स्त्रियों को कुछ भी हुआ तो मैं आपको क्षमा नहीं करूँगा रक्षगुरु!'' भैरवनाथ ने उसकी इस चेतावनी का कोई उत्तर नहीं दिया।

दुशल, अवधूत और रक्षगुरु अपनी शेष सेना को लेकर राजमहल के निकट पहुँचा। वहाँ पहुँचने पर आशा के विपरीत शांति छायी हुई थी। महल के भीतर से काला धुआँ निकलता दिख रहा था। असुर सैनिक खीजते हुए बाहर आ रहे थे जो रक्षराज को देखते ही किनारे हो गये। रक्षराज के मन में भय समा गया। उसने उन असुरों से कोई प्रश्न नहीं किया, बस आगे बढ़ता गया।

किसी प्रकार साहस करके रक्षराज और अवधूत ने राजमहल के प्रांगण में प्रवेश किया। भैरवनाथ भी उनके साथ आया। राजप्रांगण का दृश्य देख दुशल का हृदय द्रवित हो उठा। चारों ओर जलते हुए वस्त्र, कई स्त्रियों के अधजले शव, अग्नि से पिघलते हुए उनके रत्नजड़ित आभूषण क्रूर से क्रूर हृदय को भी द्रवित कर सकते थे।

उस उन्नीस वर्षीय बालक की तलवार उसके हाथ से छूट गयी और वो घुटनों के बल आ गया। अवधूत ने अपने कदम आगे बढ़ाया और करुणा भरी दृष्टि से उन स्त्रियों के शवों को निहारने लगे। कुछ क्षणों उपरांत वो शोक संतप्त रक्षराज की ओर मुड़े जिसकी दृष्टि लज्जा से झुकी हुई थी।

अवधूत ने कहना आरम्भ किया, ''जानते हो वत्स दुशल, मेरे ज्येष्ठ भ्राता महाऋषि ओमेश्वर सदैव असुरों से घृणा करते आये हैं; वो सदैव कहते थे कि जिसका जन्म असुर कुल में हुआ या फिर जिस किसी व्यक्ति में आसुरी अंश हुआ वो कभी धर्म के मार्ग पर प्रशस्त नहीं हो सकता, वो केवल समाज की पीड़ा और अशांति का कारण बनता है। मैंने सदैव उनकी इस विचारधारा का विरोध किया; तुम्हारे पूर्वज भक्त प्रहलाद, विरोचन और राजा बलि का उदाहरण देकर उनसे विवाद करता था कि वो देव हो, मनुष्य हो, या फिर कोई असुर, उसका प्रारब्ध उसके कर्म निर्धारित करते हैं, जन्म नहीं। एक मनुष्य होकर मैं शुक्राचार्य का शिष्य बना ताकि संसार में असुरों की छवि सुधार सकूँ, उन्हें धर्म के मार्ग पर प्रशस्त कर उन्हें देवतुल्य बना सकूँ। मन में सदैव यही विचार रहा कि आरम्भ से ही असुरों के साथ छल, प्रपंच, कपट और अन्याय होता

आया है... किंतु आज तुमने सिद्ध कर दिया कि तुम सब इसी के योग्य थे।'' अवधूत के नेत्र क्रोध से जल रहे थे ।

रक्षराज में अवधूत से दृष्टि मिलाने का साहस नहीं था किंतु फिर भी उसने तर्क देने का प्रयास किया, ''ये सब मैं करना नहीं चाहता था ऋषिवर।''

''तुम्हारी सेना के किये हर पाप के लिये तुम्हीं उत्तरदायी हो रक्षराज; वो राजा कैसा जो अपनी सेना को नियंत्रित न कर सके; अपने पापों का भार उठाना सीखो।'' अवधूत अभी भी क्रोध में थे।

रक्षराज का मौन और उसकी आँख झुकी हुई देख भैरवनाथ ने हस्तक्षेप किया, ''प्रलाप बंद करो अवधूत, यदि पाप हुआ है तो केवल रक्षराज से नहीं हुआ, मेरे साथ तुम भी इसके उत्तरदायी हो क्योंकि हमने इसका मार्गदर्शन किया।''

''मौन रहिए गुरु भैरवनाथ!'' दुशल क्रोध में चीखा।

अवधूत कुछ क्षण स्थिर खड़े रहे, फिर उनके नेत्रों में भी ग्लानि झलक आयी, ''तुमने उचित ही कहा भैरव, इस पाप कर्म का उत्तरदायी मैं भी हूँ जो मैंने इस दुशल पर विश्वास किया।'' कहकर अवधूत ने वहाँ की स्त्रियों के शवों की राख को अपने शरीर पर मलना आरम्भ किया।

''ये आप क्या कर रहे हैं गुरुदेव!'' रक्षराज स्तब्ध रह गया। भैरवनाथ की भी कुछ समझ नहीं आया।

किंतु अवधूत ने कोई उत्तर नहीं दिया। वो बस शरीर पर राख मलते रहे और सम्पूर्ण शरीर को ढँकने के उपरांत उन्होने प्रायश्चित की भावना से कुछ शब्द कहे, ''मेरे शरीर पर मली हुई शवों की ये राख सदैव मेरे पाप कर्मों का स्मरण दिलाती रहेगी और उस पाप के दण्डस्वरूप मैं आज अपने ब्राह्मणत्व का त्याग करता हूँ, अब मैं एक अघोरी का जीवन जिऊँगा।''

ये देख रक्षराज, अवधूत के चरणों में गिर पड़ा, ''ऐसा न कीजिए गुरुदेव, मैं आपका दोषी हूँ, दण्ड देना है तो मुझे दीजिए। गुरु भैरवनाथ को भले ही असुर होने के कारण रक्षगुरु का सम्मान प्राप्त हुआ हो किंतु गुरु सदैव मैंने आपको ही माना है, मुझ पर दया कीजिए गुरुदेव।''

अवधूत ने रक्षराज को उठाया और उसकी ग्लानि से भरी हुई दृष्टि को देखा, ''मुझे तुमसे आशा थी वत्स कि वो तुम ही हो जो असुरों कि छवि को देवतुल्य बना सकते हो; मुझे आशा थी कि मैं संसार के समक्ष तुम्हें एक उदाहरण के रूप में प्रस्तुत करूँगा और अपने ज्येष्ठ भ्राता ओमेश्वर की विचारधारा को चुनौती दूँगा; किंतु अपने पहले चरण में ही मैं विफल हो गया, अब मैं अपने ज्येष्ठ से दृष्टि भी नहीं मिला

सकता।''

दुशल के पास अवधूत के इस तर्क का कोई उत्तर नहीं था। दुशल के नेत्रों में ग्लानि भाव देख अवधूत ने प्रश्न किया, ''प्रस्थान से पूर्व मुझे गुरुदक्षिणा प्रदान करोगे रक्षराज?''

''कहिए गुरुवर क्या कर सकता हूँ मैं आपके लिए?'' रक्षराज ने प्रश्न किया।

''बस असुरों की कलंकित छवि को सुधारने का प्रयत्न करो; आज के उपरांत जब भी ऐसा कोई दिन आयेगा जब किसी असुर को देवतुल्य सम्मान प्राप्त होगा, मैं इस अघोरी के वेश का त्याग करके अपना ब्राह्मणत्व वापस धारण कर लूँगा।'' कहकर अवधूत उस महल से बाहर चले गये।

रक्षराज ने उन्हें रोकने का प्रयास नहीं किया। उनके जाने के उपरांत दुशल भैरवनाथ की ओर मुड़ा, ''दूर हो जाइए मेरी दृष्टि से, पुनः मुझे अपना मुख दिखाने का साहस मत कीजिएगा।''

''तुम भटक गये हो रक्षराज, आशा है कभी न कभी तुम उचित मार्ग पर लौट आओगे।'' कहकर भैरवनाथ भी वहाँ से प्रस्थान कर गया।

प्रथम अध्याय

मित्र लौट आया

अपने समक्ष खड़े व्यक्ति को देख दुर्भीक्ष स्तब्ध रह गया। साधारण कद का एक व्यक्ति दुर्भीक्ष को क्रोध भरी दृष्टि से घूर रहा था। उसका शरीर एक योद्धा की भाँति हृष्ट-पुष्ट दिख रहा था।

''तो तुम अभी भी जीवित हो हम्म...'' सामने खड़ा योद्धा गरज उठा। उसने दुर्भीक्ष के गले पर बँधा वस्त्र पकड़ा और उसे ऊपर खींचा, ''कितने तुच्छ विचार हैं तुम्हारे, मुझे विश्वास नहीं होता कि तुम मेरे साथ इतना बड़ा कपट कर सकते हो।'' कहकर उसने दुर्भीक्ष को फिर से भूमि पर धकेल दिया।

दुर्भीक्ष भूमि से उठ खड़ा हुआ और उस व्यक्ति की ओर घूरकर देखा, ''ये रहस्य तुम्हें कैसे ज्ञात हुआ शत्रुघन?''

शत्रुघन ने उसकी ओर आश्चर्य भरी दृष्टि से देखा, ''तुम्हें वास्तव में लगता है ये जानकर तुम कोई तीर मार लोगे?''

दुर्भीक्ष ने अपने मित्र से आँखें चुराने का प्रयास किया, ''मैंने जो किया तुम्हारे रक्षण के लिये किया।''

शत्रुघन ने मुस्कराते हुए कटाक्ष किया, ''यूँ अपने नेत्र झुका लेने से तुम्हारा दोष कम नहीं हो जायेगा असुरेश्वर, क्योंकि तुम जानते हो ये सत्य नहीं है।''

दुर्भीक्ष ने पलटकर शत्रुघन की ओर क्रोध भरी दृष्टि से देखा, ''ऐसा क्या... तो तुम्हीं क्यों नहीं बता देते कि सत्य क्या है।''

शत्रुघन मुस्कुराते हुए दुर्भीक्ष के निकट आया और फिर से अपने कटाक्ष के बाण चलाये, ''क्योंकि तुम्हें भय था; सत्य के साथ मेरा सामना करने का साहस तुममें कभी था ही नहीं, क्यों यही सत्य है न असुरेश्वर दुर्भीक्ष!''

दुर्भीक्ष कुछ कदम पीछे हटा और अपने पीछे पड़े एक बड़े से पत्थर पर बैठ गया। शत्रुघन उसके निकट आया और उसके समक्ष घुटनों के बल बैठ गया।

''सत्य कहा तुमने, तुम्हारी घृणा का सामना करने का साहस मुझमें नहीं था।'' दुर्भीक्ष के मुख भाव से उसकी पीड़ा झलकने लगी।

''तो अपनी मृत्यु का प्रचार कर तुमने मुझसे छुटकारा पाना ही उचित समझा, है न?'' शत्रुघन ने श्वास भरते हुए दुर्भीक्ष को देखा, ''जानते हो, एकचक्रनगरी का इतिहास सुर्जन को एक नायक के रूप में ही स्मरण रखता है; एक ऐसा नायक जिसके साथ महाअन्याय हुआ और वो एकचक्रनगरी को वीरान छोड़कर चला गया... तो असुरेश्वर दुर्भीक्ष के रूप में भी मैं तुमसे घृणा क्यों करता?''

दुर्भीक्ष के नेत्रों में नमी आ गयी, कण्ठ ऐसा रुँधा कि मुख से शब्दों का उच्चारण न हो पाया। शत्रुघन ने दृढ़ होकर अपने उस मित्र के नेत्रों में देखा, ''किन्तु तुम्हारे किये छल के लिये मैं सदैव तुमसे घृणा ही करूँगा।'' कहकर शत्रुंजय वहाँ से उठ गया।

''मुझसे घृणा करना तुम्हारे वश का रोग नहीं।'' दुर्भीक्ष मुस्कुराया।

दुर्भीक्ष का उवाच सुन शत्रुघन ने प्रश्न किया, ''कहना क्या चाहते हो?''

दुर्भीक्ष ने पत्थर से उठते हुए कहा, ''यही कि मुझे तुम्हारे राजबाग में मेरी बनायी मूरत के विषय में भी ज्ञात है और उस तलवार को भी मैंने अपने नेत्रों से तुम्हारे हाथों में देखा है जो गुरु वसुधर ने मुझे दी थी।''

''वो एक मित्र के प्रति सम्मान था जिसने मेरे रक्षण के लिये स्वयं का बलिदान दिया, उस छलिये के लिए नहीं जो असुरेश्वर दुर्भीक्ष की पहचान के साथ इतने वर्षों तक मुझसे छल करके छुपता रहा।''

दुर्भीक्ष स्थिर खड़ा शत्रुघन की ओर देख मुस्कुरा रहा था। शत्रुघन खीझते हुए उसके निकट गया, ''मैं तुम्हें क्षमा नहीं करने वाला समझे तुम!''

''देखते हैं... तब तक भद्राक्ष तुम्हारा सत्कार करेगा।'' दुर्भीक्ष के आदेश पर भद्राक्ष शीघ्र ही वहाँ उपस्थित हुआ। उसके आते ही दुर्भीक्ष ने उसे आदेश दिया, ''एकचक्रनगरी के महाराज शत्रुघन मेरे अभिन्न मित्र और मेरे विवाह उत्सव के विशेष अतिथि हैं, स्मरण रहे इनके सत्कार में कोई त्रुटि न हो।''

"जो आज्ञा महामहिम।" भद्राक्ष ने सहमति जतायी।

शत्रुघन ने दुर्भीक्ष को आश्चर्य भाव से देखा, "तुम्हारा विवाह होने वाला है?"

"हाँ, बस तुम्हारी ही प्रतीक्षा कर रहा था।" दुर्भीक्ष ने ठिठोली करते हुए कहा, "कि कब तुम आओ और इस उत्सव की शोभा बढ़ाओ।"

"बस करो!" खीझते हुये शत्रुघन, भद्राक्ष के साथ प्रस्थान कर गया। दुर्भीक्ष उसे जाते देख मुस्कुराता रहा।

मेघवर्ण और चंद्रकेतु जलाशय में खड़े सूर्य वंदना कर रहे थे। प्रार्थना समाप्त होने के उपरांत वो जलाशय से बाहर आये तो अपने गुरु महाबली अखण्ड को अपने समक्ष खड़ा पाया। उन्हें देख मेघवर्ण ने प्रार्थना की, "क्या अब मैं सत्य की आशा कर सकता हूँ गुरुदेव?"

अखण्ड मुस्कुराये, "इतनी शीघ्रता क्या है, अभी तो कुछ और परीक्षाओं से गुजरना है।"

"मुझे ज्ञात है गुरुदेव और आपसे द्वन्द्व करना मेरे लिए सम्मान की ही बात है।" मेघवर्ण ने विनम्रतापूर्वक कहा।

उसका ये विनम्र भाव देख चंद्रकेतु ने उसकी ओर आश्चर्य भाव से देखा, "सच में!"

अखण्ड ने दृढ़ होकर कहा, "अभी इस समय उपनंद को दण्डित करना अधिक आवश्यक है; उसे बेड़ियों में बाँधकर अखाड़े में लाया जा रहा है, तुम दोनों शीघ्र ही वहाँ पहुँचो।"

"जो आज्ञा गुरुदेव।" मेघवर्ण और चंद्रकेतु ने सहमति जतायी।

अखण्ड के जाने के उपरांत चंद्रकेतु मेघवर्ण की ओर व्यंग्यात्मक दृष्टि से देखने लगा। उसका मुख भाव देख मेघवर्ण ने आश्चर्य भाव से प्रश्न किया, "अब तुम्हारी क्या विडम्बना है ?"

"सच में तुम्हें इसका कारण नहीं पता ?"

"इस समय मेरे मन मस्तिष्क में केवल एक ही व्यक्ति का विचार आ रहा है। दूसरे किसी के विषय में विचार करने में मुझे रुचि नहीं।"

"असुरेश्वर दुर्भीक्ष, है न!"

"और तुम्हारे मन में इस समय दिग्विजय का विचार आ रहा है, क्यों?" मेघवर्ण ने प्रश्न किया।

“मैं केवल सुनंदा का विचार कर रहा हूँ जिससे मैं बाल्यावस्था से प्रेम करता आया हूँ; तो उसे किसी और के प्रेम में पड़ते हुए कैसे देख सकता हूँ... पर इस समय मेरा विचार इतना अधिक महत्व का नहीं है इसलिए विषय को भटकाने का प्रयास मत करो।” कहते हुए चंद्रकेतु जलाशय से निकलकर बाहर आया।

मेघवर्ण भी जलाशय से बाहर आया, “उचित कहा तुमने, इस समय दुर्भीक्ष के अतिरिक्त मैं किसी और के विषय में विचार नहीं कर सकता। कहते हैं नियति ने मुझे उसके विरुद्ध खड़ा होने के लिये चुना है, किंतु इसका कोई स्पष्ट कारण मुझे दिखायी नहीं पड़ता।”

कुछ क्षण विचार कर चंद्रकेतु ने प्रश्न किया, “क्या लगता है तुम्हें, गुरुदेव ने महाराज तेजस्वी के लौट आने की भ्रांतियाँ फैलाने की योजना क्यों बनायी होगी ?”

“कदाचित विदर्भ की प्रजा का मनोबल बढ़ाकर उन्हें विद्रोह को प्रेरित करने के लिये। कहना कठिन है, क्योंकि हमें तो ये भी ज्ञात नहीं कि महाराज तेजस्वी जीवित भी हैं या नहीं, किंतु उनके लौट के आने से...।”

“प्रजा को जयवर्धन के विरुद्ध विद्रोह का साहस प्राप्त होगा।” चंद्रकेतु ने उसके कथन को पूर्ण किया।

“हाँ ये कारण हो सकता है, किंतु अनुमान लगाना कठिन है।” मेघवर्ण का स्वर गम्भीर हो गया।

“इन विचारों के लिये बहुत समय मिलेगा, अभी हमें अखाड़े की ओर प्रस्थान करना चाहिए, गुरुदेव हमारी प्रतीक्षा कर रहे होंगे।”

“हाँ, अवश्य चलो।” मेघवर्ण और चंद्रकेतु ने अखाड़े की ओर प्रस्थान किया।

अखाड़े में तीन चबूतरे थे। सबसे ऊँचे चबूतरे पर मेघवर्ण अपने आसन पर विराजमान था, चंद्रकेतु उसके निकट खड़ा था। अखण्ड और महर्षि शंकराचार्य दूसरे चबूतरे पर बैठे थे।

शीघ्र ही बेड़ियों में जकड़े उपनंद को अखाड़े में लाया गया। वो क्रोध भरी दृष्टि से मेघवर्ण को घूर रहा था। मेघवर्ण ने एक डकैत योद्धा को संकेत किया। उसका संकेत पाकर डकैत योद्धा ने अपने हाथों में थमा एक पत्र खोलकर पढ़ना आरम्भ किया, “त्रिगर्ता नरेश उपनंद पर ये आरोप है कि उन्होंने हमारे बंदी जयवर्धन को छुड़ाने हेतु सेंध लगायी और किसी सहायक के बल पर उन्हें यहाँ से मुक्त करा लिया, साथ ही इन्होंने बिना विरोध स्वेच्छा से समर्पण किया; मैं हमारे नायक से ये विनती करता हूँ कि वो इनके आरोपों को ध्यान में रख इनका प्रारब्ध निश्चित करें।”

अपने आसन पर विराजे मेघवर्ण ने क्षणभर उपनंद को घूरते हुए उससे प्रश्न किया, ''तुम एक राजा हो इसलिए मेरा प्रथम प्रयास सम्माननीय होगा; बताओ तुमने हमारे समक्ष स्वेच्छा से समर्पण क्यों किया?''

उपनंद ने मुस्कुराते हुए मेघवर्ण से प्रश्न किया, ''तुम्हें वास्तव में लगता है तुम मुझे बंदी बनाये रख सकते हो ?''

''यदि स्वयं पर इतना ही दृढ़ विश्वास है तो अपने यहाँ आने का मंतव्य क्यों नहीं बताते?'' मेघवर्ण ने प्रश्न किया।

उपनंद ने गर्जना करते हुए कहा, ''मैं यहाँ असुरेश्वर दुर्भीक्ष का प्रतिनिधित्व करने आया हूँ मेघवर्ण, और मेरा उद्देश्य है तुम और तुम्हारे दल का विनाश; मैं तुम्हें द्वन्द्व की चुनौती देकर तुम्हारे सामर्थ्य को नष्ट करने आया हूँ।''

मेघवर्ण ने क्रोध में भरकर श्वास भरी और अखण्ड की ओर देखा। अखण्ड ने उसे धैर्य धारण करने का संकेत दिया।

उन दोनों का ये संकेत देख उपनंद ने हँसते हुए वहाँ उपस्थित सभी डकैत योद्धाओं को सम्बोधित करते हुए कहा, ''तो ये है तुम्हारा सरदार... हम्म, जिसमें मेरे द्वन्द्व की चुनौती स्वीकार करने का साहस ही नहीं, जो अपने गुरु का मात्र एक पिल्ला है जो उनके हर संकेत पर पूँछ हिलाता है; क्या लगता है तुम सबको, ये करेगा तुम्हारा रक्षण ?''

मेघवर्ण को क्षणभर के लिये क्रोध आया, किंतु फिर उसने मुस्कुराते हुए उपनंद पर कटाक्ष किया, ''तो ये है तुम्हारा वास्तविक उद्देश्य; यदि तुम्हें ये भ्रम है कि मेरे अनुचर तुम्हारे जैसे तुच्छ व्यक्ति के शब्दों को सुनकर अपने नायक के सामर्थ्य पर अविश्वास करेंगे तो ये तुम्हारी भूल है उपनंद और जहाँ तक मेरे गुरु का प्रश्न है तो यदि मैं इस दल का नायक हूँ तो वो इसके निर्माता हैं, उनके प्रति समर्पण और उनके निर्देशों का सम्मान करना मेरा कर्तव्य है।''

उपनंद मुस्कुराया, ''मुझे तुम्हारे इन विचारों में कोई रुचि नहीं, न ही इस बात से कोई सरोकार है कि तुम्हारे लोग तुम्हारे विषय में क्या विचार करते हैं। मैं यहाँ खड़ा तुम्हें द्वन्द्व का आवाहन दे रहा हूँ... तो अब ये तुम्हारा चुनाव है कि तुम यूँ ही मेरा अंत करवाकर अपनी कायरता का प्रदर्शन भी कर सकते हो या फिर मेरा आवाहन स्वीकार कर स्वयं को एक योग्य नायक सिद्ध भी कर सकते हो।''

मेघवर्ण ने अखण्ड की ओर देखा। अखण्ड ने उठकर कहा, ''इस दल के नायक होने के नाते ये तुम्हारा स्वतंत्र निर्णय होना चाहिए।''

मेघवर्ण ने क्षणभर उपनंद को घूरा और डकैतों को आदेश दिया, ''उतार दो इसकी बेड़ियाँ!''

दो डकैतों ने आगे बढ़कर उपनंद को मुक्त किया। चबूतरे से कूदकर मेघवर्ण उसके समक्ष आ खड़ा हुआ।

द्वंद्व से पूर्व उपनंद ने प्रश्न किया, ''विजयी होने पर मुझे क्या प्राप्त होगा?''

मेघवर्ण मुस्कुराया, ''तुम्हें वास्तव में लगता है तुम ऐसी कोई भी माँग रखने की स्थिति में हो?''

''क्यों नहीं, विजयी योद्धा को उसका उपहार तो प्राप्त होना ही चाहिये अन्यथा द्वंद्व का अर्थ ही क्या है?''

''ठीक है, क्या चाहिए तुम्हें?'' मेघवर्ण ने प्रश्न किया।

''विजय के प्रसाद में तो मुझे केवल अपनी मुक्ति ही चाहिये।''

''और पराजित होने पर मृत्युदण्ड प्राप्त होगा, कहो स्वीकार है?''

''स्वीकार है।'' मेघवर्ण के प्रस्ताव को मान्य कर उपनंद ने उसकी ओर दौड़ लगायी और उसकी कमर पकड़ने का प्रयास किया। मेघवर्ण ने किनारे हटकर उसकी पीठ पर कोहनी का प्रहार कर उसे दस हाथ पीछे धकेल दिया।

उपनंद उठकर अपने प्रतिद्वंद्वी की ओर पलटा। मेघवर्ण मुस्कुराया, किंतु महाबली अखण्ड की भवें न जाने क्यों तन गयीं। उपनंद दौड़ते हुए मेघवर्ण के निकट गया और उसे ढकेलने का प्रयत्न किया, किंतु मेघवर्ण ने पैर से उसके दायें घुटने पर वार कर उसे झुकाया और उसको कमर से पकड़कर घुमाते हुए हवा में फेंक दिया। हवा में घूमता हुआ उपनंद शीघ्र ही भूमि पर आ गिरा। उसकी नाक से रक्त बहने लगा। उसने भूमि से उठकर अपनी नाक पर लगा रक्त पोंछा और मेघवर्ण को घूरते हुए मुस्कुराया, ''वास्तव में तुम दुर्जय योद्धा हो मेघवर्ण, आनंद आयेगा।''

मेघवर्ण स्थिर खड़ा उपनंद के अगले दाँव की प्रतीक्षा कर रहा था, वहीं उपनंद ने मुस्कुराते हुये अपनी धोती कसने के प्रयास में उसमें छिपी एक सुई निकाल अपनी उँगलियों में दबा ली।

शंकराचार्य ने अखण्ड के मुख भाव को देख प्रश्न किया, ''आप इतने विचलित क्यों है महाबली?''

''मुझे किसी षड्यंत्र की आशंका हो रही है आचार्य, क्योंकि उपनंद को छकाना इतना सरल भी नहीं है।'' महाबली अखण्ड ने चिंता जताते हुए कहा।

''ये भी तो सम्भव है कि वो अपने बाहुबल के प्रदर्शन से पूर्व शत्रु की शक्ति का केवल परीक्षण ले रहा हो?'' शंकराचार्य ने समझाने का प्रयत्न किया।

''यदि आप जो कह रहे हैं वो सत्य सिद्ध हुआ तो चिंता का कोई विषय ही नहीं है

किंतु यदि इसका उद्देश्य कुछ और हुआ तो?'' अखंड के मस्तक पर अभी भी शिकन थी।

''किंतु इस द्वन्द्व के समाप्त होने से पूर्व हम कर भी क्या सकते हैं?''

अखण्ड ने सहमति जताते हुए द्वन्द्व की ओर दृष्टि जमायी।

अखण्ड और उपनंद एक बार फिर भिड़ चुके थे। उपनंद इस बार अपनी पूरी शक्ति लगा रहा था। दोनों के पंजे एक-दूसरे को पीछे हटाने के प्रयास में थे। अवसर पाकर उपनंद ने अपनी उँगलियों में दबायी सुई मेघवर्ण की उँगली में चुभो दी।

क्रोध में मेघवर्ण ने उस पर मुष्टिका का प्रहार किया और उसे गिराकर उसकी छाती पर चढ़ आया। उपनंद ने उसकी छाती पर लात मार उसे स्वयं से दूर हटाया और भूमि से उठकर मुस्कुराने लगा।

मेघवर्ण ने अपनी उस उँगली की ओर देखा जिसमें हुए छेद का रंग परिवर्तित होने लगा था, ''ये छल नहीं करना था उपनंद, भारी भूल की तुमने।'' गर्जना करते हुए मेघवर्ण उपनंद की ओर दौड़ पड़ा।

महाबली अखण्ड की मुट्ठियाँ भिंच गयीं। शंकराचार्य ने उन्हें शांत रहने का संकेत दिया। मेघवर्ण और उपनंद एक बार फिर टकराये और इस बार मेघवर्ण ने अपने दाँव का प्रयोग कर उपनंद का मुख अपने दोनों हाथों में दबा लिया।

उपनंद ने उसके दोनों हाथ पकड़े और अपना पूरा बल लगाकर उसे पीछे हटाने लगा। मेघवर्ण को भी अपने शरीर में थोड़ी दुर्बलता का आभास होना आरम्भ हो गया।

उसे स्वयं से पीछे हटाकर हाँफते हुए उपनंद ने कहा, ''मैं यहाँ असुरेश्वर का प्रतिनिधि बनकर आया हूँ, मेरा कार्य है साम दाम दण्ड भेद का प्रयोग करके इस द्वन्द्व में विजयी होना... तो प्रलाप करना बंद करो और द्वंद्व करो।'' कहकर उपनंद ने मेघवर्ण को पीछे ढकेल दिया।

अखण्ड की भौंहे तन गयीं। मेघवर्ण और उपनंद भूमि पर स्थिर खड़े हुए। मेघवर्ण का मस्तिष्क थोड़ा घूमने-सा लगा किन्तु उसने इसकी भनक किसी को नहीं लगने दी।

उपनंद एक बार फिर उसकी ओर दौड़ा और हवा में पाँच गज ऊपर छलाँग लगाकर मेघवर्ण पर मुष्टि से प्रहार करने का प्रयास किया, किंतु मेघवर्ण ने उसका हाथ और कण्ठ हवा में ही पकड़ा और उसे भूमि पर पटक दिया।

मेघवर्ण के नेत्रों में दिखते क्रोध से उपनंद थोड़ा भयभीत हो गया। उसके अगले मुष्टि प्रहार से स्वयं को बचाते हुए वो एक ओर हट गया। मेघवर्ण के भूमि पर किये उस मुष्टि प्रहार ने उस अखाड़े और उसकी आसपास की धरती को हिलाकर रख दिया।

तत्पश्चात उसने सीधे खड़े होकर उपनंद को घूरा। उपनंद के मुख पर भय का अंश दिखने लगा।

किंतु अब मूर्च्छा मेघवर्ण पर हावी से होने लगी। उपनंद ने इस अवसर का लाभ उठाया और दौड़कर मेघवर्ण को कमर से पकड़ लिया और उसके पीछे जाकर अपने विशिष्ट 'शून्य समायावधि' दाँव का प्रयोग कर उसके कंधे के पास की एक नस दबा दी। मेघवर्ण के शरीर में भीषण पीड़ा हुई और उसका दायाँ हाथ सुन्न पड़ गया। फिर भी उसने उठकर बाँये हाथ से उपनंद का सर पकड़ा और पूरी शक्ति से उसे पलटकर सर के बल भूमि पर पटक दिया।

भूमि से टकराते ही उपनंद का मस्तिष्क सुन्न-सा हो गया। मस्तक से रक्त की धारा बहनी आरम्भ हो गयी। कुछ क्षणों पश्चात उस पर भी मूर्च्छा छाने लगी। मेघवर्ण भी अब घुटनों के बल बैठ गया। उसके नेत्रों के आगे अंधकार छाने लगा।

महाबली अखण्ड अपने आसन से उठ खड़े हुए, "कहा था न ऋषिवर ये उपनंद कोई न कोई छल अवश्य करेगा।"

"तो आप स्वयं आगे आकर उसे इस छल का दण्ड दीजिए, महाबली!" महाऋषि शंकराचार्य को भी क्रोध आ गया।

"ये सम्भव नहीं है ऋषिवर... चाहे छल से या बल से उपनंद विजयी हुआ है और मेघवर्ण ने उसे विजयी होने पर स्वतंत्रता का वचन दिया है; सरदार के वचन का मान रखना ही होगा।" अखण्ड ने तर्क देते हुए कहा।

मेघवर्ण भूमि पर गिर गया। उसके नेत्र अभी भी खुले थे। उपनंद भूमि से उठा। उसका मस्तक अभी भी घूम रहा था फिर भी उसने हँसकर डकैतों की ओर देखा और पूरी शक्ति से चीखा, "यही है तुम्हारा वो सरदार जिसे असुरेश्वर दुर्भीक्ष जैसे महान पराक्रमी योद्धा के समक्ष खड़े होने के लिये चुना गया है? एक ऐसा योद्धा जो उनके एक प्रतिनिधि तक को भी पराजित नहीं कर पाया; इस पर विश्वास करके तुम सब अपने प्राण न्योछावर करने चले थे।" कहकर उपनंद ने जोर का ठहाका लगाया।

"मौन रहो उपनंद।" अखण्ड जोर से चीखे।

उपनंद, अखण्ड की ओर पलटा, "और ये तुम्हारा कपटी गुरु जो सबसे अपना मुख छुपाये फिरता है, मुझे मौन रहने को कहता है। अरे ऐसा कौन-सा कलंक है तुझ पर जो इस प्रकार मुख को इन काले वस्त्रों में छुपाकर घूम रहा है?"

"उपनंद!" कुपित हुआ चंद्रकेतु अखाड़े में कूदकर उपनंद की ओर बढ़ने लगा।

"वहीं रुक जाओ चंद्रकेतु!" अखण्ड ने उसे आदेश दिया।

उपनंद, चंद्रकेतु की ओर पलटा, "अब मैं स्वतंत्र हूँ, कोई कुछ नहीं कर

सकता।'' उपनंद के शरीर के साथ उसके शब्द भी लड़खड़ाने लगे। मूर्च्छा उस पर हावी होने लगी।

अंततः वो भी भूमि पर गिर गया। कुछ ही क्षणों में उसके नेत्र बंद हो गये, साथ ही साथ मेघवर्ण भी मूर्च्छावस्था में चला गया।

चंद्रकेतु, मेघवर्ण की ओर बढ़ा। अखण्ड ने उसे रोका, ''रुक जाओ चंद्रकेतु, पहले तुम्हें एक आवश्यक कार्य करना है।''

''किंतु मेरे मित्र को मेरी आवश्यकता है गुरुदेव, कृपया मुझे उसके पास रहने दीजिए, इस पराजय ने उसके मनोबल को तोड़ दिया होगा।'' चंद्रकेतु ने विनती की।

''बार-बार अपने मित्र का कन्धा बनना बंद करो चंद्रकेतु!'' अखण्ड ने चंद्रकेतु को डपटा।

''क्षमा करें गुरुदेव, यदि मूर्च्छा टूटने के बाद इसने क्रोध में कोई अनुचित निर्णय ले लिया तो...।''

''मेघवर्ण हमारा नायक है, उसे अपने मन की व्यथा और अपने भीतर के अंतर्द्वन्द्व का सामना स्वयं करना होगा। उसका जो भी निर्णय होगा, हम सबको मानना होगा। इस समय उचित यही होगा कि तुम अपने नायक वचन निभाओ।''

''कैसा वचन गुरुदेव?'' चंद्रकेतु ने तनिक अचरज से प्रश्न किया।

''उपनंद को उसके राज्य तक सुरक्षित छोड़कर आओ।''

चंद्रकेतु की भौंहें तन गयीं, ''ये आप क्या कह रहे हैं गुरुदेव!''

''मेघवर्ण पराजित हुआ है और उसका दिया हुआ वचन तुम्हें निभाना होगा। उपनंद इस समय चलने योग्य नहीं है इसलिए तुम इसे इसके राज्य छोड़ आओ। ये अब मेघवर्ण की दृष्टि से दूर ही रहे तो उचित होगा।''

चंद्रकेतु ने अपनी मुट्ठियाँ भींचते हुए उपनंद की ओर देखा, ''मैं अपने मित्र का वचन निभाऊँगा, आप निश्चिंत रहिए।''

दुर्धरा अपने कक्ष में दासियों के साथ साज शृंगार में व्यस्त थी। दुर्भीक्ष ने बाहर से द्वार खटखटाया, ''दुर्धरा!''

दुर्भीक्ष का स्वर सुन दासियाँ खिलखिलाकर हँस पड़ीं। उनमें से एक ने सभी को सम्बोधित करते हुए कहा ''चलो, चलो प्रतीत होता है असुरेश्वर को महारानी से दूरियाँ सहन नहीं हो रहीं।''

तभी पीछे से दुर्भीक्ष के क़दमों के स्वर सुनायी दिये। उसका पदचाप सुन दासियाँ

वहाँ से निकल आयीं। उनके जाने के उपरांत दुर्भीक्ष, दुर्धरा के निकट आया, ''मेरा यूँ भेंट करने आना तुम्हें अनुचित तो नहीं लगा?''

''नहीं... आप असुरेश्वर हैं, ये आप ही का तो महल है।'' दुर्धरा ने झेंपते हुए उत्तर दिया।

''तुम मुझे सुर्जन ही बुलाया करो दुर्धरा, तुम्हारे मुख से असुरेश्वर सुनकर ऐसा प्रतीत होता है जैसे मैं तुम्हें जानता ही नहीं।''

क्षणभर दुर्भीक्ष को निहारते हुए दुर्धरा ने प्रश्न किया, ''यहाँ किस प्रयोजन से आये हैं आप महारथी सुर्जन?''

दुर्भीक्ष के मुख पर आनंद की मुस्कान आ गयी, ''बस तुम्हें एक नयी सूचना देने आया था।''

''कैसी सूचना?''

''यही कि तुम्हारे यहाँ कदम पड़ते ही एक बार फिर मेरे जीवन में सौभाग्य लौट आया; तुम्हारे साथ-साथ मेरा एकमात्र मित्र जो दशकों पहले मुझसे दूर हो गया था, आज मेरे जीवन में वापस लौट आया।'' दुर्भीक्ष ने प्रसन्नता भरे स्वर में कहा।

''कौन-सा मित्र?''

''हाँ जानता हूँ मैंने पहले कभी उसका उल्लेख नहीं किया, किंतु एक तरह से कह लो वो मेरा वंशज भी है और मित्र भी।''

''अर्थात्?'' दुर्धरा को वो बात अटपटी लगी।

''चलो छोड़ो, पहले उससे भेंट कर लो, दशकों पुराना इतिहास जानने को पूरा जीवन पड़ा है।'' दुर्भीक्ष ने पुकारा लगायी, ''आ जाओ शत्रुघन!''

शत्रुघन कक्ष के भीतर आया और दुर्धरा के चरण-स्पर्श के उपरांत कहा, ''जानता हूँ आप मुझसे परिचित नहीं हैं भाभीश्री। परिचय तो धीरे-धीरे हो ही जायेगा, प्रश्न तो ये है कि आप आने वाले भविष्य में अपना दायित्व निभाने में शिथिल न पड़ जायें।''

दुर्धरा मौन रहकर उसकी ओर देखती रही।

''क्यों, तुम्हें अपनी भाभीश्री पर संदेह है क्या?'' दुर्भीक्ष ने बीच में टोका।

शत्रुघन, दुर्भीक्ष की ओर मुड़ा और उसके कंधे पर हाथ रखा, ''नहीं मेरा कहने का अर्थ है कि तुमने अपने पूरे जीवन केवल पीड़ा ही सही है मित्र... अब आवश्यक है कि तुम्हारे जीवन की हर पीड़ा का अंत हो और इसमें भाभीश्री को अहम भूमिका निभानी होगी।''

दुर्भीक्ष के मुख पर मुस्कान छा गयी, ''तुम तो अभी से दुर्धरा को दायित्वों का बोझ गिनाने लगे।''

दुर्धरा ने बीच में हस्तक्षेप करते हुए कहा, ''कोई बात नहीं, प्रिय मित्र है तो इतना तो बनता है।''

शत्रुघन ने दुर्धरा की ओर मुड़कर कहा, ''आपसे आशाएँ तो हैं भाभीश्री, दशकों के उपरांत तो मिल पाया हूँ इसे, अब मैं नहीं चाहता कि फिर किसी कारण से ये मुझसे दूरियाँ बना ले।''

''अब बंद भी करो मुझे लज्जित करना, हो गयी एक बार भूल मुझसे।'' दुर्भीक्ष ने झेंपते हुए कहा।

शत्रुघन मुस्कुराया, ''चलो अब मुझे चलना चाहिए, तुम भाभीश्री से एकांत में वार्ता करो।''

दुर्भीक्ष ने सहमति में सर हिलाया। शत्रुघन कक्ष से प्रस्थान कर गया।

दुर्धरा, दुर्भीक्ष की ओर मुड़ी, ''यहाँ आने का कोई विशिष्ट कारण?''

''विवाह में एक अभी एक सप्ताह की प्रतीक्षा करनी है, इसलिए बस तुम्हारी झलक पाने से स्वयं को रोक नहीं पाया।'' दुर्भीक्ष ने मुस्कराते हुए कहा।

''बिना किसी उपहार के यों भेंट करने आना आपको शोभा नहीं देता असुरेश्वर।'' दुर्धरा ने तेवर दिखाते हुए कहा।

''उपहार? क्या चाहिए तुम्हें?''

''उपहार क्या पूछकर दिया जाता है?''

''अब मुझे क्या पता स्त्रियों को क्या प्रिय है... वस्त्र, आभूषण, एक बार कहकर तो देखो।''

''तो मुझे मेरा इच्छित उपहार मिलेगा?'' दुर्धरा ने प्रश्न किया।

''माँगकर तो देखो मैं समग्र आर्यावर्त को तुम्हारे चरणों में झुकाने का सामर्थ्य रखता हूँ, वचन देता हूँ तुम्हारा इच्छित उपहार तुम्हें अवश्य प्राप्त होगा।''

''वचन देने से पूर्व विचार कर लीजिए असुरेश्वर क्योंकि फिर आप पीछे नहीं हट पायेंगे।''

''वचन दिया तो दिया पीछे हटने का तो प्रश्न नहीं उठता।''

दुर्धरा, दुर्भीक्ष के निकट आयी और उसके नेत्रों में देखा, ''तो ठीक है अब हमारी भेंट विवाह के दिन सूर्य वंदना के उपरांत ही होगी, उसी समय मैं आपसे उस उपहार की कामना करूँगी।''

''इतने दिनों की प्रतीक्षा क्यों करनी, अभी क्यों नहीं?'' दुर्भीक्ष ने असमंजस में प्रश्न किया।

''वो उपहार प्राप्त करने को विवाह के दिन से शुभ मुहूर्त और क्या हो सकता है?''

दुर्भीक्ष मुस्कुराया, ''ठीक है जैसा तुम उचित समझो।''

दुर्धरा ने मुँह घुमाया और एक खम्भे को पकड़कर लजाते हुए बोली, ''अब भेंट की इच्छा पूर्ण हो गयी हो तो प्रस्थान करेंगे आप...''

''जाने की इच्छा तो नहीं हो रही किंतु कदाचित थोड़ी प्रतीक्षा और करना ही उचित होगा, अब विवाह के दिन ही भेंट होगी।'' कहकर दुर्भीक्ष, दुर्धरा के कक्ष से प्रस्थान कर गया।

उसे कक्ष से बाहर जाते देख दुर्धरा के नेत्रों में प्रतिशोध की ज्वाला स्पष्ट दिखायी दे रही थी।

संध्या काल में महाबली अखण्ड अपने शिविर के पास पदचाप कर रहे थे। महर्षि शंकराचार्य उनके निकट आये, ''क्या आपने वास्तव में युद्ध का निर्णय ले लिया है महाबली?''

अखण्ड ने शंकराचार्य की ओर देख प्रश्न किया, ''मुझे तो कोई और मार्ग दिखायी नहीं पड़ता ऋषिवर।''

''यदि आप हस्तिनापुर की ओर से विदर्भ को युद्ध आवाहन देंगे तो निःसंदेह जयवर्धन दुर्भीक्ष को सहायता के लिये पुकारेगा, और मान लीजिये दुर्भीक्ष के पास उसकी दिव्य शक्तियाँ न भी हों, तब भी क्या आप डंके की चोट पर कह सकते हैं कि मेघवर्ण और सर्वदमन में से कोई भी इतना अनुभवी है जो दुर्भीक्ष को पराजित करके उसका वध कर पायेगा?''

''दुर्भीक्ष का वध करना ही होगा ऋषिवर, बल से नहीं तो छल से सही, क्योंकि एक बार दुर्भीक्ष का वध हो गया, उसके उपरांत समग्र आर्यावर्त में ऐसी कोई शक्ति नहीं होगी जो जयवर्धन का रक्षण कर सके। इस युद्ध में विजय के उपरांत जयवर्धन सदैव के लिये हमारा बंदी हो जायेगा और उसे छुड़ाने का सामर्थ्य किसी में नहीं होगा। उसका वध भी तो नहीं किया जा सकता, क्योंकि फिर न जाने सुबाहु किसके शरीर को अपना शिकार बनायेगा।'' अखण्ड ने दृढ़तापूर्वक कहा।

''मानता हूँ जयवर्धन का वध करना भी उचित नहीं, किन्तु यदि छल ही करना है तो जयवर्धन को बंदी बनाने हेतु एक और छल का प्रयत्न करके देख लीजिए महाबली।

मानता हूँ विदर्भ की प्रजा को उसके अत्याचारों से मुक्त करना आवश्यक है, किन्तु उसके लिये लाखों योद्धाओं की बलि चढ़ाना उचित नहीं, एक बार तो विचार कीजिए।''

कुछ क्षण विचार कर अखण्ड ने कहा, ''आपका कथन तर्कसंगत अवश्य है ऋषिवर, किन्तु मैं द्रविड़राज अल्मबुष और गरुड़राज जम्बाल को कह चुका हूँ कि युद्ध का अवसर शीघ्र ही उपस्थित होगा। डकैत दल को भी विदर्भ के कोने कोने में ये भ्रांतियाँ फैलाने भेजा जा चुका है कि तेजस्वी लौट आया है। विदर्भ की प्रजा के मन में आशा की एक किरण जागी है, शीघ्र ही विदर्भ में विद्रोह की ऐसी ज्वाला उठेगी कि जयवर्धन के सिंहासन की नींव तक हिल जायेगी। ऐसा होने पर जयवर्धन दुर्भीक्ष को अपनी सहायता के लिये अवश्य पुकारेगा और चूँकि ये दुर्भीक्ष का अपना युद्ध नहीं होगा, इस युद्ध में यदि हम अपने सम्पूर्ण सामर्थ्य का उपयोग करें तो विजय प्राप्त कर सकते हैं। दुर्धरा अपने उद्देश्य में सफल होने को है ऋषिवर, उसने हमारे लिए स्वयं के प्राण संकट में डाले हैं तो आप ही बताइए मैं कैसे ये योजना स्थगित कर दूँ।''

''जब आप द्रविड़ों, गरुड़ों और हस्तिनापुर की समस्त बल के साथ उस पर आक्रमण करेंगे तो जयवर्धन भी अपने जीते हुए समस्त राज्यों की सेना एकत्रित कर युद्ध करने आयेगा। विजय चाहे जिसकी भी हो, किंतु इस युद्ध की विभीषिका से मुझे भय है; कहीं ऐसा न हो कि ये युद्ध एक संस्कृति का ही नाश कर दें। इसलिए कृपा करके एक प्रयास और कर लीजिए; आप बस अपनी में थोड़ा योजना में परिवर्तन कीजिए।''

शंकराचार्य और महाबली अखण्ड कुछ समय तक योजना पर विचार-विमर्श करते रहे। अंततः महाबली अखण्ड उनसे सहमत हुए, ''ठीक है आचार्य, इस प्रकार से मुझे अपनी योजना में बस थोड़ा-सा परिवर्तन करना होगा; मैं ये एक अंतिम प्रयास करने को सज्ज हूँ।''

''तो फिर मुझे भी आज्ञा दीजिए महाबली, मुझे कुछ बहुमूल्य वस्तुओं की खोज में एक लम्बी यात्रा पर निकलना है।''

''कौन-सी बहमूल्य वस्तु ऋषिवर?'' महाबली अखण्ड ने प्रश्न किया।

''महाऋषि ओमेश्वर की वो पाँच दिव्य तलवारें; यदि दुर्धरा अपने उद्देश्य में असफल हुई तो हमें उनकी आवश्यकता पड़ सकती है।''

अखण्ड ने भी दृढ़ होकर शंकराचार्य का समर्थन किया, ''जैसी आपकी इच्छा ऋषिवर।''

द्वितीय अध्याय

जीवंत पात्र

अपने शिविर में लेटे मेघवर्ण की चेतना लौट आयी। उसका मस्तक पीड़ा से फटा जा रहा था। अपनी शय्या के किनारे रखे घड़े में से मुख पर पानी के छींटे मारने के उपरांत ही उसे कुछ राहत मिली। अपनी चेतना सँभाले वो अपने शिविर से बाहर आया।

शिविर के बाहर एक वृक्ष की ओट में बैठे छह डकैत आपस में वार्ता कर रहे थे। मेघवर्ण ने छुपकर उनकी वार्ता सुनने का निश्चय किया।

''अरे भैया, चाहे जो कहो अब तो लगता है जैसे हम सब काल के मार्ग पर चल पड़े हैं।'' एक डकैत ने संशय जताते हुए कहा।

''यदि मृत्यु का भय है तो इस दल में सम्मिलित ही क्यों हुए?'' दूसरे डकैत ने क्रोध में प्रश्न किया।

''मुझे भय मृत्यु का नहीं है अपितु इस बात है कि जिस नायक पर विश्वास करके हम अपने प्राणों की आहुति देते हैं वो इतना सामर्थ्यवान है भी या नहीं जो असुरेश्वर दुर्भीक्ष का सामना कर सके; देखा नहीं कैसे उस दुर्भीक्ष के अनुयायी उपनंद ने सरदार को पराजित कर दिया... यदि स्वयं वो असुरेश्वर दुर्भीक्ष आ गया तो वो हमारी क्या दशा करेगा।'' उस डकैत ने भय जताया।

"सुना नहीं गुरुदेव ने क्या बताया था; उस उपनंद ने मल्लयुद्ध के दौरान सरदार की उँगली में एक विषाक्त सुई घुसा दी थी। उसने विजयी होने के लिये छल किया, फिर भी मूर्च्छित होते हुए भी सरदार ने उसे मरणासन्न स्थिति में पहुँचा दिया था, इसलिए हमारे सरदार की शक्ति पर संदेह करना निरर्थक है।" दूसरे डकैत ने दृढ़ता से कहा।

"क्या पता बस हमारा विश्वास बनाये रखने के लिये गुरुदेव ने असत्य कहा हो।" वो डकैत बुदबुदाया।

अगले ही क्षण उसके मुख पर एक भीषण मुष्टि प्रहार हुआ और वो डकैत चार हाथ दूर जा गिरा। एक डकैत उसकी छाती पर चढ़ गया, "हमारे गुरुदेव पर संदेह करके पाप किया है तूने, अब तुझे जीवित रहने का कोई अधिकार नहीं है।"

"छोड़ो उसे!" मेघवर्ण ने वहाँ आकर हस्तक्षेप किया।

छाती पर चढ़े हुए डकैत ने मेघवर्ण की ओर देखा, "इसने गुरुदेव पर प्रश्न उठाया है सरदार, इसका स्वर दबाना आवश्यक है अन्यथा...."

"और तुम्हारे उसी गुरुदेव ने मुझे तुम्हारे दल का सरदार बनाया है।" मेघवर्ण ने उस डकैत को डपटा। वो बिना कोई और प्रश्न किये दूसरे डकैत की छाती से हट गया।

वो दूसरा डकैत खाँसते हुए भूमि से उठा। मेघवर्ण ने क्षण भर उसे घूरा और पलटकर अपने शिविर की ओर लौट गया।

उस दूसरे डकैत ने अपने साथियों की ओर देखा जो उसे क्रोध से घूर रहे थे। वो उठकर उन सबसे दूर चला गया। चलते-चलते वो एक घने वन में पहुँचा और अपने असली रूप में आ गया। वो एक असुर था जो कदाचित् भैरवनाथ की योजना का भाग था।

रात्रि का समय था। मेघवर्ण अपने अश्व पर कुछ सामग्री लाद रहा था। अखण्ड ने उसे देख लिया।

"कहाँ जा रहे हो तुम?" अखण्ड ने उससे प्रश्न किया।

मेघवर्ण उनकी ओर पलटा, "एक यात्रा पर।"

"कैसी यात्रा?"

"अपनों का विश्वास जीतने की यात्रा।" मेघवर्ण ने रुँधे हुए स्वर में कहा।

"सभी जानते हैं कि उपनंद ने छल किया था।"

"छल से या बल से, पराजय तो मेरी हुई है गुरुदेव, मेरे साथियों में अविश्वास जागा है।"

''तुम भूल गये तुम्हें मुझसे अपने जन्म का भेद भी जानना था।''

''अपने जन्म के भेद के लिये मेरा और आपका द्वन्द्व तो एक न एक दिन होगा ही गुरुदेव, किंतु इस समय मैं स्वार्थी नहीं हो सकता, पहले मुझे अपने साथियों का विश्वास जीतना है जो दशकों से मेरे विश्वास पर इस दल में हैं।''

''और उसके लिये क्या करोगे तुम? उपनंद के राज्य पर आक्रमण करोगे ?''

''नहीं गुरुदेव उपनंद को पराजित करके भी कदाचित् मैं वो विश्वास दोबारा न जीत पाऊँ।''

''तो फिर और क्या चल रहा है तुम्हारे मन में?'' अखण्ड ने आश्चर्य से प्रश्न किया।

''अभी पता नहीं, अभी तो बस मुझे कुछ प्रश्नों के उत्तर चाहिए जो एक ही व्यक्ति मुझे दे सकता है और वो है असुरेश्वर दुर्भीक्ष... जा रहा हूँ मैं पातालपुरी।'' मेघवर्ण ने अपने अश्व की लगाम खींची।

तभी अखण्ड ने उसके मार्ग में अपना भाला फेंककर गाड़ दिया। मेघवर्ण ने पलटकर आश्चर्य भाव से अखण्ड की ओर देखा। अखण्ड ने आगे आकर वो भाला उखाड़ा और मेघवर्ण के मार्ग में आ खड़े हुए।

अपने अश्व से उतरकर मेघवर्ण ने कठोर स्वर में कहा, ''मुझे अपने दल के विश्वास से अधिक कुछ भी प्रिय नहीं, मेरा समय नष्ट न कीजिए गुरुदेव।''

''मुझे निःशस्त्र किए बिना तुम आगे नहीं बढ़ सकते, महारथी मेघवर्ण।''

अखण्ड का उवाच सुन मेघवर्ण ने भी अपना भाला उठाया। अश्व से उतरकर उसने क्षण भर अखण्ड को घूरा और उनकी ओर दौड़ पड़ा। दोनों के भाले टकराये और तीन क्षणों में ही मेघवर्ण ने अखण्ड का भाला उनके हाथ से छुड़ाकर अपना भाला उनके कण्ठ पर टिका दिया।

मेघवर्ण के नेत्रों में देख अखण्ड ने गर्वित होकर कहा, ''तुम्हारे नेत्रों में झलकता हुआ दृढ़ संकल्प तुम्हारे सामर्थ्य का आधार बने, प्रस्थान करो महारथी मेघवर्ण।''

मेघवर्ण ने भाला हटाकर अखण्ड को प्रणाम किया, ''आज्ञा दीजिए गुरुदेव!''

उसे अश्व पर आरूढ़ हुआ देख अखण्ड ने कहा, ''प्रस्थान से पूर्व मैं तुम्हें एक गुरुमंत्र देना चाहूँगा मेघवर्ण।''

''कहिए गुरुदेव।''

''जब तक अपने क्रोध पर नियंत्रण नहीं पाओगे, मस्तिष्क को एकाग्र नहीं करोगे, अपने प्रतिद्वन्द्वी की शक्ति और अनुभव का सम्मान नहीं करोगे तब तक द्वन्द्व में तुम्हें विजय मिले या पराजय, तुम उस द्वन्द्व के संतोष से वंचित ही रहोगे और तुम्हारे

मन में सदा ही स्वयं की शक्ति के प्रति संदेह भी बना रहेगा।''

मेघवर्ण ने श्वास भरते हुए सहमति जतायी, ''स्मरण रखूँगा गुरुदेव।''

महाबली अखण्ड उसे घने वनों के मार्ग से जाता हुआ देखते रहे। उसके प्रस्थान के कुछ क्षणों उपरांत उन्होंने एक डकैत सैनिक को बुलाया और उसके हाथ में एक पत्र थमाया, ''हस्तिनापुर जाओ और ये पत्र केवल एक व्यक्ति के हाथ में देना, ब्रह्मर्षि विश्वामित्र।''

''जो आज्ञा गुरुदेव।'' पत्र लेकर वो डकैत प्रस्थान कर गया।

अगले दिन महाबली अखण्ड नदी के निकट खड़े किसी की प्रतीक्षा में थे। तभी आकाश में उड़ता हुआ एक मनुष्य-कद का गरुड़ नीचे उतरकर महाबली अखण्ड के निकट आकर खड़ा हुआ और उन्हें प्रणाम किया, ''आपने मुझे बुलाया महाबली!'' ये कोई और नहीं जम्बाल था।

''हाँ गरुड़राज, आपकी परम आवश्यकता आन पड़ी है।''

''कहिए क्या आदेश है मेरे लिए?'' जम्बाल ने प्रश्न किया।

''मेघवर्ण, दुर्भीक्ष के पास गया है। निस्संदेह इस बार उन दोनों में द्वंद्व अवश्य होगा और मेघवर्ण के पराजय की सम्भावना थोड़ी अधिक है, इसलिए मेरी इच्छा है कि आप आकाश मार्ग से उड़ते हुए पातालपुरी जायें और मेघवर्ण पर दृष्टि बनाये रखें। मेघवर्ण के प्राण बहुत मूल्यवान है, इसलिए यदि कभी आपको ऐसा लगे कि मेघवर्ण के प्राणों पर बन आयी हैं, तो आप ये प्रयास करेंगे कि उसे किसी भी तरह वहाँ से सुरक्षित निकाल ले जायें।''

जम्बाल ने दृढ़ होकर कहा, ''आप चिंता न करें महाबली, महारथी मेघवर्ण हमारी आशाओं के आधार हैं, हम उन्हें कुछ नहीं होने देंगे; आज्ञा दीजिए।'' कहकर जम्बाल उड़ चला।

उपनंद को एक बैलगाड़ी में लिटाये, चंद्रकेतु दस डकैतों के साथ यात्रा पर निकल पड़ा था। कई दिनों की यात्रा के उपरांत उसने त्रिगर्ता की सीमा में प्रवेश किया। नगर में कुछ कोस भीतर प्रवेश करने के उपरांत कुछ स्वरों ने चंद्रकेतु का ध्यान खींचा।

''रक्षा करो! रक्षा करो!'' कदाचित वो किसी की चीखने की पुकार थी जो काफी दूर से आ रही थी।

चंद्रकेतु ने अपना कारवां उस दिशा में मोड़ लिया। निकट जाकर देखा तो किसी गाँव का एक क्षेत्र था जहाँ प्रचण्ड अग्नि काण्ड हुआ प्रतीत हो रहा था। त्रिगर्ता के कुछ सैनिक आग भी बुझा रहे थे और कुछ अज्ञात शत्रुओं से युद्ध भी कर रहे थे। चंद्रकेतु

अपना कारवाँ लेकर थोड़ा निकट जाने लगा।

त्रिगर्ता के सैनिक जिनसे युद्ध कर रहे थे, वो कुछ आदिवासी जैसे प्रतीत हो रहे थे। उन सबके शीश पर बैल जैसा मुकुट था और हाथों में भाले।

''ग्रामीणों की रक्षा को चलें महामहिम?'' एक डकैत ने चंद्रकेतु से प्रश्न किया।

''युद्ध में कूदने से पूर्व ये सुनिश्चित करना आवश्यक है कि हम जिस पक्ष से लड़ रहे हैं वो सही है या नहीं; कुछ पल प्रतीक्षा करो, अभी तो त्रिगर्ता के सैनिक भारी पड़ते प्रतीत हो रहे हैं।'' चंद्रकेतु ने धीरज रखने का निर्णय लिया।

उसका कथन उचित ही था। नगर से और सैनिक आ चुके थे। वो आदिवासी जैसे दिखने वाले योद्धा पीछे हटने लगे। तभी बायीं ओर के वन से रँभाने का स्वर सुनायी दिया। वो स्वर तीव्र गति से तीव्र होता गया और वन से जो भयानक जीव निकलकर हवा में उछला, उसने वहाँ उपस्थित मनुष्यों के रोंगटे खड़े कर दिये।

हाथों में एक विशाल मुग्दर उठाये हुए उस जीव ने एक साथ तीन त्रिगर्ता के सैनिकों पर वार किया। उन तीनों की दशा देख शेष सैनिकों का रक्त जैसे सूख गया। तीनों के मस्तक से लेकर छाती तक भाग किसी गुब्बारे की भाँति फट गया और मांस के लोथड़ों और बहते रक्त ने वहाँ की भूमि को लाल और भयावह रूप दे दिया।

चंद्रकेतु ने दृष्टि उठाकर सामान्य मनुष्य से लगभग डेढ़ गुने आकर के उस जीव की ओर देखा जिसका धड़ तक का भाग एक मनुष्य जैसा था और मस्तक एक वृषभ जैसा... साथ ही मस्तक पर दो बड़े नुकीले सींग भी थे। अपने कँटीले मुग्दर के साथ-साथ उसका शरीर भी रक्त से स्नान किया हुआ प्रतीत हो रहा था।

त्रिगर्ता की सेना की ओर मुड़ वो जोर से रँभाया। उसके पीछे खड़े आदिवासी उसका जयघोष करने लगे, ''महामहिम बल्लार की जय हो!!''

त्रिगर्ता के सैनिक भय के मारे पीछे हटने लगे और दूर से ही बाणों और भालों की वर्षा की। पर बल्लार चपलता पूर्वक मुग्दर घुमाते हुए उनके सारे शस्त्र तोड़ रहा था। उस महाकाय वृषमानव बल्लार ने अपने मुग्दर से एक जलती हुई झोपड़ी उठायी और त्रिगर्ता के सैनिकों के साथ खड़े ग्रामीणों पर फेंक दी।

ग्रामीणों पर उसका प्रहार देख चंद्रकेतु ने निर्णय ले लिया, ''निर्दोषों पर वार करने वाला दोषी ही होता है, हमें उन निर्दोष ग्रामीणों की रक्षा करनी होगी; तुम लोग यहाँ उपनंद पर दृष्टि जमाये रखो, मैं उस दैत्य को धूल चटाकर आता हूँ।''

कहकर चंद्रकेतु ने बैलगाड़ी से एक गदा उठायी और बढ़ चला। बल्लार अकेला ही त्रिगर्ता के सैनिकों की ओर बढ़ रहा था। त्रिगर्ता के सैनिकों में भगदड़ मच गयी। बल्लार के योद्धा उसकी जय जयकार करने लगे।

ये देख चंद्रकेतु ने उनके निकट की भूमि पर गदा का एक शक्तिशाली वार किया। उस वार से भूमि काँप उठी और बल्लार के योद्धा लड़खड़ाकर इधर-उधर गिर पड़े। और हो भी क्यों न, वक्रबाहु जैसे बलाढ्य का वरदानी था चंद्रकेतु।

अचम्भित बल्लार ने मुड़कर देखा, अपने कंधे पर गदा उठाये चंद्रकेतु उसे देख मुस्कुरा रहा था।

बल्लार का एक योद्धा उसके निकट आया, ''महामहिम, कदाचित् यही है उपनंद, इतना भीषण वार कोई और नहीं कर सकता।''

बल्लार ने हुंकार भरा, ''कोई बीच में नहीं आयेगा!''

अपना मुग्दर लिये बल्लार, चंद्रकेतु की ओर दौड़ पड़ा। चंद्रकेतु अपनी जगह स्थिर खड़ा रहा और बल्लार के पैरों की गति और चाल को ध्यान से देख रहा था। उसने बल्लार के नेत्रों का क्रोध देख अनुमान लगाया, ''ये पशुबुद्धि किसी का सगा का नहीं है।''

बल्लार ने पूरी गति से अपना कँटीला मुग्दर घुमाया। चंद्रकेतु ने उस वार से बचने के लिये छह हाथ ऊपर की छलांग लगायी और गदा से सीधा बल्लार के पंजे पर वार किया। बल्लार की गदा छूटी, बिना कोई क्षण गँवाये उसने बल्लार की छाती पर गदा का शक्तिशाली वार किया। वो वृषमानव दस हाथ दूर जा गिरा।

बल्लार के योद्धाओं के माथे पीले पड़ गये। चंद्रकेतु के साथ आये डकैत सैनिक उसकी सराहना करने लगे। क्रोधित बल्लार भूमि से उठा और इस बार सजग होकर चंद्रकेतु की ओर बढ़ा।

चंद्रकेतु ने ऐंठन दिखाते हुए बल्लार को घूरा। बल्लार ने दोबारा अपना मुग्दर उठाया और तीखी दृष्टि से चंद्रकेतु को देखा। दोनों योद्धा बड़ी सावधानी से एक-दूसरे को निहार रहे थे। क्षण भर दृष्टि मिलाने के उपरांत दोनों एक-दूसरे की ओर दौड़े।

दोनों के शस्त्र टकराये। बल्लार के मुग्दर ने चंद्रकेतु की गदा के एक ही वार में टुकड़े-टुकड़े कर दिये।

''तुम निःशस्त्र पर वार नहीं करते तो न करो, किंतु तुम्हारे लिए मेरे मन में कोई दया नहीं है।'' कहकर बल्लार ने चंद्रकेतु पर मुग्दर से वार करना आरम्भ किया। चंद्रकेतु किसी प्रकार अपनी चपलता से बच पा रहा था। डकैत योद्धाओं के मस्तक पर चिंता की लकीरें स्पष्ट दिखायी दे रही थीं।

बल्लार के वार से बचते-बचाते चंद्रकेतु ने अपने योद्धाओं को भाला फेंकने का संकेत दिया। भाला हाथ में आते ही चंद्रकेतु ने अद्भुत चपलता दिखायी और एक बार फिर बल्लार का मुग्दर छुड़ा दिया और भाला उसकी गर्दन पर टिका दिया।

“अब एक पग भी हिले तो तुम्हारा कंठ गया समझो!” चंद्रकेतु ने चेतावनी दी।

बल्लार ने एक झटके से भाले को पकड़ा और मुट्ठी से ही उसका नुकीला सिरा तोड़कर चंद्रकेतु को पीछे धकेला। इसके उपरांत उसने दौड़कर चंद्रकेतु को पकड़ लिया और उठाकर पूरी शक्ति से एक विशाल पत्थर की ओर फेंक दिया। उस पत्थर के भी कई टुकड़े हो गये।

चंद्रकेतु का बायाँ कंधा नुकीले पत्थर से छिल गया। उसका बहता हुआ रक्त देख बल्लार और उसके योद्धाओं का आत्मविश्वास बढ़ गया। साथ ही साथ त्रिगर्ता के ग्रामीणों और योद्धाओं के साथ-साथ दसों डकैत सैनिकों के भी माथों पर शिकन उभर आयी।

चंद्रकेतु भूमि से उठा और बल्लार की ओर दृष्टि जमायी। इस बार बल्लार अपने घातक सींगों से चंद्रकेतु की छाती का लक्ष्य लिये दौड़ पड़ा। चन्द्रकेतु स्थिर खड़ा उसकी पैरों की चाल की ओर देखता रहा। बल्लार के सींग अपनी छाती तक आने से ठीक एक क्षण पूर्व उसने झुककर घिसटते हुए बल्लार के पाँव पर वार किया और उसे उसकी जाँघ से उठाकर पत्थरों के ढेर में फेंक दिया। नुकीले पत्थरों से बल्लार के कंधे भी छिल गये, फिर भी वो उठकर खड़ा हो गया।

कुपित हुए बल्लार ने उठकर कंधे उचकाये और मल्लयुद्ध को अपने कंधे पीट चंद्रकेतु से टकरा गया। दोनों महारथी एक-दूसरे की भुजाओं को जकड़े, दाँव लगाने लगे।

यह देख डकैत सैनिकों ने चंद्रकेतु का साहस बढ़ाने का निर्णय लिया और जयघोष प्रारम्भ किया, “महाबली चंद्रकेतु की जय हो! महाबली चंद्रकेतु की जय हो...!”

उनकी जयघोष देख त्रिगर्ता के सैनिकों के साथ-साथ वहाँ उपस्थित ग्रामीणों ने भी चंद्रकेतु का साहस बढ़ाने के लिये ऊँचे ऊँचे नारे लगाने आरम्भ किये।

इतना शोर सुनकर उपनंद की मूर्च्छा टूटने लगी। उसने धीरे-धीरे अपने नेत्र खोले और बैलगाड़ी से उतरा। बल्लार को चंद्रकेतु से युद्ध करता देख और अपनी प्रजा को चंद्रकेतु की जयघोष करते हुए देख उसे क्रोध आ गया।

उसने परिस्थिति समझे बिना ही अपने सैनिकों और प्रजा को फटकारा, “शत्रु की जयघोष के नारे लगाना बंद करो मूर्खों!”

त्रिगर्ता की प्रजा और सैनिक मौन हो गये। बल्लार ने आश्चर्य भरी दृष्टि से चंद्रकेतु को देखा, “तो तुम उपनंद नहीं हो?”

“उपनंद मेरा परम शत्रु है।” कहते हुए चंद्रकेतु ने बल्लार को पीछे धकेल दिया।

बल्लार ने भी कोई विशेष प्रतिरोध नहीं किया और हाथ उठाकर द्वन्द्व रोकने का संकेत दिया।

उपनंद ने उन्हें टोका, ''रुक क्यों गये, द्वन्द्व जारी रखो बड़ा आनंद आ रहा था।''

क्रोधित बल्लार पूरी गति से उपनंद की ओर दौड़ा और उसे सींग से उठाकर दूर फेंक दिया। घायल और असावधान उपनंद एक वृक्ष से जा टकराया।

बल्लार एक बार फिर उपनंद की ओर दौड़ा, पर इस बार चंद्रकेतु बीच में आ गया। बल्लार के कदम ठिठक गये।

''तुम तो इसके शत्रु हो न, तो फिर इसका रक्षण क्यों कर रहे हो?'' क्रोधित बल्लार ने प्रश्न किया।

''मुझे कोई रुचि नहीं है इसके रक्षण में, किंतु अपने मित्र के दिये वचन के लिये मुझे इसका रक्षण तब तक करना होगा जब तक मैं इसे सुरक्षित इसके महल नहीं पहुँचा देता। एक बार मैं इसे महल पहुँचा दूँ उसके उपरांत इसके वध की इच्छा पूर्ण कर लेना।'' चंद्रकेतु ने दृढ़ता से कहा।

बल्लार ने गहरी साँस भरी, ''तुम एक उत्तम योद्धा हो युवान, जानता हूँ ये उपनंद एक बार अपने महल के भीतर प्रवेश कर गया तो मेरी पहुँच से दूर हो जायेगा; किंतु शत्रु का शत्रु मित्र होता है इसलिए मैं तुम्हारी इस इच्छा का मान अवश्य रखूँगा।''

घायल उपनंद भूमि से उठा और बल्लार के निकट आया, ''कौन हो तुम और मैं तुम्हारा शत्रु कैसे हो गया?''

''अभी तुम घायल हो उपनंद, अभी तुम केवल अवसर देने के योग्य हो; जब समय आयेगा तब तुम्हें मेरा परिचय भी मिलेगा और तुम्हारे किये अपराध का दण्ड भी, अब जाओ यहाँ से।'' बल्लार ने हुंकार भरा।

उपनंद के घाव अभी भी भरे नहीं थे। त्रिगर्ता का सेनापति 'पारमित्र' वहाँ आया और कुछ सैनिकों के सहारे उपनंद को अपने साथ ले गया। त्रिगर्ता की सेना वहाँ से प्रस्थान कर गयी।

उपनंद के जाने के उपरांत बल्लार चंद्रकेतु की ओर मुड़ा, ''तुम अद्भुत हो युवान, तुम्हारी भुजाओं में तो महाबली वक्रबाहु जैसे महावीर जितना बल समाया है, क्या मैं तुम्हारा पूर्ण परिचय जान सकता हूँ?''

''आप तो मुझे कुछ अधिक ही सम्मान दे रहे हैं बल्लार महोदय, मैं तो बस गंधर्व सेनापति स्वर्गीय उपमन्यु का पुत्र मात्र हूँ जिसे गंधर्वों के नेतृत्व का सम्मान मिला है।

''नहीं ये सम्भव नहीं है; जिसकी भुजाओं में इतना बल है जो बल्लार से टकराने

का सामर्थ्य रखता है, वो फिर महाबली वक्रबाहु का कोई अंश या वरदानी ही हो सकता है। महाबली वक्रबाहु के पुत्र तो तुम हो नहीं, निस्संदेह तुम रक्षराज दुशल जैसे महान योद्धा के वंशज हो।''

चंद्रकेतु क्षण भर के लिये स्थिर खड़ा रहा। उसे समझ ही नहीं आ रहा था कि बल्लार ने क्या बोला।

''कदाचित् आपको कोई भ्रम हुआ है, मैं बस एक साधारण गंधर्व पुत्र हूँ।'' चंद्रकेतु ने शालीनता से कहा।

''मुझे कोई भ्रम नहीं हुआ युवान, तुम निस्संदेह रक्षराज के वंशज हो, क्योंकि महाबली वक्रबाहु जितना बल या तो उनके अंश में हो सकता है या रक्षराज के वंशजों में, जो उनके वरदानी है।'' बल्लार असहमति जताते हुए कठोर स्वर में बोला।

चंद्रकेतू कुछ क्षण मौन खड़ा रहा। बल्लार उसके निकट आया, ''महाबली वक्रबाहु के केवल दो पुत्र हैं। एक वो कपटी उपनंद, और दूसरा मैं स्वयं।''

''आपने तो कहा था उपनंद आपका शत्रु है।'' चंद्रकेतु ने आश्चर्य से कहा, ''महाबली वक्रबाहु... विदर्भ में हुए पाँच दिन के महासमर में उनके पराक्रम के विषय में अनेक कथाएँ प्रचलित हैं; बाल्यावस्था से ही अपने गुरुदेव के मुख से उनकी प्रशंसा सुनता आया हूँ, किंतु उनके किसी भी पुत्र के विषय में तो मैंने कभी नहीं सुना।'' चंद्रकेतु ने संदेह जताया।

''तुम्हारे गुरु का नाम क्या है?'' बल्लार ने प्रश्न किया।

''उनका नाम महाबली अखण्ड है।'' चंद्रकेतु ने कहा।

बल्लार ने क्षण भर चंद्रकेतु की ओर देखा और विषय को टालना ही उचित समझा, ''उपनंद तुम्हारा भी शत्रु है और मेरा भी, इस समय उचित यही होगा कि हम ये स्थान छोड़ दें; यदि हम पर विश्वास हो तो हमारे साथ चलो, मेरे गुरुदेव तुम्हें सम्पूर्ण कथा भी बतायेंगे और तुम्हारे जीवन के सत्य से तुम्हें अवगत भी करायेंगे।'' बल्लार ने प्रस्ताव रखा।

चंद्रकेतु ने कुछ क्षण विचार किया, ''ठीक है, मेरे सारे साथी मेरे साथ आयेंगे।''

''स्वीकार है।'' बल्लार ने सहमति जतायी।

बल्लार और चंद्रकेतु का कारवाँ किसी अज्ञात स्थान की ओर निकल पड़ा। कुछ समय पश्चात उनके समक्ष एक घना वन आया। बल्लार ने चंद्रकेतु की ओर मुड़कर कहा, ''इस वन का मार्ग पथरीला है और आगे एक छोटा पर्वत है जहाँ चढ़ाई करना है और वन में अन्य पशुओं का संकट भी है इसलिए अश्वों को यहीं छोड़ देना उचित होगा।''

चंद्रकेतु ने बल्लार को संदेहपूर्ण दृष्टि से देखा। बल्लार मुस्कुराया, ''मेरे सैनिक यहाँ खड़े होकर तुम्हारे अश्वों की रक्षा करेंगे। ''

चंद्रकेतु ने सहमति जताते हुए बल्लार के साथ वन में पदयात्रा का निर्णय लिया। दोनों साथ में वनमार्ग से जा रहे थे। बल्लार ने देखा कि चंद्रकेतु के मुख पर अभी भी संदेह का भाव है।

''अपने प्रश्नों को स्वयं तक सीमित मत रखो युवान, वार्ता करते रहोगे तो यात्रा की थकान का एहसास नहीं होगा।'' बल्लार ने चंद्रकेतु से व्यंग्यपूर्ण स्वर में कहा।

''आपने कहा था उपनंद आपका भाई है, फिर भी आप...।''

''अभी कुछ मास पूर्व ही मुझे ज्ञात हुआ कि मेरे पिता महाबली वक्रबाहु को उस उपनंद ने बंदी बना रखा है, तो वो भाई के नाम पर कलंक ही हुआ।''

''तो आप वहाँ से लौट क्यों आये ?''

बल्लार ने चलते हुए कहना आरम्भ किया, ''कुछ दिन पूर्व सूचना मिली थी कि उपनंद अपने राज्य में उपस्थित नहीं है। मेरी योजना थी कि उपनंद की अनुपस्थिति में उसके सेनापति 'पारमित्र' का वध करना ताकि उपनंद के लौटने से पहले मैं उसकी सैन्य शक्ति छिन्न-भिन्न कर दूँ।''

बल्लार ने कहना जारी रखा, ''पहले हमारे सैनिकों ने एक गाँव पर आक्रमण किया। योजना ये थी कि कम से कम सैनिकों की सहायता से शत्रु की अधिक से अधिक हानि करेंगे और मैं तभी सामने आऊँगा जब मेरे योद्धा कमजोर पड़ने लगेंगे और हमने ये कर भी लिया था। मैंने त्रिगर्ता के सैनिकों के मन में इतने भय का संचार कर दिया कि अब कभी भी पारमित्र को आना पड़ सकता था, किंतु तुम्हारे हस्तक्षेप ने हमारी योजना को विफल कर दिया।''

''जब तक आपका लक्ष्य केवल शत्रु सैनिक थे, मैं मौन था।'' चंद्रकेतु ने दृढ़ता से कहा।

''हाँ मैं समझ सकता हूँ। हमारी नीति मानवों से भिन्न है, किंतु मुझे अनुमान लग गया था कि तुम कौन हो, इसीलिए तुम्हारे वचन का मान रखते हुए मैंने अपनी योजना स्थगित कर दी।'' कहते हुए बल्लार चलता जा रहा था।

''अब आप उपनंद तक कैसे पहुँचेंगे?''

''दुष्कर कार्य है। उपनंद के पास दो अक्षौहिणी सेना है, जिसमें से लगभग दस सहस्त्र से भी अधिक योद्धा राजभवन की सुरक्षा में लीन रहते हैं और पूरे नगर की सुरक्षा के लिये पचास सहस्त्र सैनिक और लगभग दो सौ गुप्तचर भ्रमण करते रहते हैं। और उपनंद की उपस्थिति उनकी शक्ति और तालमेल कई गुना बढ़ा देती है। इसलिए अब

उपनंद तक पहुँचने के लिये कोई दूसरी योजना सोचनी होगी,'' बल्लार ने हताशा भरे स्वर में कहा।

''किंतु क्या उपनंद आपका भ्राता होते हुए भी अभी तक आपके अस्तित्व से अनभिज्ञ था?'' चंद्रकेतु ने प्रश्न उठाया।

''हाँ मैं भी पहले उसके अस्तित्व से अनभिज्ञ था। इसके पीछे एक लम्बी कथा है, सुंनना चाहोगे?''

''हाँ कदाचित् पदयात्रा लम्बी प्रतीत होती है, कथा सुनते हुए कट जायेगी ।''

''पाँच दिन के महासमर के समापन के उपरांत महाबली वक्रबाहु अपने निर्वाण का मार्ग खोजने यात्रा पर निकल पड़े। सरस्वती नदी के पास पहुँचकर वो तपस्या में लीन हो गये। उन्हें बस निर्वाण की आकांक्षा थी। कई दिनों तक भूखे-प्यासे साँस रोककर तपस्या करने के उपरांत भी उनके शरीर से उनके प्राण नहीं छूटे।''

पचास वर्ष पूर्व

वक्रबाहु की तपस्या को एक माह बीत चुका था। किंतु इतने दिनों तक भूखे-प्यासे रहने के उपरांत भी वक्रबाहु का शरीर पहले की भाँति हृष्ट-पुष्ट था।

''क्या है मृत्यु?'' एक तीव्र स्वर वक्रबाहु के कर्णों को छू गया। उसने अपने नेत्र खोले और अपने समक्ष खड़े व्यक्ति की ओर देखा। लम्बी और उलझी हुई जटाओं के धनी उस व्यक्ति के सम्पूर्ण शरीर पर राख मला हुआ था। वक्रबाहु उन्हें एकटक देखता रहा।

''तुमने मेरे प्रश्न का उत्तर नहीं दिया। क्या है मृत्यु जिसे पाने की आस से तुम ये निरर्थक तप कर रहे हो?'' उस अघोरी ने वक्रबाहु को घूरते हुए प्रश्न किया।

वक्रबाहु अपने आसन से उठा और उस अघोरी के निकट आया, ''आप कहना क्या चाहते हैं?''

''मैंने बस एक प्रश्न किया है उसके उत्तर की प्रतीक्षा में हूँ।'' अघोरी ने दृढ़ता से कहा।

''अपने जीवन का उद्देश्य पूर्ण हो जाने के उपरांत मुक्ती की कामना के लिये तप करना निरर्थक कैसे हो गया?'' वक्रबाहु ने आश्चर्यपूर्वक प्रश्न किया।

अघोरी ने अट्टहास किया, ''यदि तुम्हारे जीवन का उद्देश्य पूर्ण हो गया होता तो तुम्हारा ये शरीर कब का प्राण छोड़ चुका होता, मृत्यु का मार्ग इतना सरल भी नहीं होता महाबली।''

वक्रबाहु को कुछ समझ नहीं आया। वो अघोरी के निकट गया, ''इस पवित्र स्थान पर न जाने कितने महापुरुषों ने अपनी देह का त्याग किया है... तो मैं यदि निर्वाण की कामना लिये यहाँ आया तो मेरी इच्छा पूर्ण क्यों नहीं हो सकती?''

अघोरी ने वक्रबाहु के मस्तक को घूरकर देखा, ''तुम पर अभी भी किसी का ऋण है महाबली, इसलिए ये स्थान तुम्हें निर्वाण नहीं दे सकता।''

''ये आप क्या कह रहे हैं, मैं तो अपने जीवन का सारा बोझ उतारकर जीवन के इस अंतिम पड़ाव पर आया हूँ।''

अघोरी उसके निकट आया और उसकी भुजाएँ और छाती को ठोककर देखा, ''मैं एक सिद्ध अघोरी हूँ, यदि तुम्हें लेने यमदूत आये होते तो अब तक मैंने उन्हें देख लिया होता।'' कहते हुए अघोरी वक्रबाहु के पूरे शरीर को देखता रहा।

''तुम्हारे इस शरीर पर साधारण अस्त्रों का प्रभाव होता है?'' अघोरी ने प्रश्न किया।

''नहीं, किंतु इस प्रश्न का क्या अर्थ है?''

''स्वयं की ओर देखो; पिछले कई मास से बिना भोजन के तप कर रहे हो किंतु शरीर में लेशमात्र भी परिवर्तन दिखायी नहीं देता। निसंदेह वो तुम्हीं हो जिसने अपने शरीर में जीवंतपात्र धारण कर रखा है।'' अघोरी ने दृढ़ता से कहा।

''जीवंतपात्र! कैसा जीवंतपात्र?'' वक्रबाहु ने आश्चर्यभाव से प्रश्न किया।

''महाऋषि ओमेश्वर का बनाया हुआ इस संसार का एकमात्र जीवंतपात्र... क्या सम्बंध है तुम्हारा उनसे?'' अघोरी ने प्रश्न किया।

''वो मेरे गुरुदेव थे।'' वक्रबाहु ने कहा।

अघोरी ने उसके निकट आकर आश्चर्य भाव से प्रश्न किया, ''क्या तुम्हीं वक्रबाहु हो?''

''हाँ, आप मुझे कैसे जानते हैं?'' वक्रबाहु ने आश्चर्य से प्रश्न किया।

अघोरी पलटकर मुस्कुराया, ''कभी विचार किया है कि तुम असुररूप में क्यों जन्मे?''

''मेरे गुरुदेव ने मुझे एक दिव्य कलश के द्वारा पाया था, इसके अतिरिक्त न मुझे कुछ ज्ञात है न मैंने कभी उनसे प्रश्न किया।'' वक्रबाहु ने स्पष्ट रूप से कहा।

''महाऋषि ओमेश्वर पंचसिद्धि के धारक थे, पर उनके मन की एक धारणा थी जिससे वो कदाचित् कभी नहीं उबर पाये।''

''मैं आपकी बात समझ नहीं पा रहा।'' वक्रबाहु अभी भी संशय में था।

"यदि ओमेश्वर की इच्छा होती तो तुम्हारा जन्म भी एक मानव रूप में ही होता। उनके मन की वही धारणा थी कि जिस शरीर में दानवी, राक्षसी या आसुरी आत्मा होगी वो दुष्प्रवृत्ति का ही होगा। इस विषय पर मेरा और उनका कई बार विवाद हुआ किंतु उन्होंने अपना हठ नहीं छोड़ा।"

"क्या सम्बंध है आपका मेरे गुरुदेव से?" वक्रबाहु ने प्रश्न किया।

"मैं महात्र्ऋषि ओमेश्वर का अनुज 'अवधूत' हूँ।"

"महात्र्ऋषि ओमेश्वर का अनुज... हाँ मैंने कई बार क्रोध में उन्हें आपका नाम लेते सुना है।" वक्रबाहु आश्चर्य में था।

"क्योंकि तुम्हारे जन्म उपरांत, क्रोध में आकर ओमेश्वर ने मुझसे सारे सम्बंध तोड़ लिये।"

"वो क्यों?"

"अग्नि, वायु, जल, आकाश और भूमि, इन पाँच तत्वों से जीवन का निर्माण होता है; इन्हीं पंचतत्वों के सिद्धिधारक ओमेश्वर ने एक ऐसे जीवंतपात्र का निर्माण किया जो अनेक नये जीवन का निर्माण कर सकता था। किन्तु जीवन निर्माण का अधिकार केवल परमात्मा का है। देवताओं ने ओमेश्वर पर प्रकृति के नियम भंग करने का आरोप लगाया। अंत में ओमेश्वर को ब्रह्मदेव से क्षमा माँगनी पड़ी। किंतु जीवंतपात्र को नष्ट नहीं किया जा सकता था इसलिए देवताओं की सहमति से ओमेश्वर ने उसे एक शरीर में स्थापित करने का निर्णय लिया... एक ऐसा शरीर जिसके नाश के साथ ही वो जीवंतपात्र भी नष्ट हो जाता। उन्होंने देवों की सहायता से एक कलश का निर्माण किया जो कि एक कृत्रिम गर्भ जैसा था। जिस प्रकार नौ मास तक एक माता, पुत्र का पालन करती है, उस कलश में भी एक मानव का अंश पलने लगा।"

अवधूत ने कहना जारी रखा, "शीघ्र ही ये बात मुझे ज्ञात हुई। मैंने ओमेश्वर को कई बार समझाने का प्रयास किया कि मानव हो या असुर, जन्म से किसी की भी प्रवृत्ति निर्धारित नहीं होती, किंतु वो कभी नहीं माने। इसलिए मैंने एक असुर के शव की आत्मा खींचकर उस जीवंतपात्र में डाल दी। जब ओमेश्वर ने जीवंतपात्र से एक असुर को जन्म लेते हुए देखा, तो उन्हें मुझपर क्रोध आया और उन्होंने मुझसे सारे सम्बंध तोड़ लिये।"

वक्रबाहु ने अवधूत के चरण स्पर्श करके प्रणाम किया, "आप मेरे गुरुदेव के भ्राता हैं इसलिए मेरे लिए आदरणीय है; किंतु मेरे गुरुदेव ने जिसका त्याग कर दिया, मैं भी उसके साथ कोई सम्बंध नहीं रखना चाहूँगा।"

अवधूत ने दृढ़ होकर कहा, "वो सम्बंध रक्त का हो या आत्मीयता का, एक अघोरी के लिए उसका कोई महत्त्व नहीं है; यहाँ प्रश्न मेरे और ओमेश्वर के वैचारिक

मतभेद का है जिसमें मैं विजयी हुआ।''

''वो कैसे?''

''स्वयं की ओर देखो; मैंने पाँच दिन के महासमर में तुम्हारे पराक्रम की गाथा सुनी है महाबली वक्रबाहु... तुम्हारे चुने हुए पक्ष ने ये सिद्ध कर दिया कि मैं सही था और ओमेश्वर गलत।''

''किंतु आप ये नहीं जानते कि अपने गुरु की मृत्यु का कारण भी मैं ही हूँ।'' कहकर वक्रबाहु ने ओमेश्वर की मृत्यु का सम्पूर्ण घटनाक्रम कह सुनाया।

''तो अंत में महान सिद्धिधारक ओमेश्वर को अपने मन की उस धारणा का परिणाम भोगना ही पड़ा।'' अवधूत मुस्कुराये।

''आप कहना क्या चाहते हैं?''

''यही कि दुर्भीक्ष की जन्म-कथा मैं भी जानता हूँ । ओमेश्वर ने एकचक्रनगरी नरेश ययाति को इच्छित वर माँगने को क्या कह दिया तो उन्होंने ओमेश्वर के समान ही एक शक्तिशाली पुत्र की कामना कर दी, और ओमेश्वर को अपना वचन निभाते हुए उनकी इच्छा पूर्ण करनी पड़ी। किंतु जैसे ही उन्हें ज्ञात हुआ कि वो बालक आसुरी अंश लेकर जन्मा है, ओमेश्वर ने उसके जीवन को नर्क बना दिया। वर्षों तक उस बालक को राजप्रांगण के दायरे में बाँधकर रखा गया। प्रसव के समय हुई उसकी माँ की प्राकृतिक मृत्यु का कारण उस बालक को मानकर पूरी प्रजा ने उसे हेय और घृणा भरी दृष्टि से देखा। उस बालक को अपमानित करके निष्कासित किया गया; ऐसे में जिन असुरों ने उसे सम्मान दिया, उनका साथ देकर सुर्जन ने कौन-सा अपराध किया?''

अवधूत ने कहना जारी रखा, ''सुना है मैंने एकचक्रनगरी के लोगों से कि नगरजनों से इतना अपमानित होने के उपरांत भी सुर्जन ने एकचक्रनगरी के युद्ध में अपना योद्धा होने का धर्म निभाते हुए एक भी सामान्य नागरिक को क्षति नहीं पहुँचायी। उसने एकचक्रनगरी नरेश साकेत को अपमानित करने के उपरांत उसे जीवनदान तक दे दिया था, फिर भी ओमेश्वर ने वहाँ आकर उस बालक की मृत्यु का प्रपंच रचा।''

वक्रबाहु मौन खड़ा अवधूत की बातें सुन रहा था।

''अब तुम बताओ वक्रबाहु, यदि भविष्य में वो बालक लौट आया और अपने साथ हुए अन्याय के संताप में संसार के लिए संकट बन गया तो कौन होगा इसका दोषी?''

''कदाचित् महाऋषि ओमेश्वर की विचारधारा।'' वक्रबाहु के मन में दबे शब्द बाहर आ गये।

"मन में दबा विचार बाहर आ ही गया न।" अवधूत मुस्कुराये। वक्रबाहु मौन खड़ा रहा।

कुछ क्षणों बाद अवधूत ने कहा, "मुझे ज्ञात तो नहीं, किंतु अनुमान लगा सकता हूँ कि तुम्हारे जीवन का उद्देश्य अभी पूर्ण नहीं हुआ, क्योंकि तुम्हारे शरीर में उपस्थित जीवंतपात्र में इतनी शक्ति है कि तुम किसी की अस्थियों से भी उसे जीवनदान दे सकते हो, किंतु उसके लिये तुम्हें अपने प्राण त्यागने होंगे। ज्येष्ठ ने मुझसे कहा था कि तुम्हारी जीवनदायनी प्रक्रिया के समय शरीर से इतनी साकारात्मक ऊर्जा निकलेगी कि आसपास उपस्थित कोई भी रोगी स्वस्थ हो जायेगा, और मैंने तो ओमेश्वर की उस प्रतिज्ञा के विषय में भी सुना है कि जब दुर्भीक्ष पुनर्जीवित होगा तो उसे रोकने के लिये स्वयं लौटकर आयेंगे। वो उसका वध कर पायेंगे या नहीं ये तो नहीं कह सकता, किंतु उन्हें लौटकर आना ही होगा; यदि दुर्भीक्ष के वध हेतु नहीं तो अपने पापों के प्रायश्चित के लिये। प्रतीक्षा करो अपने गुरुदेव की, क्या पता तुम्हारे जीवन के अंतिम उद्देश्य से वही तुम्हारा परिचय करवायें। तुम्हारे शरीर में उपस्थित जीवंतपात्र के कारण तुम्हारा यौवन कभी कम नहीं होगा। कदाचित् भविष्य में संसार को तुम्हारे जैसे और महाबलियों की आवश्यकता पड़े, इसलिए मेरा सुझाव है कि तुम एक सामान्य जीव की भाँति अपना जीवन व्यतीत करो।"

वर्तमान

"अघोरी अवधूत के सुझाव से महाबली वक्रबाहु ने एक सामान्य असुर की भाँति जीवन जीना प्रारम्भ किया। कुछ समय के उपरांत उन्होंने एक मानव-कन्या से विवाह किया जिससे उन्हें एक साथ दो पुत्रों की प्राप्ति हुई। एक था पूरे मानव रूप में उपनंद और दूसरा पूर्ण असुर रूप, यानि मैं।" बल्लार ने गहरी साँस ली।

"हम दोनों के जन्म लेने के ठीक एक दिन के उपरांत महाबली अखण्ड मेरे पिता से भेंट करने पहुँचे। उन्होंने मेरे पिता से एक विनती की कि संतानहीन त्रिगर्ता नरेश सत्व को एक उत्तराधिकारी की आवश्यकता है। पिताश्री ने बिना कोई प्रश्न किये अपने मानव पुत्र को उन्हें सौंप दिया। आगे चलकर उस मानव उपनंद ने महाराज सत्व की हत्या की और स्वयं त्रिगर्ता नरेश बन बैठा। मैं भी अपने उस भ्राता से अनभिज्ञ था, किंतु एक दिन मेरी अनुस्पथिति में वो उपनंद, पिताश्री से भेंट करने आया। अपने पिता की सत्कार की इच्छा जताते हुए वो उन्हें अपने साथ अपने राज्य ले गया; तबसे सात वर्ष बीत गये पिताश्री लौटकर नहीं आये। इस बार एक अवसर हाथ आया था किंतु हम विफल रहे। उपनंद की सेना हमसे बीस गुना अधिक है और उसकी उपस्थिति में त्रिगर्ता पर आक्रमण करना आत्म आहुति का मार्ग चुनने जैसा है।" बल्लार ने अपनी कथा कह सुनायी।

वार्ता करते हुए चंद्रकेतु और बल्लार, पर्वत के निकट आये और चढ़ाई आरम्भ की।

"तो आप मेरे गुरुदेव महाबली अखण्ड से परिचित हैं?" चंद्रकेतु ने चलते हुए प्रश्न किया।

"देखा तो नहीं उन्हें किंतु अपने पिता से बहुत गुणगान सुना है उनका; पाँच के दिन महासमर में उन्होंने जिस वीरता का प्रदर्शन किया वो वास्तव में सराहनीय है।"

"पाँच दिन का महासमर... गुरुदेव ने भी उस युद्ध में भाग लिया था?" चंद्रकेतु आश्चर्य में था।

"हाँ, क्यों? उन्होंने कभी बताया नहीं? विदर्भ के युवराज अखण्ड की वीरता की गाथाएँ तो सभी जानते हैं... वही तो थे जिन्होंने दुर्भीक्ष के साथ हुए युद्ध का परिदृश्य बदल दिया और घायल विदर्भ नरेश तेजस्वी को युद्धभूमि से निकाल ले गये थे। उसके उपरांत आज तक किसी को ज्ञात नहीं कि महाराज तेजस्वी जीवित हैं या नहीं।"

चंद्रकेतु कुछ पल के लिये स्थिर सा हो गया। एक गहरी साँस लेने के उपरांत उसने कहना आरंभ किया, "निःसंदेह, वो एक वीर योद्धा रहे होंगे, हमें तो बस इतना ज्ञात था कि वर्षों पूर्व उन्होंने असुरेश्वर दुर्भीक्ष को कड़ी टक्कर दी थी, ये ज्ञात नहीं था कि वो विदर्भ के युवराज थे।"

"न जाने ऐसे कितने रहस्य हैं जो मेरे पिता और महाबली अखण्ड अपने मन में दबाये बैठे हैं। यदि उन्होंने ये भेद छिपाया है तो इसके पीछे अवश्य उनका कोई उद्देश्य होगा।" बल्लार ने अनुमान लगाया।

"आप पूरे विश्वास से कह सकते हैं?" चंद्रकेतु ने प्रश्न किया।

"क्यों, तुम्हें अपने गुरु के सामर्थ्य और सत्य पर विश्वास नहीं है?"

"विश्वास तो है।" चंद्रकेतु आगे बढ़ता गया।

चलते-चलते बल्लार और चंद्रकेतु पर्वत की चोटी पर पहुँचे। उस चोटी पर चंद्रकेतु ने एक टाँग पर तप की मुद्रा में खड़े जटाधारी योगी अवधूत की ओर देखा। पूरे बदन पर शव की राख का भभूत लगाये न जाने कितने समय से वो उसी मुद्रा में खड़े थे।

बल्लार और चंद्रकेतु ने उनका अभिवादन किया। अवधूत ने नेत्र खोले और उन दोनों की ओर देखा। वो बल्लार के निकट आये और उसके लज्जा से झुके हुए नेत्रों की ओर देखा, "तो तुम विफल रहे बल्लार!"

"हाँ बाबा, किंतु आप चिंता न करें, मैं उस उपनंद को बंदी बनाने का कोई न कोई मार्ग खोज ही लूँगा।" बल्लार ने आश्वासन देने का प्रयत्न किया।

अवधूत क्रोधित हो उठे, ''तुम्हारा भाग्य तुम्हें सदैव ऐसे अवसर प्रदान नहीं करेगा बल्लार; जानते भी हो कि यदि उपनंद ने वक्रबाहु से जीवंतपात्र का भेद जान लिया तो कितना बड़ा अनर्थ हो सकता है?''

चंद्रकेतु आगे आया, ''ये सब मेरी भूल के कारण हुआ है बाबा, किंतु इसका प्रायश्चित भी मैं ही करूँगा।''

अवधूत ने क्षण भर चंद्रकेतु को घूरा और बल्लार से प्रश्न किया, ''यही है न वो जिसकी सूचना तुमने एक प्रहर पहले भिजवायी थी ?''

बल्लार ने सहमति में सिर हिलाया।

''मैं तो कद-काठी देखकर ही समझ गया था; तुम्हें द्वन्द्व में छकाने वाला योद्धा महाबली अखण्ड के वंशज के अतिरिक्त और कोई नहीं हो सकता।''

अवधूत के शब्द सुन चंद्रकेतु का मस्तिष्क हिल गया, ''कदाचित् आपको कोई भ्रम हुआ है बाबा, महाबली अखण्ड मेरे गुरु हैं, उनसे मेरा कोई रक्त सम्बंध नहीं है, मैं तो एक गंधर्व योद्धा का पुत्र हूँ।''

अवधूत मुस्कुराये, ''तुम यहाँ आये किसलिए हो?''

''उपनंद मेरा भी शत्रु है और आप लोगों का भी। आपको महाबली वक्रबाहु को खोजना है और मुझे उससे प्रतिशोध लेना है अपने मित्र मेघवर्ण के अपमान का। इसीलिए मैं यहाँ आया था, किंतु कदाचित् आपने मुझे कुछ और ही समझ लिया।''

अवधूत, बल्लार को देख मुस्कुराये। तत्पश्चात वो चन्द्रकेतु की ओर मुड़े, ''हाँ कदाचित् हमसे ही कोई भूल हुई है; तो तुम्हारी आगे की क्या योजना है?''

''अभी तो मुझे बस अपने गुरुदेव को त्रिगर्ता पर आक्रमण के लिये मनाना है।'' चंद्रकेतु ने कहा।

''उचित है... तो फिर तय रहा कि अपने गुरु का समर्थन मिलते ही तुम हमें सन्देश भिजवाओगे।'' अवधूत ने कहा।

''अवश्य।'' अवधूत को प्रणाम करके चंद्रकेतु वहाँ से प्रस्थान कर गया।

उसके जाने के उपरांत अवधूत, बल्लार की ओर मुड़े, ''तुमने बताया क्यों नहीं कि चंद्रकेतु अपनी वास्तविकता से अनभिज्ञ है? ''

''मैं तो उसे यहाँ इसलिए लाया था ताकि आप सत्य से उसका परिचय करवा सकें।'' बल्लार ने स्पष्टीकरण दिया।

''नहीं बल्लार, यदि महाबली अखण्ड ने उसे अंधकार में रखा है तो निस्संदेह इसके पीछे उनका कोई उद्देश्य होगा। उस बालक को सत्य से अवगत कराने का अर्थ होता कि हम महाबली अखण्ड की योजना के बाधक बन जाते और ऐसा करना उचित

न होता। उचित होगा कि तुम भी आवेश में आकर उसे कुछ ऐसा-वैसा मत कहो।'' अवधूत ने बल्लार को समझाया।

''जो आज्ञा बाबा।'' बल्लार ने सहमति जतायी।

अपने अश्व पर आरूढ़ हुए, अपने साथियों के साथ अपने गंतव्य की ओर लौटते हुए चंद्रकेतु का मन विचलित था, ''बल्लार और अघोरी बाबा के नेत्रों में सत्यता भी थी और आत्मविश्वास भी। गुरुदेव ने मेघवर्ण की ही भाँति मुझे भी अन्धकार में रखा।'' ये तीखा विचार अपने मन में लिये चंद्रकेतु वन मार्ग में अश्वारोहण करता रहा।

तृतीय अध्याय
पौरवों की कीर्ति

वर्षों पूर्व

वन में देवी शकुंतला एक मृग के बच्चे को उठाये उसकी पीठ सहला रही थीं। वहाँ से बीस गज दूर सात वर्षीय सर्वदमन एक वयस्क सिंह के साथ खेल-खेल में उसे पटकने का प्रयास कर रहा था।

सूर्यास्त से कुछ क्षणों पूर्व देवी शकुंतला ने अपने निकट की झाड़ियों में सरसराहट का स्वर सुना। अकस्मात ही झाड़ियों से बाहर निकलकर तीन राक्षस प्रकट हो गये। शकुंतला उन्हें देख क्षण भर के लिये विचलित हो उठी, किंतु अपने साहस को सँभालते हुए दृढ़ होकर वो उन राक्षसों को घूरने लगी । उनमें से एक राक्षस शकुंतला के सौंदर्य को देख मोहित हो गया। उसने शेष दो राक्षसों को उसकी ओर बढ़ने से रोक दिया।

मध्य में खड़े राक्षस ने धैर्य धारण कर शकुंतला की ओर देख उससे विनयपूर्वक कहा, ''तुम्हारा सौन्दर्य अद्भुत है देवी, मैं तुम पर मोहित हो उठा हूँ, कृपया मेरा प्रणय निवेदन स्वीकार करो।''

शकुंतला का मस्तक क्रोध से जल उठा, ''मैं एक विवाहित स्त्री हूँ नराधम, अंतिम अवसर दे रही हूँ मेरे मार्ग से हट जा और अपने प्राण बचाकर भाग जा; मैं ब्रह्मऋषि विश्वामित्र की पुत्री हूँ, मेरा कोप सहन करना तेरे वश का रोग नहीं।''

मध्य में खड़ा वो राक्षस कुपित हो उठा, "ब्रह्मऋषि विश्वामित्र, हुह... वो आरम्भ से ही हमारा शत्रु रहा है, क्षत्रियों के हाथों न जाने हमारे कितने राक्षस भाइयों का वध करवाया है उसने, उसकी पुत्री का हरण करने में तो मुझे अथाह संतोष प्राप्त होगा।" गुर्राते हुए उस राक्षस ने शकुंतला की ओर अपना हाथ बढ़ाया।

तभी एक-एक हाथ जितने बड़े तीन पत्थर उस राक्षस की ओर आये। एक पत्थर उसकी श्वास नली पर, दूसरा उसकी छाती पर, तीसरा उसकी पसली पर लगा। उन पत्थरों की गति इतनी तीव्र थी कि कुछ क्षण के लिये वो राक्षस विचलित हो गया। जब उसने स्थिर होकर अपने नेत्र खोले तो सात वर्षीय सर्वदमन को अपनी ओर आते हुए देखा जो दस हाथ ऊपर छलाँग लगाकर क्षण भर में ही उसके निकट आया और उसकी छाती पर मुष्टिका का प्रहार करके उसे भूमि पर गिरा दिया।

सात वर्षीय बालक का ऐसा पराक्रम देख तीनों राक्षस अचम्भित रह गये। क्रोध में अपने नेत्रों से अग्नि वर्षा करते हुए सर्वदमन ने भूमि पर गिरे उस राक्षस के कण्ठ और छाती पर दो मुष्टि प्रहार करके उसे वहीं ढेर कर दिया। उस राक्षस की दशा देख शेष दोनों राक्षस सर्वदमन की ओर कूदे, किंतु सर्वदमन ने अपनी मुष्टिका के एक-एक प्रहार से ही उन दोनों के मस्तक हिला दिये।

तत्पश्चात भूमि पर गिरे उन दोनों राक्षसों के समक्ष सर्वदमन अपनी छाती चौड़ी किये हुए खड़ा हो गया। उठते हुए उन राक्षसों के नेत्रों में भय स्पष्ट झलक रहा था। उनमें से एक ने सर्वदमन से कहा, "कदाचित तुम पर कोई दैव कृपा है बालक, जिसके कारण इस आयु में ही तुम्हें इतना अथाह बल प्राप्त है; किंतु तुमने हमारे पिता का वध किया है और इस क्षति को हम भूलेंगे नहीं, हम दोनों भ्राता तुमसे प्रतिशोध लेने अवश्य लौटेंगे।"

गुर्राते हुये वो दोनों राक्षस वन में भाग गये। पीठ दिखाने वाले योद्धाओं पर प्रहार करना सर्वदमन ने उचित न समझा।

तभी पीछे से एक स्वर सुनायी दिया, "अद्भुत पराक्रम किया बालक!"

शकुंतला और सर्वदमन ने पलटकर देखा। स्वयं ब्रह्मऋषि विश्वामित्र उन दोनों के समक्ष खड़े थे।

वर्तमान समय

"कुछ इस प्रकार महाऋषि कण्व के आश्रम में सर्वदमन से मेरी प्रथम बार भेंट हुई थी। शकुंतला के जन्म के उपरांत मैं अप्सरा मेनका का त्याग कर अपनी सिद्धियाँ प्राप्त करने हेतु यात्रा पर निकल गया था। तबसे महाऋषि कण्व ने ही मेरी पुत्री शकुंतला का लालन-पालन किया था और दशकों उपरांत जब मैं लौटा तो अपने नाती

सर्वदमन को अद्भुत पराक्रम का प्रदर्शन करते हुए पाया। वास्तव में मुझे उस पर बहुत गर्व हुआ।'' अपने समक्ष बैठे चार शिष्यों को बालक सर्वदमन की वीरता की कथा सुनाते हुए ब्रह्मऋषि विश्वामित्र ने आगे कहा, ''वो दोनों राक्षस भ्राता शुक्रदंत और वक्रदंत सर्वदमन से प्रतिशोध की इच्छा लिये तप करने हेतु पातालपुरी की सीमा से भी पार चले गये, और मुझे विश्वास है कि एक न एक दिन वो सर्वदमन से प्रतिशोध लेने के लिये अवश्य लौटेंगे।''

उनमें से एक शिष्य ने कहा, ''जिस बालक ने सात वर्ष की आयु में ही एक महाकाय राक्षस को मुष्टि प्रहारों से मार गिराया हो उसे भला कौन पराजित कर सकता है ?''

विश्वामित्र ने मुस्कुराते हुए कहा, ''तुम्हारी भुजाओं में कितना भी बल क्यों न हो, शत्रु को कम आँकना उचित नहीं 'वत्स उग्रश्रवा' और राक्षस नीति क्षत्रियों के युद्ध नियमों को नहीं मानती, वो कोई छल भी कर सकते हैं।''

उग्रश्रवा ने सहमति जतायी। वहीं दूसरे शिष्य ने एक प्रश्न किया, ''किंतु यदि उन दोनों राक्षसों ने ऐसा प्रण लिया था तो उन्हें बंदी क्यों नहीं बनाया गया?''

विश्वामित्र उसका प्रश्न सुन मुस्कुराये। वहीं तीसरे शिष्य ने भी दूसरे शिष्य का समर्थन करते हुए कहा, ''उन लोगों ने हमारी महारानी शकुंतला पर दृष्टि उठाने वाले का समर्थन किया था, उन्हें तो उसी क्षण खोजकर प्राणदण्ड दिया जाना चाहिये था ताकि वो कभी हम पर छल से भी आक्रमण न कर सकें।''

विश्वामित्र ने उन दोनों शिष्यों को सम्बोधित करते हुए कहा, ''तुम दोनों अभी भी बालकों समान ही व्यवहार करते हो सत्वकण्ठ और अलायुध।'' तत्पश्चात वो अपने चौथे शिष्य की ओर मुड़े, ''तुम ज्ञान और पराक्रम में अपने सभी अनुजों से श्रेष्ठ हो, मेरी इच्छा है कि अपने अनुजों की इस शंका को तुम्हीं दूर करो पुत्र 'चित्ररथ'।''

मुख पर कमल समान तेज, माथे पर तिलक लगाये और भगवा वस्त्र धारण किये बीस वर्षीय चित्ररथ ने विश्वामित्र को प्रणाम करते हुए कहा, ''महारानी शकुंतला पर हाथ डालने का दण्ड उनके पिता राक्षस 'सोमदंत' को स्वयं युवराज सर्वदमन ने दे दिया था। अपने पिता की मृत्यु से उन दोनों का हृदय पीड़ित था; युवराज के प्रहारों से वो घायल भी हुए थे और उनके मन में भय का संचार भी हो गया था। पुरुवंश की परम्परा है गुरुदेव कि वो घायल, पीड़ित और भयभीत शत्रु पर प्रहार नहीं करते, इसलिए उस समय उन्हें अभयदान देना ही उचित था, भले ही वो कल शक्तिशाली होकर हम पर आक्रमण क्यों न करें... पुरुवंशी हर चुनौती के लिये सज्ज हैं।''

''उचित कहा तुमने वत्स चित्ररथ।'' विश्वामित्र मुस्कुराये।

उग्रश्रवा ने उत्सुकतावश पूछा, ''हे गुरुदेव! जिन महाराज पुरू की महानता के

कारण पुरुराष्ट्र का नाम समग्र आर्यावर्त में प्रचलित हुआ तनिक उनके चरित्र का संक्षिप्त वर्णन करने की कृपा करें।''

''अवश्य... पिता के प्रति पुत्र के समर्पण के प्रति वो महाकथा तो आदर्श जीवन का प्रतीक है।'' विश्वामित्र ने श्वास भरते हुए कहना आरंभ किया।

''सदियों पूर्व की कथा है ये। दैत्यगुरु शुक्राचार्य की पुत्री देवयानी और असुरराज वृषपर्वा की पुत्री शर्मिष्ठा में वस्त्रों को लेकर विवाद हो गया। तब शर्मिष्ठा ने देवयानी को अपने राजपुत्री होने का हवाला देते हुए स्वयं को उससे उत्तम श्रेणी का सिद्ध करने का प्रयास किया और उसे वन में स्थित एक कुएँ में धकेलकर वहाँ से भाग गयी।''

''कुछ समय उपरांत चंद्रवंशी महाराज ययाति वहीं निकट के वन में भ्रमण कर रहे थे। उन्होंने शुक्राचार्य की पुत्री देवयानी का क्रंदन सुना और उसे कुएँ से बाहर निकाला। महाराज ययाति और देवयानी दोनों एक-दूसरे को प्रथम दृष्टि में ही भा गये। देवयानी ने महाराज ययाति के समक्ष प्रणय निवेदन करते हुए विवाह का प्रस्ताव रखा जिसे उन्होंने सहर्ष स्वीकार कर लिया। उनसे विवाह का वचन लेने के उपरांत देवयानी अपने पिता गुरु शुक्राचार्य से भेंट करने पहुँची।''

''शुक्राचार्य के पास पहुँचकर देवयानी ने शर्मिष्ठा के दुष्कर्म के विषय में उन्हें अवगत कराया। क्रोधित हुए शुक्राचार्य असुरराज वृषपर्वा के पास गये और उन्हें उनकी पुत्री शर्मिष्ठा के दुष्कृत्य के विषय में अवगत कराकर उन्हें चेतावनी दी कि यदि उन्होंने न्याय नहीं किया तो वो असुरप्रदेश का त्याग करके चले जायेंगे, जिससे असुर अपने पतन की ओर बढ़ने लगेंगे।''

''वृषपर्वा ने शुक्राचार्य से क्षमा याचना की और कहा कि उन्हें हर दण्ड मान्य है, किन्तु शुक्राचार्य का इस प्रकार उन्हें त्यागना स्वीकार नहीं। तब शुक्राचार्य ने अपनी पुत्री देवयानी से ही शर्मिष्ठा का दण्ड निश्चित करने को कहा। देवयानी ने कहा कि शर्मिष्ठा उसे स्वयं से तुच्छ समझती थी, इसलिए अब वो जीवनपर्यंत उसकी दासी बनकर रहेगी। अपने कुल की सुरक्षा के लिये शर्मिष्ठा ने वह दण्ड स्वीकार कर लिया।''

''शीघ्र ही महाराज ययाति और शुक्राचार्य की पुत्री देवयानी का विवाह सम्पन्न हुआ। वचन अनुसार शर्मिष्ठा को देवयानी के साथ दासी बनकर ययाति के महल आना था। तब प्रस्थान से पूर्व शुक्राचार्य ने ययाति को स्पष्ट निदेश दिये कि वो शर्मिष्ठा का भी ध्यान रखेंगे, किंतु कभी भी उसे अपने साथ सम्बंध बनाने को बाध्य नहीं करेंगे। ययाति ने सहमति जताते हुए शुक्राचार्य को प्रणाम किया और देवयानी और शर्मिष्ठा को लेकर अपने राज्य लौट आये।''

''देवयानी को महल में स्थान मिला और शर्मिष्ठा को दासियों के साथ अशोक

वाटिका में। शीघ्र ही देवयानी ने गर्भ धारण किया। उसी दौरान एक दिन शर्मिष्ठा ने ययाति को अशोक वाटिका में अकेला खड़ा पाया, तब उसने उनके पास जाकर प्रणय निवेदन किया और पुत्र प्राप्ति की इच्छा जतायी। शर्मिष्ठा का सौंदर्य ही ऐसा था कि महाराज ययाति न नहीं कह पाये। उन्होंने गुप्त रूप से शर्मिष्ठा से विवाह किया और अपनी रानी देवयानी को अंधकार में रखकर वो प्रायः अशोक वाटिका आकर शर्मिष्ठा से मिलने लगे।''

''महाराज ययाति को रानी देवयानी से दो पुत्र यदु और तुर्वसु और शर्मिष्ठा से तीन पुत्र द्रयु, अनु और पुरु प्राप्त हुए। रानी देवयानी अशोक वाटिका में बहुत कम जाया करती थीं, वो दासियों का स्थान जो था। किंतु एक दिन उन्होंने वाटिका में आकर तीन बालकों की ओर देखा जो वहाँ खेल रहे थे। वो तीनों बालक इतने सुंदर थे मानों महाराज ययाति की ही प्रतिछाया हों। देवयानी ने उनसे उनकी माता के विषय में प्रश्न किया तो उन बालकों ने बताया कि वो शर्मिष्ठा के पुत्र हैं। तभी महाराज ययाति वहाँ आ पहुँचे। वो बालक दौड़ते हुए उनके हृदय से जा लगे। देवयानी को सब कुछ समझ आ गया। उसने क्रोध में महाराज ययाति को खरी-खोटी सुनायी और उनका राजमहल छोड़कर चली गयी।''

''अपने पिता दैत्यगुरु शुक्राचार्य के पास जाकर देवयानी ने ययाति के छल के विषय में बताया। क्रोधित शुक्राचार्य ययाति के महल पहुँचे और क्रोध में उन्हें श्राप दे दिया कि युवावस्था की जिस कामना के वशीभूत होकर ययाति ने उनकी पुत्री के साथ छल किया है वो युवावस्था उनका त्याग कर दे।''

''शुक्राचार्य का श्राप शीघ्र ही फलीभूत हुआ। ययाति का शरीर किसी वृद्ध की भाँति जर्जर हो गया। ययाति, शुक्राचार्य के चरणों में गिरकर उनसे क्षमायाचना करने लगे। तब शुक्राचार्य ने उनसे कहा, ''यदि तुम्हारा कोई पुत्र युवा होने पर अपनी युवावस्था स्वेच्छा से तुम्हें देकर तुम्हारा वृद्धत्व स्वीकार करेगा तो तुम्हें तुम्हारी युवावस्था वापस प्राप्त हो जायेगी, और उस युवावस्था का भोग करने के उपरांत तुम अपनी इच्छा से अपने पुत्र को उसकी युवावस्था लौटा सकते हो। वास्तव में जो पुत्र पिता के लिए ऐसा बलिदान दे वही तुम्हारा उत्तराधिकारी बनने के योग्य भी है।''

''ययाति ने शुक्राचार्य को प्रणाम कर विदा किया। वर्षों उपरांत जब ययाति के पाँचों पुत्र यदु, तुर्वसु, द्रयु, अनु और पुरु युवा हुए, तब ययाति ने पहले अपने चार पुत्रों से विनती की कि वो अभी अपने यौवन से संतुष्ट नहीं हुए है, अतः वो अपने यौवन का दान देकर उनका वृद्धत्व स्वीकार करें और संतोष प्राप्त होने के उपरांत वो उन्हें उनका यौवन लौटा देंगे। यदु, तुर्वसु, द्रयु और अनु ने वृद्धवस्था की कल्पना मात्र से ही वह प्रस्ताव अस्वीकार कर दिया। तब बहुत ही कम आशा लेकर महाराज ययाति अपने सबसे छोटे पुत्र पुरु के पास गये। पुरु ने प्रसन्नता पूर्वक पिता की आज्ञा का पालन

किया और उनके वृद्धत्व को स्वीकार कर अपना यौवन उन्हें दान किया।''

''देव, गंधर्व आदि सभी प्रजातियों ने पुरु के इस बलिदान की भूरि-भूरि प्रशंसा की। वर्षों के उपरांत जब महाराज ययाति अपने यौवन से संतुष्ट हो गये तब उन्होंने पुरु को उसका यौवन लौटा दिया और कई विरोधों के उपरांत भी, शुक्राचार्य के निर्देश अनुसार अपने सबसे छोटे पुत्र पुरु को ही अपना उत्तराधिकारी घोषित किया। उसी महान पितृभक्त चंद्रवंशी महाराज पुरु के नाम पर चंद्रवंशियों की भूमि का ये विशाल भाग पुरुराष्ट्र के नाम से जाना जाता है, जिसकी राजधानी इस समय हस्तिनापुर है।''

''वास्तव में ये पितृभक्ति का अद्भुत उदाहरण है गुरुदेव, किन्तु महाराज ययाति के शेष पुत्रों का क्या हुआ?'' सत्वकण्ठ ने प्रश्न उठाया।

''उन चारों ने पृथ्वी के विभिन्न भागों में जाकर अपने-अपने शासन की स्थापना की। ज्येष्ठ पुत्र यदु से यदुवंश का आरंभ हुआ, तुर्वसु ने पृथ्वी के अलग कोने में जाकर यवन वंश की स्थापना की, द्रयु ने भोजवंश और अनु से मलेच्छ वंश का उदय हुआ। इस प्रकार चंद्रवंश की आभा संसार के विशाल भाग में फैल गयी।''

विश्वामित्र के चारों शिष्यों ने चंद्रवंश की प्रशंसा में कई शब्द कहे और कई प्रश्न भी किये। विश्वामित्र उन सभी के प्रश्नों के उत्तर देते रहे।

तभी एक शिष्य ने वहाँ आकर उन्हें सूचित किया, ''महाराज दुष्यंत आपसे भेंट करने को पधारे हैं गुरुदेव।''

अपनी कक्षा में विघ्न डालने पर विश्वामित्र ने अपने उस शिष्य को डपटा, ''तुमसे कितनी बार कहा है कि मेरी कक्षा में विघ्न न डाला करो।''

''किन्तु गुरुदेव वो हस्तिनापुर नरेश हैं।'' उस शिष्य ने उन्हें स्मरण कराया।

''तो उनसे कहो प्रतीक्षा करें; वो तुम्हारी भाँति मूर्ख नहीं हैं वो समझ जायेंगे।'' विश्वामित्र ने अपने उस शिष्य को फिर से डपटा।

''किन्तु...।'' वो शिष्य थोड़ा हिचकिचाया। विश्वामित्र ने उसे घूरकर देखा।

''जो आज्ञा गुरुदेव।'' कहकर वो शिष्य भाग खड़ा हुआ।

पूरे आधे प्रहर के उपरांत ब्रह्मऋषि विश्वामित्र महाराज दुष्यंत के समक्ष उपस्थित हुए। दुष्यंत ने उन्हें नमन किया। विश्वामित्र ने उनके मुख का भाव पढ़ा, ''आप चिंतित दिखाई दे रहे हैं महाराज!''

''युवराज सर्वदमन अपना पहला युद्ध करने निकले हैं और आपने उनके साथ केवल तीन सौ योद्धाओं को जाने की अनुमति दी ऋषिवर.. ये मेरे पुत्र का पहला युद्ध है ऋषिवर, और उसके समक्ष मत्स्य देश की आधी अक्षौहिणी सेना होगी।'' दुष्यंत ने चिंता जताते ही कहा।

विश्वामित्र मुस्कुराये, "आपको संदेह अपने पुत्र के सामर्थ्य पे है या मेरी दी हुई शिक्षा पर ?"

दुष्यंत हाथ जोड़े आगे आये, "क्षमा करें ऋषिवर। मुझे न आपकी दी हुई शिक्षा पर संदेह है न ही अपने पुत्र के सामर्थ्य पर, ये बस एक पिता के मन में समाया भय है जिसका निवारण आप ही कर सकते हैं।"

विश्वामित्र ने क्षण भर दुष्यंत की ओर देखा, "मैं आपसे एकांत में वार्ता करना चाहूँगा महाराज।"

"अवश्य ऋषिवर।" दुष्यंत ने अपने सैनिकों को जाने का संकेत दिया।

विश्वामित्र महाराज दुष्यंत को अपने साथ लेकर आश्रम के भ्रमण पर निकले।

"भयभीत तो आप कभी होते नहीं महाराज, तो फिर आपकी चिंता का कारण है क्या?" विश्वामित्र ने चलते-चलते प्रश्न किया।

"मत्स्य की सेना ऋषिवर, उन्हें असुरों का भी समर्थन प्राप्त है। आधी अक्षौहिणी सेना के साथ-साथ तीन पराक्रमी असुर भी उस राज्य की रक्षा करते हैं, चिंतित होना तो स्वभाविक है ऋषिवर।" दुष्यंत ने चिंता जताते हुए कहा।

"आपकी चिंता स्वाभाविक है महाराज, किंतु इससे पूर्व कि आप किसी निष्कर्ष पर पहुँचे मैं आपको कुछ दिखाना चाहता हूँ।" कहकर विश्वामित्र, दुष्यंत को अखाड़े में ले गये।

अखाड़े में लगभग दो सौ योद्धा युद्धाभ्यास कर रहे थे। कुछ योद्धा आपस में मल्लयुद्ध में लीन थे, कुछ भालों से अभ्यास में, तो कुछ धनुर्विद्या का अभ्यास कर रहे थे।

"आपको अपने पुत्र सर्वदमन के दो अभिन्न मित्रों भगदत्त और नंदका के विषय में तो ज्ञात होगा न महाराज!" विश्वामित्र ने दुष्यंत से प्रश्न किया।

"हाँ वो दोनों मित्र उसकी दोनों भुजाओं जैसे हैं जिनको साथ लिये बिना वो किसी अभियान पर निकलने का विचार भी नहीं करता।"

"तो सामने अखाड़े में अभ्यास करते योद्धाओं को देखिए, इन सभी को भगदत्त और नंदका ने स्वयं प्रशिक्षित किया है, इनकी दक्षता उन दोनों के सामर्थ्य का प्रमाण है।" विश्वामित्र ने पूर्ण आत्मविश्वास से कहा।

दुष्यंत ने अभ्यास करते धनुर्धरों की ओर देखा। उनके बाणों की गति और शक्ति से ये सिद्ध हो गया था कि वे सामान्य सैनिक धनुर्धरों से कई गुना अधिक प्रवीण थे। मल्लयुद्ध करते योद्धाओं के दाँव-पेंच देखते ही बनता था, एक ने तो अपने प्रतिद्वंद्वी को पछाड़ने के उपरांत अपने बल प्रदर्शन के लिये लगभग एक भारी शिला को मुष्टि

के प्रहार से फोड़ दिया। भाले से अभ्यास करते एक योद्धा के एक भाले ने चालीस हाथ की दूरी पर खड़े दो समान्तर वृक्षों के तनों में छेद कर डाला। महाराज दुष्यंत विस्मित रह गये।

''इन दो सौ योद्धाओं का प्रशिक्षण अभी अधूरा है इसलिए ये युद्ध पर नहीं गये। शेष तीन सौ योद्धा सर्वदमन, भगदत्त और नंदका के साथ गये हैं। गणान्ग दल की ये सेना स्वयं से सौ गुना या सत्य कहूँ तो दो सौ से तीन सौ गुना सेना को भी सरलता से पराजित कर सकती है।'' विश्वामित्र ने गर्व से कहा।

दुष्यंत की दृष्टि चार युवकों पर पड़ी जिनका कौशल अद्भुत प्रतीत हो रहा था। प्रथम युवक ने एक बाण से समानांतर पंक्ति में स्थित तीन वृक्ष की शाखायें काट दीं। दूसरे ने अपनी गदा के प्रहार से कई मन भारी चट्टान फोड़ दी। तीसरा और चौथा योद्धा अपने दोनों हाथों में अभ्यास की तलवार लिये वहाँ खड़े दस दस योद्धाओं को पछाड़ दे रहे थे।

''ये चारों कौन हैं ऋषिवर?'' दुष्यंत ने उन्हें विस्मय भरी दृष्टि से देखा।

विश्वामित्र ने उन चारों का परिचय देते हुए कहा, ''वो धनुर्धर और गदाधारी भगदत्त के पुत्र चित्ररथ और अलायुध हैं और तलवारों से अपना पराक्रम दिखा रहे नंदका के पुत्र उग्रश्रवा और सत्वकण्ठ हैं।''

''अद्भुत ऋषिवर! अद्भुत सामर्थ्य है इन योद्धाओं का, विश्वास नहीं होता। वर्षों पूर्व जब इनके कबीले के लोग विदर्भ से हस्तिनापुर शरण लेने आये थे तब अनुमान भी नहीं था कि ये इतने सामर्थ्यवान निकलेंगे। विशेषतः इन चारों बालकों को देखकर ऐसा प्रतीत होता है कि ये कुछ ही मास के अभ्यास में महारथी की श्रेणी में आ जायेंगे।'' दुष्यंत ने प्रशंसनीय स्वर में कहा।

''आप भूल रहे हैं महाराज; ये उस महावीर के कबीले के योद्धा हैं जिसमें अकेले पूरी सेना को पछाड़ने का सामर्थ्य था। विदर्भ के सेनापति गजेन्द्र एक अद्वितीय योद्धा थे और उनके कबीले के लोग उन्हें अपना आदर्श मानते आये हैं, और सत्य कहूँ महाराज, तो गजेन्द्र के पौत्र भगदत्त और नंदका में मानों उन्हीं का अंश समाया हुआ है... इनके पिता विराट भी तो एक अनन्य योद्धा थे।''

''हाँ मुझे उनके वंश की कीर्ति स्मरण है, ऋषिवर। विराट के विद्रोह करने पर जयवर्धन ने उनकी हत्या करवा दी और इनके पूरे कबीले को विद्रोही मानकर राज्य से निष्कासित कर दिया गया।''

''और फिर पौरवराष्ट्र ने उन्हें शरण दी। पराक्रमी होने के साथ-साथ इन योद्धाओं को निष्ठा के लिये भी जाना जाता है महाराज।'' विश्वामित्र ने गणान्ग योद्धाओं की प्रशंसा करते हुए दुष्यंत के कथन को पूर्ण किया।

महाराज दुष्यंत मुस्कुराये। उन्हें अपने पुत्र की विजय का विश्वास हो चला था, "तो फिर उचित ही है। मत्स्यराज जलसंघ की पराजय के साथ ही समस्त आर्यवर्त को ये संकेत मिल जायेगा कि अब हम आर्य असुरो को चुनौती देने को सज्ज है।"

माथे पर चंदन का तिलक, देह पर लौह कवच के साथ शस्त्रों से सुसज्जित होकर अपने मुख पर एक अलौकिक तेज लिये युवराज सर्वदमन अपने अश्व पर आरूढ़ होकर सूर्यनारायण के उदय होने की प्रतीक्षा में था। उसके दायीं ओर अपने अश्व पर आरूढ़ हुआ भगदत्त बाज-सी दृष्टि से शत्रु सैनिकों को निहार रहा था। वहीं बायीं ओर खड़ा नंदका अपने हाथों में धनुष उठाये युद्ध को आतुर हुआ जा रहा था। दोनों के कंधों, भुजाओं और नेत्रों की दृढ़ता ही उनके सामर्थ्य और संकल्प का परिचय दे रही थी। उनके पीछे एक सौ बीस धनुर्धर, साठ गदाधारी और एक सौ बीस ऐसे योद्धा थे जो बरछी और ढालों के साथ अपने अपने अश्वों पर आरूढ़ थे।

मत्स्य नरेश जलसंघ अपनी पूरी आधी अक्षौहिणी सेना के साथ रणभूमि में उपस्थित थे। पौ फटते ही सर्वदमन ने हाथ जोड़कर सूर्य नारायण का अभिनंदन किया।

जलसंघ सर्वदमन के साथ आयी सेना को देख ठहाके मारकर हँस पड़ा, "ये क्या युवराज, मुट्ठीभर योद्धाओं को लेकर नृत्यकला दिखाने आये हो!"

सर्वदमन ने जलसंघ के कटाक्ष को अनदेखा करते हुए उसे चेतावनी दी, "अभी भी समय है महाराज जलसंघ, मानवता का धर्म निभाइए और असुरों की संगति का त्याग कर दीजिये, अन्यथा यदि मैंने युद्धारम्भ का शंख फूँक दिया तो आपका प्रत्येक सैनिक अपने प्राणों की भिक्षा माँगता हुआ दिखाई देगा।"

जलसंघ ने क्रोध में भरकर सर्वदमन को घूरा, "तुम्हारी इस उद्दंडता का उत्तर मेरे शब्द नहीं अपितु मेरे योद्धा देंगे।" उसने अपने सारथी को रथ घुमाने का आदेश दिया जो उन्हें लेकर सेना के मध्य में आ गया। जलसंघ ने अपने सेनापति को संकेत दिया।

सेनापति ने शंख फूँका और तीस सहस्त्र अश्वारोही सैनिकों ने शर व्यूह का निर्माण किया। दस सहस्त्र रथ पर बैठे योद्धाओं ने अर्धचंद्राकर व्यूह बनाया, पचास सहस्त्र पैदल सैनिकों ने मकर व्यूह का निर्माण किया और दस सहस्त्र हाथी एक समानांतर पंक्ति में सेना के सबसे पीछे खड़े थे और गज सेना के ठीक आगे अपने रथ पर आरूढ़ हुआ जलसंघ गर्व से छाती चौड़ी किये खड़ा था।

कुछ क्षणों तक उनकी सैन्य रचना देखने के उपरांत सर्वदमन ने भी शंख फूँका।

"आक्रमण!" मत्स्य सेनापति के आदेश पर अश्वारोही शरव्यूह शत्रु की ओर दौड़ पड़ा। सर्वदमन के साथ दोनों योद्धा भगदत्त और नंदका आगे आकर खड़े हो गये। उन तीनों ने अपने धनुष पर कई-कई बाण एक साथ चढ़ाये और शत्रु सेना की ओर

लक्ष्य कर छोड़ दिए।

भगदत्त के बाणों ने शरव्यूह के आगे के कुछ योद्धाओं को धराशायी किया। नंदका के बाणों ने पीछे के भाग के कई योद्धाओं को गिरा दिया और सर्वदमन के तीखे बाण एक ही साथ कई दिशाओं में गये जिन्होंने ऐसे ही अश्वों को अपना लक्ष्य बनाया जिससे शर व्यूह का संतुलन बुरी तरह बिगड़ गया और अश्वों की गति नियंत्रण के बाहर हो गयी। शत्रु के सारे अश्व आपस में ही टकराकर गिरने लगे और शर व्यूह पूर्ण रूप से भंग हो गया।

जलसंघ कुपित हो उठा। उसने अपने सेनापति को संकेत दिया। सेनापति ने पैदल सैनिकों के मकरव्यूह को आगे बढ़ने का निर्देश दिया।

यह देख सर्वदमन मुस्कुराया, ''ये जलसंघ भी मूर्ख है और उसका सेनापति भी।''

सर्वदमन के आदेश पर एक सौ बीस बरछीधारक योद्धाओं ने लम्बी-लम्बी ढालों से अपने शरव्यूह के किनारों का भाग ढक लिया। धनुर्धर और गदाधारी मध्य में थे। अपना वो शरव्यूह लिये भगदत्त और नंदका के साथ आगे बढ़ा।

सर्वदमन, भगदत्त और नंदका के साथ-साथ शरव्यूह के भीतर से भी एक बार में सहस्त्रों बाण बरसने लगे। उस शरव्यूह ने तीव्र गति से मकरव्यूह के योद्धाओं को तिनके की भाँति उड़ा दिया।

जलसंघ के मन में भी भय व्याप्त हो गया। रथियों का अर्धचंद्राकर व्यूह भी आगे बढ़ा, पर उन्हें गिराते हुए शरव्यूह बड़ी सरलता से जलसंघ के निकट आता जा रहा था।

अपनी अंतिम आशा के रूप में जलसंघ ने गजसेना की ओर देखा, किंतु इससे पूर्व कि वो अपने पीछे खड़ी गजसेना को कोई आदेश देता, तीनों प्रमुख योद्धाओं के छोड़े अग्निबाणों ने जलसंघ और उसकी गजसेना के मध्य अग्नि की दीवार बना दी। अग्नि को देख हाथी पीछे हटने लगे।

जलसंघ का सेनापति बंदी बना लिया गया। जलसंघ को शरव्यूह ने घेर लिया।

''युद्ध समाप्त हुआ मत्स्य नरेश, समर्पण का समय आ गया है।'' सर्वदमन ने मुस्कुराते हुए कहा।

जलसंघ ने मुस्कुराते हुए कहा, ''इतनी शीघ्र विजयोत्सव न मनाओ युवराज, अभी मेरे तीन प्रमुख योद्धा शेष हैं, उनमें से हर एक पूरी सेना पर भारी है। मुझे लगा था मुझे उनकी आवश्यकता नहीं पड़ेगी, किंतु तुम तीनों बड़े विकट योद्धा निकले।'' कहते हुए जलसंघ ने हवा में पदार्थ फेंका जिससे आकाश में एक लाल धुआँ फैल गया।

अग्नि रेखा को पार करते हुए तीन बलिष्ठ योद्धा जलसंघ के निकट आ खड़े हुए। जलसंघ ने बारी-बारी से उनका परिचय दिया।

"ये दैत्य जाति का दिगाम्भर।" जलसंघ ने कंधे पर मुग्दर उठाये एक दैत्य की ओर संकेत करके कहा।

"ये है राक्षस जाति का सरासन।" उसने हाथों में तलवार और ढाल उठाये एक राक्षस का परिचय दिया।

"और ये है दानवजाति का परमशक्तिशाली योद्धा वृषपर्वा।" सामान्य मनुष्य से डेढ़ गुना आकार के उस योद्धा के हाथों में एक लम्बी बरछी और मजबूत ढाल थी। वो उन तीनों में सबसे भयंकर योद्धा प्रतीत हो रहा था।

उन्हें देख सर्वदमन, भगदत्त और नंदका एक-दूसरे की ओर देख मुस्कुराये।

अपनी गदा उठाये भगदत्त अपने अश्व से कूदा। तलवार और ढाल उठाये नंदका आगे आया और वृषपर्वा से युद्ध करने के लिये सर्वदमन बरछी और ढाल उठाये भूमि पर उतरा।

भगदत्त और नंदका अपने-अपने प्रतिद्वंद्वियों दिगाम्भर और सरासन की ओर दौड़े। सर्वदमन और वृषपर्वा दोनों की ही दृष्टि एक-दूसरे के नेत्रों की ओर थी।

सबसे पहले वृषपर्वा ने आगे बढ़कर बरछी से सीधा सर्वदमन की छाती पर वार किया। सर्वदमन ने उसका वार ढाल पर रोका और बरछी से उसकी जांघे चीरनी चाही पर वृषपर्वा ने अद्भुत चपलता का प्रदर्शन करते हुए अपने बायें हाथ में पकड़ी ढाल से सर्वदमन की बरछी को पीछे हटा दिया। सर्वदमन को कुछ पग पीछे हटना पड़ा।

इस बार वृषपर्वा आगे आया और भाले का सीधा वार सर्वदमन के उदर की ओर किया, सर्वदमन ने उस वार को अपने भाले पर ही रोका और अपने प्रतिद्वंद्वी का भाला अपने भाले से घुमाते हुए उसकी भुजा घायल की और उसका ध्यान अपने घाव की ओर जाते ही चार हाथ ऊपर उछलकर पैर से सीधा उसकी छाती पर वार किया।

वृषपर्वा दस हाथ पीछे जा गिरा। उसके मुख पर आश्चर्य के साथ तनिक-सा भय भी छाने लगा। कदाचित् उस महाकाय योद्धा की ऐसी दुर्गति पहले किसी ने नहीं की होगी।

वो भूमि से उठा और सर्वदमन की ओर दृष्टि डाली। सर्वदमन ने उसके नेत्रों में छुपे भय को भाँप लिया। वृषपर्वा उठकर उसकी ओर दौड़कर आने लगा। सर्वदमन अपने स्थान पर स्थिर खड़ा रहा और अपने प्रतिद्वंद्वी के निकट आते ही अपनी छाती की ओर आते हुए उसके भाले को हाथ से पकड़ लिया। वृषपर्वा के भय ने उसका बल छीन लिया था। सर्वदमन ने हाथ से ही उसके भाले का ऊपरी भाग तोड़कर नीचे फेंक

दिया। वृषपर्वा ने ढाल से वार करने का प्रयत्न किया, पर भाले के एक ही वार से सर्वदमन ने उसकी ढाल भी छुड़ा दी और उसके पाँव पर प्रहार उसे भूमि पर गिरा दिया। अब निःशस्त्र वृषपर्वा भूमि पर लेटा था और सर्वदमन का भाला उसकी गर्दन पर था। सर्वदमन ने अपने आसपास दृष्टि घुमाकर देखा। भगदत्त ने दिगाम्भर का मस्तक एक तरबूज की भाँति फोड़ दिया और नंदका ने सरासन का सिर काटकर भूमि पर गिरा दिया था।

यह देख जलसंघ का ह्रदय भय से काँप उठा। वो बिना कोई विरोध किये अपने रथ से उतरा और हाथ ऊपर कर घुटनों के बल झुक गया।

यह देख वृषपर्वा ने कहा, ''तुम्हारे साथियों ने तो अपने अपने प्रतिद्वंद्वियों का वध कर दिया तो तुमने मुझे क्या अपमानित करने के लिये जीवित छोड़ रखा है?''

सर्वदमन ने वृषप्रर्वा के कण्ठ से भाला हटाया और मुस्कुराकर कहा, ''मैं तुमसे भलीभाँति परिचित हूँ, तुम दानवजाति के एकमात्र प्रतिनिधि हो, तुम पर पूरी एक जाति का अस्तित्व टिका हुआ है इसलिए मैंने तुम्हें एक अवसर दिया है, आशा है दोबारा कभी मेरे समक्ष खड़े होने का साहस नहीं करोगे।''

वृषपर्वा ने उसके तर्क का कोई उत्तर नहीं दिया। वो बस सर्वदमन को घूरे जा रहा था। उसे छोड़ सर्वदमन जलसंघ के निकट आया और उन्हें एक पत्र निकालकर दिया, ''ये संधि पत्र है महाराज जलसंघ, इसमें लिखा है कि आप और आपका पूरा साम्राज्य अब हम पौरवों के अधीन हो चुका है; यदि आपने इस पर आपने राज्य की मुहर नहीं लगायी तो हमें आपको बंदी बनाना पड़ेगा।''

''तुमने इस राज्य पर आक्रमण करके सीधा विदर्भ को चुनौती दी है युवराज, और मत भूलो कि यदि असुरेश्वर दुर्भीक्ष को ज्ञात हुआ कि पुरु योद्धाओं ने ऐसे राज्य पर आक्रमण किया जो उनके संरक्षण में है, विचार करो उसका क्या परिणाम होगा।'' जलसंघ ने चेतावनी भरे स्वर में कहा।

सर्वदमन मुस्कुराया, ''हमने आपके राज्य पर आक्रमण किया ही इसलिए है ताकि असुरेश्वर दुर्भीक्ष तक ये संदेश पहुँचे कि उसके पतन का आरम्भ हो चुका है। और ये तो बस हमारा पहला चरण है, शीघ्र ही वो सारे राज्य हमारे अधीन होंगे जिन्हें उस विदर्भराज जयवर्धन ने असुरेश्वर दुर्भीक्ष के बलबूते पर जीता है।''

जलसंघ निरुत्तर हो गया। वृषपर्वा अभी भी क्रोध भरी दृष्टि से सर्वदमन को घूर रहा था। विवश होकर जलसंघ को मुहर लगानी पड़ी।

अपने युवराज की प्रथम युद्ध विजय पर हस्तिनापुर में उत्सव का वातावरण था। सीमा पर ब्रह्मऋषि विश्वामित्र और महाराज दुष्यंत ने उसका स्वागत किया। तीनों प्रमुख

योद्धाओं ने सबसे पहले अपने गुरु के और फिर महाराज के चरण स्पर्श किये। महाराज दुष्यंत ने गर्वित होकर अपने पुत्र सर्वदमन को हृदय से लगा लिया।

तभी विश्वामित्र का एक शिष्य उनके निकट आया और उनके कान में कुछ कहा।

स्वागत समारोह समाप्त होने के उपरांत महर्षि विश्वामित्र महाबली अखण्ड के सन्देशवाहक से मिले जो उनकी प्रतीक्षा में था। उसने विश्वामित्र को एक पत्र दिया। वो पत्र पढ़कर विश्वामित्र की भौंहें तन गयीं। उन्होंने तत्काल ही एक शिष्य को बुलाकर आदेश दिया, ''युवराज सर्वदमन से कहो कि वो शीघ्र से शीघ्र आश्रम में हमारे समक्ष उपस्थित हों।''

ब्रह्मऋषि विश्वामित्र का आदेश पाते ही सर्वदमन बिना एक भी पल गँवाये आश्रम की ओर चल दिया।

विश्वमित्र एक वृक्ष के नीचे बैठे उसकी प्रतीक्षा में थे। सर्वदमन के आते ही उन्होंने उसे अपने सामने बैठने को कहा।

''पूछोगे नहीं कि तुम्हें युद्ध से लौटे दो प्रहर भी नहीं बीते और मैंने तुम्हें यहाँ क्यों बुला लिया।'' विश्वामित्र ने प्रश्न किया।

''ये प्रश्न तो मैं तब करता जब मुझे आप पर किसी प्रकार का अविश्वास होता, गुरुदेव, जो इस जन्म में तो सम्भव ही नहीं है।'' सर्वदमन ने दृढ़ता से उत्तर दिया।

विश्वामित्र ने एक गहरी श्वास भरी और सर्वदमन से कहा, ''मैंने यहाँ तुम्हें कुछ प्रश्नों के उत्तर के लिये बुलाया है युवराज।''

सर्वदमन ने हाथ जोड़कर कहा, ''मैं सज्ज हूँ गुरुदेव।''

''ये बताओ सर्वदमन, एक सामान्य मानव के जन्म का उद्देश्य क्या होना चाहिए?''

कुछ क्षण विचारकर सर्वदमन ने कहा, ''अपने जीवन को सार्थक बनाना।''

''विस्तार से कहो।''

''एक क्षुद्र लोहार दिन भर का श्रम करके अपने परिवार का पेट पालता है। भरपेट भोजन करके जब वो अपने परिवार के नेत्रों में संतोष देखता है तो उसकी आत्मा तृप्त हो जाती है क्योंकि वो भोजन उसने कोई छल-कपट किये बिना श्रम करके अर्जित किया होता है। किसी भी सामान्य मनुष्य के लिए उसके परिवार का सुख ही उसका प्रथम सुख होता है और इसी से उसे अपने जीवन की सार्थकता का अनुभव होता है।''

''तो क्या किसी पर दया करना, उसकी सहायता करना क्या ये मानव का कर्तव्य नहीं है?''

''दया और सहायता मानव धर्म का कर्तव्य अवश्य है, किंतु ये उद्देश्य सभी का

नहीं हो सकता गुरुदेव; ये तो अलग-अलग मनुष्य के सामर्थ्य और विवेक पर निर्भर करता है कि वो किस पर दया कर सकता है और किसकी सहायता... और सामर्थ्य के अनुसार ही उसके जीवन का उद्देश्य भी निर्धारित होता है।''

''एक राजा भी तो मनुष्य ही होता है, फिर क्या उसका कर्तव्य केवल उसके परिवार के प्रति है?''

''राजा का परिवार तो समस्त प्रजा होती है, उनके सुख-दुख के लिये निस्संदेह वो उत्तरदायी है।''

''क्या इतना पर्याप्त है एक राजा के जीवन को सार्थक बनाने के लिये?'' विश्वामित्र ने प्रश्न किया।

''नहीं गुरुदेव, केवल प्रजा के सुख-दुख का ध्यान रख लेने से एक राजा का कर्तव्य पूर्ण नहीं हो जाता।''

''तो क्या है एक राजा का कर्तव्य?''

''अपनी प्रजा में अपने प्रति विश्वास बनाये रखना और इसके लिये आवश्यकता होती है शक्ति प्रदर्शन की। एक कर्तव्यनिष्ठ राजा युद्ध इसलिए नहीं करता कि उसे अपनी सीमा का विस्तार करना है अपितु इसलिए करता है कि वो संसार में धर्म की स्थापना कर सके, पीड़ित प्रजा को उसके अधर्मी राजा से मुक्ति दिला सके।'' सर्वदमन ने उत्तर दिया।

''ऐसा तो होता नहीं कि हर राजा अपनी प्रजा को पीड़ा देता है, फिर भी एक धर्मपरायण राजा को उन पर आक्रमण कर उन्हें झुकाने की आवश्यकता क्यों पड़ती है, क्या ये स्वतन्त्रता का अधिकार छीनने जैसा नहीं है?''

''कुछ राजा जो शक्ति और सैन्यबल से दुर्बल होते हैं वो स्वतः ही एक शक्तिशाली धर्मपरायण राजा के समक्ष समर्पण कर देते हैं, क्योंकि उन्हें ये भान होता है कि ये मार्ग उनके और उनके राज्य की प्रजा दोनों के ही हित में है, किन्तु कुछ राजाओं के मन की मिथ्या आत्मसम्मान की भावना अहंकार का रूप ले लेती है, इसलिए अपने हित से अनभिज्ञ इन राजाओं को युद्ध में पराजित कर इन पर अधिकार करना आवश्यक हो जाता है, अन्यथा कोई अधर्मी आयेगा और इनके और इनकी प्रजा के जीवन को नर्कतुल्य बना देगा... ठीक वैसे ही जैसे विदर्भराज जयवर्धन ने मत्स्य की प्रजा को पीड़ित किया था, किंतु राजा जलसंघ को अपनी प्रजा के सुख से अधिक अपना अहंकार प्रिय था।''

विश्वामित्र के मुख पर एक संतोष भरी मुस्कान आ गयी। वो अपने आसन से उठे और सर्वदमन को अपने साथ आने का संकेत दिया। वो दोनों वन मार्ग पर भ्रमण करने लगे।

"यदि कोई राजा तुम्हारी शरणागति स्वीकार करने से पूर्व तुमसे ये प्रश्न करे कि मैं कैसे मान लूँ कि आप अपनी शक्ति के अहंकार में नहीं अपितु मेरे संरक्षण के लिये मुझसे संधि करना चाहते हैं, तब तुम्हारा क्या उत्तर होगा?"

"हे गुरुदेव, किसी के प्रति अपने मन में विश्वास मैं तभी जगा सकता हूँ जब वो मुझे उसका अवसर दे, क्योंकि अपने पिछले कर्मों का स्मरण दिलाकर यदि मैं उसे विश्वास दिलाने का प्रयास करूँगा तो कदाचित वो विश्वास कर भी ले, किंतु उसके मन में संदेह सदैव बना रहेगा और इस प्रकार संदेह करने वाला मनुष्य कभी भी घात कर सकता है। इसलिए पहले अपने बल से मैं उसे झुकाकर अपने अधीन करूँगा, उसके पश्चात ही मैं अपने कर्मों से अपने चरित्र और मंशा का परिचय दे सकता हूँ।"

विश्वामित्र के मुख पर संतोष भरी मुस्कान आ गयी, "तुम्हारे दिये उत्तर संतोषजनक थे सर्वदमन, किन्तु मेरे मन में अभी और भी बहुत से जटिल प्रश्न हैं, आशा है तुम इनके भी संतोषजनक उत्तर दे पाओगे।"

"प्रयास करूँगा, गुरुदेव।" सर्वदमन ने विनम्र भाव से कहा।

"क्या लगता है तुम्हें, क्या हर पापी मनुष्य को मृत्यु से पूर्व उसके पापों का दण्ड दिया जा सकता है?"

"ये सम्भव नहीं है गुरुदेव, कुछ पापियों को तो कदाचित मृत्योपरांत ही दण्ड प्राप्त होता है।"

"ये तो उस व्यक्ति के साथ अन्याय हुआ न जिसे उस पापी ने पीड़ित किया है; फिर तो मनुष्य उस मान्यता को ही नकारने लगेगा कि हर अधर्मी को उसके पापों का दण्ड मिलता ही है। उस पीड़ित व्यक्ति को ये कैसे ज्ञात होगा कि उस पापी को मृत्यु के उपरांत कोई दण्ड मिला या नहीं, उसे तो कभी न्याय का संतोष प्राप्त ही नहीं होगा, फिर सत्कर्म और दुष्कर्म की मान्यता का भला क्या महत्व रह जायेगा?"

"कोई भी मान्यता व्यक्ति विशेष के जीवन के अनुभवों पर आधारित होती है गुरुवर; कोई भी राजा स्वयं को कितना भी बड़ा न्यायप्रिय शासक क्यों न मानता हो, उसके राज्य में कोई न कोई ऐसा पीड़ित अवश्य होता है जिसे कभी न्याय नहीं मिल पाता... क्योंकि न जाने कितने मनुष्य ऐसे हैं जो न्याय को ईश्वर के विश्वास पर छोड़ देते हैं, ये मानकर कि वही उनके साथ न्याय करेगा; भय अथवा आलस्य के कारण स्वयं उसके विरुद्ध कभी स्वर उठाते ही नहीं। ऐसे लोग कर्म के महत्व को जाने बिना ही न्याय न मिलने पर कर्म के सिद्धांत के साथ-साथ ईश्वर पर भी प्रश्न उठाते हैं।"

"ये भी तो सम्भव है कि उन पीड़ितों में इतना सामर्थ्य ही न हो कि अपने साथ हुए अन्याय के विरुद्ध अपना स्वर उठा सकें।" विश्वामित्र ने तर्क दिया।

"ये तो उस राज्य के शासक और उसकी न्याय-व्यवस्था पर निर्भर करता है

गुरुदेव... एक शासक का उसके राज्य में इतना प्रभाव तो होना ही चाहिए कि राज्य के मंत्री से लेकर कोतवाल तक किसी में भी इतना साहस ही न हो कि वो किसी पीड़ित का स्वर न्यायपालिका तक पहुँचने से रोकने का विचार भी मन में लाये, ताकि जब भी कोई पीड़ित व्यक्ति न्याय की गुहार लगाये तो उसे न्याय मिले। जिनमें आलस्य है और जो धैर्यवान नहीं हैं, जो न्याय को ईश्वर के विश्वास पर छोड़ देते हैं, उन्हें सत्कर्म और दुष्कर्म की मान्यता पर प्रश्न उठाने का अधिकार ही नहीं है, वो इस मान्यता को ही जीवन का सत्य मान लेते हैं। किंतु मान्यता कभी यथार्थ नहीं होती। ये मान्यता व्यक्ति को दुष्कर्म से रोकने के लिये है न कि अपने साथ हुए अन्याय के लिये ढाल बनाकर प्रकृति या फिर ईश्वर पर दोषारोपण करने के लिये।'' सर्वदमन ने दृढ़ता से उत्तर दिया।

सर्वदमन के उत्तर से संतुष्ट होकर विश्वामित्र मुस्कुराये, ''ये बताओ सर्वदमन, आस्था और अंधविश्वास में क्या भेद है?''

''आस्था किसी के प्रति भी हो सकती है... भक्त को अपने भगवान के प्रति, एक पत्नी को अपने पति के प्रति, शिष्य को गुरु के प्रति, अनुज को अग्रज के प्रति और एक पुत्र को अपने पिता के प्रति भी। आस्था यदि सद्चरित्र के प्रति हो तो उन्नति का मार्ग प्रशस्त करती है, किन्तु किसी का चरित्र जाने बिना उस पर आस्था रखने को ही अंधविश्वास कहा जाता है जो व्यक्ति को पतन की ओर ले जाता है; इसलिए उचित होगा कि मनुष्य किसी के व्यक्तित्व को परखे बिना उस पर आस्था न रखे क्योंकि कभी कभी कोई अंधविश्वास ऐसी परम्पराओं को जन्म दे देता है जिसे निभाना मानव समाज अपना धर्म समझने लगता है, किन्तु अंधविश्वास से जन्मी ऐसी परम्पराएँ समाज को ऐसी क्षति पहुँचा सकती हैं जो कदाचित कभी न भर पाये।''

''ऐसी क्या चीज है जो एक मनुष्य के मन में दूसरे मनुष्य के प्रति ईष्या को जन्म देती है?''

क्षण भर विचार कर सर्वदमन ने उत्तर दिया, ''मनुष्य के मन में ईर्ष्या का जन्म केवल दो कारणों से होता है गुरुवर, उसके मन का अहंकार या फिर समाज का उस पर प्रभाव।''

''तो इस ईर्ष्या के कुचक्र में फँसने से मनुष्य स्वयं को कैसे बचाये?''

''यदि एक मनुष्य बस निर्भीक होकर अपने कर्म पथ की ओर बढ़ता रहे तो कदाचित उसके मन में ईर्ष्या की भावना का जन्म ही न हो। किंतु ये समाज, इस समाज का प्रभाव सत्व से सत्व मनुष्य के मन में भी ईर्ष्या को जन्म दे सकता है और इसका कारण हमारे ही समाज की बनायी हुई कुछ प्रथाएँ हैं, वर्ण व्यवस्था है जो कभी कर्म पर आधारित थी और अब जन्म पर आधारित हो गयीं हैं। इस व्यवस्था ने जाने कितने मनुष्यों के जीवन की सम्भावनाओं को नष्ट किया है...किन्तु समाज का संतुलन बनाये रखने के लिये ये व्यवस्था आवश्यक है। तो सत्य कहूँ तो ये मनुष्य के स्वयं के विवेक

पर ही निर्भर करता है गुरुदेव कि उसे अपनी ईर्ष्या को कैसे नियंत्रित करना है; वो अपनी ईर्ष्या को अपने विकास का माध्यम भी बना सकता है और किसी दूसरे व्यक्ति को गिराने का प्रयास भी कर सकता है।''

सर्वदमन का ये तर्क सुनकर क्रोध से विश्वामित्र की भवें तन गयीं।

''तुमने कहा वर्ण व्यवस्था समाज का संतुलन बनाने के लिये है, किन्तु जब एक ब्राह्मण किसी शूद्र का शोषण करे क्या वो उचित है? उदाहरण स्वरूप पिछले वर्ष जब मैं हस्तिनापुर में नहीं था, तब एक शूद्र बालक के मंदिर में गायत्री मंत्र का जाप करने पर चार युवा ब्राह्मणों ने उसे राजसभा में प्रस्तुत किया और महाराज दुष्यंत को अपने श्राप का भय दिखाकर उस बालक को मृत्युदण्ड दिलवाया। अपने हृदय पर हाथ रखकर बताओ सर्वदमन क्या ये न्याय था?'' क्रोधित विश्वामित्र ने प्रश्न किया।

सर्वदमन मौन रहा।

''बोलो सर्वदमन, उस समय तुमने अपने पिता का विरोध क्यों नहीं किया?''

''एक पिता की आज्ञा के साथ-साथ वो एक राजा का भी आदेश था, उनका विरोध करना तो राजद्रोह कहलाता न गुरुदेव।'' सर्वदमन ने असमर्थता जताते हुए कहा।

विश्वामित्र मुस्कुराये, ''तो तुम भी झुक गये इस वर्ण व्यवस्था के आगे हम्म।''

''नहीं गुरुदेव, मैं बस राजाज्ञा के आगे विवश हो गया था गुरुदेव।''

विश्वामित्र ने सर्वदमन के कंधे पर हाथ रखा, ''कदाचित ये तुम्हारी अंतिम शिक्षा है जो मैं तुम्हें दे रहा हूँ सर्वदमन, और वो ये है कि राजधर्म से ऊँचा कुछ नहीं, राजा भी नहीं। कई राजा ऐसे ब्राह्मणों के श्राप के भय से निर्णय उनके पक्ष में दे देते हैं, किन्तु स्मरण रहे कि जो अज्ञानी ब्राह्मण ऐसे घोर पाप का निमित्त बने उसके वचनों का कोई मूल्य होता ही नहीं। ईश्वर की स्तुति करने का अधिकार सभी को है और जो इस मानवाधिकार का विरोध करे उस मनुष्य से बड़ा अज्ञानी और कोई नहीं। ये अज्ञान उस ब्राह्मण के दूषित चरित्र को दर्शाता है जो उसे मिले अधूरे ज्ञान से जन्मे अहंकार का परिणाम है। उन ब्राह्मणों के इस पाप के उत्तरदायी महाराज दुष्यंत भी हैं इसलिये तुम्हें उनके पापों का प्रायश्चित करना होगा।''

''आज्ञा दीजिए गुरुदेव, क्या आदेश है मेरे लिए, कैसे मुक्त करूँ मैं अपने पिता को इस पाप से?'' सर्वदमन ने विश्वामित्र से प्रश्न किया।

''ये प्रायश्चित तो उन चारों ब्राह्मणों का न्याय करके ही किया जा सकता है जो उस बालक की मृत्यु का निमित्त बने; किंतु अभी तुमने उन्हें दण्ड दिया तो तुम्हारा दिया हुआ संदेश केवल पुरुराष्ट्र तक ही सीमित रह जायेगा। इसलिये जब उचित समय आयेगा तब मैं स्वयं तुम्हें इस प्रायश्चित का संकेत दूँगा।''

"जैसी आपकी इच्छा पितामह।" सर्वदमन ने सहमति जतायी।

विश्वामित्र उसके निकट आगे, "जानता हूँ ये वर्ण व्यवस्था समाज का संतुलन बनाये रखने के लिये है किंतु उसका अर्थ ये नहीं कि किसी मनुष्य को ये अधिकार मिल गया है कि वो अपने से नीचे की श्रेणी के मनुष्य का शोषण करे। ऐसे मनुष्य वो अराजक तत्व हैं जो समाज में असंतोष को जन्म देते हैं; आशा है कि तुम सम्राट बनने के उपरांत समाज के इन अराजक तत्वों के पतन के लिये कोई विशेष व्यवस्था करोगे।"

"निस्संदेह गुरुदेव, किंतु आप मुझे सम्राट क्यों कह रहे हैं?" सर्वदमन ने आश्चर्यपूर्वक प्रश्न किया।

विश्वामित्र मुस्कुराये, "तुम्हारे इस प्रश्न का उत्तर देने से पूर्व मैं तुमसे एक अंतिम प्रश्न करना चाहूँगा सर्वदमन।"

"कहिए गुरुदेव।"

"विचार करो कि एक व्यक्ति इस समग्र आर्यावर्त का चक्रवर्ती सम्राट बन जाये, तो क्या वो सारे उत्तरदायित्व निभा पायेगा जो एक राजा को निभाना चाहिए?"

कुछ क्षण विचार करने के उपरांत सर्वदमन ने उत्तर दिया, "वो कितना भी शक्तिशाली हो, अकेला ये उत्तरदायित्व नहीं निभा सकता गुरुदेव; इस उत्तरदायित्व को निभाने के लिए हर जनपद में उसे ऐसा ही एक विश्वासपात्र चाहिए जैसे कि मेरे लिए भगदत्त और नंदका हैं, अन्यथा वो सिर्फ राज्यों को जीतेगा, किंतु प्रजा में असंतोष बढ़ेगा और अराजकता फैलती चली जायेगी जिससे उसके शासन का पतन होने में अधिक समय नहीं लगेगा।"

विश्वामित्र मुस्कुराये, "मैंने तुम्हें सम्राट इसलिए कहा क्योंकि अब इस आर्यावर्त की भूमि को एक सम्राट की आवश्यकता है; उस दुर्दांत विदर्भराज जयवर्धन ने असुरेश्वर दुर्भीक्ष के बल पर आधे से अधिक आर्यावर्त पर अधिकार किया हुआ है। अब तो बस दुर्भीक्ष का नाम सुनते ही बड़े-बड़े राजा शस्त्र डालकर समर्पण कर देते हैं। दुर्भीक्ष तो युद्ध के उपरांत पातालपुरी लौट जाता है और जयवर्धन के लोग प्रजा का उत्पीड़न करते हैं, कई असुर और सैनिक स्त्रियों को उठा ले जाते हैं; कई असुर तो भोजन के लिये छोटे-छोटे बालकों को भी उठा लेते हैं और कोई कुछ नहीं कर पाता। किसी में जयवर्धन का विरोध करने का साहस नहीं।"

सर्वदमन की मुट्ठियाँ भिंच गयीं, "मेरे लिए क्या आदेश है गुरुदेव!"

"मुझे भय है कि भविष्य में आर्यों की इस भूमि को इससे भी बड़ा अंधकारमय संकट घेरने वाला है। और इस अधर्म के अंधकार के विरुद्ध तुम्हें ही आशा के प्रकाश पुंज का नेतृत्व करना है वत्स सर्वदमन, इसलिए मेरी इच्छा है कि तुम पहले आंतरिक समस्या की जड़ तक पहुँचो।" ये कहते हुए विश्वामित्र ने सर्वदमन को महाबली

अखण्ड द्वारा भेजा गया पत्र दिखाया, ''ये है महाबली अखण्ड की योजना; तुम अपने अभियान पर निकलो, महाराज से मैं बात कर लूँगा।''

उस पत्र को ध्यानपूर्वक पढ़ने के उपरांत सर्वदमन विश्वामित्र के चरणों में झुका, ''आशीर्वाद दें गुरुदेव, मैं आपको निराश नहीं करूँगा।''

''यशस्वी भव! जाओ और संसार का कल्याण करो।'' विश्वामित्र ने उसे आशीर्वाद देते हुए कहा।

चतुर्थ अध्याय

प्रथम द्वंद्व

सहस्त्रों मनुष्यों को चारों दिशाओं से प्रचण्ड अग्नि ने घेर रखा था। कुछ योद्धाओं के साथ कई स्त्रियाँ और बालक भी अपने प्राण बचाने के लिये इधर-उधर भाग रहे थे। एक स्त्री अपने अबोध बालक को कसकर पकड़े हुए थी और कदाचित अपने अंत को सामने देख भयभीत थी। उसका बालक सोया हुआ था। प्रचण्ड अग्नि की लपटें उसकी ओर बढ़ी चली जा रहीं थीं। तभी उसकी गोद में बैठे अबोध बालक की निद्रा भंग हो गयी और वो रोने लगा। वो स्त्री उसे चुप कराने में लग गयी, तभी उसकी दृष्टि अग्नि की लपटों के पीछे खड़े व्यक्ति की ओर पड़ी जो उसी की ओर देख रहा था। ये कोई और नहीं असुरेश्वर दुर्भीक्ष था, जिस पर दृष्टि पड़ते ही उस स्त्री के नेत्रों से मानों मृत्यु का भय निकल गया और उसका स्थान क्रोध ने ले लिया। उसने अपने वस्त्रों में दबी एक शीशी निकाली और उसका सम्पूर्ण विष स्वयं को और अपने अबोध बालक को पिला दिया। दुर्भीक्ष उनके प्राण छूटते देखता रह गया। उस स्त्री को मरते देख उसका एक छोटा बालक उसकी ओर दौड़कर आया और अपनी माता और अबोध भाई की मृत्यु पर विलाप करने लगा। क्षणभर उपरांत ही उस बालक ने एक आग में जलता छोटा-सा पत्थर उठाया और दुर्भीक्ष की ओर क्रोध भरी दृष्टि से देखा। दुर्भीक्ष का ध्यान उस बालक के जलते हुए हाथ पर था। उसने आगे बढ़ने का प्रयत्न किया किंतु उस बालक ने पूरी शक्ति से वो जलता पत्थर दुर्भीक्ष की ओर फेंका।

वो जलता हुआ पत्थर अपनी ओर आते हुए देख दुर्भीक्ष हाँफते हुए निद्रा से जाग

गया। वो अभी भी हाँफ रहा था, उसके पूरे माथे पर पसीना था। वो एक दुःस्वप्न था जिसने उसे हिलाकर रख दिया था। उसने अपने कक्ष के रोशनदान की ओर देखा... सूर्योदय होने में कुछ ही घड़ी शेष थी।

आज ही वो दिन था जिस दिन की उसे न जाने कबसे प्रतीक्षा थी। आज दुर्धरा से उसका विवाह था। जिस सूर्य के उदय होने की वो इतनी अधीरता से प्रतीक्षा कर रहा था, उसके ठीक पहले देखे इस दुःस्वप्न ने उसे विचलित कर दिया, फिर भी उसने स्वयं को सँभाला और उस स्वप्न को अपने ध्यान से निकालकर कक्ष से बाहर निकलकर उदय होते सूर्य का बाँहें फैलाकर स्वागत किया।

शीघ्र ही एक दासी उसके निकट आयी और उसे सूचित किया, ''नदी के पास वाले वन में देवी दुर्धरा आपकी प्रतीक्षा में हैं असुरेश्वर।''

''ठीक है उनसे कहो मैं शीघ्र ही उनसे मिलूँगा।'' दुर्भीक्ष ने दासी को जाने का संकेत दिया।

कुछ ही समय में दुर्भीक्ष वन की उस नदी के तट पर पहुँचा।

दुर्धरा, नदी में खड़ी हाथ जोड़े और नेत्र बंद किये आराधना में लीन थी। उसकी पूजा का समापन तभी होना था जब सूर्य अपनी लालिमा छोड़ स्वर्णिम किरणें छोड़ना आरम्भ करें। वन के उस स्थान पर केवल दो ही लोग उपस्थित थे- एक दुर्धरा जो अपनी पूजा में लीन थी, दूसरा दुर्भीक्ष। उन दोनों के बीच व्यवधान उत्पन्न करने के लिये कोई और वहाँ उपस्थित नहीं था जिसके स्पष्ट निर्देश दुर्भीक्ष ने पहले से ही सभी को दे रखे थे।

वहीं वन के बाहरी छोर पर भद्राक्ष खड़ा था ताकि कोई भी वन में प्रवेश न कर सके।

पर न जाने क्यों आज सूर्य रक्त-सा लाल था। दुर्भीक्ष बड़ी अधीरता से उसके रंग बदलने की प्रतीक्षा में था।

शीघ्र ही भद्राक्ष का ध्यान सूर्य की ओर गया। उसका लाल रंग देख उसकी आँखें अकस्मात ही बड़ी हो गयीं, 'हमारे क्षेत्र में सूर्य का इतने समय तक लाल दिखना हम असुरों के लिए महाअपशगुन का सूचक है, कहीं कोई अनर्थ तो नहीं होने वाला।'' उसका मन शंकित था।

शीघ्र ही आकाश की ऊँचाई पर आकर सूर्यदेव ने अपने प्रकाश से दुर्धरा को पूजन समाप्त करने का संकेत दिया। नदी में पूजन कर रही दुर्धरा ने अपने नेत्र खोले। सूर्यदेव को प्रणाम करते हुए उसकी आँखें क्रोध से लाल थीं, ''हे सूर्यनारायण, मुझे आशीर्वाद दें कि आज कोई भावना मेरी उद्देश्य की राह में बाधा न बने।'' सूर्य को प्रणाम करके दुर्धरा ने दुर्भीक्ष की ओर मुड़ते हुए अपने मुख के भाव बदले। क्रोध का

स्थान बनावटी मुस्कान ने ले लिया।

उसकी मुस्कान देख मानों दुर्भीक्ष के हृदय को अद्भुत शीतलता का अनुभव हो रहा था। शीघ्र ही वो उसके निकट आयी।

"तुम्हें अनुमान भी नहीं है कि इस दिन की मैंने कितनी प्रतीक्षा की है दुर्धरा; मैं तुम्हारे समक्ष प्रस्तुत हूँ। जो चाहिए माँग लो, तुम्हारी हर इच्छा को पूर्ण करूँगा मैं।" दुर्भीक्ष ने बाँहें फैलाते हुए कहा।

दुर्धरा उसके निकट आयी, "मैं तुम्हारे समक्ष दो विकल्प रखूँगी जिनमें से तुम्हें एक चुनना होगा।"

दुर्भीक्ष ने क्षणभर देखने के उपरांत कहा, "दो विकल्प क्यों, कहो तो मैं तुम्हारी दोनों इच्छाएँ पूरी कर दूँ।"

"ये सम्भव नहीं है, तुम्हें इन दोनों में से एक ही विकल्प चुनना होगा।"

"कहो।"

"पहला विकल्प असुरेश्वर का ये पद और उस क्रूर राजा जयवर्धन का त्याग करके मेरे साथ चलो और एक सुखमय जीवन व्यतीत करो।" दुर्धरा ने दृढ़ता से कहा।

दुर्भीक्ष की भौहें तन गयीं, उसे दुर्धरा की नीयत पर संदेह हो गया, "और दूसरा विकल्प?"

"यदि तुम पहला विकल्प नहीं चुनते तो मैं तुम्हें वैसा ही सुर्जन बने देखना चाहती हूँ, जैसे तुम मुझसे पहली बार मिले थे।"

"अर्थात?" दुर्भीक्ष ने आश्चर्यपूर्वक प्रश्न किया।

"सुर्जन जैसे एक सामान्य मनुष्य बन जाओ और वो तभी हो सकता है कि जब तुम अपने पंचतत्वों की दिव्यशक्ति का प्रयोग न करने का प्रण लो और साथ ही साथ अपना वो कवच भी उतार दो जो बार-बार तुम्हारे घाव भर देता है। अपनी इस दिव्यता का त्याग कर एक सामान्य मनुष्य बन जाओ ताकि फिर कभी क्रोध में आकर तुम वो भीषण नरसंहार न कर सको जैसा तुमने वर्षों पूर्व किया था। और यदि फिर कभी अनियंत्रित हुए तो कोई न कोई तुम पर अंकुश लगा सके।" दुर्धरा ने तर्क देने का प्रयास किया।

दुर्भीक्ष ने अपने नेत्र बंद किये। उसे दुर्धरा के किये कपट का भान हो गया था। वर्षों के उपरांत आये उस सुख के भ्रम का रहस्य उजागर हो चुका था। क्षण भर के उपरांत उसने नेत्र खोले और दुर्धरा की ओर देखा जो उससे मुँह फेरे खड़ी थी। अपने क्रोध को नियंत्रित कर वो दुर्धरा के निकट गया, "तुम्हें लगता है कि अपनी उन दिव्य शक्तियों के बिना मैं संहार नहीं कर सकता?"

“विवाह के उपरांत मैं तुम्हें ऐसा करने नहीं दूँगी।” दुर्धरा ने दुर्भीक्ष के नेत्रों में देखकर कहा।

“तुम्हें अब भी लगता है मैं तुमसे विवाह करूँगा?” दुर्भीक्ष ने उसे घूरते हुए प्रश्न किया।

“अर्थात!” दुर्धरा ने दुर्भीक्ष को आश्चर्य से देखने का अभिनय किया।

“तुम्हें भलीभाँति ज्ञात था कि मैं पहला विकल्प नहीं चुनूँगा।” एक गहरी श्वास भरकर दुर्भीक्ष ने कहा, “तो तुम यहाँ मुझसे विवाह करने नहीं, अपितु महाबली अखण्ड का शस्त्र बनकर आयी हो।”

दुर्धरा ने क्षण भर उसे घूरा और वास्तविकता प्रकट की, “मूर्खता तो तुम्हारी है जो अभी तक नहीं समझे। वर्षों पूर्व जो तुमने मेरे परिवार का नाश किया था, उसके उपरांत तुम्हारे मन में ये विचार आया भी कैसे कि मेरे हृदय में तुम्हारे लिए प्रेम उत्पन्न हो जायेगा।”

दुर्धरा के वो कटु शब्द सुन मानों उसके हृदय पर वज्रपात हो उठा था। वो हताश होकर वहाँ पड़े एक पत्थर पर बैठ गया। उसका मौन देख दुर्धरा ने उसे टोका, “तुम वचन दे चुके हो असुरेश्वर दुर्भीक्ष, तुम्हें इन दो विकल्पों में से कोई एक चुनना ही होगा।”

“मैं प्रतिज्ञा लेता हूँ कि आज के उपरांत मैं अपनी पंचतत्व की दिव्यशक्तियों का प्रयोग कभी नहीं करूँगा; पंचमहाभूतों से शरीर का निर्माण होता है और मेरे शरीर में वो शक्ति जन्म से होने के कारण, इस शरीर की हर एक कोशिका नष्ट होने के उपरांत वापस उभर आती है और मेरे हर घाव को भर देती है, किन्तु अब ऐसा नहीं होगा... तुम्हें इच्छित उपहार देने का प्रण था मेरा और मैं वो प्रण अवश्य पूर्ण करूँगा।”

कहते हुए दुर्भीक्ष ने समाधि लगायी और कुछ मंत्रों का उच्चारण करने के उपरांत घोषणा की, “मैं अपनी पंचमहाभूतों की शक्तियों को ये आदेश देता हूँ कि आज के उपरांत मेरे शरीर के किसी भी भाग के घायल होने पर वो नयी कोशिकाओं का निर्माण करके उन घावों को नहीं भरेंगी।”

उसकी इस घोषणा के उपरांत दुर्भीक्ष के शरीर से एक प्रकाश पुंज फूटा और वापस उसके शरीर में विलीन हो गया, मानों उसकी शक्तियों ने उसका आदेश स्वीकार करने का संकेत दिया हो।

दुर्भीक्ष और दुर्धरा कुछ क्षणों तक एक-दूसरे को देखते रहे। दुर्धरा के नेत्रों में अपने लिए घृणा देख दुर्भीक्ष का हृदय भर आया। उसने आगे बढ़कर अपनी धोती में छिपी कटार निकाल अपनी बाँह पर चीरा लगाया, “लो देख लो ये बहता हुआ रक्त, वर्षों से यही देखना चाहती हो न! ये बहता हुआ रक्त इसका साक्ष्य है कि महाबली

अखण्ड अपने षड्यंत्र में सफल हुए। मुझे तो बस ये भ्रम हो गया था कि कदाचित् महर्षि शंकराचार्य या महाबली अखण्ड ने तुम्हें सत्य बता दिया होगा और इसी भ्रम में अपनी पीड़ा से भरे इस जीवन में थोड़े से सुख की आशा कर ली मैंने; किंतु मुझे क्या पता था कि ये आर्यावर्त जिन महापुरुषों को जितना सम्मान देता है, धर्म के ध्वज का रक्षक समझता है, वो वास्तव में कितने कपटी हैं।''

''मैं कैसे मान लूँ कि तुमने अपनी शक्तियाँ खो दीं हैं, ये घाव तुम्हारी कोई माया भी तो हो सकती है।'' दुर्धरा ने संदेह प्रकट किया।

दुर्भीक्ष ने दुर्धरा को ऊपर से लेकर नीचे तक निहारा, ''तो अपनी कमर में जो कटार छुपा रखी है उसका प्रयोग करके जाँच लो कि तुम अपने उद्देश्य में सफल हुई या नहीं।''

''मानना पड़ेगा बड़ी तीखी दृष्टि है तुम्हारी।'' दुर्धरा ने अपनी कमर से कटार निकाली और सीधा दुर्भीक्ष की छाती की ऊपरी सतह पर वार किया।

छाती पर दिया वो घाव गहरा तो नहीं था, किंतु कदाचित इस घाव के साथ ही दुर्भीक्ष और दुर्धरा के प्रेम मिलन की अंतिम आशा भी धूमिल हो गयी थी।

दुर्भीक्ष उसके और निकट आया और उसकी आँखों में देखा, ''एक बात स्मरण रखना दुर्धरा, मेरा सामर्थ्य उन पंचशक्तियों का दास न पहले था और न ही अब है... पंचतत्वों का बल अभी भी मेरे शरीर में है और सदैव रहेगा; मैं इन शक्तियों का प्रयोग नहीं कर सकता किंतु अपनी ये शक्तियाँ किसी को दान में अवश्य दे सकता हूँ, और ये अधिकार मुझसे कोई नहीं छीन सकता।''

दुर्धरा स्थिर खड़ी रही। वो बस क्रोध भरी दृष्टि से दुर्भीक्ष को घूरे जा रही थी।

''स्मरण रहे दुर्धरा, चाहे वो महाबली अखण्ड का शिष्य मेघवर्ण हो या फिर कोई और योद्धा, अब जब भी इनमें से कोई रणभूमि में मेरे समक्ष आयेगा तो मैं उन पर कोई दया नहीं करूँगा, ब्रह्मास्त्र और वैष्णवास्त्र को साध रखा है मैंने। मैं अपनी शक्तियों का प्रयोग न भी करूँ फिर भी वो मेघवर्ण मेरे चौथाई अंश के बराबर भी नहीं है।'' दुर्भीक्ष ने चेतावनी भरे स्वर में कहा।

दुर्धरा ने भी क्रोध में भरकर कहा, ''ये दोनों महाअस्त्र तो मेघवर्ण ने युवा होने से पूर्व ही साध लिये थे। और ब्रह्मास्त्र का ज्ञान तो आर्यावर्त के कई योद्धाओं को है; तुम्हें तुम्हारे अंत का संकेत मिल चुका है असुरेश्वर दुर्भीक्ष और इसीलिए तुम ये प्रलाप कर रहे हो... मैं भी उस दिन की प्रतीक्षा में हूँ जब तुम पराजित होकर मृत्यु के द्वार पर खड़े होगे और पाँच सहस्त्र गंधर्वों की तड़पती हुई जीवात्माएँ अपना प्रतिशोध पूर्ण होते देख निर्वाण को प्राप्त होंगी। सैनिक तो सैनिक, अबोध बालकों और स्त्रियों तक को नहीं छोड़ा था तुमने... ऐसे क्रूर असुर को यदि दण्ड नहीं मिला तो संसार में यही सन्देश

जायेगा कि धर्म पर अधर्म की विजय हो गयी।''

दुर्भीक्ष उस पल को स्मरण कर जड़-सा हो गया। उसके मन में ग्लानि तो थी ही, क्योंकि ये सत्य ही था कि वो महापाप उसी के हाथों हुआ था। भोर में देखा हुआ दुःस्वप्न एक बार फिर उसकी दृष्टि के समक्ष तैर गया। वो नम आँखों से मौन होकर दुर्धरा की ओर देखता रहा और उसकी बातें सुनता रहा जो उस पर कटाक्ष के बाण चलाये जा रही थी। उसका ध्यान कहीं खो गया था, मस्तिष्क सुन्न जैसा हो गया था।

अंत में दुर्धरा ने चुटकी बजाकर उसका ध्यान खींचा। दुर्भीक्ष का मस्तिष्क चेतना में लौट आया। दुर्धरा अभी भी उसे क्रोध से घूर रही थी।

''अब तुम यहाँ क्यों रुकी हो?'' दुर्भीक्ष ने उससे प्रश्न किया।

इससे पूर्व दुर्धरा कुछ कहती भद्राक्ष ने वहाँ आकर दुर्भीक्ष को पुकार लगायी, ''असुरेश्वर...!''

दुर्भीक्ष ने पहले अपनी छाती पर अंगवस्त्र डालकर अपना घाव छिपाया। फिर क्रोध में भद्राक्ष ओर पलटा, ''मेरे दिये हुए आदेश का कोई अर्थ है या नहीं?''

भद्राक्ष दृष्टि नीचे कर घुटनों के बल बैठ गया, ''क्षमा करें असुरेश्वर, किंतु कोई योद्धा है जो आपको ललकारते हुए हमारे गढ़ में आ पहुँचा है, कोई उसे रोकने में सक्षम सिद्ध नहीं हो रहा।''

क्रोध से दुर्भीक्ष की भौहें तन गयीं। उसने हेय दृष्टि से दुर्धरा की ओर देखा और अपने कदम आगे बढ़ाये।

वन से बाहर निकलकर दुर्भीक्ष ने अपने राजप्रांगण की ओर देखा। क्रोधित मेघवर्ण ने अनेक असुर योद्धाओं को गिरा दिया था। सब भूमि पर पड़े पीड़ा से कराह रहे थे। दुर्भीक्ष के कदमों की आहट पाकर मेघवर्ण उसकी ओर पलटा। उसके नेत्रों से लावा बरस रहा था। दुर्भीक्ष के भी नेत्रों में क्रोध भरा था। उसकी मुट्ठियाँ भिंच गयीं, मानों वो बस मेघवर्ण पर आक्रमण के करने के लिए आतुर हो।

अपने अश्व से उतरकर मेघवर्ण उसके निकट आया और उसके नेत्रों में घूरकर देखा।

''क्यों आये हो यहाँ?'' दुर्भीक्ष ने मेघवर्ण से प्रश्न किया।

''तुम्हें तुम्हारे अपराधों का दण्ड देने आया हूँ कपटी दुर्भीक्ष!'' मेघवर्ण ने ललकारते हुये कहा।

दुर्भीक्ष ने मेघवर्ण को हेय से देखा, फिर उसी हेय दृष्टि से वन की सीमा पर खड़ी दुर्धरा को भी देखा, जिसे मेघवर्ण ने अभी तक नहीं देखा था, ''तो तुम द्वन्द्व चाहते हो?''

"निस्संदेह, क्योंकि तुम्हें पराजित किये बिना मैं अपने साथियों का विश्वास नहीं जीत पाऊँगा जो मैंने तुम्हारे किये कपट के कारण खोया है।" मेघवर्ण ने क्रोध भरे स्वर में कहा।

अपनी मुट्ठियाँ भींचते हुए दुर्भीक्ष ने चुनौती स्वीकारते हुए कहा, "मैं नहीं जानता तुम क्या प्रलाप कर रहे हो, किंतु मैं भी बस ऐसे किसी अवसर की ही प्रतीक्षा में था।"

"भद्राक्ष!" दुर्भीक्ष ने पुकार लगायी।

भद्राक्ष दौड़ता हुआ असुरेश्वर के निकट आया, "आज्ञा असुरेश्वर।"

"महारथी मेघवर्ण को सम्मान सहित अखाड़े में ले जाओ और इन्हें द्वंद्व के लिये तैयार करो।" दुर्भीक्ष ने आदेश दिया।

"जो आज्ञा महामहिम।" भद्राक्ष, मेघवर्ण को अपने साथ ले गया।

मेघवर्ण के जाने के बाद दुर्भीक्ष, दुर्धरा के पास गया, "देखना चाहोगी कि तुम्हारे किये कपट से मेरी शक्ति कितनी क्षीण हुई है?"

दुर्धरा, दुर्भीक्ष के निकट आयी और पूर्ण आत्मविश्वास से उससे दृष्टि मिलाते हुए बोली, "मेरे तो जीवन का उद्देश्य ही तुम्हारी मृत्यु है दुर्भीक्ष, क्या पता आज ही तुम्हारा अंतिम दिन हो; तुम्हें प्राण छोड़ते हुए देखने का अवसर भला मैं कैसे गँवा सकती हूँ।"

दुर्भीक्ष के मुख पर अहंकार भरी मुस्कान आयी, "तो फिर सम्मिलित हो जाओ अखाड़े के दर्शकों की भीड़ में।" कहकर दुर्भीक्ष वहाँ से प्रस्थान कर गया।

अखाड़े में अनगिनत स्वर असुरेश्वर दुर्भीक्ष के समर्थन में थे। उनके बीच खड़ी एकमात्र दुर्धरा ही ऐसी थी जो मेघवर्ण के समर्थन में थी।

शीघ्र ही दुर्भीक्ष और मेघवर्ण ने अखाड़े में प्रवेश किया। दोनों की छाती पर लौह कवच और हाथों में तलवार और ढाल थी। पातालपुरी की जनता बड़ी अधीरता से इस द्वंद्व के आरम्भ की प्रतीक्षा में थे।

भद्राक्ष एक लाल ध्वज उठाये द्वंद्व के आरम्भ की घोषणा करने को था। दुर्भीक्ष ने आरम्भ से ठीक पूर्व क्षण भर के लिये दुर्धरा की ओर देखा जिसके मुख पर अहंकार स्पष्ट दिखाई दे रहा था। और उसी अहंकार को तोड़ने के लिये दुर्भीक्ष ने इस द्वंद्व का चुनाव किया था।

दुर्भीक्ष का संकेत पाते ही भद्राक्ष ने ध्वज लहरा दिया। दोनों महावीर एक-दूसरे की ओर दौड़ पड़े। दोनों की तलवारों के टकराव से जो स्वर उत्पन्न हुये, उसने वहाँ उपस्थित प्रजा का मस्तिष्क हिला दिया। लगातार उत्पन्न हो रहे उन भीषण स्वरों से पीड़ित पातालपुरी की प्रजा ने अपने-अपने कानों को ढक लिया, साथ ही उन तलवारों

के टकराव से जो चिंगारी उत्पन्न हो रही थी वो अलग।

मेघवर्ण अपनी चपलता से दुर्भीक्ष को कड़ी टक्कर देने लगा था। मेघवर्ण का अगला वार अपने कंधे की ओर आते देख दुर्भीक्ष ने ढाल फेंककर हाथ से ही उसकी तलवार का मूठ पकड़ लिया। अनेक प्रयत्नों के उपरांत भी मेघवर्ण उसकी पकड़ से अपनी तलवार नहीं छुड़ा पा रहा था। ये देख उसने ढाल से दुर्भीक्ष के मुख पर प्रहार करने का प्रयत्न किया, किंतु दुर्भीक्ष ने तलवार के बल पर वो प्रहार रोका और पैर से मेघवर्ण की छाती पर प्रहार किया। मेघवर्ण की तलवार उसके हाथ से छूटी और वो पूरे दस गज उड़कर अखाड़े की दीवार से जा टकराया। दीवार के उस भाग की ईंटें निकलकर भूमि पर गिर गयीं। मेघवर्ण की तलवार दुर्भीक्ष के हाथ में ही रह गयी, किंतु उसकी ढाल अभी भी उसके हाथ में थी।

दुर्भीक्ष ने तलवार वापस उसकी ओर उछाल दी। दुर्भीक्ष के हाथों में ढाल न देख मेघवर्ण ने भी अपनी ढाल भूमि पर रख दी। दोनों योद्धा एक-दूसरे की ओर दौड़े और एक बार फिर उन दोनों की तलवारों के स्वर ने प्रजाजनों को अपने कान ढकने पर विवश कर दिया।

इस बार दुर्भीक्ष ने मेघवर्ण के दायें हाथ को ही पकड़ लिया जिसमें उसने तलवार थाम रखी थी। मेघवर्ण ने भी अपनी ओर आते प्रहार को हाथ से रोक लिया। अब दोनों योद्धा एक-दूसरे के हाथ जकड़े हुए थे।

मेघवर्ण की पकड़ भी इतनी शिथिल नहीं थी। जीवन में प्रथम बार दुर्भीक्ष को ये भान हुआ था कि कोई उसका हाथ भी रोक सकता है। असुर प्रजा रोमांचित होकर उस द्वंद्व का आनंद ले रही थी। अकस्मात ही दुर्भीक्ष की दृष्टि दुर्धरा पर गयी, जिसका मस्तक मेघवर्ण के पराक्रम को देख गर्व से उठा हुआ था।

दुर्भीक्ष का ध्यान बँट गया। मेघवर्ण ने इसका लाभ उठाया और उसकी तलवार छोड़ उसकी छाती पर मुष्टि से वार किया और पैर से उसकी दायीं टाँग पर वार करके उसका संतुलन बिगाड़ा और फिर आधे क्षण के मध्य में ही उसने दुर्भीक्ष की दायीं भुजा पकड़ी और उसे एक ही हाथ से उठाकर दस गज दूर फेंक दिया। दुर्भीक्ष के दीवार से टकराते ही पातालपुरी की प्रजा स्तब्ध रह गयी।

"वाह!" दुर्धरा स्वयं को रोक नहीं पायी। भद्राक्ष, दुर्धरा की ये प्रतिक्रिया देख स्तब्ध रह गया।

दुर्भीक्ष भूमि से उठा और दुर्धरा के गर्व से तने मुख को क्रोध भरी दृष्टि से देखा। वहीं मेघवर्ण का ध्यान दुर्धरा की ओर गया, 'देवी दुर्धरा यहाँ क्या कर रही हैं!' वो भी आश्चर्य में था।

दुर्भीक्ष का मस्तक क्रोध से काँप रहा था। वो अपनी तलवार उठाये मेघवर्ण की

ओर बढ़ा। मेघवर्ण का अपनी ओर आता अगला प्रहार उसने अपने हाथ पर ही रोक लिया। दुर्भीक्ष का हाथ रक्तरंजित हो गया, किन्तु उसने मेघवर्ण की छाती पर पैर से वार करके उसकी तलवार भी छुड़ा दी और उसे दस हाथ दूर भी फेंक दिया।

असुरों द्वारा दुर्भीक्ष की जयघोष से पूरा अखाड़ा गूँज उठा। वहीं भद्राक्ष का ध्यान दुर्भीक्ष के रक्त से सने हाथ पर था। वो आश्चर्य में था कि सदैव स्वतः भर जाने वाले दुर्भीक्ष के घाव भर क्यों नहीं रहे।

भूमि से उठते हुए मेघवर्ण को देख दुर्भीक्ष ने उस पर कटाक्ष किया, ''तलवार तो तुमसे सँभली नहीं, मेघवर्ण, क्यों न तुम्हारे बाहुबल की परीक्षा ले ली जाये।'' कहते हुए दुर्भीक्ष ने अपनी छाती को ढका कवच हटा दिया। दुर्भीक्ष की छाती पर लगा घाव देख भद्राक्ष स्तब्ध रह गया। उसे समझ ही नहीं आ रहा था कि ये कैसे हुआ।

मेघवर्ण ने भी अपनी तलवार नीचे रख अपने शरीर को ढका कवच हटाया।

दोनों योद्धा मल्लयुद्ध को दौड़ पड़े और शीघ्र ही एक दूसरे को पछाड़ने में लीन हो गये। दुर्धरा का अहंकार तोड़ने के लिये दुर्भीक्ष ने इस बार अपने पूरे बल का प्रयोग करना आरम्भ किया। दुर्भीक्ष ने उग्र दाँवों का प्रयोग आरम्भ किया तो मेघवर्ण को रक्षण नीति अपनानी पड़ी। दुर्भीक्ष ने अपने दोनों पंजों से मेघवर्ण के मस्तक और दायें हाथ को दबा लिया और अपने घुटनों से उसके उदर पर वार करने का प्रयत्न करने लगा। वहीं मेघवर्ण अपने बायें हाथ के प्रयोग से बड़ी कठिनाई से उन वारों को रोक पा रहा था अपने लगातार खाली जाते वारों को देख दुर्भीक्ष ने अपना अगला पैंतरा अपनाया। उसने अपने दोनों पैर हवा में में पीछे उछाले और पूरी शक्ति से मेघवर्ण को सिर के बल भूमि पर पटक दिया।

मेघवर्ण का पूरा मस्तिष्क हिल गया। साथ ही उसके मस्तक से एक छोटी-सी रक्त की धारा भी फूट पड़ी। यह देख दुर्धरा व्यथित हो उठी। मेघवर्ण पूरी शक्ति जुटाकर भूमि से उठा और अपने सामने गर्व से सिर उठाये खड़े दुर्भीक्ष की ओर देखा।

मेघवर्ण ने क्रोध में भरकर दौड़ लगायी और दुर्भीक्ष की कमर पकड़कर उसे साथ लेकर भूमि पर गिर गया। दोनों योद्धा भूमि पर लोटते हुए एक-दूसरे को पछाड़ने का प्रयत्न करने लगे। शीघ्र ही मेघवर्ण, दुर्भीक्ष की छाती पर सवार होने में सफल हो गया और उसके दोनों हाथ जकड़ लिये, और इस बार मेघवर्ण उसके मुख पर मुष्टि प्रहार करने में सफल हो गया।

दुर्भीक्ष का मस्तक झन्ना गया। आज तक किसी योद्धा में इतना सामर्थ्य नहीं था जो दुर्भीक्ष को यूँ भूमि पर गिराकर उसकी ये दशा कर सके। क्षण भर के लिये तो वो पूर्ण रूप से अचम्भित रह गया। इतने में मेघवर्ण ने उसके मुख पर एक और मुष्टि का प्रहार किया। ये पहला क्षण था जब संसार में किसी ने दुर्भीक्ष का रक्तरंजित मुख देखा

था।

"वाह मेघवर्ण वाह!" दुर्धरा ने मेघवर्ण की प्रशंसा की। प्रजाजन स्तब्ध थे कि होने वाली महारानी अपने होने वाले पति के शत्रु का समर्थन क्यों कर रही हैं।

मेघवर्ण ने एक बार फिर प्रहार दोहराने का प्रयत्न किया। इस बार दुर्भीक्ष ने उसका हाथ रोका और उसकी छाती पर पैर से प्रहार कर उसे दस हाथ दूर हाथ दूर फेंक दिया। दुर्धरा के अहंकारपूर्ण शब्दों ने दुर्भीक्ष के क्रोध की अग्नि में घी का काम किया था। मेघवर्ण ने भूमि से उठकर क्रोधित दुर्भीक्ष को अपनी ओर आते देखा। मेघवर्ण ने अपना दायाँ पैर पीछे किया और उसका सामना करने को सज्ज हो गया। इस बार दुर्भीक्ष ने पाँच हाथ ऊपर छलाँग लगायी और मेघवर्ण के मुख पर अपनी बायीं मुष्टि से प्रहार करना चाहा। मेघवर्ण वो प्रहार रोकने में तो सफल हुआ किंतु अगले ही क्षण जो दुर्भीक्ष के दायें हाथ का भीषण प्रहार उसकी ठुड्डी पर पड़ा जो बड़े से बड़े योद्धा को चित करने के लिये पर्याप्त था।

मुख से रक्त उगलते हुए मेघवर्ण भूमि पर गिर पड़ा, फिर भी क्षण भर में ही साहस जुटाकर वो भूमि से उठा और दुर्भीक्ष पर वार करने का प्रयत्न किया। किंतु इस बार दुर्भीक्ष, मेघवर्ण को अवसर नहीं देने वाला था। उसने मेघवर्ण का वार रोका और पूरी शक्ति से उसकी छाती पर वार किया। मुख से रक्त का फव्वारा छोड़ते हुए मेघवर्ण अखाड़े की दीवार से जा टकराया।

मेघवर्ण की स्थिति अत्यंत दयनीय हो चुकी थी। उसके मस्तक के साथ-साथ मुख से भी रक्त का फव्वारा फूट पड़ा था।

"जब तक अपने क्रोध पर नियंत्रण नहीं पाओगे, मस्तिष्क को एकाग्र नहीं करोगे, अपने प्रतिद्वंद्वी की शक्ति और अनुभव का सम्मान नहीं करोगे, तब तक द्वंद्व में तुम्हें विजय मिले या पराजय तुम उस द्वंद्व के संतोष से वंचित ही रहोगे और तुम्हारे मन में सदा ही स्वयं की शक्ति प्रति संदेह भी बना रहेगा।" महाबली अखण्ड के वो शब्द अब भी मेघवर्ण के कानों में गूँज रहे थे।

मेघवर्ण अपनी शक्ति जुटाकर उठने का प्रयत्न कर रहा था, वहीं दुर्धरा के झुके हुए नेत्र देख दुर्भीक्ष को संतोष का अनुभव हुआ। अपनी शक्ति जुटाकर जब मेघवर्ण भूमि से उठा तो उसके मुख पर क्रोध का कोई भाव नहीं था। वो अपने मस्तिष्क को जितना हो सके शांत रखने के प्रयास में था।

"प्रतीत होता है तुम्हारा शरीर अब मल्लयुद्ध के योग्य नहीं रहा मेघवर्ण, कदाचित किसी शस्त्र से तुम्हें सहायता मिल जाये।" दुर्भीक्ष ने अखाड़े में खड़े एक असुर सैनिक को संकेत किया। उस सैनिक ने दो भाले उठाकर फेंके जो दुर्भीक्ष और मेघवर्ण के सामने की भूमि में आकर धँस गये।

“कहो मेघवर्ण क्या अब भी द्वंद्व का साहस बचा है तुममें?” दुर्भीक्ष ने कटाक्ष किया।

मेघवर्ण ने इस बार दुर्भीक्ष के कटाक्ष पर तनिक भी क्रोध नहीं किया, न ही अपना धैर्य खोया। उसने बस क्षणभर दुर्भीक्ष को देखा और भूमि में गड़ा भाला खींच निकाला।

“साधु! महारथी मेघवर्ण, साधु!” दुर्भीक्ष ने भी में भूमि में गड़ा भाला खींच निकाला।

मुख से इतना रक्त बह गया था कि मेघवर्ण की छाती भी रक्तरंजित प्रतीत हो रही थी... मस्तक से जो रक्तस्राव हो रहा था वो अलग। वहीं दुर्भीक्ष का मुख भी उसके रक्त से लाल था।

मेघवर्ण और दुर्भीक्ष दोनों ने ही एक-दूसरे की ओर कदम बढ़ाये और दोनों के भाले टकराये। मेघवर्ण इस बार ध्यानपूर्वक दुर्भीक्ष के पैरों की चाल समझने का प्रयास कर रहा था, साथ ही साथ उसे कड़ी टक्कर भी दे रहा था। कुछ क्षणों उपरांत दुर्भीक्ष ने जब अपना बायाँ पाँव आगे बढ़ाया तो मेघवर्ण ने उसके पाँव पर प्रहार कर उसका संतुलन बिगाड़ दिया जिससे दुर्भीक्ष घुटनों के बल झुक गया और पलक झपकते ही मेघवर्ण का भाला दुर्भीक्ष के कंधे की ओर बढ़ा। दुर्भीक्ष ने वो वार हाथ से रोकने का प्रयास अवश्य किया किंतु भाला उसके कंधे के भीतर घुस ही गया जहाँ से रक्त की धारा फूट पड़ी।

क्रोध से काँपते दुर्भीक्ष ने अगला वार सीधा मेघवर्ण के उदर पर किया। मेघवर्ण ने भी उसका वार अपने बायें हाथ से रोकने का प्रयास तो किया, किंतु फिर भी दुर्भीक्ष का भाला मेघवर्ण के उदर भीतर घुस ही गया। घुटनों के बल झुका दुर्भीक्ष भूमि से उठा और मेघवर्ण के मस्तक पर अपने मस्तक से वार किया। मेघवर्ण का मस्तिष्क हिल गया। उसने अभी भी दायें हाथ में दुर्भीक्ष के कंधे में धँसा हुआ अपना भाला पकड़ा हुआ था। वहीं दुर्भीक्ष भी अपना भाला मेघवर्ण के उदर के पार करने के प्रयत्न में था और भाले पर अपनी पकड़ छोड़े बिना ही वो भूमि से उठा।

मेघवर्ण पर मूर्च्छा हावी होने लगी, फिर भी उसने भाले को मजबूती से पकड़ा हुआ था। इस बार दुर्भीक्ष ने इस द्वंद्व का अंत करने का निर्णय लिया। पैर से मेघवर्ण की छाती पर वार कर उसे पाँच हाथ पीछे धकेल दिया। भूमि पर गिरने के उपरांत मेघवर्ण दोबारा नहीं उठ सका। मूर्च्छा उस पर हावी हो रही थी। वहीं एक चबूतरे पर बैठा जम्बाल ये सब देख रहा था। उसने मेघवर्ण तक पहुँचने के लिये अपने पंख फैलाये।

वहीं दुर्भीक्ष ने अपने कंधे में धँसा भाला निकाल फेंका और अपने घाव की गहराई को देखा।

इसके उपरांत वो मेघवर्ण के निकट गया, ''अद्भुत महारथी मेघवर्ण, सारा संसार छानने के उपरांत भी मैंने तुम जैसा पराक्रमी नहीं देखा।''

मेघवर्ण मुस्कुराते हुए मूर्च्छावस्था में चला गया। इतने में गरुड़राज जम्बाल मेघवर्ण के निकट आया और उसे उठाने के लिये आगे बढ़ा, किन्तु दुर्भीक्ष ने दौड़कर उसका हाथ पकड़कर उसे दूर झटक दिया।

''भद्राक्ष!'' दुर्भीक्ष ने पुकार लगायी।

भद्राक्ष दौड़ता हुआ अखाड़े में आया, ''आज्ञा महामहिम!''

''मेघवर्ण को तत्काल उपचार के लिये ले जाओ।'' दुर्भीक्ष ने आदेश दिया।

''किंतु महामहिम ये आपका प्रधान शत्रु है।''

''मुझे अभी इससे बहुत से प्रश्न करने हैं भद्राक्ष और वैसे भी ऐसे महान योद्धा का यूँ इस प्रकार अखाड़े में वध करना मुझे स्वीकार नहीं। सदियों में एक आध बार ही ऐसे वीरों का जन्म होता है। अतः ऐसे महान योद्धाओं को केवल रणभूमि में किसी महान उद्देश्य के लिये ही वीरगति को प्राप्त होना चाहिए। इसलिए जो आदेश दिया गया है वो करो। और वैध को स्पष्ट निर्देश देना कि चाहें उन्हें अपने पूरे समूह को क्यों न बुलाना पड़े, मेघवर्ण को कुछ नहीं होना चाहिए।'' दुर्भीक्ष ने कठोर स्वर में कहा।

''जो आज्ञा असुरेश्वर।'' भद्राक्ष ने कुछ सैनिकों को संकेत किया और वो मेघवर्ण को अखाड़े से उठाकर ले गये। इसके उपरांत दुर्भीक्ष जंबाल की ओर बढ़ा, ''गरुड़राज जम्बाल, प्रशंसा करनी होगी तुम्हारे साहस की जो दोबारा मेरे समक्ष आने का दुस्साहस किया तुमने।''

''मैं यहाँ केवल मेघवर्ण की रक्षा के लिए आया हूँ दुर्भीक्ष, मेरा मार्ग अवरुद्ध न करो।'' जम्बाल ने गरजते हुए कहा।

दुर्भीक्ष मुस्कुराया, ''मुझे भलीभाँति ज्ञात है कि तुम यहाँ किस उद्देश्य से आये हो गरुड़राज। अवश्य महाबली अखण्ड ने ही तुम्हें भेजा होगा, मेघवर्ण की सुरक्षा तो मैं स्वयं निश्चित करूँगा। किन्तु अभी इसी समय तुम यदि यहाँ से नहीं गये तो मैं तुम्हें उस व्यर्थ के श्राप का दण्ड अवश्य दूँगा जो तुम्हारी माता ने मुझे दिया था। अवसर दे रहा हूँ तुम्हें, दूर हो जाओ मेरी दृष्टि से और कह देना महाबली अखण्ड से कि दुर्भीक्ष किसी मूर्छित,घायल और असहाय योद्धा की हत्या नहीं करता।''

दुर्भीक्ष का विरोध करने का सामर्थ्य जम्बाल में नहीं था। वह अपना सिर झुकाये वहाँ से उड़ चला।

इसके पश्चात दुर्भीक्ष ने दुर्धरा की ओर देखा जिसकी दृष्टि झुकी हुई थी। अपने मुख पर संतोष का भाव लिये, दुर्भीक्ष अखाड़े से प्रस्थान कर गया।

दुर्भीक्ष लौटकर अपने कक्ष में चला गया और सारे रोशनदान बंद कर लिये। उसने आदेश दे रखा था कि वो एकांत में रहना चाहता है, किंतु भद्राक्ष का मन नहीं माना और वो औषधि लेकर दुर्भीक्ष के कक्ष में पहुँच गया।

''तुमने सुना नहीं मैंने सबको क्या आदेश दिया था!'' दुर्भीक्ष ने उसे डपटा।

''क्षमा करें असुरेश्वर, बस आपके घावों पर ये हल्दी का लेप लगा लूँ, फिर मैं लौट जाऊँगा।'' भद्राक्ष ने विनती की।

दुर्भीक्ष ने उसका अपमान करना उचित नहीं समझा, ''ठीक है आ जाओ।''

भद्राक्ष, दुर्भीक्ष के निकट आकर उसके घावों पर लेप लगाने लगा, ''क्या मैं आपसे एक प्रश्न कर सकता हूँ असुरेश्वर?''

''यदि दुर्धरा के विषय में प्रश्न करना चाहते हो तो नहीं।'' दुर्भीक्ष ने कठोर स्वर में कहा।

भद्राक्ष ने हिचकिचाते हुए कहा, ''नहीं ये प्रश्न उनके विषय में नहीं है।''

''तो...?''

''मैं वो वास्तविक कारण जानने का इच्छुक हूँ कि क्यों आपने मेघवर्ण को जीवित छोड़ दिया।''

दुर्भीक्ष उसे देख मुस्कुराया, ''क्योंकि मेघवर्ण के अतिरिक्त जगत में ऐसा कोई योद्धा नहीं जो मेरे समक्ष खड़ा हो सके, मुझे मेरे किये पापों का दण्ड दे सके।''

यह सुनकर भद्राक्ष जड़-सा हो गया। किंतु दुर्भीक्ष के मुख पर मुस्कान थी।

तभी एक सैनिक ने द्वार पर दस्तक दी। दुर्भीक्ष ने उसे अंदर बुलाया। उस असुर सैनिक ने भीतर आकर उसे सूचित किया, ''एकचक्रनगरी नरेश शत्रुघन अपने परिवार सहित नगर में प्रवेश कर चुके हैं असुरेश्वर।''

''वो तो ये समझकर आया होगा कि आज मेरा विवाह होने वाला है।'' दुर्भीक्ष ने साँस भरते हुए भद्राक्ष से कहा, ''भद्राक्ष, तुम दुर्धरा को यहाँ से सुरक्षित हस्तिनापुर ले जाने का प्रबंध करो।''

''किंतु असुरेश्वर...।'' भद्राक्ष हिचकिचाया।

''और ये घोषणा करवा दो कि आज कोई विवाह नहीं होने वाला।''

भद्राक्ष मौन हो गया। दुर्भीक्ष ने उसके आश्चर्य से भरे मुख को देखा, ''नियति को कोई नहीं टाल सकता भद्राक्ष, बस दुर्धरा को ले जाने से पूर्व एक बार मुझे सूचित कर देना, मैं उससे अंतिम बार भेंट करना चाहता हूँ।'' कहकर दुर्भीक्ष वहाँ से उठकर

चला गया।

भद्राक्ष के मन में एक ही प्रश्न बार बार उमड़ रहा था कि आखिर आज प्रातः ऐसा क्या घटित हुआ जो असुरेश्वर की घाव भरने की शक्ति चली गयी और उनका विवाह भी टल गया।

पंचम अध्याय

अतीत के घाव

अपने मित्र और उसके परिवार के स्वागत के लिये दुर्भीक्ष नगर के मुख्य द्वार पर आया। उसे देखते ही शत्रुघन रथ से उतरा और उसे हृदय से लगा लिया, ''विवाह की बधाई हो मित्र।'' दुर्भीक्ष के मुख पर शिकन आ गयी।

''शत्रुघन मैं तुम्हें.....।'' दुर्भीक्ष ने कुछ कहने का प्रयास किया।

इससे पूर्व दुर्भीक्ष कुछ कहता, उसने अपने परिवार की ओर संकेत किया, ''देखो तुमसे मिलने आज कौन आया है?''

रथ से उतरकर एक स्त्री आयी और साथ ही में एक युवान भी था। दासियों ने उनकी आरती उतारकर उनका स्वागत किया। वो दोनों दुर्भीक्ष के निकट आये। शत्रुघन ने उनका परिचय दिया।

''ये है मेरी पत्नी और एकचक्रनगरी की महारानी सुदेष्णा और ये है मेरा पुत्र शत्रुंजय, पूरे इक्कीस वर्ष का हो चुका है।''

सुदेष्णा ने दुर्भीक्ष को प्रणाम किया। शत्रुंजय ने भी दुर्भीक्ष के चरण स्पर्श किये। दुर्भीक्ष ने उस युवान को उठाया और अपने हृदय से लगा लिया, ''स्वागत है पुत्र, तुम तो बिलकुल अपने पिता पर गये हो।''

''विवाह तो बस एक बहाना है काकाश्री, मैं तो यहाँ किसी और ही उद्देश्य से आया हूँ।'' शत्रुंजय ने कहा।

दुर्भीक्ष मुस्कुराया, ''कैसा उद्देश्य?''

''जब भी अपने महल के प्रांगण में आपकी मूर्ति देखता हूँ तो गर्व का अनुभव होता है कि आप हमारे वंश से हैं। जगत में आपके जोड़ का कोई योद्धा नहीं है काकाश्री और कदाचित हो भी नहीं सकता, मैं तो बस आपसे शस्त्रविद्या का ज्ञान लेना आया हूँ; क्या अपने विवाह के उपरांत आप मुझे अपना शिष्य स्वीकार करेंगे?'' शत्रुंजय ने विनती की।

दुर्भीक्ष मुस्कुराया, ''अवश्य पुत्र अवश्य, किन्तु मेरी मूर्ति...?''

''अब तनिक इन उपहारों पर भी तो दृष्टि डालो जो मैं तुम्हें विवाह के उपलक्ष्य में भेंट करने लाया हूँ।'' शत्रुघन ने हस्तक्षेप करते हुए अपने रथों की ओर संकेत किया जिसमें न जाने कितने उपहार रखे हुए थे।

उन उपहारों की ओर दृष्टि डालते हुए दुर्भीक्ष के मुख पर शिकन आ गयी।

''क्या हुआ सुर्जन तुम चिंतित दिखाई दे रहे हो।'' शत्रुघन ने प्रश्न किया।

''कोई...कोई विशेष बात नहीं है, तुम अपने परिवार को महल में ले जाओ; मुझे एक आवश्यक कार्य है मैं तुमसे शीघ्र ही मिलूँगा।'' कहकर दुर्भीक्ष वहाँ से प्रस्थान कर गया।

शत्रुघन को उसका ये व्यवहार कुछ अटपटा-सा लगा। फिर भी उसने कुछ कहा नहीं और अपने परिवार को लेकर महल में प्रवेश किया।

दुर्भीक्ष के आदेश पर महल के पीछे के द्वार से भद्राक्ष ने दुर्धरा को बाहर निकाला। दुर्भीक्ष उससे अंतिम भेंट करने के लिये वहीं उसकी प्रतीक्षा में था। दुर्धरा ने उसे देखकर भी उससे दृष्टि नहीं मिलायी और उसके सामने से रथ की ओर बढ़ी। दुर्भीक्ष उसके मार्ग में आकर खड़ा हो गया।

''अब क्या चाहिए तुम्हें?'' क्रोध में दुर्धरा ने प्रश्न किया।

''तुमसे कुछ कहना चाहता हूँ।''

''कहो।'' दुर्धरा ने मुँह फेरते हुए कहा।

''तुम जिस उद्देश्य से यहाँ आयी थी वो तो पूर्ण हो गया। मेरी सारी शक्तियाँ छीन ली तुमने फिर भी मैंने तुम्हें क्षमा किया क्योंकि दस वर्ष पूर्व जो अपराध मैंने किया था उसके दण्ड स्वरूप तो ये कुछ भी नहीं किन्तु...।'' दुर्भीक्ष का स्वर तनिक कठोर हुआ।

दुर्भीक्ष की बात सुन भद्राक्ष की आँखें आश्चर्य से फैल गयीं। उसे समझ आ गया कि मेघवर्ण से हुए द्वंद्व में दुर्भीक्ष के घाव क्यों नहीं भर रहे थे।

"किन्तु क्या?" दुर्धरा ने क्रोध में प्रश्न किया।

दुर्भीक्ष ने कठोर स्वर में कहा, "यही कि बस अब बहुत हुआ, अभी भी समय है, तुम भी अपनी प्रतिशोध की अग्नि को ठण्डा कर लो और वो बुद्धिजीवी लोग जिनके संकेत पर तुमने ये कपट किया है, उनसे भी कहना कि मेरे मार्ग में बाधा बनने का साहस न करें। इस बार तो मैंने मेघवर्ण को प्राणदान दे दिया, अगली बार मैं ऐसी कोई भूल नहीं करूँगा; ये मेरा दिया हुआ अंतिम अवसर है, यदि इसके उपरांत भी उनमें से कोई भी मेरे मार्ग में आया तो ये असुरेश्वर दुर्भीक्ष उन पर कोई दया नहीं करेगा... तुम जा सकती हो।"

इतना कहकर दुर्भीक्ष पलटकर अपने महल की ओर बढ़ चला। दुर्धरा अपनी मुट्ठियाँ भींचते हुए रथ पर आरूढ़ हो गयी। उसके साथ हस्तिनापुर के कुछ सैनिक भी थे। भद्राक्ष दुर्धरा के सारथी के निकट गया, "तुम नीचे उतरो, देवी दुर्धरा का सारथी मैं बनूँगा।"

सारथी बिना कोई प्रश्न किये नीचे उतर गया। दुर्धरा को कुछ संदेह हुआ पर उसने कुछ कहा नहीं। हस्तिनापुर के सैनिकों के कारवाँ के साथ भद्राक्ष, दुर्धरा का रथ हाँकते हुए चला जा रहा था। वो कारवाँ वन मार्ग से होकर जा रहा था। अपने मुख पर क्रोध का भाव लिये भद्राक्ष बड़ी कुशलता से रथ का संचालन कर रहा था। वन में पहुँचते ही अकस्मात ही भद्राक्ष ने रथ की गति तेज कर दी। दुर्धरा के साथ-साथ हस्तिनापुर के सैनिक भी अचम्भित रह गये। भद्राक्ष रथ को तेजी से दौड़ाता हुआ घने वनों में लुप्त हो गया। हस्तिनापुर के सैनिक उन्हें ढूँढ़ते ही रह गये।

भद्राक्ष तेजी से रथ को न जाने कौन से मार्ग पर दौड़ा रहा था। दुर्धरा ने उसे टोका, "भद्राक्ष, ये क्या कर रहे हो, कहाँ ले जा रहे हो हमें?"

भद्राक्ष ने कोई उत्तर नहीं दिया, वो बस रथ के घोड़ों को दौड़ाये जा रहा था। अतीत में किये सारे कुकर्म उसके नेत्रों के समक्ष तैर रहे थे।

"मैं कहती हूँ रुक जाओ भद्राक्ष अन्यथा इसका परिणाम बहुत भयंकर होगा।" कहते हुये दुर्धरा थोड़ी लड़खड़ायी।

भद्राक्ष ने पीछे मुड़कर कहा, "क्षमा करें देवी।"

"आखिर तुम चाहते क्या हो, मुझे यहाँ लेकर क्यों आये?" दुर्धरा ने उससे प्रश्न किया।

"मैं एक ऐसी यात्रा करना चाहता था जिसमें अपने मन को टटोल सकूँ; इसलिए मैं आपका सारथी बनकर आया ताकि स्वयं को विचार करने का समय दे सकूँ कि मैं जो करने वाला हूँ वो उचित है या नहीं।"

दुर्धरा ने उसे चेतावनी देने का प्रयास किया, "देखो मैं नहीं जानती तुम क्या

करना चाहते हो, किंतु यदि तुम्हारे महाराज को तुम्हारे इस दुस्साहस का ज्ञान हुआ तो तनिक विचार करो उसका परिणाम क्या होगा।''

''मुझे अपने पापों का प्रायश्चित करना है देवी दुर्धरा, इसलिए मैं आपको वापस असुरेश्वर के पास ले जा रहा हूँ; मुझे बस एक अवसर दीजिए, आप निराश नहीं होंगी।'' भद्राक्ष रथ दौड़ाता रहा।

अचानक से रथ के घोड़े अनियंत्रित होने लगे। भद्राक्ष ने किसी प्रकार घोड़ों को नियंत्रित किया।

''प्रतीत होता है ये अश्व कुछ अधिक ही प्यासे हैं, मैं इनके लिए जल लेकर आता हूँ, आप कृपा करके यहीं प्रतीक्षा कीजिए देवी।'' भद्राक्ष ने विनती की।

''ठीक है, मैं भी जानना चाहूँगी कि तुम किस प्रायश्चित की बात कर रहे हो।'' दुर्धरा ने सहमति जतायी।

कुछ ही समय में भद्राक्ष एक पात्र में जल लेकर लौट आया और अपने अश्वों की प्यास बुझायी।

शीघ्र ही वो रथ हाँकता हुआ पातालपुरी के महल के बाग में ले आया। दुर्भीक्ष वहीं एक स्थान पर मौन बैठा था।

भद्राक्ष बिना कोई विलम्ब किया दुर्भीक्ष के निकट आया और उसके समक्ष घुटनों के बल झुक गया।

''ये क्या है भद्राक्ष?'' दुर्भीक्ष ने आश्चर्यपूर्वक प्रश्न किया। दुर्धरा भी रथ से उतरकर उनके निकट आयी।

''ये सब क्या है भद्राक्ष, मैंने तुम्हें दुर्धरा को सुरक्षित हस्तिनापुर की ओर भेजने को कहा था, तो ये यहाँ क्या कर रही है?'' दुर्धरा को देख दुर्भीक्ष ने क्रोधित स्वर में प्रश्न किया।

''मैं अपने नीच कर्मों की ग्लानि के भार से दबा जा रहा हूँ महामहिम, इसलिए मैं चाहता हूँ आप मेरा मस्तक काटकर मेरे मन के इस बोझ को हल्का करने की कृपा करें।'' भद्राक्ष ने म्यान से तलवार खींच निकाली और उसे दुर्भीक्ष के समक्ष प्रस्तुत किया।

तभी शत्रुघन भी वहाँ आ पहुँचा। दुर्भीक्ष ने भद्राक्ष को ऊपर उठाया और उसके नेत्रों की ओर देखा जिनमें प्रायश्चित के अश्रु थे, ''क्या हुआ भद्राक्ष, तुम किस पाप की बात कर रहे हो?''

''आपके और देवी और दुर्धरा के सम्बंध-विच्छेद का पाप... वो मैं ही था जो दुर्धरा के गंधर्व पति का वेश धरकर आपको उकसाने आया था।'' भद्राक्ष ने वर्षों से दबा

सत्य कह डाला।

दुर्धरा की आँखें आश्चर्य से फैल गयीं। दुर्भीक्ष भी स्तब्ध रह गया। क्षण भर को तो वो बस भद्राक्ष को देखता रह गया। उसने क्रोध में भरकर भद्राक्ष की ठुड्डी पकड़ उसे एक वृक्ष से सटा दिया, ''क्यों?''

''क्योंकि...आप श्रापित थे कि आप जिससे सबसे अधिक प्रेम करेंगे वही आपकी मृत्यु का कारण बनेगा।'' भद्राक्ष ने किसी प्रकार अपने शब्द पूरे किये।

एक के बाद एक सत्य बाहर आने से दुर्धरा की आँखें आश्चर्य से फैलती जा रही थीं।

''ये जान लेने के उपरांत भी कि आपका प्रेम आपकी मृत्यु का कारण बनेगा, आपने प्रेम के मार्ग को ही चुना, इसलिए मुझे ये कदम उठाना पड़ा।'' भद्राक्ष ने अपनी बात रखनी चाही।

दुर्भीक्ष ने भद्राक्ष को भूमि पर फेंक दिया, फिर उसने तलवार उठायी, ''और तुम्हारे किये कपट के कारण ही ये श्राप सत्य सिद्ध होगा।''

दुर्भीक्ष उस पर वार करने ही वाला था कि शत्रुघन ने उसका हाथ रोक लिया। दुर्भीक्ष ने उसे घूरकर देखा, ''तुमने मुझे रोका क्यों मित्र?''

''तुम्हारे इस श्राप के विषय में किस-किस को ज्ञात है? क्योंकि मुझे भी तो अभी अभी ज्ञात हुआ है।'' शत्रुघन ने प्रश्न किया।

''मुझे और गुरु भैरवनाथ...।'' कहते हुए दुर्भीक्ष के मस्तिष्क में विचार आया, उसने भद्राक्ष की ओर देखा, ''ये सब तुमने किसके कहने पर किया भद्राक्ष? मैं जानता हूँ ये तुम्हारी योजना नहीं रही होगी; क्या ये सब...।''

''गुरु भैरवनाथ की योजना थी।'' भद्राक्ष ने साहस जुटाकर सत्य कह डाला।

दुर्भीक्ष की आँखें क्रोध से लाल थीं। भद्राक्ष ने अपने हाथ जोड़कर विनती की, ''इससे पूर्व कि आप मुझे मृत्युदण्ड दें मैं आपको सम्पूर्ण सत्य बताना चाहता हूँ।''

''और क्या है वो सत्य?'' दुर्भीक्ष ने क्रोधपूर्वक प्रश्न किया।

''आज से दस वर्ष पूर्व भैरवनाथ ने गंधर्वराज उग्रसेन की पुत्री सुनंदा का अपहरण कर उन्हें उसकी हत्या करने की चेतावनी दी थी, इसीलिए विवश होकर राजा उग्रसेन को आपसे ये कहना पढ़ा कि दुर्धरा का विवाह हो गया।''

दुर्भीक्ष के मानों पाँवों तले जमीन खिसक गयी, जिस गुरु के दिखाये मार्ग पर उसने अपना सम्पूर्ण जीवन जिया उसने उसके साथ इतना बड़ा कपट किया। उसकी आँखों में अविश्वास सा छा गया था।

"जानता हूँ विश्वास करना कठिन है, किन्तु यही सत्य है महामहिम।" भद्राक्ष ने दुर्भीक्ष को समझाने का प्रयास किया।

"भैरवनाथ....!" चीखते हुए दुर्भीक्ष ने तलवार पूरी शक्ति से भूमि में गाड़ दी, "और फिर मेरे और दुर्धरा का सम्बंध विच्छेद सुनश्चित करने के लिये उन्होने तुम्हें भेजा।"

"जी असुरेश्वर।"

दुर्भीक्ष एक पत्थर पर आसन लगाकर बैठ गया और दृढ़ होकर बोला, "बोलते रहो भद्राक्ष मैं सुन रहा हूँ।"

"सत्य ये भी है कि गंधर्वराज उग्रसेन की मृत्यु आपके प्रहार से नहीं हुई थी अपितु भैरवनाथ ने उन्हें धीमा विष पहले से ही दे रखा था।" कहते हुए भद्राक्ष ने दस वर्ष पूर्व हुई उस घटना के बारे में बताया कि कैसे भैरवनाथ ने उग्रसेन को नदी में पकड़ा और छल से उनके बायें कंधे में एक विषाक्त सूई चुभो दी।

"इसीलिए मेरे प्रहार से पूर्व ही गंधर्वराज के पैर लड़खड़ा रहे थे।" दुर्भीक्ष ने अनुमान लगाया। उसके नेत्रों के समक्ष दस वर्ष पूर्व का वो दृश्य फिर तैर गया।

दुर्धरा के पाँवों तले भूमि खिसक गयी। उसके नेत्रों में धधक रहे क्रोध का स्थान अश्रुओं ने ले लिया।

"हाँ असुरेश्वर, अपनी मृत्यु से पूर्व मैं अपने मन का अंतिम बोझ हल्का करना चाहता हूँ।"

"बोलते जाओ भद्राक्ष मैं सुन रहा हूँ।" दुर्भीक्ष का मुख मानो भावनाहीन प्रतीत हो रहा था।

"जब आपने अपने लिए ये कड़ा नियम बनाया कि आप वर्ष में तीन से अधिक युद्ध नहीं करेंगे, उस रात्रि भैरवनाथ बहुत क्रोधित था। उसने मदिरा के नशे में वो भेद कह दिया जिसका भान कदाचित उसके अतिरिक्त और किसी को नहीं होगा।" कहते-कहते भद्राक्ष मौन हो गया।

"मौन क्यों हो गये, भद्राक्ष, बोलते जाओ।" दुर्भीक्ष अधीर हो रहा था।

"आप महाऋषि ओमेश्वर के आशीर्वाद से जन्मे थे, उन्हीं की शक्तियों के साथ। जब भैरवनाथ को ये ज्ञात हुआ कि एकचक्रनगरी के राजपरिवार में ऐसा तेजस्वी बालक जन्म लेने वाला है, उसने कपट से आपकी माता को एक श्रापित फल खिला दिया। इसी श्रापित फल के कारण आप अर्धअसुर के रूप में जन्मे और यही कारण था कि आपको जन्म देते समय आपकी माता की मृत्यु हो गयी। महर्षि ओमेश्वर, भैरवनाथ के इस षड्यंत्र को समझ गये और उन्हीं के आदेश पर आपको एक अभिशप्त बालक

मानकर युवावस्था तक आपका जीवन राजमहल तक सीमित रखा गया।''

दुर्भीक्ष का मस्तक से लेकर पैर तक क्रोध से जल रहा था, ''क्या कोई और सत्य शेष है भद्राक्ष?''

''हाँ असुरेश्वर, मेरे मन में दबा अंतिम भेद यह है कि लगभग एक सदी पूर्व भैरवनाथ एक वृद्ध ग्रामीण का वेश धरकर आपके ज्येष्ठ भ्राता पूर्व एकचक्रनगरी नरेश साकेत से मिला था; उसने आपके भ्राता के मन में ये विष घोला कि पाँच वर्ष की आयु में स्वयं आपने ही अपनी माता को विष देकर उनकी हत्या की थी।''

दुर्भीक्ष के नेत्र आश्चर्य से फैल गये। भद्राक्ष कहता गया, ''इसीलिए क्रोध में आकर आपके ज्येष्ठ भ्राता ने आपको राज्य से निष्कासित किया।''

''और फिर मुझे ही सहारा देकर अपना सबसे प्रमुख अस्त्र बना लिया... वाह भैरवनाथ वाह!'' दुर्भीक्ष पत्थर से उठा। पाँव लड़खड़ा रहे थे और मन पर मानों सातवें आसमान का बोझ गिर पड़ा था। उसने उठकर खड़े होने का प्रयास किया किन्तु उसके लिये भी उसे एक वृक्ष का सहारा लेना पड़ा।

शत्रुघन ने हस्तक्षेप किया, ''ये सत्य है सुर्जन; मेरे पिता ने ये सत्य मुझे बताया था कि महाराज साकेत को सत्य का भान तुम्हारे पिता के तीर्थयात्रा से लौटने के उपरांत हुआ था। तुम्हारे ज्येष्ठ तुम्हें सत्य बताना चाहते थे, पर तुमने उन्हें अवसर ही नहीं दिया।''

''ये सब तुम मुझे अब क्यों बता रहे हो भद्राक्ष?'' दुर्भीक्ष ने प्रश्न किया।

''आपकी पीड़ा मुझसे देखी नहीं गयी महामहिम; मुझे लगा मैं जो कर रहा हूँ आपको उस गरुड़कन्या के श्राप से बचाने के लिये कर रहा हूँ, किन्तु अब भान हुआ कि मैं ही उस श्राप को फलित करने में निमित्त सिद्ध हुआ।'' भद्राक्ष के नेत्रों में ग्लानि के अश्रु थे।

दुर्भीक्ष के नेत्रों से अश्रु की कुछ बूँदें छलक पड़ीं। वो शत्रुघन की ओर मुड़ा, ''क्या करूँ मैं शत्रुघन, बताओ शत्रुघन मैं क्या करूँ। बीते हुए समय को कैसे अपने जीवन में वापस लाऊँ। मैंने अपना सम्पूर्ण जीवन एक असत्य की आधारशिला पर जिया। अपने भ्राता से घृणा करता रहा ये सोचकर कि उन्होने जो किया वो राजपाठ की लालसा के लिये किया... उस भैरवनाथ पर नेत्र बंद करके विश्वास करता गया, ये सोचकर कि उसने मुझ बेसहारे को इतना बड़ा सम्मान दिया, असुरजाति का नायक बनाया। पर उसके लिए तो मैं एक शस्त्र था, एक ऐसा शस्त्र जो उसने असुरजाति का सूर्यास्त होने से बचाने के लिये प्रयोग किया।'' इसके उपरांत उसकी दृष्टि दुर्धरा की ओर मुड़ी, ''मैं तुम्हारा अपराधी हूँ दुर्धरा, तुमने मेरे साथ जो किया वो तर्कसंगत भी था और उचित भी; मैं इसी के योग्य हूँ, क्योंकि मैंने उस कपटी भैरवनाथ पर अंधा विश्वास

किया।''

दुर्धरा के मुख से शब्द फूट ही नहीं पा रहे थे। उसे सूझ ही नहीं रहा था कि वो दुर्भीक्ष से क्या कहे। मन में ग्लानि का भाव उत्पन्न हो गया था, क्योंकि अब वो भी उन लोगों में से ही थी जिन्होने दुर्भीक्ष के साथ कपट किया।

दुर्भीक्ष, भद्राक्ष की ओर मुड़ा, ''तुमने सदैव मेरा हित ही चाहा है भद्राक्ष और आज मुझे अपने जीवन के सत्य से अवगत कराकर तुमने मुझ पर बहुत बड़ा उपकार किया है, इसलिए तुम्हारी की हुई वो एक भूल मैं क्षमा करता हूँ; असली अपराधी वो भैरवनाथ है, कब लौटेगा वो पातालपुरी?''

''आज से दो दिवस के उपरांत महामहिम।'' भद्राक्ष ने उत्तर दिया।

''तो फिर ठीक है, आने दो उसे। मुझे सत्य का भान हो गया है इसका ज्ञान किसी को नहीं होना चाहिए, और आशा है कि तुम भी ये भेद प्रकट नहीं करोगे भद्राक्ष।'' दुर्भीक्ष ने भद्राक्ष की ओर आश्वासन भरी दृष्टि से देखा।

भद्राक्ष, दुर्भीक्ष के चरणों में झुक गया, ''मैं विश्वास के योग्य तो नहीं किंतु इस बार मैं आपको निराश नहीं करूँगा, महामहिम।''

''मैं तुम पर अंतिम बार विश्वास कर रहा हूँ भद्राक्ष; तुम दुर्धरा को हस्तिनापुर छोड़ आओ मैं कुछ समय एकांत में रहना चाहता हूँ।'' कहकर दुर्भीक्ष वहाँ से जाने लगा।

''किन्तु मित्र, तुम्हारा और दुर्धरा का आज विवाह है न...'' कहते हुए शत्रुघन उसके पीछे गया।

''मुझे एकांत चाहिए मित्र, मैं तुमसे विनती करता हूँ मेरे पीछे मत आना।'' कहकर दुर्भीक्ष आगे बढ़ता गया।

शत्रुघन की दृष्टि दुर्धरा की ओर गयी। ग्लानि के मारे उसकी दृष्टि झुकी हुई थी। भद्राक्ष उसके निकट आया, ''चलिए देवी इस बार आपको लौटाकर नहीं लाऊँगा।''

''और यदि मैं स्वयं न जाना चाहूँ तो क्या मुझे विवश करोगे?'' दुर्धरा ने प्रश्न किया।

भद्राक्ष के मुख पर मुस्कान आ गयी, ''नहीं देवी, बिलकुल भी नहीं, आज्ञा दीजिए।'' भद्राक्ष हाथ जोड़कर आगे बढ़ गया।

शत्रुघन, दुर्धरा के निकट आया, ''ये सब क्या है देवी?''

''एक पाप मुझसे भी हुआ है, उसका प्रायश्चित करना है मुझे।'' कहकर दुर्धरा आगे बढ़ गयी।

* * *

दुर्भीक्ष राजदरबार में अपने सिंहासन पर बैठा था। उसने सभी को वो स्थान खाली करने का आदेश दे रखा था। अपने सिंहासन पर बैठा वो दरबार के खम्भों को निहार रहा था।

अकस्मात ही उसकी दृष्टि के समक्ष वो दृश्य तैर गया जब उसने अपने ज्येष्ठ भ्राता साकेत को पूरे नगर में घसीटा था। उसके नेत्रों में ग्लानि के अश्रु थे कि अब जीवन में वो अवसर कभी नहीं आयेगा कि वो अपने ज्येष्ठ से क्षमा माँगकर प्रायश्चित कर सके। अश्रु रोकने के लिये उसने अपने नेत्र बंद किये किन्तु वो रुके नहीं। कुछ क्षण उपरांत जब उसने नेत्र खोले तो अपने समक्ष खड़े व्यक्ति को देख अचम्भित रह गया।

''पिताश्री!'' उसके नेत्रों के समक्ष स्वयं उसके पिता भूतपूर्व एकचक्रनगरी नरेश ययाति खड़े थे।

ययाति उसे देख मुस्कुरा रहे थे। वो सिंहासन से उतरकर उनके निकट गया और उनके चरण स्पर्श किये।

''यशस्वी भव पुत्र, तुम्हारी कीर्ति समग्र संसार में फैले।'' ययाति ने आशीर्वाद दिया।

मैंने आपको निराश किया पिताश्री।'' दुर्भीक्ष के नेत्र नम थे।

''हाँ ये सत्य है कि तुमने मुझे निराश किया... तुमने कभी धैर्य से काम नहीं लिया और इसी का परिणाम है जो तुम्हें अपने जीवन में इतनी पीड़ा झेलनी पड़ी।'' ययाति ने कठोर स्वर में कहा।

''किंतु अब मैं प्रायश्चित करना चाहता हूँ।'' दुर्भीक्ष ने आशाभरी दृष्टि से अपने पिता की ओर देखा।

ययाति ने उसके सिंहासन की ओर देखा, ''क्या लगता है दुर्भीक्ष, तुम्हारे किये पापों का सबसे बड़ा कारण क्या है?''

''आप मुझे इस नाम से सम्बोधित क्यों कर रहे हैं पिताश्री?'' दुर्भीक्ष ने आश्चर्यपूर्वक प्रश्न किया।

''क्योंकि ये नाम और सिंहासन ही तुम्हारे किये पापों का सबसे बड़ा कारण है, तुम्हारे जीवन की हर पीड़ा का निमित्त भी यही बना है।'' ययाति ने क्रोध में कहा।

''तो त्याग दूँगा मैं ये सिंहासन, असुरेश्वर का ये नाम और ये सम्मान सबकुछ।''

ययाति मुस्कुराये, ''तुम्हें ये सब इतना सरल प्रतीत होता है; क्या इस सिंहासन का त्याग करके तुम्हारे किये पाप कम हो जायेंगे?''

दुर्भीक्ष ने साँस भरते हुए कहा, ''कदाचित नहीं पिताश्री।''

"तो फिर क्या लाभ है इस सिंहासन का त्याग करने का?" ययाति ने प्रश्न किया।

"इससे मेरे हृदय का बोझ कम हो जायेगा कि मैं उस भैरवनाथ के दान किए हुए सिंहासन का भोग नहीं कर रहा।" दुर्भीक्ष ने अपना पक्ष रखा।

"और जो लाखों असुर, दानव और रक्षजाति के लोग तुम्हारे ऊपर निर्भर हैं उनका क्या। ये सिंहासन तुम्हें भले ही भैरवनाथ ने दिया होगा किन्तु तुम्हारी समस्त प्रजा उस भैरवनाथ पर नहीं तुम पर निर्भर है, क्या एक राजा होने के नाते तुम्हारा कोई उत्तरदायित्व नहीं है?"

"मैं कोई असुर नहीं हूँ पिताश्री, मेरे अंदर समाया आसुरी अंश उस भैरवनाथ के कपट का परिणाम है।"

"किन्तु असुर प्रजा को आशा तो केवल तुमसे है, तुम्हारे बाद उनकी रक्षा कौन करेगा?"

कुछ क्षण विचारकर दुर्भीक्ष ने विनम्र भाव से कहा, "आपने उचित ही कहा पिताश्री कि राक्षस, असुर और दानवजाति मुझ पर आश्रित है। और मैं उनके रक्षण के दायित्व का त्याग नहीं कर सकता, किंतु फिर मैं प्रायश्चित कैसे करूँ?"

"अतीत ने जो तुमसे छीना वो तुम वापस नहीं पा सकते, किंतु वर्तमान में तुम्हारी जो धरोहर बची है उसकी रक्षा करो।" ययाति ने दुर्भीक्ष की ओर आशाभरी दृष्टि से देखा।

क्षण भर विचार कर दुर्भीक्ष ने दृढ़ होकर कहा, "आप चिंतित न होइए पिताश्री, शत्रुघन का पुत्र शत्रुंजय हमारे वंश का इकलौता चिराग है। वचन देता हूँ उसकी रक्षा के लिये मैं किसी भी सीमा को लाँघ जाऊँगा। मैं ज्येष्ठ भ्राता से तो क्षमा माँग नहीं पाया, किंतु उनके वंशज की रक्षा मैं अवश्य करूँगा, ताकि परलोक में उनकी आत्मा को संतुष्टि प्राप्त हो सके।"

"यशस्वी भव!" ययाति ने उसे आशीष देते हुए कहा।

अकस्मात ही सिंहासन पर बैठे दुर्भीक्ष के नेत्र खुले। उसके समक्ष खाली राजदरबार के अतिरिक्त और कुछ नहीं था। श्वास भरते हुए वो सिंहासन से उठा और ताली बजाकर एक द्वाररक्षक को भीतर बुलाया और उसे संदेशवाहक को अंदर बुलाने का निर्देश दिया।

संदेशवाहक के आते ही दुर्भीक्ष ने उसे आदेश दिया, "जाओ दानवराज वृषपर्वा को संदेश दो कि मैंने उन्हें यहाँ उपस्थित होने का आदेश दिया है। बिना एक भी क्षण व्यर्थ किये वो मत्स्य देश से प्रस्थान करें।"

“जो आज्ञा महामाहिम।” संदेशवाहक प्रस्थान कर गया।

कुछ क्षणों उपरांत शत्रुघन के साथ दुर्धरा ने भी उस खाली राजदरबार में प्रवेश किया। दुर्धरा को देख दुर्भीक्ष अचम्भित रह गया, “दुर्धरा तुम वापस क्यों नहीं गयी?”

“देवी दुर्धरा ने हस्तिनापुर लौटने से मना कर दिया।” शत्रुघन ने बताया।

दुर्भीक्ष, दुर्धरा के निकट आया, “अब तुम मुझसे क्या चाहती हो?”

दुर्धरा के मुख से शब्द नहीं फूट पा रहे थे। उसकी दृष्टि झुकी हुई थी।

“बोलो दुर्धरा, क्या तुम्हें ये भय है कि तुम्हारा सबसे प्रमुख योद्धा मेघवर्ण यहाँ सुरक्षित नहीं; चिंता मत करो ये मेरा वचन है कि उसके स्वस्थ होते ही मैं उसे वापस भेज दूँगा।” दुर्भीक्ष ने उसे विश्वास दिलाने का प्रयास किया। दुर्धरा फिर भी मौन रही।

“इसे ले जाओ शत्रुघन।” कहकर दुर्भीक्ष ने अपना मुँह फेर लिया।

“तुमने अपने पापों का प्रायश्चित किया या नहीं मैं नहीं जानती, किंतु अब मुझसे अपने पापों का बोझ नहीं सहा जा रहा।” दुर्धरा के मुख से शब्द फूटे।

दुर्भीक्ष उसकी ओर पलटा। दुर्धरा ने फिर से अपनी दृष्टि नीचे कर ली। दुर्भीक्ष उसके निकट आया, “कहना क्या चाहती हो तुम?”

दुर्धरा ने दृष्टि उठाकर दुर्भीक्ष की आँखों में देखा, “बस अपने पापों का प्रायश्चित करना चाहती हूँ।”

दुर्भीक्ष की दृष्टि केवल दुर्धरा के भीगे नेत्रों की ओर थी। दुर्धरा ने कहना जारी रखा, “जानती हूँ मुझ पर विश्वास करना कठिन है पर मैं तुम्हारा विश्वास जीतकर दिखाऊँगी।”

उसे क्षण भर घूरने के उपरांत दुर्भीक्ष शत्रुघन की ओर मुड़ा, “इसे अतिथि-कक्ष में ले जाओ शत्रुघन।”

इधर भद्राक्ष घने वन में चला जा रहा था। झाड़ियों को पार करते हुए वो एक स्थान पर पहुँचा जहाँ एक एक मूर्छित असुर वृक्ष से बँधा हुआ था। भद्राक्ष ने उसके मुख पर पानी मारा जिससे उसकी चेतना लौट आयी। वो वृक्ष से बंधा असुर कोई और नहीं वास्तविक भद्राक्ष ही था। अपने समक्ष अपने बहरूपिये को खड़ा देख वो अचम्भित रह गया।

“अश्वों के लिए जल लेने जाना भारी पड़ गया हम्म...” बहरूपिये ने कटाक्ष किया।

“क्या चाहिए तुम्हें?” भद्राक्ष उस पर चीखा।

"कुछ विशेष नहीं, बस तुम्हारे प्राण।" बहरूपिया मुस्कुराया।

"चाहे जो जाये मैं मृत्यु से पूर्व महामहिम को सत्य बताकर रहूँगा।" भद्राक्ष बंधनमुक्त होने के लिये संघर्ष करने लगा।

बहरूपिया मुस्कुराया। उसने भद्राक्ष की गर्दन पकड़ी और उसे अपने निकट लाकर उसके नेत्रों में देखा, "कौन-सा सत्य बताना चाहते हो अपने महामहिम को, यही न कि उसके जीवन की हर पीड़ा का कारण वो रक्षगुरु भैरवनाथ है; मैं उन्हें सम्पूर्ण सत्य बताकर आया हूँ और वो सब कुछ भी जो तुम्हें भी ज्ञात नहीं था। इसलिए चिंता मत करो तुम्हारे जीवन का उद्देश्य पूर्ण हो चुका है। और अब तुम्हारी मुक्ति का समय आ गया है।"

भद्राक्ष उसे अभी भी क्रोध से घूर रहा था। वो बहरूपिया मुस्कुराया, "पता है, तुम्हारा महामहिम इतना दयावान निकला कि तुम्हारा सत्य जानने के उपरांत भी तुम्हें क्षमा कर दिया। उसने तुम्हें जीवनदान दे दिया, जो अब मेरी योजना के लिये लाभकारी होगा।"

अपनी कमर में छुपी कटार निकालकर उस बहरूपिये ने भद्राक्ष के मुख पर फेरा, "क्षमा करना किंतु तुम्हारा वध करना आवश्यक है भद्राक्ष, इसलिए नहीं क्योंकि तुमने मुझे मेरे असली रूप में देखा है, अपितु इसलिए क्योंकि अब मुझे तुम्हारा स्थान लेना है।" बहरूपिये ने कटार मारकर भद्राक्ष का हृदय बेध डाला।

उसके मुख के साथ छाती से भी रक्त का फव्वारा फूट पड़ा। बहरूपिये ने उसे वृक्ष से खोलकर भूमि पर गिरा दिया। बहरूपिया तड़पते हुए भद्राक्ष की ओर क्रूरता भरी दृष्टि से देख रहा था। तत्पश्चात उसने अपनी कमर में बँधी एक पोटली निकाली और भद्राक्ष के शरीर को तेल से नहला दिया। तत्पश्चात उसने दो पत्थर उठाये और भद्राक्ष के निकट की घास को आग लगा दी।

अग्नि की लपटें तीव्रता से भद्राक्ष की ओर बढ़ीं और शीघ्र ही उसे अपने आगोश में ले लिया। उसका शरीर जलता रहा और वो पीड़ा से चीखता रहा। जब तक उसका सम्पूर्ण शरीर जलकर राख़ नहीं हो गया, वो बहरूपिया वहीं खड़ा रहा।

"अब मैं हूँ असुरेश्वर दुर्भीक्ष का सेनापति भद्राक्ष।" उस बहरूपिये ने ठहाका लगाया।

मेघवर्ण की मूर्छा टूटने लगी थी। उसने नेत्र खोले तो अपने सामने खड़े वैद्य को औषधि बनाते हुए देखा। उसने अपने घावों का निरीक्षण किया जिस पर औषधि के लेप लगा हुआ था। शय्या से उठने का प्रयास करता देख वैद्य ने उसे रोका, "अभी लेटे

रहो, तुम्हारे घाव अभी भरे नहीं हैं।''

''मुझे यहाँ कौन लाया?'' मेघवर्ण ने प्रश्न किया। वैद्य ने कोई उत्तर नहीं दिया।

मेघवर्ण ने फिर से उठने का प्रयत्न किया, वैद्य ने उसे रोका, ''अरे ऐसा अनर्थ मत करो युवान, यदि तुम्हारे प्राणों पर संकट आया तो असुरेश्वर हमारे प्राण ले लेंगे... लेट जाओ।'' उसने मेघवर्ण को वापस शय्या पर लिटा दिया।

'दुर्भीक्ष ने मेरे प्राण बचाये, क्यों?' मेघवर्ण के मन में कई प्रश्न उमड़ रहे थे।

तभी भद्राक्ष ने उस कक्ष में प्रवेश किया और मेघवर्ण से प्रश्न किया, ''कैसे हैं आप?''

मेघवर्ण शय्या पर ही उठकर बैठ गया, ''तुम दुर्भीक्ष के सेनापति हो न?'' भद्राक्ष ने सहमति में सिर हिलाया।

''मुझे यहाँ क्यों रखा गया है?'' मेघवर्ण ने प्रश्न किया।

''क्योंकि असुरेश्वर को आपसे आवश्यक वार्ता करनी है, वो चाहते हैं वापस लौटने से पूर्व आप उनसे भेंट करने अवश्य आयें।''

''क्या अर्थ है इसका?''

''अभी महामाहिम ने मुझे बस ये कहने के लिये भेजा है कि कल प्रातः एक बहुत बड़े अपराधी को समस्त प्रजा के समक्ष दण्डित किया जाने वाला है; उन्होने कहलवाया है कि यदि आपकी इच्छा हो तो आप वहाँ आ सकते हैं।''

''किस अपराधी की बात कर रहे हो तुम, कहीं देवी दुर्धरा तो नहीं?'' मेघवर्ण ने आश्चर्यपूर्वक प्रश्न किया।

''क्षमा करें किन्तु इससे अधिक कहने की आज्ञा मुझे नहीं दी गयी; आपकी मूर्छा पूरे दस प्रहर के उपरांत टूटी है, आपको विश्राम करना चाहिए।'' मेघवर्ण को प्रणाम कर भद्राक्ष उस शयनकक्ष से प्रस्थान कर गया। मेघवर्ण के मन में शंका बनी रही।

अगले दिन का सूर्य शीघ्र ही उदय हुआ। एक बड़े-से मैदान को अखाड़े की भाँति सज्ज किया गया था। अखाड़े को घेरे हुए आठ चबूतरों पर असुरप्रजा खचाखच भरी हुई थी। चौथे चबूतरे पर एक सिंहासन था जिस पर कदाचित दुर्भीक्ष आने को था। मेघवर्ण भी प्रजा के बीच ही खड़ा था। उसने अपने वस्त्रों में शस्त्र छुपा रखा था और मन में ठान लिया था कि यदि अखाड़े में दुर्धरा को लाया गया तो वो उसे यहाँ से निकालकर ले जायेगा।

किन्तु शीघ्र ही मेघवर्ण की दृष्टि दुर्भीक्ष के सिंहासन के निकट गयी। दुर्भीक्ष के

स्थान पर वहाँ दुर्धरा आकर बैठ गयी। उसका चकित होना स्वाभाविक था।

शीघ्र ही अखाड़े का द्वार खुला और आठ असुरों द्वारा जंजीर में जकड़े भैरवनाथ को भीतर लाया गया। असुर प्रजा भैरवनाथ को इस स्थिति में देख आश्चर्यचकित रह गयी।

अगले ही क्षण दूसरा द्वार खुला और अपना खड्‌ग उठाये दुर्भीक्ष ने अखाड़े में प्रवेश किया। उसने चारों दिशाओं में दृष्टि घुमाकर देखा। असुर प्रजा में कानाफूसी आरम्भ हो गयी थी।

''शांत!'' दुर्भीक्ष की एक दहाड़ से समस्त असुर प्रजा में शांति छा गयी।

इसके उपरांत उसने कहना आरम्भ किया, ''असुरजाति के लोगों, आज इस अखाड़े में वो व्यक्ति अपराधी बनकर खड़ा है जिसे तुम सबने सदा ही ईश्वर की भाँति पूजा है; यह कपटी प्रगति के मार्ग की ओर ले जाने का आश्वासन देकर तुम सभी को पथभ्रष्ट करता रहा और तुम इस पर अंधा विश्वास करते रहे।''

दुर्भीक्ष ने कहना जारी रखा, ''पहले इस कपटी ने रक्षराज दुशल की पत्नी शिवन्या की हत्या करवायी, फिर उसी दुशल को शस्त्र बनाकर मानवों और असुरों के बीच उस महासंग्राम की नींव रखी। लाखों असुरों की बलि चढ़ी थी उस युद्ध में, उसमें न जाने कितने आपके पूर्वज थे... और अब एक बार फिर ये विदर्भराज जयवर्धन को शस्त्र बनाकर मानवों और असुरों में एक और महाविनाशकारी युद्ध छेड़ना चाहता था। जिस तरह इसने रक्षराज का परिवार नष्ट किया, उसी प्रकार अपने इस अभियान के लिए मेरे अपनों को मुझसे दूर करके मुझे अपना शस्त्र बनाया। किन्तु समय रहते मुझे इसके कपट का ज्ञान हो गया। क्या ऐसा व्यक्ति तुम्हारी आस्था के योग्य है जो तुम्हारे अपनों की बलि चढ़ाकर प्रगति के मिथ्या स्वप्न दिखाता है?''

असुरप्रजा में मौन था। उनके बीच खड़ा भद्राक्ष सबसे पहले आगे आया, ''कदापि नहीं, भैरवनाथ कपटी है।''

दुर्भीक्ष ने कहना जारी रखा, ''कैसा जीवन जीना चाहते हो तुम सब... अपना स्वामित्व सिद्ध करने के लिये मानवों से संघर्ष करते-करते अपनी सम्पूर्ण प्रजाति के अस्तित्व को संकट में डालना चाहते हो या इस कपटी का अंत करके अपना जीवन शांतिपूर्ण तरीके से जीना चाहते हो?''

''इसे मृत्युदंड दो! असुरेश्वर का आदेश सिर आँखों पर।'' प्रजा के एक व्यक्ति का स्वर गूँज उठा।

''हाँ महामहिम, आप हमारे लिए किसी ईश्वर से कम नहीं; यदि आपकी दृष्टि में ये पापी है तो इसे दण्ड मिलना ही चाहिए।'' एक और असुर ने साहस करके बोला।

''मृत्युदण्ड! मृत्युदण्ड।'' धीरे धीरे सम्पूर्ण प्रजा का स्वर गूँज उठा।

दुर्भीक्ष, भैरवनाथ के निकट गया और उसकी लम्बी जटाएँ पकड़कर उसका झुका हुआ मस्तक ऊपर उठाया और उसके नेत्रों में घूरकर देखा, ''कहो भैरवनाथ, तुमने कभी सोचा भी नहीं होगा न कि तुम्हारा किया हर षड्यन्त्र सबके समक्ष आ जायेगा।''

भैरवनाथ क्रोध भरी दृष्टि से दुर्भीक्ष को घूर रहा था।

''इतने पाप करने के उपरांत भी तुममें इतना साहस शेष है कि मुझसे दृष्टि मिला सको हम्म...'' दुर्भीक्ष ने कठोर स्वर में प्रश्न किया।

''ईश्वर साक्षी है मैंने आज तक जो भी किया है असुरजाति के कल्याण के लिये किया और अपने इस उद्देश्य के लिये मैं किसी की भी आहुति दे सकता हूँ, किसी भी।'' भैरवनाथ ने दृढ़ता से कहा।

दुर्भीक्ष ने भैरवनाथ को हेय दृष्टि से देखा, ''तुम जैसे नीच से विवाद करना ही व्यर्थ है भैरवनाथ।''

इतना कहकर दुर्भीक्ष, दुर्धरा के ठीक नीचे आकर खड़ा हो गया, ''ये केवल मेरा अपराधी नहीं है दुर्धरा, इसने मेरे साथ कपट किया है, किन्तु मुझ पर इसके किये उपकारों का भार भी है, इसलिए मैं चाहता हूँ कि ये तुम निर्धारित करो कि इसे क्या दण्ड देना चाहिए।''

दुर्धरा ने क्रोध भरी दृष्टि से भैरवनाथ की ओर देखा, ''इसे पत्थर मार-मारकर पहले इसके शरीर को घायल किया जाये, उसके उपरांत इसका सर धड़ से अलग कर दिया जाये।''

दुर्भीक्ष, भैरवनाथ की ओर पलटा, ''आदेश का पालन हो असुरों!''

भैरवनाथ के नेत्रों में तनिक भी भय नहीं था। वो अभी भी मुस्कुरा रहा था। शीघ्र ही सैकड़ों असुर सैनिकों ने अखाड़े में उपस्थित प्रजा को पत्थर बाँटने शुरू किये।

''आरम्भ करो!'' दुर्भीक्ष का आदेश पाते ही असुर प्रजा ने भैरवनाथ पर पत्थरों की वर्षा आरम्भ कर दी। पूरे आधे प्रहर तक सहस्त्रों पत्थरों ने भैरवनाथ के शरीर को रक्तरंजित कर दिया। वो घुटनों के बल झुक गया। उसके शरीर का कोई ऐसा भाग नहीं था जहाँ से रक्त न बह रहा हो।

''रुक जाओ!'' दुर्भीक्ष ने हाथ उठाकर असुरों को संकेत दिया। असुरों ने पत्थरों की वर्षा रोक दी।

दुर्भीक्ष ने अपनी म्यान से तलवार निकाली और भैरवनाथ के निकट गया। उसने तलवार उसकी ठुड्डी पर लगायी और उसका मस्तक ऊपर उठाया। भैरवनाथ की पलकों

से भी इतना रक्त बह रहा था कि उसकी दृष्टि भी नहीं उठ पा रही थी।

"तुम्हारे जीवन और कुकर्मों का अध्याय यहीं समाप्त होता है भैरवनाथ।" कहते हुए दुर्भीक्ष ने विद्युत गति से तलवार चलायी। भैरवनाथ का कटा मस्तक छटककर बीस हाथ दूर जा गिरा और धड़ रक्त का फव्वारा छोड़ता हुआ भूमि पर गिरकर तड़पने लगा। दुर्भीक्ष की छाती और मुख भी उसके बचे-खुचे रक्त से नहा गया। दुर्धरा के नेत्रों में संतोष स्पष्ट झलक रहा था।

असुर प्रजा दुर्भीक्ष की जय जयकार कर उठी। अपनी प्रजा का अपने प्रति ये समर्पण देख दुर्भीक्ष का हृदय भर आया। उसने अखाड़े के केंद्र में खड़े होकर सबको शांत रहने का संकेत दिया। असुर प्रजा में शांति छा गयी।

इसके उपरांत दुर्भीक्ष ने प्रजा को सम्बोधित करते हुए कहा, "आप सब असुरों ने सदियों से आपका मार्गदर्शन कर रहे भैरवनाथ के विरुद्ध मेरा जो समर्थन किया है, उससे मैं गद्‌गद हो उठा हूँ; मुझे गर्व है अपनी प्रजा पर और अभिमान है अपने असुरेश्वर होने पर।"

प्रजा के बीच खड़े भद्राक्ष ने दुर्भीक्ष का समर्थन करते हुए कहा, "उस दुष्ट भैरवनाथ ने तो आज तक अपनी महत्वाकांक्षा के नाम पर केवल हमें युद्ध की विभीषिका में झोंका था असुरेश्वर। ईश्वर तो हमने आपको माना है; जब वो भैरवनाथ रक्षराज दुशल को अपनी महत्वाकांक्षा की भेंट चढ़ा चुका था, तब आपने ही असुरों को नयी दिशा दिखायी। आपके लिये तो पातालपुरी का बच्चा बच्चा भी अपने प्राण दे सकता है महामहिम, क्यों प्रजाजनों!"

समस्त उपस्थित प्रजाजनों ने भद्राक्ष का समर्थन करते हुए गर्जना की। पूरा अखाड़ा उनके स्वर से गूँजने लगा। दुर्भीक्ष ने उन्हें हाथ उठाकर रुकने का संकेत दिया। तत्पश्चात उसने दृढ़ होकर कहा, "असुरों, राक्षसों और दानवों ने भैरवनाथ का विरोध और मेरा समर्थन कर अपने हृदय से मुझे जो सम्मान दिया है वो पूरे संसार में मुझे कहीं प्राप्त नहीं हुआ। मैं ऋणी हूँ अपनी इस प्रजा का, इसीलिये आज मैं ये प्रण लेता हूँ कि यदि कभी कोई असुर, राक्षस या दानव जाति के अस्तित्व और संस्कृति को क्षति पहुँचाने का प्रयास करेगा, मैं स्वयं अपने हाथों से उसके प्राण निकालूँगा।"

प्रजा ने एक बार फिर असुरेश्वर की जयघोष के नारे लगाये। मेघवर्ण की दृष्टि में भी दुर्भीक्ष के लिए आदर स्पष्ट दिखायी दे रहा था। वो नीचे उतरकर अखाड़े में आया।

आज दुर्भीक्ष के नेत्रों में संतोष भी था और हृदय में अपार सुख भी। मेघवर्ण को समीप आते देख दुर्भीक्ष के मुख पर मुस्कान आ गयी।

"मुझे विश्वास हो गया है कि उस षड्यंत्रकारी उपनन्द को तुमने मेरे पास नहीं भेजा था।" मेघवर्ण ने विश्वास से परिपूर्ण होकर कहा।

''उपनंद को मैंने भेजा था?'' दुर्भीक्ष ने आश्चर्य से प्रश्न किया।

''हाँ कदाचित वो भी इस कपटी भैरवनाथ का ही षड्यंत्र रहा होगा।'' मेघवर्ण ने उसे सारा वृत्तांन्त कह सुनाया।

दुर्भीक्ष ने भैरवनाथ के शव की ओर देखा, ''कदाचित इस पापी के अंत के साथ ही उपनंद समेत उन सभी में भय का संचार हो जायेगा जो अब तक इसके समर्थन में थे।''

''वैसे देवी दुर्धरा यहाँ क्या कर रही हैं?'' मेघवर्ण ने प्रश्न किया।

''चिंता मत करो, ये अपनी इच्छा से यहाँ आयी है और जब इसकी इच्छा होगी मैं इसे सुरक्षित हस्तिनापुर पहुँचाने का प्रबंध करवा दूँगा।''

मेघवर्ण ने भैरवनाथ के शव को देख प्रश्न किया, ''तो क्या इस पापी के अंत को मैं इस शत्रुता का अंत मान लूँ?''

दुर्भीक्ष ने क्षण भर दुर्धरा की ओर देखा, फिर मेघवर्ण की ओर मुड़कर कहा, ''काश ये संभव होता मेघवर्ण; कपट द्वारा ही सही किन्तु उस विदर्भराज जयवर्धन ने मुझसे वचन ले लिया कि जब भी उसे सहायता की आवश्यकता होगी मुझे उसके पक्ष से युद्ध करना होगा... मैं विवश हूँ।''

''अवश्य, किन्तु तुममें चातुर्य है दुर्भीक्ष, मुझे विश्वास है कि अब तक तुमने अपनी इस दुविधा का कोई न कोई तोड़ अवश्य सोच लिया होगा।''

दुर्भीक्ष मुस्कुराया, ''तुम्हें प्रस्थान करना चाहिए मेघवर्ण, आशा है अब तुम अपने साथियों के मन में अपने प्रति विश्वास जगा पाओगे।''

षष्ठम अध्याय

महाराज लौट आये

विदर्भ देश के एक गाँव बलरामपुर में एक किसान अपने हल से खेत जोत रहा था। पास ही में एक वृक्ष के नीचे उसकी पत्नी अपने नवजात शिशु को स्तनपान करा रही थी। तभी उस किसान को अश्व पर आरूढ़ चार सैनिकों ने घेर लिया। वो किसान भयभीत हो गया।

''इस सप्ताह तुमने कर क्यों नहीं भिजवाया विद्याधर?'' एक असुर ने उससे कठोर स्वर में प्रश्न किया।

उस किसान से सहमते हुए कहा, ''फसल बिक चुकी है महामहिम, बस दो दिन में उसका मूल्य आने ही वाला है, आते ही मैं कर भिजवा दूँगा।''

उनमें से एक असुर की दृष्टि बालक को स्तनपान कराती हुई उसकी स्त्री पर पड़ी। उसने विध्याधर की ओर देखकर कहा, ''तुम्हारा प्रस्ताव हमें स्वीकार है विद्याधर, किन्तु जब तक तुम अपना कर नहीं चुकाते तुम्हारी स्त्री हमारे पास रहेगी।'' कहकर उस असुर ने अपना अश्व उस स्त्री की ओर बढ़ाया।

''नहीं नहीं, महामाहिम दया कीजिए!'' वो किसान विध्याधर गिड़गिड़ाने लगा।

वो असुर अपने अश्व से उतरा और उस स्त्री की ओर बढ़ा। भय के मारे उस स्त्री ने अपने शिशु को अपने आँचल में छुपा लिया। किंतु इससे पूर्व कि वो उस स्त्री को स्पर्श करता, वायु की गति से एक बाण आया और उस असुर का हाथ उसके शरीर से

अलग हो गया। वो अचम्भित असुर तड़पता हुआ भूमि पर गिर पड़ा। उसके कंधे से फूटा रक्त का फव्वारा भूमि पर फैल गया।

शेष तीन असुरों ने उस बाण का संधान करने वाले व्यक्ति की ओर देखा। श्वेत अश्व पर आरूढ़ उस पुरुष ने एक साधारण-सी नारंगी धोती, ऊपरी देह पर श्वेत वस्त्र, नारंगी पगड़ी धारण करने के साथ-साथ उसने अपने मुख को लाल वस्त्र से ढक रखा था, नेत्रों और पलकों के अतिरिक्त मुख का और कोई भी भाग नहीं दिख रहा था। उसके श्वेत केश उसके जीवन के अनुभव को दर्शा रहे थे और पाँव में पहनी जूतियाँ उसकी सादगी को।

किंतु जब किसान की दृष्टि उस योद्धा के धनुष पर पड़ी तो उसके मुख पर एक अलग ही आभा थी, ''विजयधनुष... अर्थात वो भ्रांतियाँ सत्य थीं। महाराज तेजस्वी लौट आये... जय हो महाराज तेजस्वी की।''

उस किसान का हुंकार सुन शेष तीनों असुरों के मन में भय व्याप्त हो गया। फिर भी साहस करके उन तीनों ने अपने अश्वों को आगे बढ़ाया और उस योद्धा के निकट गये।

''तुमने हमारे साथी को घायल करके राजद्रोह किया है, इसका दण्ड जानते हो?'' एक असुर ने उस योद्धा को चेतावनी देने का साहस किया।

उस योद्धा ने उसकी चेतावनी का कोई उत्तर नहीं दिया, वो बस उन तीनों को घूरे जा रहा था।

वो तीनों असुर एक दूसरे की ओर देखने लगे। उनमें से एक ने दूसरे से कहा, ''पिछले एक मास से पूरे विदर्भ में भ्रांतियाँ फैली हुई हैं कि पूर्व विदर्भराज तेजस्वी लौट आये हैं, कहीं ये सत्य तो नहीं?''

''हाँ ये सम्भव हो सकता है, हमें महाराज के पास चलना चाहिए।'' दूसरे असुर ने सुझाव दिया।

भय के मारे तीनों असुरों ने अपने अपने अश्व मोड़ लिये और राजधानी की ओर लौट चले।

किसान और उसकी पत्नी दौड़ते हुए उस वृद्ध योद्धा की ओर आये और उन्हें साष्टांग दण्डवत प्रणाम किया, ''हे अन्नदाता, आपके लौटने के साथ ही सम्पूर्ण प्रजा का सुख लौट आयेगा, आपका बहुत बहुत आभार।''

उस वृद्ध योद्धा ने कोई उत्तर नहीं दिया, बस अपना अश्व मोड़कर घने वनों में लुप्त हो गया। किसान और उसकी पत्नी ने उठकर देखा तो वहाँ कोई नहीं था, किन्तु उनका हृदय प्रसन्नता से खिल उठा था।

वो असुर जिसका हाथ कटकर गिरा था, अभी भी भूमि पर गिरकर तड़प रहा था। उस किसान विध्याधर ने खेत की ओर जाकर अपना हल उठाया और उस घायल असुर की ओर बढ़ा।

उसकी पत्नी ने उसे रोकने का प्रयत्न किया, "ये आप क्या कर रहे हैं! यदि किसी को ज्ञात हो गया कि आपने एक असुर सैनिक की हत्या की है तो....।"

उस किसान ने अपनी पत्नी को टोका, "मौन रहो, अब जब महाराज लौट आ हैं तो हमें किसी का भय नहीं।" कहते हुए विद्याधर उस असुर की ओर मुड़ा, "मेरी पत्नी पर अपनी मलिन दृष्टि डालने का साहस कैसे किया तूने!" उसने क्रोध में भरकर उस असुर की छाती पर हल चला दिया। वो असुर पीड़ा से चीखता हुआ वहीं ढेर हो गया।

शीघ्र ही उस असुर के शव के पास कई ग्रामीण एकत्र हो गये। महाराज तेजस्वी के लौट आने की सूचना पूरे गाँव में अग्नि की भाँति फैल गयी। शीघ्र ही गाँव से भागे हुए वो तीनों असुर जयवर्धन के दरबार में पहुँचे।

उनकी दशा देख जयवर्धन ने क्रोध में प्रश्न किया, "सदैव उन्माद में रहने वाले असुरों के मुख पर आज ये भय क्यों है?"

"वो...महाराज।" एक असुर ने बोलने का प्रयास किया।

"तुम्हारा चौथा साथी कहाँ है? तुम लोग प्रजा से कर लेने गए थे न... क्या हुआ उसे?" जयवर्धन ने उनकी ओर संदेह भरी दृष्टि से देखा।

"वो... वो मारा गया महाराज।" एक असुर ने सहमते हुए कहा।

"तुम्हारे नेत्रों में भय देखकर ये अनुमान हो गया था कि कोई न कोई अनहोनी हुई है, किसने किया ऐसा दुस्साहस?" जयवर्धन ने प्रश्न किया।

"कदाचित... वो भ्रांतियाँ सत्य हैं जो पिछले एक मास से हमारे राज्य में फैल रही हैं।" उनमें से एक असुर ने सहमते हुए कहा।

"तुमने महाराज तेजस्वी को अपने नेत्रों से देखा?" जयवर्धन के मन में भय तो था, किन्तु उसने वो प्रदर्शित नहीं होने दिया।

"जी महाराज, वो भी विजयधनुष के साथ।" उनमें से एक असुर ने कहा।

जयवर्धन चिंतित हो उठा। उसने उन असुरों को वहाँ से जाने का संकेत दिया।

कुछ समय उपरांत एक दूत एक पत्र लेकर राजभवन में आया और उसे जयवर्धन के हाथों में दिया। पत्र खोलकर जयवर्धन ने उसे ध्यानपूर्वक पढ़ा। उसके मन की चिंता मानो दूर हो गयी।

उसने अपने सिंहासन से उठकर एक आदेश जारी किया, ''राजकुमार श्रुतायुद्ध तक सूचना पहुँचा दो, उन्हें अपनी बहन राजकुमारी 'चंद्रलेखा' को लेने जाना होगा। न जाने कितने दिनों से वो आर्यावर्त के भ्रमण पर निकली हुयी हैं... और हाँ, उस बहरूपिये से किसी को भयभीत होने की आवश्यकता नहीं है, सभी अपना कार्य सुचारु रूप से करते रहेंगे।''

आदेश सुनाकर जयवर्धन राजदरबार से प्रस्थान कर गया।

बलरामपुर में किसान विध्याधर से मिलने नगर नगर से लोग आने लगे और उससे महाराज तेजस्वी के स्वरूप का वर्णन सुनने लगे। उसी गाँव में सर्वदमन भी अपने मित्रों भगदत्त और नंदका के साथ आया हुआ था। उन तीनों ने साधारण ग्रामीणों जैसा वेष धर रखा था, ताकि कोई उन्हें पहचान न सके। सर्वदमन ने नारंगी रंग की पगड़ी और पीली धोती-कुर्ता पहनने के साथ-साथ नकली दाढ़ी और मूँछें भी लगा रखी थी, वहीं नंदका ने लम्बे केश और दाढ़ी के साथ एक नारंगी धोती और कुर्ता पहनकर हाथ में कमण्डल लिये एक ब्राह्मण का वेश धर रखा था, और भगदत्त ने देह पर काला वस्त्र, गले में हड्डियों की माला पहने एक तांत्रिक का वेश धर रखा था। शीघ्र ही तीनों एक ही स्थान पर एकत्र हुए।

''इस गाँव में फैल जाओ, उसके उपरांत तुम्हें पता है न तुम लोगों को क्या करना है? सूचना मिली है शत्रु इस गाँव में कभी भी आक्रमण कर सकता है। स्मरण रहे कोई भी संकट आये तो सज्ज होने के लिए तीस क्षण से अधिक समय नहीं लगना चाहिए।'' सर्वदमन ने भगदत्त और नंदका को आदेश दिया।

''जी युवराज आज्ञा दीजिए।'' भगदत्त और नंदका सर्वदमन से अलग होकर उस गाँव में अलग स्थानों पर फैल गये।

वहीं सर्वदमन एक वृक्ष के नीचे एकत्र हुई भीड़ की ओर बढ़ा। उस भीड़ को किसान विध्याधर सम्बोधित कर रहा था।

''और महाराज तेजस्वी के चलाये एक ही बाण से उस असुर का हाथ बीस गज दूर जा गिरा।'' विध्याधर ने महाराज तेजस्वी की प्रशंसा करते हुए कहा।

''क्या तुमने उनका मुख देखा भैया?'' उनमें से एक ग्रामीण ने प्रश्न किया।

''मुख तो नहीं देखा किन्तु उनके नेत्रों का वो तेज, उनके चमकते श्वेत केश और हाथों में उठाया वो विजयधनुष उनका परिचय देने के लिये पर्याप्त था। अब हमें उस अधर्मी राजा जयवर्धन से भयभीत होने की आवश्यकता नहीं है, अब हम मनमाना कर नहीं देंगे।'' विध्याधर ने गर्व से कहा।

तभी विध्याधर के गले में एक फंदा पड़ा। अकस्मात हुए असुर सैनिकों के इस आक्रमण से वहाँ भगदड़ मच गयी। अश्वों पर आरूढ़ हुए विदर्भ के दस असुर सैनिक वहाँ आ पहुँचे थे। एक असुर सैनिक विध्याधर के गले में फंदा डालकर उसे घसीटने लगा। बाकी जनता इधर उधर भागने लगी। किन्तु इससे पूर्व विध्याधर को जकड़े वो सैनिक अपने अश्व को एड़ लगाता, सर्वदमन ने फंदे की रस्सी को पकड़ा और उस सैनिक को खींचकर भूमि पर गिरा दिया। गाँव के लोग उसका ये बल प्रदर्शन देख अचम्भित रह गये।

''तेरा ये दुस्साहस युवक!'' उस असुर दल का सरदार सर्वदमन पर चीखा।

''हमें भयभीत करने का प्रयास न करो मूर्ख, महाराज तेजस्वी हमारी रक्षा को आ गये हैं। अब हमें किसी का भय नहीं।'' सर्वदमन ने चुनौती भरे स्वर में कहा।

''मार डालो इस युवक को!'' उस सैनिक दल के सरदार ने आदेश दिया।

नौ अश्वारोही सैनिक सर्वदमन को बंदी बनाने दौड़ पड़े। सर्वदमन ने किसान विध्याधर के गले से फंदा निकाला और उनमें से एक अश्व के पैर में फंदा डालकर खींचा और सैनिक समेत उसे भूमि पर गिरा दिया। दूसरे सैनिक ने सर्वदमन के गले में फंदा डालने का प्रयास किया, किन्तु उसका भी फंदा पकड़कर सर्वदमन ने उसे भूमि पर गिरा दिया।

शेष छह सैनिकों ने एक साथ सर्वदमन पर फंदा डाला। सर्वदमन अब उन सैनिकों की जकड़ में आ चुका था। अब उन सैनिकों के सरदार ने भाला उठाया और ग्रामीणों की ओर देखा, ''किसी बहरूपिये ने तुम सबके मन में कुछ अधिक उन्माद भर दिया है ग्रामीणों, अब इस युवक का शव तुम सबके लिए एक उदाहरण होगा कि विदर्भ नरेश से विद्रोह करने का क्या परिणाम होता है।''

अभी उस असुर दल के सरदार ने भाले को कंधे तक ही उठाया था कि एक भाला वायु की गति से उसकी छाती में घुसा और उसे एक वृक्ष की ओर उड़ा ले गया। उसका शरीर वृक्ष से सटकर रह गया और भाला वृक्ष के पार हो गया। मुख से रक्त उगलता हुआ उसका शरीर शांत हो गया। उसकी दशा देख शेष सैनिकों का साहस टूट गया और रस्सी पर उनकी पकड़ भी ढीली पड़ गयी।

उस भाले का संधान करने वाले योद्धा को सबसे पहले विध्याधर ने देखा, ''महाराज तेजस्वी की जय हो!''

सभी का ध्यान उस योद्धा की ओर गया जिसने उस भाले का संधान किया था। श्वेत अश्व, नारंगी धोती, देह पर श्वेत वस्त्र, नारंगी पगड़ी और मुख को ढके लाल वस्त्र। चमकते हुए श्वेत केश, पाँवों में सादी जूतियाँ और हाथ में विजयधनुष उठाये महाराज तेजस्वी के उस मिथक स्वरूप के दर्शन सभी ने किये।

असुरों ने पलायन करना ही उचित समझा। ग्रामीणों में हर्ष की लहर दौड़ गयी। सभी ग्रामीण महाराज तेजस्वी के उस मिथक स्वरूप के दर्शन को एकत्र होने लगे। किन्तु शीघ्र ही उस योद्धा ने अपने अश्व को मोड़ा और वहाँ से पलायन कर गया। देखते ही देखते वो न जाने कब ग्रामीणों की दृष्टि से दूर हो गया।

''पिछली बार भी मेरी रक्षा करने के उपरांत वो इसी प्रकार अंतर्धान हो गये थे।'' विध्याधर ने ग्रामीणों को बताया।

उनमें से एक ग्रामीण ने बोला, ''अरे भैया, हमने असुरों को छेड़ तो दिया, किन्तु जब महाराज तेजस्वी हमारी रक्षा को नहीं होंगे तब हम क्या करेंगे?''

विध्याधर ने सर्वदमन की ओर संकेत करके कहा, ''उस युवान को देख रहे हो, इसमें इतना साहस क्यों आया, महाराज तेजस्वी के लौटने के कारण।''

''उचित कहा आपने भद्र, ऐसे ही यदि गाँव के हर युवक साहसी हो जायें तो ये असुर हमारा उत्पीड़न नहीं कर पायेंगे, और महाराज तेजस्वी तो हमारी रक्षा को आ ही गये हैं।'' सर्वदमन ग्रामीणों की भीड़ के निकट आया।

उसे देख एक ग्रामीण ने प्रश्न किया, ''तुम कौन हो भैया, पहले तो कभी तुम्हें इस गाँव में नहीं देखा।''

''मेरा जन्म तो यहीं हुआ था काका, बस कुछ वर्षों के लिये इस गाँव से दूर हो गया था; आपको दक्षिण के दुर्गा मंदिर के पास रहने वाले रमाधीर का स्मरण है?'' सर्वदमन ने उस व्यक्ति से प्रश्न किया।

रमाधीर का नाम सुन विद्याधर आगे आया, ''तुम रमाधीर के पुत्र हो? कहीं वही तो नहीं जो विदर्भ की सेना में थे?''

''हाँ और दस वर्ष पूर्व ये गाँव छोड़कर चले गये थे।'' सर्वदमन ने कहा।

''पर बिना अनुमति राज्य का त्याग करने के आरोप में उनके कारवाँ पर तो असुरों ने आक्रमण कर उनकी और उनके परिवार की हत्या कर दी थी।'' विध्याधर ने संदेह जताया।

''हाँ, पर सद्भाग्य से मैं जीवित रह गया और आज अपनी मातृभूमि के दर्शन को लौट आया।''

''ये तो तुमने बहुत अच्छा किया युवक, रमाधीर का वो घर आज भी खाली पड़ा है, जाओ अपने बाल्यकाल की स्मृतियाँ ताजी कर लो।'' उनमें से एक ग्रामीण ने बोला।

''अवश्य, धन्यवाद।'' कहकर सर्वदमन आगे बढ़ गया।

शीघ्र ही वो दुर्गा मंदिर के पास रमाधीर के घर पहुँचा। इतने वर्षों के उपरांत भी वो

एक पक्का मकान था। अंदर प्रवेश करते ही उसने अपने मित्र नंदका को अपने समक्ष खड़ा पाया।

"प्रणाम युवराज!" नंदका ने अपने युवराज का अभिवादन किया।

"तो नंदका कैसा लगा प्रथम बार महाराज तेजस्वी का छद्म वेश धारण करके ?" सर्वदमन ने मुस्कुराते हुए प्रश्न किया।

नंदका ने पास पड़े श्वेत केशों की ओर देखा, "आनंद तो आया किन्तु इन श्वेत केशों से खाज बहुत होती है।"

सर्वदमन हँस दिया, "भगदत्त कहाँ है ?"

"बस आता ही होगा युवराज।" नंदका के कहने की देर थी कि भगदत्त ने भी उस घर में प्रवेश किया।

"बड़े चतुर निकले आप युवराज, इतनी शीघ्र निवास कि व्यवस्था भी कर ली।" भगदत्त ने प्रशंसनीय स्वर में कहा।

"हाँ मैंने अपने गुप्तचरों को भेजकर वर्षों पूर्व यहाँ से पलायन करने वाले लोगों की सूची तैयार की थी, उसमें से मैंने इस सैनिक रमाधीर के घर का चुनाव किया, क्योंकि दस वर्ष पूर्व इसके सम्पूर्ण परिवार को मार दिया गया था, और हमारे उद्देश्य की सफलता के लिये ये आवश्यक है कि ये ग्रामीण हमें अपना समझें, इसलिए सैनिक रमाधीर के पुत्र के रूप में इस गाँव में प्रवेश करना सबसे उत्तम था और तुम लोगों को मैं स्मरण करा दूँ, जब भी हम साधारण ग्रामीण के वेश में रहें हमें अपने बल के प्रदर्शन को सीमित रखना है।"

"जी युवराज।" भगदत्त और नंदका ने गंभीर स्वर में सहमति जतायी।

सर्वदमन के अगले संकेत पर भगदत्त ने अपने झोले से एक मानचित्र निकाला और सामने रख दिया। तीनों ने उस मानचित्र को ध्यानपूर्वक देखा।

सर्वदमन ने उन्हें निर्देश देना आरम्भ किया, "ये है विदर्भ राज्य का मानचित्र; इस मानचित्र पर हमें विदर्भ के तीन गाँव स्पष्ट दिखाई दे रहे हैं। पहला उत्तर दिशा में बलरामपुर, दूसरा पश्चिम में बिंगरौली और तीसरा पूरब में करौल। बलरामपुर की भूमि सबसे अधिक उपजाऊ है और विदर्भ राज्य में सबसे अधिक कर यहीं से जाता है। पश्चिम का बिंगरौली, यहाँ की जनसंख्या सबसे अधिक है, इसीलिए इस गाँव से सबसे ज्यादा लोग मजदूरी के लिये उठाए जाते हैं चाहें उनकी इच्छा हों या नहीं। शूद्र तो शूद्र यहाँ साक्षरता की इतनी कमी है कि क्षत्रियों को भी मजदूरी के लिये अपहृत कर लिया जाता है और दूसरे राज्यों में भी बेचा जाता है। कहते हैं ब्राह्मण समाज ने इस गाँव का परित्याग कर दिया इसलिए अब लोगों को शिक्षित करने वाला कोई नहीं। साक्षरता

की कमी के कारण यहाँ के निवासियों ने इसे अपना प्रारब्ध मानकर स्वीकार कर लिया। तीसरा पूरब में करौल, यहाँ की जनता की दशा सबसे दयनीय है। कहते हैं यहाँ की स्त्रियाँ रूपवान होती हैं इसीलिए हर घर से एक कन्या को सोलह वर्ष की आयु का होते ही बलपूर्वक उठा लिया जाता है और फिर उन्होंने दूसरे राज्यों में वेश्यावृत्ति के लिये ऊँचे दामों पर बेचा जाता है। इन तीनों गाँवों से मिलने वाले धन पर विदर्भ की अधिकतम अर्थव्यवस्था निर्भर है।''

सर्वदमन ने कहना जारी रखा, ''महाबली अखण्ड के डकैत योद्धाओं ने पहले से ही इन तीनों गाँवों में जनता के बीच ये भ्रांति फैलायी थी कि महाराज तेजस्वी लौट आये हैं। और अब मैंने और फिर नंदका ने बलरामपुर की जनता को इसका विश्वास भी दिला दिया है। ये विश्वास टूटना नहीं चाहिए, क्योंकि महाराज तेजस्वी का नाम ही विदर्भ की प्रजा का साहस है। ये भ्रांतियाँ यहाँ के ग्रामीण तो फैलाएँगे ही, किन्तु अब हमारे योद्धा भी इन भ्रांतियों को फैलाने में सहायता करेंगे, क्योंकि महाबली अखण्ड के योद्धा यहाँ से जा चुके हैं। हमारे तीन सौ गणान्य योद्धा इस समय बलरामपुर में कोई न कोई छद्म वेश धर कर छुपे हुए हैं । भगदत्त, तुम जिस रूप में यहाँ आये हो उसी तांत्रिक के भेष में सौ गणान्य योद्धाओं को लेकर करौल गाँव जाओगे, और पहले जैसे हमने यहाँ महाराज तेजस्वी के लौटने का विश्वास दिलाया है, वैसे ही तुम करौल के वासियों में आशा की किरण जगाओगे। हम तीनों को महाराज तेजस्वी के जैसा दिखने वाला विजयधनुष दिया गया है, इसलिए प्रजा का विश्वास जीतना कठिन नहीं होगा। करौल के लोग कुछ अधिक ही अंधविश्वासी हैं; जबसे उनकी कन्याओं पर अत्याचार शुरू हुआ है, उन्हें लगता है उन पर किसी देवता का प्रकोप है। वो नाना प्रकार के टोटकों का प्रयोग करते हैं ताकि उनके ग्राम में केवल पुत्रों का जन्म हो, पुत्रियों का नहीं। इसीलिए मैं तुम्हें वहाँ एक तांत्रिक के भेष में भेज रहा हूँ, तुम्हें वहाँ के लोगों के इसी अंधविश्वास का लाभ उठाकर उन्हें अपने राजा के प्रति विद्रोह करने को तैयार करना है। और इसमें तुम अपने सौ गणान्य योद्धाओं का प्रयोग कैसे करोगे ये तुम्हारी बुद्धिमता और विवेक पर निर्भर करता है।''

''जी युवराज, मैं आपको निराश नहीं करूँगा।'' भगदत्त ने आश्वासन दिया।

''नंदका, तुम्हें वेदों का पर्याप्त ज्ञान है इसलिए तुम्हें ब्राह्मण वेश धारण कर बिंगरौली जाना होगा। उस गाँव की जनसंख्या बहुत अधिक है इसलिए तुम्हारी चुनौती भगदत्त से अधिक है। महाराज तेजस्वी के लौटने का विश्वास दिलाने के उपरांत तुम उन्हें विद्रोह करने के लिये कैसे उकसाओगे ये मैं तुम पर छोड़ता हूँ।''

''जी युवराज।'' नंदका ने सहमति जतायी।

''बाकी के गाँवों में धन तब आता है जब मजदूरों और स्त्रियों को दूसरे राज्यों में बेचा जाता है। इसमें कई महीनों का समय लगता है... किन्तु इस गाँव में फसल बिकते

ही सप्ताह भर के भीतर ही धन आ जाता है... अर्थात यदि कभी भी विदर्भ पर आर्थिक संकट आया तो सबसे अधिक संकट इसी गाँव में है। इसलिए मैं सौ गणान्ग योद्धाओं को लेकर बलरामपुर में रहूँगा। एक बार फिर से स्मरण करा दूँ, अपने सम्पूर्ण सामर्थ्य का उपयोग तभी करना जब और कोई मार्ग न हो और वो भी तब, जब तुम महाराज तेजस्वी के इस मिथक स्वरूप को धारण किए रहो। हमें विदर्भ की प्रजा को अत्याचारों से मुक्त करने के साथ-साथ इसकी अर्थव्यवस्था को भी गिराना है। कोई भूल नहीं होनी चाहिए। जब विदर्भ की अर्थव्यवस्था संकट में आयेगी तो दूसरे राज्यों में सहायता के लिये संदेशवाहक अवश्य भेजे जायेंगे, इसीलिए जिन-जिन राज्यों से विदर्भ को सहायता प्राप्त हो सकती है वहाँ जाने के मार्गों पर भी हस्तिनापुर के साथ-साथ महाबली अखण्ड के भी कई दक्ष योद्धा घात लगाये बैठे हुए हैं जो विदर्भ से जाने वाले सहायता के संदेश वाहक को मार्ग में ही रोककर बंदी बना लेंगे। हारकर एक न एक दिन जयवर्धन को अपने बिल से बाहर आना ही पड़ेगा, और उसके उपरांत महाबली अखण्ड अपने प्रमुख योद्धाओं को भेज उस कपटी जयवर्धन को बंदी बनाकर ऐसे स्थान पर ले जायेंगे जहाँ फिर उसे कोई नहीं ढूँढ़ पायेगा। और इस प्रकार विदर्भ से उसके कुशासन का नाश होगा और सम्पूर्ण आर्यावर्त में शांति स्थापित होगी। क्योंकि जहाँ तक मुझे ज्ञात है, असुरेश्वर दुर्भीक्ष, जिसे इस संसार के लिए सबसे बड़ा संकट माना जाता है, वो भी व्यर्थ की हिंसा और रक्तपात में विश्वास नहीं रखता, इसलिए जयवर्धन के लुप्त होने के साथ ही शांति का मार्ग प्रशस्त हो जायेगा। तुम लोग शीघ्र से शीघ्र अपने-अपने गंतव्यों की ओर निकलने की व्यवस्था करो।'' सर्वदमन ने दृढ़ता भरे स्वर में कहा।

''जो आज्ञा युवराज।'' भगदत्त और नंदका ने सहमति जतायी।

पातालपुरी में सूर्य के उदय होते ही दुर्भीक्ष और शत्रुंजय महादेव के मंदिर आये। प्रभु की दमकती हुई मूर्ति के नीचे कई अस्त्र-शस्त्र रखे हुये थे। दोनों ने पूरे आधे प्रहर तक महादेव की वंदना की और उनका आशीर्वाद लिया। पूजन समाप्त होने के उपरांत दुर्भीक्ष, शत्रुंजय की ओर मुड़ा, ''तुम्हारे माता-पिता अपने राज्य लौट चुके हैं इसलिए अब तुम मेरा उत्तरदायित्व हो, क्या तुम मुझे अपना गुरु स्वीकार करते हो?''

शत्रुंजय ने महादेव के चरणों में रखी तलवार उठायी और घुटनों के बल झुककर वो तलवार दुर्भीक्ष के चरणों के पास गाड़ दी, ''मैं आपके प्रति सम्पूर्ण समर्पण प्रदर्शित करने को सज्ज हूँ काकाश्री।''

''स्मरण रहे तुम्हारा ये प्रशिक्षण सरल नहीं होने वाला; मैं तुम्हें आर्यावर्त के कोने कोने में ले जाऊँगा और ये यात्रा सरल नहीं होगी।'' दुर्भीक्ष ने चुनौती भरे स्वर में कहा।

"मुझे आने वाले जीवन की हर चुनौती स्वीकार है गुरुदेव।" शत्रुंजय के नेत्रों में समर्पण की भावना स्पष्ट दिखाई दे रही थी।

"हम आज ही से अभ्यास आरम्भ करेंगे। तुमने अपने राज्य के गुरुओं से भी शस्त्र विद्या का ज्ञान ले रखा होगा, चलो पहले आज तुम्हारा परीक्षण कर लिया जाये।"

शीघ्र ही दुर्भीक्ष और शत्रुंजय तलवार लिये अखाड़े में आये और अभ्यास आरम्भ किया। शत्रुघन का पहला प्रहार दुर्भीक्ष के कंधे की ओर बढ़ा, किन्तु उसके प्रहार को दुर्भीक्ष ने बड़ी चपलता से रोका।

"तुममें चपलता तो है, किन्तु क्या स्वयं पर इतना विश्वास है कि शत्रु को कंधे से चीर दोगे?" दुर्भीक्ष ने प्रश्न किया।

"मैं समझा नहीं काकाश्री।"

पलक झपकते ही दुर्भीक्ष ने शत्रुंजय की तलवार अपने कंधे से हटायी, दायें पैर से उसकी जाँघ पर प्रहार कर उसे घुटनों के बल झुकाया और छाती पर हुए अगले वार से वो भूमि पर गिर पड़ा।

"जितना हो सके शत्रु के शरीर के मर्म स्थानों को लक्ष्य कर प्रहार करने का प्रयास करो।" दुर्भीक्ष ने भूमि पर गिरे शत्रुंजय की ओर देखा।

अपने वस्त्रों की धूल झाड़कर शत्रुंजय भूमि से उठा, "ये तो छल है काकाश्री, आपने मुझे बातों में उलझा दिया था।"

"अच्छा, यदि ऐसा है तो एक बार फिर प्रयास करके देख लो।" दुर्भीक्ष ने अपनी तलवार उठाकर चुनौती दी।

किन्तु इससे पूर्व कि शत्रुंजय तलवार उठाकर आगे बढ़ता, अखाड़े में एक असुर सैनिक सूचना लिये आया, "दानवराज वृषपर्वा आपसे भेंट करने के इच्छुक हैं असुरेश्वर।"

दुर्भीक्ष ने मुड़कर उस असुर सैनिक को आदेश दिया, "ठीक है, उन्हें कहो मैं यहीं अखाड़े में उनकी प्रतीक्षा कर रहा हूँ।" सैनिक को आदेश देकर दुर्भीक्ष ने शत्रुंजय के साथ अभ्यास करना जारी रखा। वो शत्रुंजय के किये प्रहारों से केवल अपना रक्षण कर रहा था। शत्रुंजय कभी जाँघ पर प्रहार करने का प्रयत्न करता, कभी कंधे पर तो कभी मुख पर दुर्भीक्ष ने अपनी चपलता से वो सारे प्रहार बड़ी सरलता से रोक लिये।

"हम्म... तुममें गति और चपलता तो है, पर प्रहारों में बल की कमी है।" दुर्भीक्ष ने शत्रुंजय की युद्धशैली का विश्लेषण करने का प्रयास किया।

"मुझे आपके जैसा योद्धा बनना है काकाश्री।" शत्रुंजय ने उन्माद भरे स्वर में

कहा।

"किसी योद्धा को अपनी प्रेरणा का स्रोत बनाने तक तो ठीक है वत्स, किन्तु स्वयं के सामर्थ्य की आभा भिन्न ही होती है, इसलिए हमें अपने भीतर के सम्पूर्ण सामर्थ्य का उपयोग करना सीखना चाहिए, किसी की तरह बनने का प्रयास करना उचित नहीं। जब भी कभी तुम्हारे हाथों में तलवार हो तो पहले उसकी धार और वजन का विश्लेषण करो; उसे हाथ में पकड़कर ये अनुमान लगाने का प्रयत्न करो कि कम से कम बल का प्रयोग करके कैसे तुम शत्रु को अधिक से अधिक हानि पहुँचा सकते हो। तुम्हारा लक्ष्य शत्रु पर विजय प्राप्त करने के अतिरिक्त और कुछ नहीं होना चाहिए, ऐसे ही तुम्हें अपने सामर्थ्य का प्रमाण मिलेगा।"

शत्रुंजय ने कुछ क्षण अपनी तलवार की ओर देखा, "अवश्य काकाश्री, स्मरण रखूँगा।"

तभी वृषपर्वा ने अखाड़े में उपस्थित होकर दुर्भीक्ष का अभिवादन किया। शत्रुंजय ने जीवन में प्रथम बार सामान्य मनुष्य से डेढ़ गुना के आकार के दानव को देखा था, फिर भी उसके मुख पर तनिक भी भय नहीं था। उसकी दृढ़ता देख दुर्भीक्ष को प्रसन्नता हुई।

इसके उपरांत दुर्भीक्ष, शत्रुघन और वृषपर्वा को लेकर वन में एक एकांत स्थान की ओर चला गया जहाँ उन तीनों के अतिरिक्त और कोई उपस्थित नहीं था।

वहाँ पहुँचकर दुर्भीक्ष ने वृषपर्वा से कहा, "मैं कुछ दिन शत्रुंजय को लेकर अज्ञातवास पर जाना चाहता हूँ। मैं चाहता हूँ मेरी अनुपस्थिति में तुम पातालपुरी के राज्य का कार्यभार सँभालो, क्योंकि मैं किसी और को इसके योग्य नहीं समझता, क्या तुम्हें स्वीकार है?"

"क्षमा करें असुरेश्वर, किन्तु मुझे नहीं लगता मैं इस दायित्व के योग्य हूँ।" वृषपर्वा ने निराशा भरे स्वर में कहा।

दुर्भीक्ष ने उसे आश्चर्य भरी दृष्टि से देखा, "बड़े-बड़े वीरों को अपने पराक्रम से थर्रा देने वाला वृषपर्वा को आज अपनी योग्यता पर संदेह कर रहा है क्यों?"

"मुझे एक मनुष्य ने इतनी सरलता से पराजित कर दिया कि मैं स्वयं से दृष्टि भी नहीं मिला पा रहा।" वृषपर्वा ने निराशा भरे स्वर में कहा।

"कौन था वो?" दुर्भीक्ष जिज्ञासु हो उठा।

"हस्तिनापुर का युवराज सर्वदमन।"

सर्वदमन का नाम सुनते ही दुर्भीक्ष को उससे किया हुआ द्वन्द्व स्मरण हो आया, जब उन दोनों के द्वन्द्व के बीच दुर्धरा आकर खड़ी हो गयी थी। दुर्भीक्ष ने मुस्कुराकर

वृषपर्वा को आश्वासन दिया, ''हस्तिनापुर का चंद्रवंशी युवराज सर्वदमन कोई साधारण योद्धा नहीं है, वृषपर्वा... अपना साहस मत खो, उसने मुझे भी द्वन्द्व में कड़ी टक्कर दी थी।''

वृषपर्वा स्तब्ध रह गया, ''क्या ये सत्य है महामहिम? वो युवराज इतना सामर्थ्यवान है?''

''हाँ ये सत्य है, और तुम्हारी सर्वदमन से हुई पराजय का अर्थ ये है कि मत्स्य पर हम अपना अधिकार खो चुके हैं।''

''आपने ठीक कहा महामहिम।'' कहते हुए वृषपर्वा की दृष्टि लज्जा से झुक गयी।

''हृदय छोटा न करो वृषपर्वा, क्योंकि मुझे तुम्हारे सामर्थ्य पर तनिक भी संदेह नहीं है, इसलिए जो उत्तरदायित्व मैं तुम्हें सौंप रहा हूँ उसे पूरी निष्ठा से निभाओ।'' दुर्भीक्ष ने आश्वासन भरे स्वर में कहा।

''जो आज्ञा महामहिम, किन्तु हस्तिनापुर ने आपके अधिकृत राज्य पर आक्रमण करके जो चुनौती दी है उसका क्या?'' वृषपर्वा ने प्रश्न किया।

''वो राज्य मेरे नहीं विदर्भराज जयवर्धन के अधिकार में हैं, और उसके राज्य पर कब कौन अधिकार करता है मुझे इसमें कोई रुचि नहीं है; वो तो बस एक वचन है जिसने मुझे विवश कर रखा है कि जब भी उसे सहायता की आवश्यकता होगी मुझे उसके पक्ष से युद्ध करना होगा। किन्तु यदि हृदय की बात कहूँ, तो कभी-कभी इच्छा होती है कि उसके सम्पूर्ण वंश का ही विनाश कर दूँ, क्योंकि वो भी उस भैरवनाथ के कपट का ही भाग है... इसलिए उचित होगा कि तुम अपने मन से प्रतिशोध का विचार त्यागो और जो आदेश दिया गया है उसका पालन करो।'' दुर्भीक्ष की मुट्ठियाँ क्रोध से भिंच गयीं।

''जो आज्ञा महामहिम।'' सहमति जताकर वृषपर्वा वहाँ से प्रस्थान कर गया।

उसके जाने के उपरांत शत्रुंजय ने दुर्भीक्ष का कंधा पकड़कर उसे समझाने का प्रयास किया, ''अपने क्रोध को शांत कीजिए काकाश्री, यदि आप कहें तो उस जयवर्धन के विनाश की इच्छा मैं पूरी कर दूँ।''

दुर्भीक्ष उसकी ओर देख मुस्कुराया, ''तुम अभी बालक हो वत्स, ये राजनीति है, पर्याप्त अनुभव के बिना इसके दाँव-पेंच न समझ पाओगे।''

''किन्तु मुझसे आपका ये धर्मसंकट नहीं देखा जाता काकाश्री।''

दुर्भीक्ष ने क्षणभर शत्रुंजय की ओर देखा, ''चलो तनिक वन की सैर कर आते हैं।''

वन में पद यात्रा करते हुए शत्रुंजय ने प्रश्न किया, ''आपने उस कपटी मनुष्य का चरित्र पहचाने बिना वचन दिया ही क्यों काकाश्री ?''

''मुझे वापस जीवित करने के लिये मैं उसका ऋणी हो गया था वत्स। और इसीलिए जब उसने मुझसे ये वचन माँगा तो मैं न नहीं कर पाया।'' दुर्भीक्ष ने विवशता भरे स्वर में कहा।

कुछ क्षणों तक मौन रहने के उपरांत शत्रुंजय ने एक और प्रश्न किया, ''हमारे अज्ञातवास के पीछे आपका क्या उद्देश्य है ?''

''तुम हमारे वंश का एकमात्र चिराग हो शत्रुंजय, इसीलिए मैं तुम्हें एक श्रेष्ठ योद्धा बनाना चाहता हूँ; मैं तुम्हें आर्यावर्त के विभिन्न स्थानों पर भ्रमण के लिये ले जाना चाहता हूँ। एक योद्धा के जीवन से लेकर साधारण मनुष्य की जीवन शैली और उसकी कठिनाइयों से तुम्हें परिचित कराना चाहता हूँ।''

''तब तो कदाचित ये यात्रा लम्बी होने वाली है काकाश्री।'' शत्रुंजय ने अनुमान लगाने का प्रयत्न किया।

''हाँ मैंने जयवर्धन को दूत द्वारा संदेश भिजवा दिया है कि अगले तीन-चार मास तक मैं उसके लिए युद्ध नहीं कर सकूँगा।''

''उत्तम, अति उत्तम।'' शत्रुंजय के मुख पर प्रसन्नता छा गयी।

कुछ दूर और चलने के उपरांत शत्रुंजय ने एक और प्रश्न किया, ''आपकी कभी इच्छा नहीं होती कि आप गृहस्थ जीवन का आनंद लें?''

दुर्भीक्ष ने रुककर क्षण भर के लिये उसे घूरा, ''तुम यहाँ दुर्धरा का प्रतिनिधित्व करने आये हो?''

''नहीं काकाश्री, मैं तो बस अपने पिताश्री का प्रतिनिधित्व कर रहा हूँ।'' शत्रुघन ने हँसते हुए कहा।

दुर्भीक्ष उसकी ठिठोली पर मुस्कुरा दिया।

''वैसे आपके मन में जो बात आयी उस पर भी विचार किया जा सकता है; यदि आपको देवी दुर्धरा की मंशा का ज्ञान है तो ये दुविधा क्यों है?'' शत्रुंजय ने गम्भीर स्वर में प्रश्न किया।

दुर्भीक्ष का स्वर भी गम्भीर हो गया, ''विश्वास जब एक बार टूट जाये तो उसे जोड़ना सरल नहीं होता।''

''दुष्कर ही सही, निर्भर करता है कि उस विश्वास का जोड़ने का प्रयास कितना किया जा रहा है।''

''तुम कुछ अधिक ही नटखट हो रहे हो शत्रुंजय, परिहास हो गया हो तो कल की यात्रा की तैयारी करने चलें।''

''अवश्य।'' शत्रुंजय ने सहमति जतायी।

वहाँ से जाने के उपरांत शत्रुंजय ने सीधा जाकर दुर्धरा के कक्ष का द्वार खटखटाया। दुर्धरा के द्वार खोलते ही शत्रुंजय ने उसे सूचित किया, ''कल प्रातः अज्ञातवास की यात्रा प्रारम्भ होने वाली है, स्मरण रखिएगा।'' बस इतना कहकर शत्रुंजय वहाँ से चला गया। दुर्धरा के मुख पर एक मंद मुस्कान आ गयी।

चलते हुए मार्ग में भद्राक्ष और शत्रुंजय का भी सामना हुआ, ''कल प्रातः भद्राक्ष महोदय।''

''हाँ हाँ युवराज, मुझे स्मरण है।'' भद्राक्ष ने सहमति जतायी, मानों उन्होंने कोई योजना बना रखी हो।

प्रातः काल पौ फटते ही दुर्भीक्ष और शत्रुंजय साधारण वस्त्रों में आवश्यक सामग्री को अपने अपने अश्वों पर लादकर राजमहल से निकल पड़े।

चंद्रकेतु और महाबली अखण्ड चिंतित बैठे थे। तभी एक डकैत योद्धा ने आकर उन्हें सूचित किया, ''सरदार लौट आये हैं, गुरुदेव।''

अखण्ड के मुख पर मुस्कान छा गयी, ''मैंने कहा था न चंद्रकेतू, तुम व्यर्थ ही चिंता कर रहे थे।''

''जी गुरुदेव।'' चंद्रकेतु ने सहमति जताते हुए कहा।

अपने अश्व पर आरूढ़ हुए मेघवर्ण लौट आया। दर्जनों डकैत योद्धा उसके सम्मान में घुटनों के बल झुक गये। उसके मस्तक और शरीर के अन्य भागों पर पर घाव के चिह्न तो थे, किन्तु उसके मुख पर गर्व और प्रसन्नता का भाव देखकर महाबली अखण्ड के मुख पर भी संतोष का भाव दिखने लगा।

चंद्रकेतु उसके निकट गया और उसके अश्व से उतरते ही उससे प्रश्न किया, ''शरीर पर ये घाव कैसे?''

मेघवर्ण ने चंद्रकेतू के कंधे पर हाथ रखकर मुस्कुराया, ''अरे बालक, संसार के सर्वश्रेष्ठ योद्धा से द्वन्द्व करके आया हूँ। ये घाव तो उस महाद्वन्द्व के आभूषण हैं।''

''मैं और बालक?'' चंद्रकेतू ने आश्चर्य भरे स्वर में प्रश्न किया।

''अब क्या है कि मेरे समक्ष तो तुम बालक ही रहोगे।'' चंद्रकेतु से ठिठोली कर वो महाबली अखण्ड की ओर बढ़ा।

"ये कुछ अधिक नहीं हो गया।" चंद्रकेतु ने विनोद भरे स्वर में कहा।

मेघवर्ण ने आगे बढ़कर महाबली अखण्ड के चरण स्पर्श किये। "तो कैसा रहा संसार के सर्वश्रेष्ठ योद्धा से द्वन्द्व करने का अनुभव?" अखण्ड ने प्रश्न किया।

"संतोषजनक।" मेघवर्ण ने एक शब्द में उत्तर दिया।

"अर्थात?"

"भैरवनाथ मारा गया।" मेघवर्ण ने प्रसन्न मुद्रा में कहा।

महाबली अखण्ड अचम्भित रह गये, "ये कैसे सम्भव हुआ?"

"दुर्भीक्ष को उसके किये हर षड्यंत्र के विषय में ज्ञात हो गया, इसलिए दंडस्वरूप उसे पहले सम्पूर्ण असुर प्रजा द्वारा पत्थरों से मारा गया, फिर उसका दुर्भीक्ष ने स्वयं अपने हाथों से उसका शीश काट दिया।" मेघवर्ण ने विस्तार से बताया।

अखण्ड ने मन ही मन विचार किया, "ये कैसे सम्भव है, गुरु अवधूत ने तो बताया था कि कलयुग के आरंभ से पूर्व भैरवनाथ कि मृत्यु सम्भव नहीं।"

"आप किन विचारों में खो गये गुरुदेव?" अखण्ड की मुख मुद्रा देख चंद्रकेतु ने प्रश्न किया।

अखण्ड का ध्यान भंग हुआ, "नहीं कोई विशेष बात नहीं है।" उन्होने मेघवर्ण से प्रश्न किया, "दुर्धरा कहाँ है मेघवर्ण?"

"अर्थात देवी दुर्धरा को आपने ही वहाँ भेजा था गुरुदेव?" मेघवर्ण ने अखण्ड से प्रश्न किया। अखण्ड ने कोई उत्तर नहीं दिया, वो बस मौन खड़े रहे।

मेघवर्ण उनके निकट आया और उनसे दृष्टि से मिलाकर, "मैं जानता हूँ आपकी मंशा अनुचित नहीं थी, किन्तु आपने जो किया वो अनैतिक था।"

"दुर्भीक्ष को पराजित करने का और कोई मार्ग नहीं था।" अखण्ड ने स्पष्ट शब्दों में कहा।

"किन्तु पराजित तो वो फिर भी नहीं हुआ, जीवनदान तो उसने मुझे दिया।"

"दुर्धरा सुरक्षित है या नहीं?" अखण्ड ने चिंताजनक स्वर में प्रश्न किया।

"उनकी सुरक्षा की चिंता मत कीजिए, गुरुदेव, वो अपनी इच्छा से वहाँ गयी हैं, और अपनी इच्छा से ही लौट आयेंगी; दुर्भीक्ष के होते उन पर वहाँ कोई संकट नहीं आयेगा।" मेघवर्ण ने विश्वास भरे स्वर में कहा।

अखण्ड को अब भी संतोष नहीं था। मेघवर्ण ने उन्हें समझाने का प्रयास किया, "अब भी समय है गुरुदेव, इस शत्रुता का अंत कीजिए, दुर्भीक्ष भी शांति चाहता है।"

"ये बताओ मेघवर्ण, हमने इस दल का संगठन क्यों किया था?" अखण्ड ने

मेघवर्ण से एक सीधा-सा प्रश्न किया।

"अत्याचारी राजाओं को लूटकर और उनकी शोषित प्रजा की यथासम्भव रक्षा करने हेतु।" मेघवर्ण से सीधे शब्दों में उत्तर दिया।

अखण्ड मुस्कुराये, "मेरी दुर्भीक्ष से कोई निजी शत्रुता नहीं है मेघवर्ण, वो हमारा शत्रु इसलिए है क्योंकि वो विदर्भराज जयवर्धन जैसे महापापी के समर्थन में है। ये दुर्भीक्ष की ही शक्ति का संताप है जो आधा आर्यावर्त उस पापी शासक के अधीन हो चुका है, उसके कारण हर उस राज्य की प्रजा में असंतोष और त्राहि त्राहि मची हुई है। यदि उसे रोका नहीं गया तो असंतोष से जन्म लेने वाली अराजकता मनुष्य को इतना पापी बना देगी कि वो अपनी क्षुधा मिटाने के लिये एक-दूसरे का ही रक्त बहाने लगेगा। संसार में धर्म का नाश हो जायेगा। इसलिए जब भी दुर्भीक्ष, जयवर्धन के समर्थन में युद्ध करेगा वो हमारा शत्रु ही होगा।" कहते-कहते अखण्ड का स्वर गंभीर हो गया।

मेघवर्ण के पास अखण्ड के इस तर्क का कोई उत्तर नहीं था, किन्तु चंद्रकेतू से रहा न गया, "अब मेघवर्ण आ ही गया है तो मैं भी आपसे कुछ प्रश्न करना चाहता हूँ गुरुदेव?"

अखण्ड ने उसकी ओर आश्चर्य भरी दृष्टि से देखा, "कहो।"

"आप महाबली वक्रबाहु से परिचित हैं गुरुदेव?"

अखण्ड ने उसे क्षण भर घूरकर देखा, "तुम तो उपनन्द को उसके राज्य में छोडने गये थे।"

"उसे तो मैं छोड़ आया गुरुदेव, किन्तु वहाँ मेरी भेंट वक्रबाहु के पुत्र बल्लार से भी हुई, और अघोरी बाबा अवधूत से भी।"

अखण्ड चंद्रकेतु के निकट आये, "क्या कहा बाबा अवधूत ने तुम्हें?"

"त्रिगर्ता नरेश उपनन्द ने महाबली वक्रबाहु को बंदी बनाकर किसी गुप्त स्थान पर रखा है; बाबा अवधूत का सुझाव है कि हमें त्रिगर्ता पर आक्रमण कर उन्हें मुक्त कराना होगा।" चंद्रकेतु ने कहा।

"उन्होंने और कुछ नहीं कहा?" अखण्ड ने प्रश्न किया।

"नहीं और कुछ भी नहीं कहा।" चंद्रकेतु ने स्पष्ट शब्दों में कहा।

अखण्ड ने क्षण भर चंद्रकेतू की आँखों में देखा, उन्हें भान हो गया कि चंद्रकेतु ने अपने मन में बहुत कुछ दबा रखा है, फिर भी उन्होने उस विषय पर चर्चा करना उचित नहीं समझा, "ठीक है मैं इस विषय पर उनसे चर्चा कर लूँगा, प्रतीत होता है मेघवर्ण के घाव अभी भी पूरी तरह भरे नहीं हैं, इसे वैद्य के पास ले जाओ। मैं तुम लोगों से कुछ दिन के उपरांत भेंट करूँगा।" कहकर अखण्ड वहाँ से प्रस्थान कर गये।

मेघवर्ण ने भी चंद्रकेतु के मुख पर छाये उस असंतोष की भावना को पढ़ लिया।

संध्या के अभ्यास सत्र के उपरांत मेघवर्ण और चंद्रकेतु वन में भ्रमण कर रहे थे। उसका चिंतित मुख देख मेघवर्ण ने प्रश्न किया, ''क्या बात है चंद्रकेतु मैं जबसे आया हूँ तुम्हें विचलित देख रहा हूँ।''

''मैंने सदैव गुरुदेव पर नेत्र बंद करके विश्वास किया, किन्तु अब प्रतीत होता है कि उन्होंने मुझसे भी विश्वासघात किया।'' चंद्रकेतु ने अपने मन की बात कह डाली।

उसकी बात सुन मेघवर्ण दंग रह गया, ''तुम्हारे मुख से गुरुदेव का विरोध... विश्वास नहीं हो रहा।''

''हमारे गुरुदेव की वास्तविकता ये है कि वो कभी विदर्भ के युवराज थे; पाँच दिन के महासमर से लेकर उन्होंने उस युद्ध में भी भाग लिया था जो विदर्भराज तेजस्वी और उनके पुत्र जयवर्धन के मध्य हुआ था। और वही थे जो महाराज तेजस्वी को रणभूमि से निकालकर ले गये थे।'' कहकर चंद्रकेतु ने बल्लार और अवधूत से हुई भेंट का सम्पूर्ण वृत्तान्त कह सुनाया।

मेघवर्ण की आँखें आश्चर्य से फैल गयीं, ''इसका अर्थ ये है कि केवल मुझसे ही मेरे जन्म का सत्य नहीं छिपाया गया, अपितु तुम्हें भी अंधकार में रखा गया।''

''प्रतीत तो ऐसा ही होता है क्योंकि बाबा अवधूत अकस्मात ही अपने कहे हुए शब्दों से मुकर गये।''

''इसका सीधा-सीधा अर्थ ये है कि उन्हें ये ज्ञात नहीं होगा कि गुरुदेव ने हमारे विषय में क्या योजना बना रखी है, और उन्होंने सोचा होगा कि गुरुदेव की योजना में बाधक बनना उचित नहीं।'' मेघवर्ण ने अनुमान लगाने का प्रयत्न किया।

''जीवन में प्रथम बार गुरुदेव पर क्रोध आ रहा है।''

चंद्रकेतु के मुख पर क्रोध का भाव देख मेघवर्ण ने उसका कंधा पकड़ उसे समझाने का प्रयत्न किया, ''तुम्हारी भाँति मेरे मन में भी यही भावना थी, किन्तु मैंने परिस्थितियों को देखा है, और अब मेरा हृदय कहता है कि गुरुदेव का उद्देश्य पवित्र है। उन्होंने यदि हमारे जन्म का रहस्य गुप्त रखा है तो इसके पीछे कोई न कोई कारण अवश्य होगा।''

''ये तुम कह रहे हो!'' चंद्रकेतु ने उसे आश्चर्य भरी दृष्टि से देखा।

''विदर्भ के युवराज अखण्ड के विषय में जितना मैंने सुन रखा है, उनकी वीरता और बलिदान की यशपूर्ण गाथाएँ उनका सम्मान करने को पर्याप्त हैं। अपने युवराज पद का त्याग कर महाराज तेजस्वी को विदर्भ नरेश बनाया और फिर अज्ञातवास चले गये। जब युद्ध में महाराज तेजस्वी को आवश्यकता पड़ी तो बीच रणभूमि में

विजयधनुष उठाकर उन्होने महाराज तेजस्वी की रक्षा की और उन्हें रणभूमि से निकाल ले गये। और एक बात स्मरण रखना चंद्रकेतु, जिस योद्धा में विजयधनुष उठाने का सामर्थ्य हो वो कभी अधर्मी नहीं हो सकता। उन्होने मेरे पिता का वध इसलिए किया ताकि इस दल में न्याय के प्रति विश्वास बना रहे... मेरे पिता ने भी तो अपना रहस्य छिपाने के लिये अपने एक डकैत साथी की हत्या की थी। इसलिए अब मुझे विश्वास हो चला है कि यदि वो कुछ कर रहे हैं तो उसमें हमारा न सही किन्तु संसार का कल्याण अवश्य है।'' मेघवर्ण ने पूरे विश्वास से कहा।

चंद्रकेतु ने उसके तर्क का कोई उत्तर नहीं दिया, बस उसे विस्मय भरी दृष्टि से एकटक घूरने लगा।

''अब तुम मुझे ऐसे क्यों देख रहे हो?'' मेघवर्ण ने झेंपते हुए प्रश्न किया।

''नहीं, मैं बस ये विचार कर रहा था कि पातालपुरी से लौटते हुए तुमने कहीं किसी अनुचित पदार्थ का सेवन तो नहीं कर लिया।'' चंद्रकेतु ने विनोदपूर्ण स्वर में कहा।

मेघवर्ण झेंप गया, ''अच्छा तुम मेरे एक प्रश्न का उत्तर दोगे?''

''बोलो।''

''तुमने वास्तव में बल्लार से युद्ध भी किया था या बस अपने बल-प्रदर्शन की डींगे हाँक रहे हो?''

चंद्रकेतु उसे क्रोधभरी दृष्टि से घूरने लगा।

अगले दिन प्रातः मेघवर्ण और चंद्रकेतु खड्ग युद्ध का अभ्यास कर रहे थे, तभी महाबली अखण्ड उनसे वार्ता करने पहुँचे। उन्हें देख मेघवर्ण और चंद्रकेतु को तनिक आश्चर्य हुआ।

चंद्रकेतु ने उनसे प्रश्न किया, ''आप तो कुछ दिनों उपरांत आने वाले थे न गुरुदेव?''

अखण्ड ने उसे क्षणभर घूरकर देखा, ''हाँ तो एक दिन हो गया न।''

चंद्रकेतु झेंप गया। मेघवर्ण उसे देख मुस्कुराया। उसने गुरुदेव से प्रश्न किया, ''हमारे लिए क्या आदेश है गुरुदेव?''

''तुम कैसे कह सकते हो कि मैं तुम्हें यहाँ कोई आदेश देने आया हूँ?'' अखण्ड ने आश्चर्यपूर्वक प्रश्न किया।

''आपके नेत्रों में दिखता संकल्प बता रहा है कि आप कोई निर्णय लेकर आये

हैं।'' मेघवर्ण ने कहा।

''दुर्भीक्ष से हुए द्वन्द्व ने तुम्हें बहुत कुछ सिखा दिया है मेघवर्ण, तुमने उचित अनुमान लगाया, मैं तुम लोगों को यहाँ आदेश देने ही आया हूँ।''

''तो क्या अब त्रिगर्ता पर आक्रमण कर दिया जाये?'' चंद्रकेतु ने अधीरतापूर्वक प्रश्न किया।

''व्यर्थ में निर्दोष सैनिकों का रक्त बहाकर कोई लाभ नहीं चंद्रकेतु, तुम लोगों को अपनी बुद्धि का प्रयोग करना है और त्रिगर्ता नरेश उपनन्द के महल जाकर ये ज्ञात करना है कि उसने महाबली वक्रबाहु को कहाँ बंदी बनाकर रखा है; अभी तुम्हारा उद्देश्य केवल उन्हें मुक्त कराने का होना चाहिए और कुछ नहीं।'' अखण्ड ने आदेश दिया।

''आज्ञा का पालन होगा गुरुदेव।'' मेघवर्ण ने दृढ़ता भरे स्वर में कहा।

अखण्ड ने उसकी ओर आशा भरी दृष्टि से देखा, ''शीघ्र से शीघ्र अपनी यात्रा आरम्भ करो; अभियान पूरा करके ही लौटना, महाबली वक्रबाहु का जीवन हमारे लिए बहुत अनमोल है।''

''अवश्य गुरुदेव।'' मेघवर्ण और चंद्रकेतु ने सहमति जतायी।

सप्तम अध्याय

विदर्भ का अभियान

करौल गाँव

गाँव के एक घर के ठीक सामने चार शव गिरे हुए थे। सामने खड़े थे अश्वों पर आरूढ़ दस असुर सैनिक। ये एक साहूकार शक्ति प्रधान का घर था और सामने पड़े थे उस साहूकार के भाई, उसकी पत्नी के साथ पुत्र और पुत्री के शव। साहूकार उन्हें देख बिलख पड़ा। उसे देख सैनिकों ने खूब ठहाके लगाये।

उस असुर दल के सरदार त्रिम्बुक ने उस पर कटाक्ष किया, ''क्यों साहूकार, देख लिया न तुम्हारे भाई के कपट का क्या परिणाम हुआ; एक कन्या ही तो माँगी थी हमने और इसकी पुत्री ने विषपान कर लिया, परिणाम तुम्हारे समक्ष है; पूरे परिवार को इसका दण्ड भोगना पड़ा।''

साहूकार रोता रहा। त्रिम्बुक ने अपना अश्व मोड़कर सभी को चेतावनी दी, ''ये परिवार एक उदाहरण है हमारे साथ कपट करने का; हमें हर परिवार से एक कन्या चाहिए और यदि फिर कभी किसी कन्या ने विषपान करने का प्रयत्न किया, तो उससे पूर्व उसके मन में ये भय होना चाहिए कि उसके परिवार की क्या दशा होगी।''

उसने एक बार फिर साहूकार की ओर देखा, ''सुना है तुम्हारी कन्या भी बड़ी रूपवती है साहूकार, तुमने उसे बाल्यावस्था में ही कहीं और भेज दिया।''

साहूकार शक्ति प्रधान स्तब्ध रह गया कि उसका ये भेद उस असुर को कैसे ज्ञात

हुआ।

त्रिम्बुक ने उसे फटकारा, ''आश्चर्य न करो साहूकार, हमारे गुप्तचर पूरे गाँव में फैले हैं। तीन दिवस का समय है तुम्हारे पास, अपनी कन्या को बुला लो अन्यथा तुम भी अपनी पत्नी और पुत्र के साथ यहीं मृत पाये जाओगे।''

कहकर त्रिम्बुक ने अपना अश्व मोड़ लिया और अपने दल के साथ प्रस्थान कर गया।

सौ गणान्य योद्धाओं को लेकर भगदत्त करौल में प्रवेश कर चुका था। वो सौ के सौ योद्धा छद्म वेश धारण कर गाँव के आसपास के क्षेत्र में ही छिप गये। अब उनका कार्य गाँव की विभिन्न गतिविधियों पर दृष्टि जमाये रखना था। भगदत्त ने एक तांत्रिक का वेश धरा और शमशान के एक वृक्ष के नीचे अपना डेरा जमाया।

रात्रि में साहूकार शक्ति प्रधान रोते-बिलखते लगभग बीस लोगों के साथ अपने परिवार के चारों लोगों के शव को शमशान की ओर लेकर आ रहा था। शीघ्र ही उन चारों शवों को चिता पर लिटाया गया।

तांत्रिक वेश में भगदत्त उन शवों के निकट आया। उसने वहाँ उपस्थित एक मनुष्य से वार्ता करके घटना का वृत्तान्त जाना।

साहूकार अभी भी क्रंदन कर रहा था, ''अरे कोई तो मेरी सहायता करो, वो मेरे परिवार को भी नष्ट कर देंगे।''

तांत्रिक वेश धारण किये भगदत्त उसके निकट गया, ''तुम्हें क्या पीड़ा है वत्स?''

साहूकार ने भगदत्त के चरण पकड़ लिये, ''हे बाबा, कोई टोटका बताइए, मेरी पुत्री की रक्षा कीजिए।''

''उठो और विस्तार से अपनी दुविधा बताओ।'' भगदत्त ने साहूकार से कहा।

शक्ति प्रधान उठा और भगदत्त से विनती की, ''अपनी पुत्री को इन पापियों से बचाने के लिये मैंने उसे बाल्यावास्था में ही उसकी मासी के यहाँ दूसरे गाँव में भेज दिया था। और इसी तरह गाँव के कई लोगों ने अपनी कन्याओं को बचपन से ही स्वयं से दूर भेज रहे हैं... किन्तु न जाने उन असुरों को ये बात कैसे ज्ञात हो जाती है और फिर विवश होकर हमें अपनी परिवार की रक्षा के लिये अपनी कन्याओं को बुलाना पड़ता है। और वो असुर उन्हें ले जाकर वेश्यावृत्ति के लिये बेच आते हैं। असुर सैनिकों ने तीन दिवस का समय दिया है, यदि मैंने अपनी कन्या को वापस गाँव में नहीं बुलाया तो वो असुर मेरे सम्पूर्ण परिवार की हत्या कर देंगे, कोई तो उपाय बताइए बाबा।''

कुछ क्षण विचार करके भगदत्त ने गले से एक ताबीज निकालकर साहूकार को दी, ''ये लो और अपने नगर के पास एक बड़ा-सा घण्टा लगवाओ जिसकी ध्वनि

सम्पूर्ण गाँव में गूँज उठे। इस ताबीज को उस घण्टे में बाँध देना, संकट समय में उस घण्टे को बजाते ही तुम्हें सहायता प्राप्त होगी।''

शक्ति प्रधान ने ताबीज तो ले लिया, किन्तु मन में अभी भी संदेह था।

''संदेह न करो वत्स, अपनी कन्या को गाँव में वापस बुला लो।'' भगदत्त ने विश्वास भरे स्वर में कहा।

''ये आप क्या कह रहे हैं बाबा?'' साहूकार ने आश्चर्यपूर्वक प्रश्न किया।

भगदत्त ने वहाँ उपस्थित सभी जनों को सम्बोधित करते हुए कहा, ''आप सबसे मेरा अनुरोध है कि अपनी-अपनी कन्याओं को अपने घरों में वापस बुला लें; आप उन्हें बुलायें या न बुलायें, कभी न कभी आपके परिवार को इसका परिणाम भोगना ही होगा... इसलिए उन्हें बुलाइए ताकि वो सभी देख सकें कि नारी का शोषण करने वाले को क्या दण्ड दिया जाता है।''

तांत्रिक भगदत्त की बात सुन ग्रामीण आपस में चर्चा करने लगे। उनमें से एक ने कहा, ''अरे भैया, कल के स्थान पर यदि उन्हें आज बुला लिया तो वो आज ही हमारी कन्याओं को ले जायेगा।''

''हाँ हाँ, भला हम इस तांत्रिक पर क्यों विश्वास करें।'' एक और ग्रामीण ने कहा।

''शांत!'' भगदत्त ने दहाड़ते हुए कहा। ग्रामीणों की वार्ता शांत हो गयी।

''पापियों का पाप तभी बढ़ता है जब सदाचारी लोग अत्याचार सहन करते रहें। और इसीलिए यदि तुम मूर्खों ने मेरा आदेश नहीं माना तो मैं इस गाँव को श्रापित करके यहाँ ऐसी महामारी छोड़ूँगा जिससे ये गाँव सदियों तक नहीं उबर पायेगा।'' भगदत्त ने चेतावनी भरे स्वर में घोषणा की।

अंधविश्वासी करौल वासी भगदत्त के समक्ष झुक गये। साहूकार ने विनती की, ''नहीं नहीं बाबा, ऐसा अनर्थ न कीजिए, हम आपकी आज्ञा का पालन करेंगे, कल संध्या तक गाँव की हर एक पुत्री अपने घर लौट आयेगी।'' उसने बाकी ग्रामीणों की तरफ देखा, ''क्यों भाइयों?'' ग्रामीणों ने सहमति जतायी।

''तो जाओ और शीघ्र से शीघ्र ही घण्टा स्थापित करो और विश्वास रखो कि इस बार असुरों की जो दशा की जायेगी उसके उपरांत कोई भी पापी किसी स्त्री पर कुदृष्टि डालने का विचार भी मन में नहीं लायेगा।'' भगदत्त ने विश्वास भरे स्वर में कहा।

उस रात्रि ही साहूकार ने अपने घर के सामने एक बड़े से घण्टे की स्थापना की, और भगदत्त का दिया हुआ धागा उसके ऊपर बाँध दिया।

शीघ्र ही वो दिन आया जब त्रिम्बुक अपने बीस सैनिकों का दल लेकर साहूकार

के घर आ पहुँचा। साहूकार अपने घर के बाहर खड़ा था और उसकी पुत्री घण्टे के पास। त्रिम्बुक ने उस कन्या को वासना भरी दृष्टि से देखा, “अद्भुत साहूकार! क्या सौंदर्य पाया है तुम्हारी कन्या ने, इसे तो कम से कम चार दिवस तक मैं अपने पास रखूँगा, उसके उपरांत भी इसके बहुत अच्छे दाम मिलेंगे... टाँगा लाओ!”

त्रिम्बुक के आदेश पर चार टाँगे लाये गये। तभी उसने देखा कि ग्रामीणों की भीड़ में से कई युवतियाँ अपने परिवार के साथ निकलकर बाहर आ रही हैं। उन्हें देख त्रिम्बुक की बाँछें खिल गयीं, “क्या बात है ग्रामीणों, आज कोई पर्व है क्या जो मुझे इतनी कन्याओं का उपहार देना चाहते हो?” कहकर उसने अपने असुर सैनिक को साहूकार की पुत्री को उठाने का संकेत दिया।

वो असुर अपने अश्व से उतरकर साहूकार की पुत्री के पास आने लगा। तभी ग्रामीणों के बीच छिपे एक गणान्ग योद्धा ने एक मशाल टाँगे पर फेंकी। टाँगा धू-धू कर जल उठा। इस अकस्मात विरोध से त्रिम्बुक स्तब्ध रह गया। वहीं साहूकार की पुत्री ने घण्टे को जोर-जोर से बजाया। त्रिम्बुक को कुछ समझ नहीं आया। असुर सैनिक साहूकार की पुत्री की ओर बढ़ता रहा। किन्तु उससे पूर्व कि वो उसे स्पर्श करता, एक तलवार विद्युत गति से आयी और उसकी छाती को चीर गयी।

त्रिम्बुक स्तब्ध रह गया। सभी की दृष्टि उस योद्धा की ओर गयी जिसने वो तलवार फेंकी थी। हाथों में विजयधनुष जैसा दिखने वाला धनुष उठाये और महाराज तेजस्वी के मिथक स्वरूप को धारण किये भगदत्त वहाँ आ पहुँचा था।

इससे पूर्व कि त्रिम्बुक कुछ समझ पाता, भगदत्त ने एक के बाद एक बाण चलाकर उसके शेष सभी सैनिकों को भूमि पर गिरा दिया।

विजयधनुष पर दृष्टि पड़ते ही साहूकार चीख पड़ा, “भ्रांतियाँ सत्य निकलीं, महाराज तेजस्वी लौट आये।” सम्पूर्ण ग्रामवासियों ने तेजस्वी की जयघोष आरम्भ की।

त्रिम्बुक ने फिर भी साहस जुटाकर अपना भाला उठाया और अपने अश्व को एड़ लगाकर भगदत्त की ओर दौड़ाया। भगदत्त ने धनुष को अपनी पीठ पर टांग अश्व को एड लगाई। त्रिम्बुक के निकट आते ही उसने अपने अश्व से चार हाथ ऊपर छलाँग लगायी और उसे उसके अश्व से गिराकर भूमि पर ले आया। भाला त्रिम्बुक के हाथ से छूट चुका था। त्रिम्बुक ने उठने का प्रयास किया किन्तु भगदत्त ने उससे पूर्व ही उसके दायें पाँव को अपने पाँव से दबा दिया।

सम्पूर्ण बल लगाकर भगदत्त उसके पाँव को कुचलने लगा। त्रिम्बुक पीड़ा से चीख पड़ा। उसके पाँव को कुचलने के साथ ही भगदत्त ने नेत्रों से ग्रामीणों की भीड़ में उपस्थित अपने योद्धाओं को संकेत दिया।

ग्रामीण के वेश में छुपा एक गणान्ग योद्धा बाहर आया, “कहो ग्रामवासियो,

क्या दण्ड दिया जाये इसे?''

दूसरे गणान्ग योद्धा ने बाहर निकलकर कहा, ''क्यों न इसे निर्वस्त्र करके जूतियों का हार पहनायें?''

तभी साहूकार बीच में बोल पड़ा, ''मौन रहो! महाराज तेजस्वी के रहते तुम लोग होते कौन हो दण्ड निर्धारित करने वाले; इस पापी को क्या दण्ड देना है उसका निर्णय स्वयं महाराज करेंगे।'' कहकर साहूकार ने भगदत्त की ओर देखा। भगदत्त ने हाथ उठाकर ये संकेत दिया कि वो अपने योद्धाओं द्वारा निर्धारित किये दण्ड से सहमत है।

ग्रामवासियों की भीड़ में उपस्थित कई गणान्ग योद्धा बाहर आये और त्रिम्बुक के वस्त्र फाड़ डाले। उसे निर्वस्त्र कर ग्रामवासियों ने उसे जूतियों की माला पहना दी। भगदत्त ने उसका पाँव छोड़ दिया।

निर्वस्त्र और लज्जित त्रिम्बुक किसी प्रकार लँगड़ाते हुए भूमि से उठा।

भगदत्त के अगले संकेत पर गणान्ग योद्धाओं ने उस पर पत्थरों की वर्षा आरम्भ कर दी। ग्रामवासियों ने भी वही किया। पत्थरों से बचने के लिये त्रिम्बुक भागने लगा।

किन्तु आज उसके सिर पर काल नृत्य कर रहा था। शरीर और माथे से तो रक्त बह ही रहा था, साथ ही मद में चूर हुआ एक साँड़ तीव्र गति से दौड़ता हुआ ठीक उसके सामने आ रहा था। भय के मारे ग्रामवासी साँड़ के मार्ग से हटते रहे। पीछे पत्थरों की वर्षा और सामने एक भयानक साँड़। लँगड़ाता हुआ त्रिम्बुक आखिर कहाँ भागता।

बचने का अथक प्रयास करने के उपरांत भी साँड़ ने उसे अपने सींग पर उठाया और भूमि पर पटक दिया। तत्पश्चात उस साँड़ ने अपने खुरों से सीधा उसकी छाती पर वार किया। त्रिम्बुक की कई पसलियाँ टूट गयीं और कुछ क्षणों में ही वो रक्त उगलता हुआ मृत हो गया।

साँड़ को नियंत्रित करने हेतु एक गणान्ग योद्धा ने घड़े में भरा पानी उसके मुख पर दे मारा। साँड़ नियंत्रित होकर अपनी सामान्य गति में आने लगा।

''मात्र पानी से नियंत्रित हो गया, अद्भुत।'' एक गणान्ग ने दूसरे से प्रश्न किया।

''उसे ऐसा मद सुँघाया ही गया था जिससे वो जल के प्रभाव से नियंत्रण में आ जाये।'' घड़ा पकड़े हुए दूसरे गणान्ग योद्धा ने मुस्कुराते हुए उत्तर दिया।

सभी उपस्थित ग्रामीणों ने महाराज तेजस्वी की जयघोष के नार लगाये। वो सब भगदत्त के निकट आकर उसके चरणों में झुकने लगे। स्वयं को ग्रामीणों से घिरता देख महाराज तेजस्वी के मिथक स्वरूप को धारण किये भगदत्त अपने अश्व पर आरूढ़ हुआ और ग्रामवासियों से दूर चला गया।

''बस दर्शन दिये और प्रस्थान कर गये।'' वर्षों के उपरांत अपने राजा से भेंट

होने के उपरांत उन्हें जाता देख साहूकार को बड़ी निराशा हुई।

"हाँ भैया कम से कम हमें सेवा का अवसर तो दिया होता।" दूसरे ग्रामीण ने उसका समर्थन किया।

एक गणान्य योद्धा ने उनके बीच आकर उनका साहस बढ़ाया, "वो सहायता के उद्देश्य से आये थे, सेवा करवाने नहीं।"

"हाँ भैया कह तो तुम सही रहे हो, उनके हर कार्य के पीछे कोई न कोई पवित्र उद्देश्य अवश्य छुपा होता है।" दूसरे गणान्य योद्धा ने उसका समर्थन किया।

तत्पश्चात ग्रामीणों ने आपस में वार्ता करके शमशान के तांत्रिक का आभार प्रकट करने का निश्चय किया। उनके शमशान आने से पूर्व ही भगदत्त तांत्रिक का वेश धरे शमशान घाट आ चुका था। वो शांति से उसी सूखे वृक्ष के नीचे बैठ गया।

सैकड़ों ग्रामीणों ने शमशान में आकर को भगदत्त को दण्डवत प्रणाम किया। साहूकार ने कृतज्ञ भाव से कहा "बाबा हम सब ग्रामवासी आपके बहुत आभारी हैं, यदि आपने वो ताबीज न दी होती तो आज मेरे परिवार का भी नाश हो गया होता।"

भगदत्त साहूकार को देख मुस्कुराया, "तो क्या अब भी पुत्रियों का जन्म रोकने के लिये विभिन्न प्रकार के टोटके करोगे?"

"नहीं नहीं बाबा उसकी कोई आवश्यकता नहीं है, वो तो हमारे घर की लक्ष्मी हैं, हमारा स्वाभिमान हैं और जब इस स्वाभिमान का कवच स्वयं महाराज तेजस्वी हों तो हमें किसका भय; ऊपर से आप जैसे सिद्ध महात्मा की कृपा तो हमारे ऊपर है ही।" साहूकार ने उत्तर दिया।

भगदत्त समझ चुका था कि ग्रामवासियों को उस पर पूर्ण विश्वास हो चुका है। ये विचारकर उसने अपनी योजना के अगले चरण पर कार्य करने का निश्चय किया।

उसने खड़े होकर सभी ग्रामीणों को सम्बोधित किया, "आने वाला समय आपके लिए और भी चुनौतियाँ लेकर आयेगा, लेकिन अपने सुखद भविष्य के लिए आप सभी को उन चुनौतियों को स्वीकार करना ही होगा। जब राजा जयवर्धन को ये ज्ञात होगा कि उनके भेजे हुए सैनिकों की कितनी निर्ममता से हत्या की गयी है तो या तो वो अपने सैनिकों को भेजेगा या फिर अपने गुप्तचरों को, इसलिए आप सभी को सजग रहने की आवश्यकता है।"

"कोई भय नहीं बाबा, जब महाराज तेजस्वी हमारे साथ हैं तो चाहे जितनी सेना आ जाये।" साहूकार शक्ति प्रधान ने गर्वित होकर कहा।

"आपका साहस देख अच्छा लगा महोदय... सेना से तो महाराज तेजस्वी हमारी रक्षा कर लेंगे, किन्तु यदि गुप्तचर भेजे गये तो स्थिति विकट हो सकती है, इसलिए मैं

चाहता हूँ सावधानी के लिये आप लोग अपने ही घरों में उपस्थित चीजों का प्रयोग करें। आप सभी के घर में पूजा-पाठ के लिये छोटे-छोटे मंदिर और उनमें प्रयोग की जाने वाली घण्टियाँ तो होंगी ही?'' भगदत्त ने प्रश्न किया।

''हाँ हाँ।'' सभी ग्रामीणों ने सहमति जतायी।

''तो मैं चाहता हूँ, किसी भी घर का कोई भी सदस्य जब भी कभी रात्रि में बाहर निकले तो उस घण्टी को अपने साथ लेकर निकले। जब भी किसी को ऐसा लगे कि कोई संदिग्ध व्यक्ति आपका पीछा कर रहा है, बिना विलम्ब किए वो घण्टी बजा देना... यदि ऐसा लगे कि कोई संदिग्ध व्यक्ति आपके घर पर दृष्टि जमाये हुए है तो पूजा में प्रयोग किये जाने वाला शंख बजा देना। दोनों सूरतों में आपको सहायता प्राप्त होगी।''

भगदत्त की बात सुनकर एक ग्रामीण ने संदेह जताया, ''गाँव में सैकड़ों क्या सहस्त्रों घर हैं बाबा, महाराज तेजस्वी भला कहाँ कहाँ सहायता को आयेंगे?''

''आपने अभी तक मुझ पर विश्वास जताया है तो आगे भी जताइए, कब कौन किसकी सहायता को आयेगा आप इसकी चिंता मत कीजिए... बस इतना विश्वास रखिए कि आप सभी अपने गाँव में सुरक्षित हैं, चाहें वो दिन हो या रात्रि आपको भयभीत होने की आवश्यकता नहीं।'' भगदत्त ने आश्वासन देते हुए कहा।

साहूकार ने भगदत्त का समर्थन किया, ''हमें आप पर विश्वास है बाबा, हम आपके आदेश का पालन करेंगे, क्यों भाइयों?''

बाकी सभी उपस्थित ग्रामीणों ने भी साहूकार का समर्थन किया।

''और एक और महत्त्वपूर्ण बात... यदि कोई विकट स्थिति उत्पन्न होती है तो गाँव के हर घर के द्वार पर एक चेतावनी भरा संदेश पत्र लगाया जायेगा, उसमें जो भी निर्देश दिया गया हो आप सभी को उनका पालन करना होगा।'' भगदत्त ने उन्हें चेतावनी दी।

विदर्भ के राजदरबार में जयवर्धन अपने सभाजनों को सम्बोधित कर रहा था। उसके सिंहासन के ठीक दो हाथ नीचे उसका पुत्र श्रुतायुध भी उस सभा में था। कुछ ही क्षणों पश्चात राजसभा में तीन दूतों ने प्रवेश किया। ये तीनों दूत क्रमशः उत्तर दिशा के बलरामपुर गाँव, पश्चिम से बिंगरौली और पूरब के गाँव करौल से आये थे।

''पहले बिंगरौली की सूचना दो।'' जयवर्धन ने बिंगरौली के दूत से कहा।

''आपके आदेश पर जिस गाँव को ब्राह्मण समाज ने वर्षों पूर्व त्याग दिया था, अब वहाँ एक ब्राह्मण आया है, नाम है नंदकेश्वर। वो हर दिन प्रातः युवकों को एकत्र करके उन्हें जीवनयापन करने की भाँति-भाँति की शिक्षा दे रहा है और उन्हें मजदूरी पर जाने से रोकने को प्रेरित कर रहा है। अगले महीने हमें व्यापार के लिये उस गाँव से

मजदूर उठाने हैं किन्तु वहाँ एक स्वर्णजड़ित धनुष लिये श्वेत अश्व पर आरूढ़ एक योद्धा को देखा गया है जिसके कारण ग्रामीणों में एक भिन्न-सी ऊर्जा और साहस समा गया है। अनुमान है कि यदि हमारे सैनिक, मजदूरों को उठाने गये तो विद्रोह हो सकता है।''

अपनी मुट्ठियाँ भींचते हुये जयवर्धन करौल के दूत की ओर मुड़ा, ''तुम तनिक भयभीत प्रतीत हो रहे हो, करौल के दूत।''

उस दूत ने सहमते हुए कहा, ''करौल गाँव में गये सरदार को पहले निर्वस्त्र कर अपमानित किया गया फिर निर्ममता से उनकी हत्या कर दी गयी।''

जयवर्धन लहू का घूँट पीकर रह गया, ''किसने की त्रिम्बुक की ऐसी दशा? क्या वहाँ भी कोई महाराज तेजस्वी का मिथक स्वरूप धारण किये हुए था।''

''हाँ महाराज, वो भी विजयधनुष धारण किये हुए।'' उस दूत ने सहमते हुए कहा। जयवर्धन के मुख पर चिंता स्पष्ट दिखाई दे रही थी।

तत्पश्चात जयवर्धन तीसरे दूत की ओर बढ़ा, ''बलरामपुर की क्या सूचना है?''

''ग्रामीणों ने गाँव की सीमाओं के अलग स्थानों पर खूँटे लगाकर संदेश गाड़ दिया है कि गाँव के भीतर असुरों या विदर्भ के किसी भी सैनिक का प्रवेश निषिद्ध है... और तो और उन्होंने कर देने से भी स्पष्ट रूप से मना कर दिया है।'' दूत ने कहा।

''तो एक साथ तीन-तीन स्थानों पर महाराज तेजस्वी का ये मिथक स्वरूप धारण करके हमारी प्रजा को विद्रोह के लिये उकसाया जा रहा है।'' जयवर्धन ने अनुमान लगाने का प्रयत्न किया।

श्रुतायुध ने सहमति जताते हुए कहा, ''आपका अनुमान उचित है पिताश्री, ये तीन गाँव हमारे राज्य की अर्थव्यवस्था का स्तम्भ हैं और इन तीन गाँवों में सेंध लगायी गयी है। निस्संदेह ये शत्रु द्वारा रचा गया षड्यंत्र का ऐसा व्यूह है जिसे यदि तोड़ा नहीं गया तो हमारा राष्ट्र नष्ट हो जायेगा।''

जयवर्धन ने श्रुतायुध से प्रश्न किया, ''तो तुम्हीं बताओ पुत्र क्या करना चाहिए हमें?''

''मुझे आज्ञा दीजिए पिताश्री, सबसे बड़ी चुनौती बलरामपुर से आयी है; उन्होंने हमारे योद्धाओं के प्रवेश पर पाबंदी लगाने का दुस्साहस किया है और अभी वहाँ से कर एकत्र करना भी तो आवश्यक है।'' श्रुतायुध ने प्रस्ताव दिया।

जयवर्धन ने आदेश जारी किया, ''उचित है... पाँच सहस्त्र का सैन्यदल लेकर जाओ और बलरामपुर के सभी ग्रामीणों को घर से बाहर निकालकर उनके घर में जितनी भी मूल्यवान वस्तुएँ हैं सब लूटकर ले आओ; मुझे कम से कम पाँच सौ ग्रामीणों के शव चाहिए। मैं चाहता हूँ, उस गाँव की सीमा पर शवों का पर्वत बनाकर उन विद्रोहियों

को ये संदेश दिया जाये कि अपने राजा से विद्रोह करने का क्या परिणाम होता है।''

''जो आज्ञा पिताश्री।'' श्रुतायुध राजसभा से प्रस्थान कर गया।

इसके उपरांत जयवर्धन अपने महामंत्री की ओर मुड़ा, ''दो सौ विशिष्ट गुप्तचरों को करौल गाँव भेजा जाये और वहाँ की स्थिति की जानकारी ली जाये।''

''जो आज्ञा महाराज; और बिंगरौली के विषय में क्या करना है महाराज?'' महामंत्री ने प्रश्न किया।

''अभी उधर से विद्रोह का कोई विशेष संकेत दिखायी नहीं देता। और वैसे भी किसी ब्राह्मण से अकारण उलझकर मुझे श्राप का भागी नहीं बनना; तुम करौल में गुप्तचर भेजने की व्यवस्था करो।'' जयवर्धन ने आदेश दिया।

दो दिवस के भीतर ही दो सौ गुप्तचर छद्म वेश धारण कर पूरे करौल में फैल गये।

साहूकार शक्ति प्रधान नित्यकर्म से निवृत्त होकर अपने घर से राशन लेने निकला। उसने अपने घर के सामने बैठे एक वृद्ध व्यक्ति को बैठे देखा। उसके हाथ में लाठी थी और वो खाँसे जा रहा था। राशन लेकर जब वो घर लौटा तब भी वो व्यक्ति वहीं बैठा था। साहूकार ने उस पर अधिक ध्यान नहीं दिया और अपने घर में प्रवेश किया। संध्या के समय भी वो वृद्ध व्यक्ति साहूकार के घर के सामने बैठा खाँस रहा था। साहूकार को उस पर दया आ गयी और वो उसकी सहायता और उपचार के लिये उसे अपने घर के भीतर लिवा लाया। घर के भीतर आने के उपरांत जैसे ही साहूकार ने दरवाजा बंद किया, उस वृद्ध व्यक्ति ने अपनी नकली दाढ़ी-मूँछ निकालकर लाठी भूमि पर फेंकी और कमर से कटार निकालकर साहूकार की गर्दन पर रखा। उसके परिवार वाले सहम गये, किन्तु सद्भाग्य से साहूकार की माँ पूजा घर में बैठी थी। संकट देख उन्होने शंख बजा दिया। उस बहरूपिये ने उस शंख पर ध्यान दिये बिना साहूकार से प्रश्न किया, ''बता क्या है महाराज तेजस्वी के इस मिथक स्वरूप का सत्य?''

शंख की ध्वनि सुनते ही साहूकार की छत पर रखे भूसे के ढेर में छुपा एक गणान्य योद्धा बाहर आया। उसने छत से नीचे आँगन की ओर देखा जहाँ वो बहरूपिया कटार लिए साहूकार को धमका रहा था। साधारण ग्रामीण वेश धरे गणान्य ने अपने मुख को पगड़ी के पीछे लटकते वस्त्र से ढका और सीधे आँगन में कूदकर बहरूपिये के कंधे पर प्रहार किया। उस बहरूपिये को सँभलने का भी अवसर नहीं मिला। गणान्य ने उसका मस्तक पकड़कर भूमि पर गिराया और बिना एक भी क्षण गँवाये कटार से उसकी छाती चीर डाली।

''कल प्रातः तक इसका शव यहीं रखना।'' साहूकार को निर्देश देकर वो गणान्य

वापस छत पर चला गया।

साहूकार का परिवार स्तब्ध था।

वहीं संध्या को एक कन्या दूध लेकर खेत के मार्ग से लौट रही थी। महाराज तेजस्वी के नाम ने ग्रामीणों में इतना साहस भर दिया था कि सुनसान खेतों से भी गुजरने में भी किसी को भय नहीं था। शीघ्र ही उस कन्या को आभास हुआ कि कोई उसके पीछे लगा हुआ है, किन्तु उस पर ध्यान दिये बिना वो चलती रही। खेत से बाहर निकलते-निकलते विदर्भ के चार गुप्तचरों ने उसे घेर लिया। कन्या ने बिना भयभीत हुए अपने पास रखी घण्टी ज़ोर से बजायी। उस घण्टी की ध्वनि शीघ्र ही पास एक वृक्ष पर बैठे गणान्ग तक पहुँची।

विदर्भ के एक गुप्तचर ने दूसरे कहा, ''इसे और गाँव की कुछ और कन्याओं को उठाकर ले चलते हैं, सारे ग्रामीणों का सिर स्वतः ही झुक जायेगा।''

उनके इन मैले विचारों को सुनकर भी कन्या के मुख पर तनिक भी भय नहीं था, क्योंकि उसने पीछे आते हुये गणान्ग को देख लिया था। गुप्तचर तत्काल ही उस गणान्ग की ओर पलटा, किन्तु तब तक विलम्ब हो चुका था। गणान्ग की कटार उसकी छाती में घुस उसके हृदय के पार जा चुकी थी।

दूसरे गुप्तचर ने उस गणान्ग की गर्दन की ओर तलवार चलायी। गणान्ग घुटनों के बल झुका और उस गुप्तचर की जंघा पर कटार मारी। वो घुटनों के बल झुका और गणान्ग ने पलक झपकते ही कटार उसके कण्ठ के पार कर दी। शेष दोनों गुप्तचर अपनी तलवार लिये एक साथ उस गणान्ग की ओर दौड़े। गणान्ग ने कटार सीधा एक गुप्तचर की गर्दन पर दे मारी जो वहीं ढेर हो गया। अंतिम गुप्तचर ने उस पर तलवार से वार करने का प्रयत्न किया। गणान्ग ने उसका हाथ पकड़ा और दो हाथ ऊपर छलाँग लगाकर घुटने से उसकी छाती पर वार किया और उसे भूमि पर गिरा दिया। वो अभी भी उसकी छाती पर सवार था और उसके दायें हाथ की नस को पकड़ा हुआ था। उसने गुप्तचर की हाथ की नस दबाकर पहले तलवार छुड़ायी और घुटना लेकर उसकी गर्दन पर चढ़ गया। चंद क्षणों में ही वो गुप्तचर रक्त उगलता हुआ मर गया।

उसके शव से उठकर गणान्ग ने उस कन्या से कहा, ''निर्भीक होकर घर जाओ कन्या।''

प्रातःकाल तक विदर्भ के लगभग एक सौ चालीस गुप्तचरों के शव गाँव के विभिन्न भागों में पड़े मिले थे। शेष गुप्तचर भय के मारे वहाँ से पलायन कर गये। यह देख ग्रामीणों ने उस दिन उत्सव मनाया।

बलरामपुर

सर्वदमन को राजकुमार श्रुतायुध के आने की सूचना मिल चुकी थी। रात्रि में जब ग्रामीण विश्राम कर रहे थे, उसने अपने सारे गणान्ग योद्धाओं से हर ग्रामीण के द्वार पर सूचना-पत्र चिपकवा दिया।

अगले दिन प्रातःकाल होते ही ग्रामीणों ने अपने-अपने घरों पर चिपका हुआ सूचना-पत्र पढ़ा।

''अगले तीन दिवस तक कोई भी ग्रामीण अपने घर से तब तक बाहर न निकले जब तक महाराज तेजस्वी गाँव के केंद्र में आकर शंख न बजायें।''

ग्रामीणों ने उस आदेश को ईश्वर का आदेश माना और अपने-अपने घरों में घुस गये। सबके घरों में घुसते ही सारे गणान्ग योद्धाओं ने सभी के घर से वो सूचना-पत्र हटाकर एक नया पत्र चिपकाना आरम्भ किया।

सर्वदमन का अनुमान उचित था। दिन के तीसरे प्रहर श्रुतायुध पाँच सहस्त्र सैनिकों के साथ बलरामपुर की सीमा तक आ गया। उसने सीमा पर पड़े एक बड़े पत्थर पर लिखे संदेश को देखा, जिस पर स्पष्ट शब्दों में लिखा था, ''असुरों और विदर्भ के सैनिकों का प्रवेश निषिद्ध है।''

श्रुतायुध ने अपना धनुष उठाया और बाण संधान कर उस पत्थर के टुकड़े-टुकड़े कर दिये। इसके उपरांत उसने गाँव की सीमा के भीतर प्रवेश किया। गाँव में उसे एक भी व्यक्ति बाहर घूमता हुआ नहीं मिला। पूरा मार्ग सुनसान था। उसे आश्चर्य हुआ। शीघ्र ही उसने गाँव के हर घर पर लिखे सूचना-पत्र की ओर देखा जिस पर लिखा था, ''यदि साहस है तो गाँव के सबसे बड़े खेतों के पार समतल मैदान में आ जाओ, हम सब वहीं तुम्हारी प्रतीक्षा कर रहे हैं।''

'तो ग्रामीणों को ये सूचना पहले से थी कि हम आने वाले हैं... कोई बात नहीं, आज उनके खेतों में ही उनकी समाधि बनेगी।'' कहकर श्रुतायुध ने अपने अश्व को एड़ लगायी।

शीघ्र ही अपनी सेना को लेकर, घने खेतों को पार करते हुए श्रुतायुध उस समतल मैदान में पहुँचा जहाँ सौ गणान्ग अश्वों पर आरूढ़ और शस्त्र धारण किये उसकी प्रतीक्षा में थे। उन्हीं योद्धाओं के बीच सर्वदमन एक सामान्य गणान्ग योद्धा के वेश में ही खड़ा था।

श्रुतायुध उन्हें देख मुस्कुराया, ''तो ये मुट्ठीभर योद्धा विदर्भ जैसे महान साम्राज्य को चुनौती देने चले हैं, इन्हें तो मैं अकेला ही समाप्त कर सकता हूँ।''

गणान्ग योद्धाओं की सबसे आगे की पंक्ति में खड़े सर्वदमन ने श्रुतायुध का

परिहास उड़ाया, ''तुम अकेले ही हम सबको पराजित करना चाहते हो, मैं तुम्हें चुनौती देता हूँ तुम मुझे पराजित करके दिखाओ, ये सारे योद्धा पीछे हट जायेंगे।''

''ओह! तो तुम इनके नायक हो।'' श्रुतायुध ने प्रश्न किया।

''मैं कोई नायक नहीं हूँ, इन्हीं के समान एक सशक्त योद्धा हूँ; हमारे नायक केवल एक हैं और वो हैं महाराज तेजस्वी... किन्तु तुम्हारे जैसे तुच्छ योद्धाओं के लिए उन्हें यहाँ आने की आवश्यकता नहीं है।'' सर्वदमन ने चुनौती देते हुये कहा।

श्रुतायुध की मुट्ठियाँ भिंच गयीं, ''यदि चुनौती देने ही आए हो तो साधारण ग्रामीणों के वेश में अपना मुख छुपाकर क्यों आये हो?''

''क्योंकि ये हमारे पूजनीय महाराज का आदेश है जो हमारे लिए ईश्वर के समान हैं। और ईश्वर के आदेश पर प्रश्न नहीं उठाया जाता। तो यदि साहस है तो सामना करो मेरी चुनौती का।'' सर्वदमन ने अपना धनुष उठाकर कहा।

श्रुतायुध ने बिना एक भी क्षण विलम्ब किये बाण चला दिया। अपनी छाती की ओर बढ़ता वो बाण सर्वदमन बड़ी सरलता से अपने बायें हाथ से रोक लिया, ''प्रतीत होता है राजकुटुम्ब का अनाजगृह रिक्त हो गया है, क्योंकि तुम्हारे प्रहारों से ऐसा लगता है जैसे तुम्हें कई दिनों से भोजन नहीं मिला।''

श्रुतायुध क्रोध में आकर धनुष पर बाण चढ़ाया किंतु संधान से पूर्व ही सर्वदमन का चलाया हुआ बाण उसके धनुष को काट चुका था। उसके बायें पंजे से रक्त बहने लगा।

''बाणों का ये वेग तो कुछ जाना-पहचाना लगता है।'' श्रुतायुध ने मन ही मन विचार किया। उसने सर्वदमन से प्रश्न किया, ''तुम उस डकैत दल के योद्धाओं में से एक हो है न? तुम्हारे बाणों का स्वाद मैं पहले भी चख चुका हूँ।'' श्रुतायुध डकैत दल से हुआ अपना पहला युद्ध स्मरण हो आया था जहाँ छद्म वेश में सर्वदमन ने ही उसे पराजित किया था।

''तुम यहाँ युद्ध करने आये हो अथवा व्यर्थ की चर्चा करने।'' सर्वदमन ने उस पर कटाक्ष करते हुये उसकी सेना को सम्बोधित किया, ''देख रहे हो योद्धाओं, तुम्हारा नेतृत्व करने आया योद्धा हममें से एक का सामना करने में सक्षम नहीं, और तुम इसके विश्वास पर युद्ध करने चले आये।''

श्रुतायुध ने म्यान से तलवार खींच निकाली, ''ये द्वन्द्व अभी समाप्त नहीं हुआ।'' सर्वदमन को चुनौती देने वो अपने अश्व से उतरकर उसकी ओर बढ़ा।

सर्वदमन भी तलवार उठाकर अपने अश्व से नीचे उतरा और अपने प्रतिद्वन्द्वी की ओर बढ़ा। दोनों योद्धा एक-दूसरे की ओर बढ़े। उनकी तलवारें टकरायीं। सर्वदमन की

तलवार श्रुतायुध के दाहिने हाथ की ओर बढ़ी जिसमें उसने तलवार थाम रखी थी। श्रुतायुध अपनी चपलता का प्रयोग कर अपना हाथ पीछे कर उसके वार से बचा और घुटनों के बल झुका और सर्वदमन की छाती की ओर प्रहार किया। सर्वदमन किनारे हटकर उसके प्रहार से बचा उसके हाथ पर लात मारकर उसकी तलवार छुड़ा दी। तत्पश्चात उसने भूमि से उठे श्रुतायुद्ध का मस्तक पकड़ उस पर अपने माथे से चोट की।

श्रुतायुध का सम्पूर्ण मस्तिष्क हिल गया। तलवार उसके हाथ से छूट गयी। शीघ्र ही वो अपना मस्तक पकड़ भूमि पर गिरा और मूर्छित हो गया। अपने नायक को मूर्छित देख उसके साथ खड़े सैनिकों का मनोबल टूट गया। उन्होने उन सभी सौ गणान्य योद्धाओं की ओर देखा जिन्होने सर्वदमन जैसी ही वेषभूषा धारण कर रखी थी।

उनमें से एक सैनिक ने दूसरे से कहा, ''अरे भैया जब इनमें से एक योद्धा ने ही राजकुमार को इतनी सरलता से पराजित कर दिया तो इनके सामने हमारी सेना की क्या बिसात।''

सर्वदमन ने उनके चिंतन को ताड़ लिया, ''यदि युद्ध करने का साहस नहीं तो ले जाओ अपने युवराज को... ये महाराज तेजस्वी के वंशज हैं, इसलिए हम इन्हें अपनी भूल सुधारने का एक अवसर देना चाहते हैं।''

विदर्भ के सैनिक एक-दूसरे का मुख देखने लगे। यह देख सर्वदमन ने गरजकर कहा, ''जाओ!''

उसका तीव्र स्वर सुन सैनिकों ने राजकुमार श्रुतायुध को उठाया और लौट गये।

शत्रुंजय के साथ यात्रा करते हुए दुर्भीक्ष को सात दिवस बीत चुके थे। सिंधु नदी के किनारे पहुँचकर दुर्भीक्ष ने कहा, ''यहाँ से कई कोस दूर तक कोई गाँव या नगर नहीं है, आशा है यहाँ हमारे कार्य में कोई विघ्न नहीं डालेगा; अगले चौदह दिन हम यहीं अभ्यास करेंगे।'' कहते हुए दुर्भीक्ष भी अपने अश्व से उतरा।

''जो आज्ञा।'' शत्रुंजय भी अपने अश्व से उतरा।

दोनों ने मिलकर सरस्वती नदी के किनारे ही दो शिविरों का निर्माण किया और रात्रि को वहीं विश्राम किया।

अगले दिन सूर्यनारायण के उदय होते ही दोनों ने सूर्यवंदना आरम्भ की। सूर्य की आराधना समाप्त होते ही वो दोनों तट पर आये और एक वृक्ष के नीचे समाधि लगाकर बैठ गये।

दुर्भीक्ष ने कहना आरम्भ किया, ''शत्रुंजय, तुम हमारे वंश के उत्तराधिकारी हो;

आने वाला भविष्य तुम्हारे कंधों पर है, इसलिए मेरी इच्छा है कि तुम अपने सम्पूर्ण सामर्थ्य का उपयोग कर एक श्रेष्ठ योद्धा बनो।''

''प्रयास करूँगा काकाश्री।'' शत्रुंजय ने विनम्र भाव से कहा।

''मुझे जन्म से ही पंचरत्नों की दिव्यशक्तियाँ प्राप्त थीं, किंतु दुर्धरा को दिये वचन के कारण मैं उनका प्रयोग नहीं कर सकता; किंतु मैं वो शक्ति मैं किसी को भी दान कर सकता हूँ, इसलिए आज मैं तुम्हें वायु तत्व की शक्ति का धारक बनाने जा रहा हूँ, इससे तुम्हारे शरीर की गति, बल, बौद्धिक क्षमता में अकस्मात ही वृद्धि होने लगेगी। एक ही बार में यदि शरीर में इतना परिवर्तन आयेगा तो पीड़ा भी बहुत होगी, किंतु एक चक्रनगरी का एक योग्य उत्तराधिकारी बनने और अपने राज्य के सुखद भविष्य के लिये तुम्हें ये पीड़ा सहनी होगी।'' दुर्भीक्ष ने दृढ़ता भरे स्वर में कहा।

शत्रुंजय ने हाथ जोड़कर दृढ़ता से कहा, ''मैं आपकी आशा पर खरा उतरने के लिये कितनी भी पीड़ा सहने को सज्ज हूँ काकाश्री।''

''तो फिर अपने नेत्र बंद करो और मेरे साथ मंत्रों का उच्चारण आरम्भ करो।'' कहकर दुर्भीक्ष नेत्र बंद कर समाधि मुद्रा में बैठ गया। शत्रुंजय ने भी वैसा ही किया।

दोनों पूरे तीन दिवस तक समाधि मुद्रा में बैठे रहे। चौथे दिवस के तीसरे प्रहर के दौरान दुर्भीक्ष के मुख से ॐ शब्द का उच्चारण होते ही उसके मुख से एक शक्तिपुंज निकला और शत्रुंजय के मुख में समा गया। शत्रुंजय का शरीर झनझनाने लगा और पूरे शरीर में पीड़ा होने लगी।

''अपने शरीर को ढीला छोड़ दो वत्स, इस पीड़ा को नियंत्रित करने का प्रयत्न न करो।'' दुर्भीक्ष के दिये निर्देशानुसार शत्रुंजय भूमि पर लेट गया। उसके हाथ और पैरों को मानों लकवा मार गया। अब वो उन्हें हिला भी नहीं पा रहा था। हृदयगति के साथ रक्तचाप भी बहुत बढ़ गया, आँखें लाल हो गयीं। शरीर के प्रत्येक अंग की नसें दिखने लगी थीं।

अगले दिन सूर्योदय तक शत्रुंजय वो पीड़ा सहता रहा। उसका साहस बढ़ाने के लिये दुर्भीक्ष उसके समक्ष समाधि मुद्रा में बैठा रहा। प्रातःकाल के सूर्य की किरणें शत्रुंजय के शरीर पर पड़ते ही उसकी पीड़ा कम होने लगी। उसके हाथ-पाँव का लकवा ठीक होने लगा, नेत्रों में छायी लालिमा कम हो गयी। वो भूमि से उठने का प्रयास करने लगा।

''ये प्रकृति है ही ऐसी शत्रुंजय; यदि मनुष्य की इच्छाशक्ति प्रबल हो तो ये उसके सारे घाव भरने का सामर्थ्य रखती है।'' शत्रुंजय को सामान्य अवस्था में आते देख दुर्भीक्ष ने गर्वित स्वर में कहा।

शत्रुंजय किसी प्रकार अपने पैरों पर खड़ा हो पाया। उसकी दशा देख दुर्भीक्ष

मुस्कुराया, ''जाओ, आज के दिन विश्राम करो, कल प्रातः हम फिर से अभ्यास आरम्भ करेंगे।''

''जो आज्ञा गुरुदेव।'' कहकर शत्रुंजय अपने शिविर में लौट गया।

सूर्यास्त से ठीक पूर्व दुर्भीक्ष, शिविर के पास भोजन की सामग्री जुटाकर आया। तभी दूर से अश्वों के पदचाप सुनाई दिये। दुर्भीक्ष सावधान हो गया। शत्रुंजय भी अपना धनुष लिये शिविर से बाहर आया। वन से बाहर निकलते हुए पहले दो अश्व दिखाई दिये और फिर एक व्यक्ति जो उन अश्वों द्वारा अपने टाँगे को दौड़ाता हुआ शिविर के पास आया। उस टाँगे का ऊपरी भाग भी ढका हुआ था। दुर्भीक्ष ने उसकी ओर ध्यान से देखा। सर पर लाल पगड़ी, मोटी मूँछ, ऊपरी देह पर श्वेत रंग का कुर्ता और नारंगी धोती पहने उस टाँगे वाले के मुख पर भय छाया हुआ था।

दुर्भीक्ष के सामने टाँगा रोककर वो उतरकर सीधा उसके चरणों में आ गिरा, ''रक्षा महोदय! रक्षा कीजिये हमारी।''

दुर्भीक्ष को अचरज हुआ। उसने शत्रुंजय की ओर देखा, किन्तु उन्हें स्थिति समझने में अधिक देर नहीं लगी। दूर से कई सैनिकों के पदचाप सुनाई दिये। लगभग बारह सैनिकों का दल दुर्भीक्ष और शत्रुंजय के समक्ष आ खड़ा हुआ।

उनमें से एक सैनिक ने दुर्भीक्ष को चुनौती दी, ''हमारे आखेट से दूर हटो अन्यथा परिणाम अच्छा नहीं होगा।''

दुर्भीक्ष ने उनकी चेतावनी का कोई उत्तर नहीं दिया, बस स्थिर खड़ा उन्हें देखता रहा। उसके चरणों में पड़े उस टाँगे वाले ने विनती की, ''रक्षा कीजिए, महोदय, ये सैनिक मेरा वध करके मेरी बहन का उत्पीड़न करना चाहते हैं।''

शत्रुंजय की मुट्ठियाँ क्रोध से भिंच गयीं, ''आप चिंता मत कीजिए भद्र, एक स्त्री पर कुदृष्टि डालने वालों की क्या दशा होती है ये मैं इन्हें दिखाता हूँ।'' कहकर शत्रुंजय ने संधान के लिये धनुष पर बाण चढ़ाया।

''रुक जाओ शत्रुंजय!'' शत्रुंजय को रोककर दुर्भीक्ष ने उन सैनिकों से प्रश्न किया, ''कौन से राज्य से हो?''

उस सैनिक दल का सरदार मुस्कुराया, ''तो अब राह चलते-फिरते मनुष्य त्रिगर्ता के योद्धाओं से उनका परिचय पूछने का साहस कर रहे हैं। अब भी समय है, मार्ग से हट जाओ, ये ग्रामीण और इसकी बहन हमारी संपत्ति है।''

दुर्भीक्ष ने मुस्कुराते हुए उन सैनिकों पर कटाक्ष किया, ''जैसा राजा वैसे सैनिक।''

''आप बस आदेश दें काकाश्री।'' शत्रुंजय बाण संधान करने को तत्पर था।

शत्रुंजय की ओर देख दुर्भीक्ष ने कहा, "शस्त्रों के प्रयोग की आवश्यकता नहीं है शत्रुंजय, तुम्हें अभी विश्राम की आवश्यकता है, इन्हें मैं देखता हूँ।"

शत्रुंजय ने धनुष नीचे किया। दुर्भीक्ष निःशस्त्र ही उस सैनिक दल की ओर बढ़ा। उस सैनिक दल के सरदार ने अपने अश्व को एड़ लगायी और दुर्भीक्ष की ओर बढ़ा। उसके निकट आते ही दुर्भीक्ष ने भूमि से बीस हाथ ऊपर की छलाँग लगायी और उस सरदार की गर्दन पकड़ उसे भूमि पर गिरा दिया। इसके उपरांत उसने उसे उठाकर उसके दल के सैनिकों के ऊपर फेंक दिया। दो सैनिकों और उनके अश्वों को साथ लेकर वो भूमि पर गिर गया।

उसका बल-प्रदर्शन देख उस सैनिक दल का सरदार भूमि से उठा और वहाँ से भाग खड़ा हुआ। अपने सरदार को भागता देख सारे सैनिक भाग खड़े हुए। उन्हें भगाकर दुर्भीक्ष टाँगे के पास आया और उसके अंदर बैठी स्त्री की ओर देखा। रंगबिरंगी साड़ी पहने उस स्त्री का मुख घूँघट से ढका हुआ था। उस पर विशेष ध्यान दिये बिना वो उस टाँगे वाले की ओर बढ़ा।

"तुम अब सुरक्षित हो, ले जाओ अपनी बहन को।" कहकर दुर्भीक्ष अपने शिविर की ओर बढ़ा।

"आपसे एक विनती है मान्यवर।" टाँगे वाले ने दुर्भीक्ष से कहा।

दुर्भीक्ष उसकी ओर पलटा, "कहो।"

उस टाँगे वाले ने कहना आरम्भ किया, "इन दुष्ट सैनिकों ने मेरी बहन को प्राप्त करने के मद में मेरे खेत-खलिहान सब भस्म कर दिये। अब इस जीवनयापन के लिये कोई कार्य नहीं है हमारे पास; आप लोगों के मुख के तेज से स्पष्ट है कि आप लोग राजकुल के हैं, कृपया हमें कोई कार्य दे दीजिए जिससे हम अपना जीवनयापन कर सकें।"

दुर्भीक्ष ने क्षण भर उसे घूरा, "हम एक लम्बी यात्रा पर निकले हैं, तुम्हारे योग्य कोई कार्य नहीं है हमारे पास, उचित होगा तुम कहीं और जाओ।"

उस टाँगे वाले ने शत्रुंजय की ओर आशा भरी दृष्टि से देखा। शत्रुंजय ने दुर्भीक्ष के निकट आकर विनती की, "ये एक याचक है काकाश्री, क्या कष्ट में कोई याचक आपके पास सहायता के लिये आये, तो उसे रिक्त हाथ लौटाना उचित है?"

"तुम समझ नहीं रहे शत्रुंजय। यदि इस इस टाँगे को साथ लिये चलेंगे तो हमारी गति धीमी पड़ जायेगी। हमारी यात्रा लम्बी है और समय कम।" दुर्भीक्ष ने शत्रुंजय को समझाने का प्रयास किया।

टाँगेवाले ने हस्तक्षेप किया, "आप गति की चिंता न करें मान्यवर, मेरे ये दो

अश्व बहुत दक्ष हैं, मैं इस टाँगे को रथ की गति से दौड़ा सकता हूँ और इस टाँगे में हम रसद और अन्य कई वस्तुएँ भी तो ढो सकते हैं।'' इससे पूर्व दुर्भीक्ष कुछ कहता, उसने एक और बात जोड़ी, ''और तो और मेरी बहन पाक कला में दक्ष है, मुझे सेवा का अवसर तो दें, मैं आपके लिए खाद्य सामग्री जुटाऊँगा और मेरी बहन आपके लिए ऐसा स्वादिष्ट भोजन बनायेगी, कि आप उँगलियाँ चाटते रह जाओगे।''

दुर्भीक्ष ने क्षणभर उसे घूरा, ''नाम क्या है तुम्हारा?''

''जी मेरा नाम 'त्रयम्बक' है; मैं एक किसान था और टाँगे में जिसे आपने देखा वो मेरी बहन 'देवी' है।'' उस टाँगेवाले ने अपना परिचय दिया।

''ठीक है आज पहले अपनी बहन के बनाये भोजन का परीक्षण दो, फिर हम विचार करेंगे कि हमें तुम्हारी सेवा लेनी है अथवा नहीं।''

टाँगेवाले के मुख पर प्रसन्नता छा गयी, ''बहुत बहुत आभार मान्यवर।''

''सूर्यास्त हो गया है, शीघ्र से शीघ्र भोजन का प्रबंध करो।'' दुर्भीक्ष ने उसे आदेश दिया।

वो किसान त्रयम्बक भोजन का प्रबंध करने में जुट गया। शीघ्र ही सारी सामग्री जुटाकर वो शिविर के निकट आया और उसकी बहन देवी आग जलाकर मटके में भोजन पकाने लगी। उसने अभी भी घूँघट से अपना मुख ढक रखा था।

शीघ्र ही दुर्भीक्ष और शंत्रुजय के समक्ष पत्तल में भोजन परोसा गया। हलवे का पहला कौर मुँह में डालते ही दुर्भीक्ष के मुख पर मुस्कान छा गयी। शत्रुंजय ने भी देवी की पाक कला की प्रशंसा की, ''वाह! अद्भुत! क्या स्वाद है, मैं तो अपने महल के पकवान भूल गया।''

दुर्भीक्ष ने घूरकर शत्रुंजय की ओर देखा। शत्रुंजय झेंप गया, ''क्या हुआ काकाश्री, मैं बिलकुल सत्य कह रहा हूँ; ऐसा भोजन, मुख्यतः इतना स्वादिष्ट हलवा मैंने पहले कभी नहीं खाया।''

दुर्भीक्ष ने बिना कुछ कहे फिर त्रयम्बक को चेतावनी दी, ''स्मरण रखना हमारी ये यात्रा सरल नहीं होने वाली।''

''अब आप जैसे शूरवीर हमारे साथ हैं तो भला हमें किसका भय; हम सज्ज हैं।'' त्रयम्बक ने दृढ़ होकर कहा।

''ठीक है अपने शिविर लगाकर विश्राम करो। अभी अगले दस दिन तक हमें यहीं रुकना है।''

''जो आज्ञा मान्यवर।'' त्रयम्बक ने अपनी बहन के साथ मिलकर दो शिविरों का निर्माण किया।

प्रातःकाल सिंधु नदी के किनारे सूर्य की वंदना करने के उपरांत दुर्भीक्ष और शत्रुंजय तट पर लौट आये।

दुर्भीक्ष के आदेश पर शत्रुंजय ने सबसे पहले भाला उठाया। दुर्भीक्ष ने इसे उसके सामने खड़े सात समानान्तर वृक्षों की ओर भाला फेंकने को कहा। शत्रुघन ने अपने-अपने कंधे का ज़ोर लगाया और वृक्ष के तने के बीचों बीच वार किया। उसका भाला दो वृक्षों को चीरकर तीसरे में घुस गया।

शत्रुंजय ने हाथों की ओर देखा, ''प्रतीत होता है जैसे शरीर में एक नयी ऊर्जा से आ गयी है काकाश्री।''

''हम्म... आरम्भ के लिये बुरा नहीं है, अभी बल में बहुत वृद्धि की सम्भावना है।'' उसका पराक्रम देख दुर्भीक्ष को प्रसन्नता हुई।

ऐसे करते हुए पूरे दस दिवस तक दुर्भीक्ष, शत्रुंजय को धनुर्धारी, खड्ग युद्ध का भी प्रशिक्षण देता रहा। उसकी दक्षता में तीव्रता से सुधार हो रहा था। पंद्रहवें दिन दुर्भीक्ष ने सिंधु नदी से आगे बढ़ने का निश्चिय किया।

इधर श्रुतायुध पराजित और अपमानित होकर राजसभा में प्रस्तुत हुआ।

''तुम उन सौ योद्धाओं में से एक को भी पराजित नहीं कर पाये?'' जयवर्धन ने आश्चर्यपूर्वक प्रश्न किया।

श्रुतायुध ने समझाने का प्रयत्न किया, ''वो कोई साधारण योद्धा नहीं थे पिताश्री, उनके बाणों का वेग ऐसा था...।''

''बंद करो शत्रु की प्रशंसा करना!'' जयवर्धन ने उसे डपटा, ''तुम्हारा भाई दिग्विजय तो विद्रोही निकला ही और तुमने भी मुझे निराश किया, लज्जा आती है तुम्हें अपना पुत्र कहते हुए... दूर हो जाओ मेरी दृष्टि से।''

''जो आज्ञा पिताश्री।'' श्रुतायुध राजसभा से बाहर चला गया।

अभी कुछ ही क्षण बीते थे कि एक दूत ने सभा में प्रवेश किया।

''कहो क्या सूचना लाये हो।'' जयवर्धन ने उससे प्रश्न किया।

''महाराज, सूचना बड़ी चिंताजनक है; आर्थिक सहायता का संदेश लिये हमारे जो दूत किष्किंधा, कुंतल, कलिंग और भोजकट राज्य में भेजे गये थे वो न जाने मार्ग में ही कहाँ लुप्त हो गये, उन राज्यों में उपस्थित हमारे गुप्तचर उन्हें खोजते रह गये पर वो कहीं नहीं मिले।''

जयवर्धन ने चिंता के मारे अपना सिर पकड़ लिया। कुछ क्षण चिंतन के उपरांत

जयवर्धन, महामंत्री की ओर मुड़ा, "बिंगरौली के मजदूरों को कब उठाना है महामंत्री?"

"आज से ठीक एक मास के उपरांत महाराज... हमें बिंगरौली से लगभग दस सहस्त्र ग्रामीणों को उठाना है और फिर उन्हें साथ लेकर लगभग एक मास तक यात्रा करते हुए विभिन्न राज्यों में उन्हें बेचना है। पिछले कुछ दिनों से हमारे राजकोष में धन की कमी हो रही है, कदाचित इस व्यापार से हमारी स्थिति थोड़ी सुधर जाये।" महामंत्री ने विस्तृत किया।

"ठीक है, इस बार मैं स्वयं बिंगरौली जाऊँगा, किन्तु उससे पूर्व राजकुमारी चंद्रलेखा को गुप्तचरों के साथ बिंगरौली भेजकर वहाँ की स्थिति का पता लगाओ; जो काम मेरे पुत्र नहीं कर पाये अब वो मेरी पुत्री करेगी, आखिर वो भी तो एक कुशल योद्धा है।"

"किन्तु महाराज उनकी आयु तो अभी बहुत कम है।" महामंत्री ने संदेह जताया।

"मेरी पुत्री के सामर्थ्य पर संदेह न करो महामंत्री, वो इस आयु में भी मेरे पुत्रों से अधिक योग्य है। वो पहले बिंगरौली का निरीक्षण करेगी, फिर मैं स्वयं वहाँ मजदूरों को उठाने जाऊँगा... देखूँ तो मैं भी कि कौन है वो बहरूपिया जो महाराज तेजस्वी का छद्म वेश लिये घूम रहा है।" जयवर्धन ने निश्चय किया।

बिंगरौली

दुर्भीक्ष ने अपनी यात्रा जारी रखी। सूर्यास्त के उपरांत उनका कारवाँ एक स्थान पर रुकता। भोर होने के उपरांत दो प्रहर तक दुर्भीक्ष, शत्रुंजय के साथ शस्त्राभ्यास करता, तीन प्रहर तक यात्रा और रात्रि के अंतिम तीन प्रहर भोजन और विश्राम के लिये था।

ऐसे करते हुए पूरे इक्कीस दिन की यात्रा के उपरांत अपना कारवाँ लेकर दुर्भीक्ष विदर्भ के पश्चिम में स्थित एक गाँव बिंगरौली के निकट पहुँचा।

दुर्भीक्ष की योजनानुसार उसने और शत्रुंजय ने छद्म वेश धारण किया। दुर्भीक्ष ने दायें गाल पर एक मस्सा, सिर पर लाल पगड़ी, बड़ी घनी मूँछें और दाढ़ी लगायी। शरीर पर मैली धोती और कुर्ता और हाथों में लाठी लेकर उसके सहारे लँगड़ाकर चलने लगा। वहीं शत्रुंजय ने भी धोती कुर्ता और पगड़ी पहनने के साथ-साथ मुख पर हल्की-सी राख भी मल ली थी। त्रयम्बक और उसकी बहन देवी वैसे ही उनके साथ चलते रहे।

उस गाँव की सीमा में प्रवेश करते हुए दुर्भीक्ष ने विस्तार से कहना आरम्भ किया,

“इस गाँव का नाम बिंगरौली है, आज से वर्षों पूर्व यहाँ एक ब्राह्मण पर आश्रम में काम करने वाली एक किशोरी ने बलात्कार का आरोप लगाया। उस युवती की आत्महत्या के उपरांत जब ग्रामीणों को यह ज्ञात हुआ तो उन्होंने उस ब्राह्मण को घेरकर पत्थरों की वर्षा कर उसकी हत्या कर दी। इस पर उस ब्राह्मण का भाई रुष्ट हो गया। उसने ब्राह्मण समाज को ये कहके उकसाया कि राजा के रहते प्रजा होती कौन है इस तरह किसी का न्याय करने वाली। बिंगरौली के ब्राह्मण समाज के लोग न्याय की गुहार लिये राजा जयवर्धन के पास गये। अब ब्राह्मणों के श्राप का भय किसे नहीं होता, तो जयवर्धन को तो ब्राह्मण समाज को प्रसन्न करना ही था। उसने आदेश जारी कर दिया कि सभी ब्राह्मण बिंगरौली की जनता का परित्याग कर दें और ये भी आदेश दिया कि अब से कोई भी ब्राह्मण वहाँ के किसी भी व्यक्ति को शिक्षा नहीं देगा। तबसे इस गाँव के लोग निरक्षर ही हैं। कुछ व्यापारियों और किसानों के अतिरिक्त बाकी सभी लोग केवल मजदूरी करके अपना पेट पालते हैं। यहाँ से न कोई शिक्षक बन सकता है और न कोई सेना में भर्ती हो सकता है, इस कारण यहाँ से मिलने वाले कर में काफी कमी हो गयी। किन्तु जयवर्धन ने अपने इस निर्णय में भी एक लाभ ढूँढ़ निकाला। बिंगरौली की जनसंख्या बाकी सभी ग्रामों की तुलना में सबसे अधिक थी तो व्यापार के लिये जयवर्धन ने यहाँ के युवकों को बलपूर्वक बंदी बनाकर उन्हें दूसरे राज्यों में भेजना आरंभ किया। ये युवक उन राज्यों में जाकर बँधुआ मजदूर बनकर रह जाते और कभी दोबारा अपने परिवारों से न मिल पाते। किन्तु ये तो वो भेद है जो सामान्य प्रजा में सभी को पता है। किन्तु वास्तविकता यह है कि बिंगरौली गाँव की जनसंख्या अधिक अवश्य थी, किंतु वहाँ से जो भी विदर्भ के सैन्यदल में भर्ती होता था उसकी योग्यता बाकी सैनिकों के समक्ष दोयम दर्जे की ही होती थी। इसीलिए जयवर्धन ने ही उस किशोरी को भेजकर उस ब्राह्मण पर बलात्कार का आरोप लगवाया और फिर उसकी हत्या करवाकर उस ब्राह्मण को फँसा दिया ताकि पूरा ब्राह्मण समाज बिंगरौली को बहिष्कृत कर दे और फिर वो बिंगरौली के निरक्षर युवकों को दूसरे राज्यों में बेचकर लाभ कमा सके।”

“ये अधर्मी राजा जयवर्धन चतुर भी बहुत है।” शत्रुंजय ने अनुमान लगाया।

“ये चातुर्य उसका नहीं उस धूर्त भैरवनाथ का था, जयवर्धन में इतनी बुद्धि नहीं है। किन्तु अब उस भैरवनाथ की मृत्यु के उपरांत उस जयवर्धन का एक तो हाथ तो कट ही चुका है।”

“अर्थात जयवर्धन अब संसार के लिए कोई बड़ा संकट नहीं है?” शत्रुंजय ने प्रश्न किया।

कुछ क्षण विचारकर दुर्भीक्ष ने कहा, “हाँ, कदाचित। जानते हो, एक बार मुझे जीवन का पाठ पढ़ाने के लिये रीछराज जामवंत ऐसी ही एक यात्रा पर ले गये थे, जहाँ मैं साधारण लोगों से मिला, उनके जैसा जीवन जिया, उनकी पीड़ाओं को समझा। यही

कारण है कि मैं भी तुम्हें साधारण जनता के बीच लेकर आया ताकि तुम अनुभव कर सको कि सामान्य जीवन में क्या-क्या कठिनाई होती है... और यहाँ के लोगों के स्थिति तो और दयनीय है।''

''मैं आपकी हर आशा पर खरा उतरने का प्रयत्न करूँगा।'' शत्रुंजय ने विश्वास दिलाया।

इसके उपरांत दुर्भीक्ष ने त्रयम्बक से कहा, ''सुनो त्रयम्बक, हम यहाँ छद्म वेश धर कर आये हैं; मैं एक व्यापारी हूँ और ये मेरा पुत्र और तुम्हारी ये बहन मेरी घरवाली, अपने अपने किरदार स्मरण रखना।''

''जो आज्ञा महामाहिम, हम तो सदैव आपकी सेवा में हाजिर हैं।'' त्रयम्बक ने सहमति जतायी और घूँघट ओढ़े अपनी बहन की ओर देखा, ''सुन लिया न देवी कौन-सा किरदार निभाना है तुम्हें।''

देवी ने घूँघट के अंदर से ही सिर हिलाकर सहमति जतायी। दुर्भीक्ष लँगड़ाते हुए कुछ कदम आगे बढ़ा। शत्रुंजय ने त्रयम्बक के कान में धीरे से कहा, ''वाह भद्राक्ष महोदय! प्रतीत होता है हमारी योजना सफल होगी।''

''योजना तो सफल होनी है युवराज, किन्तु ये आपका सद्भाग्य ही है जो आप यहाँ आ गये हैं, कदाचित आपके भी जीवन में प्रेम की बंसी बज जाये।'' त्रयम्बक का रूप धरे भद्राक्ष ने कहा।

''अर्थात?'' शत्रुंजय ने आश्चर्यपूर्वक प्रश्न किया।

''सुना है विदर्भ की राजकुमारी चंद्रलेखा का रूप करोड़ों में एक है, यदि आपका और उनका...।''

शत्रुंजय ने झेंपते हुए कहा, ''हम यहाँ काकाश्री और देवी दुर्धरा के बीच के सम्बंध को सुधारने आये हैं और आप हैं कि मेरे पीछे पड़ गये।''

''नहीं युवराज मैं तो बस...।''

''क्या खुसर-पुसुर कर रहे हो तुम लोग!'' दुर्भीक्ष ने पलटकर प्रश्न किया। शत्रुंजय और त्रयम्बक सकपका गये।

''कु...कुछ नहीं काकाश्री।'' शत्रुंजय ने भद्राक्ष की ओर संकेत करके कहा, ''ये महोदय पूछ रहे थे कि आप....आपने छद्म वेश में ये लँगड़ा होना ही क्यों चुना?''

''मैंने ऐसा कब पूछा?'' त्रयम्बक ने शत्रुंजय को आश्चर्यपूर्वक देखा।

दुर्भीक्ष मुस्कुराया, ''ये प्रश्न इस दास का है या तुम्हारा?''

शत्रुंजय झेंपकर इधर-उधर देखने लगा।

“मुझे बस संदेह है कि मेरी कद-काठी देख कोई मुझे योद्धा न समझ ले इसलिए अपाहिज के वेश में हूँ... अब चलें?” दुर्भीक्ष ने तर्क दिया।

“जी जी अवश्य काकाश्री।” शत्रुंजय आगे बढ़ा।

शीघ्र ही उन चारों ने गाँव की सीमा में प्रवेश किया। गाँव के भीतर जाकर दुर्भीक्ष ने निवास करने हेतु एक धर्मशाला की खोज की और वहीं ठहर गया।

दुर्भीक्ष के निवास से दो घर दूर एक ग्वाले का निवास था। अगले दिन प्रातःकाल दुर्भीक्ष ने उस ग्वाले को अपने भूसे का गट्ठर उठाये तबेले की ओर जाते देखा। वो शत्रुंजय को लेकर वहाँ दूध लेने के लिये पहुँचा। ग्वाला गीत गुनगुनाते हुए अपनी गैया दुह रहा था।

“क्या बात है भैया बड़े प्रसन्न प्रतीत हो रहे हो।” दुर्भीक्ष ने ग्वाले से प्रश्न किया।

“अरे हो भी क्यों न भैया, वर्षों के उपरांत तो इस गाँव में सुख की आभा आयी है।” ग्वाले ने गाय दुहते हुये कहा।

“क्यों भैया ऐसा क्या नया हो गया इस गाँव में?” दुर्भीक्ष ने प्रश्न किया।

“अरे भैया गाँव में नये हो क्या ?” ग्वाले ने दुर्भीक्ष को देख प्रश्न किया।

“हाँ भैया यात्री हैं, सोचा कि कुछ दिन यहाँ निवास कर लें, यहीं आपके पास की धर्मशाला में रुके हैं।” दुर्भीक्ष ने उत्तर दिया।

ग्वाले ने उठकर दूध की बाल्टी एक दूसरी बाल्टी में उड़ेली, “कोई बात नहीं भैया, लाओ अपना पतीला लाओ।”

दुर्भीक्ष ने उसे पतीला देते हुए प्रश्न किया, “ये तो बताओ भैया ऐसा क्या नया हो गया इस गाँव में?”

“अरे भैया तुम क्या जानो हम ग्रामीणों की दशा; हर वर्ष तीन बार इस गाँव से दस-दस सहस्र युवकों को उठाया जाता था और उन्हें दूसरे राज्यों में बँधुआ मजदूरी के लिये बेच दिया जाता था, मेरे दो पुत्रों को वयस्क होते ही विदर्भ के सैनिक उठा ले गये।” उसने पास खड़े अपने पुत्र की ओर संकेत करके कहा, “अब ये मेरा अंतिम पुत्र बचा है, लगा था वो इसे भी उठा ले जायेंगे; किन्तु फिर हमारे गाँव में वो आशा की किरण लौट आयी जिसकी हम दशकों से प्रतीक्षा में थे।”

“अर्थात?” दुर्भीक्ष ने आश्चर्यपूर्वक प्रश्न किया।

“महाराज तेजस्वी... वो लौट आये हैं, हमने अपने इन नेत्रों से उनके दर्शन किये हैं। और उन्होंने ही हमारे गाँव में एक योग्य ब्राह्मण नंदकेश्वर महाराज को भेजा है जो हमारे गाँव के युवकों को योग्यता अनुसार शिक्षित कर रहे हैं। उनके आश्रम के सौ ब्राह्मण दिन-रात इसी देव कार्य में लीन है, इसलिए हम सभी ग्रामीणों के मन में एक

आशा की किरण जाग उठी है।'' ग्वाले ने उन्माद भरे स्वर में कहा।

दुर्भीक्ष विचारों में खो गया, 'महाराज तेजस्वी... यदि वो जीवित थे तो पहले कभी लौटकर क्यों नहीं आये।'

''अरे कहाँ खो गये भैया, तुम्हारा पतीला दूध से भर गया है।'' ग्वाले ने विचारों में खोये दुर्भीक्ष को टोका।

दुर्भीक्ष ने सहसा पतीले की ओर देखा, ''अरे हाँ हाँ धन्यवाद धन्यवाद... अच्छा ये बताओ भैया तुमने महाराज तेजस्वी को अपने नेत्रों से देखा है।''

ग्वाले ने गर्व का अनुभव करते हुए कहा, ''मैंने क्या उन्हें तो लगभग सभी ग्रामीणों ने देखा है... देह पर श्वेत वस्त्र, नारंगी पगड़ी, मुख को ढके लाल वस्त्र के साथ विजयधनुष धारण किये जब वो पहली बार बिंगरौली में पधारे तो हम सभी ग्रामीणों में एक आशा की लहर दौड़ पड़ी।''

''वाह वाह अच्छी बात है, किन्तु उन्होंने अपना मुख क्यों ढक रखा था?'' दुर्भीक्ष ने प्रश्न किया।

''अब ये भेद तो वही जानें भैया, हमने तो उन्हें उनके विजयधनुष से ही पहचाना, बाकी न वो कुछ बोलते हैं और न ही हमारा आतिथ्य स्वीकार करने के लिये रुकते हैं, बस संकट में फँसे व्यक्ति की सहायता करके लुप्त हो जाते हैं।'' ग्वाले ने कहा।

''वाह क्या बात है भैया, इस गाँव के तो भाग ही खुल गये... चलो हम चलते हैं।'' ग्वाले से विदा लेकर दुर्भीक्ष, शत्रुंजय को लेकर लौट गया।

''आप विचलित प्रतीत हो रहे हैं काकाश्री।'' शत्रुंजय ने दुर्भीक्ष के मुख का भाव पढ़ लिया।

''काकाश्री नहीं पिताश्री; दीवारों के भी कान होते हैं पुत्र।'' दुर्भीक्ष ने उसे चेताया।

''हाँ हाँ आगे से ध्यान रखूँगा, किन्तु तो ये तो बताइए आपके चिंतन का कारण क्या है?''

''मुझे बस किसी अनिष्ट की आशंका हो रही है पुत्र, किन्तु तुम व्यर्थ चिंता न करो, अभी तो चलो चलकर तनिक उस ब्राह्मण नंदकेश्वर से भेंट की जाये, तनिक देखें तो उसने ग्रामीणों पर ऐसा कौन-सा मंत्र फूँक दिया जो उनमें आशा की ऐसी किरण जाग उठी।'' दुर्भीक्ष ने आगे बढ़ाते हुए कहा।

शीघ्र ही वो दोनों ब्राह्मण नंदकेश्वर के आश्रम पहुँचे। वहाँ उन्होंने देखा कि कई ब्राह्मणों युवकों और बालकों को विभिन्न प्रकार के यौगिक अभ्यास करवा रहे थे, ये ब्राह्मण वास्तव में गणान्य थे जो उस आश्रम में छद्म वेश धारण कर घूम रहे थे।

दुर्भीक्ष ने आश्रम के मुख्य द्वार के निकट टहल रहे एक ब्राह्मण को देखा। लाठी

के सहारे लँगड़ाते हुए वो उसके पास गया और उन्हें प्रणाम करके प्रश्न किया, ''मेरा पुत्र भी शिक्षा ग्रहण करना चाहता है ब्राह्मण देव, क्या आप उसे ये अवसर प्रदान करेंगे?''

उस ब्राह्मण रूपी गणान्ग ने क्षण भर के लिये द्वार पर खड़े शत्रुंजय की ओर देखा, ''हाँ क्यों नहीं, प्रधान गुरु आपको पीपल के वृक्ष के नीचे मिलेंगे, जाइए उनसे भेंट कर लीजिए।''

दुर्भीक्ष और शत्रुंजय शीघ्र ही पीपल के वृक्ष के नीचे पहुँचे, ब्राह्मण का वेश धरे नंदका अर्थात नंदकेश्वर शीर्षासन कर रहा था। उसके सामने लगभग बीस और युवक शीर्षासन का अभ्यास कर रहे थे। अभ्यास सत्र समाप्त होने के उपरांत दुर्भीक्ष और शत्रुंजय ने उन्हें प्रणाम किया।

''आचार्य हम यहाँ...!'' दुर्भीक्ष के शब्द पूर्ण होने से पूर्व ही नंदकेश्वर ने कहा, ''हाँ मैं समझ गया, तुम यहाँ अपने पुत्र की शिक्षा के लिये आये हो।''

''जी महाराज आपने उचित ही समझा।'' दुर्भीक्ष ने सहमति जतायी।

''तो तुम्हारा पुत्र किस प्रकार की विद्या पाना चाहता है?'' नंदकेश्वर ने प्रश्न किया।

दुर्भीक्ष, शत्रुंजय की ओर मुड़ा, ''गुरुदेव के इस प्रश्न का उत्तर तुम स्वयं दो पुत्र।''

शत्रुंजय ने आगे बढ़कर नंदकेश्वर को प्रणाम किया, ''मुझे अपने सामर्थ्य को पहचानने का शिक्षण दें गुरुदेव, जिससे मैं अपने जीवन को सार्थक बना सकूँ।''

नंदकेश्वर उसे देख मुस्कुराये, ''तुम तो पहले से ही शिक्षित प्रतीत होते हो बालक; तुम इस गाँव के तो नहीं लगते।''

दुर्भीक्ष ने हस्तक्षेप किया, ''हाँ हाँ महाराज हम तो कल ही इस गाँव में...।''

नंदकेश्वर ने उसे डपटा, ''प्रश्न मैंने तुमसे नहीं तुम्हारे पुत्र से किया है, शिष्टाचार का एक साधारण सा नियम है कि यदि गुरु, शिष्य से वार्ता कर रहा हो तो हस्तक्षेप नहीं करते।''

शत्रुंजय की मुट्ठियाँ क्रोध से भिंच गयीं। दुर्भीक्ष ने उसका हाथ पकड़कर शांत रहने का संकेत दिया और नंदकेश्वर से क्षमा माँगी, ''क्षमा कीजिए गुरुदेव भूल हो गयी मुझसे।''

जब तक नंदकेश्वर की दृष्टि शत्रुंजय पर पड़ी वो अपने क्रोध को नियंत्रित कर चुका था। नंदकेश्वर ने उससे दोबारा प्रश्न किया, ''हाँ तो वत्स कहाँ से आये हो तुम, क्या नाम है तुम्हारा?''

शत्रुंजय ने विनम्र होकर कहा, ''मेरा नाम शत्रुंजय है, हम एकचक्रनगरी के एक गाँव के निवासी हैं। परिवार सहित आर्यावर्त के भ्रमण पर निकले थे; जब इस गाँव से होकर गुजरे तो सुनने में आया कि यहाँ एक ऐसे गुरु पधारे हैं जिन्होंने वर्षों से निराशा के भँवर में डूबे इन ग्रामवासियों के मन में आशा की किरण जगा दी। मन में विचार आया कि ऐसे महान व्यक्ति से कुछ न कुछ सीखने को अवश्य मिलेगा।''

नंदकेश्वर ने उसे क्षण भर संदेह भरी दृष्टि से देखा, फिर तनिक संतुष्ट होकर उससे प्रश्न किया, ''इतनी लम्बी यात्रा पर निकले हो, अपने परिवार के लिए भय नहीं लगता?''

''मैं इतना तो सक्षम हूँ ही कि अपने परिवार का रक्षण कर सकूँ।'' शत्रुंजय ने विनयपूर्वक कहा।

''तो तुम यहाँ शस्त्र विद्या के लिये आये हो?''

''ये तो आप पर निर्भर करता है आचार्य।'' शत्रुंजय ने विनम्र भाव से कहा।

''ठीक है, कल प्रातः सूर्योदय होते ही आश्रम में आ जाना।'' नंदकेश्वर ने आदेश दिया।

''जो आज्ञा गुरुदेव।'' नंदकेश्वर को प्रणाम करके शत्रुंजय, दुर्भीक्ष को लेकर आश्रम से लौट गया।

नंदकेश्वर ने अपने एक साथी ब्राह्मण को बुलाकर उसे आदेश दिया, ''इन दोनों पर दृष्टि जमाये रखो।''

नंदकेश्वर के आदेश पर ब्राह्मण रूपी गणान्गा दुर्भीक्ष और शत्रुंजय के पीछे गया।

मार्ग में चलते हुए दुर्भीक्ष ने शत्रुंजय के मुख पर असंतोष का भाव देख लिया।

''क्या हुआ, ये मौन क्यों धारण कर रखा है?'' दुर्भीक्ष ने उससे प्रश्न किया।

''उस ब्राह्मण ने आपका अपमान करने का दुस्साहस किया और आपने कुछ नहीं कहा।'' शत्रुंजय ने खीझते हुये कहा।

''अपने गुरु के लिए मन में ऐसे कर्कश शब्दों का उपयोग उचित नहीं है, शत्रुंजय।'' दुर्भीक्ष ने उसे समझाने की कोशिश की।

''मेरे गुरु आप हैं काकाश्री और आपका अपमान मैं कैसे सहन कर लूँ। ''

''जिसने तुम्हें शिक्षण देने की याचना स्वीकार की हो उसे ही तुम्हारा गुरु माना जाता है, और गुरु तो चाहे कितनी भी खरी-खोटी सुनाये उनके प्रति मन में द्वेष रखना उचित नहीं।''

''चलिए मान लेते हैं, मेरा उनसे घृणा करना उचित नहीं, किन्तु वो आपके गुरु

तो नहीं हैं, आप इस आर्यावर्त के सर्वश्रेष्ठ योद्धा हैं, असुरों के महानायक हैं; जब उन्होंने आपका अपमान किया तो आपने सर झुका के कैसे स्वीकार कर लिया?'' शत्रुंजय ने प्रश्न किया।

दुर्भीक्ष मुस्कुराया, ''तुम भूल गये हम यहाँ साधारण ग्रामीणों के बीच क्यों आये हैं।''

''मुझे स्मरण है काकाश्री, हम यहाँ सादगी भरे जीवन और उसकी कठिनाइयों का अनुभव करने आये हैं, किन्तु इसका अर्थ ये तो नहीं कि कोई हमारा अपमान करे और हम सहते जायें।'' शत्रुंजय के मुख पर असंतोष स्पष्ट दिखाई दे रहा था।

दुर्भीक्ष ने उसे समझाने का प्रयत्न किया, ''अपमान कैसा वत्स, उन्होंने तो मुझे मूर्ख समझकर मुझे शिष्टाचार का पाठ पढ़ाया, इसमें कुछ भी अनुचित नहीं था।''

''यदि आपके स्थान पर कोई राजा होता, तो क्या वो आपका अपमान करने का दुस्साहस कर पाते?'' शत्रुंजय ने प्रश्न उठाया।

''हम इस यात्रा पर निकले ही इसलिए हैं ताकि मैं तुम्हें स्वयं को संयमित रखना सिखा सकूँ। अभी के लिए भूल जाओ कि तुम एक युवराज हो या एकचक्रनगरी के उत्तराधिकारी हो। अपने कुटुम्ब का अहंकार त्यागो और संयम धारण करो क्योंकि ये संयम धारण करने का अभ्यास ही है जो उत्तम चरित्र का निर्माण करता है और एक उत्तम शासक बनने के लिये चरित्र का बहुत अधिक महत्व है, इसलिए कल से गुरुकुल जाकर शिक्षा ग्रहण करना आरम्भ करो।''

''जो आज्ञा काकाश्री।'' शत्रुंजय ने सहमति जतायी।

''और हाँ एक और बात स्मरण रखना, अपने शक्ति-प्रदर्शन को सीमित रखना ताकि कहीं किसी को तुम पर संदेह न हो जाये।''

''हाँ मैं स्मरण रखूँगा।''

शीघ्र ही वो दोनों धर्मशाला अपने निवास स्थान पहुँचे। कक्ष के भीतर पहुँचते ही दुर्भीक्ष ने लाठी भूमि पर फेंक दी, ''बड़ा अजीब लगता है इस लाठी के सहारे लँगड़ाते हुए चलना।''

''हाँ सो तो है, किन्तु सत्य कहूँ तो इसकी आवश्यकता नहीं थी काकाश्री, व्यर्थ ही आप अपने पाँवों को पीड़ा दे रहे हैं।'' शत्रुंजय ने कहा।

दुर्भीक्ष ने विस्मयपूर्वक शत्रुंजय की ओर देखा, ''आवश्यकता नहीं थी... तनिक बाहर जाकर उन गुप्तचरों को तो देखो जो आश्रम से हमारे पीछे लगे हुए हैं।''

शत्रुंजय स्तब्ध रह गया। उसने घर की खिड़की से बाहर झाँका, नंदकेश्वर के आश्रम के तीन ब्राह्मण आसपास भ्रमण कर रहे थे और लोगों से उनका हालचाल पूछ

रहे थे।

"अर्थात उन्हें हम पर संदेह हो गया है?" शत्रुंजय ने निष्कर्ष निकाला।

"ये कहना उचित नहीं होगा, मैं समझता हूँ वो बस इसलिए हमारे पीछे आये क्योंकि हम बाकी ग्रामीणों से अलग हैं और गाँव में नये भी आये हैं।" दुर्भीक्ष ने अनुमान लगाया, किन्तु उसकी दृष्टि रोशनदान से बाहर किसी और पर ही जमी हुई थी वो व्यक्ति एक साधारण ग्रामीण के वेश में एक श्वान के साथ खेल रहा था किन्तु दुर्भीक्ष की दृष्टि उसके बाजूबंद पर थी।

"क्या हुआ काकाश्री आप किसे देख रहे हैं ?" शत्रुंजय ने प्रश्न किया।

"केवल आश्रम के नहीं अपितु विदर्भ के विशिष्ट अंगरक्षक भी इस गाँव में छद्म वेश धारण किये घूम रहे हैं।"

"ये आप कैसे कह सकते हैं?" शत्रुंजय ने प्रश्न किया।

"अपने सामने उस श्वान से खेलते हुए व्यक्ति के बाजूबंद को देखो, ये विदर्भ के प्रमुख योद्धाओं के हाथों में ही होता है।" दुर्भीक्ष ने उस व्यक्ति की ओर संकेत करते हुए कहा।

शत्रुंजय ने ध्यान से उसके बाजूबंद की ओर देखा, "तब तो आपका ये छद्म वेश सर्वथा उपयुक्त था काकाश्री।"

"कहा था न मैंने।" दुर्भीक्ष मुस्कुराया।

शीघ्र ही देवी ने थाल परोसी और दुर्भीक्ष और शत्रुंजय ने पेट भर भोजन किया। तृप्त होने के उपरांत दुर्भीक्ष ने देवी की प्रशंसा करते हुए त्रयम्बक से कहा, "तुम्हारी बहन तो वास्तव में पाक कला में निपुण है त्रयम्बक, मैं तो सोचता हूँ, सदा के लिये इसे अपनी सेवा में रख लूँ।"

"आपकी जैसी इच्छा महामहिम, हम कौन होते हैं आपके निर्णय पर प्रश्न उठाने वाले।" त्रयम्बक ने सहमति जताते हुए कहा।

दुर्भीक्ष ने कक्ष के कोने में बैठी देवी की ओर देखा, "ये बताओ त्रयम्बक ये सदैव घूँघट क्यों ओढ़े रहती है और कभी कुछ बोलती क्यों नहीं?"

त्रयम्बक ने हिचकिचाते हुए कहा, "वो...वो हमारे गाँव की परम्परा रही है महामहिम, हमारे घर की स्त्रियाँ पर पुरुषों को अपना मुख नहीं दिखाती।"

"तो क्या विवाह से पूर्व तुम्हारे यहाँ बोलने की भी पाबंदी है?" दुर्भीक्ष ने देवी का मौन देख प्रश्न किया।

"नहीं नहीं महामहिम, वो मेरी बहन तो बचपन से ही गूँगी है, बस सुन सकती

है।''

दुर्भीक्ष ने शत्रुंजय की ओर देख कहा, ''ओह अच्छा, चलो कोई बात नहीं, आशा है इसके लिये तुम्हें कोई उपयुक्त वर अवश्य मिलेगा।''

''अभी तो आपने कहा कि आपकी इच्छा इन्हें अपनी सेवा में रखने की है।'' शत्रुंजय ने ठिठोली की।

दुर्भीक्ष ने क्षण भर उसे घूरा, ''मैं भोजन पकाने की सेवा के विषय में बात कर रहा था, तुम कुछ तीव्रता से ही निष्कर्ष पर पहुँचने लगते हो।''

शत्रुंजय, त्रयम्बक की ओर देख मुस्कुराया। त्रयम्बक ने अपना मुख भावविहीन ही रखा।

वन में एक वृक्ष के नीचे बैठे महाबली अखण्ड अपनी तलवार पत्थर पर रगड़कर उसे धार दे रहे थे। शीघ्र एक गुप्तचर उनके समीप आया।

''कहो क्या सूचना है बिंगरौली की?'' अखण्ड ने उससे प्रश्न किया।

''सूचना चिंताजनक है महाबली, इस बार बिंगरौली से मजदूरों को उठाने स्वयं महाराज जयवर्धन सेना लेकर आ रहे हैं।'' गुप्तचर ने सूचित किया।

''किन्तु बिंगरौली में तो अभी कोई विशेष विद्रोह का संकेत तो नहीं मिला था।'' अखण्ड ने संशय जताया।

''ये निर्णय बाकी दो गाँवों करौल और बलरामपुर में हुई गतिविधियों के कारण लिया गया है महामहिम।'' गुप्तचर ने कहा।

''मेघवर्ण और चंद्रकेतु भी यहाँ नहीं हैं, ये तो बड़ी विकट समस्या हो गयी। अनुमान नहीं था कि भैरवनाथ की अनुपस्थिति में जयवर्धन ऐसा कोई निर्णय इतनी शीघ्रता से ले पायेगा, उसका साहस तो बड़ी जल्दी टूट गया।'' अखण्ड विचलित हो उठे।

''मेरे लिए क्या आदेश है महामाहिम ?'' गुप्तचर ने प्रश्न किया।

कुछ क्षण विचार कर अखण्ड ने कहा, ''मैं एक संदेश पत्र देता हूँ उसे अघोरी बाबा अवधूत तक पहुँचा दो, नंदका को सहायता की आवश्यकता पड़ेगी... और एक दूत को भेज नंदका को भी संदेश पहुँचा दो कि जब वो जयवर्धन का सामना करे तो अपनी प्रतिशोध की अग्नि को ठण्डा रखे, मेरी भेजी हुई सहायता से पूर्व वो जयवर्धन से द्वन्द्व करने को आतुर न हो।''

अगले दिन प्रातः शत्रुंजय ने बिंगरौली के आश्रम में प्रवेश किया। वेदों के ज्ञान के उपरांत जब शस्त्राभ्यास का समय आया तो एक और योद्धा सामने आया जो पहले वहाँ उपस्थित नहीं था। शत्रुंजय को उसका पहनावा और हावभाव तनिक अजीब लगा।

सिर पर श्वेत पगड़ी, चमकीली आँखें, पतली मूँछ के साथ कवच धारण कर ऐसे आया था मानों युद्ध पर निकला हो। मुख इतना कोमल जैसे अठारह वर्ष की भी आयु का न हो।

नंदकेश्वर के आदेश पर शीघ्र ही शस्त्राभ्यास आरंभ हुआ। श्वेत पगड़ी धारक उस योद्धा ने खड्ग युद्ध की कला में शत्रुंजय के अतिरिक्त सभी को धूल चटा दी।

शीघ्र ही नंदका ने शत्रुंजय को तलवार उठाकर उस योद्धा से द्वन्द्व करने का आदेश दिया।

शत्रुंजय ने उसका प्रथम प्रहार सरलता से अपनी तलवार पर रोक लिया। इसके उपरांत वो प्रहार पर प्रहार करता गया और शत्रुंजय केवल अपना रक्षण करता रहा। जब अधिक देर हुई तो अपनी शक्ति का भेद खुलने के भय से शत्रुंजय ने पराजय स्वीकार कर ली। उस योद्धा के अगले वार पर शत्रुंजय ने तलवार भूमि पर गिरा दी।

"वाह चंद्रकांत! अद्भुत कौशल का प्रदर्शन किया तुमने।" नंदकेश्वर ने उसकी प्रशंसा करते हुए कहा।

चंद्रकांत ने अपने गुरु को प्रणाम किया और शत्रुंजय को घूरते हुए देखा। उसके नेत्रों की चमक में शत्रुंजय को आकर्षण का अनुभव हुआ। सूर्यास्त के आधे प्रहर पूर्व ही अभ्यास सत्र समाप्त हुआ और सभी अपने-अपने घरों को लौट गये।

घर जाते हुए चंद्रकांत शत्रुंजय के पास से गुजरा, जहाँ उसका एक अंगवस्त्र भूमि पर रह गया। शत्रुंजय ने वो अंगवस्त्र उठाया तो देखा कि चंद्रकांत अपने अंगवस्त्र को भूलकर वहाँ से निकल चुका है। शत्रुंजय ने उसका पीछा करने का निर्णय लिया। कुछ कोस तक उसका पीछा करने के उपरांत चंद्रकांत एक नदी के पास रुका। वहाँ उसने अपनी पगड़ी उतारकर अपने केश खोले और अपनी नकली मूँछ भी हटायी और नदी के जल से अपने बाल धोने लगा।

'अच्छा तो ये कोई कन्या है जो पुरुष का भेष बनाये घूम रही है।' शत्रुंजय ने उसके शरीर की बनावट को देख अनुमान लगाने का प्रयास किया।

नदी में जलक्रीड़ा करने के उपरांत उस कन्या ने वापस चंद्रकांत का भेष धरा और नदी से बाहर आया।

'इसका भेद तो जानना पड़ेगा।' विचारकर शत्रुंजय उसके पीछे लग गया।

चंद्रकांत को भी महसूस हो गया कि कोई उसके पीछे आ रहा है। उसने कुछ क्षण

रुककर इधर-उधर देखा फिर वन की ओर बढ़ गया।

शत्रुंजय उसके पीछे चला जा रहा था, वहीं चंद्रकांत घने वन में घुसा चला जा रहा था। सूर्यास्त के साथ अंधकार छाना भी आरम्भ हो चुका था। आगे बढ़ते-बढ़ते शत्रुंजय के सामने एक धुंध-सी छा गयी। कदाचित उस धुंध का ही प्रभाव था जो शत्रुंजय पर मूर्च्छा छाने लगी। अगले चंद क्षणों में ही वो मूर्छित होकर भूमि पर गिर पड़ा।

कुछ घड़ियों के उपरांत जब उसके नेत्र खुले तो उसने देखा कि उसके दोनों हाथ दो नारियल के वृक्षों से बँधे हुए हैं।

अगले ही क्षण चंद्रकांत की तलवार उसकी गर्दन पर थी। आसपास लगभग दस सशस्त्र योद्धा तलवार लिये खड़े थे और चंद्रकांत उसे क्रोध भरी दृष्टि से घूर रहा था।

''क्यों पीछा कर रहे थे मेरा?'' चंद्रकांत ने प्रश्न किया।

शत्रुंजय उसे देख मुस्कुराया, ''वैसे तुम पुरुषों का स्वर अच्छा निकाल लेती हो।''

चंद्रकांत स्तब्ध रह गया, ''काफी चतुर प्रतीत होते हो।'' कहकर उसने अपनी मूँछ और पगड़ी निकाली।

शत्रुंजय उसे एक सम्पूर्ण कन्या के रूप में देख उसके रूप लावण्य को देख स्तब्ध रह गया। वो कन्या बस शत्रुंजय को घूरे जा रही थी।

शत्रुंजय ने अपने होश सँभाले और उस कन्या को चेतावनी दी, ''तो तुम अपने गुरु के साथ छल कर रही हो; यदि उन्हें ज्ञात हुआ तो...।''

''मैंने कोई छल नहीं किया उनके साथ। मैंने पहले ही उन्हें बता दिया था कि, मैं विदर्भ के एक पूर्व सैनिक की पुत्री हूँ जिनकी वर्षों पूर्व उन्हीं के योद्धाओं ने हत्या कर दी, और मैं उनका प्रतिशोध लेने के लिए एक योद्धा बनना चाहती थी। आचार्य नंदकेश्वर पुरुष और स्त्री में कोई भेद नहीं करते, इसलिए मुझे ये अवसर प्रदान किया और मुझे पुरुष वेश में रहने का सुझाव दिया।'' उस कन्या ने विस्तार से कहा।

''और उन्हें अपना नाम क्या बताया तुमने, राजकुमारी चंद्रलेखा?''

शत्रुंजय के उन शब्दों से वो कन्या स्तब्ध रह गयी।

शत्रुंजय हँसा, ''चौंकने की आवश्यकता नहीं है राजकुमारी; अपने सैनिकों के हाथों में पहने बाजूबंद की ओर देखो, ये विदर्भ के विशिष्ट योद्धाओं का ही पहनावा है।''

उस कन्या ने उसे क्षण भर देखा और उसकी गर्दन पर तलवार सटाकर कहा, ''ठीक समझा तुमने, मैं ही राजकुमारी चंद्रलेखा हूँ।''

"हाँ तुम्हारे रूप का वर्णन सुन रखा था मैंने, अर्थात भ्रांतियाँ असत्य नहीं थीं।" शत्रुंजय ने उसे मुस्कुराकर देखा।

चंद्रलेखा ने उस पर कटाक्ष किया, "चलो अच्छा है, मृत्यु से पूर्व तुम्हें मेरे जैसी रूपवती के दर्शन मिल गये, आशा है तुम्हें मुक्ति मिलेगी, क्योंकि हमारा भेद जान लेने के उपरांत हम तुम्हें जीवित नहीं छोड़ सकते।"

शत्रुंजय कटाक्षमय स्वर में हँसा, "तुम चतुर अवश्य हो राजकुमारी, किन्तु एक बात पर तुमने ध्यान नहीं दिया।"

"और वो क्या?"

"आश्रम में तुमने मुझे पराजित नहीं किया, अपितु मैंने अपनी स्वेच्छा से तलवार गिरायी थी।" कहकर शत्रुंजय ने वृक्ष से बँधी रस्सियों को तोड़ डाला और मुक्त हो गया। यह देख चंद्रलेखा ने तलवार उसकी ओर चलायी, किन्तु शत्रुंजय ने अपने हाथों में बँधी रस्सी को उसकी तलवार पर लपेटा और क्षण भर में उसे निःशस्त्र कर दिया। चंद्रलेखा स्तब्ध रह गयी।

"समाप्त कर दो इसे!" चंद्रलेखा ने वहाँ उपस्थित अपने दस योद्धाओं को आदेश दिया।

वो दसों योद्धा अपनी अपनी तलवारें लिये शत्रुंजय की ओर दौड़ पड़े। शत्रुंजय ने तलवार पर रस्सी का कसाव बढ़ाया और सामने आते पहले योद्धा के पैर पर दूर से ही वार किया। वो अपना संतुलन खोकर भूमि पर गिर पड़ा। रस्सी तलवार के धारदार भाग पर बँधी थी और शत्रुंजय वार तलवार के मुठ्ठ से कर रहा था इसलिए उस योद्धा का रक्त तो नहीं बहा किन्तु उसके बायें पाँव की एड़ी अवश्य टूट गयी। ऐसे ही करते किसी के कंधे, किसी के मस्तक, किसी के घुटनों और मर्म स्थलों पर वार करके उन्हें बेबस करता गया। अंत में चंद्रलेखा उसके सामने अकेली खड़ी रह गयी। अपनी कमर में बँधी कटार निकाल वो शत्रुंजय की ओर दौड़ पड़ी। तब तक शत्रुंजय ने अपनी रस्सियाँ खोल ली थीं।

उसने अपने दायें हाथ से चंद्रलेखा का वार रोका और उसे पलटकर बायें हाथ से उसके दोनों हाथ पकड़कर पकड़े और उसकी कटार उसी की गर्दन पर लगा दी।

"अब क्या करोगी राजकुमारी चंद्रलेखा, अब तुम्हारे रक्षण के लिये यहाँ कोई नहीं आने वाला।" शत्रुंजय ने उससे कठोर शब्दों में प्रश्न किया।

"कौन हो तुम, तुम्हें ज्ञात भी है कि मेरे पिता कौन हैं?" चंद्रलेखा ने उसे चेतावनी भरे स्वर में कहा।

"महाराज जयवर्धन तो इस समय यहाँ आने से रहे, रही बात मेरी तो जब उचित

समय आयेगा तब तुम्हें मेरा परिचय भी प्राप्त हो जायेगा।''

''मुझसे क्या चाहते हो?'' चंद्रलेखा ने खीझते हुए प्रश्न किया।

शत्रुंजय हँसा, ''मैं तो बस एक जिज्ञासु हूँ राजकुमारी, आपके सौंदर्य पर मोहित होकर यहाँ चला आया।''

''तुम एक उत्कृष्ट योद्धा हो युवक, मुझसे छल न करो, परिचय दो अपना।''

''छल तो वो है जो तुम अपने गुरुदेव के साथ कर रही हो राजकुमारी; विचार करो, यदि मैं तुम्हारा भेद तुम्हारे गुरुदेव के समक्ष खोल दूँ तो।''

चंद्रलेखा मुस्कुरायी, ''तुम्हारे जैसा कपटी जो स्वयं अपनी पहचान छुपाकर बैठा है वो भला क्या किसी का भेद खोलेगा।''

''हम्म चतुर तो तुम हो... तो चलो मैं तुम्हारे समक्ष एक प्रस्ताव रखता हूँ, मैं तुम्हारा भेद छिपाकर रखूँगा और यहाँ जो कुछ भी हुआ तुम उस विषय में गुरुदेव से कुछ नहीं कहोगी।''

कोई मार्ग न पाते हुए चंद्रलेखा ने सहमति जतायी, ''स्वीकार है।''

शत्रुंजय ने उसे मुक्त कर दिया। चंद्रलेखा ने राहत की साँस ली, ''एक बार मेरे पिता को यहाँ आने दो फिर देखती हूँ।''

''क्या जीवन भर तुम्हारे पिता ही तुम्हारे संरक्षक बनकर रहेंगे?'' कहकर शत्रुंजय ने उसकी कटार उसकी ओर उछाली।

चंद्रलेखा ने वो कटार पकड़ी और प्रश्न किया, ''कहना क्या चाहते हो?''

शत्रुंजय ने मुस्कुराकर भूमि पर पड़े योद्धाओं की ओर देखा, ''प्रतीत होता है, तुम्हारे रक्षकों को उपचार की आवश्यकता है।'' कहकर शत्रुंजय लौटकर जाने लगा।

चंद्रलेखा की संशय भरी दृष्टि उसी पर जमी रही। वन में प्रवेश करने से ठीक क्षण भर पूर्व शत्रुंजय उसकी ओर पलटा, ''वैसे मेरे प्रेम प्रस्ताव के विषय में विचार अवश्य कीजिएगा राजकुमारी।''

''हाँ अवश्य... एक क्षण....क्या कहा?'' चंद्रलेखा स्तब्ध रह गयी। इससे पूर्व वो शत्रुंजय से कुछ और कहती वो घने वनों में लुप्त हो चुका था।

अंततः शत्रुंजय के प्रस्ताव को सुन चंद्रलेखा की मुस्कान छिपाये नहीं छिपी।

उसी रात्रि एक गणान्य गुप्तचर नंदका के पास आया। नंदका ने उसे देख प्रश्न किया, ''पीछा किया उसका?''

''उसका ही नहीं अपितु उन दोनों का पीछा किया महामहिम; वो नया बालक

शत्रुंजय, राजकुमारी चंद्रलेखा का पीछा करते-करते उनके गुप्त निवास स्थान तक पहुँच गया था।''

''हम्म... तो उसे राजकुमारी के विषय में कितना ज्ञात हुआ?'' नंदका ने प्रश्न किया।

''सबकुछ महामहिम। राजकुमारी ने उसे पहले अपना पीछा करने दिया और उसे शक्तिहीन समझकर अपने निवास स्थान तक आने दिया। किन्तु वो इतना प्रवीण योद्धा था कि पहले राजकुमारी को निःशस्त्र किया, फिर रस्सी से बँधी तलवार से राजकुमारी के सभी अंगरक्षकों को बिना रक्त बहाये विवश कर दिया।'' गणान्ग ने वहाँ हुई घटना के विषय में विस्तार से बताया।

नंदका ने गम्भीरता से विचार किया, ''अर्थात आश्रम में उसने पराजित होने का ढोंग किया। इस पर दृष्टि जमाये रखने के लिये और भी गुप्तचरों को लगा दो, क्योंकि ये अज्ञात युवक शत्रुंजय हमारे लिए संकटकारी सिद्ध हो सकता है। और हाँ, स्मरण रहे कि राजकुमारी चंद्रलेखा को उसी भ्रम में रखना है कि हम उसका भेद नहीं जानते, क्योंकि उसे संदेह नहीं होना चाहिए कि उसकी गतिविधियों पर भी दृष्टि रखी जा रही है।''

अष्टम अध्याय

बलिप्रथा

नागलोक

कुलदेवता शेषनाग के मंदिर में उनकी मूरत के ठीक नीचे विदर्भ का युवराज दिग्विजय ध्यान में लीन था। मंदिर के भीतर उसके अतिरिक्त और कोई नहीं था। सुनंदा वहीं मंदिर के द्वार पर मौन बैठी थी।

नागरानी कनिष्का वहाँ आयीं और उसके पास बैठीं, ''दो मास बीत चुके हैं पुत्री, तुम कब तक यूँ ही बैठी रहोगी? दिग्विजय का तप न जाने कब समाप्त होगा।''

सुनंदा ने विनय करते हुए कहा, ''क्या वास्तव में उसे एक नागरूप देना आवश्यक है?''

कनिष्का मुस्कुरायीं, ''जानती हूँ ये तुम्हारे लिए भी कठिन समय है पुत्री, किन्तु मेरे उपरांत नागजाति का कोई योग्य संरक्षक भी तो शेष नहीं है। और नागों का राजा बनने के लिये दिग्विजय को नागरूप धारण करना ही होगा, क्योंकि एक मानव को नागजाति का नायक ये समुदाय कभी स्वीकार नहीं कर सकता।''

''देव शेषनाग के दिव्य फरसे का स्पर्श पाते ही मेरी और युवराज की स्मृति तो लौट आयी किन्तु कदाचित हमारा मिलन इस जन्म में भी सम्भव नहीं होगा।'' सुनंदा ने निराशा भरे स्वर में कहा।

''निराश न हो पुत्री कोई न कोई उपाय निकल ही आयेगा।'' कनिष्का ने उसे

समझाने का प्रयत्न किया।

शीघ्र ही एक नाग सैनिक मंदिर के द्वार पर आया। उसने कनिष्का को प्रणाम करके सूचना दी, ''नागराज वासुकी नागलोक की सीमा पर आपकी प्रतीक्षा में हैं महारानी।''

कनिष्का को तनिक आश्चर्य हुआ, 'महान शिवभक्त और महादेव के गले का शृंगार वासुकी यहाँ पर?' उन्होंने दूत से प्रश्न किया, ''आगमन का कारण बताया उन्होंने?''

''नहीं महारानी वो बस आपसे भेंट करना चाहते हैं; उनका आदेश है कि आप शीघ्र ही शीघ्र ही अपने पुत्र को लेकर उनके समक्ष उपस्थित हों।''

''पुत्र को लेकर, किन्तु इससे तो दिग्विजय की तपस्या भंग हो जायेगी; उनसे कहो कि थोड़ी प्रतीक्षा तो करें।'' कनिष्का ने दूत से कहा।

''वो बहुत क्रोध में हैं, कुछ भी सुनने को तैयार नहीं हैं; उन्होंने चेतावनी दी है कि यदि एक प्रहर के भीतर आप उनके समक्ष प्रस्तुत नहीं हुईं तो वो इस पूरे को लोक को ध्वस्त कर देंगे।'' उस सैनिक ने सहमते हुए कहा।

''ठीक है उनसे जाकर कहो हम शीघ्र से शीघ्र वहाँ उपस्थित होंगे।'' कनिष्का के आदेश पर वो नाग सैनिक सीमा की ओर दौड़ा।

कनिष्का, सुनंदा की ओर देख मुस्कुरायीं, ''कदाचित ये प्रकृति भी तुम्हारे प्रेम के झुक गयी।''

सुनंदा के कुछ कहने से पूर्व ही नागरानी ने कनिष्का ने उसे रोका, ''मैं तुम्हें दोष नहीं दे रही पुत्री, दुःख तो इस बात का है कि कदाचित हमारे वंश की सत्ता का समय समाप्त होने वाला है... दिग्विजय की तपस्या भंग करनी होगी। तुम यहीं रहना, मैं और दिग्विजय उनसे भेंट करके आते हैं।''

शीघ्र ही दिग्विजय को लेकर कनिष्का नागराज वासुकी के समक्ष प्रस्तुत हुईं। दोनों ने उन्हें प्रणाम किया। वासुकी ब्राह्मण का वेश धरकर आये थे। उनकी जटाएँ लम्बी और दाढ़ी छाती तक थी। हाथ में कमण्डल और शरीर पर भगवा वस्त्र धारण किये वह अपने नेत्रों से क्रोध की अग्नि वर्षा कर रहे थे, ''तुम इस योग्य नहीं जो मैं तुम्हारा प्रणाम स्वीकार करूँ।''

कनिष्का ने विनम्र भाव से कहा, ''आप क्रोध न करें प्रभु, ये बतायें कि आपके क्रोध का कारण क्या है?''

''कारण क्या है...'' वासुकी के नेत्रों में मानों ज्वाला धधक रही थी, ''एक मानव को नागरूप में परिवर्तित कर उसे नागों का शासक बनाना चाहती हो, सत्ता की ऐसी लालसा है तुम्हें कि प्रकृति के बनाये नियमों को ताक पर रखकर अपना स्वार्थ सिद्ध

करना चाहती हो।''

''नहीं नहीं प्रभु, न मैं लोभी हूँ और न ही मेरा पुत्र। मैंने तो ऐसा इसलिए किया ताकि नागजाति को एक उत्तम और योग्य शासक मिल सके, क्योंकि मुझे अपने योद्धाओं में ऐसा कोई नहीं मिला जो इस उत्तरदायित्व का निर्वहन कर सके। और तो और मेरा पुत्र तो इस उत्तरदायित्व के लिए अपने पूर्व जन्म के प्रेम की भी आहुति देने को सज्ज हो गया, इसमें आपको सत्ता का लोभ क्यों दिखता है, प्रभु?'' कनिष्का ने विनम्रतापूर्वक कहा।

वासुकी का क्रोध कम नहीं हुआ, ''तुम्हारी आँखों पर पुत्र मोह की ऐसी पट्टी बँधी है कनिष्का कि तुम्हें अपने पुत्र से अधिक योग्य कोई दिखता ही नहीं। विधाता ने तुम्हारे पुत्र को एक मानव के रूप में जन्म दिया और तुमने उसे देव शेषनाग की तपस्या कर उसे नागरूप देने का प्रयास किया; तुम्हें ज्ञात भी है कि देव शेषनाग इस समय कितने बड़े धर्मसंकट में हैं, कि वो अपने अनन्य भक्त की इच्छा पूरी करने हेतु प्रकृति के नियम का उल्लंघन कैसे करें।''

''किन्तु जब वर्षों पूर्व मेरे युगांधार के प्राणों पर बनी थी तब तो इसके शरीर से नागरूप अलग करकर इसके प्राणों की रक्षा की गयी थी न प्रभु... तो फिर...।''

''कुतर्क देना बंद करो नागरानी। उस समय युगांधर के प्राण बचाने का कोई और मार्ग नहीं था, और वैसे भी एक नाग का विष छीनकर उसे एक मानव तो एक बार बनाया भी जा सकता है, किन्तु एक मानव को नाग परिवर्तित करने का प्रयास करना प्रकृति पर ही नहीं अपितु सम्पूर्ण नागजाति के सम्मान पर भी एक बड़ा आघात है। ये एक महाअपराध है जिसका दण्ड तुम्हें अवश्य प्राप्त होगा। विश्वास नहीं होता कि अपने निजी स्वार्थ के लिये ऐसा जघन्य अपराध करने के उपरांत भी तुममें हमसे विवाद करने का साहस है।'' वासुकी ने क्रोध में भरकर कहा।

अपनी माता को संकट में देख दिग्विजय ने प्रार्थना की, ''हे प्रभु वासुकी, मेरी माता को क्षमा कीजिए; हमें ये राज्य नहीं चाहिए, मैं अपने परिवार को लेकर ये लोक छोड़कर चला जाऊँगा।''

''कोई भी अपराधी अपने किये पापों के दण्ड से बच नहीं सकता और तुम्हारी माता को क्या दण्ड देना है इसका निर्णय मैं नहीं अपितु नागलोक का भावी नरेश लेगा।'' वासुकी ने घोषणा की।

कनिष्का ने हाथ जोड़कर निवेदन किया, ''हमें आपका लिया हर निर्णय स्वीकार है प्रभु, किन्तु ये तो बताइए कि नागलोक का वह भावी उत्तराधिकारी आखिर है कौन?''

''मैं उसे साथ लेकर आया हूँ।'' कहकर वासुकी ने पुकार लगायी, ''सामने

आओ तक्षक!''

वासुकी के आदेश पर घने वृक्ष पर बैठा एक सर्प रेंगते हुए भूमि पर आया और वासुकी के निकट आकर मानव वेश धर लिया।

उसका मुख देखते ही कनिष्का को क्रोध आ गया, ''आप इस कपटी को नागलोक का राजा बनाना चाहते हैं प्रभु।''

वासुकी को क्रोध आ गया, ''तुम इसे कपटी कह रही हो, भूल गयी अपने पिता विषन्धर का कपट, कैसे उसने नागप्रजा को विद्रोह के लिये उकसाया और भूतपूर्व नागराज तक्षक की सत्ता छीन ली। मैं तो तभी उसे दण्ड दे देता, किन्तु देव शेषनाग की विनती पर मुझे पीछे हटना पड़ा; किन्तु अब तुम्हारे किये अधर्म से देव शेषनाग भी तुमसे रुष्ट हैं कनिष्का। इसलिए समय आ गया है कि नागलोक को उसका वास्तविक उत्तराधिकारी मिल जाये जो कि तक्षक है।''

तक्षक ने मुस्कुराते हुए कनिष्का की ओर देखा। कनिष्का लहू का घूँट पीकर रह गयी, फिर भी उन्होंने वासुकी के निर्णय पर सहमति जतायी, ''आपकी आज्ञा शिरोधार्य है प्रभु। और आपका दिया दण्ड भी मैं मस्तक पर धारण करूँगी।''

''अवश्य... दण्ड की पात्र तो तुम हो ही और तुम्हारा दण्ड ये है कि तुम अभी इसी समय अपने परिवार को लेकर नागलोक छोड़कर चली जाओ। तुम अपने पुत्र को नागरूप देकर उसे सिंहासन पर बैठाने के साथ दीर्घायु भी बनाना चाहती थी न, अब मैं तुमसे भी तुम्हारी नागशक्तियाँ छीन रहा हूँ। अब तुम भी अपने पुत्र के साथ जाकर एक सामान्य मानव की भाँति जीवन व्यतीत करो।''

वासुकी का दण्ड सुनकर कनिष्का ने उन्हें आदरपूर्वक प्रणाम किया, ''इससे उत्तम दण्ड तो हो ही नहीं सकता प्रभु; एक सामान्य स्त्री का जीवन इस नागिन रूप से कहीं अधिक उत्तम है, अब मैं अपने पुत्र के साथ एक साधारण जीवन व्यतीत करूँगी, आपका बहुत-बहुत आभार प्रभु।''

वासुकी झल्ला उठे। उन्होंने दिग्विजय के हाथ में देव शेषनाग का दिया हुआ दिव्य फरसा देख उसे कठोर स्वर में आदेश दिया, ''इस दिव्य फरसे पर अब तुम्हारा कोई अधिकार नहीं है मानव, तुम देव शेषनाग के इस प्रसाद के योग्य नहीं हूँ।''

''किन्तु देव शेषनाग ने इसकी योग्यता देख...।''

कनिष्का का प्रलाप सुन वासुकी क्रोधित हो गये, ''एक जन्म के कर्मों का फल हर जन्म प्राप्त नहीं होता कनिष्का; ये दिव्यास्त्र इसे नागजाति का संरक्षक समझकर दिया गया था, इसे निजी स्वार्थ के लिये प्रयोग नहीं किया जा सकता। अब यदि तुमने मेरे किसी निर्णय पर प्रश्न उठाया तो तुम्हें श्राप से कोई नहीं बचा सकता।''

वासुकी का क्रोध देख दिग्विजय ने क्षमायाचना की और घुटनों के बल झुककर

फरसे को वासुकी के समक्ष प्रस्तुत किया, ''मेरी माता को क्षमा कीजिए प्रभु, पुत्र मोह में उनसे भूल हो गयी; हम वचन देते हैं कि अभी इसी समय अपने परिवार को लेकर यहाँ से प्रस्थान कर जायेंगे।''

''दूर हो जाओ मेरी दृष्टि से और शीघ्र से शीघ्र ये लोक छोड़कर चले जाओ!'' वासुकी ने आदेश दिया।

''जो आदेश प्रभु, जो आदेश।'' दिग्विजय ने उठकर अपनी माता से विनती की, ''चलिए माताश्री, सुनंदा को लेकर हमें शीघ्र से शीघ्र यहाँ से निकलना चाहिए।''

कनिष्का ने सहमति जतायी और अपने पुत्र को साथ लेकर नागलोक छोड़ने की तैयारी करने लौट गयी। उनके जाने के उपरांत वासुकी तक्षक की ओर मुड़े, ''मैं तुम्हें भी एक चेतावनी देना चाहता हूँ तक्षक!''

तक्षक ने हाथ जोड़कर विनम्रता से कहा, ''मुझसे क्या भूल हो गयी प्रभु?''

''अभी तो तुमने कोई भूल नहीं की, किन्तु मैं नहीं चाहता तुम अपनी पुरानी भूल दोहराओ। यदि नागप्रजा में फिर से असंतोष अराजकता फैली तो दण्ड के लिये सज रहना।'' वासुकी ने चेतावनी भरे स्वर में कहा।

''नहीं नहीं प्रभु, ऐसी भूल दोबारा नहीं होगी, मैं अपनी प्रजा को संतुष्ट रखने का पूर्ण प्रयास करूँगा।''

''तो ठीक है जाओ और अपना सिंहासन सँभालो, और अपनी प्रजा का विश्वास पुनः जीतने का प्रयत्न करो।'' कहकर वासुकी अंतर्धान हो गये।

तक्षक ने उन्हें प्रणाम किया और नागलोक की ओर बढ़ चला।

मेघवर्ण और चंद्रकेतु त्रिगर्ता की सीमा की ओर जा रहे थे। मार्ग में घना वन आया जो एक पहाड़ पर स्थित था, किन्तु यही त्रिगर्ता की सीमा में प्रवेश करने का सबसे छोटा मार्ग था जिसके पास सैन्य सुरक्षा भी कम थी। दोनों ने अपने अश्व पर्वत के पास ही छोड़े और अपनी तलवारों से घनी झड़ियों को काटते हुए चढ़ाई आरम्भ की।

''तो आगे की क्या योजना है?'' चंद्रकेतु ने चलते हुए मेघवर्ण से प्रश्न किया।

''सुना है विजयदशमी से पूर्व उपनंद दो सौ बहेलिये पहलवानों को अपने राज्य के विभिन्न कोनों में भेजता है, ताकि वो पशुओं को उठाकर राज्य में लायें और विजयदशमी के पावन अवसर पर उनकी बलि चढ़ायी जा सके। हमें बस दो बहेलियों को मारकर उनका स्थान लेना है और महल में प्रवेश करना है।'' मेघवर्ण ने कहा।

''वाह! क्या योजना है और महल के रक्षक अपने भेजे बहेलियों को तो पहचानते ही नहीं होंगे है न।'' चंद्रकेतु ने कटाक्षमय स्वर में कहा।

मेघवर्ण ने चलते हुए सामने की एक झाड़ी काटते हुए कहा, ''तुम अधिक बुद्धि का उपयोग मत करो, घुटनों में पीड़ा हो जायेगी, बस चलते रहो।''

चंद्रकेतु ने झल्लाते हुए अपनी तलवार चलाकर अपने सामने की झाड़ी काटकर कहा, ''हाँ हाँ ठीक है, वो तुम्हारी योजना से ही पता चल जायेगा कि तुम्हारी बुद्धि कितनी तीक्ष्ण है।''

''तो फिर चलते रहो।'' मेघवर्ण ने भी अपने सामने की एक घनी झाड़ी को तितर बितर करते हुए कहा।

शीघ्र ही वो दोनों उस पर्वत को पार करके वन के अंतिम छोर तक पहुँच गये, जहाँ त्रिगर्ता की सीमा स्पष्ट दिखाई दे रही थी। नगर के प्रवेश द्वार पर लगभग बीस सशस्त्र सैनिक पहरा दे रहे थे।

''केवल बीस सैनिक, इन्हें तो मैं कुछ ही क्षण भर में ही ढेर कर दूँगा।'' चंद्रकेतु ने जोश में भरकर कहा।

''हाँ हाँ क्यों नहीं, हम यहाँ अपने बल प्रदर्शन के लिये ही तो आये हैं।'' मेघवर्ण ने उस पर कटाक्ष करते हुये कहा।

चंद्रकेतु ने झल्लाकर कहा, ''ठीक है तुम्हीं अपनी योजना बता दो।''

''कुछ विशेष नहीं, हमें संध्या तक यहीं प्रतीक्षा करनी है; बहेलिये पहलवानों के दल का एक बड़ा भाग इसी वन से पशुओं को उठाने आता ही होगा।'' कहकर मेघवर्ण ने चंद्रकेतु को योजना समझायी।

''अच्छा चलो देखते हैं।''

शीघ्र ही सूर्यास्त हो गया और वन में अंधकार छाने लगा। मेघवर्ण और चंद्रकेतु दो ऊँचे समानांतर वृक्षों की डाल पर बैठे हुए थे। सामने ही जंगली भैंसों का दल घूम रहा था जिसमें दस व्यस्क भैंसें और लगभग सत्रह बछड़े थे। चालीस बहेलिये पहलवान छुपते-छुपाते उस पशु दल को चारों ओर घेरा बनाने लगे।

चंद्रकेतु ने बहेलियों की वेशभूषा को देखा। गले में हड्डियों की माला, पूरे शरीर पर राख पुती हुई थी और कमर के नीचे भी काली धोती पहन रखी थी ताकि अंधकार में उन्हें कोई पहचान न सके, ''ओह! तो इसलिए मेघवर्ण अपनी योजना को लेकर इतना आश्वस्त था... इन बहेलियों को तो कोई दिन में भी न पहचान सके।''

चंद्रकेतु ने मेघवर्ण की ओर देखा। अकस्मात ही उसका रूप देख स्तब्ध रह गया। बिखरे हुए लम्बे बाल, सम्पूर्ण शरीर पर राख और धोती भी काली, 'ये वृक्ष की शाखा पर वनमानुष कहाँ से आ गया, यहाँ तो मेघवर्ण बैठा था।'' चंद्रकेतु उसकी ओर अविश्वास भरी दृष्टि से देखने लगा।

मेघवर्ण उसकी ओर देख मुस्कुराया और एक पोटली उसकी ओर फेंकी। चंद्रकेतु ने पोटली खोलकर देखी तो उसमें एक काली धोती और राख थी, ''ये तो मेघवर्ण की पोटली है।''

वो मेघवर्ण का संकेत समझ गया, ''बताओ अब यही दिन देखना बाकी था कि वृक्ष पर खड़े होकर वस्त्र बदलना होगा।''

मेघवर्ण ने उसे शीघ्रता करने का संकेत दिया।

''हाँ हाँ समझ गया।'' चंद्रकेतु ने वृक्ष की डाल पर ही खड़े होकर काली धोती पहनी और सम्पूर्ण शरीर पर राख लगायी।

अंधकार होते ही बहेलियों ने दस व्यस्क भैंसों पर सुइयाँ चलायी, परिणामस्वरूप वो एक-एक करके मूर्छित होकर गिरने लगीं। तब तक मेघवर्ण और चंद्रकेतु धीरे-धीरे वृक्ष से नीचे उतर आये और इससे पूर्व कि बहेलिये आगे बढ़ने के लिये मशाल जलाते उन दोनों ने दो बहेलियों को पकड़ा और अंधकार का लाभ उठाकर उन्हें घसीट ले गये। शीघ्र ही दोनों ने उनके गले की हड्डियाँ उतार अपने-अपने गले में पहन लिया। तत्पश्चात बहेलियों के मशाल जलाने से पूर्व ही वो उनके दल में सम्मिलित हो गये।

सारे वयस्क भैंसों के मूर्छित होने के उपरांत बहेलियों ने सभी सत्रह बछड़ों को घेरकर उन्हें बंदी बना लिया। मेघवर्ण और चंद्रकेतु बड़ी सरलता से उस दल में सम्मिलित हो गये। अगली रात्रि वो दल पशुओं को बंदी बनाने एक दूसरे वन में गया और सूर्यास्त के उपरांत घने वन में छुप एक और पशुदल को घेरकर अंधकार होने की प्रतीक्षा करने लगा।

मेघवर्ण और चंद्रकेतु आसपास ही छुपे थे। चंद्रकेतु ने कटाक्षमय स्वर में प्रश्न किया, ''तो तुम्हें पहले से इन बहेलियों के विषय में सबकुछ ज्ञात था और इसी के बल पर तुम अपनी बुद्धि का दम भर रहे थे।''

मेघवर्ण हँसा, ''हाँ सो तो है... उपनंद हर वर्ष अपने राज्य से ऐसे ही सौ बहेलियों को चुनता है जो एक दूसरे से अंजान हों ताकि वो एक-दूसरे की हत्या करने में हिचकिचायें नहीं।''

''ये बहेलिये एक-दूसरे की हत्या करते हैं?'' चंद्रकेतु ने आश्चर्यपूर्वक प्रश्न किया।

''प्रतिवर्ष विजयदशमी के अवसर पर त्रिगर्ता में पशु बलि का आयोजन किया जाता है। सप्तमी को ही बहेलियों के दल को राज्य के विभिन्न भागों में भेजा जाता है। इस बलि के लिये एक सौ बछड़े और एक विशालकाय भैंसे को बंदी बनाकर नगर के सबसे प्रमुख और भव्य दुर्गा मंदिर के पास लाया जाता है, फिर एक द्वन्द्व प्रतियोगिता का आयोजन होता है।''

''द्वन्द्व प्रतियोगिता?''

''हाँ... हर बछड़े की बलि चढ़ाने के लिये दो बहेलिये पहलवान आपस में द्वन्द्व करते हैं और जो विजयी हुआ उसे बछड़ों की बलि चढ़ाने का अवसर प्राप्त होता है।''

''और जो पराजित हुआ वो?''

''पराजित होने से उत्तम ये बहेलिये अखाड़े में वीरगति को प्राप्त करना अधिक उत्तम समझते हैं, क्योंकि विजयी हुये योद्धाओं को राज कुटुम्ब के अखाड़े में स्थान मिलता है जबकि पराजित हुए योद्धाओं को पहले बंदी बनाया जाता है फिर उनकी हत्या कर दी जाती है।''

कुछ क्षण विचार करने के उपरांत चंद्रकेतु ने गणना करते हुए कहा, ''दो सौ योद्धा सौ बछड़ों के लिये द्वन्द्व करेंगे तो एक सौ एकवें भैंसे की बलि कौन चढ़ायेगा।''

''उस भैंसे की बलि देवी माँ के चरणों में स्वयं उपनंद चढ़ाता है। किंतु उसे चुनौतियाँ बहुत प्रिय हैं; बलि चढ़ाने से पूर्व वो बहेलिये पहलवानों को चुनौती देता है कि यदि उनमें साहस हो तो वो उस बलि के लिये उपनन्द को द्वन्द्व की चुनौती दे सकते हैं।''

''हम्म... अब तुम गुप्तचरों की सहायता से सर्वज्ञाता हो ही गये हो तो ये भी बता दो कि ये बहेलिये शरीर पर राख क्यों मलते हैं?'' चंद्रकेतु ने प्रश्न किया।

''ये पिछले विजयदशमी में हुए हवन की राख है जो हर बहेलिये को वन में जाने से पूर्व अपने शरीर पर मलने के लिये दी जाती है। त्रिगर्ता में ये मान्यता है कि हवन की ये राख देवी जगदम्बा के आशीर्वाद का स्वरूप है और इसे शरीर पर मलकर यदि बलि चढ़ायी जाये तो जीव हत्या का दोष नहीं लगता।''

''ये तो अंधविश्वास की पराकाष्ठा है।'' चंद्रकेतु ने खीझते हुये कहा।

''हाँ, तुम्हारा कथन सत्य है, किंतु हमारे पास कोई और मार्ग नहीं है, हमें भी अपने-अपने प्रतिद्वन्द्वियों पर विजय पाकर एक एक बछड़े का सिर काटना ही होगा, उसके उपरांत देवी माँ के चरणों में पड़ने वाली अंतिम बलि देने के लिये मैं स्वयं उपनंद को चुनौती दूँगा।'' मेघवर्ण ने विश्वास भरे स्वर में कहा।

''हम्म... योजना तो उत्तम है; तो चलो अंधकार भी हो चुका है और मशाल जलाने का समय भी।''

मेघवर्ण और चंद्रकेतु ने अपनी-अपनी मशालें जलायीं और पशुओं के दल को बंदी बनाने आगे बढ़े।

अंततः विजयदशमी का वो पावन अवसर आ ही गया जिसकी मेघवर्ण और

चंद्रकेतु को प्रतीक्षा थी। भोर होते ही दो सौ बहेलियों ने सर्वप्रथम स्नान किया। स्नान के उपरांत उन्हें नयी काली धोतियाँ और पिछली विजयदशमी में प्रयोग हुई राख लाकर दी गयी। उन सभी के साथ मेघवर्ण और चंद्रकेतु ने भी वो राख अपने-अपने शरीर पर मल ली।

राख मलते हुए मेघवर्ण ने चंद्रकेतु को सलाह दी, ''स्मरण रहे चंद्रकेतु, जब तक कोई भी एक योद्धा अपने प्रतिद्वन्द्वी पर विजय पाकर पहले बछड़े की बलि नहीं चढ़ाता, तब तक हमें अपने शक्ति का व्यर्थ प्रदर्शन न करते हुए अपने-अपने प्रतिद्वन्द्वियों को उलझाये रखना है, इससे ये भी ज्ञात हो जायेगा कि हमें बछड़े की बलि चढ़ाने के उपरांत क्या करना है।''

चंद्रकेतु ने सहमति जतायी, ''हाँ हाँ समझ गया।''

शीघ्र ही बाकी बहेलियों के साथ उनके लिए भी नगर में प्रवेश द्वार खुल गया। उनके लिए एक विशेष प्रवेश द्वार था जिसके मार्ग में दोनों ओर कँटीली रस्सियाँ बँधी हुई थी ताकि कोई प्रजाजन भीतर आकर व्यवधान उत्पन्न न करें। समस्त प्रजा बड़ी गर्मजोशी से उन बहेलियों का स्वागत कर रही थी। सारे बहेलिये हुंकार भरते हुए अपने-अपने शस्त्रों के साथ अखाड़े की ओर बढ़ रहे थे। शीघ्र ही वो सभी अखाड़े में आये जहाँ सौ बछड़े बँधे हुये थे। भूमि से दस गज ऊपर एक चबूतरे का निर्माण हुआ था, जहाँ माँ जगदम्बा की पचास गज ऊँची प्रतिमा के ठीक नीचे उपनंद ब्राह्मणों के साथ पूजन आरम्भ करने को था। मूर्ति के नीचे आठ और मूर्तियाँ थीं जिनकी ऊँचाई लगभग दस गज थी। वो मूर्तियाँ क्रमशः माँ शैलपुत्री, माँ ब्रह्मचारिणी, माँ चन्द्रघण्टा माँ कूष्माण्डा, माँ स्कंदमाता, माँ कात्यायनी, माँ कालरात्रि, माँ महागौरी और माँ सिद्धिदात्री की छवि को दर्शा रही थी और जगदम्बा की मूर्ति के ठीक नीचे एक विशालकाय भैंसा भी बँधा हुआ था। उस भैंसे के मस्तक को छोड़ पूरे शरीर को स्वर्ण से अलंकृत किया गया था, यहाँ तक कि जिस खूँटे से वो बँधा था वह भी स्वर्णजड़ित था। विशाल हवन कुण्ड के तीन ओर एक सौ आठ ब्राह्मण बैठे हुए थे।

उपनंद अपनी पत्नी कणिका और पुत्र शक्रम्भ के साथ हवन कुण्ड के एक ओर बैठ गया। शक्रम्भ को देख ऐसा प्रतीत हो रहा था मानों अभी-अभी उसने युवावस्था में कदम रखा हो।

हवन-कुण्ड के ठीक सामने एक बड़े मैदान को रस्सियों से दो भागों में बाँटा गया था। मैदान के एक भाग में एक सीधी पंक्ति में दस-दस गज की दूरी पर सौ बछड़े बँधे हुए थे और दूसरे भाग में दो सौ बहेलिये एक दूसरे के समक्ष तलवारें लेकर द्वन्द्व को सज्ज खड़े थे, जिनमें मेघवर्ण और चंद्रकेतु भी सम्मिलित थे। हर एक बछड़े के ठीक सामने एक बहेलिया पीठ करके तो एक उसकी ओर मुँह करके खड़ा था... अर्थात दो पंक्ति में सौ सौ बहेलिये एक-दूसरे से द्वन्द्व को सज्ज खड़े थे।

उपनंद ने पूजन आरम्भ करने से ठीक पूर्व अपने सेनापति पारमित्र को संकेत दिया। पूजन आरम्भ हुआ और पारमित्र चबूतरे के किनारे आकर खड़ा हुआ। रौबीली मूँछें, क्रोध बरसाती आँखें, देह पर लौह कवच के साथ लाल धोती पहने और हाथों में एक भारी तलवार और लाल ध्वज उठाये पारमित्र ने घोषणा की, ''स्मरण रहे, महाराज का पूजन समाप्त होने और हवन आरम्भ होने से एक घड़ी पूर्व सारे बछड़ों के कटे सिर महाराज के सामने होने चाहिए, इसलिए अपने प्रतिद्वन्द्वी के प्राण लेने में तनिक भी संकोच न करना। यदि निश्चित समय के उपरांत भी दो योद्धा लड़ते रहे तो मैं स्वयं उन दोनों का मस्तक काटकर उनके सामने बँधे बछड़े की बलि चढ़ाऊँगा।'' कहकर पारमित्र ने लाल ध्वज लहराकर गर्जना की, ''आरम्भ हो!''

सौ के सौ योद्धा अपने अपने प्रतिद्वन्द्वियों पर टूट पड़े। उनकी तलवारों के टकराव का स्वर मैदान के बाहर एकत्र प्रजा का उत्साह बढ़ा रहा था। मेघवर्ण और चंद्रकेतु अपने-अपने प्रतिद्वन्द्वियों से केवल अपना रक्षण कर रहे थे। शीघ्र ही पहले बहेलिये ने अपनी तलवार अपने प्रतिद्वन्द्वी की गर्दन में घुसा दी। उसके गिरते ही वो हुंकारता हुआ अपने सामने बंधे बछड़े के पास गया और एक ही झटके में उसकी गर्दन धड़ से अलग कर दी। तत्पश्चात उसने वो मुण्ड उठाया और दौड़कर चबूतरे के नीचे जाकर सिर झुकाकर खड़ा हो गया। बछड़े का सिर उसने अपने दोनों हाथों से पकड़ रखा था। ऐसे करते-करते कुछ ही समय में दस और बहेलिये अपने प्रतिद्वन्द्वियों पर विजय पाकर बछड़ों की गर्दन उठाये चबूतरे के सामने ठीक बीस हाथ की दूरी पर आकर खड़े हो गये।

यह देख मेघवर्ण ने चंद्रकेतु को नेत्रों से संकेत किया। उसका संकेत पाकर चंद्रकेतु ने अपनी ओर तलवार चलाते हुए प्रतिद्वन्द्वी का हाथ ही पकड़ लिया और उसे घुमाकर उसी की तलवार से उसकी गर्दन काट दी। मेघवर्ण ने भी क्षण भर में ही अपने प्रतिद्वन्द्वी के मुण्ड को धड़विहीन कर दिया।

वो दोनों एक साथ तलवार लिये अपने-अपने सामने के बछड़ों के निकट पहुँचे। देवी माँ को किसी निर्दोष की बलि चढ़ाना उन्हें अनुचित लग रहा था, किन्तु फिर भी दोनों ने नेत्रों के संकेत से एक-दूसरे का साहस बढ़ाया और बछड़ों का मस्तक काटकर उसे हाथ में लिये चबूतरे के नीचे आकर खड़े हो गये।

शीघ्र ही लगभग सभी बहेलियों ने अपने अपने प्रतिद्वन्द्वियों पर विजय पायी और बछड़ों के कटे मस्तक लिये चबूतरे के सामने आकर खड़े हो गये। किन्तु चार बहेलिये अभी भी आपस में लड़ रहे थे। उपनंद का हवन आरम्भ होने को था। सेनापति पारमित्र ने प्रतीक्षा नहीं की और वहाँ जाकर एक-एक करके उन चारों बहेलियों की गर्दनें उनके शीश से उतार दीं। तत्पश्चात उसने बारी-बारी से शेष बचे दोनों बछड़ों के मस्तक उतारे और हाथों में उठाये, बहेलियों की पंक्ति में सबसे आगे आकर खड़ा हो गया।

हवन आरम्भ होने से क्षण पूर्व उपनंद ने पारमित्र को संकेत किया। चबूतरे के सामने एक बड़ा वस्त्र लाया गया और पारमित्र के संकेत पर सभी बछड़ों के मस्तक को एक-एक करके कतार में रखा जाने लगा। सौवें मस्तक के उस वस्त्र पर रखते ही हवन आरम्भ हो गया।

एक सौ आठ ब्राह्मणों ने बारी-बारी से स्वाहा मंत्र का उच्चारण करते हुए हवन सम्पूर्ण कराया। इसके उपरांत उपनंद ने अपनी पत्नी और पुत्र के साथ माँ जगदंबा की आरती की। आरती होते-होते हवन की अग्नि बुझ गयी, किन्तु उसकी राख अभी भी ज्वलनशील थी। आरती समाप्त होते ही उपनंद ने नंगे पाँव चलते हुए हवन कुण्ड में प्रवेश किया। देवी माँ पर उसकी आस्था इतनी दृढ़ थी कि जलती हुई राख ने उसे तनिक भी विचलित नहीं किया। वो हवन कुण्ड के केंद्र में समाधि की अवस्था में बैठा और हवन की ज्वलनशील राख अपने सम्पूर्ण शरीर और मुख पर मलने लगा। शीघ्र ही उसका शरीर भी बाकी बहेलियों की भाँति काला हो गया।

अपने सम्पूर्ण शरीर को ज्वलनशील राख से स्नान कराकर वो हवनकुण्ड से उठा और सामने खड़े योद्धाओं को चुनौती दी, ''मैं माँ लगदम्बा के चरणों में एक सौ एकवीं बलि देने जा रहा हूँ, क्या कोई ऐसा है जो मुझे चुनौती देना चाहता है? यदि पहले प्रतिद्वन्द्वी पर विजय प्राप्त करने के उपरांत साहस शेष बचा है तो आगे आओ!''

बहेलिये पहलवानों में इतना साहस नहीं था। उनका मौन देख अपनी तलवार उठाये मेघवर्ण आगे आया और अपनी तलवार भूमि पर टिकाकर घुटने के बल झुक उपनन्द को चुनौती भी दी और उसका अभिवादन भी किया।

बिखरे हुए बाल और सम्पूर्ण शरीर पर राख मला देख उपनंद, मेघवर्ण को पहचान नहीं पाया। उसकी चुनौती स्वीकारते हुए वो सीधा चबूतरे से नीचे कूदा और उसके निकट आया।

''तुम्हारा साहस प्रशंसनीय है युवक, तुम शस्त्र धारण कर युद्ध करो और मैं निःशस्त्र ही तुम पर प्रहार करूँगा... उठो।'' उपनंद ने उसे चुनौती भरे स्वर में कहा।

मेघवर्ण भूमि से उठा और उसके नेत्रों में देखते हुए अपनी तलवार भूमि पर डाल दी। उसका साहस देख उपनन्द स्तब्ध रह गया, ''ओह! तो तुम मल्लयुद्ध करने की इच्छा रखते हो... उत्तम, अति उत्तम; यदि तुमने अच्छा प्रदर्शन किया तो तुम्हें सेना में एक उत्तम पद प्राप्त होगा।''

मेघवर्ण ने उसे प्रणाम कर अपनी स्वीकृति प्रदर्शित की।

पारमित्र के संकेत पर बहेलियों के दल के साथ चंद्रकेतु भी बीस गज पीछे हट गया। मेघवर्ण और उपनंद ने एक-दूसरे की आँखों में आँखें डालीं। दोनों योद्धा एक दूसरे की ओर दौड़े और मल्लयुद्ध को भिड़ गये। उपनंद ने बहुत साधारण-सा दाँव

खेलने का प्रयत्न किया, अर्थात मेघवर्ण के बायें पाँव पर प्रहार कर उसका संतुलन बिगाड़कर भूमि पर गिराने का प्रयास किया। किन्तु मेघवर्ण अपनी टाँग उठाकर बड़ी चपलता से उसके दाँव से बचा और सीधा उपनंद की कमर पकड़ी और उसे लेकर भूमि पर गिर गया। समस्त प्रजाजन, पारमित्र और बहेलिये स्तब्ध रह गये, ये सोचकर कि एक बहेलिये में इतनी शक्ति कैसे हो सकती है। वहीं चंद्रकेतु बहेलियों के बीच खड़ा मुस्कुरा रहा था।

मेघवर्ण पलक झपकते ही उठ गया, जबकि उपनंद उठते हुए आश्चर्य में था। उसने मेघवर्ण की प्रशंसा करते हुए कहा, ''अद्भुत! अद्भुत योद्धा हो तुम युवक, निसंदेह तुम हमारी सेना में एक उच्च पद के योग्य हो।''

मेघवर्ण ने उसकी इस प्रशंसा का कोई उत्तर नहीं दिया। वो दोनों एक बार फिर एक-दूसरे की ओर दौड़े। इस बार उपनंद घुटनों के बल झुक भूमि पर घिसटता हुआ आया और मेघवर्ण के उदर पर मुष्टि से वार करने का प्रयत्न किया। मेघवर्ण ने भूमि से दो हाथ ऊपर छलाँग लगायी और उपनंद को पार करके उसके आगे आया और उसकी पीठ पर पैर से वार कर भूमि पर सीधा खड़ा हो गया। मेघवर्ण का वो प्रहार इतना शक्तिशाली था कि उपनंद दस हाथ दूर लुढ़क गया।

चंद्रकेतु को छोड़कर वहाँ उपस्थित हर व्यक्ति मेघवर्ण का भुजबल देख अचम्भित था।

भूमि से उठकर उपनंद ने मेघवर्ण को घूरकर देखा, ''तो तुम यहाँ बहेलियों का छद्म वेश धारण कर अपनी पराजय का प्रतिशोध लेने आये हो मेघवर्ण!'' मेघवर्ण का शक्ति प्रदर्शन उसका परिचय देने को पर्याप्त था। उपनंद उसे पहचान चुका था।

मेघवर्ण मुस्कुराया, ''कपट से मिली विजय पर इतना गुमान न करो उपनन्द, यदि मेरा उद्देश्य केवल प्रतिशोध होता तो मैं यहाँ कभी न आता।''

''घुसपैठिए!'' कहकर पारमित्र ने तलवार खींच निकाली।

उपनन्द ने दायाँ हाथ उठाकर उसे रुकने का संकेत किया, फिर मेघवर्ण से प्रश्न किया, ''तो किस प्रयोजन से आये हो यहाँ तुम?''

''बस इतना बता दो कि तुमने अपने पिता को कहाँ बंदी बनाकर रखा है?''

मेघवर्ण के इस प्रश्न से शक्रम्भ और कणिका के साथ-साथ पारमित्र भी स्तब्ध रह गया। उपनंद आसपास की जनता की खुसुर-फुसुर सुन खीज गया, ''मेरे पिता पूर्व त्रिगर्ता नरेश सत्व की मृत्यु वर्षों पूर्व हो चुकी है, तो उन्हें बंदी बनाने का प्रश्न कहाँ से आया?''

''वो तो तुम्हारे पालक पिता थे उपनंद, मैं तुम्हारे उस पिता की बात कर रहा हूँ जिसने तुम्हें जन्म दिया, अर्थात महाबली वक्रबाहु।''

मेघवर्ण के शब्दों को सुन वहाँ उपस्थित सभी जन उपनंद को संदेह भरी दृष्टि से देखने लगे, यहाँ तक कि उसका परिवार भी। मेघवर्ण ने सबके मुख का भाव देख उपनंद पर कटाक्ष किया, “क्या हुआ त्रिगर्ता नरेश, प्रजा तो छोड़ो, प्रतीत होता है तुम्हारे अपने परिवार को भी तुम्हारे जन्म का सत्य ज्ञात नहीं है। वो नहीं जानते कि संतानहीन राजा सत्व ने तुम्हें अपना उत्तराधिकारी बनाने के लिये गोद लिया और तुमने उन्हीं की हत्या कर सत्ता हथिया ली।”

उपनंद का ध्यान अपने पुत्र की ओर गया। शक्रम्भ के नेत्रों में अपने प्रति संदेह का भाव देखना उसके लिए असहनीय था।

“कहाँ खो गये उपनंद, क्या द्वन्द्व पूर्ण करके माता के चरणों में बलि नहीं चढ़ाओगे?” मेघवर्ण ने उसे चुनौती देते हुए कहा।

“प्रलाप बंद करो मेघवर्ण!” खीझते हुए उपनंद मेघवर्ण की ओर दौड़ा और पूरी शक्ति से उस पर कूदकर उसे लेकर भूमि पर गिर गया और क्षण भर में ही उसकी छाती पर सवार हो गया। उसने अपना सम्पूर्ण बल लगाकर अपनी मुट्ठियाँ भींची और मेघवर्ण की छाती पर वार करने का प्रयत्न किया किन्तु मेघवर्ण ने अपनी छाती की ओर बढ़ते वार को रोका और उसकी पीठ पर घुटने से प्रहार कर उसे अपनी छाती से हटाकर भूमि पर गिरा दिया।

मेघवर्ण के उठते ही उपनंद ने उसे पीछे से जकड़कर अपने सबसे प्रमुख दाँव शून्य समयावधि दाँव का प्रयोग कर उसके कंधे की नस दबाने का प्रयत्न किया, किंतु शीघ्र ही उसे भान हो गया कि मेघवर्ण उसके अखाड़े का कोई पहलवान नहीं था जो उसके इस दाँव से मात खा जाये। उसने पलक झपकते ही अपने कंधे की ओर बढ़ते उपनंद के दायें हाथ को पकड़ा और उसे घुमाकर भूमि पर पटक दिया।

अपने सबसे प्रमुख दाँव को खाली जाता देख उपनंद का मानों साहस ही टूटने लगा। वो भूमि से तो उठा किंतु मेघवर्ण ने जो अगला मुष्टि प्रहार उसके मुख पर किया वो उसका बचा-खुचा मनोबल तोड़ने के लिये पर्याप्त था। उपनंद के मुख से रक्त का फव्वारा फूट पड़ा। इसके उपरांत मेघवर्ण ने अपने पंजों से उसके दोनों कान पर वार किया। उपनंद का पूरा मस्तिष्क हिल गया। वो लगभग अचेत होकर भूमि पर गिर पड़ा, मस्तक में भीषण पीड़ा होने लगी। अपने पिता की दशा देख विचलित हुआ शक्रम्भ आगे बढ़ा, किंतु अगले ही क्षण उपनंद की गरदन पर तलवार सधी हुई देखी तो उसकी माता कणिका ने उसे रोक लिया।

वो तलवार बहेलिये का वेश धरे चंद्रकेतु के हाथ में थी। पारमित्र से यह सहन नहीं हुआ। उसने म्यान से तलवार खींच निकाली और चंद्रकेतु की ओर बढ़ा। यह देख चंद्रकेतु ने तलवार मेघवर्ण की ओर उछाली और पारमित्र की ओर बढ़ा। मेघवर्ण ने उसे अपना पराक्रम दिखाने का पूरा अवसर दिया।

अपनी ओर तलवार चलाते हुए पारमित्र का हाथ पकड़ चंद्रकेतु ने उसकी छाती पर वार किया और उसे दस हाथ पीछे धकेल दिया। निःशस्त्र हुए पारमित्र ने साहस जुटाया और चंद्रकेतु की ओर दौड़ा। इस बार चंद्रकेतु ने उसे घुमाकर अपनी काँख में दबा लिया। अपने राजा और सेनापति की ये दशा देख किसी सैनिक ने मेघवर्ण और चंद्रकेतु के निकट जाने का साहस नहीं किया।

चंद्रकेतु की शक्तिशाली भुजाओं से मुक्त होने के लिये पारमित्र संघर्ष करने लगा। चंद्रकेतु ने उसकी विवशता देख अट्टहास किया। उसे अपनी काँख से मुक्त कर चंद्रकेतु ने इस बार उसे पूरा उठा लिया और उसका मस्तक वहीं की भूमि में गाड़ दिया। पारमित्र छटपटाने लगा।

"नहीं चंद्रकेतु ऐसा मत करो।" मेघवर्ण ने उसे रोकने का प्रयत्न किया।

"ये किसी के प्राण लेने में तनिक भी हिचकता है जो इसे जीवित छोड़ दूँ?" चंद्रकेतु ने प्रश्न किया।

"वो अपने राजा का दास है चंद्रकेतु, इसके किये हर पाप का उत्तरदायी ये उपनंद है, इसलिए मुक्त करो उसे।" मेघवर्ण ने उसे डपटा।

"ठीक है।" खीझते हुये चंद्रकेतु ने उसे भूमि से बाहर निकाल कर फेंक दिया। पारमित्र भी अचेत हो गया।

राजा और सेनापति के मूर्छित होने से वहाँ उपस्थित त्रिगर्ता के सभी योद्धाओं के मुख पर निराशा छा गयी। यह देख उपनंद के पुत्र शक्रम्भ को क्रोध आ गया। अपनी सेना का मनोबल बढ़ाने के लिये उसने हाथों में धनुष उठा लिया और उसका चलाया बाण सीधा मेघवर्ण की ओर बढ़ा।

मेघवर्ण ने उसका बाण अपने बायें हाथ से पकड़ लिया और तलवार उपनंद की गरदन पर लगाकर चेतावनी दी, "यदि अब तुममें से किसी ने शस्त्र उठाया तो अपने राजा को जीवित नहीं देख पाओगे!"

विवश होकर शक्रम्भ को धनुष नीचे करना पड़ा। चंद्रकेतु ने उपनंद को लोहे की बेड़ियों से बाँध दिया। वो धीरे-धीरे अपनी चेतना में लौट रहा था। मेघवर्ण ने उसे उठाया और उसके जबड़े को पकड़कर कहा, "पहले तुम महाबली वक्रबाहु का पता बताओगे, फिर जब मेरे साथी अपने समक्ष तेरा झुका हुआ सिर देखेंगे तो उनका वो विश्वास भी लौट आयेगा जिसे मैंने तुम्हारे किये कपट के कारण खोया है।"

उपनंद ने उसे क्रोध भरी दृष्टि से घूरकर देखा, "छल से मेरे राज्य में घुसे, मुझे मेरी प्रजा के समक्ष अपमानित किया और तो और तुम्हारे कारण मेरी पूजा भी अधूरी रह गयी; यदि इतना ही साहस था तो पूजन समाप्त होने के उपरांत खुलकर मुझे द्वन्द्व की चुनौती देते।"

मेघवर्ण मुस्कुराया, "तुम्हारे जैसा कपटी यदि साहस की बात करे तो वो एक व्यंग्य के अतिरिक्त और कुछ प्रतीत नहीं होता... और जहाँ तक देवी के पूजन की बात है तो मैं तुम्हारी भाँति देवी जगदम्बा के पूजन के नाम पर उनका अपमान नहीं होने दूँगा।"

कहकर मेघवर्ण शक्रम्भ की ओर पलटा।

उपनंद ने चीखकर अपने पुत्र शक्रम्भ से कहा, "बलि का प्रकरण पूरा करो पुत्र, देवी का पूजन अधूरा नहीं छूटना चाहिए।"

यह देख मेघवर्ण चबूतरे के निकट आकर खड़ा हुआ और युवराज शक्रम्भ की ओर देखा, "मैं तुम्हें तुम्हारी बलि देने से रोकूँगा नहीं युवराज, किंतु बलि देने से पूर्व तुम्हें मेरे दिये तर्कों को काटना होगा।"

"कैसे तर्क?" युवराज शक्रम्भ ने प्रश्न किया।

"ये नौ देवियाँ जिनकी स्थापना तुमने यहाँ कर रखी है क्या तुम मुझे उनकी विशेषता का परिचय दे सकते हो?" मेघवर्ण ने प्रश्न किया।

"अवश्य... सर्वप्रथम माता शैलपुत्री जो मनुष्य के सद्‌गुणों से उसका परिचय करवाकर उसके दुर्गुणों का विनाश करती हैं।"

मेघवर्ण मुस्कुराया, "तनिक विचार करो युवराज, अपने मनोरंजन के लिये इन निर्दोष बहेलियों को एक-दूसरे के प्राण लेने पर विवश करके कौन से सद्गुण का परिचय दे रही है तुम्हारे राष्ट्र की ये प्रथा।"

शक्रम्भ स्तब्ध रह गया, उसके पास मेघवर्ण के तर्क की कोई काट नहीं थी।

मेघवर्ण कहता गया, "द्वितीय हैं माता ब्रह्मचारिणी, जिनकी उपासना से मनुष्य में तप, त्याग और संयम की वृद्धि होती है। तप से मनुष्य को कीर्ति प्राप्त होती है, त्याग से संतोष और संयम से होता है उसके चरित्र का निर्माण; किंतु यहाँ पर तुम्हारी प्रथा स्वयं त्याग करने के स्थान पर निरीह पशुओं का बलिदान माँग रही है।"

"माँ चंद्रघण्टा शांति और मानवजाति के कल्याण की शिक्षा देती हैं, तो ये बताओ युवराज कि ये कौन-सी शांति प्रथा है तुम्हारे इस राज्य की जो मात्र एक बछड़े की बलि देने के लिये मानव को मानव का रक्त बहाकर मानवजाति के कल्याण का संदेश देती है?"

शक्रम्भ का मस्तक मानों लज्जा से झुक गया। उसके पास मेघवर्ण के दिये तर्कों की कोई काट नहीं थी।

"माँ कूष्माण्डा की भक्ति से मनुष्य में आयु, यश और आरोग्य की वृद्धि होती है; मुझे तो ऐसा प्रतीत नहीं होता कि निर्दोष बहेलियों की आयु अर्थात उनके जीने का

अधिकार छीनकर तुम यश के भागी बनोगे।''

मेघवर्ण के शब्दों को रोकने वाला कोई न था, वो कहता गया, ''माँ स्कंदमाता मोक्ष का मार्ग सुलभ बनाती हैं; किंतु मैं तुम्हें बता दूँ कि जिस मनुष्य को त्याग का संतोष प्राप्त नहीं होता और जो संयम द्वारा उत्तम चरित्र का निर्माण नहीं करता उसे कभी मोक्ष प्राप्त नहीं हो सकता।''

''माँ कात्यायनी की भक्ति से रोग, शोक, संताप, भय आदि सर्वथा विनष्ट हो जाते हैं। तनिक ये बताओ युवराज कि यहाँ जो सौ सौ बछड़ों और बहेलियों का रक्त फैला हुआ है, क्या इन शवों की दुर्गंध से यहाँ का वातावरण दूषित नहीं होगा। योद्धा प्रजाति तो कदाचित सुरक्षित रहे, किंतु क्या सामान्य प्रजा इस दूषित वातावरण में रोगमुक्त रह पायेगी? क्या इन बहेलिये की माताओं के शोक का और उस शोक से तुम्हारे राष्ट्र के प्रति उन माताओं की हाय के संताप का तुम्हें भय नहीं? यदि मन के किसी कोने में यह भय है तो विचार करो ये कैसी प्रथा ये है ये जो हर वर्ष अपने ही सौ योद्धाओं की बलि लेती है।''

मेघवर्ण के उन शब्दों ने शक्रम्भ के मस्तिष्क को झकझोर दिया। उसकी ये भावना उसके मुख पर स्पष्ट झलक रही थी।

मेघवर्ण ने कहना जारी रखा, ''माँ कालरात्रि अग्नि भय, जल भय, जन्तु भय, शत्रु भय तथा रात्रि भय से मनुष्य को मुक्त करती हैं; एक बार स्वयं से प्रश्न करो, क्या पूजन के नाम पर स्वर्ण से अलंकृत इस भैंसे का मस्तक काटकर तुम अपने सारे भय से मुक्त हो जाओगे... यदि नहीं तो क्या लाभ इस प्रथा का।''

''माँ महागौरी, जिनकी आराधना से मनुष्य को अपने हर असम्भव कार्य सम्भव प्रतीत होने लगते हैं... किन्तु ये बताओ युवराज कि जो अपने भय और संताप से मुक्त नहीं होगा वो किसी असम्भव कार्य को करने का साहस भी करेगा?''

शक्रम्भ ने मौन धारण किया हुआ था। उसने अपनी माता की ओर देखा।

''अपने विवेक का प्रयोग कर निर्णय लो पुत्र, तुम्हारा हर निर्णय यहाँ की समस्त प्रजा को स्वीकार होगा।'' उसकी माता महारानी कणिका ने उसे आश्वासन दिया।

वहीं मेघवर्ण ने कहना जारी रखा, ''और नौ देवियों में अंतिम हैं माँ सिद्धिदात्रि, जो मनुष्य को अणिमा, महिमा, गरिमा, लघिमा, प्राप्ति, प्राकमप्य, ईशित्व और वशित्व जैसी अष्ट सिद्धियाँ प्रदान करने के लिये पूजी जाती हैं; किन्तु जिस मनुष्य में इतने सारे दुर्गुण हों वो तो इनमें एक सिद्धि भी प्राप्त करने के योग्य भी नहीं।''

मेघवर्ण के तर्क और अपने युवराज शक्रम्भ का मौन देख प्रजा में खुसुरपुसुर होने लगी।

''का लगता है भैया, युवराज अपने पिता के विरुद्ध जाने का साहस कर

पायेंगे?''

''महाराज उपनंद के विरुद्ध जाने का साहस तो आज तक किसी ने नहीं किया भैया, यदि युवराज ऐसा करते हैं तो ये त्रिगर्ता के लिए एक नये सूर्य के उदय होने वाली बात होगी।''

प्रजा की खुसुरपुसुर और शक्रम्भ के बदलते मनोभावों को देख उपनंद ने चीखकर अपने पुत्र से कहा, ''ये तुम्हें भ्रमित कर रहा है पुत्र, बलि की ये प्रथा वर्षों से चली आ रही है, इसके कुतर्कों को सुन इस प्रथा भंग मत करो, माँ जगदम्बा का अपमान होगा।''

यह देख मेघवर्ण कहा, ''हे युवराज, मैं तुम्हें तर्क देकर समझा चुका हूँ कि ये बलि प्रथा अनुचित क्यों है... यदि फिर भी तुम्हें ऐसा लगता हो कि इन निरीह पशुओं की बलि लेकर देवी माँ प्रसन्न होंगी तो मलो अपने शरीर पर ये हवन की राख और धड़ से अलग कर दो उस भैंसे का मस्तक।''

शक्रम्भ ने कुछ क्षण विचार किया और तलवार उठाकर उस भैंसे की ओर बढ़ा। उपनंद के मुख पर मुस्कान छा गयी, ''पहले अपने शरीर पर हवन की राख मलो पुत्र।''

किंतु शक्रम्भ ने मानों अपने पिता की आज्ञा अनसुनी कर दी। वो आगे बढ़ा और क्षण भर में ही खूँटे से बँधी रस्सी को काटकर भैंसे को मुक्त कर दिया।

''जय माँ जगदम्बा!'' मेघवर्ण ने उत्साह में जयघोष किया।

उपनंद स्तब्ध रह गया। मेघवर्ण ने उपनंद के विद्रोह में खड़े हुए उसके पुत्र की प्रजा द्वारा जयघोष सुन गर्व का अनुभव किया। कभी अपने राजा के भय से आतंकित रहने वाली प्रजा बड़े गर्व से अपने भावी राजा को आशा भरी दृष्टि से देख रही थी। मेघवर्ण ने कटाक्षमय दृष्टि से उपनंद की ओर देखा।

उपनंद मानों लहू का घूँट पीकर रह गया। चंद्रकेतु ने अभी भी तलवार उसकी गरदन पर टिकायी हुई थी।

शक्रम्भ ने धनुष उठाकर मेघवर्ण को चेतावनी दी, ''तुम्हारी बातें तर्कसंगत थीं, इसलिए मैंने उनका मान रखा, किंतु मेरे पिता को अभी के अभी मुक्त करो घुसपैठियों, क्योंकि हमारी इतनी विशाल सेना के होते हुए तुम इन्हें लेकर तुम सीमा के पार तो कभी नहीं जाओगे।''

उपनंद क्रोध में चीख पड़ा, ''कोई आवश्यकता नहीं है युवराज!'' उसने अपनी पत्नी कणिका की ओर मुड़कर कहा, ''अपने पुत्र के राज्याभिषेक की तैयारी कीजिए, महारानी कणिका, क्योंकि अब मैं इस राज्य में लौटकर नहीं आऊँगा।''

उसने मेघवर्ण को घूरकर देखा और घोषणा की, "आज तुमने परिवार को मेरे विरुद्ध किया है मेघवर्ण, देवी माँ के प्रति मेरी श्रद्धा और वर्षों से मेरे अर्जित तप को नष्ट किया है, तथा मेरी प्रजा के समक्ष मुझे अपमानित भी किया है; मैं तुम्हारा वध तो नहीं कर सकता किंतु स्मरण रहे मैं तुम्हें और तुम्हारे प्रियजनों को क्षति पहुँचाने का एक अवसर भी नहीं छोड़ूँगा... आज से मैं एक बैरागी का जीवन जिऊँगा... जो सारे सांसरिक मोह से मुक्त होगा और उसके जीवन का केवल एक उद्देश्य होगा, तुम्हारा सम्पूर्ण विनाश।"

मेघवर्ण ने उसे क्रोध भरी दृष्टि से देखा। चंद्रकेतु ने व्यंग्य करते हुए कहा, "ये मूर्ख तो प्रलाप करता ही रहेगा... अब प्रस्थान से पूर्व स्नान कर लें या यूँ ही काला रंग चढ़ाये वनमानुष की भाँति पूरे आर्यावर्त में विचरण करना है।"

नवम अध्याय

उत्तराधिकारी

बिंगरौली में शत्रुंजय और चंद्रलेखा, नंदका के बनाये आश्रम में शिक्षा ग्रहण कर रहे थे। दोनों एक-दूसरे का भेद खोलने के स्थान पर निकट आने लगे। आश्रम का समय समाप्त होने के उपरांत वो संध्या को कुछ समय साथ एकांत में बिताने लगे। जब नंदका को ये बात ज्ञात हुई तो वह आये दिन कारण खोज-खोजकर शत्रुंजय को अपमानित करने लगा ताकि वो अपनी वास्तविकता प्रकट कर दे। किन्तु शत्रुंजय ने संयम को एक शस्त्र की भाँति धारण कर रखा था। वहीं नंदका के गुप्तचरों ने शत्रुंजय का हर स्थान पर पीछा कर उसका भेद जानने का भरसक प्रयास किया, किंतु दुर्भीक्ष और शत्रुंजय की चतुराई के आगे उनकी एक न चली।

उस पर दृष्टि जमाकर दुर्भीक्ष ने भी ज्ञात कर लिया था कि उसके जीवन में क्या चल रहा है... किंतु उसके इस प्रेम-प्रसंग से उसे कोई आपत्ति नहीं थी। दिन पर दिन बीतते गये और शत्रुंजय और चंद्रलेखा का गुप्त प्रेम गहरा होता गया।

अंततः वो रात्रि आ ही गयी जब बिंगरौली के वासियों की आँखों में नींद नहीं थी। नंदका को सूचना मिल चुकी थी कि अगले दिन प्रातः राजा जयवर्धन दस सहस्त्र का सैन्य दल लेकर ग्रामीणों को बंदी बनाने आ रहा था। नंदका अब भी विचलित था, क्योंकि आने वाले दिन की चुनौती बड़ी विकट थी... कहीं से भी सहायता की आशा करना भी व्यर्थ था।

रात्रि में एक गुप्त स्थान पर ब्राह्मण वेश में ही नंदका ने अपने सौ योद्धाओं को एकत्र कर कहना आरम्भ किया, "मैं कल महाराज तेजस्वी का वेश धर जयवर्धन और उसके योद्धाओं के समक्ष नहीं जा सकता क्योंकि यदि उस रूप में जयवर्धन ने मुझे पराजित कर दिया तो समस्त ग्रामीणों की आशा का नाश हो जायेगा, फिर वो कभी किसी पर विश्वास नहीं करेंगे और हमारा अभियान विफल हो जायेगा... इसलिए हम सब सामान्य गणान्ग योद्धाओं का वेश धरे ही निकलेंगे और जितने ग्रामीणों की हो सके रक्षा करेंगे। संदेश प्राप्त हुआ है, कल प्रातः काल तक हमारे लिए सहायता भी आयेगी; किन्तु हमें अपनी योजना सहायता के भरोसे नहीं बनानी। स्मरण रहे, महाराज तेजस्वी के नाम का प्रयोग कर हमने यहाँ की प्रजा को उनकी सुरक्षा के प्रति आश्वस्त किया है, इसलिए अब ये हमारा दायित्व है कि हम हर एक ग्रामीण की रक्षा करें, भले ही इसके लिये हमें अपने प्राणों की आहुति क्यों न देनी पड़े। हमारी निष्ठा हमारे कबीले का सम्मान है और कल हमें उसी निष्ठा का प्रदर्शन करना है। युवराज सर्वदमन ने जो विश्वास हम पर जताया है उसकी लाज रखनी हैं हमें, इसलिए कल जब तक एक भी गणान्ग जीवित रहेगा वो जयवर्धन इस गाँव के एक भी युवक को बंधक बनाकर नहीं ले जा पायेगा... क्या तुम सब महावीर शिरोमणि सरदार गजेंद्र को स्मरण करते हुए अपने वंश का मान बढ़ाने को सज्ज हो?"

सभी गणान्ग योद्धाओं ने सहमति जतायी। इसके उपरांत नंदका ने उन्हें अपनी योजना समझानी आरम्भ की। कुछ ही क्षणों के उपरांत एक गणान्ग ने राजकुमारी चंद्रलेखा को चन्द्रकांत के रूप में बंदी बनाकर नंदका के समक्ष प्रस्तुत किया, "ये वृक्ष की ओट में छुपकर हमारी बातें सुन रहा था महामहिम।"

नंदका ने क्षण भर उसे घूरकर देखा और प्रश्न किया, "तुम्हें क्या लगा राजकुमारी चंद्रलेखा, तुम हमारा ये भेद जानने आओगी और हमें ज्ञात नहीं होगा।"

नंदका के शब्द सुन चंद्रकांत का वेश धरे चंद्रलेखा स्तब्ध रह गयी।

"तुममें जो पुरुषों का स्वर निकालने की दक्षता है वो वास्तव में अद्भुत है राजकुमारी, किंतु हमारे साथ छल करने को इतना पर्याप्त नहीं।" नंदकेश्वर ने उस पर तंज़ कसते हुए कहा।

"तो उस शत्रुंजय ने मेरा भेद खोल ही दिया।" चंद्रलेखा ने झल्लाते हुए कहा।

"वो हमारे दल का भाग नहीं है राजकुमारी, हमें आरम्भ से ही ज्ञात था आप कौन हैं और यहाँ किस उद्देश्य से आयी हैं; किंतु आपने हमारा गुप्त भेद जानने के लिये यहाँ आने की भूल कर दी।"

चंद्रलेखा मुस्कुरायी, "हमें अपनी इस भूल की कोई ग्लानि नहीं, हमारे पिता शीघ्र ही यहाँ आकर तुम पुरुराष्ट्र के घुसपैठियों का नाश कर देंगे।"

नंदका ने उसे उसकी बायीं दिशा में संकेत करते हुए कहा, ''वो देखिए, आपके सभी प्रमुख अंगरक्षक भी हमारे बंदी बन चुके हैं, तो ये बताइए कि हमारी सूचना विदर्भराज जयवर्धन तक पहुँचायेगा कौन?''

चंद्रलेखा ने दृष्टि घुमाकर देखा, उसके दसों अंगरक्षकों की गरदन पर गणान्‍ग योद्धाओं ने तलवारें टिका रखी थीं। नंदका के एक संकेत से उन सभी की गरदन पर तलवारें चलीं और वो एक-एक करके ढेर होते गये। क्रोधित चंद्रलेखा ने स्वयं को छुड़ाकर अपनी तलवार निकाली किंतु आगे बढ़ने से पूर्व ही नंदका की तलवार चंद्रलेखा की गर्दन पर थी, ''प्रयास भी मत करना राजकुमारी, क्योंकि हम तुम्हारे प्राण लेना नहीं चाहते। और वैसे भी अनुमान लगाना कठिन नहीं है कि विदर्भ की अर्थव्यवस्था छितराने लगी है, क्योंकि यदि ऐसा न हुआ होता तो जयवर्धन अपनी प्रिय पुत्री को इतने संकटकारी अभियान के लिये नहीं भेजता।''

''तुम जैसे घुसपैठिया मेरे पिता का सामना कभी नहीं कर पायेंगे।'' चंद्रलेखा ने गर्व भरे स्वर में कहा।

नंदका ने अपनी तलवार नीचे की, ''आपसे मेरा विनम्र अनुरोध है कि मेरे योद्धाओं के दिये निर्देश का पालन कीजिए, वो आपको सुरक्षित स्थान पर कैद कर के रखेंगे, कल हमारे उद्देश्य की पूर्ति के उपरांत आपको सम्मान सहित आपके राज्य वापस भेज दिया जायेगा।''

वहीं शत्रुंजय एक वृक्ष की ओट में छिपा उनकी सारी वार्ता सुन रहा था। अवसर पाते ही राजकुमारी चंद्रलेखा ने तलवार खींच निकाली और नंदका को चुनौती दी, ''मुझे मृत्यु स्वीकार है, किन्तु बंदी बनकर जीवित रहना कदापि नहीं।''

नंदका ने उसका प्रहार रोक उसे समझाने का प्रयत्न किया, ''हमारी तुमसे कोई शत्रुता नहीं है राजकुमारी, व्यर्थ का प्रयत्न न करो, तुम्हारे आगे पूरा जीवन पड़ा है।''

''लम्बा जीवन जीने से उत्तम एक गौरवशाली मृत्यु होती है गुरुदेव, और वो मृत्यु मुझे स्वीकार है।'' चंद्रलेखा ने गर्व से कहा।

चंद्रलेखा के प्राणों को संकट में देख शत्रुंजय से रहा नहीं गया। वो वृक्ष से कूद उनके समक्ष आ गया। नंदका और गणान्‍ग उसे देख स्तब्ध रह गये।

वो निःशस्त्र था। उसने विनम्र भाव से आगे आकर नंदका से निवेदन किया, ''हे गुरुवर, मुझे आपके उद्देश्य और मंशा की पवित्रता पर तनिक भी संदेह नहीं है, किंतु राजकुमारी चंद्रलेखा ने मुझसे प्रेम किया इसलिए उनके रक्षण का दायित्व मेरा है। तो यदि आपको उन्हें बंदी बनाना है तो आप और आपके योद्धाओं को मुझसे युद्ध करना होगा।''

नंदका उसे आश्चर्य भरी दृष्टि से घूर रहा था। शत्रुंजय ने आगे कहा, ''मैं

आपका भेद जान चुका हूँ गुरुदेव, यदि मैं उस क्रूर राजा जयवर्धन के समर्थन में होता तो अब तक यहाँ से जाकर उन्हें सावधान कर होता। इसलिए मेरी आपसे प्रार्थना है कि राजकुमारी चंद्रलेखा को मेरे साथ जाने दीजिए, मैं वचन देता हूँ कि कल संध्या से पूर्व मैं राजकुमारी को इस गाँव से बाहर नहीं जाने दूँगा।''

चंद्रलेखा ने उसे घूरकर देखा। नंदका ने उससे प्रश्न किया, ''तुम भी न जाने कितने दिवस से अपनी पहचान छुपाते आये हो युवक, पहले अपना सम्पूर्ण परिचय तो दो।''

शत्रुंजय ने नंदका को प्रणाम करते हुए अपना परिचय दिया, ''मैं एकचक्रनगरी का युवराज और संसार के सबसे शक्तिशाली और महाप्रतापी योद्धा असुरेश्वर दुर्भीक्ष का भतीजा और शिष्य शत्रुंजय हूँ।''

असुरेश्वर दुर्भीक्ष का नाम सुनकर वहाँ उपस्थित सभी मनुष्य और राजकुमारी चंद्रलेखा भी स्तब्ध रह गये, किंतु नंदका के मुख पर मुस्कान आ गयी, ''ठीक है वत्स, मुझे तुम पर विश्वास है... कदाचित राजकुमारी को भय है कि हमारे पास वो सुरक्षित नहीं रहेंगी। किंतु कदाचित अपने प्रेमी के साथ जाने से कदाचित उन्हें कोई आपत्ति न हो। कल संध्या के उपरांत ये जहाँ जाना चाहें इन्हें छोड़ आना, सुरक्षा के लिये मेरे योद्धा तुम्हारे घर के आसपास विचरण करते रहेंगे।''

''वो तो सदैव विचरण करते ही रहते हैं गुरुदेव।'' शत्रुंजय ने मुस्कुराते हुए कहा।

''तो इसीलिए आजतक हम तुम्हारा भेद नहीं जान पाये? नंदका मुस्कुराते हुए राजकुमारी चंद्रलेखा से प्रश्न किया, ''क्या राजकुमारी चंद्रलेखा को ये मान्य है?''

''स्वीकार है।'' चंद्रलेखा ने दृढ़ता भरे स्वर में कहा।

नंदका के संकेत पर शत्रुंजय और चंद्रलेखा प्रस्थान कर गये। उनके जाने के उपरांत एक गणान्ग ने नंदका से प्रश्न किया, ''आपने उन्हें जाने क्यों दिया महामहिम?''

''समग्र आर्यावर्त में जो सूचना अग्नि की भाँति फैली है वो तुमने सुनी नहीं क्या?'' नंदका ने प्रश्न किया।

''कैसी सूचना?''

''आर्यावर्त के षड्यन्त्रों के सबसे बड़े सूत्रधार रक्षगुरु भैरवनाथ का अंत हो गया और उसका मस्तक स्वयं असुरेश्वर दुर्भीक्ष ने हाथों से काटा है।'' नंदका ने मुस्कुराते हुए कहा।

वहीं मार्ग में चलते-चलते चंद्रलेखा ने शत्रुंजय से प्रश्न किया, ''तो तुम एकचक्रनगरी के युवराज हो और महान असुरेश्वर दुर्भीक्ष के शिष्य भी?''

“कदाचित वहाँ स्वयं का परिचय देते समय मेरे शब्द बहुत स्पष्ट थे।”

कुछ समय तक और चलते रहने के उपरांत चंद्रलेखा ने फिर से प्रश्न किया, “यदि असुरेश्वर दुर्भीक्ष तुम्हारे काकाश्री हैं तो तुम उन हस्तिनापुर के घुसपैठियों का समर्थन क्यों कर रहे हो? असुरेश्वर की तो संधि है मेरे पिता से है।”

शत्रुंजय ने तीखी दृष्टि से चंद्रलेखा की ओर देखा, “तुम भी अपने पिता की भाँति कूटनीति में निपुण लगती हो, किन्तु मैं तुम्हें इतना बता दूँ कि उनके बीच कोई मैत्री संधि नहीं है, वो तो बस एक वचन है जिसके कारण असुरेश्वर हर युद्ध में उसका समर्थन करने को विवश हैं।”

“किन्तु मैं अपने पिता के प्रति समर्पित अवश्य हूँ चाहें वो जैसे भी हों; यदि कोई उन पर शस्त्र उठायेगा तो मैं मौन धारण कर बैठूँगी नहीं।” चंद्रलेखा ने दृढ़ता भरे स्वर में कहा।

उसके तर्क का उत्तर दिये बिना शत्रुंजय चलता रहा। दोनों शीघ्र ही धर्मशाला पहुँचे। अपने निवास-स्थान के मुख्य द्वार पर पहुँचकर शत्रुंजय ने देखा कि एक वृद्ध उसके द्वार के ठीक सामने वाले घर के द्वार पर बैठा हुआ चिलम पी रहा था। नारंगी धोती, पाँव में सादी खड़ाऊँ, बड़ी श्वेत दाढ़ी और मूंछे, शरीर के ऊपरी भाग पर एक लम्बा मोटा कम्बल ओढ़े हुए था और सिर पर एक नारंगी पगड़ी भी थी। किन्तु रात्रि के अंधकार में उसका मुख स्पष्ट दिखाई नहीं दे रहा था। शत्रुंजय को उस पर तनिक संदेह तो हुआ, किन्तु उस पर विशेष ध्यान दिये बिना वो भीतर प्रवेश कर गया।

उसे एक कन्या के साथ आया देख दुर्भीक्ष और बाकी सभी लोग अचम्भित रह गये। शत्रुंजय ने उसका परिचय करवाया, “ये विदर्भ की राजकुमारी चंद्रलेखा हैं काकाश्री, और आज रात्रि ये यहीं रुकने वाली हैं।”

शत्रुंजय के काका बोलने पर दुर्भीक्ष ने उसे घूरकर देखा।

“ये हमारी वास्तविकता से परिचित हैं काकाश्री।” दुर्भीक्ष को समझाते शत्रुंजय ने चंद्रलेखा को उसका परिचय दिया, “और ये हैं मेरे काकाश्री, असुरेश्वर दुर्भीक्ष।”

दुर्भीक्ष का परिचय पाकर चंद्रलेखा की मानों आँखें चमक उठीं। उसने दुर्भीक्ष के चरण स्पर्श किये और प्रश्न किया, “आपके दुर्लभ दर्शनों को पाने का सद्भाग्य हर किसी को प्राप्त नहीं होता, किन्तु आप लोग इस प्रकार के भेष में क्यों हैं?”

दुर्भीक्ष ने उसे क्षणभर क्रोध भरी दृष्टि से देखा फिर त्रयम्बक से कहा, “राजकुमारी के ठहरने की उचित व्यवस्था करो।”

“जो आज्ञा महामहिम।” त्रयम्बक ने सहमति जतायी।

इसके उपरांत दुर्भीक्ष शत्रुंजय की ओर मुड़ा, “तुम मेरे साथ भीतर के कक्ष में

आओ।''

कक्ष में आने के उपरांत दुर्भीक्ष उसे क्रोध भरी दृष्टि से देख रहा था, वहीं शत्रुंजय दृष्टि झुकाये बैठा था।

''क्यों बताया उसे?'' दुर्भीक्ष ने प्रश्न किया।

''उसके प्राण बचाने का और कोई मार्ग नहीं था।'' कहकर शत्रुंजय ने वहाँ का सारा वृत्तान्त कह सुनाया।

''अर्थात महाराज तेजस्वी लौटकर नहीं आये। ये हस्तिनापुर के कुछ योद्धाओं का दल है जो विदर्भराज जयवर्धन के विरुद्ध शोषित प्रजा को उकसा रहे हैं?''

''जी काकाश्री, इससे अधिक मुझे कुछ भी ज्ञात नहीं।'' शत्रुंजय ने कहा।

''हम्म... चलो ये देखना बड़ा रुचिकर रहेगा कि जयवर्धन इस विपदा का सामना कैसे करता है।'' इसके उपरांत दुर्भीक्ष ने राजकुमारी चंद्रलेखा को सम्बोधित करते हुए प्रश्न किया, ''तो इसे कल तक यहीं रखना है?''

''जी काकाश्री।'' शत्रुंजय ने कहा।

दुर्भीक्ष ने झल्लाते हुए कहा, ''बार-बार मैं प्रयास करता हूँ कि मैं जयवर्धन की छाया से भी दूर रहूँ, किन्तु मेरा दुर्भाग्य तो देखो आज मेरे वंश के चिराग का ही उससे सम्बंध जुड़ने जा रहा है।''

''किन्तु राजा जयवर्धन को तो मेरे और चंद्रलेखा के सम्बंध के विषय में कुछ भी ज्ञात भी नहीं है, क्या पता वो इस सबंध को स्वीकार करेंगे भी या नहीं?'' शत्रुंजय ने संदेह प्रकट किया।

''उसे भला क्या आपत्ति होगी, अपितु उसे तो और एक कारण मिल जायेगा मेरा समर्थन प्राप्त करने का।''

कुछ क्षण मौन रहने के उपरांत शत्रुंजय ने कहा, ''यदि आपकी इच्छा नहीं है तो...।

दुर्भीक्ष ने उसकी बात बीच में ही काटते हुए कहा, ''मेरे प्रारब्ध की चिंता तुम मत करो, तुम्हें अपने प्रेम का त्याग करने की आवश्यकता नहीं है वत्स, क्योंकि प्रेम वो अनमोल अमृत है जो जीवन के हर कष्ट को दूर कर सकता है। यदि राजकुमारी चंद्रलेखा और तुममें एक दूसरे के प्रति भावनायेँ जाग चुकी हैं, तो उन भावनाओं को मन में दबाकर घुट-घुट कर जीने का कोई लाभ नहीं, क्योंकि ये सुख हर किसी के भाग्य में नहीं होता।''

शत्रुंजय ने क्षण भर विचार कहा, ''इस सम्बंध पर हम बाद में भी चर्चा कर लेंगे काकाश्री, किन्तु इस समय मैं जिस धर्म संकट में फँसा हूँ उसका क्या करूँ?''

"धर्मसंकट... कैसा धर्मसंकट?" दुर्भीक्ष ने आश्चर्य भरे स्वर में प्रश्न किया।

"हमारे गुरुदेव नंदकेश्वर ने सौ योद्धाओं को संगठित किया और उस क्रूर राजा जयवर्धन के विरुद्ध अभियान चलाकर यहाँ के ग्रामवासियों के मन में एक आशा की किरण जगायी... ये तो निःसंदेह एक धर्म का कार्य है न काकाश्री?" शत्रुंजय ने प्रश्न किया।

"निःसंदेह।" दुर्भीक्ष ने सहमति जतायी।

"वहीं राजा जयवर्धन की पुत्री राजकुमारी चंद्रलेखा जिससे मैं प्रेम करता हूँ, अपने पिता पर आने वाले हर संकट के सामने ढाल बनकर खड़ी हो जायेगी, तो आप ही बताइए मैं अपने गुरु का समर्थन करूँ जो धर्म के मार्ग पर हैं या फिर अपनी प्रेमिका का जो अपने अधर्मी पिता के समर्थन में खड़े होने में पीछे नहीं हटेगी? गुरुदेव का समर्थन करता हूँ तो धर्म का मार्ग चुनने का संतोष प्राप्त होगा, किन्तु ये भय भी है कि इससे चंद्रलेखा के मन में मेरे प्रति घृणा उत्पन्न न हो जाये।"

दुर्भीक्ष उसकी ओर देख मुस्कुराया, "सत्य कहूँ तो तुम्हें इस यात्रा पर लाने का मेरा अभियान सफल हो गया और तुम्हारी परीक्षा का अवसर भी मिल गया।"

"अर्थात?"

"अर्थात ये कि अपने इस धर्मसंकट का निवारण तुम्हें स्वयं करना होगा, जयवर्धन को दिये वचन के अनुसार जब तक वो मुझे सहायता के लिये नहीं पुकारेगा, मुझे उसका समर्थन करने की आवश्यकता नहीं है, तो तुम मेरी ओर से निश्चिंत रह सकते हो... अब ये तुम्हारे विवेक पर निर्भर करता है कि तुम कौन से विकल्प का चुनाव करते हो।"

विचार करते हुए शत्रुंजय ने क्षण भर के लिए देवी की ओर देखा जो उसी कक्ष के चूल्हे पर भोजन पका रही थी। इसके कुछ ही क्षणों उपरांत शत्रुंजय ने दृढ़तापूर्वक कहा, "उस प्रेम पर विश्वास ही क्या करना जो मेरे धर्म का पक्ष लेने पर मुझसे घृणा करे, यदि मुझे गुरुदेव और उनका दल संकट में दिखेगा तो मैं उन्हीं का समर्थन करूंगा।"

शत्रुंजय का निर्णय सुन दुर्भीक्ष को प्रसन्नता हुई। तभी द्वार पर खटखटाने का स्वर सुनाई दिया। शत्रुंजय ने द्वार खोला तो एक गणान्य योद्धा बाहर खड़ा था।

"आप गुरुदेव नंदकेश्वर के दल से हैं न!" शत्रुंजय ने उस गणान्य से प्रश्न किया।

"हाँ युवराज और हम यहाँ...।"

"यह जानने आये हैं कि कल के अभियान में मैं आपका समर्थन करूँगा या

नहीं?'' शत्रुंजय उस गणान्ग की मंशा समझ गया।

''राजा जयवर्धन दस सहस्त्र का सैन्य दल लिए आ रहा है, हमें अतिरिक्त सहायता की आवश्यकता पड़ सकती है।''

''आप चिंतित मत होइए, मैं पहले से ही गुरुदेव के पक्ष चुनने निर्णय ले चुका था। मैं तो बस एक अवसर की ही खोज में था कि कैसे मैं गुरुदेव के इस अभियान में सहायक सिद्ध हो सकता हूँ।'' शत्रुंजय ने दृढ़ता भरे स्वर में कहा।

यह सुनकर गणान्ग ने अपनी कमर में बँधा एक पत्र निकाला, ''आप असुरेश्वर दुर्भीक्ष के शिष्य हैं, आशा है आप अपना वचन भंग नहीं करेंगे।'' कहकर वो गणान्ग वहाँ से प्रस्थान कर गया।

उसके जाने के उपरांत शत्रुंजय ने वो पत्र खोलकर पढ़ा, ''तो ये है कल की योजना।'' जब उसने पत्र को समेटा तो एक बार फिर उसकी दृष्टि उसी संदिग्ध वृद्ध पर पड़ी जो उसके घर के सामने बैठा चीलम पी रहा था।

तभी उसके कंधे पर एक हाथ आया, ''क्या हुआ युवराज?'' शत्रुंजय ने पलटकर देखा वो त्रयम्बक अर्थात भद्राक्ष था।

''कुछ विशेष नहीं भद्राक्ष महोदय, बस मुझे उस घर के ठीक सामने बैठे उस वृद्ध व्यक्ति पर संदेह हो रहा है... ऐसा लगता है जैसा वो दिख रहा है वैसा है नहीं।'' शत्रुंजय ने संदेह जताते हुये कहा।

''आप व्यर्थ चिंता कर रहे हैं, साधारण सा ग्रामीण ही तो है जो दिन-रात चिलम पीता रहता है, ऐसे तो न जाने कितने नशेड़ी इस गाँव में आये दिन घूमते रहते हैं।'' त्रयम्बक ने विश्वास भरे स्वर में कहा।

शत्रुंजय ने भी सहमति जताते हुए कहा, ''हम्म कदाचित ऐसा ही हो।''

दोनों कुछ क्षण मौन रहे, फिर त्रयम्बक ने कहा, ''मैंने आपके अभियान के विषय में सुना युवराज।''

शत्रुंजय ने क्षण भर उसकी ओर देख प्रश्न किया, ''तो आपको क्या लगता है, मैंने उचित निर्णय लिया है या नहीं?''

''मैं कौन होता हूँ आपको उचित और अनुचित का ज्ञान देने वाला मैं तो बस आपसे एक विनती करना चाहता हूँ।''

''कैसी विनती?''

''यही कि यदि आपको अवसर प्राप्त हो तो उस जयवर्धन का वध करने से चूकिएगा मत।''

शत्रुंजय को समझ नहीं आया कि वो क्या उत्तर दे। त्रयम्बक रूपी भद्राक्ष ने

उसके कंधे पर हाथ रख कहा, ''समझ लीजिए यही आपकी उनके प्रति गुरुदक्षिणा होगी, क्योंकि जयवर्धन के अंत के साथ ही असुरेश्वर के जीवन की समस्त पीड़ाएँ समाप्त हो जायेंगी और सम्पूर्ण आर्यावर्त में शांति की स्थापना भी हो जायेगी। मेरी इस विनती पर विचार अवश्य कीजिएगा।'' कहकर भद्राक्ष भीतर चला गया।

वहीं कक्ष में उपस्थित चंद्रलेखा ने उनकी वार्ता सुन ली, किन्तु शत्रुंजय के भीतर आने से पूर्व ही वो अपनी शय्या पर वापस जाकर विश्राम का अभिनय करने लगी।

शत्रुंजय ने भीतर प्रवेश किया और दुर्भीक्ष के सामने आकर बैठ गया, ''गुरुदेव का योजना पत्र आ चुका है।''

''तो?'' दुर्भीक्ष ने प्रश्न किया।

''मेरी इच्छा है कि सूर्योदय से पूर्व ही आप राजकुमारी चंद्रलेखा को लेकर विदर्भ की राजधानी की ओर निकल जाइए, इससे राजकुमारी चंद्रलेखा भी सुरक्षित रहेंगी और मेरे अभियान में कोई बाधा भी नहीं पहुँचेगी।''

दुर्भीक्ष मुस्कुराया, ''ठीक है जैसी तुम्हारी इच्छा, आशा है कल समग्र आर्यावर्त को एकचक्रनगरी के युवराज के सामर्थ्य का परिचय प्राप्त हो जायेगा।''

सूर्योदय होने को था। शत्रुंजय ने विश्राम करती राजकुमारी चंद्रलेखा को सुप्तावस्था में ही एक मूर्छा की औषधि सुंघा दी। चंद्रलेखा के मूर्छित होते ही शत्रुंजय ने उसके हाथ और पैर रस्सी से बाँधे और पीछे के द्वार से उसे बाहर निकाला जहाँ दुर्भीक्ष के साथ त्रयम्बक और देवी भी टाँगा लिये प्रतीक्षा कर रहे थे। शत्रुंजय ने देवी के साथ चंद्रलेखा को टाँगे के भीतर बिठाया। दुर्भीक्ष भी अपने अश्व पर आरूढ़ हुआ और त्रयम्बक टाँगे के अश्वों को हाँकता हुआ उसके साथ विदर्भ की राजधानी की ओर प्रस्थान कर गया। शत्रुंजय अब उस धर्मशाला के उस घर में अकेला था।

शीघ्र ही सूर्योदय हुआ। नंदका अपने गणान्ना योद्धाओं के साथ घने वनों में घात लगाये बैठा था। सभी गणान्ना एक ही प्रकार की वेशभूषा में थे। उन्होंने सिर पर भूरी पगड़ी, शरीर के ऊपरी भाग पर लौह कवच, मुख को ढके पगड़ी के ही रंग के भूरे वस्त्र, पाँव में सादी जूतियाँ, म्यानों में तलवारें, काँधे पर धनुष और बाण तथा पीठ पर भाले लटका रखे थे। वो सभी भूमि से पाँच गज ऊँचे-ऊँचे टीलों पर खड़े थे। शीघ्र ही एक गणान्ना सूचना लेकर नंदका के पास पहुँचा, ''जैसी सूचना मिली थी वैसा हुआ नहीं। दस सहस्त्र मजदूरों को बंदी बनाने हेतु केवल पाँच सहस्त्र सैनिक आ रहे हैं और वो भी राजा जयवर्धन के साथ नहीं अपितु विदर्भ के सबसे प्रमुख सेनापति वृहदत्त के नेतृत्व में।''

नंदका को आश्चर्य हुआ, ''ये कैसे सम्भव है ? क्या हमारे गुप्तचरों की दी हुई

सूचना मिथ्या थी?'' कुछ क्षण विचार करने के उपरांत नंदका ने निर्णय लिया, ''कोई बात नहीं, हम अपनी तय योजना का ही अनुसरण करेंगे।''

शीघ्र ही सेनापति वृहदत्त ने पाँच सहस्त्र का सैन्य दल लेकर गाँव की सीमा में प्रवेश किया। गाँव के हर घर से एक-एक युवक अपने घर के बाहर आकर खड़ा हो गया। वृहदत्त और उसके सैनिकों ने एक एक करके युवकों को बंदी बनाना आरम्भ किया। किसी का विरोध न देखकर वृहदत्त को आश्चर्य हुआ। दो-दो अश्वों द्वारा खींचते हुए बड़े-बड़े पिंजरे लाये गये थे। सारे पिंजरे दो-दो पहियों पर चल रहे थे जिसमें हर एक में बीस-बीस युवकों को भरा जा रहा था। हर पिंजरे के साथ पाँच योद्धा हाथों में शस्त्र लिये चल रहे थे। शत्रुंजय भी बाकी ग्रामीणों की ही भाँति घर के बाहर आकर खड़ा हो गया। उसकी दृष्टि एक बार फिर उसी संदिग्ध वृद्ध पर पड़ी। इस बार वो सामने के द्वार पर मूर्छित हुआ पड़ा था मानों जैसे उसने कुछ अधिक ही नशा कर लिया हो। शत्रुंजय उसकी ओर ध्यान से देख ही रहा था। तभी अपने अश्व पर आरूढ़ वृहदत्त ने उसके समक्ष आकर उसे टोका, ''तुम्हारा ध्यान कहाँ है युवक, अपने सामने आये पिंजरे की ओर तुम्हारी दृष्टि नहीं गयी?''

शत्रुंजय ने दृष्टि उठाकर वृहदत्त की ओर देखा। काली धोती, स्वर्ण जड़ित जूतियाँ, देह पर स्वर्णजड़ित लौह कवच, हृष्ट-पुष्ट शरीर और भुजाएँ... मुख पर मूँछें इतनी घनी और लम्बी थीं कि कान तक को छू रही थीं। लम्बे घुँघराले बाल और मस्तक पर लोहे का शिरस्त्राण था और म्यान के अंदर थी एक धारदार तलवार। था तो वो मनुष्य ही परंतु नेत्रों और वेशभूषा से किसी राक्षस से कम प्रतीत नहीं हो रहा था। साथ ही उसने अपने अश्व पर धनुष, बाणों से भरा तुरीण और भाले भी टाँग रखे थे।

''घूर क्या रहे हो हमें।'' शत्रुंजय के मुख का भाव देख वृहदत्त ने उसे फिर से लताड़ा। शत्रुंजय ने तत्काल ही अपने मुख का भाव परिवर्तित किया और विनम्र भाव से कहा, ''क्रोधित न होइए महोदय, मैं तो बस तनिक भयभीत हो गया था।''

वृहदत्त का मुखभाव देखकर लगा मानों उसके अहंकार को संतोष प्राप्त हुआ हो, ''ठीक है जाओ जाकर बैठो पिंजरे के भीतर।''

''जो आज्ञा।'' पिंजरे के भीतर जाते हुए शत्रुंजय ने वृहदत्त की सेना का अंतिम छोर देखकर पिंजरों की गिनती का अनुमान लगाने का प्रयास किया, पर उसका अंतिम छोर दिखाई नहीं पड़ रहा था।

वृहदत्त ने कारवाँ को आगे बढ़ने का आदेश दिया। कुछ ही क्षणों में वो संदिग्ध वृद्ध जिस पर बार-बार शत्रुंजय की दृष्टि पड़ रही थी, उसने आँखें खोल वृहदत्त की ओर देखा। वृहदत्त उसकी ओर देख मुस्कुराया और आगे बढ़ गया।

वहीं वन में छुपे गणान्त्य योद्धा गाँव में अलग-अलग स्थानों में भेजे गये अपने अन्य गुप्तचरों की प्रतीक्षा कर रहे थे। उन्हीं में से दो गुप्तचर अपने दल के पास लौट

आये।

उनमें से एक ने सूचित किया, ''वृहदत्त के नेतृत्व में गाँव के हर क्षेत्र में पिंजरे इस प्रकार घूम रहे हैं कि उनकी संख्या का अनुमान लगाना बड़ा कठिन हो रहा है।''

दूसरे दूत ने भी समर्थन किया, ''हाँ महामहिम, विदर्भ के सेनापति वृहदत्त ने अपने कारवाँ का नेतृत्व कुछ ऐसे किया है कि ये अनुमान लगाना भी कठिन हो रहा है कि उन लोगों ने युवकों को बंदी बनाना कहाँ से आरम्भ किया है, क्योंकि गाँव में प्रवेश करते हुए तो पिंजरों पर पर्दे लगे थे, लेकिन प्रवेश के उपरांत कहीं भी वो खाली नहीं देखा गया; बस इतना ही देखा गया है कि पूरा कारवाँ एक साथ एकत्र होकर इसी मार्ग से आ रहा है।''

चार और गुप्तचर भी वहाँ आये। उनकी दी हुई सूचना भी कुछ ऐसी ही थी। उन सबकी सूचनाएँ सुन नंदका ने कुछ क्षण विचार कर निर्णय लिया, ''कोई बात नहीं, हम अभी भी अपनी योजना पर कायम रहेंगे; दस सहस्त्र युवकों ने हमारे विश्वास पर अपने प्राण दाँव पर लगाये हैं, हम उन्हें निराश नहीं कर सकते।''

नंदका का गणान्ग दल वृहदत्त के कारवाँ की प्रतीक्षा में तैयार था। वहीं दुर्भीक्ष सबको लेकर बिंगरौली गाँव की सीमा पर पहुँचा ही था कि विदर्भ के सौ सैनिकों ने उन सबको घेर लिया। उन सैनिकों के नायक दुर्भीक्ष के निकट आकर प्रश्न किया, ''कहाँ जा रहे हो?''

दुर्भीक्ष ने विनम्र भाव से कहा, ''बाहर के यात्री हैं महामहिम, कई राज्यों की यात्रा करते हुए इस गाँव में भी हो लिये।''

''तुम पहले अश्व से उतरो!'' उसे आदेश देने के साथ-साथ उसने त्रयम्बक को भी टाँगे से उतरने का संकेत दिया।

दुर्भीक्ष अपने अश्व से उतरा और लाठी उठाकर उसी के सहारे खड़ा हो गया। इसके उपरांत नायक ने उन दोनों से प्रश्न किया, ''कहाँ से आये हो?''

''कुछ दिन पूर्व बिंगरौली आकर रुके थे, किन्तु ज्ञात हुआ कि सेनापति वृहदत्त एक बड़े अभियान पर वहाँ आये हैं; जब उन्हें ज्ञात हुआ कि हम एकचक्रनगरी के यात्री हैं तो उन्होंने ही हमें आज्ञा दी कि हम शीघ्र से शीघ्र इस गाँव से निकल जायें।'' दुर्भीक्ष ने कथा गढ़ दी।

''अच्छा, सेनापति वृहदत्त ने तुमसे ये स्वयं कहा... मुझे मूर्ख समझते हो; हमारे सेनापति किसी अंजान की इतनी परवाह नहीं करते और वैसे भी आज जो नरसंहार वहाँ होने वाला है वो समस्त संसार में उनकी निर्दयता का ही परिचय देगा।'' कहकर उस नायक ने तलवार दुर्भीक्ष की गर्दन पर टिका दी और अपने साथ एक सैनिक को आदेश दिया, ''देखो इसके टाँगे में क्या है।''

नायक के आदेश पर सैनिक टाँगे की ओर बढ़ा। दुर्भीक्ष समझ चुका था कि अब कभी भी शस्त्र उठाना पड़ सकता है। टाँगे के भीतर चंद्रलेखा को देखते ही सैनिक चीख पड़ा, ''महामहिम ये तो राजकुमारी चंद्रलेखा हैं।'' यह सुनकर नायक दौड़ता हुआ टाँगे के भीतर आया। उसे देख वो चंद्रलेखा के बंधन खोलने लगा। भय के मारे देवी भी टाँगे से उतर गयी।

चंद्रलेखा को मुक्त कर नायक दुर्भीक्ष के समक्ष आया और अपने सैनिकों को आदेश दिया, ''समाप्त कर दो इन तीनों को!''

दुर्भीक्ष ने लाठी हाथ में पकड़ी और अपना दूसरा पाँव भी भूमि पर रखा। त्रयम्बक और देवी को भलीभाँति ज्ञात था कि उन्हें शस्त्र उठाने की आवश्यकता नहीं है... वो स्थिर ही खड़े रहे। एक सैनिक तलवार लेकर दुर्भीक्ष की ओर बढ़ा, किन्तु अभी उसने तलवार घुमाने का प्रयास भी नहीं किया कि दुर्भीक्ष की लाठी ने उसके मस्तक पर चोट कर उसकी चेतना छीन ली।

''ओह! तो प्रतिरोध की क्षमता भी रखते हो।'' कहकर नायक ने अपने सभी सैनिकों को एक साथ दुर्भीक्ष पर टूट पड़ने का आदेश दिया।

सारे सैनिक दुर्भीक्ष की ओर दौड़े। दुर्भीक्ष लाठी के प्रयोग से ही उन सभी को एक-एक करके गिराता गया। युद्ध करते हुए दुर्भीक्ष ने त्रयम्बक को आदेश दिया, ''अब तुम खड़े-खड़े क्या देख रहो भद्राक्ष, शस्त्र उठाओ और दुर्धरा का रक्षण करो।''

त्रयम्बक रूपी भद्राक्ष स्तब्ध रह गया। उसने देवी की ओर देखा। दुर्भीक्ष ने युद्ध करते हुए उन्हें फिर से टोका, ''तुम्हें क्या लगा मैं मूर्ख हूँ जो तुम्हें और दुर्धरा को नहीं पहचानूँगा।''

भद्राक्ष अपने वास्तविक रूप में आ गया। देवी का नाम धरे दुर्धरा ने भी अपना घूँघट उठाया। इसके उपरांत भद्राक्ष ने एक सैनिक को पकड़कर उसकी तलवार छीन ली।

''केवल रक्षण नीति भद्राक्ष।'' भद्राक्ष दुर्भीक्ष का दिया संकेत समझ गया। अब वो दोनों केवल सैनिकों को पीछे हटा रहे थे।

इतना शोर सुनकर चंद्रलेखा की भी मूर्छा टूट गयी, वो आँखें मलते हुए उठी। शीघ्र ही नायक समेत सभी सैनिक चोटें खाकर भूमि पर अचेत होकर गिर गये। दुर्धरा, दुर्भीक्ष के निकट आयी, ''तो तुम्हें आरम्भ से ही ज्ञात था इसीलिए मेरा मुख देखकर भी तुम्हें आश्चर्य नहीं हुआ।''

दुर्भीक्ष मुस्कुराया, ''मैं तुम्हारी मंशा से भलीभाँति परिचित था दुर्धरा, मैं तो बस तुम्हारे समर्पण की परीक्षा ले रहा था... किन्तु क्या तुम्हें स्मरण नहीं कि त्रिगर्ता में तुम्हारे हाथ का बनाया हलवा मैं पहले भी चख चुका हूँ।''

दुर्धरा मुस्कुरायी, वो दुर्भीक्ष का संकेत समझ चुकी थी। इसके उपरांत दुर्भीक्ष ने उस सैनिक दल के नायक की गरदन पर तलवार रख प्रश्न किया, ''बताओ तुम किस नरसंहार की बात कर रहे हो?''

उस नायक ने जो कुछ बताया उससे दुर्भीक्ष के साथ भद्राक्ष और दुर्धरा की आँखें भी भय और आश्चर्य से बड़ी हो गयीं।

''तुम लोग तो मानवजाति के श्रेणी में गिने जाने के योग्य ही नहीं हो।'' कहकर दुर्भीक्ष ने क्षणभर में ही उस नायक का मस्तक काट गिराया।

उसने पलटकर देखा तो चंद्रलेखा टाँगे से उतरकर बाहर आ गयी थी। क्रोधभरी दृष्टि लिये दुर्भीक्ष को अपनी ओर आते देख वो भयभीत हो गयी। दुर्भीक्ष उसके निकट गया और उसे चेतावनी भरे स्वर में कहा, ''मैं जानता हूँ जयवर्धन की इस योजना में तुम्हारा भी हाथ है; यदि तुम एक कन्या न होती तो इसी समय तुम्हारा शीश काटकर तुम्हारे रक्त से इस धरा की प्यास बुझाता मैं, किन्तु मैं तुम्हारे पिता की भाँति नहीं हूँ, जाओ अपने सैनिकों के संरक्षण में लौट जाओ अपने राज्य, और ये विचार अवश्य करना कि जब शत्रुंजय को तुम्हारी वास्तविकता का ज्ञान होगा तो वो तुमसे कितनी घृणा करेगा।''

चंद्रलेखा समझ चुकी थी कि उसका भेद खुल चुका है। वो सिर झुकाकर अपने सैनिकों के साथ चली गयी।

तत्पश्चात दुर्भीक्ष ने भद्राक्ष को आदेश दिया, ''तुम दुर्धरा को किसी सुरक्षित स्थान पर ले जाओ भद्राक्ष, मुझे शत्रुंजय की सहायता को लौटना होगा।''

यह देख भद्राक्ष ने प्रश्न किया, ''मैं आपके निर्णय पर प्रश्न नहीं उठा रहा महामहिम, किंतु यदि जयवर्धन आपके सामने आया तो क्या आप उस पर शस्त्र उठा पायेंगे?''

''मुझे उन ग्रामीणों या फिर उन योद्धाओं से कोई लेना-देना नहीं है जो उनका रक्षण कर रहे है, किंतु जो होने वाला है उसे देख शत्रुंजय धैर्य खो सकता है, उसे वहाँ से सुरक्षित निकालना आवश्यक है।'' दुर्भीक्ष ने कठोर स्वर में कहा, ''तुम दुर्धरा को लेकर गाँव की उत्तरी सीमा पर मेरी प्रतीक्षा करना, यदि विदर्भ के सैनिक तुम्हें रोकें तो अपना परिचय दे देना, इतना पर्याप्त होगा।''

''नहीं ये उचित नहीं होगा।'' दुर्धरा असहमति जतायी।

दुर्भीक्ष ने झल्लाते हुए प्रश्न किया, ''वहाँ एक शत्रुंजय को सँभालना कठिन होगा और फिर तुम्हारी सुरक्षा...।''

''इस समय युद्ध का माहौल है, यदि हम अपना परिचय देंगे भी तो क्या तुम डंके की चोट पर कह सकते हो कि विदर्भ के सैनिक हमारा विश्वास कर लेंगे?''

दुर्भीक्ष ने दुर्धरा के इस तर्क का कोई उत्तर नहीं दिया।

"क्या तुम्हें वहाँ देखने के बाद जयवर्धन में इतना साहस होगा कि वो शस्त्र उठाये?" दुर्धरा ने प्रश्न किया।

कुछ क्षण विचार कर दुर्भीक्ष ने कहा, "नहीं।"

"तो फिर हम सबके लिए उससे अधिक सुरक्षित स्थान और कौन-सा हो सकता है... विश्वास रखो तुम्हारे वहाँ पहुँचते ही यह युद्ध रुक जायेगा।" दुर्धरा ने तर्क दिया।

दुर्भीक्ष मुस्कुराया, "तुम्हारा दिया तर्क वास्तव में अकाट्य है दुर्धरा।" उसने भद्राक्ष की ओर संकेत कर कहा, "आज अपने टाँगे को दौड़ाने में अपनी सम्पूर्ण शक्ति लगा देना भद्राक्ष।"

उधर वृहदत्त अपना कारवाँ लिये चला जा रहा था। वन के विभिन्न भागों में छुपे हुए गणान्ग वीरों को अब वो दूर से ही दिखने लगा था। उन्हें निकट आता देख वन में छुपे सभी गणान्ग योद्धाओं ने ढोल बजाना आरम्भ कर दिया। वृहदत्त भी अकस्मात ही ढोल का स्वर सुन अचम्भित रह गया। ढोल का संकेत पाते ही पिंजरें में बंद कुछ ग्रामीण युवकों ने अपने वस्त्रों के भीतर छुपाये कुछ कपास निकाले और अपने अपने पिंजरे के साथ चल रहे सैनिकों के शरीर पर फूँककर सूइयों से प्रहार करना आरम्भ किया।

वो सूइया इतनी छोटी थीं कि सैनिकों को लगा मानों उन्हें चींटी काट गयी हो। कुछ ने तो ध्यान दिया और कुछ ने ध्यान ही नहीं दिया। किंतु परिणाम तब सामने आया जब एक-एक करके उन सैनिकों को मूर्छा आने लगी। यह देख गणान्ग योद्धाओं ने कांधे से ढोल उतार शस्त्र निकाल लिये।

"जय हो महाराज तेजस्वी की!" नारे लगाते हुए समस्त गणान्ग ऊँचे-ऊँचे टीलों से नीचे दौड़ पड़े।

इस अकस्मात आक्रमण से वृहदत्त और उसका सैन्य दल अचम्भित रह गया। शत्रुंजय ने पैर के एक ही प्रहार से अपने पिंजरे को तोड़ा और कूदकर बाहर आ गया। गणान्ग योद्धाओं के प्रचण्ड प्रहारों से विदर्भ के वो पाँच सहस्त्र सैनिक बिलकुल ही विवश दिखाई दे रहे थे।

दौड़ते-दौड़ते ही गणान्ग योद्धा अनगिनत बाणों के संधान से विदर्भ के सैनिकों को गिराते गये। वहीं शत्रुंजय गिरे सैनिकों की तलवार छीन उन्हीं पर प्रहार कर रहा था। वृहदत्त ने अपनी सेना में मची खलबली देख भाला उठाया और उस व्यक्ति को खोजने लगा जो सभी को आदेश दे रहा था। उसकी तीक्ष्ण दृष्टि ने एक ऊँचे टीले पर खड़े नंदका को खोज निकाला जो सबको निर्देशित कर रहा था। वृहदत्त ने बिना एक भी पल गँवायें भाला सीधा नंदका की छाती की ओर लक्ष्य कर फेंका। निकट आते भाले के वेग

का स्वर नंदका के कानों में पड़ा। बचने के लिये वो पीछे हटा। नंदका को कोई विशेष क्षति तो नहीं पहुँची किन्तु भाले ने उसके दायें हाथ में थमा धनुष अवश्य काट दिया।

उसे भूमि पर गिरा देख वृहदत्त ने तलवार निकाली और अपने अश्व को उसकी ओर दौड़ाते हुए टीले की ऊँचाई पर चढ़ने लगा। नंदका ने भूमि पर स्थिर खड़े होकर वृहदत्त को अपनी ओर आते हुए देखा। पहले तो वृहदत्त ने तलवार का वार कर उसका मस्तक काटने का प्रयत्न किया किन्तु नंदका बड़ी चपलता से घुटनों के बल झुक उसके वार से बचा। वृहदत्त अपने अश्व को लिये एक बार फिर पलटा और नंदका को झुका हुआ देख अपने अश्व के खुरों से ही नंदका के मस्तक को कुचलने का प्रयत्न किया।

किन्तु नंदका के शक्तिशाली हाथों ने पीठ के पीछे से अपने मस्तक की ओर आ रहे अश्व के खुरों को पकड़ लिया और क्षण भर में ही अश्व से समेत वृहदत्त को दस हाथ दूर फेंक दिया। अश्व के साथ भूमि से टकराकर वृहदत्त के अस्त्र-शस्त्र सब नीचे गिर गये। क्षणभर स्तब्ध रहने के उपरांत उसने भूमि पर गिरी अपनी तलवार उठाने का प्रयत्न किया, किंतु तब तक शेष गणान्ग योद्धाओं ने शत्रुओं पर विजय पा ली थी। कई गणान्ग योद्धा नंदका के पीछे आ खड़े हुए और कुछ ने वृहदत्त को भी घेरकर तलवार उसकी गरदन पर लगा दी।

नंदका ने गरजते हुए कहा, ''पराजय स्वीकार करो सेनापति वृहदत्त!''

वृहदत्त ने नंदका पर कटाक्ष करते हुए कहा, ''वास्तव में तुम्हें ऐसा लगता है कि तुम विजयी हो गये?''

नंदका ने उसकी बातों पर अधिक ध्यान नहीं दिया और अपने गणान्ग योद्धाओं को आदेश दिया, ''जाओ पिंजरे खोलकर युवकों को मुक्त कर दो।''

इससे पूर्व कि गणान्ग योद्धा और शत्रुंजय पिंजरे खोलने के लिये आगे बढ़ते, उन्हें एक शंख की गूँजती हुई ध्वनि सुनाई दी। वो शंख फूँकने वाला वही वृद्ध था जो कल संध्या से शत्रुंजय के घर के सामने बैठा था। उसके शंख बजाने का प्रयोजन किसी की समझ में नहीं आया, किंतु परिणाम शीघ्र ही सामने आने वाला था क्योंकि हर पिंजरें में बीस में से दस युवक जयवर्धन की सेना के थे जिन्होंने ग्रामीणों का ही वेश धर रखा था। उन्होंने अपने अपने वस्त्रों में छिपी कटारें निकालीं और अपने-अपने पिंजरों में साथ खड़े दस युवकों की गरदनों पर चलानी आरम्भ कर दीं। युवकों का क्रंदन सुन और पिंजरों के बाहर बहते रक्त को देख किसी की कुछ समझ में नहीं आया। वहीं उस वृद्ध व्यक्ति ने अपनी देह पर ओढ़ा कंबल हटाया। उसकी छाती पर भूरे रंग का स्वर्णजड़ित लौहकवच था। मुख से नकली दाढ़ी हटाते ही नंदका ने उसे पहचान लिया।

''जयवर्धन!'' नंदका स्तब्ध रह गया। धीरे-धीरे करके सभी पिंजरे खुलने लगे

और हर पिंजरे से दस-दस युवकों के शव बाहर गिरने लगे और ग्रामीणों का वेश धरे जयवर्धन के योद्धा बाहर आने लगे।

''तो इसीलिए बिंगरौली में प्रवेश करने पर कोई भी पिंजरा खाली नहीं था।'' अपनी असफलता और निर्दोष युवकों का बहता रक्त देख नंदका घुटनों के बल आ गया। उसके नेत्र अश्रु से भर गये और मस्तक लज्जा से झुक गया।

वहीं एक सहस्त्र पिंजरों से निकले विदर्भ के दस सहस्त्र योद्धा जयवर्धन के पीछे जाकर एकत्र होने लगे। पिंजरे से निकले सहस्त्रों युवकों के क्षत विक्षत शव और रक्त की बहती नदी देख शत्रुंजय भी विचलित हो गया। उसका धनुष भी काँधे से सरकने लगा।

वहीं जयवर्धन का पुत्र श्रुतायुध अपने पीछे दस रथ लिये आ रहा था जिनमें विभिन्न प्रकार के अस्त्र-शस्त्र भरे हुए थे। जयवर्धन के पीछे खड़े समस्त योद्धा उन शस्त्रों को उठाने लगे।

अपने सेनानायक के घुटनों के बल आने से सारे गणान्य योद्धाओं के शस्त्रों को भी मानों दीमक लग गया था। बिना किसी निर्देश के वो करते भी तो क्या करते।

जयवर्धन ने हुंकार भरते हुए कटाक्ष किया, ''देख लो घुसपैठियों कि अपने राजा से विद्रोह करने वालों की क्या दशा होती है; अब इन दस सहस्त्र युवकों के शव का पहाड़ बिंगरौली की सीमा के चारों ओर बनाया जायेगा। आज जो बिंगरौली में हुआ है कल वही बलरामपुर और करौल में भी होगा, ताकि विदर्भ की प्रजा को ये भान हो जाये कि कुछ बहरूपियों में महाराज तेजस्वी की छवि देख उन्होंने कितनी बड़ी भूल की है। और आज जो तुम सबकी दशा होने वाली है उसे देख बलरामपुर और करौल में घूम रहे घुसपैठियों की आत्मा भी काँप जायेगी।''

नंदका ने उसकी चुनौती का कोई उत्तर नहीं दिया। उसके मुख पर छायी निराशा से स्पष्ट रूप से कह रही थी कि वो निर्दोष युवकों की हत्या का उत्तरदायी स्वयं को मान बैठा था। उसके साथ सभी गणान्य योद्धाओं की दृष्टि झुकी हुई थी। शत्रुंजय भी स्वयं को विवश महसूस कर रहा था। नंदका को विवश देख वृहदत्त ने भूमि पर गिरी एक तलवार उठायी और घुटनों के बल बैठे नंदका की पीठ में घोंप दिया। नंदका के चीखने का स्वर सुनते ही शत्रुंजय को क्रोध आ गया। उसने वृहदत्त पर छलाँग लगायी और पल भर में ही उसकी गरदन पकड़कर अपनी काँख में दबा ली। वृहदत्त छटपटाने लगा। वहीं नंदका ने अपनी पीठ से तलवार निकालकर भूमि पर फेंकी। इसके उपरांत उसने अपनी पगड़ी और मुख को ढका वस्त्र उतारा और रक्त का बहाव रोकने के लिये अपनी कमर पर कसकर बाँध लिया। इतने में शत्रुंजय ने भी वृहदत्त की साँसे रोक दी। मुख से रक्त उगलते हुए उसकी आँखें बाहर आयी प्रतीत हो रही थीं। उसका शव उठाकर शत्रुंजय ने कई गज़ दूर सीधा जयवर्धन के पैरों में फेंक दिया।

वृहदत्त का शव देख जयवर्धन को कोई विशेष फर्क नहीं पड़ा। उसे तो बलिदान होने के लिये ही भेजा गया था। वो अपने सैनिकों को आक्रमण का आदेश देने को था कि तभी दायीं ओर से एक पचास गज ऊँची और कई मन भारी चट्टान उसकी सेना की ओर बढ़ती दिखाई दी। उस चट्टान के नीचे सैकड़ों सैनिक दबकर मरने लगे। चट्टान लुढ़काने वाले योद्धा को देख जयवर्धन का मुख पीला पड़ गया। वृषभ का मुख और सामान्य मनुष्य से डेढ़ गुना आकार। अपने हाथ में कँटीली मुग्दर लिये वक्रबाहु पुत्र बल्लार को देख बड़े बड़े से बड़ा वीर थर्रा जाता। जयवर्धन की सेना में खलबली मच गयी।

शत्रुंजय और नंदका ने एक दूसरे को विश्वास भरी दृष्टि से देख अपने-अपने शस्त्र ताने।

जयवर्धन ने भी किसी प्रकार अपने बाणों से वो चट्टान ध्वस्त की, किन्तु शत्रुंजय के धनुष की टंकार ने उसके कान भी खड़े कर दिये।

वहीं नंदका ने शत्रुंजय की पीठ थपथपाते हुये कहा, ''मुझे विश्वास हो गया है वत्स, ये जयवर्धन तुम्हारे बाणों का सामना नहीं कर पायेगा।''

जयवर्धन और श्रुतायुध शस्त्रों से सजे अपने-अपने रथ पर आरूढ़ हो गये। इतने में ही बल्लार ने सैकड़ों योद्धाओं को कुचल डाला था। बल्लार की वीभत्सता और शत्रुंजय के धनुष की टंकार जयवर्धन को विचलित कर रही थी।

जयवर्धन ने अपना पहला बाण बल्लार की ओर चलाया जो उसके कंधे के भीतर घुस गया। नंदका और शत्रुंजय अपने दल बल के साथ टीलों से कूदकर शत्रुसेना की ओर दौड़ पड़े।

रम्भाता हुआ क्रोधित बल्लार सीधा जयवर्धन की ओर दौड़ा। जयवर्धन ने उस पर बाणों की वर्षा आरम्भ की। बल्लार ने उन बाणों से अपनी रक्षा हेतु उसी के सैनिकों को उठा-उठाकर उसकी ओर फेंकने लगा जो जयवर्धन के बाणों की चोट खाकर गिरने लगे। दौड़ता हुआ बल्लार जयवर्धन के रथ के अश्वों को कुचलकर उसके रथ पर चढ़ आया और मुग्दर के एक ही प्रहार से उसका धनुष तोड़ डाला।

भय के मारे जयवर्धन अपने रथ से कूद पड़ा। श्रुतायुध ने अपने पिता के रक्षण के लिये बल्लार पर बाणों से प्रहार करना आरम्भ किया। उसके बाणों की चोट खाकर बल्लार ने कुपित होकर अपना भारी मुग्दर विद्युत गति से श्रुतायुध के रथ की ओर फेंका। अपने रथ के टुकड़े-टुकड़े होने से पूर्व ही वो भूमि पर कूद पड़ा। बल्लार रँभाते हुए उसकी ओर दौड़ पड़ा। तभी पूरे एक सहस्त्र सैनिक श्रुतायुध की रक्षा को आ गये।

वहीं भूमि पर गिरा श्रुतायुध अभी सँभला ही था कि नंदका अपने अश्व पर आरूढ़ उसके समक्ष आ खड़ा हुआ। वो तलवार और ढाल लिये अपने अश्व से उतरा। उतरते

हुये उसके घाव पर ज़ोर पड़ा और एक बार फिर रक्त का स्राव आरम्भ हो गया। बहाव की गति कम थी किंतु उससे नंदका की शक्ति अवश्य क्षीण हो रही थी। नंदका ने अपनी कमर में बँधे वस्त्र का कसाव तनिक और बढ़ाया और श्रुतायुध की ओर दौड़ पड़ा। उसके प्रतिकार हेतु श्रुतायुध ने भी अपनी तलवार और ढाल उठा ली।

शत्रुंजय धनुष और बाणों से भरा तूरीण लेकर जयवर्धन के निकट आया और उसे चुनौती दी, ''अपना धनुष धारण कीजिए महाराज जयवर्धन, मैं निशस्त्र पर प्रहार नहीं कर सकता।''

शत्रुंजय की चुनौती स्वीकारने जयवर्धन अपने टूटे हुए रथ में पड़ा एक धनुष और बाणों से भरा तूरीण उठा लाया। दोनों महारथियों का भीषण द्वन्द्व आरम्भ हो गया।

वहीं बल्लार और सौ गणान्ग योद्धाओं ने शत्रु सेना का संहार जारी रखा। एक साथ दस-दस मस्तक फोड़ने वाले बल्लार के सामने आते ही शत्रु सैनिक भागने लगे, किंतु वो बल्लार से बचते तो गणान्ग योद्धाओं के वेगवान बाणों के आखेट बन जाते।

नंदका और श्रुतायुध का द्वन्द्व भी जारी था। श्रुतायुध बार-बार यही प्रयास कर रहा था कि वो नंदका की कमर पर वार कर उस पर बँधे अंगवस्त्र को काट सके, किंतु नंदका बड़ी चपलता से अपना रक्षण कर रहा था। कमर पर वार करने में सफलता न पाकर अकस्मात ही श्रुतायुध ने नंदका के बायें हाथ पर वार कर किया। नंदका का ध्यान अपने घाव की ओर तनिक अधिक था इसलिए पकड़ ढीली होने के कारण ढाल उसके हाथ से छूट गयी।

श्रुतायुध ने ढाल से उसके मुख पर वार किया। नंदका अपनी तलवार लिये भूमि पर गिर गया। श्रुतायुध का अगला प्रहार उसने लेटे-लेटे ही रोका और उसके उदर पर पैर से वार कर उसे चार हाथ दूर धकेल दिया। इसके उपरांत उसने भूमि से उठकर श्रुतायुध को चुनौती दी, ''इस घाव को मेरी दुर्बलता समझ लिया युवराज, तो लो मैं स्वयं तुम्हें ये अवसर देता हूँ।'' कहकर नंदका ने अपनी कमर पर बँधा वस्त्र खोल दिया।

श्रुतायुध ने नंदका के घाव की ओर देखा। उसके घाव से तीव्र गति से रक्त बह रहा था किन्तु माथे पर तनिक भी शिकन नहीं था। श्रुतायुध दौड़कर उसकी ओर बढ़ा। नंदका ने भूमि से चार हाथ ऊपर छलाँग लगायी और श्रुतायुध के मुख पर मुष्टि से भीषण वार किया। रक्त उगलता श्रुतायुध भूमि पर गिर गया। नंदका ने उसके बायें हाथ पर प्रहार कर उसकी भी ढाल छुड़ा दी। उसने भूमि पर गिरे श्रुतायुध पर एक बार फिर प्रहार किया। श्रुतायुध ने उसका वार अपनी तलवार पर रोका और नंदका के बायें घुटने वार कर उसे झुकाया, फिर तत्काल ही भूमि से उठा और अपनी कोहनी से उसके मस्तक पर वार किया। नंदका का मस्तक पीड़ा से हिल गया। क्षणभर के लिए उसे ऐसा लगा कि उसकी चेतना ही लुप्त हो गयी हो। श्रुतायुध ने उसकी इस अवस्था का लाभ

उठाकर उसका अंत करने का प्रयत्न किया, किन्तु तभी बल्लार का फेंका हुआ मुग्दर अकस्मात ही उसके सामने आ गया। उसने वो प्रहार रोकने का प्रयत्न अवश्य किया किन्तु उसकी तलवार भी टूटी और वो बीस हाथ दूर भी जा गिरा। भूमि से टकराकर उसके मस्तक से भी रक्त बहने लगा। किसी प्रकार साहस कर वो भूमि से उठा।

नंदका ने भी चंद क्षणों में स्वयं को सँभाल लिया। बल्लार, श्रुतायुध पर प्रहार करने आगे बढ़ा किन्तु नंदका ने उसे रोका, ''नहीं महाबली बल्लार, दो योद्धाओं के द्वन्द्व में इस प्रकार बाधा डालना उचित नहीं, ये द्वन्द्व मेरा है।''

बल्लार उनके बीच से हट गया। अब श्रुतायुध भी घायल अवस्था में था और नंदका भी। दोनों योद्धा एक बार फिर एक-दूसरे की ओर दौड़े, दोनों की तलवारें टकरायीं, और श्रुतायुध ने घुटनों के बल झुक अपनी कमर में बँधी एक कटार निकाली और नंदका के उसी घाव पर दे मारी जहाँ से लगातार रक्त बहा जा रहा था। नंदका किसी प्रकार अपनी पीड़ा को नियंत्रित कर पा रहा था, वहीं श्रुतायुध उसके घाव पर कटार घुमाये जा रहा था। किन्तु श्रुतायुध का अधिकतम ध्यान और शक्ति कटार पर होने से तलवार पर उसकी पकड़ थोड़ी ढीली पड़ी जिसका नंदका ने भरपूर लाभ उठाया और अपनी तलवार घुमाकर उसे निःशस्त्र कर दिया। श्रुतायुध अचम्भित रह गया। इससे पूर्व कि वो कुछ और समझ पाता, नंदका का अगला वार सीधा उसके कण्ठ पर हुआ।

वो वीभत्स दृश्य देख विदर्भ के योद्धाओं के पाँव उखड़ गये। श्रुतायुध का कटा हुआ मस्तक उसके शरीर से आठ हाथ दूर जा गिरा। उसका तड़पता शरीर अभी भी नंदका के उदर में धँसी कटार को पकड़े हुए था। नंदका ने उसे पीछे धकेला और स्वयं भी भूमि पर गिर गया।

अपने युवराज के गिरने और बल्लार और गणान्य योद्धाओं द्वारा अपने सहस्त्रों साथियों का विनाश देख विदर्भ के सैनिक भागने लगे। बल्लार ने आकर नंदका को सँभाला। उसने रक्त का बहाव रोकने के लिये नंदका का ही अंगवस्त्र उसकी कमर पर बाँध दिया।

अपनी सेना को भागते देख जयवर्धन विचलित हो गया। उसे अपने पुत्र की चिंता सताने लगी। धनुष पर उसकी पकड़ ढीली हुई और शत्रुंजय के अगले बाण ने उसे निःशस्त्र कर दिया। शत्रुंजय के आक्रमण का उत्तर देने के स्थान पर जयवर्धन अपने पुत्र श्रुतायुध की ओर भागा।

नंदका के पास पहुँचकर अपने पुत्र का क्षत-विक्षत शव देख वो घुटनों के बल आ गया। शत्रुंजय भी अपना धनुष लिये वहाँ पहुँचा। नंदका को भूमि पर पड़ा देख उसके नेत्र क्रोध से लाल हो गये। उसने बाकी योद्धाओं को उसके और जयवर्धन के बीच न आने का संकेत दिया। तत्पश्चात उसने अपने धनुष पर बाण चढ़ाकर कहा, ''शोक न

कर नराधम, तेरे पापों का दण्ड तो तेरे पुत्र को प्राप्त होना ही था, जा तुझ पर उपकार करते हुए तुझे भी यमलोक भेजकर तेरा शोक दूर कर देता हूँ।''

शोक में डूबा जयवर्धन घुटनों के बल ही बैठा रहा, उसने शत्रुंजय की चुनौती का कोई उत्तर नहीं दिया। अधीर होकर शत्रुंजय ने सीधा जयवर्धन के कण्ठ की ओर लक्ष्य कर बाण छोड़ा, किंतु तभी जयवर्धन की बायीं ओर से एक बाण आया और शत्रुंजय का तीर काट गया।

ये बाण स्वयं असुरेश्वर दुर्भीक्ष ने चलाया था। भद्राक्ष और दुर्धरा भी वहाँ आ पहुँचे थे। विचलित जयवर्धन ने मुड़कर दुर्भीक्ष की ओर देखा। हाथों में शस्त्र उठाये असुरेश्वर रणक्षेत्र में आ चुका था। दुर्भीक्ष को देख जयवर्धन के मुख पर एक अलग ही उन्माद छा गया, ''स्वागत है असुरेश्वर दुर्भीक्ष।''

असुरेश्वर दुर्भीक्ष का नाम सुनकर वहाँ उपस्थित सभी योद्धा स्तब्ध रह गये। सम्पूर्ण आर्यावर्त में उसके नाम का इतना आतंक था कि सभी गणान्ग योद्धा भी चार कदम पीछे हट गये। नंदका और बल्लार ने भी जीवन में प्रथम बार दुर्भीक्ष को देखा था।

पाँवों में सादी जूतियाँ, श्वेत धोती, देह पर एक साधारण-सा लौह कवच, माथे पर चन्दन का तिलक और भुजाएँ पाषाण समान बलवान प्रतीत हो रही थीं। आँखों और कमल समान मुख की चमक ऐसी थी कि साधारण वस्त्र धारण करने के उपरांत भी वो किसी राजकुटुम्ब का पुरुष ही प्रतीत हो रहा था। काँधे पर धनुष और पीठ पर बाणों से भरा तूरीण टाँगे वो किसी पर्वत के समान चला आ रहा था।

जयवर्धन ने अपने शत्रु पक्ष को ललकारते हुए कहा, ''अब तुममें से एक भी व्यक्ति जीवित नहीं रहेगा, मेरी सबसे बड़ी शक्ति आ चुकी है।''

गणान्ग योद्धाओं का गिरता मनोबल देख बल्लार अपना मुग्दर उठाये दुर्भीक्ष की ओर दौड़ पड़ा। पूरे साहस और शक्ति से दौड़ता हुआ वो दुर्भीक्ष के निकट गया और तीव्रगति से मुग्दर घुमाया। दुर्भीक्ष ने बड़ी चपलता से झुककर स्वयं को बचाया और पूरी शक्ति से अपने दाहिने पंजे से बल्लार की छाती पर प्रहार किया।

वक्रबाहु की प्रथम संतान महाबलधारी बल्लार भी दुर्भीक्ष का वो वार सहन न कर पाया और बीस गज दूर जाकर एक वृक्ष से जा टकराया। दुर्भीक्ष का ये शक्ति प्रदर्शन अपना परिचय देने और शत्रु के मन में भय व्याप्त करने के लिये पर्याप्त था। गणान्ग योद्धाओं के मानों कदम ठिठक गये हों। नंदका के गिरने के उपरांत किसी में आगे बढ़ने का साहस नहीं था।

दुर्भीक्ष चलकर शत्रुंजय के निकट आया और उसे फटकारा, ''ये क्या अधर्म कर रहे थे तुम, क्या मैंने तुम्हें यही शिक्षा दी है पुत्र शत्रुंजय कि इस प्रकार एक निःशस्त्र

और शोकसंतप्त असहाय योद्धा पर प्रहार करो।''

''तो एक बार फिर आप इस नराधम का पक्ष लेने आ गये काकाश्री।'' शत्रुंजय ने दुर्भीक्ष पर तंज़ कसते हुए कहा।

शत्रुंजय का सम्बोधन सुन जयवर्धन स्तब्ध रह गया।

''मैं तो अपना कर्तव्य निभाऊँगा ही, किन्तु मैंने तुमसे जो प्रश्न किया है पहले उसका उत्तर दो।'' दुर्भीक्ष ने शत्रुंजय को क्रोध भरी दृष्टि से देखा।

शत्रुंजय ने जयवर्धन की ओर संकेत कर कहा, ''ये कोई योद्धा नहीं है काकाश्री।'' उसने पिंजरों के सामने पड़े शवों की ओर संकेत कर कहा, ''देखिए इन निर्दोषों के शवों को, कितनी बर्बरता से इन निःशस्त्र और निर्दोष युवकों की कपट से हत्या करवायी है इसने, फिर भी इसका पक्ष लेते हुए लज्जा नहीं आती आपको।''

दुर्भीक्ष ने क्षण भर युवकों के शव को देखा, किंतु अपना हृदय द्रवित नहीं होने दिया। उसने कठोर स्वर में कहा, ''न ये राज्य तुम्हारा है और न ही इस युद्ध से तुम्हारा कोई सरोकार है... मेरे मित्र शत्रुघन ने मुझे तुम्हारा संरक्षक बनाया है और उसी अधिकार से मैं तुम्हें ये आदेश देता हूँ कि इस युद्ध का त्याग करो और रणभूमि से चले जाओ।''

शत्रुंजय ने दुर्भीक्ष की बात मानने के स्थान पर उसे ही चुनौती दे डाली, ''क्षमा कीजिए, काकाश्री, किंतु मैंने अपने गुरुदेव को वचन दिया है कि इस अभियान में मैं इनके पक्ष से युद्ध करूँगा; अपना वचन पूर्ण करने के लिये यदि मुझे आप पर भी बाण चलाना पड़े तो मैं पीछे नहीं हटूँगा।'' कहकर उसने अपने धनुष पर बाण चढ़ा लिया।

उसके विरुद्ध धनुष उठाते हुए दुर्भीक्ष के हाथ काँपने लगे, फिर भी किसी प्रकार साहस करके उसने धनुष उठाया, किंतु जयवर्धन ने दुर्भीक्ष का हाथ रोक लिया, ''आपको शस्त्र उठाने की आवश्यकता नहीं है असुरेश्वर, ये युद्ध मेरा है।''

दुर्भीक्ष ने आश्चर्य भरी दृष्टि से जयवर्धन की ओर देखा। आश्चर्य इस बात का था कि सैकड़ों शत्रुओं से घिरे जयवर्धन में इतना साहस कहाँ से आया।

दुर्भीक्ष के मुख का भाव देख जयवर्धन ने कहा, ''आश्चर्य न कीजिए महामहिम, मैं अपने एकमात्र उत्तराधिकारी को खो चुका हूँ इसलिए अब मैं किसी का समर्थन नहीं चाहता; आपका इस बालक से कोई भी सम्बंध हो मुझे कोई लेना-देना नहीं। आपने मेरी आज्ञा पर मेरे समर्थन का प्रण लिया है और आज ही मैं आपसे कह रहा हूँ कि आप बीच में मत आइए, अपने पुत्र की मृत्यु का प्रतिशोध मैं स्वयं लूँगा।''

दुर्भीक्ष ने अपना धनुष नीचे कर लिया। शत्रुंजय के मुख पर मुस्कान छा गयी। बल्लार भी सँभलते हुए उठा।

जयवर्धन ने शत्रुंजय को ललकारते हुए कहा, ''मैं तुम्हें द्वन्द्व युद्ध के लिये ललकार रहा हूँ युवक, किन्तु उससे पूर्व तुम्हें अपना सम्पूर्ण परिचय देना होगा।''

''मैं एकचक्रनगरी नरेश शत्रुघन का पुत्र और महान असुरेश्वर दुर्भीक्ष का शिष्य शत्रुंजय हूँ।'' शत्रुंजय ने अपना परिचय देते हुये कहा।

जयवर्धन, दुर्भीक्ष की ओर मुड़ा, ''ओह! तो ये आपका वंशज है महामहिम।'' वो एक बार फिर शत्रुंजय की ओर मुड़ा, ''मैं ये भी जानता हूँ कि तुमने मेरी पुत्री चंद्रलेखा को भी बहलाया है इसलिए मैं तुम पर कोई दया नहीं करूँगा युवराज... इस द्वन्द्व में या तो तुम जीवित रहोगे या मैं।''

जयवर्धन मे म्यान से तलवार निकाली और दुर्भीक्ष से कहा, ''आपसे मेरी बस एक विनती है असुरेश्वर।''''

''कहो।''

''केवल आप में ही वो सामर्थ्य है कि मुझे घेरे हुए इन योद्धाओं को कपट करने से रोक सकें। मैं चाहता हूँ ये द्वन्द्व न्यायपूर्ण हो और इसका उत्तरदायित्व आपका है। यदि द्वन्द्व में कोई भी अधर्म होता है तो आप हस्तक्षेप करने को स्वतंत्र हैं।'' जयवर्धन ने दृढ़ता पूर्वक कहा।

''ऐसा ही होगा जयवर्धन, मेरे रहते किसी में इतना साहस नहीं जो इस द्वन्द्व में हस्तक्षेप करे; ये द्वन्द्व न्यायपूर्ण ही होगा।'' दुर्भीक्ष ने उसे विश्वास दिलाया।

भद्राक्ष एक तलवार उठाये शत्रुंजय के पास आया, ''लीजिए युवराज और आज इस नराधम का अंत कर असुरेश्वर की समस्त पीड़ाओं का भी अंत कीजिए, ऐसा अवसर पुनः प्राप्त नहीं होगा।''

तलवार हाथ में लेकर शत्रुंजय नंदका के निकट गया और उसके चरणों को स्पर्श कर कहा, ''आशीर्वाद दीजिए गुरुदेव।''

भूमि पर लेटे अपने घावों से पीड़ित नंदका ने शत्रुंजय को आशीर्वाद दिया, ''तुम वो भाग्यशाली योद्धा हो जिसे आर्यावर्त की इस पवित्र भूमि से पाप का नाश करने का दुर्लभ अवसर प्राप्त हुआ है, विजयी भव वत्स, अंत करो इस महापापी का।''

शत्रुंजय ने नंदका की दयनीय स्थिति देख गणान्ग योद्धाओं से विनती की, ''कदाचित इनके प्राण अभी भी बचाये जा सकते हैं, आप लोग इन्हें...।''

नंदका ने उसकी बात काटते हुए कहा, ''उसकी कोई आवश्यकता नहीं है वत्स, समझ लो यही मेरी अंतिम इच्छा भी है और अपने गुरु के प्रति तुम्हारी गुरुदक्षिणा भी। मुझे इस महाद्वन्द्व का साक्षी बनने के सद्भाग्य से वंचित मत करो वत्स, जाओ और द्वन्द्व करो।''

"जो आज्ञा गुरुदेव।" शत्रुंजय उठकर जयवर्धन के समक्ष आकर खड़ा हो गया।

शत्रुंजय और जयवर्धन हाथों में तलवार उठाये एक-दूसरे की ओर दौड़ पड़े। दोनों की तलवारों के टकराव ने भीषण ध्वनि उत्पन्न की। दोनों ही अद्भुत चपलता का प्रदर्शन कर रहे थे, तलवारें विद्युत की गति से चल रही थीं। ऐसा प्रतीत हो रहा था मानों एक-दूसरे के रक्त के प्यासे हों। जयवर्धन ऐसे युद्ध कर रहा था मानों उसके जीवन का अंतिम युद्ध हो, वहीं शत्रुंजय भी अपने काका को उनके जीवन की हर पीड़ा से मुक्त करने भरसक प्रयत्न कर रहा था। शत्रुंजय ने अवसर पाकर तलवार से जयवर्धन के कण्ठ पर वार करके उसका शीश काटने का प्रयत्न किया। जयवर्धन झुककर उसके वार से बचा और उसकी छाती पर बायीं मुष्टि से प्रहार करके उसे चार हाथ दूर फेंक दिया।

उसे भूमि पर गिरा देख जयवर्धन उसकी ओर दौड़ा। झल्लाया शत्रुंजय अपनी ओर आती तलवार को देख भूमि पर ही लुढ़ककर बचा और क्षण भर में उठकर जयवर्धन की भुजा पर प्रहार किया। ये जयवर्धन को लगने वाला प्रथम घाव था। उसके घाव से रक्त बहा और शत्रुंजय के पैर के प्रहार से वो भूमि पर गिर पड़ा। शत्रुंजय का पराक्रम देख दुर्भीक्ष की छाती गर्व से चौड़ी हो रही थी।

जयवर्धन भूमि से उठा और अपनी सफलता पर आश्वस्त दिख रहे शत्रुंजय के दायें पाँव पर प्रहार कर उसका संतुलन बिगाड़ा और उसके नीचे झुकते ही उसके मुख पर मुष्टिका का वार कर उसे दो हाथ पीछे धकेल दिया। उन्माद में चूर जयवर्धन तलवार उठाये आगे बढ़ा, किन्तु अकस्मात ही उसके पाँव लड़खड़ाने लगे। शत्रुंजय ने झुककर अद्भुत चपलता का प्रदर्शन करते हुए तलवार का सीधा प्रहार जयवर्धन की जंघा पर किया जिससे वो घुटनों के बल बैठ गया। उसके हाथ अकस्मात ही काँपने लगे। दुर्भीक्ष ने उसके हाथ पर चढ़ता नीला रंग देख लिया। शत्रुंजय ने उसकी छाती पर प्रहार करने का प्रयास किया, जयवर्धन ने रोकने का प्रयत्न किया, किन्तु उसके हाथ मानों सुन्न होने लगे थे जिससे क्षणभर में ही उसकी तलवार छूट गयी। शत्रुंजय ने उसका मस्तक काटने के लिये फिर से तलवार चलायी किंतु बल्लार ने बीच में ही आकर अपना मुग्दर अड़ाया और शत्रुंजय को पीछे धकेल दिया। दुर्भीक्ष भी उसका ये कृत्य देख स्तब्ध रह गया।

शत्रुंजय भी अचम्भित था। उसने भूमि से उठकर बल्लार से प्रश्न किया, "ये क्या महाबली, आप तो हमारे पक्ष में थे।"

बल्लार ने दृढ़तापूर्वक कहा, "ये अभियान जयवर्धन को बंदी बनाने के लिये था, उसका वध करने के लिये नहीं।"

दुर्भीक्ष को पहले कुछ समझ नहीं आया, किन्तु जैसे ही उसने जयवर्धन को अचेत होकर भूमि पर गिरते देखा वो सारा माजरा समझ गया।

शत्रुंजय ने बल्लार पर तंज़ कसा, "क्या इतने निर्दोषों का रक्त देख आपके रक्त में उबाल नहीं आता... यदि आता है तो क्या अर्थ है इस नराधम की रक्षा करने का।"

बल्लार ने कठोर स्वर में कहा, "हमें अपने अभियान की गुप्त बातों का विवरण हर किसी को देने की आवश्यकता नहीं है।"

इससे पूर्व शत्रुंजय कुछ कहता दुर्भीक्ष ने हस्तक्षेप किया, "तुम्हें ये प्रश्न करने का कोई अधिकार नहीं शत्रुंजय, विशेषतः द्वन्द्व में इतना बड़ा छल करने के उपरांत तो बिलकुल भी नहीं; देखो अपनी तलवार की ओर।"

शत्रुंजय ने अपनी तलवार की ओर देखा, उस पर लगे जयवर्धन के रक्त का रंग नीला पड़ चुका था। शत्रुंजय ने आश्चर्य भाव से भद्राक्ष की ओर देखा।

क्रोधित दुर्भीक्ष ने शत्रुंजय को फटकारा, "मेरा ये उत्तरदायित्व था कि ये द्वन्द्व न्यायपूर्ण हो और अंजाने में ही सही किन्तु तुमने बहुत बड़ा कपट किया है, वत्स शत्रुंजय; तुम्हारी ये तलवार विषाक्त थी और इसलिए अब तुम मौन रहो।"

शत्रुंजय ने दुर्भीक्ष के तर्क का कोई उत्तर नहीं दिया। दुर्भीक्ष ने क्रोध भरी दृष्टि से भद्राक्ष की ओर देखा, "ये तुमने उचित नहीं किया, भद्राक्ष।"

भद्राक्ष ने हाथ जोड़ दृढ़तापूर्वक कहा, "चाहें तो मुझे प्राणदंड दे दीजिए असुरेश्वर किंतु मुझे अपने किये अधर्म पर कोई ग्लानि नहीं है। इस विष की संसार में कोई काट नहीं है... निःसंदेह ये जयवर्धन का मृत्यु से परिचय करवायेगी और इस प्रकार आपके जीवन की समस्त पीड़ा का अंत हो जायेगा।"

दुर्भीक्ष मुट्ठियाँ भींचकर रह गया। जयवर्धन लाचार होकर भूमि पर गिर पड़ा, दुर्भीक्ष ने उसे सँभाला और एक चट्टान के सहारे बिठाया। मृत्युशय्या पर लेटा जयवर्धन अभी भी मुस्कुरा रहा था।

"तुम्हारे साथ हुए कपट के लिये मैं क्षमा माँगने के अतिरिक्त और कुछ नहीं कर सकता जयवर्धन।" दुर्भीक्ष ने विवशता भरे स्वर में कहा।

"मेरे किये हर पाप का यही दण्ड मिलना था मुझे महामहिम कि मेरी मृत्यु भी कपट से हो; मेरे पापों का घड़ा जो भर गया था।" एक और हिचकी लेते हुए जयवर्धन ने कहा, "आपने जीवन पर्यंत मेरी सहायता की है महामहिम दुर्भीक्ष, आज मैं आपसे एक अंतिम सहायता चाहता हूँ, क्या आप मेरी अंतिम इच्छा पूर्ण करेंगे महामहिम?"

"प्रयास करूँगा, कहो।" दुर्भीक्ष ने सांत्वना भरे स्वर में कहा।

"मेरा उत्तराधिकारी श्रुतायुध तो रहा नहीं और अपने उस द्रोही पुत्र दिग्विजय को मैं अपना उत्तराधिकारी स्वीकार नहीं कर सकता... तो शेष बचा केवल एक योग्य व्यक्ति; मेरी इच्छा है कि मेरी मृत्यु के उपरांत विदर्भ के सिंहासन पर आपका वंशज

शत्रुंजय विराजमान हो।''

दुर्भीक्ष ने उसे समझाने का प्रयत्न किया, ''मेरे वत्स शत्रुंजय ने तुम्हारे अधर्म का अंत करने के लिये ये द्वन्द्व करना स्वीकार किया था जयवर्धन, उसे सिंहासन का कोई लोभ नहीं।''

''एक पराजित राजा का सिंहासन तो वैसे भी उस पर विजय पाये योद्धा को मिलना ही चाहिए, और शत्रुंजय तो मेरी पुत्री से प्रेम भी करता है; मृत्यु के उपरांत, कम से कम मेरे मन में इतना संतोष रहेगा कि मेरी पुत्री चंद्रलेखा का भविष्य सुरक्षित है; इसलिए मैं आपसे ये वचन चाहता हूँ असुरेश्वर, कि आप मेरी इस विनती का मान रखेंगे, मुझ पर ये अंतिम कृपा कर दीजिए असुरेश्वर।''

दुर्भीक्ष ने क्षण भर विचार किया और शत्रुंजय की ओर देखा। शत्रुंजय के मुख पर असमंजस का भाव था। दुर्भीक्ष ने थोड़ा विचार कर जयवर्धन से कहा, ''तुम्हारा ये प्रस्ताव मुझे स्वीकार है, शत्रुंजय विदर्भ के सिंहासन पर अवश्य विराजेगा।''

इतना सुनकर जयवर्धन ने संतोष भाव से नेत्र बंद कर लिया, किन्तु श्वास अभी भी चल रही थी।

''हर हर महादेव!'' सभी गणान्य योद्धाओं ने जयघोष के नारे लगाये।

बल्लार ने श्रुतायुध का मस्तक खोज उसके शरीर के पास लगाया और उसके शव को श्वेत चादर से ढक दिया। इसके उपरांत उसने जयवर्धन के शरीर पर भी चादर डाली और दोनों शरीर को एक रथ पर लादा। उसके जाने से पूर्व दुर्भीक्ष ने बल्लार से प्रश्न किया, ''तुम्हें महाबली अखण्ड ने भेजा है, है न?''

''उचित ही समझा तुमने दुर्भीक्ष; हमारा उद्देश्य केवल जयवर्धन को बंदी बनाना था किन्तु हम सफल न हुए। जयवर्धन की प्राण वायु अभी भी शेष है, यदि इनके प्राण न भी बचा सके तो कम से कम इनका शरीर तो वहाँ पहुँचना ही चाहिए जहाँ इनकी अंत्येष्टि विधिपूर्वक हो पाये।'' कहकर बल्लार अश्वों को हाँकता हुआ वहाँ से निकल गया।

शत्रुंजय ने अपनी तलवार दुर्भीक्ष के चरणों में रखकर क्षमा याचना की, ''मैं अपने किये अधर्म से बहुत लज्जित हूँ काकाश्री।''

दुर्भीक्ष ने उसका कंधा पकड़ उसे उठाया और गर्व भरी दृष्टि से देखा, ''इस कपट में तुम्हारा कोई दोष नहीं वत्स, ऋणी तो मैं तुम्हारा हो गया हूँ जो तुमने मेरे जीवन की सभी पीड़ाओं से मुझे मुक्त कर दिया।'' दुर्भीक्ष ने अपने अँगूठे पर चीरा लगाया और शत्रुंजय के माथे पर तिलक लगा दिया, ''इस महान उत्तरदायित्व की बधाई हो वत्स।''

यह देख भद्राक्ष ने पूरी शक्ति भरकर जयघोष किया, ''विदर्भराज शत्रुंजय की

जय हो!'' उसके साथ-साथ गणान्ग योद्धाओं ने भी शत्रुंजय की जय-जयकार की। शत्रुंजय दौड़कर नंदका के पास गया।

नंदका ने उसके समक्ष हाथ जोड़कर कहा, ''इस गुरुदक्षिणा के लिये तुम्हारा बहुत-बहुत आभार वत्स, तुम तो मसीहा हो जिसने मेरी लाज बचा ली। दस सहस्त्र निर्दोषों की बलि चढ़ाने के उपरांत मैं अपने युवराज सर्वदमन से दृष्टि मिलाने के योग्य तो नहीं रहा, किन्तु इस अभियान की सफलता पर मुहर लगाकर तुमने मेरी मृत्यु को सार्थक बना दिया, इस बात की मुझे प्रसन्नता है।''

शत्रुंजय ने उसका हाथ पकड़ सांत्वना दी, ''आपकी आहुति के बिना ये सम्भव नहीं होता गुरुदेव।''

इसके उपरांत नंदका ने अपने साथी गणान्ग योद्धाओं को सम्बोधित करते हुए कहा, ''साथियों, मुझे इस बात की बहुत प्रसन्नता है कि हम अपने अभियान में सफल हुए और उसके लिए एक भी गणान्ग को अपने प्राणों की बलि नहीं देनी पड़ी। युवराज सर्वदमन और मेरे भ्राता भगदत्त जब ये प्रश्न करें कि मैं उनके पास क्यों नहीं लौटा तो उन्हें ये संदेश देना कि मैं दस सहस्त्र निर्दोषों की हत्या का उत्तरदायी हूँ, और इसी लज्जा के कारण मैं उनके पास लौटकर न आया... कदाचित इससे उनकी पीड़ा तनिक कम हो जायेगी।''

श्वास भरते हुए नंदका ने अपने साथियों से कहा, ''हम उन निर्दोष युवकों के प्राण तो नहीं लौटा सकते, किन्तु भ्राता भगदत्त से कहना कि ये मेरी अंतिम इच्छा है कि मेरी सम्पूर्ण निजी सम्पत्ति उन युवकों के परिवार को दान कर दी जाये। जैसे ही तुम्हें ये युवराज से संकेत मिले कि महाराज तेजस्वी के लौट आने की भ्रांति का अंत करने का समय आ गया है, तुम सभी ग्रामीणों के समक्ष जाना और अपना भेद प्रकट करके उनसे क्षमा याचना करना, बस इसके अतिरिक्त मुझे और कुछ नहीं...।'' कहते-कहते नंदका की श्वास ने उसका साथ छोड़ दिया। अत्यधिक रक्तस्त्राव और फेफड़ों में हुए घाव के कारण महावीर नंदका वीरगति को प्राप्त हुआ।

शत्रुंजय की पलकें भीग गयीं। कदाचित जीवन में प्रथम बार उसे किसी शोक का भान हुआ था। दुर्भीक्ष ने उसके कंधे पर हाथ रख कहा, ''मुझे तुम पर गर्व है वत्स।''

शत्रुंजय ने उठकर दुर्भीक्ष से आश्चर्यपूर्वक प्रश्न किया, ''किस बात का गर्व काकाश्री? छल से जयवर्धन की हत्या करने का या फिर दस सहस्त्र निर्दोषों की हत्या का निमित्त बनने पर।''

''स्वयं को दोष देना बंद करो वत्स, ये विधि का विधान था जिसे कोई नहीं टाल सकता था; गर्व तो मुझे इस बात पर है कि जिस उद्देश्य से मैं तुम्हें यहाँ इस यात्रा पर लेकर निकला था वो सफल हुआ।''

"वो कैसे?" शत्रुंजय ने प्रश्न किया।

"पिछले दो मास से सफलता पूर्वक तुमने सादगी भरे जीवन को जिया... कितनी बार तुम्हारे गुरु नंदका ने तुम्हारा अपमान किया, किन्तु अपनी वास्तविकता प्रकट न कर तुमने अभूतपूर्व संयम का परिचय दिया। एक साधारण ग्रामीण की भाँति बड़ी सहजता से इस सादगी भरे जीवन को स्वीकार किया और आज अपने गुरु के अभियान में तुम मुझ पर शस्त्र उठाने से भी पीछे नहीं हटे।" उसकी ओर गर्व से देखते हुए दुर्भीक्ष ने कहा, "एक बार रीछराज जामवंत भी मुझे ऐसी ही यात्रा पर ले गये थे ताकि वो मेरे उत्तम चरित्र का निर्माण कर सकें, किन्तु मेरे क्रोध और संयम की कमी के कारण वो असफल रहे। किंतु मुझे इस बात की प्रसन्नता है कि मैं अपने अभियान में सफल रहा और आज मैं डंके की चोट पर कह सकता हूँ कि विदर्भ को तुमसे उत्तम शासक प्राप्त नही हो सकता।"

शत्रुंजय ने दुर्भीक्ष को प्रणाम किया, "ये सब आपकी कृपा है काकाश्री।"

"विदर्भ के सिंहासन पर तुम्हारा राजतिलक उसी दिन होगा, जिस दिन मर्यादा पुरुषोतम प्रभु श्रीराम अयोध्या लौटकर आये थे और अपनी प्रजा के मन में आशा की एक नयी किरण जगायी थी। मैं भी तुमसे यही आशा करता हूँ वत्स कि इस दीपावाली के पावन पर्व पर तुम्हारे सिंहासन पर बैठने के उपरांत इस राष्ट्र में भी रामराज्य आ जाये।"

"मैं आपकी आशा पर खरा उतरने का प्रयास करूँगा काकाश्री, किन्तु राजतिलक से पूर्व मैं आपसे कुछ माँगना चाहता हूँ काकाश्री।"

"वो क्या?"

"पहले वचन कीजिए कि ना नहीं करेंगे।" शत्रुंजय ने हठी स्वर में कहा।

"मैं तुम पर प्रसन्न हूँ, निःसंदेह तुम्हारी हर इच्छा पूरी करूँगा।" दुर्भीक्ष ने मुस्कुराते हुए कहा।

"मेरे राज्याभिषेक के उपरांत आप शीघ्र से शीघ्र कोई शुभ मुहूर्त देखकर देवी दुर्धरा से विवाह करेंगे।"

उसकी बात सुन दुर्धरा लजा गयी। भद्राक्ष के मुख पर भी मुस्कान थी।

दुर्भीक्ष उसे घूरने लगा, "तो तुम भी इनके खेल का भाग थे, है न?"

"भाग नहीं काकाश्री, ये पूरा खेल ही मैंने रचा था।" शत्रुंजय ने मुस्कुराते हुए कहा।

दुर्भीक्ष ने उसे व्यंग्यात्मक दृष्टि से घूरकर देखा, "इसीलिए तुम्हें वो हलवा आवश्यकता से अधिक ही स्वादिष्ट लग रहा था।"

शत्रुंजय और दुर्भीक्ष हँस पड़े। इसके उपरांत दुर्भीक्ष दुर्धरा के निकट गया, "क्या शत्रुंजय का प्रस्ताव तुम्हें स्वीकार है?"

"शत्रुंजय का या फिर तुम्हारा प्रस्ताव ?" दुर्धरा ने प्रश्न किया।

"मेरा ही समझ लो।" दुर्भीक्ष ने ताव दिखाते हुए कहा।

"ठीक है, तुम्हारी इस विनती पर विचार करूँगी।" दुर्धरा ने इठलाते हुए कहा।

"ओह! विनती।" दुर्भीक्ष मुस्कुराया।

"हाँ, क्योंकि अब मुझे अपने मायके लौटना होगा अर्थात हस्तिनापुर; मेरा हाथ माँगने के लिये तुम्हें हस्तिनापुर नरेश दुष्यंत से विनती करनी होगी।"

यह सुनकर शत्रुंजय ने हस्तक्षेप किया, "तो फिर तय रहा, विदर्भ नरेश के रूप में मैं स्वयं काकाश्री दुर्भीक्ष का विवाह प्रस्ताव लेकर हस्तिनापुर जाऊँगा।"

दशम अध्याय

जन्म-परिचय

सागर तट पर ऊँची-ऊँची लहरें के बीच सहस्त्रों नौकायें तैरती दिखाई दे रही थीं। उन नौकाओं की दिशा के निर्देशन के लिये आकाश में पाँच सौ गरुड़ चार अलग-अलग दल बनाकर उड़ रहे थे।

बीचों बीच एक विशालकाय नौका थी जिसके सबसे अग्रिम भाग पर द्रविड़राज अलम्बुष गर्व से छाती चौड़ी किये खड़े थे। उन नौकाओं में जो शस्त्र थे, ऐसे महाअस्त्र कदाचित आज तक किसी ने नहीं देखे थे और ऐसे कई रथ जो सामान्य रथों से भिन्न दिख रहे थे। उनके ऊपर लकड़ी का गोलाकार बना हुआ साँचा था, जिनके बीस छिद्रों में बीस त्रिशूल लगे हुए थे और उसके पीछे एक हत्था था। कदाचित उस हत्थे के घुमाने से ही वो अस्त्र चलते होंगे।

अलम्बुष ने अपने हाथों में जो शस्त्र पकड़ा हुआ था वो भी अपने आप में अनोखा था, ऐसा भाला जिसमें छह शूल निकले हुए थे। शेष चार अलग-अलग नावों पर अपने-अपने अनोखे शस्त्रों से सुसज्जित होकर अलम्बुष के चार पुत्र वेदांतक, धीरा, येदूरप्पा और शमांतक अपने-अपने नाविक दल का नेतृत्व कर रहे थे। शीघ्र ही उनका कारवाँ सागर तट के निकट पहुँचा। ये केरल राज्य की सीमा थी।

तट की सुरक्षा पर खड़े सैनिक अपने सुरक्षा प्रभारी की ओर दौड़े और उन्हें सूचित किया। सुरक्षा प्रभारी दो सहस्त्र का सशस्त्र सैन्य दल लेकर सागर तट पर आकर

आ खड़ा हुआ।

सहस्त्रों नौकाओं में बैठे लाखों का सैन्य दल देख केरल के उन सैनिकों में आक्रमण करने का साहस नहीं हुआ। नौका से उतरकर अल्मबुष का ज्येष्ठ पुत्र वेदांतक अपने सैन्य दल के साथ उस सीमा के सुरक्षा प्रभारी के निकट पहुँचा और उसे चुनौती देते हुए कहा, ''जाकर अपने नरेश को सूचित कर दो, हम द्रविड़ अपनी मातृभूमि को वापस लेने लौट आये हैं, तुम्हें कल सूर्योदय तक का समय दिया जाता है; जाओ अपने राजा को सूचित करो कि सेना लेकर रणभूमि में तैयार रहें क्योंकि कल सूर्यास्त से पूर्व केरल के किले पर हम द्रविड़ों का ध्वज लहराकर रहेंगे।''

डकैतों के गुप्त अड्डे पर महाबली अखण्ड बड़ी अधीरता से बल्लार की प्रतीक्षा में थे। महर्षि शंकराचार्य और कुछ डकैत योद्धा भी उनके साथ थे। तभी दिग्विजय अपनी माता कनिष्का और सुनंदा के साथ वहाँ आ पहुँचा। अखण्ड ने उन सभी का स्वागत किया।

अखण्ड ने कनिष्का के चरण स्पर्श करते हुए कहा, ''स्वागत है काकीश्री।''

''आज मुझे ज्ञात हो गया कि मेरे स्वामी महाराज विक्रमाजित ने क्यों तुम्हें विदर्भ का उत्तराधिकारी बनाया था... तुम वास्तव में इसके योग्य थे पुत्र अखण्ड; तुमने तो अपने वंश की गरिमा के लिये अपना सर्वस्व लगा दिया।'' कनिष्का की भी आँखें भर आयी थीं।

''यहाँ प्रश्न केवल वंश की गरिमा का नहीं है काकीश्री। मेरा अभियान विदर्भ के इस महान राष्ट्र की छवि पर लगे कलंक को हटाने के लिये है।''

''और हमारा आशीर्वाद है कि तुम्हारा ये त्याग व्यर्थ नहीं जायेगा। कनिष्का ने आशीर्वाद देते हुए कहा।

''कैसे हो महाबली?'' तभी बायीं ओर से एक भारी-सा स्वर सुनाई दिया।

अखण्ड और बाकी सभी ने मुड़कर देखा। सामान्य मनुष्य से डेढ़ गुना ऊँचा कद, पर्वतों को हिलाकर रख देने वाली सशक्त भुजाएँ, नीली और रौबीली आँखें, लम्बी जुटाएँ, घनी और लम्बी मूँछें कमर तक लम्बी दाढ़ी। छाती इतनी चौड़ी कि बड़े से बड़ा वीर भी उसे देख अपने शस्त्र गिरा दे, गले में रुद्राक्ष और कमर के नीचे पहनी काली धोती और स्वर्णजड़ित जूतियाँ पहने महाबली वक्रबाहु लौट आया था।

अखण्ड ने कनिष्का की ओर मुड़कर विनती की, ''आप लोग मेरे शिविर में विश्राम कीजिए काकीश्री, मुझे कुछ आवश्यक कार्य है।''

उन सभी के शिविर में जाने के उपरांत अखण्ड ने बाँहे फैलाकर वक्रबाहु का

स्वागत करते हुये उसके निकट आया, ''सुस्वागतम सुस्वागतम महाबली वक्रबाहु!'' अखण्ड और वक्रबाहु एक-दूसरे के हृदय से लग गये, ''कैसे हो मित्र?''

वक्रबाहु ने धीरे से उसके कान में कहा, ''मुझे मित्र मत कहो, यहाँ किसी को ज्ञात नहीं कि वास्तव में तुम दुशल हो।''

''ओह हाँ मैं भूल ही गया था!'' अखण्ड रूपी रक्षराज ने अपनी भावनाओं को नियंत्रित किया और वक्रबाहु से अलग हुआ।

''क्षमा कीजिए महाबली, मुझे खेद है कि इतने वर्षों से व्यस्तता के कारण मैं आपकी स्थिति का आकलन न कर पाया, वो तो चंद्रकेतु और बल्लार की भेंट हुई तब मुझे ज्ञात हुआ कि उस नीच उपनंद ने आपको बंदी बनाया हुआ है।''

तभी अखण्ड को कुछ कदमों की आहट मिली। उन्हें संकेत मिल गया कि मेघवर्ण और चंद्रकेतू भी निकट आ रहे हैं। यह देख उन्होंने तत्काल ही अपने मुख पर पगड़ी का वस्त्र बाँधकर उसे ढक लिया।

मेघवर्ण और चंद्रकेतु उपनंद को लेकर शीघ्र ही वहाँ उपस्थित हुये। मेघवर्ण ने बेड़ियों में बँधे उपनंद को अखण्ड के चरणों में धकेलते हुए कहा, ''ये रहा आपका अपराधी।'' बेड़ियों में जकड़ा उपनंद विवश होकर अपना सिर झुकाये लेटा रहा।

अखण्ड ने क्षण भर वक्रबाहु की ओर देखा। वक्रबाहु ने दृढ़तापूर्वक कहा, ''ये मेरा तो क्या किसी का भी पुत्र कहलाने के योग्य नहीं है, इसे जितना कठोर हो सके उतना कठोर दण्ड दीजिए महाबली अखण्ड।''

अखण्ड ने चंद्रकेतु को आदेश दिया, ''अपने दल को इसी समय यहाँ एकत्रित करो चंद्रकेतु।''

''अवश्य गुरुदेव।'' चंद्रकेतु उत्साहित होकर अपने दल को एकत्रित करने चला गया। महाबली अखण्ड ने उपनंद के कंधे पर पाँव रख उसे झुकाया।

शीघ्र ही सहस्रों डकैत योद्धा वहाँ एकत्र हो गये। यह देख अखण्ड ने चंद्रकेतु को आदेश दिया, ''अपने मित्र के पराक्रम का वर्णन करो चंद्रकेतु।''

चंद्रकेतु डकैतों के सामने खड़ा हुआ और कहना आरम्भ किया, ''देखो इस नराधम को साथियों, यही है वो कपटी जिसने हमारे नायक को मूर्छा की सूई चुभोकर उनके प्रति आपका विश्वास तोड़ने का प्रयत्न किया था, किन्तु इस बार महारथी मेघवर्ण ने इसे इसी के राज्य में इसकी सम्पूर्ण प्रजा के समक्ष एक न्यायपूर्ण द्वन्द्व में पराजित कर इसे बंदी बनाया है। केवल अपनी प्रजा से ही नहीं अपितु पुत्र द्वारा भी अपमानित होकर आज ये हमारे चरणों में पड़ा है, तो तुम स्वयं देखकर ये अनुमान लगाओ कि श्रेष्ठ कौन है।''

“हमें अपने नायक पर कभी अविश्वास था ही नहीं महामहिम।” उनमें से एक डकैत ने उत्तर दिया।

“वो तो एक नीच मायावी असुर था जिसने हमारे दल में सम्मिलित होकर हमारे मन में अविश्वास फैलाने का प्रयास किया था, किन्तु उसे तो गुरुदेव ने ढूँढ़कर तब ही मृत्युण्ड दे दिया था।” दूसरे डकैत ने समर्थन करते हुये कहा।

तीसरे डकैत ने पूर्ण उत्साह में भरकर मेघवर्ण से कहा, “आप हमारे नायक हैं और रहेंगे... महामहिम मेघवर्ण की जय हो!” सभी डकैत योद्धाओं ने मेघवर्ण की जयघोष के नारे लगाये।

मेघवर्ण ने उन्हें रुकने का संकेत देकर अखण्ड से प्रश्न किया, “आज्ञा दीजिए गुरुदेव, क्या दण्ड दिया जाये इस कपटी उपनंद को?”

“मैं केवल तुम्हारा मार्गदर्शक हूँ मेघवर्ण; इसे क्या दण्ड देना चाहिए इसका निर्णय तुम स्वयं लो।” अखण्ड ने मेघवर्ण को प्रेरित करने का प्रयास किया।

मेघवर्ण ने क्षणभर वक्रबाहु की ओर देखा और अपना निर्णय सुनाया, “इसे इसकी समस्त प्रजा के समक्ष मैंने पराजित और अपमानित किया, यहाँ तक कि इसकी पूजा भी अधूरी रही है और इसके पुत्र ने भी इसका त्याग कर दिया। और ऐसे पराजित और असहाय योद्धा का मैं वध नहीं कर सकता।” कहकर मेघवर्ण उपनंद की बेड़ियाँ खोलने लगा।

चंद्रकेतु और वक्रबाहु ने आपत्ति जताने का प्रयत्न किया, किन्तु अखण्ड ने उन्हें संकेत देकर रोका। बेड़ियों से मुक्त होते ही उपनंद उठकर खड़ा हो गया। मेघवर्ण ने उसे चेतावनी भरे स्वर में कहा, “आज सम्पूर्ण आर्यावर्त में शांति का प्रकाश छा रहा है उपनंद, और मैं तुम्हारा वध करके कोई अशांति उत्पन्न करने का इच्छुक नहीं हूँ... तुम्हें अंतिम अवसर दे रहा हूँ मेरी दृष्टि से दूर हो जाओ।”

उपनंद दो कदम आगे आया और मेघवर्ण से दृष्टि मिलाकर उसे चेतावनी देते हुए कहा, “तुमने बहुत भारी भूल की है मेघवर्ण; आज तो मैं जा रहा हूँ, किंतु मेरे प्रण का विस्मरण मत करना।” कहकर उपनंद पैदल ही वहाँ से प्रस्थान कर गया।

चंद्रकेतु उसे क्रोध भरी दृष्टि से देख रहा था, “एक ऐसा शत्रु जिसने हमारे अनिष्ट का प्रण लिया है, उसे जीवित छोड़कर तुमने उचित नहीं किया मेघवर्ण।”

उसके मुख का भाव देख मेघवर्ण मुस्कुराया, “जब सम्पूर्ण आर्यावर्त में कोई उसका समर्थन ही नहीं करेगा तो वो भला हमारी क्या हानि कर पायेगा।”

चंद्रकेतु के पास उसके इस तर्क का कोई उत्तर नहीं था। मेघवर्ण ने अखण्ड की ओर देख प्रश्न किया, “युवराज सर्वदमन के अभियान की क्या सूचना है गुरुदेव?”

“वो योजना अपनी चरम सीमा पर है, बल्लार विदर्भ से सूचना लेकर कभी भी आ सकता है।” अखण्ड ने विश्वास भरे स्वर में कहा।

अखण्ड की प्रतीक्षा का अंत शीघ्र ही हुआ। रथ को हाँकते हुए बल्लार वहाँ आ चुका था। महाबली अखण्ड के समक्ष आते हुए उसकी दृष्टि झुकी हुई थी। अखण्ड ने उसके निकट आकर प्रश्न किया, “जयवर्धन को साथ लाये हो?”

“मुझे क्षमा कीजिए, महाबली, जयवर्धन ने इतने निर्दोषों के प्राण लिये कि हमारे पक्ष के योद्धाओं का क्रोध सीमा से पार हो गया, मैं उन दोनों का रक्षण न कर सका।” बल्लार ने क्षमा माँगते हुए कहा।

यह सुनकर अखण्ड के पाँवों तले जमीन खिसक गयी। वो असहाय होकर एक पत्थर पर बैठ गये। अकस्मात ही उन्हें वो दृश्य स्मरण हो आया जब उन्होंने मृत शय्या पर महाराज तेजस्वी को वचन दिया था कि वो उनके पुत्र जयवर्धन की रक्षा करेंगे और उसे उस सुबाहु की आत्मा से मुक्ति दिलाएँगे।

मेघवर्ण ने आश्चर्य भाव से प्रश्न किया, “एक शत्रु की मृत्यु पर इतना शोक क्यों गुरुदेव?”

अखण्ड ने मेघवर्ण के प्रश्न का कोई उत्तर नहीं दिया, बस बल्लार को संकेत किया। उनके संकेत पर बल्लार ने जयवर्धन और श्रुतायुध के शव को बारी-बारी रथ से उतारकर उन्हें अखण्ड के सामने लिटा दिया। उन्हें देख अखण्ड का हृदय भर आया। जयवर्धन का सम्पूर्ण शरीर हल्का नीला पड़ गया था, अखण्ड ने अपने दल के प्रमुख वैद्य को बुलवाया।

वैद्य ने जयवर्धन की नाड़ी की जाँच करके कहा, “इस विष की कोई काट नहीं है महाबली, इनमें जीवन का कोई भी चिह्न नहीं है, ये अगर इनके प्राण न भी लेता तो भी इनके सम्पूर्ण शरीर पर लकवा मार जाता, उससे उत्तम दशा तो मृत्यु ही है।”

अखण्ड ने अपनी आँखें बंद कर अपने अश्रु नियंत्रित कर एक डकैत को आदेश दिया, “जाओ जाकर युवराज दिग्विजय को बुलाकर ले आओ और केवल उन्हें ही बुलाना।”

“दिग्विजय? वो यहाँ है!” चंद्रकेतु को आश्चर्य हुआ।

शीघ्र ही दिग्विजय शिविर से निकलकर आया। उसे देख चंद्रकेतु की भवें तन गयीं। मेघवर्ण ने उसका कंधा पकड़ उसे नियंत्रित करने का प्रयास किया।

दिग्विजय ने अखण्ड को प्रणाम कर प्रश्न किया, “आपने मुझे बुलाया महाबली?”

अखण्ड ने बिना कुछ कहे जयवर्धन और श्रुतायुध के शवों की ओर संकेत

किया। अपने पिता और भाई का शव देख वो घुटनों के बल आ गिरा, ''ये... ये सब कैसे हुआ?'' उसने अखण्ड की ओर मुड़कर प्रश्न किया, ''आपने कहा था महाबली कि आपने मृत्यु शय्या पर लेटे महाराज तेजस्वी को वचन दिया था कि आप मेरे पिता का रक्षण करेंगे, इन्हें उस नीच सुबाहु की दुष्टात्मा से मुक्त कराएँगे; आपका प्रण कैसे भंग हो गया महाबली?''

अखण्ड की दृष्टि झुकी हुई थी, उसने कोई उत्तर नहीं दिया। मेघवर्ण और चंद्रकेतु ने भी सुबाहु का नाम जीवन में प्रथम बार सुना था। वो स्वयं भी आश्चर्य में थे। दिग्विजय जयवर्धन को छोड़ श्रुतायुध के शव के पास गया। अपने अनुज का कटा मस्तक देख उसका हृदय छलनी हो गया। नेत्रों से अश्रु फूट पड़े। वो क्रोधवश अखण्ड पर चीख पड़ा, ''कैसी योजना बनायी आपने जिसका दण्ड इस बालक को भुगतना पड़ा... क्या दोष था इसका।''

अखण्ड के पास उसके प्रश्नों का कोई उत्तर नहीं था, वो मौन बैठे रहे। दिग्विजय अपने अनुज के शव पर अश्रु बहाता रहा। कुछ समय के उपरांत अखण्ड ने अपनी कमर में बँधी कटार खींच निकाली और घोषणा की, ''मैं महाराज विक्रमाजित का उत्तराधिकारी अखण्ड, अपना प्रण न निभा पाने के लिये अपने पूर्वजों से क्षमा माँगता हूँ। और जिसका वचन भंग हुआ हो उसे जीवित रहने का कोई अधिकार नहीं।'' ये घोषणा कर अखण्ड ने उस कटार से अपने कण्ठ पर प्रहार करने का प्रयत्न किया।

किन्तु मेघवर्ण ने उनका हाथ पकड़ लिया और कठोरता भरे स्वर में कहा, ''आपको अपने प्राण लेने का कोई अधिकार नहीं है गुरुदेव, आप इस डकैत समुदाय के स्तम्भ हैं और इनके मार्गदर्शन का उत्तरदायित्व त्यागकर आपको कहीं जाने की अनुमति नहीं है, ये इस दल का सरदार होने के नाते मेरा आदेश है।''

अखण्ड ने मेघवर्ण का हाथ झटकते हुए कहा, ''तुम्हारे आदेश का पालन करने को तुम्हारे दल के लोग विवश होंगे, मैं नहीं।'' किंतु इससे पूर्व अखण्ड कोई आत्मघाती कदम उठाते, जयवर्धन के नेत्र क्षण भर के लिये खुले और अकस्मात ही वो खाँसने लगा। यह देख वहाँ उपस्थित सभी जन स्तब्ध रह गये।

डकैतों के प्रमुख वैद्य भी आश्चर्यचकित रह गये, ''असम्भव!! मैंने आज तक किसी मृत व्यक्ति को जीवित होते नहीं देखा, ये कैसे सम्भव है।'' खाँसते-खाँसते जयवर्धन एक बार फिर अचेत हो गया।

''इन्हें शिविर में ले जाने की व्यवस्था कीजिए।'' वैद्य ने निर्देश दिया।

अखण्ड के निर्देश पर तत्काल ही चार डकैत जयवर्धन को उठाकर शिविर में ले गये। शिविर में जाने के उपरांत वैद्य ने सभी को कहा, ''आप सब बाहर रहिए मैं आपको जाँच करके बताता हूँ।''

सभी ने वैद्य के निर्देश का पालन किया और बाहर ही खड़े हो गये। आधे प्रहर पश्चात वैद्य बाहर निकले, "मैंने जीवन में प्रथम बार ऐसी किसी स्थिति का सामना किया है कि मनुष्य में जीवन का कोई चिह्न ही न हो और वो वापस उठ जाये। उनमें जीवन की आशा तो है, किंतु शरीर के कई भागों को लकवा मार चुका है... वो कदाचित कभी स्वस्थ नहीं हो पायेंगे।"

मेघवर्ण मुस्कुराया, "चलो उचित ही हुआ, उस नराधम को अपने किये का दण्ड भी मिल गया और गुरुदेव को अपने प्राणों का त्याग भी नहीं करना पड़ा।"

अखण्ड ने उसकी बातों पर विशेष ध्यान दिये बिना दिग्विजय से कहा, "चलो वत्स, तुम्हारे अनुज को अंतिम विदाई देने का समय हो गया है।"

दिग्विजय ने विनम्र भाव से कहा, "मुझे क्षमा करें महाबली, किन्तु आपको भलीभाँति ज्ञात है कि मुझे इसका अधिकार नहीं है।"

मेघवर्ण और चंद्रकेतु को तनिक आश्चर्य हुआ। दिग्विजय ने स्थिर खड़े अखण्ड से विनती करते हुए कहा, "अब इस भेद को गुप्त रखने का कोई औचित्य नहीं है महाबली।"

"उचित कहा तुमने वत्स।" कहकर महाबली अखण्ड ने अपने मुख को ढके वस्त्र के साथ साथ अपनी पगड़ी भी उतार दी। मुख पर सूर्य-सा तेज, लम्बा कद, रौबीली आँखें, श्वेत केश और दाढ़ी। अस्सी वर्ष की आयु में भी शरीर इतना गठीला था कि बड़े-बड़े योद्धा भी उन्हें देख शस्त्र नीचे कर लें।

मेघवर्ण ने उन्हें प्रणाम करते हुए कहा, "मेरी प्रतीक्षा का अंत करने के लिये धन्यवाद गुरुदेव, अब कृपा करके अपना परिचय दीजिए और मुझसे भी मेरा परिचय करवाइए"

"अवश्य मेघवर्ण। मैं भगवान महाबली के वंशज रक्षराज दुशल का पौत्र और विदर्भ के महाप्रतापी शासक महाराज विक्रमाजित का उत्तराधिकारी अखण्ड हूँ।" कहकर अखण्ड पाँच दिन के महासमर का सम्पूर्ण वृत्तान्त कह सुनाया।

"अपने अनुज तेजस्वी को सिंहासन पर बैठाने के उपरांत मैं वनवास को चला गया। फिर कई वर्षों के उपरांत मेरी भेंट महात्मा अवधूत से हुई जिनसे चंद्रकेतु भेंट कर चुका है। उन्होंने मुझे बताया कि नक्षत्रों की गति ये संकेत दे रही है कि दुर्भीक्ष लौट आया है। वही दुर्भीक्ष जिसकी कथा समग्र आर्यावर्त में प्रचलित है, और इस कथा का एक प्रमुख भाग यह भी है कि जिन महाऋषि ओमेश्वर के अंश से दुर्भीक्ष ने जन्म लिया था। उन्होंने मृत्युशय्या पर यह प्रण लिया था कि जब भी दुर्भीक्ष लौटकर आयेगा, उसे रोकने के लिये वो स्वयं पुनर्जन्म लेंगे। उसी समय हमें सूचना मिली कि महाराज तेजस्वी के पुत्र जयवर्धन के यहाँ पुत्र का जन्म होने को है। उत्तरा फाल्गुनी के प्रथम

चरण में जन्म लेते ही जयवर्धन के उस प्रथम पुत्र ने ऐसी गर्जना की जैसी महाऋषि ओमेश्वर ने दुर्भीक्ष से युद्ध करते समय की थी। बस इतना पर्याप्त था ये प्रमाणित करने हेतु कि उस बालक के रूप में स्वयं महाऋषि ओमेश्वर लौटकर आये हैं। कुछ समय उपरांत मेरे पुत्र विक्रांत की पत्नी ने भी एक तेजस्वी बालक को जन्म दिया।''

अखण्ड ने कहना जारी रखा, ''सब ठीक चल रहा था, किन्तु जैसे ही तेजस्वी ने मेरे पुत्र विक्रांत को युवराज के पद पर बिठाया उसके पुत्र जयवर्धन ने विद्रोह कर दिया और यही तेजस्वी और दुर्भीक्ष के प्रथम युद्ध का कारण बना। युद्ध से ठीक एक दिन पूर्व हमें ज्ञात हुआ कि वास्तविक अपराधी जयवर्धन नहीं अपितु उसके शरीर में वास करने वाली एक नीच असुर सुबाहु की दुष्टात्मा है जो पाँच दिन के उस महासमर में जीवित बचकर भाग गया था।''

मेघवर्ण और चंद्रकेतु की आँखें आश्चर्य से फैल गयीं। मेघवर्ण ने प्रश्न उठाया, ''अर्थात वास्तविक अपराधी जयवर्धन है ही नहीं... किन्तु सुबाहु की आत्मा उनके शरीर में समायी कैसे?''

''ये रहस्य तो आज तक मैं भी नहीं जान पाया, किन्तु मुझे इतना अवश्य ज्ञात है कि सुबाहु ने अपने जीवित रहते ही ब्रह्मदेव से ये वरदान प्राप्त कर लिया था कि वो मृत्योपरांत जिसके चाहे उसके शरीर में प्रवेश पा सकेगा और उसके सम्पूर्ण मस्तिष्क और सामर्थ्य पर उसी का अधिकार होगा... किन्तु ये भी सत्य है कि जब तक एक शरीर की मृत्यु नहीं हो जाती वो दूसरे शरीर में प्रवेश नहीं कर सकता।''

''अर्थात यदि जयवर्धन की मृत्यु हो गयी होती तो वो फिर किसी महाबली योद्धा के शरीर में प्रवेश कर उत्पात मचा सकता था?'' मेघवर्ण ने आश्चर्य भरे स्वर में कहा।

''उचित कहा तुमने मेघवर्ण। एक और कारण यह भी है कि मैंने कभी जयवर्धन की मृत्यु की कामना नहीं की। फिलहाल जब तक वो जीवित है हमें इस समस्या का निदान ढूँढ़ना होगा।''

अखण्ड ने आगे की कथा आरम्भ कर तेजस्वी और दुर्भीक्ष में हुए उस युद्ध का वृत्तान्त कह सुनाया, ''मेरा पुत्र विक्रांत, दुर्भीक्ष के हाथों वीरगति को प्राप्त हो गया। जयवर्धन द्वारा चलायी तलवार तेजस्वी की रीढ़ की नस में जा लगी थी। उसके प्राणों पर संकट देख मैं घायल तेजस्वी को वहाँ से निकाल ले गया, और वहीं मृत्युशय्या पर मैंने तेजस्वी को वचन दिया था कि मैं उसके पुत्र जयवर्धन को सुबाहु की आत्मा से मुक्त करवाऊँगा।''

अखण्ड ने आगे कहना आरम्भ किया, ''जयवर्धन का पुत्र दुर्भीक्ष के नाश का कारण बन सकता था और विक्रांत का पुत्र भी वहाँ सुरक्षित नहीं था, इसलिए महर्षि शंकराचार्य दोनों बालकों को वहाँ से सुरक्षित निकाल लाये; उसके उपरांत मैं और

महर्षि शंकराचार्य उन दोनों बालकों को लेकर त्रिगर्ता चले गये जहाँ एक धर्ममय राजा सत्व का राज था। महाराज सत्व के मित्र गंधर्वों ने ही उनसे और उनके सेनापति सुवर्मा से हमारा परिचय कराया। उस समय जयवर्धन की शह पाकर कई आततायी क्षत्रिय राजाओं ने अपना रंग दिखाना आरम्भ कर दिया। उनका विरोध करने और सामान्य प्रजा की सहायता के लिये मैंने डकैत दल का गठन किया और सेनापति सुवर्मा को उनका नायक बनाया। मैंने स्वयं उस दल के प्रशिक्षण का बीड़ा उठाया और मैं जानता था कि ये करते हुए मैं उन दोनों बालकों के लालन-पालन का उत्तरदायित्व नहीं निभा सकता था। इसलिए अपने पौत्र को मैंने गंधर्व सेनापति उपमन्यु के सुपुर्द कर दिया और जयवर्धन के ज्येष्ठ पुत्र को मैंने उनके सेनापति सुवर्मा को अर्थात डकैत दल के सरदार दुर्मुद को सौंप दिया। पर मुझे ये तनिक भी अनुमान नहीं था कि सुवर्मा जैसा व्यक्ति धर्म का पक्ष लेने के स्थान पर अपने अधर्मी राजा उपनंद से जा मिलेगा।''

मेघवर्ण मौन था। वहीं चंद्रकेतु मुस्कुराया, ''इस भेद का ज्ञान तो मुझे महात्मा अवधूत और महाबली बल्लार ने ही दे दिया था। आज इसके पीछे का कारण जानकार मुझे अनन्य संतोष प्राप्त हुआ; अपने पौत्र का प्रणाम स्वीकार कीजिए पितामह।'' चंद्रकेतु ने अखण्ड का चरण स्पर्श किया।

मेघवर्ण अब भी मौन था, किंतु अगले क्षण ही चंद्रकेतु के मन में क्रोध भर आया, ''किंतु यह जानकार दुर्भीक्ष का विनाश चाहने का मुझे और एक कारण मिल गया है... उसने केवल मेरे पालक पिता ही नहीं अपितु मेरे जन्मदाता की भी हत्या की है।''

अखण्ड ने कठोर स्वर में कहा, ''तुम्हारे पिता युवराज विक्रांत को युद्ध में वीरगति प्राप्त हुई थी, चंद्रकेतु, इसलिए अपने मन में प्रतिशोध की भावना लाकर उनकी वीरता और पराक्रम का अपमान न करो।''

चंद्रकेतु क्षणभर मौन रहा। उसने एक शिला को अपने पाँव के प्रहार से ध्वस्त कर अपना क्रोध जताया, ''फिर भी घृणा तो मैं उस दुर्भीक्ष से करता ही रहूँगा गुरुदेव, आपके इन तर्कों से मुझे संतोष नहीं।'' कहकर वो मेघवर्ण की ओर मुड़ा जो अभी भी न जाने किन विचारों में खोया था।

चंद्रकेतु को आभास हुआ हो कि उसकी पीड़ा कदाचित मेघवर्ण की पीड़ा के आगे कुछ नहीं। उसने मेघवर्ण का कंधा पकड़ उसे झटकारा, ''कहाँ खो गये मित्र?''

मेघवर्ण की मानों चेतना लौट गयी। उसके नेत्रों से बहती अश्रु की लघु बूँदें स्पष्ट दिखाई देने लगीं। चंद्रकेतु ने उससे फिर प्रश्न किया, ''क्या हुआ मित्र?''

मेघवर्ण ने नेत्र बंद किये। अश्रु अब भी बहे जा रहे थे, ''आप निःसंदेह एक महान वीर हैं महाबली अखण्ड; आपका धैर्य, त्याग और पराक्रम अतुल्य है। मैं नहीं

जानता मैं महाऋषि ओमेश्वर का दूसरा जन्म हूँ या नहीं, किन्तु केवल आपके कारण मैंने अपना सम्पूर्ण जीवन असत्य की आधारशिला पर जिया। इस बात की ग्लानि मुझे सदैव रहेगी कि केवल आपके कारण मैं जीवन पर्यंत अपने पिता का अपमान करता रहा, उनके विरुद्ध खड़ा रहा।'' उसने श्रुतायुध के शव की ओर देखा, ''आज मेरा अनुज केवल मेरे कारण मृत्यु शय्या पर लेटा है, वो भी इसलिए क्योंकि मैंने आप पर विश्वास किया। आपने अपने इस महान उद्देश्य के लिये कितना भी त्याग किया हो, किंतु इस जघन्य अपराध के लिये मैं आपको क्षमा करूँ तो क्यों करूँ।''

''यदि मैंने तुम्हें बता दिया होता तो क्या तुम विदर्भ के सिंहासन पर बैठे उस असुर के विरुद्ध इतनी दृढ़ता से खड़े हो पाते? अधर्म के विनाश के जिस उद्देश्य हेतु तुम्हारा जन्म हुआ है क्या तुम कभी उस पथ पर चल पाते? बाल्यकाल में भी तुम्हारे पालक पिता सुवर्मा ने अपने दल से द्रोह किया, फिर भी तुम आज तक उस द्रोही की मृत्यु के प्रतिशोध के लिये व्यग्र रहते हो। तुम्हारी भावनाएँ सदैव तुम पर हावी होती हैं और उसके आवेश में आकर तुम सदैव गलत निर्णय लेते आये हो, तो कैसे बता देता तुम्हें ये सत्य।''

मेघवर्ण के पास अखण्ड के दिये तर्क का कोई उत्तर नहीं था । दिग्विजय ने उसके कंधे पर हाथ रख आश्वासन देने का प्रयत्न किया, ''धीरज रखिए ज्येष्ठ, महाबली अखण्ड कभी गलत नहीं हो सकते।''

मेघवर्ण ने दिग्विजय का हाथ झटक दिया, ''तुम तो सबसे बड़े कपटी निकले, तुम्हें विदर्भ का उत्तराधिकारी घोषित किया गया, फिर भी तुमने अपने पिता से कपट किया।''

दिग्विजय ने विनम्र भाव से कहा, ''मेरे पिता महाराज जयवर्धन हैं भ्राताश्री, वो कपटी सुबाहु नहीं जिसका उद्देश्य सम्पूर्ण विदर्भराष्ट्र की छवि को कलंकित करना था, इसीलिए मैंने उस नीच सुबाहु के स्थान पर महाबली अखण्ड का समर्थन किया।''

मेघवर्ण ने दिग्विजय के तर्क का उत्तर दिये बिना श्रुतायुध के शव की ओर देखा और उसके निकट आकर बैठ गया। दिग्विजय और चंद्रकेतु भी उसके निकट आकर खड़े हो गये। उसने श्रुतायुध के मुख पर हाथ फेरते हुए कहा, ''क्या दोष था इस बालक का?''

दिग्विजय के नेत्रों में भी अश्रु थे, ''मैंने इसे सुबाहु का सत्य बताया था, उसका समर्थन करने के दुष्परिणामों से भी अवगत कराया था... किन्तु...''

''किन्तु क्या कहा इसने?'' मेघवर्ण ने प्रश्न किया।

''इसने तर्क दिया कि भले ही महाराज के शरीर में सुबाहु की आत्मा का वास हो, किंतु पिता का प्रेम और एक संतान के रूप में आदर हमें आरम्भ से उन्हीं से प्राप्त हुआ

है, इसीलिए वो अपने पिता का त्याग नहीं कर सकता।''

मेघवर्ण के मुख पर हल्की मुस्कान भी थी और नेत्रों में अश्रु भी। उसने गर्व से श्रुतायुध के मस्तक पर हाथ फेरा, ''इसे कहते हैं पितृभक्ति, इसने सत्य जानकर भी अपने पिता का साथ ही चुना।''

उसकी पीड़ा देख चंद्रकेतु ने उसका कंधा पकड़ उससे प्रश्न किया, ''यदि तुम इसके स्थान पर होते तो क्या करते मित्र?''

मेघवर्ण भूमि से उठा और चंद्रकेतु की आँखों में देखा, ''दशानन पुत्र मेघनाद का स्मरण है तुम्हें?''

''हाँ, किंतु उसका क्या?'' चंद्रकेतु ने प्रश्न किया।

''मेघनाद को ये ज्ञात था कि वो अधर्म के पक्ष में है और वो स्वयं ईश्वर से युद्ध कर रहा है जिसमें उसका अंत निश्चित है। फिर भी उस पितृभक्त ने अधर्मी रावण के पक्ष से युद्ध किया और वीरगति को प्राप्त हुआ, क्योंकि पिता के लिए अपना सर्वस्व लुटा देने की शिक्षा तो स्वयं मर्यादा पुरुषोत्तम प्रभु श्रीराम ने दी थी और इसीलिए अपने पालक पिता के अधर्म पर भी मैंने उनसे कभी घृणा नहीं की, और उन्होंने तो मुझे कभी पथभ्रष्ट करने का प्रयत्न भी नहीं किया।'' मेघवर्ण ने तर्क दिया।

''किंतु हमारे पिता तो हमें पथभ्रष्ट कर ही रहे थे न ज्येष्ठ...'' दिग्विजय ने तर्क देने का प्रयास किया।

मेघवर्ण ने क्रोध में भरकर दिग्विजय को फटकारा, ''किंतु जीवन भर पिता का प्रेम भी तो तुम्हें उनसे ही प्राप्त हुआ। यदि मुझे अपने पिता की स्थिति का ज्ञान होता तो उस नीच सुबाहु से मुक्त कराने के लिये मैं स्वयं अपनी पितृभक्ति के प्रताप से ब्रह्मा के वरदान को चुनौती देकर उनका सिंहासन हिलाकर रख देता, अपने पिता से द्रोह न करता।'' वो क्रोध में दिग्विजय के निकट गया, ''स्मरण रहे कि आज पिताश्री और श्रुतायुध की दुर्दशा के कारण केवल तुम हो।

दिग्विजय मौन रह गया। मेघवर्ण ने अपने डकैत दल को आदेश दिया, ''शीघ्र से शीघ्र चिता का प्रबंध किया जाये।''

मेघवर्ण के आदेश पर आधे प्रहर से भी कम समय में चिता तैयार हो गयी। मेघवर्ण, दिग्विजय, चंद्रकेतु और अखण्ड ने श्रुतायुध की अर्थी को कंधा दिया और उसे चिता पर लिटाया। उसके शव की परिक्रमा कर शीघ्र ही मेघवर्ण ने उसे मुखाग्नि दी।

चिता की अग्नि ठण्डी होते-होते सूर्योदय हो गया। तब तक वे चारों और डकैत दल के योद्धा वहीं स्थिर खड़े रहे। अग्नि ठण्डी होने के उपरांत मेघवर्ण ने अखण्ड की ओर मुड़कर कहा, ''आपने जो कुछ भी किया वो आपका कर्तव्य था जिससे आप कभी

विमुख नहीं हुए। निःसंदेह आप इस आर्यावर्त के सर्वश्रेष्ठ और महान वीर हैं महाबली अखण्ड, और मुझे गर्व है कि मैं आप जैसे गुरु का शिष्य हूँ, आज मैं ये कहना चाहता हूँ कि मेरे मन में आपके प्रति जो भी द्वेष था, जो भी शंका थी आज उन सबका अंत हुआ।''

''यशस्वी भव वत्स मेघवर्ण, आशा है तुम अपने कर्म पथ पर चलते रहोगे।'' अखण्ड ने आशीर्वाद देते हुए कहा।

इसके उपरांत मेघवर्ण चंद्रकेतु की ओर मुड़ा, ''तुमसे जन्म से मेरा क्या सम्बंध है, मेरे लिए उसका कोई महत्व नहीं चंद्रकेतु, तुम मेरे मित्र हो और रहोगे।''

चंद्रकेतु मुस्कुराया, ''हाँ वैसे भी तुम्हें ज्येष्ठ कहने में मुझे थोड़ा अटपटा ही लगेगा।''

मेघवर्ण क्षण भर के लिये मुस्कुराया, फिर क्रोध भरी दृष्टि से दिग्विजय की ओर देखा, ''तुम्हारे जैसा पितृद्रोही क्षमा के योग्य नहीं। जन्म से भले ही हमारा रक्त सम्बंध हो पर मैं तुम्हें अपने अनुज के रूप में कभी स्वीकार नहीं कर सकता। दूर हो जाओ मेरी दृष्टि से।''

दिग्विजय ने हाथ जोड़कर विनम्र भाव से कहा, ''मेरे मन में आपके प्रति कोई द्वेष नहीं, क्योंकि न आप गलत हैं और न ही मैं। ये तो एक मनुष्य व्यक्तिगत चुनाव है। श्रुतायुध ने अपने पिता को चुना और उसी पिता ने मुझे युवराज घोषित किया था, और मेरी मान्यता यही है एक युवराज के लिए राष्ट्र और उसकी प्रजा के हित से बढ़कर और कुछ नहीं होता... मेरे दृष्टिकोण में राजधर्म से ऊँचा कोई भी नहीं, पिता भी नहीं।''

''मुझे तुमसे विवाद करने में कोई रुचि नहीं है दिग्विजय, तुम विदर्भ देश के युवराज हो तो जाओ अपना राजपाठ सँभालों, किन्तु मेरी दृष्टि से दूर हो जाओ।'' मेघवर्ण ने रुष्ट स्वर में कहा।

''ज्येष्ठ होने के नाते विदर्भ के सिंहासन पर आपका अधिकार है, मेरा नहीं।'' दिग्विजय ने विनम्र भाव से कहा।

इससे पूर्व मेघवर्ण कुछ कहता, अखण्ड ने हस्तक्षेप करते हुए कहा, ''वो सिंहासन अब तुम दोनों में से किसी का नहीं है।''

अखण्ड की बात सुन वहाँ खड़े तीनों योद्धा स्तब्ध रह गये। दिग्विजय ने आश्चर्यपूर्वक प्रश्न किया, ''ये आप क्या कह रहे हैं महाबली?

''उचित ही सुना तुमने, क्योंकि अब विदर्भ के सिंहासन पर दुर्भीक्ष का भतीजा और एकचक्रनगरी का युवराज शत्रुंजय बैठने वाला है।''

''दुर्भीक्ष का भतीजा शत्रुंजय!'' मेघवर्ण को भी आश्चर्य हुआ।

अखण्ड ने बल्लार द्वारा बताये गये वृत्तान्त को तीनों को कह सुनाया।

"महाराज जयवर्धन ने स्वयं ही पराजित होने पर शत्रुंजय को वहाँ का उत्तराधिकारी बनाने का दाँव क्यों खेला?" मेघवर्ण ने आश्चर्यपूर्वक प्रश्न किया।

"कदाचित जयवर्धन ने ये विनती इसलिए की होगी क्योंकि उसके शरीर में वास कर रहे सुबाहु कि योजना रही होगी कि मृत्योपरांत वो शत्रुंजय के शरीर में प्रवेश कर दुर्भीक्ष के प्रति अपनी निष्ठा को और सुदृढ़ कर लेगा किन्तु विष ने अपना कार्य ठीक प्रकार से नहीं किया।"

"तो हमें क्या करना चाहिए?" दिग्विजय ने अखण्ड से प्रश्न किया।

"जब तक जयवर्धन की मूर्छा भंग नहीं हो जाती और वो कुछ कहता नहीं, तब तक हम केवल प्रतीक्षा ही कर सकते हैं। और दुर्भीक्ष ने जयवर्धन को वचन दिया है कि वो शत्रुंजय को विदर्भ के सिंहासन पर बैठायेगा। उसके वचन के आड़े आकर हम किसी नये संकट को न्योता नहीं दे सकते, इसलिए उचित यही होगा कि अपने आपसी मनमुटाव को दरकिनार कर इस समय एक होकर रहें।" अखण्ड ने सुझाव दिया।

मेघवर्ण ने क्षण भर दिग्विजय की ओर देखकर चंद्रकेतु से कहा, "मेरे जीवन में तुम्हारा स्थान कोई नहीं ले सकता मित्र चंद्रकेतु, तुम्हारे रहते मुझे किसी और भ्राता की कोई आवश्यकता नहीं है।" कहकर मेघवर्ण, चंद्रकेतु को लेकर शिविर की ओर चल दिया।

दिग्विजय उन्हें जाते देखता रह गया। शिविर की ओर जाते हुए शीघ्र ही चंद्रकेतु की दृष्टि सुनंदा पर पड़ी जो उसी शिविर के बाहर भ्रमण कर रही थी। पूर्व नागरानी कनिष्का भी उसके साथ खड़ी थीं। सुनंदा को देख चंद्रकेतु उसके निकट आया, "तुम यहाँ!"

"युवराज दिग्विजय के साथ आयी हूँ।" सुनंदा ने दृढ़तापूर्वक उत्तर दिया।

चंद्रकेतु की मुट्ठियाँ भिंच गयीं। नेत्र क्रोध से लाल हो गये। मेघवर्ण ने उसके कंधे पर हाथ रख उसे समझाने का प्रयत्न किया, "ये समय उचित नहीं है मित्र।"

चंद्रकेतु ने वहाँ से जाने का प्रयास किया, किंतु सुनंदा ने टोका, "मन में जो भी विष है उगल दो चंद्रकेतु, अपनी पीड़ा से मुक्त हो जाओगे।"

चंद्रकेतु ने सुनंदा से दृष्टि मिलाकर प्रश्न किया, "तो बताओ मुझे, क्या बाल्यवस्था में जो वचन देवी दुर्धरा ने मेरे पिता को दिया था उसका कोई मोल नहीं? जिस वचन के कारण हमने बाल्यकाल से ही साथ एक सुखद जीवन बिताने का स्वप्न देखा था, क्या तुम्हारे मन में क्षण भर के लिये भी उस स्वप्न का विचार नहीं आया।"

"अपने स्वप्नों का बोझ मुझ पर मत लादो चंद्रकेतु, वो स्वप्न केवल तुम्हारा था

मेरा नहीं। और रही बात मेरी बड़ी बहन दुर्धरा की तो उन्हें मेरी ओर से वचन देने का कोई अधिकार नहीं था। मेरा जीवन केवल युवराज दिग्विजय को समर्पित है और किसी के लिए मेरे हृदय में कोई स्थान नहीं है।'' सुनंदा ने दृढ़तापूर्वक अपने मन की बात कह डाली।

चंद्रकेतु पर मानों बिजली टूट पड़ी। उसने क्षण भर के लिये नेत्र बंद किये और क्रोध में भरकर सुनंदा से प्रश्न किया, ''ऐसा क्या देख लिया तुमने उस युवराज में? प्रेम का ऐसा कौन-सा गुण मिल गया तुम्हें उसमें जो उसके साथ बिताये चंद दिन मेरी वर्षों की प्रतीक्षा पर भारी पड़ गये।''

सुनंदा को मौन देख पूर्व नागरानी कनिष्का को हस्तक्षेप करना पड़ा, ''तुम प्रतीक्षा के विषय में बात कर रहे हो वीरवर, जब तुम्हें इन दो प्रेमियों के धैर्य और परीक्षा के विषय में ज्ञात होगा तुम्हारे चंद वर्षों की प्रतीक्षा उसके आगे नतमस्तक हो जायेगी।''

''अर्थात?'' चंद्रकेतु ने प्रश्न किया।

''वर्षों पूर्व हुआ था पाँच दिवस का वो महासंग्राम। उससे पूर्व भी हुआ था पातालपुरी में एक महासंग्राम जब मेरे पुत्र युगांधर की प्रेमिका सुवर्या ने उसकी और समग्र सेना की रक्षा के लिये अपने प्राणों की बलि दी थी। मेरा वही पुत्र युगांधर पाँच दिन के महासमर में वीरगति को प्राप्त हुआ। युगांधर और सुवर्या ने एक-दूसरे को वचन दिया था कि अपना प्रेम-मिलन पूर्ण करने के लिये वो लौटकर आयेंगे... और आज दिग्विजय और सुनंदा के रूप में वो लौटकर आये हैं; तो यदि प्रतीक्षा और धैर्य, प्रेम का प्रमाण है तो किस आधार पर तुम्हारा प्रेम इन दोनों के प्रेम पर भारी पड़ता है?''

चंद्रकेतु निरुत्तर हो गया। अखण्ड ने वहाँ उसका संशय मिटाया, ''यही सत्य है वत्स चंद्रकेतु, दिग्विजय और सुनंदा ने दशकों तक प्रतीक्षा की है।''

चंद्रकेतु का क्रोध पूर्णतः शांत हो गया। उसने अपने नेत्र क्षण भर के लिये बंद किये और फिर सुनंदा से विनम्र भाव से कहा, ''तुमने सत्य ही कहा सुनंदा, मेरा प्रेम तो केवल एक स्वप्न था, किंतु प्रेम के लिये जिस त्याग और बलिदान की आवश्यकता होती है वो तुमने और दिग्विजय ने करके दिखाया है। और इसीलिए आज मैंने तुम दोनों के मार्ग से हटने का निर्णय ले लिया है, इस पवित्र प्रेम के बंधन को खण्डित करने का जघन्य पाप मुझसे नहीं होगा।''

तत्पश्चात मेघवर्ण ने आगे बढ़कर कनिष्का के चरणों को स्पर्श किया। कनिष्का ने मेघवर्ण की ओर देखकर कहा, ''आज मुझे तुममें अपने पुत्र तेजस्वी की झलक स्पष्ट दिखाई दे रही वत्स मेघवर्ण, कदाचित यही सुखद दिन देखने के लिये ईश्वर ने मुझे आज तक जीवित रखा था। अब तो मुझे अपने नागरूप से मुक्ति मिल गयी और

सामान्य मानव की भाँति जीवन जीने का अधिकार भी मिल गया, अब मैं अपने पुत्र और प्रपौत्रों से कभी दूर नहीं जाऊँगी।''

इसके उपरांत चंद्रकेतु ने भी कनिष्का के चरण स्पर्श कर आशीर्वाद प्राप्त किया।

मेघवर्ण ने मुस्कुराते हुए कनिष्का से कहा, ''आपने तो हमारे अधूरे जीवन को अपने मातृत्व के वात्सत्य से पूर्ण किया, इस प्रेम के लिये तो हम जीवन भर तरसते आये हैं।''

चंद्रकेतु को भी अपनी नाक बीच में घुसानी ही थी, ''आपकी आयु देखकर आपको पितामही कहना थोड़ा अनुचित लगता है, क्या मैं आपको माता बुला सकता हूँ?''

कनिष्का ने मुस्कुराते हुए कहा, ''तुम्हारी जैसी इच्छा वत्स।''

सभी उपस्थित जन हँस पड़े। सम्पूर्ण परिवार का मिलन देख अखण्ड के नेत्रों से भी अश्रु छलक पड़े।

सर्वदमन और भगदत्त अपने गणान्ग योद्धाओं के साथ विदर्भ की उत्तरी सीमा पर नंदका और उसके दल के लौटने की प्रतीक्षा में थे। शीघ्र ही दूर से ही गणान्ग ध्वज निकट आता दिखाई दिया जो अपने साथ एक अर्थी भी उठाये आ रहे थे।

सर्वदमन और भगदत्त मुख पर आश्चर्य भाव लिये आगे बढ़े। शीघ्र ही गणान्ग योद्धाओं ने उस अर्थी को सर्वदमन और नंदका के चरणों में रख दिया। अर्थी पर अपने भ्राता का शव देख भगदत्त घुटनों के बल आ गिरा। सर्वदमन भी अपने मित्र और प्रधान अंगरक्षक की दशा देख विचलित हो गया। वहीं भगदत्त उसके मुख पर और शरीर पर हाथ फेरने लगा, उसमें जीवन का चिह्न न पाकर वो विचलित हो गया।

''कैसे हुआ ये?'' सर्वदमन ने गणान्ग योद्धाओं से प्रश्न किया।

उत्तर में गणान्ग योद्धाओं ने विदर्भ भी हुई घटना का वृत्तान्त सुनाते हुए कहा, ''महामहिम नंदका अपनी योजना और शत्रु के किये छल के फलस्वरूप दस सहस्त्र निर्दोषों के शव को देख शोक संतप्त हो गये। इसी का लाभ उठाकर विदर्भ के सेनापति वृहदत्त ने उनकी पीठ पर प्रहार कर उन्हें घायल कर दिया। फिर युवराज श्रुतायुध से युद्ध करते हुए वो इतने गम्भीर रूप से घायल हो गये कि उनके प्राण नहीं बचाये जा सकते थे।''

भगदत्त भूमि से उठा और क्रोध भरी दृष्टि से उस गणान्ग की ओर देखा, ''दस सहस्त्र निर्बल और निर्दोष युवकों की बलि चढ़ाने के उपरांत तुम सबका साहस कैसे हुआ लौटकर आने का?'' भगदत्त ने उस गणान्ग की गरदन पकड़ ली, ''वहीं किसी

नदी में डूबकर मर क्यों नहीं गये।''

सर्वदमन ने उसका हाथ पकड़ पीछे खींचा, ''संयम रखो भगदत्त, ये क्या कर रहे हो।''

भगदत्त ने किसी प्रकार अपने क्रोध को नियंत्रित किया, ''क्षमा करें युवराज, किन्तु मैं ये जानना अवश्य चाहूँगा कि जब मेघवर्ण और चंद्रकेतु जैसे महारथी उसकी सहायता को वहाँ पहुँचे नहीं थे, फिर नंदका को क्या आवश्यकता थी उन निर्दोषों के प्राण दाँव पर लगाने की?''

''सेनापति भगदत्त के प्रश्न का उत्तर दो गणान्ग!'' सर्वदमन ने उस गणान्ग को फटकारते हुये कहा।

''असुरेश्वर दुर्भीक्ष के भतीजे शत्रुंजय का पराक्रम देख उसी के सामर्थ्य के बल पर अंत समय में ये निर्णय लिया गया; हमारे गुप्तचरों को भी भ्रमित कर दिया गया कि उस दिन जयवर्धन स्वयं अपनी सेना के साथ आने वाला था, किंतु कदाचित उसे हमारी योजना का पहले ही ज्ञान हो गया था। दुःख तो इस बात का है कि हमारे ही बीच कोई भेदिया था जिसने हमारे साथ द्रोह किया।''

गणान्ग की बात सुनकर भगदत्त का क्रोध और बढ़ गया, ''स्वयं असुरेश्वर दुर्भीक्ष के भतीजे पर विश्वास कर किसी और के भेदिये होने का संदेह कर रहे हो, तुम लोगों की मूर्खता की कोई पराकाष्ठा ही नहीं है।''

सर्वदमन ने उसकी बात काटते हुए कहा, ''भूलो मत भगदत्त, उसी योद्धा ने पहले वृहदत्त का वध किया, फिर जयवर्धन को पराजित कर उसका भी अंत किया, वो भला द्रोही कैसे हो सकता है?''

भगदत्त विचलित था। उसे अपने युवराज के तर्क का उत्तर नहीं सूझा । सर्वदमन ने उसका कंधा पकड़ उसे ढाँढ़स बँधाते हुए कहा, ''तुम अभी अपनी चेतना में नहीं हो भगदत्त, पहले अपने अनुज का अंतिम संस्कार करो फिर हम आगे की चर्चा करेंगे।''

''अंतिम संस्कार... इस कायर का अंतिम संस्कार करूँ युवराज... यदि ये अपने सौ योद्धाओं के साथ युद्ध में वीरगति को प्राप्त होता तो इसके शव को प्रणाम कर मैं इसकी अन्त्येष्टि अवश्य करता युवराज, किंतु जिस कायर ने अपने और अपने साथियों के प्राण बचाने के लिये निर्दोषों को आगे कर दिया मैं उसका शव भी स्वीकार नहीं कर सकता।''

''बंद करो ये प्रलाप भगदत्त!'' सर्वदमन को क्रोध आ गया।

भगदत्त ने हाथ जोड़कर विनम्र भाव से कहा, ''मुझे क्षमा करें युवराज, यदि मुझसे कोई अपराध...''

“अपराध नहीं पाप है ये भगदत्त।” सर्वदमन के स्वर में अभी भी क्रोध था, “एक ऐसा परमवीर, जिसने किसी और राज्य के कल्याण हेतु हमारे एक स्वर पर बिना प्रश्न किये अपने प्राणों का बलिदान कर दिया तुम उसका अपमान करोगे... जिसने दूसरे राज्य की प्रजा को भी अपना माना, इसीलिए उनकी हत्या से शोक संतप्त होकर घुटनों के बल बैठ गया। यदि ऐसा न हुआ होता, तो न वृहदत्त और न ही किसी राजकुमार श्रुतायुध में इतना बल था कि नंदका जैसे महावीर को पराजित कर सके। और तुम ऐसे महावीर का अपमान कर रहे हो ?”

सर्वदमन के उस अकाट्य तर्क ने भगदत्त का क्रोध शांत कर दिया। उसने झुककर एक बार फिर नंदका के शव पर हाथ फेरा, “मुझे क्षमा करें युवराज, कदाचित ये मेरा अनुज था इसलिए मैंने इससे कुछ अधिक ही आशा कर ली थी।”

“तो अब अपने इस महावीर अनुज को अंतिम विदाई दो मित्र।” सर्वदमन ने उसे ढाँढ़स बँधाया।

शीघ्र ही चिता की व्यवस्था की गयी और नंदका को उस पर लिटाया गया। भगदत्त ने चहुँ ओर परीक्रमा कर उसकी चिता को मुखाग्नि दी।

अपने अनुज नंदका की चिता ठण्डी होने के उपरांत वो सर्वदमन के निकट आया, “युवराज ये सौ गणान्य योद्धा जो बिंगरौली से लौटकर आये हैं इनके विषय में आपने क्या निर्णय लिया है?”

सर्वदमन ने क्षण भर विचार करने के उपरांत कहा, “इनमें से हर एक को हम व्यक्तिगत रूप से जानते हैं भगदत्त।”

“किंतु इस सँभावना को नकारा भी तो नहीं जा सकता कि इनमें से कोई एक द्रोही हो सकता है।”

“तर्क तो तुम्हारा उचित है भगदत्त, इसीलिए मैंने ये निर्णय लिया है कि इन सौ योद्धाओं को बाकी गणान्य योद्धाओं से कुछ दिनों के लिये अलग रखा जायेगा, और इन्हें इस बात का भान न हो इसलिए इस समय इन सभी को विदर्भ राज्य में वापस जाना होगा ताकि वहाँ की गतिविधियों की हमें सूचना मिलती रहे।” सर्वदमन ने अपना निर्णय सुनाया।

एकादशम अध्याय

द्रविड़ चोल

अंततः दीपावली का वो अवसर आ ही गया जिसकी दुर्भीक्ष ने बड़ी अधीरता से प्रतीक्षा की थी। माथे पर चंदन तिलक लगाये, श्वेत धोती और जनेऊ धारण किये शत्रुंजय ने विदर्भ के महल में प्रवेश किया। दुर्भीक्ष, भद्राक्ष, एकचक्रनगरी नरेश शत्रुघन और उनकी रानी सुदेष्णा भी उसके साथ खड़ी थीं। दुर्धरा हस्तिनापुर लौट चुकी थी।

''अद्भुत! अद्वितीय, हमारा एकचक्रनगरी का महल तो इसके चौथाई अंश के बराबर भी नहीं है।'' शत्रुंजय ने विदर्भ के राजमहल की प्रशंसा करते हुए द्वार के भीतर प्रवेश किया।

प्रवेश करते ही उसका भव्य स्वागत हुआ। सैकड़ों दासियों समेत कई प्रजाजन शत्रुंजय के साथ उन चारों पर भी पर पुष्पवर्षा कर रहे थे, किन्तु शत्रुंजय को यह देख बड़ा आश्चर्य हुआ कि किसी के भी मुख पर प्रसन्नता नहीं थी।

चलते-चलते शत्रुंजय ने दुर्भीक्ष से प्रश्न किया, ''यहाँ की प्रजा के मुख पर निराशा क्यों है काकाश्री? क्या इन्हें अपने निर्दयी राजा से मुक्ति पाकर भी प्रसन्नता नहीं हुई।''

दुर्भीक्ष मुस्कुराया, ''इनकी निराशा को अन्यथा न लो पुत्र; वर्षों तक जयवर्धन ने अपने अत्याचारों से इन्हें इतना कुचला है कि इन सभी में निराशा का भँवर बहुत गहरा हो चुका है, और इसके पीछे एक कारण मैं भी हूँ, क्योंकि मैं भी सदैव ही उस नराधम

जयवर्धन का समर्थन करता रहा। इन लोगों के मन में मेरे नाम का इतना भय है कि कोई चाहकर भी अपने मुख पर मुस्कान नहीं ला सकता।''

''तो मैं इनका विश्वास जीतने का पूर्ण प्रयास करूँगा काकाश्री, और साथ ही आपकी छवि पर लगा हर कलंक मैं हटाकर रहूँगा।'' संकल्प लेकर शत्रुंजय आगे बढ़ा।

आगे बढ़कर उसने सर्वप्रथम शिवलिंग का दूध से अभिषेक कर दण्डवत प्रणाम किया। शिवलिंग के निकट ब्राह्मण ने उसके माथे पर राजतिलक लगाया। इसके उपरांत उसे वहीं ब्राह्मणों द्वारा दूध से स्नान कराया गया। स्नान के उपरांत उसे राजसी वस्त्र पहनाये गये। फिर पुष्पों की चादर पर चलते हुए शत्रुंजय ने अपने सभी परिवारजनों के साथ राजमहल में प्रवेश किया।

भूमि से बीस हाथ की ऊँचाई पर स्थित विदर्भ राष्ट्र के उस भव्य सिंहासन की आभा देखते ही बनती थी। ब्राह्मणों और मंत्रियों के संकेत पर शत्रुंजय सीढ़ियों पर चढ़कर उस सिंहासन के सामने आ खड़ा हुआ। दुर्भीक्ष, शत्रुघन और सुदेष्णा भी उसके समीप आ खड़े हुए।

पूजा की थाल लिये विदर्भ के कुलगुरु शत्रुंजय के समीप आये। दुर्भीक्ष ने शत्रुघन से निवेदन किया, ''अपने पुत्र का राजतिलक करो मित्र।''

''क्षमा करना मित्र, किन्तु तुमने ही इसे इस सिंहासन के योग्य बनाया है, इसलिए ये अधिकार तुम्हारे अतिरिक्त और किसी को नहीं है।''

शत्रुंजय ने भी सहमति जतायी। कुलगुरु ने दुर्भीक्ष के हाथ में थाल थमायी। दुर्भीक्ष ने चंदन से शत्रुंजय का राजतिलक किया और उसे स्वर्णजड़ित मुकुट पहनाकर राजसिंहासन पर बिठाया। राज्यसभा में उपस्थित सभी जनों ने बेमन से ही सही किन्तु शत्रुंजय के जयकारे लगाये।

शत्रुंजय ने सिंहासन से उठकर कहना आरम्भ किया, ''मैं महान असुरेश्वर दुर्भीक्ष का वंशज और शिष्य शत्रुंजय आप सभी का आभारी हूँ कि आपने मुझे इस सिंहासन पर विराजमान होकर अपनी सेवा का अवसर दिया; मैं आप सभी को विश्वास दिलाना चाहता हूँ कि राजसत्ता से जो आप सभी का विश्वास भंग हुआ है, और इस विश्वास के भंग होने से आप सभी के मन में जो निराशा उत्पन्न हुई है उसे मैं लौटाकर रहूँगा। सर्वप्रथम मैं ये घोषणा करता हूँ कि बलरामपुर में जिस अत्यधिक कर के बोझ के कारण कृषकों का जीवन दुश्वार हो गया था, उसे घटाकर वापस उतना ही किया जायेगा जितना महाराज तेजस्वी के समय में था। और साथ ही साथ उनकी क्षतिपूर्ति के लिये अगले छह माह तक उनका कर क्षमा किया जाता है।''

''बिंगरौली में हमारी एक भूल के कारण दस सहस्त्र युवकों को अकारण ही अपने

प्राणों की बलि देनी पड़ी, इसलिए मैं ये घोषणा करता हूँ कि जिन परिवारों ने अपना सदस्य खोया, उन हर एक परिवारों को विदर्भ के राजनगर में शरण मिलेगी तथा उनका जो भी सदस्य योग्य हो उसे राजमहल में कार्य भी मिलेगा, और जिनके माँ बाप बेसहारा हो गये हैं उनका भरण-पोषण का दायित्व हम स्वयं उठायेंगे।''

शत्रुंजय की ये घोषणा सुन वहाँ उपस्थित जन को विश्वास ही नहीं हुआ। होता भी कैसे... आर्यावर्त में दुर्भीक्ष की छवि ऐसी थी कि कोई कैसे मान लेता कि जिसके साथ असुरेश्वर दुर्भीक्ष खड़ा है वो कोई धर्म का कार्य करने का विचार भी मन में ला सकता है।

शत्रुंजय ने अपने सिंहासन के नीचे बैठे महामंत्री सुदर्शन से प्रश्न किया, ''तीन मास पूर्व करौल की जो कन्याएँ दूसरे राज्यों में बेची गयी थीं उनकी क्या सूचना है?''

महामंत्री सुदर्शन ने अपने आसन से उठकर कहना आरम्भ किया, ''करौल से अपहृत की गयी तीन सहस्त्र कन्याओं को हमारे मित्र राज्य भोजकट, कुंतल, किष्किंधा, महिषक और कलिंग में भेजा गया था; उनमें से लगभग तेईस सौ कन्याएँ बेची जा चुकी हैं, जिनसे अर्जित किया हुआ धन चार दिवस पूर्व ही राजकोष में जमा हुआ है।''

''और शेष सात सौ कन्याएँ?'' शत्रुंजय ने प्रश्न किया।

''सुना है कलिंग में भेजी गयी कन्याओं में से कुछ वहाँ से भाग निकली हैं, इसलिए वहाँ व्यापार न हो पाने के कारण वहाँ से धन नहीं आ पाया है।''

''धन की छोड़िए महामंत्री, जो कन्यायें भाग गयीं वो ठीक, शेष कन्याएँ जो कलिंग गयी हैं उनका क्या?''

''संदेश आया था कि कलिंग अपने सैनिकों को भेज उन्हें खोजने में लगा हुआ है; जब तक सारी कन्याएँ एकत्र नहीं हो जातीं तब तक कलिंग राज्य उनका दाम नहीं देगा... किंतु हमें संदेह है कि राजा जयवर्धन की मृत्यु के कारण कलिंग हमसे छल कर रहा है।'' महामंत्री सुदर्शन ने कहा।

''उत्तम अति उत्तम; तो इसी समय अपने दस सहस्त्र के सैन्य दल को भेजिए और उन कन्याओं को वापस ले आइए।'' शत्रुंजय ने आदेश दिया।

यह सुनकर सभी उपस्थित सभाजन हतप्रभ रह गये। महामंत्री ने विनती की, ''यदि आप अन्यथा न लें तो मैं कुछ कहना चाहूँगा महाराज।''

''अवश्य कहिए।''

''कलिंग राज्य हमारा सबसे शक्तिशाली मित्र राज्य है, उनके पास पूरी अक्षौहिणी सेना है जो समय पड़ने पर हमारे लिए सहायक हो सकती है; व्यापार

रोककर इस प्रकार एक राज्य से मैत्री संधि तोड़ना क्या उचित होगा?'' महामंत्री ने प्रश्न किया।

शत्रुंजय ने क्रोध में भरकर कहा, ''यदि इस शक्ति का आधार मानव जीवन का व्यापार है तो ये संधि हमें स्वीकार नहीं।''

सुदर्शन ने याचना करते हुए कहा, ''किंतु महाराज, यदि कलिंग से हमारी संधि टूटी तो बाकी राज्य जो हमारे अधीन हैं उन्हें यही संदेश जायेगा कि हमारी शक्ति कम हो गयी है... परिणाम ये हो सकता है कि वो भी विद्रोह कर दें, और आप ये भी तो सोचिए वो कन्याएँ यदि लौट भी आयीं तो उनका भविष्य क्या होगा, कोई पुरुष तो दूर, उनका स्वयं का परिवार भी उन्हें स्वीकार नहीं करेगा।''

शत्रुंजय ने दुर्भीक्ष की ओर देखा। दुर्भीक्ष ने उसका कंधा पकड़ उसे समझाया, ''अब तुम महाराज हो वत्स, अपनी बुद्धि और विवेक का प्रयोग करो और स्वयं निर्णय लो।''

क्षण भर विचार करने के उपरांत शत्रुंजय ने अपना निर्णय सुनाया, ''जिन कन्याओं को उनका परिवार नहीं स्वीकारेगा उन्हें हम महल में दासी का कार्य दे देंगे; आखिर बिंगरौली से आये सहस्त्रों परिवारों की देख-रेख के लिये अतिरिक्त दासियों की आवश्यकता तो होगी ही; आप सैन्य दल भेजकर कलिंग से हमारे राज्य की कन्याओं को ले आइए और ये उन्हें ये संदेश भी दे दीजिएगा कि यदि उन्होंने विरोध किया तो युद्ध के लिये सज्ज रहें।''

''जो आज्ञा महाराज।'' सुदर्शन ने सहमति जतायी।

तभी दरबार में एक सैनिक ने प्रवेश किया और शत्रुंजय के समक्ष सूचना दी, ''महाराज, द्रविड़राज ने अपने पुत्रों और सैन्य दल के साथ सागर को लाँघकर आर्यावर्त की सीमा में प्रवेश किया है; उन्होंने हमारे संरक्षण में राजपाट चला रहे केरल के राजा विराज को पराजित कर वहाँ के राजमहल के किले पर अपना ध्वज लहरा दिया है और अब वो पांडय राज की ओर बढ़ रहे हैं।''

''ठीक है तुम जाओ।'' शत्रुंजय ने उसे आदेश दिया।

उस सैनिक के जाने के उपरांत शत्रुंजय ने दुर्भीक्ष से प्रश्न किया, ''आप द्रविड़राज अल्मबुष को जानते हैं काकाश्री?''

''हाँ वत्स, सदियों पूर्व आर्यावर्त के दक्षिणी भाग पर इनका अधिकार हुआ करता था, पर आर्यों ने उनसे उनकी जन्मभूमि छीन ली और इसलिए पूरे तीन सौ वर्ष के उपरांत वो अपनी मातृभूमि पर अधिकार करने वापस लौट आये हैं।'' दुर्भीक्ष ने उनका परिचय दिया।

''ओह!'' शत्रुंजय ने कुछ क्षण विचार करके कहा, ''उनका दृढ़ निश्चय

प्रशंसनीय है। किन्तु सम्पूर्ण दक्षिणी आर्यावर्त को विदर्भ का संरक्षण प्राप्त है इसलिए ये हमारा दायित्व है कि हम उन राज्यों का संकट समय में रक्षण करें।''

दुर्भीक्ष ने उसे आश्वासन भरे स्वर में कहा, ''तुम चिंता न करो शत्रुंजय, तुम अभी केवल कलिंग राज्य के पनपते विद्रोह को दबाने पर ध्यान दो। द्रविड़ों से मेरा सामना पहले भी हो चुका है, उन्हें पराजित करने के लिए मुझे किसी सेना की आवश्यकता नहीं है।''

शत्रुंजय ने विनम्रतापूर्वक कहा, ''आपसे मेरी एक विनती है काकाश्री, कि आप द्रविड़राज अल्मबुष या उनके किसी भी पुत्र का वध न करें, उन्हें बंदी बनाकर विदर्भ की राजसभा में प्रस्तुत करें।''

दुर्भीक्ष मुस्कुराया, ''अवश्य... अब तुम्हीं निर्णय ले लेना कि उनके साथ क्या करना है।''

''तो फिर आप प्रस्थान कीजिए काकाश्री, तब तक मैं आपके और देवी दुर्धरा के विवाह का प्रस्ताव लेकर हस्तिनापुर हो आता हूँ।'' शत्रुंजय ने ठिठोली करते हुए कहा।

''विवाह से स्मरण आया कि क्या ये उचित नहीं होगा कि मुझसे पहले तुम्हारा और चंद्रलेखा का विवाह हो।'' दुर्भीक्ष ने भी उसकी ठिठोली का यथोचित उत्तर दिया।

''क्षमा करें काकाश्री, ये सम्भव नहीं है; मैंने आपके से पूर्व राजतिलक तो स्वीकार कर लिया, किन्तु विवाह तो पहले आपका ही होगा, ये मेरा हठ है।''

इससे पहले कि दुर्भीक्ष कुछ कहता, शत्रुघन ने झल्लाते हुए कहा, ''मैं देख रहा हूँ जबसे तुम दोनों मिले हो मेरा तो कोई महत्व ही नहीं रह गया है।''

दुर्भीक्ष ने उसे समझाने का प्रयास किया, ''अरे नहीं मित्र शत्रुघन...।''

''विवाद मत करो, मेरे पुत्र का विवाह कब होना है ये मैं निश्चित करूँगा, अभी पहले तुम अपने विवाह का चिंतन करो जिसका प्रस्ताव लेकर मैं स्वयं हस्तिनापुर जाने वाला हूँ।'' शत्रुघन ने दृढ़तापूर्वक कहा।

शत्रुंजय ने समर्थन करते हुए कहा, ''यही उचित होगा काकाश्री, वैसे भी चंद्रलेखा इस समय अपने पिता के शोक में है, इस समय उससे विवाह की बात छेड़ना मैं उचित नहीं समझता।''

दुर्भीक्ष ने सहमति जताते हुए कहा, ''ठीक है जैसी तुम लोगों की इच्छा, मैं कल प्रातः ही द्रविड़ों का विजयरथ थामने के लिये प्रस्थान कर जाऊँगा।''

द्रविड़ सेना पांडय राज्य की सीमा पर पड़ाव दाल चुकी थी। अपनी सशस्त्र सेना लेकर द्रविड़राज अल्मबुष पांडय के राजा को युद्ध की चुनौती भेजने को थे। तभी

आकाश मार्ग से उड़ता हुआ गरुड़राज जम्बाल अल्मबुष के निकट आया और उन्हें प्रणाम किया।

"कहिए गरुड़नायक, मिल आये महाबली अखण्ड से?" अल्मबुष ने प्रश्न किया।

"हाँ द्रविड़राज, किन्तु उन्होंने जो कहा है वो हमारी योजना के अनुरूप नहीं है।" जम्बाल ने कहा।

"ऐसा क्या कह दिया उन्होंने?" अल्मबुष ने आश्चर्यपूर्वक प्रश्न किया।

"पहले योजना ये थी कि पुरुराष्ट्र के ध्वज तले विदर्भ से युद्ध लड़ा जायेगा, जिसमें आपको पौरवों का समर्थन करना होगा। विजय के उपरांत विदर्भ के सिंहासन पर दिग्विजय का राज्याभिषेक होते ही आपको आपकी पूर्वजों की भूमि लौटा दी जायेगी; किन्तु अब...।"

"किन्तु ऐसा हुआ नहीं, है न?" अल्मबुष ने अनुमान लगाने का प्रयास किया।

"हाँ द्रविड़राज, महाबली अखण्ड, जयवर्धन को तो सत्ता से हटाने में सफल रहे किंतु अब जो सिंहासन पर बैठा है वो असुरेश्वर दुर्भीक्ष का भतीजा शत्रुंजय है। दुर्भीक्ष को उससे इतना प्रेम है कि वो उसके लिए कुछ भी कर सकता है। और अब विदर्भ के नये नरेश शत्रुंजय ने ये निर्णय लिया है कि यदि उनके संरक्षण में आने वाले किसी राज्य पर कोई आक्रमण करेगा तो उसकी रक्षा करना उनका दायित्व होगा। आपका मार्ग रोकने के लिये असुरेश्वर दुर्भीक्ष विदर्भ से निकल चुके हैं, इसीलिए महाबली अखण्ड ने आपसे एक विनती की है...।"

"कैसी विनती?"

"इस समय समग्र आर्यावर्त में हर राजा शांति की स्थापना के मार्ग पर चलने को इच्छुक है, इसलिए उन्होंने कहा है कि आप जहाँ तक पहुँचे हैं वहीं रुक जाइए, आगे बढ़कर स्वयं को इस आर्यावर्त की अशांति का कारण मत बनने दीजिए... एक बार फिर इस पवित्र भूमि पर रामराज्य की आशाओं के फूल खिलें हैं उन्हें कुचलने का प्रयास न कीजिए।"

जम्बाल का दिया संदेश सुन अल्मबुष को क्रोध आ गया, "तीन सौ वर्ष, मैंने और मेरे पूर्वजों ने अपनी मातृभूमि को वापस पाने हेतु तीन सौ वर्ष प्रतीक्षा की है, और आज महाबली अखण्ड का कहना है कि हम शांति भंग कर रहे हैं और वो दुर्भीक्ष, वो हमारी दो अक्षौहिणी सेना के सामने खड़ा भी हो पायेगा।"

अपने क्रोध को नियंत्रित कर अल्मबुष ने कहा, "जाकर कह दो महाबली अखण्ड से कि आज के उपरांत उनकी और हमारी संधि का अंत हुआ; अब चाहे आर्यावर्त की शांति भंग हो या यहाँ की धरती का विनाश ही क्यों न हो जाये हम अपनी

मातृभूमि वापस लेकर रहेंगे।''

जम्बाल ने अल्मबुष के तर्क से सहमति जताते हुए कहा, ''मेरी भी इच्छा कुछ ऐसी ही है द्रविड़राज; जब तक उस दुर्भीक्ष का मस्तक काटकर अपने पिता की मृत्यु का प्रतिशोध लेकर अपनी माता के श्राप को सार्थक नहीं बना देता, मैं चैन की साँस नहीं लूँगा।''

कुछ क्षण विचार करने के उपरांत अल्मबुष ने कहा, ''तुमने मेरा साहस और बढ़ा दिया है गरुड़नायक। भेज दो किसी गरुड़ को ये संदेश लेकर महाबली अखण्ड के पास और तुम मेरे ज्येष्ठ पुत्र त्रिकुम्ब के पास जाओ जो मलय पर्वत श्रृंखला में यति सेना का संचालन करता है। दुर्भीक्ष भले ही अपनी दिव्यशक्तियाँ प्रयोग न करे किंतु उसे पराजित करने के लिए हमें अपने सम्पूर्ण सामर्थ्य की आवश्यकता पड़ सकती है।''

''अवश्य द्रविड़राज।'' कहकर गरुड़नायक जम्बाल पंख फैलाकर आकाश में उड़ गया।

अपने स्वर्णजड़ित रथ पर आरूढ़ हुआ दुर्भीक्ष पांडय की सीमा के निकट आ रहा था। अल्मबुष को जैसे ही सूचना मिली वो अपनी सेना सज्ज करने में लग गये।

शीघ्र ही एक ओर दुर्भीक्ष अकेला खड़ा था और दूसरी ओर अपनी दो अक्षौहिणी सेना के साथ अल्मबुष अपने चार पुत्रों के साथ युद्ध को सज्ज खड़ा था। यति सेना अभी तक रणभूमि में नहीं आयी थी। दुर्भीक्ष को द्रविड़ों के उन आधुनिक शस्त्रों को देख बड़ा आश्चर्य हुआ जो उसने पहले कभी नहीं देखे थे।

सहस्त्रों सैनिकों के हाथ में छह शूल वाले भाले थे। कुछ के हाथों में थमी तलवारों में भी तीन तीन शूल निकले हुए थे। सैकड़ों रथों पर गोलाकार लकड़ी के साँचे रखे थे, हर साँचे में बीस छिद्र थे जिनमें बीस छहमुखी भाले लगे हुए थे, पीछे दो-दो मल्ल उस यंत्र के हत्थे के निकट खड़े थे। युद्ध आरम्भ होने से पूर्व दुर्भीक्ष ने गर्जना करते हुए कहा, ''मुझे तुम्हारे राजा से वार्ता करनी है, भेजो उन्हें।''

सेना के मध्य खड़े अल्मबुष खड़े आगे बढ़े। उनके पुत्र धीरा ने उन्हें सावधान करने का प्रयास किया, ''सावधान पिताश्री, ये शत्रु का कोई छल भी हो सकता है।''

अल्मबुष मुस्कुराये, ''चिंता न करो पुत्र, असुरेश्वर दुर्भीक्ष के लिये अपनी कीर्ति से बढ़कर कुछ नहीं है, इसलिए वो कोई कपट नहीं करेगा।''

सेना के मध्य से निकलकर अपने रथ पर आरूढ़ हुआ अल्मबुष, दुर्भीक्ष के समक्ष आ खड़ा हुआ, ''कहो असुरेश्वर।''

''जानता हूँ तुम बहुत हठी हो अल्मबुष; ये जानते हुए भी कि मैं स्वयं तुमसे युद्ध

करने आ रहा हूँ, तुम पीछे नहीं हटे, यही तुम्हारे हठ का प्रमाण भी है। किंतु मैं यहाँ तुम्हारा वध करने नहीं आया इसलिए उत्तम यही होगा कि अपना और अपने पुत्रों का मुझसे परिचय करा दो। मैं यहाँ तुम सभी को बंदी बनाने आया हूँ, कहीं ऐसा न हो कि तुम्हारे बाकी सैनिकों का वध करते हुए वो भी मेरे हाथों मारे जायें। फिर मुझे दोष न देना।'' दुर्भीक्ष ने कटाक्षमय स्वर में कहा।

''अहंकार तो त्रिलोक विजयी रावण का नहीं रहा दुर्भीक्ष, फिर तुम किस खेत की मूली हो। यदि तुम्हें अपनी शक्ति पर इतना ही विश्वास है तो मेरी सेना के चारों भाग की ओर दृष्टि डालो; अश्वारोही सेना के साथ शरव्यूह बनाये सबसे आगे खड़ा है मेरा पुत्र वेदांतक, मध्य में गजसेना के साथ खड़ा मेरा पुत्र धीरा, उसकी दायीं ओर मेरे सबसे आधुनिक शस्त्रों के शूलरथों के दल के साथ खड़ा है येदूरप्पा, बायीं ओर पैदल सैनिकों के साथ खड़ा है मेरा पुत्र शमांतक और शीघ्र ही मेरा ज्येष्ठ और सबसे बलवान पुत्र त्रिकुम्ब भी अपने यति दल के साथ आने ही वाला है। और सेना की एक टुकड़ी के साथ पीछे खड़ा रहूँगा मैं, यदि सामर्थ्य हो तो मुझ तक पहुँचकर दिखाओ। हम अपनी मातृभूमि को वापस जीतने आये हैं दुर्भीक्ष और इसके लिये हम मृत्यु का वरण करने से भी पीछे नहीं हटेंगे।'' अल्मबुष ने गरजते हुए कहा।

दुर्भीक्ष ने उसकी गर्जना का उसी की भाषा में उत्तर दिया, ''भूमि उसी की होती है जिसकी भुजाओं में बल हो अल्मबुष, और अपने भुजबल से भूमि को जीतना ही क्षत्रिय धर्म है, यदि तुम्हारे पुत्रों के रक्षण के लिये तुम्हें सावधान करने को तुम मेरा अंहकार मानते हो तो यही सही, जाओ मैं तुम्हें अवसर देता हूँ जो व्यूह-रचना करनी है कर लो।''

अल्मबुष अपना रथ मोड़कर अपनी सेना के पीछे जाने लगा। वहीं दुर्भीक्ष दूर खड़ा हो सेना का अवलोकन करने लगा। अश्वारोही दल के साथ वेदांतक दुर्भीक्ष पर टूटने के लिये तैयार खड़ा था। सबसे अद्भुत दृश्य था गजसेना के साथ खड़े धीरा का। हाथियों के मस्तकों के ऊपर बीस-बीस शूल बुने गये थे ताकि कोई सरलता से कूदकर हाथियों के मस्तक पर न चढ़ सके। येदूरप्पा के शूलरथों में वही गोलाकार साँचे थे जिसमें बीस-बीस भाले लगे हुये थे और शमांतक के पैदल सैनिक अपने भालों से भूमि पर मार-मारकर गर्जना कर रहे थे।

अल्मबुष के आक्रमण का आदेश पाते ही अश्वारोही दल को लेकर वेदांतक दुर्भीक्ष की ओर दौड़ पड़ा। अपनी ओर निकट आते सहस्रों के सैन्यदल को देख दुर्भीक्ष ने कुछ ही क्षणों ये अनुमान लगा लिया कि सामने आते सैन्यदल में कितने धनुर्धारी, कितने तलवार बाज, कितने भालाधारी योद्धा हैं। वेदांतक, व्यूह के मध्य में खड़ा सभी का नेतृत्व कर रहा था।

दुर्भीक्ष ने मध्य से नेतृत्व कर रहे वेदांतक को दूर से ही देख लिया। उसने कुछ ही

क्षण में विभिन्न दिशा में सैकड़ों बाण छोड़े। बीच के कई योद्धाओं के गिरने के कारण शरव्यूह का बहाव भंग हो गया और अश्व एक दूसरे से टकराकर गिरने लगे। वेदांतक को विचलित देख दुर्भीक्ष ने पाशास्त्र का प्रयोग करके उसे बंदी बना लिया।

अब येदुरप्पा ने अपने आधुनिक शस्त्रों वाले शूलरथों को आगे बढ़ने का आदेश दिया। रथ और सारथी को होने वाली हानि की आशंका से दुर्भीक्ष भूमि पर कूद गया। येदुरप्पा के आदेश पर सहस्त्रों शूलरथों से निकलने वाले वो छहमुखी भाले दुर्भीक्ष की ओर एक साथ बढ़े। यह देख दुर्भीक्ष ने उन भालों की गति और बल को परखने के लिये अपने सैकड़ों बाणों से अपने लिए एक कवच बना दिया। दुर्भीक्ष के उस सुदृढ़ कवच से टकराकर वो वेगवान भाले भी टूट-टूटकर गिरने लगे।

यह देख येदुरप्पा ने साँचों में फिर से भाले लगाने का आदेश दिया, किन्तु इस बार दुर्भीक्ष ने उन्हें ये अवसर ही नहीं दिया। एक के एक बाद बाण चलाकर दुर्भीक्ष ने अनेक शूलरथों को ध्वस्त कर दिया। येदूरप्पा का दल भय के मारे पीछे हटने लगा। दुर्भीक्ष के बाणों की गति इतनी तीव्र थी कि इससे पूर्व कि भाले लगाये जाते वो एक के बाद एक बाण चलाकर उन रथों पर रखे साँचों को तोड़ता गया। येदुरप्पा के दल के योद्धा पीछे हटने लगे। दुर्भीक्ष ने उसे भी पाशास्त्र चलाकर बंदी बना लिया। इसके उपरांत अल्मबुष ने धीरा और शमांतक को अपने-अपने दल के साथ आक्रमण करने का आदेश दिया। हाथियों और पैदल सैनिकों का दल दुर्भीक्ष की ओर बढ़ रहा था। यह देख उसने अपने धनुष को रथ पर रखकर अपनी पीठ पर टँगी म्यानों में दो तलवार डाली, हाथ में दो गोल ढालें उठायीं और दौड़ पड़ा धीरा के गज दल की ओर।

एक ओर से धीरा के गजदल के सैनिकों ने उस पर भाले और तीर बरसाने आरम्भ किये, वहीं दूसरी ओर शमांतक के पैदल सैनिकों ने भी भाले और तीरों से उसे घायल करने का भरसक प्रयत्न किया। किन्तु दुर्भीक्ष को भय का पर्याय यूँ ही नहीं माना जाता था। उसकी ढाल घुमाने की गति इतनी तीव्र थी कि दो ढालों के प्रयोग से वो चारों दिशाओं से आने वाले प्रहारों से अपनी रक्षा कर सकता था, और ये तो केवल दो दिशा से आने वाले प्रहार थे।

अपने प्रहारों को निष्फल जाता देख धीरा ने अपने सैनिकों को हाथियों को आगे बढ़ाकर दुर्भीक्ष का मस्तक कुचलने का आदेश दिया।

पैदल सैनिक अभी उस पर शस्त्रों की वर्षा कर रहे थे। दुर्भीक्ष उन पैदल सैनिकों के प्रहार देख मुस्कुरा रहा था। जैसे ही गज दल का पहला हाथी उसके निकट आया, वो पैदल सैनिकों के फेंके हुए एक भाले पर कूदा और उस पर पैर रखकर छलाँग लगाते हुए दूसरे भाले पर चढ़ा और फिर एक और छलाँग लगाकर सीधे अपने सामने आते हुए हाथी पर सवार सैनिक तक पहुँचा और उसके मुख पर ढाल से प्रहार कर उसे नीचे गिरा दिया। वहाँ उपस्थित सभी योद्धा हतप्रभ रह गये, कदाचित ऐसा पराक्रम

उन्होंने जीवन में प्रथम बार देखा था। दुर्भीक्ष ने तत्काल ही अपनी दोनों ढालें चक्र की भाँति घुमाकर फेंकी जो घूमते-घूमते कुछ ही क्षणों में हाथी पर सवार सौ योद्धाओं का मस्तक उतारकर वापस उसके हाथ में आ गयी।

इसके उपरांत उसने अपनी क्रोध भरी दृष्टि से बायीं ओर देखा तो भय के मारे प्रहार करते समय पैदल सैनिकों के हाथ काँपने लगे। ढालों को उसी हाथी के ऊपर रखते हुए दुर्भीक्ष ने मन ही मन विचार किया, ''आज उपनन्द का स्मरण हो आया यदि उससे न मिला होता तो इस दाँव का अभ्यास भी कभी न किया होता।''

दुर्भीक्ष ने अपनी पीठ पर टँगी दोनों तलवारें खींच निकाली। गजसेना के योद्धा भी भय से काँप रहे थे। फिर भी अपने राजकुमारों के आदेश पर दोनों दल ने दुर्भीक्ष पर भाले और तीर बरसाने आरम्भ किये, किन्तु भय के मारे उनके प्रहारों की शक्ति इतनी क्षीण हो गयी थी कि कई तीर और भाले तो दुर्भीक्ष तक पहुँचे ही नहीं, और जो पहुँचे उन्हें दुर्भीक्ष ने बड़ी सरलता से अपनी दोनों तलवारों के प्रहारों से स्वयं से दूर कर दिया।

विपक्ष को निर्बल हुआ देख दुर्भीक्ष ने एक गज से दूसरे गज के ऊपर छलाँग लगायी और शत्रु सेना के शस्त्रों को काटता हुआ गजदल के मध्य में एक हाथी पर सवार धीरा तक पहुँच गया और तलवार की मुट्ठी से उसके मस्तक पर वार कर उसे भूमि पर गिरा दिया। भूमि से टकराते ही धीरा की चेतना लुप्त हो गयी।

अपनी सेना का गिरता मनोबल देख शमांतक को क्रोध आया। उसने भाला उठाया और अपनी सेना को पार करता हुआ दुर्भीक्ष की ओर आने लगा। उसे अपनी ओर आते देख दुर्भीक्ष मुस्कुराया और नीचे कूदकर अपनी दोनों तलवारें पीठ पर टँगी म्यान में रख दी। शमांतक दौड़कर उसके निकट आया और भाले का सीधा प्रहार उसकी छाती पर किया, किन्तु दुर्भीक्ष ने उसका भाला ऐसा पकड़ा कि उसे छुड़ाने के प्रयास में ही शमान्तक के पसीने छूटने लगे।

शमान्तक के असफल प्रयास जारी रहे। उसके पसीने से तरबतर होता हुआ देख दुर्भीक्ष ने बायें हाथ से प्रहार कर उसका भाला तोड़ा। तत्पश्चात उसी हाथ से उसके मस्तक पर से प्रहार कर उसकी भी चेतना छीन ली।

शमांतक को अचेत करने के उपरांत दुर्भीक्ष द्रविड़ सेना के सबसे पीछे खड़ी टुकड़ी के पास आया जिसमें सबसे आगे अल्मबुष स्वयं खड़े थे। दुर्भीक्ष ने चेतावनी देते हुए कहा, ''मेरे पास व्यर्थ का समय नहीं है राजा अल्मबुष; उचित होगा आप समर्पण कर मेरे साथ विदर्भ चलें, अन्यथा व्यर्थ में आपके सैनिकों का रक्त ही बहेगा।''

अल्मबुष ने मुस्कुराकर कहा, ''मुझे ज्ञात है मैं तुम्हें पराजित नहीं कर सकता दुर्भीक्ष, किन्तु पहले मेरे ज्येष्ठ पुत्र को तो परास्त करके दिखाओ।'' कहकर अल्मबुष ने अपनी बायीं ओर संकेत किया।

दुर्भीक्ष ने पलटकर देखा तो सैकड़ों विशालकाय यतियों का दल चला आ रहा था। उनका नेतृत्व कर रहा योद्धा उनमें सबसे आगे चल रहा था। सर पर काली पगड़ी, रौबीली आँखें और मूँछ, मुख पर दृढ़ संकल्प, सशक्त भुजाएँ, बदन पर लौह कवच पहने वो किसी पर्वत के समान बढ़ा चला आ रहा था।

अल्मबुष ने उसकी प्रशंसा करते हुए कहा, ''सौ हाथियों का बल समाया है मेरे इस पुत्र में, ये एक सहस्त्र यति पूरी एक अक्षौहिणी सेना को ध्वस्त करने की क्षमता रखते हैं। यदि हमने सागर पार सिंघल की भूमि पर रहकर वर्षों तक अपनी मातृभूमि को पाने की प्रतीक्षा की है, तो उसी उद्देश्य की पूर्ति के लिये मेरे इस पुत्र ने वर्षों से एकांत में रहकर इन यतियों को नियंत्रित किया है, तो तनिक अनुमान लगाओ दुर्भीक्ष कि मेरे पुत्र का सामर्थ्य क्या है। ये योद्धा द्रविड़शक्ति का आधार है, हमारा शक्ति स्तम्भ है; यदि तुमने मेरे इस पुत्र त्रिकुम्ब को पराजित कर दिया, तो मैं स्वयं अपने शस्त्र तुम्हें समर्पित कर दूँगा।''

दुर्भीक्ष कटाक्षमय स्वर में मुस्कुराया, ''ये यति अगर जीवित रहे तो किसी युद्ध में आपके काम आ जायेंगे राजा अल्मबुष, व्यर्थ में क्यों अपने योद्धाओं की बलि चढ़ाना चाहते हो?''

अल्मबुष ने कटाक्ष करते हुए कहा, ''मुझे ज्ञात है कि तुम अपनी दिव्य शक्तियाँ का प्रयोग न करने का प्रण ले चुके हो असुरेश्वर दुर्भीक्ष, और साथ ही साथ अपने उस कवच का भी त्याग कर चुके हो जो तुम्हारे शरीर की कोशिकाओं को एकत्रित कर तुम्हारे हर घाव भर देता था, इसलिए तुम मेरे पुत्र के साथ आये इस यति दल का सामना करने का साहस नहीं कर पा रहे।''

दुर्भीक्ष मुस्कुराया, ''तो तुमने मेरी दिव्यशक्तियों को ही मेरा सामर्थ्य मान लिया है?''

''उसके अतिरिक्त तुम्हारे पास और है क्या असुरेश्वर; तुम्हारे मुख मण्डल पर भय स्पष्ट दिखाई दे रहा है।'' अल्मबुष ने ठहाके लगाते हुए कहा।

''किसी वीर का यूँ अपमान करना आपको शोभा नहीं देता पिताश्री।'' त्रिकुम्ब ने उनके बीच हस्तक्षेप करते हुए कहा। उसने वहाँ आकर पहले अपने पिता को प्रणाम किर फिर दुर्भीक्ष के समक्ष आकर हाथ जोड़कर उसे प्रणाम करते हुए कहा, ''मैं आपके पराक्रम से भलीभाँति परिचित हूँ असुरेश्वर। आपने उचित ही कहा कि यदि यति दल इस युद्ध में कूदा तो न जाने कितने यतियों को अपने प्राणों से हाथ धोना पड़ेगा।''

''तो तुम द्वन्द्व की इच्छा लेकर आये हो?'' दुर्भीक्ष ने विनम्र भाव से पूछा।

''मैंने तो आपका पराक्रम अपने नेत्रों से देखा हैं असुरेश्वर, और ये मेरा सद्भाग्य है कि आज मुझे आपसे द्वन्द्व करने का अवसर प्राप्त होने वाला है।''

त्रिकुम्ब की विनम्रता से दुर्भीक्ष को बहुत प्रसन्नता हुई ''तुम्हें तो अपने बल प्रदर्शन का पूर्ण अवसर दूँगा मैं, कहो कौन-सा शस्त्र चुनना चाहोगे?''

''मुझे तो मल्लयुद्ध से अधिक कुछ भी प्रिय नहीं असुरेश्वर, आपको पराजित करने के उपरांत जो कीर्ति मुझे प्राप्त होगी उससे सदैव के लिये आर्यावर्त में मेरा नाम अमर हो जायेगा।''

''ठीक है, यदि सामर्थ्य हो तो कर लो पूर्ण अपनी ये इच्छा।'' दुर्भीक्ष ने अपने शस्त्र और कवच उतारे और मल्लयुद्ध को सज्ज हो गया। त्रिकुम्ब ने भी वैसा ही किया।

दोनों योद्धा एक-दूसरे की ओर सम्पूर्ण गति से दौड़े और मल्लयुद्ध को टकरा गये। दुर्भीक्ष अपने सामर्थ्य का उपयोग केवल रक्षण के लिये कर रहा था, वहीं त्रिकुम्ब आक्रमक होकर युद्ध कर रहा था। सर्वप्रथम त्रिकुम्ब ने लँगड़ी मारकर दुर्भीक्ष को गिराने का प्रयत्न किया, किन्तु दुर्भीक्ष ने बड़ी चपलता से अपनी टाँग को बचाकर पीछे कर लिया। अपने एक दाँव को विफल हुआ देख त्रिकुम्ब ने दूसरे दाँव का प्रयोग किया अर्थात दुर्भीक्ष का बायाँ हाथ पकड़कर उसे भूमि पर पटकने का प्रयत्न किया। दुर्भीक्ष ने उसे कुछ अधिक ही ढील दे दी जिसका लाभ लेकर त्रिकुम्ब ने उसे भूमि पर पटक दिया।

उसका ये पराक्रम देख दुर्भीक्ष स्तब्ध रह गया। वो अपने शरीर से धूल झाड़ता हुआ उठा। इतने में त्रिकुम्ब ने दुर्भीक्ष के पीछे से आकर उसे कमर से पकड़ा और उठाकर एक रथ की ओर फेंक दिया। वो रथ बुरी तरह क्षतिग्रस्त हो गया। दुर्भीक्ष ने भूमि से उठकर त्रिकुम्ब की ओर मुस्कुराकर देखा, उसका ध्यान अपने कंधे की ओर भी गया जहाँ-जहाँ से रक्त की चंद बूँदें भी फूट पड़ी थीं। त्रिकुम्ब अपने बल के मद में चूर दौड़कर उसकी ओर आ रहा था। उसने दुर्भीक्ष को कमर से पकड़ा और उसे लेकर भूमि पर गिराने का प्रयास किया, किन्तु इस बार वो दुर्भीक्ष को मात्र दो कदम पीछे हटा पाया। दुर्भीक्ष ने अपने दोनों हाथों से उसकी भुजाएँ पकड़ी और उसे उठाकर भूमि पर पटक दिया। त्रिकुम्ब ने उठकर वापस उसे पकड़ने का प्रयास किया, किन्तु इस बार दुर्भीक्ष ने उसका दायाँ हाथ पकड़ा और दायीं टाँग पर पैर मारकर उसे भूमि पर गिरा दिया। इसके पश्चात बिना एक भी क्षण विलम्ब किये उसने अपना पाँव उसकी छाती पर रख दिया। त्रिकुम्ब को ऐसा महसूस हुआ मानों उसकी छाती पर पर्वत रखा हो, उसने अपनी पूरी शक्ति लगा दी किंतु वो दुर्भीक्ष के पैर को टस से मस नहीं कर पाया।

यह देख दुर्भीक्ष ने हताश हुए द्रविड़राज की ओर देखकर कहा, ''अनन्य योद्धा है आपका ये पुत्र द्रविड़राज, किंतु दुर्भीक्ष फिर दुर्भीक्ष है; यदि अपने सैन्यदल का और विनाश नहीं चाहते तो समर्पण कीजिए।''

द्रविड़राज अल्मबुष पूरी तरह निराश हो गये और दुर्भीक्ष के समक्ष आकर उसके सामने घुटनों के बल झुक गये।

द्रविड़राज और उनके पुत्रों को बंदी बनाकर दुर्भीक्ष पांडय की सीमा से निकल पड़ा था। कुछ दिनों की यात्रा के उपरांत वो विदर्भ पहुँच गया। मुख्यद्वार के भीतर प्रवेश करते ही उसने द्वारपाल से कहा, "महाराज से कहो उनका अपराधी सभा में उपस्थित होने के लिये प्रस्तुत हैं।"

"क्षमा करें महामहिम, किंतु महाराज इस समय राज्य में नहीं है।" द्वारपाल ने कहा।

दुर्भीक्ष आश्चर्यचकित रह गया, "राज्य में नहीं हैं तो कहाँ गये महाराज?"

"हमारे दस सहस्त्र का सैन्य दल सात सौ कन्याओं को वापस लाने के लिये कलिंग गया था, किंतु कलिंग के योद्धाओं ने उनमें से कुछ की हत्या कर दी और कुछ वहाँ से अपने प्राण बचाकर भाग आये। महाराज शत्रुंजय अपना सैन्य दल लेकर कलिंग नरेश को श्यामन्तक को दण्ड देने गये हैं।" द्वारपाल ने बताया।

"कलिंग नरेश का इतना दुस्साहस!" दुर्भीक्ष ने क्रोध में भरकर अपनी मुट्ठियाँ भींच लीं।

तभी पीछे से सहस्त्रों अश्वों के पदचाप सुनाई दिये। दुर्भीक्ष ने पलटकर देखा तो उसकी छाती गर्व से चौड़ी हो गयी। अपने रथ पर आरूढ़ हुआ विदर्भ का राजा शत्रुंजय सीना तानकर अपने सैन्यदल में सबसे आगे चल रहा था। वहीं एक रथ पर बेड़ियों में बँधा दृष्टि झुकाये कलिंगराज श्यामन्तक खड़ा था।

उसके पीछे सैकड़ों पालकियाँ भी आ रही थीं। दुर्भीक्ष समझ गया कि शत्रुंजय अपने अभियान में सफल रहा। मुख्य द्वार पर पहुँचकर शत्रुंजय अपने रथ से उतरा और दुर्भीक्ष के चरणों में झुककर प्रणाम किया, "मैं कलिंग गयी सारी कन्याओं को मुक्त करा लाया काकाश्री।"

दुर्भीक्ष ने उसे उठाकर गर्व भरी दृष्टि से देखा, "तुमने मेरी छाती चौड़ी कर दी है वत्स; तुमने सिद्ध कर दिया कि विदर्भ के इस महान राष्ट्र को तुमसे उत्तम शासक नहीं मिल सकता।"

"ये सब आपका ही आशीर्वाद है काकाश्री।" उसने पलटकर श्यामन्तक को सम्बोधित कर कहा, "मैं कलिंग नरेश को बंदी बनाकर इसके पुत्र गवाक्ष को कलिंग के सिंहासन पर बैठा चुका हूँ। ये व्यभिचारी राजा वासना में इतना लिप्त रहता था कि अपने राजनगर की दो सौ से अधिक कन्याओं का बलात्कार कर उनकी हत्या करवा चुका है, आप ही बताइए इसे क्या दण्ड मिलना चाहिये।"

"विदर्भ के राजा तुम हो शत्रुंजय, मैं नहीं। स्वयं निर्णय लेना सीखो क्योंकि द्रविड़ों के साथ क्या करना है इसका निर्णय भी तुम्हें ही करना है।"

शत्रुंजय ने दृढ़ होकर निर्णय किया, ''तो ठीक है काकाश्री, मेरा निर्णय ये है कि इस व्याभिचारी को कल प्रातः विदर्भ की प्रजा के समक्ष बीच चौराहे पर सूली पर लटकाया जायेगा।''

''उत्तम निर्णय है, ऐसे नराधम का अंत ऐसा ही होना चाहिए।'' दुर्भीक्ष ने उसका समर्थन करते हुए कहा।

शीघ्र ही द्रविड़राज अल्मबुष और उनके पाँच पुत्रों को विदर्भ की राजसभा में प्रस्तुत किया गया। सिंहासन पर शत्रुंजय विराजमान था, उसके ठीक नीचे के आसन पर दुर्भीक्ष बैठा था। भद्राक्ष के साथ शेष मंत्री और बाकी सभासद वहाँ से नीचे के आसन पर विराजमान थे। द्रविड़राज अल्मबुष बेड़ियों में बँधे हुए अपने पुत्रों के साथ दृष्टि झुकाये खड़े थे।

शत्रुंजय ने महामंत्री सुदर्शन को नेत्रों से संकेत दिया। सुदर्शन ने उसका संकेत पाकर आरोपपत्र पढ़ना आरम्भ किया, ''द्रविड़राज अल्मबुष पर यह आरोप है कि उन्होंने उन राज्यों पर आक्रमण किया जो हमारे संरक्षण में थे। न केवल आक्रमण अपितु इन्होंने केरल के राजा के सम्पूर्ण परिवार को बंदी भी बना लिया; इन्होंने हमारी सीमा का उलंघन कर घुसपैठ की है... ये विदेशी आक्रांता.....।''

महामंत्री की बात सुनकर अल्मबुष को क्रोध आ गया, ''वो हमारी मातृभूमि है, वो आर्य थे जिन्होंने हमारी भूमि पर अधिकार हमें भागने पर विवश कर दिया।''

''क्योंकि आपके पूर्वजों में अपनी मातृभूमि की रक्षा करने का सामर्थ्य नहीं था।'' शत्रुंजय ने क्रोधित अल्मबुष को उसी की भाषा में उत्तर दिया।

इसके उपरांत वो अपने सिंहासन से उतरकर अल्मबुष के निकट आया। अल्मबुष की दृष्टि में अभी भी ज्वाला भड़क रही थी। शत्रुंजय ने मुस्कुराते हुए प्रश्न किया, ''गोदावरी नदी के पार जो दण्डकारण्य वन है उसके पार की समस्त भूमि आप ही की थी न?''

''हाँ और हम अपनी मातृभूमि वापस लेकर रहेंगे। चाहें आज हमारी ये पीढ़ी समाप्त हो जाये, किन्तु अगली पीढ़ी फिर उठेगी और अपना अधिकार वापस लेकर रहेगी।'' अल्मबुष ने दृढ़तापूर्वक कहा।

''मैंने काकाश्री से आप और आपके पूर्वजों के संघर्ष के विषय में सुना है। तीन सौ वर्ष कम नहीं होते, किन्तु जब आप और आपके वंशजों का जन्म सिंघल में हुआ तो आपको सागर पार की भूमि का इतना मोह क्यों?'' शत्रुंजय ने प्रश्न किया।

''हमारे यहाँ जब भी किसी बालक का जन्म होता है तो उसका पिता केवल उसे एक ही बात कहता है कि तुम्हें अपनी मातृभूमि को वापस पाने को संघर्ष करना है, चाहे

वो किसान हो, व्यापारी हो या फिर कोई सैनिक। तीन सौ वर्ष से सभी अपनी-अपनी योग्यता अनुसार हमारे सामर्थ्य की वृद्धि में योगदान देते आये हैं और आगे भी ऐसा ही होगा।''

यह सुनकर शत्रुंजय ने राजसभा में खड़े सैनिकों को आदेश दिया, ''द्रविड़राज और उनके पुत्रों को बंधनों से मुक्त किया जाये!''

द्रविड़राज और उनके पुत्र स्तब्ध रह गये। सैनिकों ने उन सभी को शीघ्र ही मुक्त कर दिया। शत्रुंजय वापस जाकर अपने सिंहासन के सामने जाकर खड़ा हो गया। दुर्भीक्ष भी आश्चर्य में था कि शत्रुंजय ने ऐसा क्यों किया और वो क्या निर्णय लेने वाला है।

सिंहासन के समक्ष खड़े होकर शत्रुंजय ने द्रविड़ों की प्रशंसा करते हुए कहा, ''आप लोगों की एकता और संकल्प अकल्पनीय है द्रविड़राज; सुख के समय में तो सभी साथ देते हैं किन्तु आपके साथियों ने किसी भी स्थिति में अपनी एकता भंग नहीं की, इसलिए मैं विदर्भराज शत्रुंजय आपकी इस एकता की शक्ति को प्रणाम करता हूँ।''

शत्रुंजय ने कहना जारी रखा, ''दण्डकारण्य वन से आगे जो तुंगभद्रा नदी है उसमें केवल किष्किंधा ही ऐसा राज्य है जहाँ के राजा ने पूर्व विदर्भराज जयवर्धन का समर्थन पाकर भी अपने राज्य में पाप और अधर्म नहीं बढ़ने दिया, शेष सभी राजाओं ने जयवर्धन का समर्थन पाकर अपना वास्तविक रंग दिखा दिया, इसलिए आज इस राजसभा में समग्र दक्षिणी आर्यावर्त की भूमि का स्वामी होने के अधिकार से मैं विदर्भराज शत्रुंजय केरल, पांडय, महिषक, आंध्र के साथ-साथ कभी आपकी प्रमुख राजधानी रहे द्रविड़ चोल को आपको वापस लौटाने की घोषणा करता हूँ।''

सभी उपस्थित सभाजन, दुर्भीक्ष और स्वयं द्रविड़राज अल्मबुष और उनके पुत्र भी शत्रुंजय की इस घोषणा से स्तब्ध रह गये।

''आप... आप परिहास तो नहीं कर रहे विदर्भराज?'' अल्मबुष ने हकलाते हुये प्रश्न किया।

''मुझे क्षमा कीजिए किन्तु राजनीतिक कारणों के चलते इसके अतिरिक्त मैं आपको कुछ नहीं दे सकता।'' शत्रुंजय ने कहा।

अल्मबुष के नेत्रों से अश्रु छलक पड़े, ''मुझे अभी भी विश्वास नहीं हो रहा।''

शत्रुंजय ने विनम्रता भरे स्वर में कहा, ''आज इस सभा में छह आसन मैंने आपके लिए रिक्त रखवायें हैं; आपसे और आपके पुत्रों से मेरी विनती है कि अपना-अपना स्थान ग्रहण करें। आज से आप हमारे मित्र हैं और वचन देते हैं कि यदि आपके राज्य पर कभी भी कोई संकट आया तो हम आपका रक्षण करेंगे।''

यह सुनकर भद्राक्ष ने उठकर पूरे उत्साह से कहा, ''विदर्भराज शत्रुंजय की जय

हो!'' सभा में उपस्थित सभी लोगों ने उसका अनुसरण किया। दुर्भीक्ष गर्वभरी दृष्टि से शत्रुंजय को निहार रहा था।

द्रविड़राज अल्मबुष स्वयं चलकर सिंहासन के निकट आये, ''महाबली अखण्ड ने केवल हमें स्वप्न दिखाये, किन्तु आज अपने इस महादान से आपने हमारे सदियों के स्वप्न को सत्य कर दिखाया। हे धर्मध्वज रक्षक, आप जैसा उदार राजा तो सदियों में एक बार आता है और अपने कर्मों से संसार को ऋणी छोड़ जाता है। आज पूरा द्रविड़ समाज आपका ऋणी हो गया महाराज। इतनी कम आयु में भी किसी राजा का ऐसा गुण देखकर ही मैं स्वयं भी धन्य हो गया। मैं आपसे कुछ कहना चाहता हूँ, किंतु उसके पूर्व मेरी आपसे विनती है कि मुझे मेरी राजसी तलवार लाकर दी जाये।''

दुर्भीक्ष को तनिक संदेह हुआ, किंतु शत्रुंजय ने उसे संकेत करते हुए कहा, ''आप चिंता मत कीजिए काकाश्री, कृपा करके द्रविड़राज की राजसी तलवार उन्हें लौटा दीजिए।''

दुर्भीक्ष ने एक सैनिक को बुलाकर आदेश दिया कि वो उसके रथ पर रखी द्रविड़राज की तलवार को ले आये। शीघ्र ही द्रविड़राज अल्मबुष की तलवार उनके हाथों में थी। उसे लेकर अल्मबुष ने सिंहासन के पास खड़े शत्रुंजय की ओर अपने कदम बढ़ाये और अपनी राजसी तलवार उसके चरणों में रखकर उसके समक्ष घुटनों के बल झुक गये।

शत्रुंजय विस्मित रह गया, ''ये... ये आप क्या कर रहे हैं महाराज, आप हमारे मित्र हैं, दास नहीं।''

''दास ही तो हैं हम, महाराज।'' द्रविड़राज के नेत्र अश्रु से भरे हुए थे, ''हम आपके बराबरी में खड़े होने को स्वयं ईश्वर का अपमान मानते हैं। यदि आपने केवल हमारी मुख्य मातृभूमि द्रविड़चोल को भी हमें लौटा दिया होता तब भी हम इसी प्रकार आपके प्रति अपना आभार व्यक्त करते। हे महाराज, मैं नहीं जानता वो भाग्यशाली जननी कौन है जिसने आप जैसे उदार महावीर को जन्म दिया है, किंतु आपके कारण सदैव उनका नाम आदर से लिया जायेगा। इसलिए आज से मेरी ये राजसी तलवार आपके चरणों की दासी हुई, और मैं द्रविड़राज अल्मबुष आपके इन्हीं चरणों में ये शपथ लेता हूँ कि जब तक मैं जीवित हूँ मेरा धन, बल और सम्पूर्ण सेना का सामर्थ्य आपके एक संकेत मात्र पर आपकी सेवा में उपस्थित हो जायेगा।''

शत्रुंजय ने द्रविड़राज का कंधा पकड़ ऊपर उठाया और उनकी आँखों में देखकर कहा, ''आपने ऐसी कठोर शपथ लेकर हमें गौरवान्वित किया है महाराज, कृपया अपना आसन ग्रहण कीजिए।''

आज शत्रुंजय को विदर्भ के राजा के रूप में देखकर दुर्भीक्ष की छाती चौड़ी हो

रही थी। द्रविड़राज ने अपना आसन ग्रहण किया।

शत्रुंजय ने उनसे कहा, ''केरल पर तो आप विजय प्राप्त कर ही चुके हैं, कुछ ही दिनों में पांडय, महिषक, द्रविड़ चोल और आंध्र आदि सभी राज्यों में हमारा आदेश पत्र भेज दिया जायेगा, तब तक आप हमारे राज्य में राज अतिथी बनकर रहिए।''

''जैसी आपकी आज्ञा महाराज।'' द्रविड़राज अल्मबुष ने सहमति जतायी।

तभी एक सैनिक ने राजसभा में आकर सूचित किया, ''एकचक्रनगरी नरेश महाराज शत्रुघन हस्तिनापुर से लौट आये हैं महाराज।''

शत्रुंजय की प्रसन्नता की कोई सीमा नहीं थी, ''अवश्य अवश्य, उन्हें शीघ्र से शीघ्र राजसभा में ले आओ।''

शत्रुघन को राजसभा में प्रवेश करता देखते ही शत्रुंजय अपने सिंहासन से दौड़ता हुआ आया और शत्रुघन के चरण स्पर्श करके बस एक ही बात कही, ''कह दीजिए कि आप अपने उद्देश्य में सफल रहे पिताश्री।''

शत्रुंजय ने मुस्कुराते हुए कहा, ''अगले मास का प्रथम दिवस... एक राजसी विवाह के लिये बहुत कम समय है ये; शुभ महूर्त आने को है, तैयारी आरम्भ करनी होगी।''

यह सुनकर दुर्भीक्ष के मुख पर मुस्कान छा गयी। वो अपने आसन से उतरकर शत्रुघन के निकट आया और उसे हृदय से लगा लिया, ''मेरी एक और इच्छा है मित्र।''

''कह के तो देखो, निराश नहीं होगे।'' शत्रुघन ने विश्वास भरे स्वर में कहा।

''मैं चाहता हूँ मेरी बरात मेरी मातृभूमि से ही निकले।''

''अवश्य मित्र, मैं अभी एकचक्रनगरी में संदेश भिजवा देता हूँ, वहाँ कल से ही विवाह की तैयारी आरम्भ हो जायेगी।'' शत्रुघन ने मुस्कुराकर कहा।

''तो फिर ठीक है, मैं पातालपुरी अपनी प्रजा की हाल जानकर शीघ्र ही लौट आऊँगा।''

द्वादशम अध्याय

विवाह या षड्यंत्र

प्रातःकाल महाबली अखण्ड घने वन की एक नदी में खड़े होकर सूर्यदेव की आराधना में लीन थे। कुछ ही समय में अघोरी अवधूत भी उनके पीछे आकर खड़े हो गये और उनके पूजन के समाप्त होने की प्रतीक्षा करने लगे।

अपनी आराधना समाप्त करके अखण्ड सूर्यदेव को अर्घ्य देकर नदी से बाहर आये। उन्होंने अवधूत को अपने समक्ष देख प्रणाम किया, ''स्वागत है महात्मा अवधूत।''

अवधूत मुस्कुराये, ''आश्चर्य है एक असुर होकर भी तुम सूर्यदेव की आराधना कर रहे थे रक्षराज।''

अखण्ड मुस्कुराये, ''असुरों ने सदियों तक स्वयं को देवतुल्य बनाने का प्रयास किया, किन्तु उनके इस प्रयास में कलंक के अतिरिक्त और कुछ प्राप्त नहीं हुआ उन्हें। मैं एक मनुष्य रूप में हूँ इसलिए देवता मेरे लिए आदरणीय भी हैं और पूजनीय भी, क्योंकि उनके बिना सृष्टि का संतुलन बनाये रखना सम्भव नहीं।''

''विचार तो आपके उच्च हैं रक्षराज किंतु...।''

अखण्ड ने हस्तक्षेप करते हुए कहा, ''मेरी आपसे विनती महात्मा अवधूत मुझे इस नाम से मत पुकारिए, आपके अतिरिक्त और किसी को ज्ञात नहीं कि मेरे पौत्र महाबली अखण्ड के इस शरीर को मैं स्वयं नियंत्रित कर रहा हूँ, इस रहस्य का बाहर

आना किसी के लिए उचित नहीं होगा।''

''ये रहस्य तो बाहर आकर रहेगा महाबली अखण्ड, किंतु उचित समय पर; तब संसार को ये ज्ञात हो जायेगा कि एक असुर ने संसार के कल्याण के लिये कैसे अपने सम्पूर्ण अस्तित्व को दाँव पर लगा दिया, जिसने मृत्यु के उपरांत भी मुक्ति स्वीकार नहीं की। संसार को जब आपके किये उस उपकार के विषय में ज्ञात होगा तो समग्र संसार में आपकी यश और कीर्ति पर्वतों की ऊँचाई को छूती हुई दिखाई देगी।''

''मैं बस अपने किये पापों का प्रायश्चित कर रहा हूँ महात्मा, उस भैरवनाथ के षडयंत्रों के कारण बहुत पाप हुए हैं मुझसे, किन्तु अब उस नराधम की मृत्यु के पश्चात...।''

अवधूत ने अखण्ड को टोका, ''मैंने आपको पहले भी कहा था महाबली अखण्ड, भैरवनाथ अमर है, द्वापर के अंत से पूर्व उसकी मृत्यु नहीं हो सकती।''

''किंतु दुर्भीक्ष ने पातालपुरी में अपने हाथों से उसका मस्तक काटा था, मेघवर्ण भी इसका साक्षी है।'' अखण्ड ने संदेह जताया।

''पातालपुरी में एक से एक मायावी असुर हैं, किसी भी मायावी असुर को बरगलाकर उसे अपने स्वार्थ के लिये बलि चढ़ने को प्रोत्साहित करना भैरवनाथ के लिए कौन-सी बड़ी बात है। होगा कोई मायावी असुर जो भैरवनाथ का रूप लेकर दुर्भीक्ष के समक्ष आया और अपनी बलि दे दी।'' अवधूत ने अनुमान लगाया।

अखण्ड भी विचारमग्न हो गया, ''आपका कहने का अर्थ है कि...''

''अर्थात वो भैरवनाथ किसी न किसी रूप में अभी भी घूम रहा है। दुर्भीक्ष को उसकी वास्तविकता का ज्ञान हो चुका है इसलिए मैं डंके की चोट पर कह सकता हूँ वो उसके सामने अपने असली रूप में नहीं आयेगा।''

अखण्ड का मुख पीला पड़ गया, ''तब तो संकट और भी अधिक बढ़ गया है महात्मा, क्योंकि न जाने अब वो षडयंत्रों का कौन-सा जाल बुन रहा होगा।''

अवधूत ने कुछ क्षण विचार कर कहा, ''अभी तो मैं बस इतना कह सकता हूँ कि विदर्भ की गतिविधियों पर पैनी दृष्टि जमाये रखनी चाहिए; हमें ऐसा कोई न कोई मार्ग अवश्य प्राप्त होगा जो हमें भैरवनाथ तक ले जा सके। सुना है विदर्भ के सिंहासन पर आरूढ़ होने वाले नये राजा शत्रुंजय ने द्रविड़ों को उनकी भूमि लौटाकर उन्हें पूरी तरह से अपने पक्ष में कर लिया।''

''हाँ मैंने सुना द्रविड़ों के विषय में। विदर्भ की सम्पूर्ण प्रजा आज विदर्भ नरेश शत्रुंजय की जयजयकार कर रही है। मैं द्रविड़ों को पक्ष बदलने का दोष नहीं दूँगा, उन्होंने तीन सौ वर्ष का कठोर तप जो किया है।''

“और तनिक विचार तो करो उनका ये संघर्ष कितनी सरलता से सफल हो गया।” अवधूत ने चेतावनी भरे स्वर में कहा।

“आपको लगता है इसमें भी कोई षड्यंत्र है?” अखण्ड ने प्रश्न किया।

“जब तक जयवर्धन की मूर्छा नहीं टूटती किसी निष्कर्ष पर पहुँचना इतना सरल नहीं। तुमने ही कहा था उसमें जीवन के कोई लक्षण नहीं दिख रहे थे और वो अकस्मात ही वापस जीवित हो गया... इसलिए मुझे संदेह है कि सुबाहु की आत्मा उसके शरीर का त्याग कर चुकी है।”

अवधूत की बात सुनकर महाबली अखण्ड चिंतित हो गये, “आपका संदेह निराधार नहीं है महात्मा, भैरवनाथ भी जीवित है और यदि सुबाहु किसी और के शरीर पर अधिकार कर चुका है तो हम अनुमान भी नहीं लगा सकते कि भविष्य के द्वार पर कौन-सा महासंकट हमारी प्रतीक्षा में है।”

वन में शस्त्राभ्यास करते हुए मेघवर्ण और चंद्रकेतु को शीघ्र ही दूत ने आकर एक पत्र दिया। मेघवर्ण ने अपने माथे का पसीना पोंछते हुए वो पत्र पढ़ा।

उसके मुख पर मुस्कान देख चंद्रकेतु ने उससे प्रश्न किया, “किसका पत्र है ये?”

इससे पूर्व कि मेघवर्ण कुछ कहता, महाबली अखण्ड वहाँ आये और उन्होंने मुस्कुराते हुए उसे एक और पत्र थमाया। उस पत्र को खोलकर भी मेघवर्ण के मुख पर मुस्कान ही थी।

“अब बताओगे भी कि इसमें क्या लिखा है।” चंद्रकेतु अधीर हो उठा।

“दुर्भीक्ष और देवी दुर्धरा के विवाह का प्रस्ताव है ये। निमंत्रण दुर्भीक्ष की ओर से भी आया और महाराज दुष्यंत की ओर से भी, अब विडम्बना ये है कि मैं किसके पक्ष से विवाह उत्सव में सम्मिलित होऊँ।”

मेघवर्ण का उत्साह देख चंद्रकेतु की भवें तन गयीं। वो कुपित होकर वहाँ से चला गया। मेघवर्ण ने उसे रोकने का प्रयास किया किंतु अखण्ड ने उसे रोकते हुए कहा, “उसकी ये भावना स्वाभाविक है मेघवर्ण, उसका दृष्टिकोण बदलने का प्रयास न करो; इस समय तो तुम सर्वप्रथम दिग्विजय के साथ विदर्भ जाओ और अपनी बहन चंद्रलेखा से भेंट कर तनिक उसके शोक को कम करने का प्रयास करो।”

“दिग्विजय के साथ जाना आवश्यक है?” मेघवर्ण ने प्रश्न उठाया।

“एक वही है जो उससे तुम्हारा परिचय करवा सकता है।” महाबली अखण्ड ने तर्क दिया।

मेघवर्ण विचारमग्न हो गया। अखण्ड ने उसे समझाते हुए कहा, “अपनी घृणा

को त्यागो मेघवर्ण, इस समय अपनों का कंधा का बनने का समय है।

"ठीक है गुरुदेव, यदि आपकी यही इच्छा है तो यही सही।" मेघवर्ण ने सहमति जतायी।

बरात के प्रस्थान में केवल एक दिन का समय शेष था, तब दुर्भीक्ष ने एकचक्रनगरी में प्रवेश किया। राजमहल के मुख्य द्वार पर ही शत्रुघन और शत्रुंजय उसके स्वागत में खड़े थे। मार्ग पर ही प्रजाजनों ने उस पर पुष्पवर्षा आरम्भ की। मुख्यद्वार पर आते ही एकचक्रनगरी की महारानी सुदेष्णा ने उसकी आरती उतारी। शत्रुघन और शत्रुंजय उसके हृदय से लग गये। दुर्भीक्ष बड़ी उत्सुकता से राजमहल और उसकी बनावट को निहार रहा था।

लगभग एक सदी के उपरांत अपनी जन्मभूमि पर कदम रखा था उसने। प्रजा द्वारा की गयी पुष्पवर्षा उसे अमृत के समान लग रही थी। अपने पिता महाराज ययाति के संग महल के आँगन में स्वयं को दौड़ते हुए वो स्पष्ट रूप से देख सकता था। महल में आज भी वही उत्सव का माहौल था जैसा कभी एक सदी पूर्व उसने देखा था। महल के प्रवेश द्वार पर उसने दो लकड़ी के अश्वों की प्रतिमा देखी। वो दौड़कर उन प्रतिमाओं के पास गया।

"ये... ये तो वही प्रतिमाएँ हैं जो पिताश्री ने मेरे लिए बनवायी थीं।" दुर्भीक्ष ने उन अश्वों पर हाथ फेरते हुए कहा।

"हाँ तुम पाँच वर्ष की आयु तक इसी पर सवारी का अभ्यास किया करते थे।" पीछे से शत्रुघन का स्वर सुनाई दिया।

दुर्भीक्ष ने पलटकर शत्रुघन की ओर देखा, "ये सब तुम्हें कैसे ज्ञात हुआ?"

"हमारे पूर्वज महाराज साकेत को आशा थी कि उनका भ्राता सुर्जन कभी न कभी लौटकर आयेगा... ये राजकुमार सुर्जन और उनके पिता महाराज ययाति के वात्सल्य का स्मृति चिह्न है; उन्होंने आदेश दिया था कि जब तक तुम लौटकर नहीं आते इस स्मृति चिह्न को कोई क्षति नहीं पहुँचनी चाहिए। उन्हें विश्वास था कि कभी न कभी उनका भ्राता सुर्जन उस भैरवनाथ के अधर्म की छाया से निकलकर बाहर आयेगा और तब कदाचित अपने स्मृति चिह्नों को देखकर उसके हृदय का क्रोध शांत हो जाये।" शत्रुघन ने विस्तृत किया।

दुर्भीक्ष ने अश्व की मूर्तियाँ पर हाथ फेरते हुए कहा, "सौ वर्ष कम नहीं होते शत्रुघन। इतने में तो बड़े से बड़ा क्रोध मिट जाये, और अपने परिवार के प्रति क्रोध आखिर कितने समय तक टिक सकता है।" कहते-कहते दुर्भीक्ष के नेत्रों से अश्रु की बूँदें छलक पड़ीं, "मैं मूर्ख था जो भैरवनाथ के हर कथन को सत्य मानता गया।"

शत्रुघन ने उसका कंधा पकड़ उसे आश्वासन भरे स्वर में कहा, ''तुम्हें भ्रमित करने के लिये न भैरवनाथ जीवित है न तुम्हें विवश करने के लिये वो जयवर्धन लौटकर आयेगा, इसलिए उन दुःख के दिनों को पीछे छोड़ दो... आओ मैं तुम्हें अपने प्रमुख उद्यान में ले चलता हूँ।''

शत्रुघन और दुर्भीक्ष दोनों ही उद्यान की ओर गये जहाँ दुर्भीक्ष की युवावस्था की प्रतिमा की स्थापना थी।

''तो यही है वो प्रतिमा जिसका वर्णन मैंने कई बार सुना था।'' उस प्रतिमा को देख दुर्भीक्ष प्रफुल्लित हो उठा।

''उस समय मैं तुम्हारी वास्तविकता से अनभिज्ञ था। मैंने तो इस प्रतिमा की स्थापना अपने उस मित्र की स्मृति में करवायी थी जिसने मेरी रक्षा के लिये अपने प्राणों की आहुति दी थी, पर मुझे क्या पता था मुझसे छल करने वाला मेरा वो मित्र स्वयं असुरेश्वर दुर्भीक्ष है।'' शत्रुघन ने विस्तृत किया।

उस प्रतिमा के हाथ में थमी तलवार की ओर देख दुर्भीक्ष हतप्रभ रह गया, ''ये तलवार तो...।''

''वही है जो महर्षि वसुधर ने तुम्हें दी थी, जिससे तुम गुरुकुल में अभ्यास करते थे और हमारे पहले युद्ध में भी तुमने इसी का प्रयोग किया था... किन्तु अपनी मृत्यु का स्वाँग रचने के लिये तुम इस तलवार को मेरे पास छोड़ गये।'' शत्रुघन ने तंज़ कसते हुए कहा।

''अब बस भी करो शत्रुघन, मुझसे भूल हुई है किन्तु मैं विवश था, मुझे बस ये अंदेशा था कि कहीं तुम मुझसे घृणा न करने लगो।''

''जब हस्तिनापुर के सेनापति कीर्तिध्वज ने हम पर आक्रमण किया था तब क्या तुमने मेरे हाथ में ये तलवार नहीं देखी थी?'' शत्रुघन ने प्रश्न किया।

दुर्भीक्ष स्तब्ध रह गया, ''इसका अर्थ तुम जानते थे कि....।''

''पहले नहीं जानता था किन्तु ये सत्य मुझे महाबली अखण्ड ने बताया, तब जाकर मुझे तुम्हारी वास्तविकता ज्ञात हुई... फिर ये अनुमान लगाना कठिन नहीं था कि उस समय मेरे रक्षण के लिये वहाँ और कौन आया होगा।''

दुर्भीक्ष विचारमग्न हो गया, ''ये तो महाबली अखण्ड का उपकार रहा मुझ पर, यदि तुम नहीं आते तो मेरा जीवन पहले ही की भाँति अंधकार में ही डूबा रहता।''

शत्रुघन ने श्वास भरते हुए कहा, ''अतीत केवल पीड़ा दे सकता है, इसलिए उचित यही होगा कि तुम अपने अंधकारमय अतीत को भूलकर आने वाले सुखद भविष्य की ओर कदम बढ़ाओ। जब देवी दुर्धरा, लक्ष्मी के रूप में इस राज्य में कदम

रखेंगी उनके हाथों एकचक्रनगरी के सिंहासन पर तुम्हारा राजतिलक होते ही तुम्हारे जीवन की सारी पीड़ा दूर हो जायेगी, और एकचक्रनगरी की जिस प्रजा की दृष्टि में तुमने अपना सम्मान खोया था वो तुम अपने कर्मों से वापस पा ही लोगे।''

दुर्भीक्ष ने आश्चर्य भाव से प्रश्न किया, ''मेरा राजतिलक एकचक्रनगरी के सिंहासन पर... मूर्खतापूर्ण बातें मत करो शत्रुघन।''

''क्यों, हममें सबसे ज्येष्ठ होने के नाते ये अधिकार है तुम्हारा। और इसमें अनुचित क्या है?''

''ये राज्य मेरे भ्राता साकेत वंशजों का है शत्रुघन, मैं इस पर अधिकार नहीं जमा सकता। और वैसे भी मैं पातालपुरी का राजा हूँ, धर्मनुसार यदि विवाह के उपरांत दुर्धरा के कदम सर्वप्रथम कहीं पड़ेंगे तो वो पातालपुरी का राजमहल ही होना चाहिए।'' दुर्भीक्ष ने दृढ़तापूर्वक कहा।

यह सुनकर शत्रुघन ने रुष्टता भरे स्वर में प्रश्न किया, ''तो उस भैरवनाथ का दिया हुआ राज्य अपने पूर्वजों की धरोहर से अधिक प्रिय हो गया तुम्हें?''

''प्रश्न ये नहीं कि मुझे कौन प्रिय और कौन नहीं, प्रश्न ये है कि असुरप्रजा का मुझ पर जो विश्वास है उसे मैं कैसे तोड़ दूँ; मैं दानवराज वृषपर्वा को पातालपुरी का कार्यकारी राजा बनाकर तो आया हूँ किन्तु मैं जानता हूँ वो अधिक समय तक इस दायित्व का निर्वहन करने में सक्षम नहीं है। हस्तिनापुर के युवराज सर्वदमन से पराजित होकर उसका मनोबल वैसे ही गिरा हुआ है। एक मैं ही हूँ जिसके समर्थन के लिये असुर प्रजा ने रक्षगुरु भैरवनाथ तक का विरोध किया, उस भैरवनाथ का जिनकी वो अंधों की भाँति भक्ति करते थे, तुम्हीं बताओ शत्रुघन, कैसे तोड़ दूँ उस प्रजा का विश्वास जो अपने राजा को ईश्वर की भाँति पूजती है।''

''तुम हो तो एक मनुष्य ही, एक मनुष्य भला असुरों पर शासन कैसे कर सकता है?'' शत्रुघन ने व्यग्र होकर प्रश्न किया, ''किसी एक अपरिचित व्यक्ति के पास जाओ और वो तुम्हें देखकर कह दे कि तुम असुर हो, फिर मैं कोई तर्क नहीं दूँगा।''

''दुर्भाग्य से ही सही, किन्तु एक कपट द्वारा मुझमें आसुरी अंश तो है ही, और यदि न भी होता तो जिस प्रजा ने मेरे विश्वास पर अपने उस गुरु से द्रोह किया जो सैकड़ों वर्षों से उनका हितैषी था, उस प्रजा के प्रति मेरा भी कुछ दायित्व है, इसलिए विवाह के उपरांत सर्वप्रथम अपनी महारानी के दर्शन का अधिकार पातालपुरी की प्रजा को ही है। भद्राक्ष भी मेरे पास यही प्रस्ताव लेकर आया था और उसका समर्थन पाकर मैं अपने निर्णय को लेकर और आश्वस्त हो गया।'' दुर्भीक्ष ने दृढ़तापूर्वक कहा।

''ठीक है यदि तुम्हारी यही इच्छा है तो मैं इसका विरोध नहीं करूँगा, किन्तु तुम्हें मुझे एक वचन देना होगा।''

"कैसा वचन?" दुर्भीक्ष ने आश्चर्य भाव से प्रश्न किया।

"मेरा एकमात्र पुत्र तो विदर्भ के सिंहासन पर है; उस महान राष्ट्र के उत्तरदायित्व से वो कभी मुक्त नहीं हो पायेगा, इसलिए मैं चाहता हूँ तुम्हारा प्रथम पुत्र एकचक्रनगरी के सिंहासन पर विराजेगा, मेरा उत्तराधिकारी बनेगा। ये एक वचन तो तुम्हें मुझे देना ही होगा, अन्यथा मैं तुम्हें पातालपुरी नहीं जाने दूँगा।" शत्रुघन के स्वर में हठ स्पष्ट झलक रहा था।

दुर्भीक्ष ने उसका हाथ पकड़ उसे आश्वस्त करते हुए कहा, "यदि इससे तुम्हें संतोष मिलता है तो वचन देता हूँ, एकचक्रनगरी के सिंहासन पर मेरी प्रथम संतान ही विराजेगी।"

शत्रुघन मुस्कुराया, "तो फिर चलो तैयारी करते हैं, कल बरात के प्रस्थान का दिन है।"

अंततः वो दिन आ ही गया जिस दिन वर्षों से वियोग सहन करने वाले जोड़े दुर्भीक्ष और दुर्धरा का विवाह होना था। हस्तिनापुर के महल को आज दुल्हन की भाँति सजाया गया था। बरात हस्तिनापुर की सीमा में प्रवेश कर चुकी थी। सैकड़ों हाथियों के दल के साथ दुर्भीक्ष दूल्हे के वेश में एक स्वर्णजड़ित रथ पर विराजमान था। शेष सभी परिवारजन हाथियों पर सवार थे।

महल के प्रवेश मार्ग पर पुष्प बिछे हुए थे, और बरातियों के कदम पड़ते ही नर्तकियों ने स्वागत नृत्य आरम्भ कर दिया। सूँढ उठाकर हस्तिनापुर के राज हाथियों का झुण्ड बारातियों के स्वागत में झुक गया।

प्रवेश द्वार पर महाराज दुष्यंत, युवराज सर्वदमन, सेनापति कीर्तिध्वज अपने मंत्री मण्डल के साथ दुर्भीक्ष के स्वागत को सज्ज खड़े थे। प्रवेश द्वार पर पहुँचकर दुर्भीक्ष ने जैसे ही रथ से नीचे उतरने के लिये अपना पाँव बढ़ाया उसे अपने पाँवों के सामने सर्वदमन का हाथ दिखा।

यह देख दुर्भीक्ष ने अपने पाँव पीछे खींच लिये, "ये आप क्या कर रहे हैं, हस्तिनापुर के युवराज को ये शोभा नहीं देता।"

सर्वदमन ने मुस्कुराकर हाथ जोड़े और विनम्र भाव से कहा, "देवी दुर्धरा को मैंने बचपन से अपनी बड़ी बहन माना है असुरेश्वर, इस नाते आप हमारे बहनोई हुए, मैं कहीं का भी युवराज रहूँ, एक भाई के कर्तव्य से मुख नहीं मोड़ सकता। मंडप तक पहुँचने से पूर्व आपके कदम भूमि पर नहीं पड़ सकते, इसलिए बिना संकोच किये मेरे हाथों पर अपना पाँव रखिए और मैं आपको कंधे पर उठाकर वहाँ तक ले जाऊँगा।"

दुर्भीक्ष विचारमग्न हो गया। सर्वदमन के हाथों पर पाँव रखना उसे उचित प्रतीत

नहीं हो रहा था, तभी मेघवर्ण ने वहाँ आकर उसकी शंका दूर की, ''शंका न करो मित्र, युवराज सर्वदमन पिछली सभी बातें भुला चुके हैं, उनके मन में तुम्हारे प्रति कोई दुर्भावना नहीं है।'' कहकर मेघवर्ण ने भी अपना हाथ आगे बढ़ाया।

दुर्भीक्ष का मन अभी भी शंकित था। मेघवर्ण ने मुस्कुराते हुए कहा, ''संकोच न करो मित्र, देवी दुर्धरा मेरे लिये भी बड़ी बहन जैसी ही हैं।''

दुर्भीक्ष के मन की शंका दूर हुई। उसने सर्वदमन और मेघवर्ण के पैरों पर अपना पाँव रखा और उन दोनों ने उसे कंधे पर उठा लिया। शीघ्र ही वो दोनों उसे लेकर मण्डप तक पहुँच गये और उसे वहाँ आदरपूर्वक बैठाया। हस्तिनापुर की महारानी शकुंतला और सुनंदा अन्य कन्याओं के साथ दुर्धरा को लेकर मण्डप के निकट पहुँची। दुर्धरा को देख दुर्भीक्ष को ऐसा प्रतीत हुआ जैसे उसके जीवन भर की प्रतीक्षा का अंत हो गया हो।

दुर्धरा को मण्डप में बिठाया गया। दोनों ने एक-दूसरे को संतोष भरी दृष्टि से देखा। पण्डित ने विवाह की विधि आरम्भ की। विवाह सम्पन्न होने के उपरांत दुर्भीक्ष और दुर्धरा ने सर्वप्रथम महाराज दुष्यंत और महारानी शकुंतला के चरण स्पर्श कर उनसे आशीर्वाद लिया। इसके उपरांत बारी-बारी शत्रुघन, शत्रुंजय और मेघवर्ण को अपने हृदय से लगाया।

इसके उपरांत उसने मेघवर्ण से कहा, ''मैं जानता हूँ चंद्रकेतु यहाँ क्यों नहीं आया।''

''उसकी मनोदशा ही कुछ ऐसी है मित्र।'' मेघवर्ण ने हताशा भरे स्वर में कहा।

''उससे कहना कि मैं अपने कर्म पर लज्जित हूँ और ये भी कहना कि...।''

मेघवर्ण ने दुर्भीक्ष को रोकते हुए कहा, ''मन मैला न करो मित्र, समय उसके हर घाव भर देगा।''

मेघवर्ण से भेंट करने के उपरांत दुर्भीक्ष और दुर्धरा ने महाबली अखण्ड का आशीर्वाद लिया।

''आयुष्मान भव।'' अखण्ड के भी मुख से दुर्भीक्ष के लिए आशीर्वाद निकल ही गया।

इसके उपरांत दुर्भीक्ष ने सभी को सम्बोधित करते हुए कहा, ''आप सभी का बहुत बहुत आभार, दुर्धरा से मेरा सम्बंध जोड़ने में आप सभी ने जो अपना अपना किरदार निभाया है उसके लिये मैं आप सभी का आभारी हूँ; अब प्रस्थान की आज्ञा चाहूँगा, क्योंकि समय आ गया है कि पातालपुरी की प्रजा अपनी महारानी के दर्शन करे।''

दुष्यंत ने आग्रह करते हुए कहा, ''इतनी शीघ्रता क्यों असुरेश्वर? कुछ दिन

हमारा भी आतिथ्य स्वीकार कीजिये।''

''क्षमा कीजिये महाराज, किन्तु मैं पहले ही बहुत विलम्ब कर चुका हूँ; मैं पातालपुरी की प्रजा को अधिक समय तक असुरक्षित नहीं छोड़ सकता।'' दुर्भीक्ष ने विनम्र भाव से कहा।

''कोई बात नहीं, जैसी आपकी इच्छा।'' राजा दुष्यंत ने भी दुर्भीक्ष की विनती का मान रखा।

इसके उपरांत दुर्भीक्ष ने शत्रुघन और मेघवर्ण से भी विदा ली। तत्पश्चात भद्राक्ष को सारथी बनाकर दुर्भीक्ष और दुर्धरा रथ पर आरूढ़ हुए और वहाँ से प्रस्थान कर गये।

इसके पश्चात शत्रुघन ने भी महाराज दुष्यंत को प्रणाम कर कहा, ''अब हमें भी आज्ञा दीजिए, महाराज।''

इससे पूर्व कि दुष्यंत कुछ कहते, सेनापति कीर्तिध्वज ने हस्तक्षेप करते हुए कहा, ''यदि आज्ञा दें तो मैं कुछ कहना चाहता हूँ महाराज।''

दुष्यंत ने उसे बोलने का संकेत दिया। कीर्तिध्वज आगे आया और शत्रुघन के चरणों में झुक गया, ''पिछली बार जब मैंने हस्तिनापुर पर आक्रमण किया था तब मैंने आपका बहुत अपमान किया था, इसलिए इस बार कम से कम एक दिन का तो अवसर दीजिए कि मैं आपकी सेवा करके अपनी उस धृष्टता का प्रायश्चित कर सकूँ।''

शत्रुघन विचारमग्न हो गया। दुष्यंत ने कीर्तिध्वज का समर्थन करते हुए कहा, ''सेनापति कीर्तिध्वज का कथन उचित है महाराज शत्रुघन; हमारी भी इच्छा यही है कि आप और आपके पुत्र महाराज शत्रुंजय हमें अपनी सेवा का अवसर देकर इस राज्य की शोभा बढ़ायें।''

शत्रुघन को शंकित देख शत्रुंजय ने उसे आश्वासन देते हुए कहा, ''महाराज दुष्यंत का कथन उचित है पिताश्री, हमें इनके इस प्रस्ताव का सम्मान करना चाहिए।''

अपने पुत्र की विनती शत्रुघन भला कैसे टाल सकता था, ''ठीक है जैसी तुम्हारी इच्छा पुत्र।''

कीर्तिध्वज ने उठकर विनती की, ''मैं आप सभी को अतिथि-कक्ष तक ले चलता हूँ, आइए मेरे साथ।''

सर्वदमन भी मेघवर्ण और महाबली अखण्ड के निकट गया, ''सूर्यास्त होने को है, कृपा करके आप लोग भी भी आज रात्रि हस्तिनापुर को अपनी सेवा का अवसर दें।''

मेघवर्ण मुस्कुराया, ''क्यों नहीं, एक दिन तो राजभवन की सुख सुविधाओं का आनंद तो उठाना ही चाहिए। आइए चलिए।''

सूर्यास्त हो चुका था। भगवा रंग के वस्त्र में ब्राह्मण का वेश धरे एक व्यक्ति हस्तिनापुर के राजबाग में छुपा हुआ था। कीर्तिध्वज भी उस बाग में आया और व्यक्ति के समक्ष आकर उसे प्रणाम किया, ''आपको कोई कष्ट तो नहीं हुआ महाराज उपनंद?''

उपनंद ने स्वयं को ढका वस्त्र हटाया और उठकर खड़ा हो गया। माथे पर चन्दन का तिलक लगाये, मुख पर लम्बी दाढ़ी और भगवा वस्त्र धारण किये उपनंद ब्राह्मण के स्थान पर कोई असुर प्रतीत हो रहा था। उसने कीर्तिध्वज को देख मुस्कुराते हुए कहा, ''विवाह का कार्य सम्पन्न कराने आये ब्राह्मणों के दल में सम्मिलित होकर राज्य में प्रवेश करना कोई बड़ी बात नहीं थी। और मुझे महाराज न कहो, मैं अपमान की अग्नि में जलता हुआ केवल एक सिंह हूँ जिसे केवल प्रतिशोध की आकांक्षा है, तुम ये बताओ योजना कहाँ तक पहुँची?''

''एकचक्रनगरी नरेश शत्रुघन और महारानी सुदेष्णा विश्राम करने हेतु अपने कक्ष में जा चुके हैं; जब रात्रि में वो गहरी निद्रा में होंगे तो मैं नींद में ही उनकी हत्या कर दूँगा, इस प्रकार मुझे अपनी उस अपमानजनक पराजय का भी प्रतिशोध भी मिल जायेगा जो मुझे एकचक्रनगरी से युद्ध में मिली थी।'' कीर्तिध्वज ने मुट्ठियाँ भींचते हुए कहा।

''उत्तम कार्य किया। पूरी त्रिगर्ता की प्रजा के समक्ष मेरा अपमान होता रहा है और मेरे पुत्र शक्रम्भ ने उस अपमान का समर्थन किया। अतः वो त्रिगर्ता के सिंहासन पर बैठकर शासन करने योग्य कतई नहीं है। तुम बस हमारा ये कार्य करके विदर्भ और हस्तिनापुर में शत्रुता का बीज बो दो, उसके उपरांत त्रिगर्ता का सिंहासन तुम्हारा होगा कीर्तिध्वज।'' उपनंद ने उसे आश्वास्त करते हुए कहा।

''आपका ये प्रस्ताव तो ठीक है, किन्तु यदि मैं पकड़ा गया तो मुझे हस्तिनापुर में बीच चौराहे पर मृत्युदण्ड दिया जायेगा।'' कीर्तिध्वज के स्वर में भय स्पष्ट झलक रहा था।

''उसकी चिंता तुम न करो, महल के उत्तरी द्वार पर मेरा रथ तुम्हारी प्रतीक्षा में खड़ा है, तुम शत्रुघन और सुदेष्णा की हत्या करके दौड़कर महल के उस द्वार के पास आ जाना, वहाँ से तुम्हें सुरक्षित निकालना मेरा उत्तरदायित्व है। जब तक किसी को सूचना प्राप्त होगी हम यहाँ से बहुत दूर जा चुके होंगे।'' उपनंद ने उसे आश्वासन देते हुए कहा।

उपनंद के शब्दों से कीर्तिध्वज के विश्वास में थोड़ी वृद्धि हुई। वो उपनंद को प्रणाम करके वहाँ से प्रस्थान कर गया और सीधे शत्रुघन के कक्ष के निकट जाकर शत्रुघन और सुदेष्णा के गहन निद्रा में जाने की प्रतीक्षा करने लगा।

लगभग एक प्रहर के उपरांत शत्रुघन के कक्ष का द्वार टूटा और कीर्तिध्वज उड़ता हुआ बाहर गिर गया। कक्ष से बाहर निकले शत्रुंजय का मस्तक क्रोध से काँप रहा था। वो सीधा कीर्तिध्वज के ऊपर कूदा और उसके मुख पर भीषण मुष्टि प्रहर करने लगा। कीर्तिध्वज ने सैनिकों से सहायता की पुकार लगायी। कई सशस्त्र सैनिकों ने शत्रुंजय को पकड़ लिया। कीर्तिध्वज भय के मारे उठकर भागने लगा।

क्रोधित शत्रुंजय ने अपने बल का प्रयोग किया और सभी सैनिकों को स्वयं से दूर फेंककर कीर्तिध्वज के पीछे दौड़ा। सैनिकों ने रात्रि में आपातकाल का शंख बजा दिया।

उस ध्वनि को सुन सर्वदमन, महाबली अखण्ड और मेघवर्ण की भी निद्रा भंग हो गयी। महाराज दुष्यंत अपने कक्ष के बाहर आ खड़े हुए। कीर्तिध्वज उन्हीं की ओर दौड़ा चला आ रहा था और उसके पीछे दौड़ रहे शत्रुंजय को कोई भी रोकने में समर्थ सिद्ध नहीं हो पा रहा था। दुष्यंत को उस समय कुछ समझ नहीं आया। शत्रुंजय ने दौड़ते हुये एक भागते हुए सैनिक से तलवार छीनी और चक्र की भाँति घुमाकर कीर्तिध्वज की ओर फेंकी। दुष्यंत उस समय निःशस्त्र थे, वो अपने सेनापति का रक्षण नहीं कर पाये। शत्रुंजय के फेंके हुए चक्र ने कीर्तिध्वज का मुण्ड उसके रुण्ड से अलग कर दिया। रक्त के फव्वारे छोड़ता हुआ वो मुण्ड सीधा राजा दुष्यंत के चरणों में आ गिरा। रक्त के छींटों से उनका भी शरीर मैला हो गया।

दुष्यंत ने दृष्टि उठाकर शत्रुंजय की ओर देखा। उसका मस्तक क्रोध से लाल था। अपने सेनापति का कटा मस्तक देख राजा दुष्यंत को भी क्रोध आ गया, ''ये क्या दुस्साहस है महाराज शत्रुंजय!''

शत्रुंजय ने दुष्यंत पर कटाक्ष करते हुए कहा; ''इतना बड़ा षड्यंत्र करने के उपरांत मेरे साहस पर प्रश्न उठा रहे हो राजा दुष्यंत? क्या इसीलिए तुमने हमें यहाँ रोका था कि मेरे माता-पिता की हत्या का षड्यंत् रच सको। तुमने अपने सेनापति से जो नीच कार्य करवाया है उसका परिणाम अब केवल तुम नहीं तुम्हारा सम्पूर्ण राज्य भोगेगा।'' कहकर शत्रुंजय ने पास खड़े एक सैनिक से तलवार छीनी और दुष्यंत की ओर बढ़ा।

निःशस्त्र किंतु चपल दुष्यंत ने शत्रुंजय के प्रहार से बचने का प्रयास किया, किंतु फिर भी उनका कंधा घायल हो गया। तब तक सर्वदमन भी वहाँ आ पहुँचा। अपने पिता को पीड़ा में देख क्रोध से उसका मस्तक फटने लगा। शत्रुंजय ने बिना विलम्ब किये दुष्यंत पर दूसरा प्रहार किया। यह देख सर्वदमन ने दो छोटे-छोटे पत्थर उठाये और कुछ इस प्रकार शत्रुंजय के हाथ की ओर फेंका कि दोनों पत्थर शत्रुंजय के हाथ से टकराने से ठीक एक क्षण पूर्व तीव्रगति से आपस में टकराये। इससे अग्नि की एक ज्वाला उत्पन्न हुई जिसकी ऊष्मा के प्रभाव से शत्रुंजय की तलवार उसके हाथ से छूट

गयी। अपने पिता को घायल देख सर्वदमन ने तनिक भी विचार नहीं किया कि सामने कौन है, शत्रुंजय में उसे केवल अपना शत्रु दिखाई दे रहा था। वो निःशस्त्र ही दौड़ता हुआ शत्रुंजय के पास गया और भूमि से दस हाथ ऊपर छलांग लगाकर सीधा शत्रुंजय के मुख पर मुष्टि प्रहार किया। उस भीषण प्रहार ने शत्रुंजय का मस्तक हिला दिया।

कुछ क्षण वो भूमि पर पड़ा रहा, किन्तु फिर उठकर सर्वदमन पर मुष्टि प्रहार करने का प्रयास किया। किंतु सर्वदमन ने उसका दायाँ हाथ पकड़ा और उसे उठाकर दुष्यंत के चरणों में पटक दिया। तभी मेघवर्ण और महाबली अखण्ड भी वहाँ आ पहुँचे। वहाँ की स्थिति देख वो भी अचम्भित रह गये। सर्वदमन ने शत्रुंजय पर प्रहार करने को पास में ही पड़ी तलवार उठायी।

किंतु इससे पूर्व कि वो शत्रुंजय पर प्रहार करता दुष्यंत ने उसे रोका, ''रुक जाओ पुत्र, दोष हमारा है।''

पिता के आदेश ने सर्वदमन के हाथ रोक दिये। शत्रुंजय हाँफते हुए भूमि से उठा। मेघवर्ण और महाबली अखण्ड भी दुष्यंत के निकट आये।

''ये सब क्या हो रहा है महाराज दुष्यंत?'' महाबली अखण्ड ने प्रश्न किया।

दुष्यंत के मुख पर लज्जा स्पष्ट झलक रही थी। महाबली अखण्ड दुष्यंत के निकट आये, ''क्या बात है महाराज, आप इतने विचलित क्यों हैं?''

दुष्यंत ने कीर्तिध्वज के कटे मस्तक की ओर संकेत कर कहा, ''आज चंद्रवंश पर बहुत बड़ा कलंक लगा है महाबली, और कदाचित ये कालिख कभी न धुल पाये।''

कीर्तिध्वज का मस्तक देख मेघवर्ण, अखण्ड और सर्वदमन तीनों ही हतप्रभ रह गये।

''ये...ये कैसे हुआ पिताश्री?'' सर्वदमन ने दुष्यंत से प्रश्न किया।

घायल दुष्यंत मौन खड़े थे। महाबली अखण्ड ने उनका कंधा पकड़ उन्हें आश्वासन देते हुए कहा, ''इतने विचलित न होइए महाराज, कृपा करके बताइए आखिर हुआ क्या है?''

शत्रुंजय चीख पड़ा, ''अरे ये कायर क्या बतायेगा। अपने किये षड्यंत्र के बारे में... अपने वंश पर व्यर्थ में गर्व करने वाला ये नराधम वास्तव में महाकपटी है; इसने अपने सेनापति को भेजकर कपट से मेरे माता-पिता की हत्या करवायी और अब ऐसे दिखा रहा है जैसे इसमें इसका कोई दोष ही न हो।''

महाबली अखण्ड जड़ से हो गये। सर्वदमन के हाथों में थमी तलवार भी छूट गयी। मेघवर्ण ने शत्रुंजय के निकट जाकर प्रश्न किया, ''ये क्या प्रलाप कर रहे हो तुम, अभी एक प्रहर पहले ही तो राजा शत्रुघन अतिथि-कक्ष में विश्राम कर रहे थे, कहाँ हैं

वो?''

शत्रुंजय ने क्रोध में भरकर कहा, ''मेरे माता-पिता का निर्जीव शरीर वहाँ उन्हीं के कक्ष में पड़ा है। इसी उद्देश्य से तो राजा दुष्यंत ने हमें अपना अतिथि बनाया था। वो तो यदि अपनी रोज की आदत के कारण मैं रात्रि में भ्रमण पर न निकलता तो कदाचित मेरी भी हत्या नींद में ही हो गयी होती।''

सर्वदमन की दृष्टि भी लज्जा से झुक गयी। महाबली अखण्ड ने आगे आकर शत्रुंजय को समझाने का प्रयास किया, ''देखो वत्स तुम अभी पीड़ा में हो इसलिए विचार नहीं कर पा रहे, भला महाराज दुष्यंत ऐसा क्यों करवाएँगे?''

''तो आप कहना चाहते हैं कि हस्तिनापुर के सेनापति ने बिना अपने राजा की आज्ञा लिये इतना बड़ा कदम उठा लिया। ऐसा करके क्या प्राप्त होता इस कीर्तिध्वज को, और जहाँ तक कारण का विषय है तो कारण क्यों नहीं हो सकता महाराज दुष्यंत के पास... सभी को ज्ञात है कि मैं सम्पूर्ण दक्षिणी आर्यावर्त को अपने अधिकार में कर चुका हूँ; मेरे परिवार और मेरी मृत्यु के उपरांत एक ही तो शक्ति है जो सम्पूर्ण आर्यावर्त पर अधिकार करने की क्षमता रखती है, और वो है पुरुराष्ट्र।''

शत्रुंजय के आरोप पर सर्वदमन भड़क उठा, ''हम चंद्रवंशी शत्रु की छाती पर प्रहार करते हैं महाराज शत्रुंजय, इस प्रकार का कपट हमारे वंश की परम्परा नहीं है।''

शत्रुंजय ने सर्वदमन पर कटाक्ष करते हुए कहा, ''धर्म और परम्परा का कवच ओढ़कर आप अपने पिता के अपराधों पर परदा नहीं डाल सकते युवराज सर्वदमन; आपके पिता दोषी हैं और उन्हें दण्ड मिलकर रहेगा, फिर चाहे इसका परिणाम जो भी हो।''

महाबली अखण्ड ने शत्रुंजय का कंधा पकड़ उसे समझाने का प्रयास किया, ''मैं आपकी पीड़ा समझ सकता हूँ महाराज शत्रुंजय, किंतु आप ये भी तो विचार कीजिए कि सेनापति कीर्तिध्वज पहले भी एकचक्रनगरी से पराजित और अपमानित होकर लौटे थे, सम्भव है कि उन्होने ये सब निजी प्रतिशोध के लिये किया हो।''

शत्रुंजय ने कटाक्षमय स्वर में कहा, ''आपसे यही आशा थी महाबली अखण्ड कि आप इस अधर्मी राजा के बचाव के लिये कोई न कोई कुतर्क अवश्य देंगे। आपके वंशजों के राज्य पर मेरा अधिकार जो हो गया है, जाहिर है कि चाहे कुछ भी हो जाये आप मेरा विरोध ही करेंगे।''

इससे पहले कि अखण्ड कुछ कहते महाराज दुष्यंत ज़ोर से चीखे, ''बस करो!'' उन्होने सर्वदमन के हाथ से तलवार ली और शत्रुंजय के समक्ष घुटनों के बल झुक गये, ''मैं आपका अपराधी हूँ महाराज शत्रुंजय।''

सर्वदमन स्तब्ध रह गया, ''पिताश्री ये आप क्या कह रहे हैं।''

"मौन रहो सर्वदमन!" दुष्यंत ने उसे डपटा। इसके उपरांत वो शत्रुंजय की ओर मुड़े, "महाराज शत्रुंजय, मैं इस राज्य का नरेश हूँ और मेरे होते हुए इस महल में मेरे राजअतिथि की हत्या हुई है तो उसका उत्तरदायित्व पूर्णतः मुझ पर है... मेरा अपराध ये है कि मैंने अपने सेनापति पर अंधा विश्वास किया इसलिए इस षड्यंत्र का सूत्रधार भी मैं ही हूँ ।" उन्होंने तलवार को शत्रुंजय के सामने प्रस्तुत कर कहा, "लीजिए ये तलवार और मेरा मस्तक काटकर अपने प्रतिशोध की अग्नि को ठण्डा कीजिए, और यदि सम्भव हो तो हस्तिनापुर को इस अपराध के लिए क्षमा कर दीजिए विदर्भ नरेश, कदाचित इससे पुरुवंश पर लगे कलंक की कालिख कम हो पायेगी।"

शत्रुंजय ने किसी प्रकार अपना क्रोध शांत किया और दुष्यंत से मुख फेरकर कहा, "सम्भव है कि ये षड्यंत्र आपका न हो, किंतु ऐसा करके क्या मेरे माता-पिता लौट आयेंगे महाराज।" उसने महाबली अखण्ड के निकट आकर प्रश्न किया, "आप ही बताइए महाबली अखण्ड, क्या महाराज दुष्यंत का रक्त बहाकर मेरे माता-पिता की मृत्यु का न्याय हो जायेगा?"

अखण्ड ने कुछ क्षण विचार कर कहा, "कदापि नहीं।"

"राजा दुष्यंत की हत्या कर मैं उस शत्रुता को निमंत्रण नहीं देना चाहता जो आर्यावर्त के लाखों वीरों की मृत्यु का कारण बने; किन्तु केवल कीर्तिध्वज के वध से मुझे संतोष प्राप्त नहीं होगा। न्याय तो मुझे चाहिए। इसलिए आप ही कोई बीच का मार्ग निकालिए महाबली अखण्ड, क्योंकि यदि महाराज दुष्यंत अपने सेनापति को नियंत्रण में रखते तो आज मेरे माता-पिता जीवित होते। जो हुआ वो इनके अशक्त होने को प्रमाणित करता है इसलिए दोष तो इनका है ही... क्या ऐसा राजा वास्तव में शासन के योग्य हो सकता है?" शत्रुंजय ने दुष्यंत पर कटाक्ष करते हुए कहा।

महाबली अखण्ड को उसके तर्क का कोई उत्तर नहीं सूझा। उनके व्यथित मुखभाव को देख दुष्यंत ने उनका कंधा पकड़ा और आश्वासन भरे स्वर में कहा, "आपको इस धर्मसंकट में पड़ने में आवश्यकता नहीं है महाबली, महाराज शत्रुंजय ने सत्य कहा है कि आज जो हुआ उसकी सूचना शीघ्र ही समग्र आर्यावर्त में फैल जायेगी। मेरे कारण पुरुवंश पर बहुत बड़ा कलंक लगा है और अब मैं अपने पूर्वजों को मुख दिखाने योग्य नहीं रहा।" दुष्यंत, शत्रुंजय की ओर मुड़े, "मेरी उपस्थिति में मेरे ही राजमहल में राजअतिथि एकचक्रनगरी के महाराज महारानी की हत्या हो गयी और मैं कुछ न कर सका, इसलिए मैं स्वयं को राज करने योग्य नहीं मानता। अतः आज और अभी से मैं चंद्रवंश के इस सिंहासन का त्याग करता हूँ; यदि आप मेरे प्राण नहीं ले सकते तो क्या इस न्याय से आपको संतोष है?"

शत्रुंजय को विचारमग्न देख अखण्ड उसके निकट आये, "कहिए महाराज शत्रुंजय, आपके निर्णय पर आर्यावर्त की शांति का भविष्य टिका है।"

शत्रुंजय के शोक संतप्त स्वर में भी विनम्रता थी, "यदि आर्यावर्त के सुखद भविष्य का और कोई मार्ग नहीं है तो मुझे इस न्याय से संतोष है; आप संदेश भिजवाकर काकाश्री को बुलवा लीजिए, वो अभी अधिक दूरी तक नहीं गये होंगे।"

मेघवर्ण ने हस्तक्षेप करते हुए कहा, "उसके जीवन में तो सुखों का अभी आरम्भ ही हुआ है, यदि उसे ये सूचना मिली तो न जाने इसका क्या परिणाम होगा।"

"किन्तु उसे अपने मित्र के अंतिम दर्शन का अधिकार है... वैसे भी यदि उसे विलम्ब से ज्ञात हुआ तो इसका परिणाम और भी भंयकर हो सकता है।" महाबली अखण्ड ने तर्क देते हुए कहा।

इसके उपरांत अखण्ड ने युवराज सर्वदमन से विनती की, "आप शीघ्र से शीघ्र नगाड़ों की ध्वनि पंक्तियों से से असुरेश्वर दुर्भीक्ष को संदेश भिजवाने की कृपा करें कि वह कल प्रातः तक लौटकर यहाँ आ जायें; उन्हें गये तीन प्रहर भी नहीं हुए हैं, वो अभी पुरुराष्ट्र की सीमा में ही होंगे।"

सर्वदमन ने सहमति जतायी और प्रबंध करने प्रस्थान कर गया।

महाबली अखण्ड, शत्रुंजय की ओर बढ़े, "कल आपके माता-पिता की अंत्येष्टि होनी है, हमें पहले उनके शवों को सम्मान सहित शमशान ले जाने की व्यवस्था करनी होगी।"

"क्षमा करें किन्तु मुझमें इतना साहस नहीं बचा है कि उस दशा में उन्हें दोबारा देख सकूँ।" शत्रुंजय के रुँधे हुए गले से टूटा-फूटा स्वर ही निकला।

"कोई बात नहीं, ये कार्य हम स्वयं करेंगे, आप अपने कक्ष में लौट जाइए और यदि सम्भव हो तो विश्राम करने का प्रयास कीजिए।"

महाबली अखण्ड के निर्देश पर शत्रुंजय अपने कक्ष में लौट गया। अखण्ड और मेघवर्ण अतिथि-कक्ष की ओर बढ़े। कक्ष के भीतर पहुँचकर जो हृदयविदारक दृश्य उन्होने देखा वो शिला की भाँति कठोर हृदय को भी द्रवित कर सकता था। रानी सुदेष्णा का शव शय्या पर पड़ा था, जिनके वक्ष स्थल पर प्रहार करके हृदय तक को चीर दिया गया था। रक्त का फव्वारा पूरे शरीर पर फैला हुआ था।

वहीं शत्रुघन एक दीवार के सहारे बैठा हुआ था। उसकी छाती को देख ऐसा प्रतीत हो रहा था कि उस पर कई बार कटार से प्रहार हुआ है। अर्थात सम्भावना थी कि कीर्तिध्वज और शत्रुघन में मुठभेड़ हुई थी। मेघवर्ण स्वयं शत्रुघन के निकट गया और उसके शव को श्वेत चादर ओढ़ाकर बाहर आया। दासियों ने रानी सुदेष्णा के शव को बाहर निकाला। शत्रुघन के शव को बाहर ले जाते समय मेघवर्ण का हाथ शत्रुघन की पीठ पर लगे घाव पर गया।

'पीठ पर घाव...' मेघवर्ण को कुछ संदेह हुआ किन्तु वह बिना किसी से कुछ कहे आगे बढ़ता गया।

त्रयोदशम अध्याय

विश्वामित्र का वचन

सर्वदमन के आदेश पर नगाड़े बजने आरम्भ हुये। नगाड़े बजाते हुए संदेशवाहक ने चीखना आरम्भ किया, "त्राहिमाम असुरेश्वर दुर्भीक्ष, हस्तिनापुर लौट आइए।" ऐसे करते-करते सैकड़ों नगाड़े बजे और संदेश आगे बढ़ता गया।

महाबली अखण्ड का अनुमान उचित ही था। दुर्भीक्ष का कारवाँ पुरुराष्ट्र की सीमा से दूर नहीं गया था। बीच में ही पड़ाव डालकर दुर्भीक्ष और दुर्धरा शिविर में विश्राम कर रहे थे। भद्राक्ष और कुछ सैनिक दल शिविर के बाहर पहरा दे रहे थे।

शीघ्र ही सूर्योदय हुआ और दुर्भीक्ष के नेत्र खुले। दुर्धरा शय्या पर उसके दायीं ओर अभी भी सो रही थी। उसने दुर्धरा के गालों को चूमा और शय्या से उठा। दुर्धरा ने उठकर प्रेम से उसका हाथ पकड़ लिया। वो अभी भी रात्रि में अपने प्रेम-मिलन को स्मरण करके मुस्कुरा उठी। तभी नगाड़ों का स्वर उसके कानों में पड़ा, "त्राहिमाम असुरेश्वर दुर्भीक्ष, हस्तिनापुर लौट आइए!"

"ये कैसा स्वर है?" आश्चर्य में भरकर दुर्भीक्ष ने बाहर निकलते हुए भद्राक्ष से प्रश्न किया, "ये स्वर कैसा है भद्राक्ष?" दुर्धरा भी उसके पीछे-पीछे बाहर आयी।

"नगाड़े बजाकर हस्तिनापुर से संदेश भेजा गया है असुरेश्वर, ऐसा तभी किया जाता है जब कोई आपातकालीन स्थिति उत्पन्न हुई हो।" भद्राक्ष ने विस्तृत किया।

"त्राहिमाम असुरेश्वर दुर्भीक्ष, हस्तिनापुर लौट आइए!" नगाड़े की ध्वनि के साथ

एक बार फिर वही स्वर सुनाई दिया।

“प्रतीत होता है हस्तिनापुर में कोई संकट आया है। शीघ्रता करो भद्राक्ष, हमें लौटना होगा।” दुर्भीक्ष ने आदेश दिया।

प्रातःकाल के पूजन के उपरांत सर्वदमन गंगा किनारे मौन बैठा था। समीप के एक वृक्ष के नीचे महर्षि कण्व साधना में लीन थे। सर्वदमन उनकी साधना समाप्त होने की प्रतीक्षा कर रहा था। कुछ समय गंगा नदी के तट पर बैठने के उपरांत वो वृक्ष के समीप आकर बैठ गया। शीघ्र ही महर्षि कण्व ने अपने नेत्र खोले और अपने समक्ष सर्वदमन को देख मुस्कुराये, “आज यहाँ का मार्ग कैसे स्मरण हो आया पुत्र?”

“आज से पूर्व मन कभी इतना अशांत नहीं हुआ था ऋषिवर।” सर्वदमन के मुख पर निराशा स्पष्ट झलक रही थी।

“और इस अशांति का कारण?” कण्व ने प्रश्न किया।

“कल रात्रि हस्तिनापुर में जो हुआ उसकी सूचना तो आपको प्राप्त हो ही गयी होगी?”

“मुझे ज्ञात है पुत्र कि कल क्या हुआ, और महाराज ने कल जो निर्णय लिया है वही न्याय की माँग है।”

“किंतु मुझे इस निर्णय में अनीति क्यों दिखाई दे रही है ऋषिवर, क्या एक राजा को ये अधिकार है कि वो इस प्रकार अपने उत्तरदायित्व से मुँह मोड़ सके?” सर्वदमन ने प्रश्न उठाया।

“तुम इस समय अपने राजा को एक पुत्र की दृष्टि से देख रहे हो, यदि तुम एक युवराज की भाँति विचार करते तो इसी निष्कर्ष पर पहुँचते कि महाराज दुष्यंत ने जो निर्णय लिया है वो सर्वथा उचित है।”

“क्या कीर्तिध्वज के वध के उपरांत न्याय नहीं हो गया था ऋषिवर?”

“किन्तु विदर्भ नरेश को भी संतुष्ट करना आवश्यक था न, अन्यथा क्रोध में वो और असुरेश्वर दुर्भीक्ष सेना लेकर हस्तिनापुर पर चढ़ आते।”

“तो कर लेते हम युद्ध ऋषिवर, किन्तु इस प्रकार अपने पिता को अपमानित होते देखना मेरे मन को अशांत कर रहा है; उनका कोई दोष भी तो नहीं था।” सर्वदमन ने तर्क दिया।

“इस प्रकार का मोह तुम्हें शोभा नहीं देता युवराज सर्वदमन। चाहे महाराज का प्रत्यक्ष रूप से कोई दोष नहीं दिखता, किन्तु ऐसे कपटी सेनापति ने उनके छत्र के नीचे रहकर ये अपराध किया इसलिए परोक्ष रूप से दोष उन्हीं का माना जायेगा, इसलिए

उनके निर्णय का सम्मान करो। मैंने और ब्रह्मऋषि विश्वामित्र ने आरम्भ से तुम्हें यही शिक्षा दी है कि युद्ध सदैव अंतिम विकल्प है, तो फिर ये व्यग्रता क्यों।''

सर्वदमन ने श्वास भरते हुए कहा, ''क्षमा कीजिए ऋषिवर, कदाचित मैं अपनी भावनाओं को नियंत्रित न कर पाया।''

महर्षि कण्व उसे देख मुस्कुराये, ''तुम्हें क्या लगता है महाराज दुष्यंत ने ब्रह्मऋषि विश्वामित्र और मुझसे परामर्श लिये बिना ही ये निर्णय ले लिया?''

सर्वदमन आश्चर्यचकित रह गया, ''अ....आपका कहने का अर्थ मैं समझा नहीं ऋषिवर।''

''आज से सात दिवस पूर्व मैं और ऋषि विश्वामित्र महाराज दुष्यंत से इसी विषय पर चर्चा कर रहे थे। अतः ये पूर्वनिश्चित था कि आने वाली रामनवमी को हस्तिनापुर के सिंहासन पर तुम्हारा राज्याभिषेक होगा।''

''पिताश्री को इतनी शीघ्र सिंहासन का त्याग करने की क्या आवश्यकता है ?'' सर्वदमन ने व्यग्र होकर प्रश्न किया।

ऋषि कण्व ने गम्भीर स्वर में कहा, ''ब्रह्मऋषि विश्वामित्र ने स्पष्ट रूप से कुछ नहीं कहा, किंतु उनके संकेत अनुसार शीघ्र ही असुरों का असंतोष सम्पूर्ण मानवजाति पर एक विकराल संकट लायेगा, और तुम्हें उस महासंकट का प्रतिकार करने हेतु मानवों का प्रतिनिधित्व करना होगा।''

''तो क्या असुरेश्वर दुर्भीक्ष अपने प्रतिशोध की अग्नि में हस्तिनापुर पर आक्रमण करेंगे?'' सर्वदमन ने प्रश्न किया।

ऋषि कण्व मुस्कुराये, ''मैंने असुरजाति के असंतोष की बात कही है, किसी व्यक्ति विशेष की नहीं। जिस प्रकार महर्षि कश्यप की भार्या अदिति ने देवों की उत्पत्ति की थी, उसी प्रकार और उसी समय उनकी दूसरी भार्या दिति ने भी असुरों को उत्पन्न किया, यही कारण है कि आरम्भ से ही असुर अर्थात दैत्यजाति स्वयं को देवतुल्य मानती आयी है, किन्तु देवों को उच्च स्थान प्राप्त हुआ और वे पूजनीय कहलाये। वहीं असुरों के दुर्गुणों के कारण उन्हें हिंसा का प्रतीक माना गया। असुरों में असंतोष का जन्म हुआ और उनके इसी असंतोष के कारण कई बार देवासुर संग्राम हुआ। अंत में इस हिंसा को रोकने के लिये इंद्रपुत्री जयंती ने दैत्यगुरु शुक्राचार्य को अपने मोहपाश में बाँधा और उन्हें असुरों से दूर किया... ये कथा तो तुम जानते ही होगे।''

''हाँ गुरुदेव... देवों के इस षड्यंत्र के कारण शुक्राचार्य ने सम्पूर्ण असुरजाति को श्राप दे दिया कि वो सदैव देवों से पराजित होते रहेंगे।'' सर्वदमन ने उत्तर दिया।

ऋषि कण्व ने कहना जारी रखा, ''उचित कहा तुमने, और इसी कारण असुरों में असंतोष और घृणा की भावना और गहरी होती चली गयी; वो देवों को जीत नहीं

सकते, इसलिए अब उनकी घृणा का पात्र मानव है, जो देवों का प्रिय है। घृणा और रक्त की प्यास ही उनकी संस्कृति का आधार है। वो देवलोक को नहीं जीत सकते, इसलिए भूमण्डल पर विजय प्राप्त करने की आकांक्षा का त्याग नहीं कर सकते। ये सम्भव है कि समय-समय पर असुरों को कुछ ऐसे नायक मिलते रहे हैं जिनके कारण वो नियंत्रण में रहे हैं, किन्तु कब तक। असुरों का नायक चाहे जैसा भी हो, लगभग हर असुर के मन में मानवजाति के प्रति घृणा होती ही है।''

''इसलिए उनका साहस तोड़कर उन्हें सीमाबद्ध करना आवश्यक है। तुमने देखा ही है, जब विदर्भ में जयवर्धन का राज था तो उसके शासित राज्यों में किस प्रकार अवसर पाकर असुर मानवों को प्रताड़ित करते थे। दुर्गुण तो सभी में होते हैं चाहे वो मानव हो या असुर। मानवों के दुर्गुणों से धीरे-धीरे उनकी शक्ति क्षीण हो जायेगी, किन्तु असुरों के साथ ऐसा नहीं होगा, इसलिए उनका पतन आवश्यक है। सम्पूर्ण असुरजाति इस यथार्थ से भलीभाँति परिचित है कि दुर्भीक्ष जैसा शक्तिमान नायक उन्हें कभी प्राप्त नहीं हो सकता। वो इसका लाभ अवश्य उठायेंगे इसलिए उनका साहस तोड़ने के लिये एक मानव द्वारा दुर्भीक्ष की पराजय आवश्यक है।''

''किन्तु जाति के नाम पर अकारण किसी पर आक्रमण करना भी तो अधर्म है ऋषिवर।'' सर्वदमन ने तर्क दिया।

''तुमने उचित कहा पुत्र, यूँ अकारण किसी पर आक्रमण करना घोर अधर्म है, किंतु प्रतीक्षा करो, असुरों का असंतोष तुम्हें स्वयं उनके विनाश का निमंत्रण देगा।''

ऋषि कण्व का कथन सुन सर्वदमन विचारमग्न हो गया।

दुर्भीक्ष अपने कारवाँ के साथ हस्तिनापुर के राजमहल आ चुका था। पूरे महल में सन्नाटा छाया हुआ था।

'विवाह उत्सव के ठीक एक दिन उपरांत ऐसा सन्नाटा...' दुर्भीक्ष को आश्चर्य हुआ। फिर उसकी दृष्टि हस्तिनापुर की ध्वज की ओर गयी। भगवा रंग का वो चंद्रध्वज आज पहले से कई गज नीचे किया गया था।

यह देख दुर्भीक्ष ने भद्राक्ष को आदेश दिया, ''मुझे किसी घोर अनिष्ट की आशंका हो रही है... मुख्य महल के द्वार पर कोई हमें लेने भी नहीं आया। भद्राक्ष तुम शीघ्र जाकर इस सन्नाटे का कारण ज्ञात करो।''

भद्राक्ष भागते हुए महल के भीतर गया। दुर्भीक्ष का हाथ काँप रहा था। दुर्धरा ने उसका हाथ पकड़कर प्रश्न किया, ''इतने विचलित क्यों हो रहे हैं?''

''हृदय काँप रहा है दुर्धरा; न जाने क्यों ऐसा क्यों प्रतीत हो रहा जैसे कोई अपना गहन संकट में है... यदि ऐसा नहीं होता तो मुझे वापस हस्तिनापुर क्यों बुलाया

जाता।''

दुर्धरा ने उसे आश्वासन देते हुए कहा, ''विचलित मत होइए, मैं हूँ न आपके साथ। वर्षों के उपरांत जो सुख हमारे जीवन में आया है वो हमारे सद्भाग्य का सूचक है, मुझे विश्वास है कि अब कोई दुर्भाग्य हमारे जीवन को स्पर्श तक नहीं कर पायेगा।''

दुर्भीक्ष ने कटाक्षमय स्वर में मुस्कुराते हुए कहा, ''तुम अभी मेरे दुर्भाग्य से पूर्णतः परिचित नहीं हो दुर्धरा, अपने इसी दुर्भाग्य के कारण मेरी शंका दृढ़ होती जा रही है कि कुछ न कुछ अनिष्ट हुआ है।''

दुर्धरा ने उसका हाथ पकड़ आश्वासन भरे स्वर में कहा, ''अभी से मन में इतने नकारात्मक विचार क्यों... विश्वास रखिए, कुछ अनिष्ट नहीं होगा।''

शीघ्र ही महल से लौटकर भद्राक्ष वहाँ उपस्थित हुआ। उसकी दृष्टि झुकी हुई थी, ''हस्तिनापुर नरेश शमशान घाट पर आपकी प्रतीक्षा में हैं असुरेश्वर, आप श्वेत वस्त्र धारण कर लीजिए।'' कहते हुए उसके स्वर लड़खड़ाये हुए थे।

''श...शमशान घाट, क्यों?'' दुर्भीक्ष का स्वर भी काँपने लगा।

भद्राक्ष मौन था। दुर्भीक्ष रथ से उतरकर उसके निकट आया, ''उत्तर दो भद्राक्ष।''

''क्षमा करें असुरेश्वर, किन्तु मुझमें इतना साहस नहीं है, आप स्वयं शमशान में जाकर देख लीजिए।'' कहकर भद्राक्ष ने मुख मोड़ लिया।

भद्राक्ष के झुके और अश्रुओं से गीले नेत्र देख दुर्भीक्ष क्रोधित हो उठा, ''मैं आदेश देता हूँ भद्राक्ष, सत्य बताओ मुझे, बताओ भद्राक्ष!''

''वो...'' भद्राक्ष का गला रुँधा हुआ था, ''कल रात्रि...कल रात्रि महाराज शत्रुघन और रानी सुदेष्णा अतिथि कक्ष में विश्राम कर रहे थे और...और जब...जब वो गहन निद्रा में थे, हस्तिनापुर के सेनापति कीर्तिध्वज ने उनकी हत्या कर दी।''

दुर्भीक्ष के हृदय पर मानों वज्रपात हुआ। उसे विश्वास ही नहीं हुआ कि भद्राक्ष का कहा सत्य हो सकता है। उसने भद्राक्ष के कंधे पर हाथ रखा और उसे झकझोरते हुये कहा, ''किसने दी ये मिथ्या सूचना तुम्हें, ये सम्भव ही नहीं है भद्राक्ष, क्योंकि यदि ये सत्य होता तो हस्तिनापुर में इतना साहस नहीं जो मुझे यहाँ वापस बुलाकर अपने विनाश को आमंत्रण देते... सत्य कहो भद्राक्ष, सत्य कहो!''

भद्राक्ष की दृष्टि झुकी हुई थी। दुर्भीक्ष का मस्तक क्रोध से फटा जा रहा था, उसने भद्राक्ष को चेतावनी देते हुए कहा, ''यदि तुमने अभी के अभी सत्य नहीं बताया तो मैं तुम्हारा मस्तक तरबूजे की भाँति फोड़कर रख दूँगा भद्राक्ष।''

दुर्धरा ने दुर्भीक्ष के कंधे पर हाथ रख उसे शांत करने का प्रयत्न किया, ''ये क्या कर रहे हैं आप, भद्राक्ष आपका सबसे विश्वासपात्र सेनापति है।''

दुर्भीक्ष ने किसी प्रकार अपने क्रोध को नियंत्रित कर दुर्धरा से कहा, ''तुम इस समय मुझसे दूर ही रहो दुर्धरा, यही तुम्हारे लिए उचित होगा।''

दुर्धरा ने आश्चर्यपूर्वक प्रश्न किया, ''दूर क्यों रहूँ, क्या आपका दुःख मेरा दुःख नहीं है?''

''मैं अब किसी पर विश्वास नहीं कर सकता, क्या पता ये विवाह का षड्यंत्र रचा ही इसलिए गया हो कि मेरे मित्र की हत्या की जा सके।'' दुर्भीक्ष ने क्रोध में भरकर कहा।

दुर्धरा को पल भर के लिये क्रोध तो आया किन्तु दुर्भीक्ष की मनोस्थिति देख उसने अपना क्रोध प्रदर्शित नहीं किया। उसने अपना मन शांत किया और दुर्भीक्ष से कहा, ''मैं आपकी मनोदशा समझ सकती हूँ, किन्तु अपने इस परमभक्त दास का वध करके क्या प्राप्त होगा आपको।''

भद्राक्ष ने हाथ जोड़कर रुँधे स्वर में भरकर कहा, ''यदि इससे आपका दुःख कम हो जाये तो मैं आपकी सेवा में उपस्थित हूँ, किन्तु इस समय आपका शमशान घाट जाना अधिक आवश्यक है, महाराज शत्रुंजय आपकी प्रतीक्षा में हैं।''

दुर्भीक्ष ने भद्राक्ष का गला छोड़ा, ''शत्रुंजय, हाँ उचित कहा तुमने, बालक है वो अभी, उसे मेरी आवश्यकता होगी।'' कहकर दुर्भीक्ष आगे बढ़ा।

शमशान घाट पर शत्रुघन और सुदेष्णा दोनों की ही चिता सज चुकी थी। महाराज दुष्यंत, सर्वदमन, मेघवर्ण, महाबली अखण्ड, महर्षि विश्वामित्र, महर्षि कण्व आदि वहाँ उपस्थित थे। शत्रुंजय भी केवल दुर्भीक्ष की प्रतीक्षा में रुका हुआ था। शीघ्र ही एक हाथ उसके कंधे पर आया। श्वेत धोती और अंगवस्त्र धारण किये दुर्भीक्ष शमशान में पहुँचा था। उसे देख शत्रुंजय स्वयं पर नियंत्रण नहीं रख पाया और उससे लिपटकर विलाप करने लगा। कदाचित उसी की प्रतीक्षा में शत्रुंजय ने अपने अश्रु अभी तक रोक रखे थे। दुर्भीक्ष की दृष्टि उन चिताओं पर लिटाये गये शवों पर पड़ी।

कुछ क्षणों उपरांत दुर्भीक्ष ने शत्रुंजय को स्वयं से दूर हटाया और शत्रुघन की चिता के निकट आया। अपने मित्र के कमल समान मुख पर हाथ फेरते हुए वो बस उसे निहारता रहा। महर्षि वसुधर के गुरुकुल में बिताये वो तीन वर्ष दुर्भीक्ष के नेत्रों के समक्ष तैरने लगे। वो झुककर शत्रुघन के मस्तक से अपना मस्तक लगाकर विलाप करने लगा।

उसने उठकर एक बार फिर शत्रुघन के मस्तक पर हाथ फेरा, ''इसीलिए... इसीलिए मैं तुम्हें स्वयं से दूर किया था ताकि मेरे दुर्भाग्य का अंधकार तुम्हें न निगल जाये। वर्षों तक तुमसे दूरी बनाये रखी, किंतु फिर भी जीवित होते हुए भी मुझे तुम्हारा शव देखना पड़ रहा है, धिक्कार है मुझ पर, धिक्कार है मेरे बाहुबल पर।''

दुर्भीक्ष विलाप करता रहा। उसे इस स्थिति में देख मेघवर्ण और अखण्ड की भी आँखें भर आयीं। महाराज दुष्यंत के नेत्रों में भी ग्लानि के अश्रु थे। सर्वदमन की दृष्टि भी झुकी हुई थी। वहीं ब्रह्मर्षि विश्वामित्र स्थिर खड़े थे।

कुछ समय विलाप करने के उपरांत जब दुर्भीक्ष के नेत्रों के अश्रु सूख गये तो उन अश्रुओं का स्थान क्रोध ने लिया। जब वो उठा तो उसके नेत्रों में ज्वाला धधक रही थी। क्रोध में बिना विचारे उसने अपना दायाँ हाथ ऊपर किया और मंत्र पढ़कर ब्रह्मशीर अस्त्र को आवाहन दे दिया। आकाश में बिजली कड़की और दुर्भीक्ष के हाथों में वो महाप्रलयंकारी अस्त्र प्रकट हुआ। सूर्य की भाँति चमकती उसकी किरणें ऐसी फैलीं कि दसों दिशाएँ प्रकाशित हो उठीं।

सर्वदमन विश्वामित्र के निकट गया, ''पितामह यदि आप आज्ञा दें तो क्या ब्रह्मशीर को शांत करने के लिये मैं भी ब्रह्मशीर का प्रयोग करूँ; जाने इस अस्त्र का संधान किस पर होने वाला है।''

विश्वामित्र ने सर्वदमन को फटकारा, ''तुम धैर्य धारण करो युवराज, जो करना है मैं स्वयं करूँगा।''

वहीं दुर्भीक्ष ने गरजते हुए घोषणा की, ''जिस हस्तिनापुर ने मेरे मित्र की ये दशा की है, मेरा चलाया ये ब्रह्मशीर उस राज्य की हर एक ईंट का विनाश कर देगा, और यही मेरे मित्र को सच्ची श्रद्धांजलि होगी।''

कहकर दुर्भीक्ष ने ब्रह्मशिर को सीधा हस्तिनापुर के महल की ओर लक्ष्य कर छोड़ा, किंतु तभी बीच में महर्षि विश्वामित्र आये और अपने हाथ पर ब्रह्मशिर को रोककर दुर्भीक्ष को फटकारा, ''अपने क्रोध पर अंकुश लगाओ असुरेश्वर और अपना अस्त्र वापस लो; यदि इस सृष्टि की रक्षा के लिये मुझे अपने शस्त्र न उठाने की प्रतिज्ञा को भंग करना पड़ा तो उसका परिणाम बहुत भंयकर होगा, मुझे विश्वामित्र से वापस दुर्दांत विश्वरथ बनने पर विवश मत करो।''

किंतु वो चेतावनी सुनकर भी दुर्भीक्ष टस से मस नहीं हुआ। मेघवर्ण ने उसके निकट आकर उसे समझाने का प्रयास किया, ''अपना अस्त्र वापस ले लो दुर्भीक्ष अन्यथा जो कुछ तुम्हारे पास शेष बचा है तुम उसे भी खो दोगे।''

किंतु दुर्भीक्ष का क्रोध शांत नहीं हुआ, ''कदापि नहीं, मेरे मित्र की मृत्यु का न्याय चाहिए मुझे, और उसके लिये यदि मुझे अपना सर्वस्व दाँव पर लगाना पड़े तो भी मैं पीछे नहीं हटूँगा।''

''शत्रुघन की मृत्यु का न्याय हो चुका है, कीर्तिध्वज ने पिछले युद्ध में मिली पराजय का प्रतिशोध लेने हेतु शत्रुघन की हत्या की थी और शत्रुंजय ने स्वयं अपने हाथों से कीर्तिध्वज का मस्तक काटा है। निर्दोष होकर भी इस अपराध बोध के कारण

महाराज दुष्यंत ने भी अपने सिंहासन का त्याग कर संन्यास लेने का प्रण किया है; इससे अधिक और क्या कर सकते हैं वो। ब्रह्मऋषि विश्वामित्र के क्रोध को जगाकर आर्यावर्त के विनाश को निमंत्रण मत दो मित्र, शत्रुंजय के रूप में तुम्हारे पास अभी भी अपने मित्र की धरोहर है उसका रक्षण करो।'' मेघवर्ण ने उसे समझाने का प्रयास किया।

''हस्तिनापुर में तुम सबकी उपस्थिति होने के उपरांत भी मेरे मित्र की हत्या हो गयी, इसलिए मुझे मित्र कहने का दुस्साहस मत करो मेघवर्ण!'' कहकर दुर्भीक्ष ने अपना क्रोध किसी प्रकार नियंत्रित किया, ''फिर भी तुम्हारा कहा उचित ही है कि अपने एकमात्र वंशज का रक्षण मेरा उत्तरदायित्व है, इसलिए मैं अपना ये अस्त्र वापस लेता हूँ।'' कहकर दुर्भीक्ष ने मंत्रों का उच्चारण किया और ब्रह्मशिर को वापस ले लिया।

आकाश में छायी सूर्य की भाँति चमकने वाली किरणें लुप्त हो गयीं, ब्रह्मशीर अदृश्य हो गया। दुर्भीक्ष अब भी क्रोध से जल रहा था। शत्रुंजय ने उसके निकट जाकर उसे शांत करने का प्रयास किया, ''बस कीजिए काकाश्री, मैं उस अपराधी को दण्ड दे चुका हूँ।''

''तो क्या बस एक प्रहार से कीर्तिध्वज का मस्तक काटने से न्याय हो जायेगा पुत्र शत्रुंजय!''

शत्रुंजय ने दुर्भीक्ष का कंधा पकड़ उसे समझाने का प्रयास किया, ''महाराज दुष्यंत निर्दोष हैं काकाश्री, फिर भी उन्होने कल रात्रि मेरे चरणों में झुककर मुझे अपना मस्तक काटने का निमंत्रण दिया था, किंतु मैं एक निर्दोष का वध करके पाप का भागी नहीं बनना चाहता था। ये तो उनकी महानता है जो उन्होंने अपने इस अपराधबोध में सिंहासन का त्याग कर संन्यास का निर्णय ले लिया। एक पापी के किये अधर्म के लिये हस्तिनापुर से शत्रुता मोल लेना उचित नहीं, निजी प्रतिशोध के लिए लाखों आर्यवीरों के प्राण दाँव पर नहीं लगाये जा सकते।''

यह सुनकर दुर्भीक्ष का क्रोध कुछ हद तक शांत हुआ। वो आगे बढ़कर विश्वामित्र के निकट गया और उन्हें प्रणाम कर क्षमा माँगी, ''मैं अपने इस अपराध पर आपसे क्षमा चाहता हूँ ब्रह्मऋषि। आपकी ख्याति बहुत सुनी थी और आज आपके दर्शन भी हो गये, किंतु दुर्भाग्यवश आप जिनके पक्ष में हैं उनसे मेरे मैत्री सम्बंध सम्भव नहीं, इसलिए आपको प्रणाम करने के अतिरिक्त मैं आपको और कोई सम्मान नहीं दे सकता। किंतु आप ये न समझिए कि मैंने भयभीत होकर अपना ब्रह्मशीर वापस लिया है; मैं बस क्रोध में अपना विवेक खोकर एक भूल कर बैठा था जिसे मैंने सुधारा है, किंतु यदि आप शस्त्र उठाते तो मैं भी पीछे नहीं हटता।''

विश्वामित्र का क्रोध तब तक शांत हो चुका था, ''इससे अधिक सम्मान की अपेक्षा करना अन्याय होगा तुम्हारे साथ, मैं तुम्हारे पराक्रम से भलीभाँति परिचित हूँ

असुरेश्वर। तुम्हारी शस्त्र विद्या देख तो भगवान परशुराम की भी छाती चौड़ी हो जायेगी, और इसके लिये मैं तुम्हारा सम्मान करता हूँ।'' फिर कुछ क्षण रुककर उन्होने दुर्भीक्ष से कहा, ''मैं जानता हूँ हस्तिनापुर में तुम्हारे हृदय को जो घाव मिला है उसके लिये तुम इस नगर को कभी क्षमा नहीं कर पाओगे, किन्तु फिर भी मेरी इच्छा है कि यदि अपने मित्र की अन्त्येष्टि के उपरांत तुम्हें समय मिले तो गंगा के किनारे आकर मुझसे एकांत में भेंट करना, यदि तुम्हारी इच्छा हो तो।''

''आपसे वार्ता करने के सम्मान को ठुकराकर मैं आपका अपमान नहीं कर सकता ब्रह्मऋषि। शत्रुघन की अस्थियों के विसर्जन के उपरांत आपसे भेंट करने प्रस्तुत हो जाऊँगा, आज्ञा दीजिए।'' दुर्भीक्ष ने उन्हें प्रणाम किया और शत्रुघन की चिता के पास लौट आया।

अंतिम संस्कार की विधि शीघ्र ही आरम्भ हुई। अंतिम बार अपने मित्र के मस्तक पर हाथ फेरते हुए दुर्भीक्ष का हृदय फट रहा था, किंतु शत्रुंजय का संताप कम करने के लिये उसने अपने अश्रुओं को नियंत्रित कर लिया। शीघ्र ही शत्रुंजय ने दोनों चिताओं को अग्नि दी और एक बालक की भाँति दुर्भीक्ष से लिपट गया।

सूर्योदय तक जब तक चिता की अग्नि ठण्डी नहीं हो गयी, दुर्भीक्ष चिता के सामने बैठा रहा और शत्रुंजय उसकी गोद में लेटा रहा। महाबली अखण्ड और मेघवर्ण भी उनके साथ ही खड़े थे।

शीघ्र ही दोनों की अस्थियाँ एकत्र की गयीं और उसे दो अलग-अलग कलश में भरकर गंगा के किनारे ले जाया गया। मेघवर्ण, महाबली अखण्ड और भद्राक्ष भी वहाँ उपस्थित थे। अस्थि विसर्जन से पूर्व दुर्भीक्ष और शत्रुंजय ने अस्थि कलश को तट पर रखकर गंगा स्नान किया। स्नान के उपरांत वो वापस तट पर आये और कलश लेकर पुनः गंगा में खड़े होकर अपने प्रियजनों को अंतिम विदाई दी।

दुर्भीक्ष ने शत्रुंजय के कंधे पर हाथ रख उसका साहस बढ़ाया और उसे तट पर वापस ले आया। तट पर आकर दुर्भीक्ष ने देखा कि महर्षि विश्वामित्र उसकी प्रतीक्षा में खड़े हैं। उसने भद्राक्ष को आदेश दिया, ''हम यहाँ से सीधा विदर्भ की ओर निकलेंगे और वहाँ निर्णय लेंगे कि आगे क्या करना है। तुम शत्रुंजय को लेकर जाओ और महारानी दुर्धरा से भी यात्रा के लिये सज्ज रहने को कहो; मुझसे हस्तिनापुर के प्रमुख द्वार पर मिलना।''

''जो आज्ञा।'' भद्राक्ष, शत्रुंजय को लेकर चला गया।

इसके उपरांत दुर्भीक्ष मेघवर्ण और महाबली अखण्ड के निकट आया, ''आप सबने यहाँ आकर मेरे परिवारजनों को श्रद्धांजलि दी, उसका धन्यवाद... किंतु उचित यही होगा कि इस समय आपमें से कोई मेरी दृष्टि के समक्ष न आये, क्योंकि जब भी

आप में से कोई भी मेरी दृष्टि के सामने आयेगा, मेरा ह्रदय मुझे मेरी मित्र की मृत्यु का स्मरण करायेगा। अब हमारी भेंट शत्रुंजय और चंद्रलेखा के विवाह में ही होगी और उसके उपरांत कभी नहीं। "

मेघवर्ण ने आगे बढ़कर उसके कंधे पर हाथ रख उसे समझाने का प्रयास किया, "देखो मैं समझ सकता हूँ तुम पीड़ा में हो मित्र।"

दुर्भीक्ष ने उसका हाथ झटक दिया, "मित्र नहीं हूँ मैं तुम्हारा, स्मरण रहे कि तुम्हारे जन्म का उद्देश्य ही मेरा प्रतिकार है। यही सुनते आ रहे हो न तुम अपने बाल्यकाल से? तो मेरी ओर मित्रता का हाथ बढ़ाकर प्रकृति के तय किये उस प्रारब्ध को चुनौती क्यों देते हो?"

"हम सबका प्रारब्ध हमारे कर्म और चुनाव निर्धारित करते हैं दुर्भीक्ष, आशा है जब तुम्हारा ये क्रोध शांत होगा तो तुम अपने विवेक का प्रयोग कर उचित निर्णय ले पाओगे।" मेघवर्ण ने दृढ़तापूर्वक कहा।

"तुमसे विवाद करने का समय नहीं है मेरे पास। महर्षि विश्वामित्र मेरी प्रतीक्षा कर रहे हैं।"

अखण्ड ने दुर्भीक्ष का समर्थन करते हुए कहा, "ये उचित कह रहा है, हमें भी उनका आशीर्वाद लेकर प्रस्थान करना चाहिए।"

मेघवर्ण ने सहमति जतायी। फिर वो दोनों ब्रह्मऋषि विश्वामित्र का आशीर्वाद लेकर वहाँ से प्रस्थान कर गये। इसके उपरांत दुर्भीक्ष विश्वामित्र के निकट गया और उन्हें प्रणाम किया।

"हमारे साथ आइए असुरेश्वर।" कहकर विश्वामित्र उसे एक वृक्ष के समीप ले गये। तत्पश्चात वो वृक्ष के नीचे स्थित चबूतरे पर बैठे और दुर्भीक्ष को अपने सामने बैठने का संकेत दिया।

"क्षमा करें ऋषिवर मैं आपके सामने बैठने की धृष्टता नहीं कर सकता, मैं यहाँ नीचे ही बैठ जाता हूँ।"

"आप मेरे शिष्य नहीं हैं असुरेश्वर, आप नरेश हैं और आपको अधिकार है कि आप मेरे सामने बैठकर मुझसे चर्चा कर सकें। आप निःसंकोच होकर मेरे सामने विराजिए।" विश्वामित्र ने अनुरोध किया।

दुर्भीक्ष ने विश्वामित्र का अनुरोध स्वीकार किया और उनके सामने पालथी मारकर बैठ गया, "कहिए ऋषिवर क्या चर्चा करना चाहता हैं आप मुझसे?"

"कुछ प्रश्न पूछने की इच्छा थी आपसे असुरेश्वर, यदि आज्ञा हो तो आरम्भ करूँ?"

दुर्भीक्ष ने विनम्रतापूर्वक कहा, ''मुझे लज्जित न कीजिए ऋषिवर, मैं आपके प्रश्नों के उत्तर देने का प्रयास अवश्य करूँगा।''

विश्वामित्र ने अपना पहला प्रश्न पूछा, ''इसमें कोई संदेह नहीं कि आप आधुनिक संसार के सबसे श्रेष्ठ योद्धा हैं, किंतु ये तो बताइए असुरेश्वर क्या कभी आपने इस विषय में विचार किया है कि आपके अपने जीवन का उद्देश्य क्या है?''

कुछ क्षण विचार करने के उपरांत दुर्भीक्ष ने कहा, ''मेरा तो जीवन ही ऐसा रहा है ऋषिवर; जीवन के अलग अलग पड़ावों में जो भी प्रसंग उत्पन्न हुए, मैंने उसी के अनुसार अपने लक्ष्य का निर्धारण किया।''

''अर्थात आपके अपने जीवन का कोई उद्देश्य नहीं है? आपके स्थान पर आपके जैसा कोई और शक्तिमान योद्धा होता तो संसार को जीतने का अभियान अवश्य छेड़ता।''

''क्या सुखी जीवन की इच्छा करना जीवन का उद्देश्य नहीं हो सकता ऋषिवर? कल तक मैं इसी भ्रम में था कि शत्रुघन और शत्रुंजय अपने-अपने राज्य में सुख से राज करेंगे और मैं दुर्धरा के साथ पातालपुरी जाकर एक सुखमय जीवन व्यतीत करूँगा, और उस असुर प्रजा का रक्षण करूँगा जो मुझे ईश्वर की भाँति पूजती है, किंतु कदाचित नियति को ये स्वीकार नहीं था।'' दुर्भीक्ष ने हताशा भरे स्वर में कहा।

''हे असुरेश्वर, आप जैसे शक्तिमान मनुष्य के मन में ऐसा बैराग्य भाव बड़ा ही दुर्लभ गुण है और ये बैराग्य भाव इसलिए है क्योंकि आप महाऋषि ओमेश्वर के अंश से जन्मे हैं और यही कारण है...''

दुर्भीक्ष ने विश्वामित्र के कथन में हस्तक्षेप करते हुए कहा, ''क्षमा कीजिए ऋषिवर, किंतु यदि आप उस कपटी ब्राह्मण का नाम मेरे समक्ष न लें तो उचित होगा; मेरे जीवन की जितनी भी पीड़ाएँ उसका सबसे बड़ा दोषी वही ब्राह्मण हैं।''

विश्वामित्र मुस्कुराये, ''जैसी आपकी इच्छा असुरेश्वर, यदि उनका स्मरण करके आपके हृदय को पीड़ा होती है तो मैं आपकी पीड़ा का कारण नहीं बनूँगा, किंतु और भी प्रश्न है मेरे मन में।''

''ऋषि ओमेश्वर का प्रसंग छोड़कर कोई भी प्रश्न कीजिए मैं उत्तर देने को सज्ज हूँ।''

''ये बताइए असुरेश्वर, अब तक तो आप अलग-अलग प्रसंगों में अपना लक्ष्य चुनते गये, किन्तु आप आगे जीवन में स्वयं के लिए कौन-सा लक्ष्य निर्धारित करने वाले हैं?''

''जीवन में आगे क्या करना है इसका निर्णय तो मैं विदर्भ जाने के उपरांत ही करूँगा, किंतु मैं ये जानना अवश्य चाहूँगा कि आपकी मुझसे क्या आशा है?''

दुर्भीक्ष का कथन सुन विश्वामित्र मुस्कुराये, ''एक वैरागी ब्राह्मण भला आपसे क्या आशा कर सकता है असुरेश्वर, किंतु ये कहना अवश्य चाहूँगा कि सामर्थ्यवान मनुष्य को अपने जीवन में कोई न कोई लक्ष्य निर्धारण अवश्य कर लेना चाहिए। कहीं ऐसा तो नहीं कि आपका जीवन पीड़ा से इसीलिए भर गया क्योंकि सामर्थ्य होते हुए भी आपने स्वयं के लिए किसी लक्ष्य निर्धारित नहीं किया, और इस कारण समय समय पर अनुचित मार्ग का चुनाव किया।''

''मैं क्या करता ऋषिवर, जयवर्धन ने मुझे मेरे प्राण लौटाये थे इसलिए जब उसने मुझसे समर्थन का वचन माँगा तो मैं ना नहीं कर सका।'' दुर्भीक्ष ने विनम्रता भरे स्वर में कहा।

विश्वामित्र मुस्कुराये, ''कुछ समय गंगातट पर पदयात्रा करते हुए वार्ता करें असुरेश्वर?''

दुर्भीक्ष ने सहमति जतायी। शीघ्र ही दुर्भीक्ष और विश्वामित्र गंगा तट के किनारे पदयात्रा करने लगे। कुछ क्षणों उपरांत विश्वामित्र ने गंगा नदी की ओर संकेत कर कहा, ''महाराज भगीरथ ने अपने पूर्वजों के मोक्ष के लिये स्वर्ग से इस पवित्र नदी को पृथ्वी पर लाने का संकल्प लिया था, और आज उस संकल्प का लाभ समग्र संसार को मिल रहा है। चाहे वो थलचर हो या जलचर, जो भी देवी गंगा की इस पवित्र नदी का सान्निध्य को प्राप्त करता है उसके हृदय को असीम शांति प्राप्त होती है।''

दुर्भीक्ष मौन खड़ा उनकी बातें सुनता रहा। विश्वामित्र मुस्कुराये, ''मेरे कहने का अर्थ ये है कि राजा भगीरथ ने अपने जीवन में एक संकल्प लिया और आज सारे समाज को उसका लाभ प्राप्त हो रहा है। मेरा मत तो यही है कि एक समर्थ मानव के जीवन का लक्ष्य यही होना चाहिए कि वो अपने सम्पूर्ण सामर्थ्य का प्रयोग कर समाज को जितना हो सके लाभ दे सके।''

दुर्भीक्ष का स्वर गम्भीर था, ''मैं आपका संकेत समझ रहा हूँ ब्रह्मऋषि। किन्तु मुझे स्वयं पर संदेह है। मैं ये प्रयास पहले भी कर चुका हूँ और इस पुण्य के प्रयास में मेरे हाथों ऐसा जघन्य पाप हुआ कि अब चाहें जीवन भर मैं कितने भी सत्कर्म करूँ, उस एक पाप का अंधकार मेरे सभी सत्कर्मों को ढक देगा। स्त्रियों और बालकों तक को नहीं छोड़ा था मैंने, और उस पाप के बोझ का भार इतना अधिक है कि मेरे हाथ किसी सत्कर्म की ओर बढ़ते ही नहीं। कदाचित मेरे इन्हीं पापों के कारण मैंने अपने मित्र को खो दिया और न जाने मेरे इस पाप का और क्या-क्या दण्ड मिलेगा मुझे।'' कहते कहते दुर्भीक्ष का स्वर काँपने लगा।

''आपके स्वर में जो ये कम्पन है आपकी दुर्बलता का परिचय दे रहा है असुरेश्वर, और संसार के सर्वश्रेष्ठ योद्धा को ये दुर्बलता शोभा नहीं देती।'' विश्वामित्र ने प्रश्न किया।

"मैं दुर्बल नहीं हूँ, किंतु शत्रुंजय मेरा एकमात्र जीवित वंशज है, धरोहर है वो मेरे मित्र की, इसलिए उसके लिये मन में भय तो है।" दुर्भीक्ष का स्वर गम्भीर था।

"तो आपके मन में ये भय है कि कहीं आपके पापों का दण्ड उसे न मिल जाये; तो उन पापों का प्रायश्चित क्यों नहीं कर लेते?"

"यदि प्रायश्चित का कोई उत्तम मार्ग मुझे मिल जाये, तो अवश्य करूँगा ऋषिवर।"

क्षणभर विचार करने के उपरांत विश्वामित्र ने कहा, "पापों का प्रायश्चित तो धर्म के मार्ग पर चलकर ही हो सकता है असुरेश्वर, मनुष्य का मन बड़ा चंचल होता है। काम, क्रोध, ईर्ष्या, आलस्य, लालसा और अहंकार मानव के छह ऐसे दुर्गुण हैं जो कभी भी उसे पथभ्रष्ट कर सकते हैं। आपका मोह तो आपको एक बालक से बाँधता है और जो निष्पक्ष होकर बिना किसी फल की इच्छा किये अपने कर्मपथ पर आगे बढ़े, वही धर्म के मार्ग पर प्रशस्त होकर अपने पापों से मुक्त होकर मोक्ष प्राप्त कर सकता है।"

"क्षमा करें ऋषिवर, किंतु मुझे शत्रुंजय पर पूर्ण विश्वास है, इतनी छोटी आयु में ही उसमें धर्मपरायणता के जो गुण मैंने देखे हैं, उसके उपरांत मुझे पूर्ण विश्वास है कि उसका समर्थन कर मैं कुछ भी अनुचित नहीं कर रहा, मैं शत्रुंजय को भटकने नहीं दूँगा, और जहाँ तक मोक्ष प्राप्ति का प्रश्न है तो मुझे उसका कोई मोह नहीं कि मृत्योपरांत मैं किस लोक में जाऊँगा। वो जैसा भी लोक होगा पृथ्वी पर जिये मेरे नर्कतुल्य जीवन से तो उत्तम ही होगा।"

"क्या आप अपने उस वंशज की ओर से ये वचन दे सकते हैं कि वो कभी अधर्म के पथ पर नहीं चलेगा?"

दुर्भीक्ष मौन हो गया। उसे सूझा ही नहीं कि वो विश्वामित्र के इस प्रश्न का क्या उत्तर दे। विश्वामित्र ने उसके कंधे पर हाथ रख कहा, "इतने विचलित न होइए असुरेश्वर। मैं समझ सकता हूँ कि आप विदर्भ नरेश की ओर से वचन देने के अधिकारी नहीं हैं। मुझे ज्ञात है कि शत्रुंजय एक शक्तिमान योद्धा है। किंतु हे महावीर दुर्भीक्ष, शक्ति का मद मनुष्य का विवेक छीन लेता है। मैंने भी राजा विश्वरथ के रूप में यही भूल की थी। शक्ति के मद में चूर मात्र एक कामधेनु गाय के मोह में मैंने ब्रह्मऋषि वशिष्ठ से युद्ध छेड़ दिया और उन कर्मों के परिणाम स्वरूप अपने सभी पुत्रों को दिया। और अंततः संन्यास धारण कर लिया। इसीलिए मैं आपको एक सलाह अवश्य देना चाहूँगा। अपने क्रोध को नियंत्रित कीजिए और प्रयास कीजिएगा कि भविष्य में आप विकट से विकट स्थिति में अपने विवेक का प्रयोग करके अपना मार्ग चुनें, वो भी बिना किसी विशेष व्यक्ति के प्रति मोह रखे, क्योंकि जीवन में चुनाव वही उचित है जो आत्मा को संतुष्ट करे। ये शिक्षा आपको पहले भी किसी ने दी थी। यदि जीवन के कठिन

समय में आप उन वचनों को स्मरण रखेंगे तो लाभ प्राप्त होगा।''

दुर्भीक्ष ने विश्वामित्र को एक बार फिर प्रणाम किया, ''सुना था आप त्रिकालदर्शी हैं ऋषिवर, भूत, भविष्य और वर्तमान में होने वाले हर प्रसंग से परिचित हैं, यदि मेरा अनुमान उचित है तो आप मुझे मेरे प्रारब्ध से सावधान कर रहे हैं।''

विश्वामित्र मुस्कुराये, ''योद्धा का प्रारब्ध उसका चुना हुआ मार्ग तय करता है, और जहाँ तक भूत, भविष्य और वर्तमान का प्रश्न है तो उसकी व्याख्या करके अथवा उसे परिवर्तित करने का प्रयत्न कर मैं प्रकृति के नियमों का उल्लंघन नहीं कर सकता। मेरी आपसे भेंट करने का उद्देश्य बस इतना ही था कि मैं आपको सावधान कर सकूँ कि यदि आपने एक बालक के मोह में फिर से कभी अधर्म का मार्ग चुना, तो आपके पापों का भार फिर से बढ़ जायेगा। और यदि ऐसा हुआ तो आपको अनुमान भी नहीं है कि उन पापों का दण्ड किस-किस को प्राप्त होगा; कौन जाने वो आपके लिए प्राणदण्ड से भी अधिक पीड़ादायक हो।''

विश्वामित्र के वचन सुन दुर्भीक्ष विचलित हो गया। कदाचित उसके मन में आने वाले भविष्य को लेकर भय व्याप्त हो गया था। वो विश्वामित्र के समक्ष घुटनों के बल झुक गया, ''कृपा करके मुझे अपने पापों के प्रायश्चित करने का कोई उत्तम मार्ग बताइए ऋषिवर, जिससे मेरे दुर्भाग्य का अंधकार शत्रुंजय को स्पर्श न कर सके।''

विश्वामित्र ने दुर्भीक्ष के कंधे पर हाथ रखा और उसे गर्व भरी दृष्टि से देखा, ''आप जैसे महान व्यक्ति सदियों में कभी-कभार जन्म लेते हैं। आपने जीवन पर्यंत विपरीत परिस्थितियों का सामना किया, किन्तु कभी अपने माने हुये धर्म से द्रोह नहीं किया। हे महाबाओ, एक संन्यासी किसी को वचन देने का अधिकारी नहीं होता, उसका कर्म तो अपने योग से निष्काम भावना रखते हुए संसार का कल्याण करना होता है। किन्तु आज एक संन्यासी होने के उपरांत भी मैं आपको ये वचन देता हूँ कि यदि आप बिना किसी मोह के अपने माने हुए धर्म का पालन करेंगे तो मैं आपके प्रिय शत्रुंजय का रक्षण करूँगा। फिर चाहे इसके लिये मुझे प्रकृति किसी भी नियम का उल्लंघन क्यों न करना पड़े, मैं हर पाप, हर अधर्म, हर नकारात्मक ऊर्जा से उसका रक्षण करूँगा। चाहे मुझे अपने जीवन भर के यौगिक बल का प्रयोग क्यों न करना पड़े, मैं उसके प्राण बचाऊँगा, क्योंकि मुझे विश्वास है कि आपके भतीजे शत्रुंजय जैसे निश्छल और पवित्र विचारधारा रखने वाले वीर ही आर्यावर्त के लिए एक सुखद भविष्य का निर्माण कर सकते हैं।''

दुर्भीक्ष की आँखें भर आयीं। उसने विश्वामित्र के चरणों में झुककर प्रणाम किया, ''आपके इस उपकार के लिये मैं आपका ऋणी हो गया हूँ ऋषिवर, अब चाहे विकट से विकट स्थिति का सामना क्यों न करना पड़े मैं तनिक भी विचलित नहीं होऊँगा।''

विश्वामित्र ने दुर्भीक्ष को उठाया और उसे गर्व भरी दृष्टि से देखा, ''मेरी आपसे

एक विनती है असुरेश्वर।'',

''निःसंकोच होकर कहिए ऋषिवर।'' दुर्भीक्ष ने विनम्रतापूर्वक कहा।

''हमारे मध्य जो भी वार्ता हुई है उसे स्वयं तक रखने का प्रयास कीजिएगा।''

''जो आज्ञा ऋषिवर, ऐसा ही होगा; अब मुझे प्रस्थान की आज्ञा दीजिए।'' दुर्भीक्षने उन्हें प्रणाम किया।

दुर्भीक्ष, शत्रुंजय, दुर्धरा और भद्राक्ष के साथ विदर्भ की ओर प्रस्थान कर चुका था। वहीं सर्वदमन अपने कक्ष में बेचैन बैठा था। तभी द्वारपाल ने भीतर आकर उसे सूचित किया, ''महाराज दुष्यंत प्रस्थान करने वाले हैं, युवराज।''

सर्वदमन ने द्वारपाल को बाहर जाने का संकेत दिया। वो उठकर अपने कक्ष से बाहर निकला और अपनी माता महारानी शकुंतला के कक्ष में गया। महारानी शकुंतला कक्ष में अपनी शय्या पर मौन बैठी थीं। उनके मुख पर निराशा स्पष्ट दिखायी दे रही थी।

''आप यहाँ क्यों बैठीं हैं माता, पिताश्री प्रस्थान करने वाले हैं।''

सर्वदमन का स्वर सुनकर शकुंतला ने क्षण भर उसकी ओर देखा, फिर बिना कुछ कहे दृष्टि झुका ली। अपनी माता के मुख पर निराशा देख सर्वदमन उनके निकट आकर चरणों में बैठ गया, ''हे माता, मैं जानता हूँ कि महाराज की आयु संन्यास की नहीं है, किन्तु उन्हें रोकना यदि मेरे वश में होता तो आपके मुख पर ये निराशा न होती।''

रानी शकुंतला ने अपने पुत्र के सिर पर हाथ फेरते हुए कहा, ''व्यक्ति को कभी न कभी तो संन्यास धारण करना ही पड़ता है पुत्र, किन्तु दुःख तो इस बात का है कि महाराज दुष्यंत ने मुझे इस योग्य नहीं समझा कि वो अपनी इस अर्द्धंगिनी को अपने साथ ले जायें।''

सर्वदमन आश्चर्यचकित रह गया, ''पिता महाराज की तो विवशता है, किन्तु आप भी मुझे छोड़कर जाना चाहती हैं माते!''

''एक स्त्री का सद्भाग्य तो उसके पति के साथ ही होता है पुत्र, और इस प्रकार अपनी जीवन संगिनी का त्याग करके महाराज दुष्यंत ने वन में जाने का जो निर्णय लिया है, उन्हें अनुमान भी नहीं कि इससे मेरे हृदय को कितनी पीड़ा पहुँची है।'' शकुंतला के नेत्रों से अश्रु की बूँदे छलक पड़ीं।

''ऐसा इसलिए क्योंकि सर्वदमन को तुम्हारी अधिक आवश्यकता है।'' पीछे से एक स्वर सुनायी दिया। संन्यासी भेष में पूर्व हस्तिनापुर नरेश दुष्यंत ने कक्ष में प्रवेश

किया। वो शकुंतला और सर्वदमन के निकट आये।

सर्वदमन ने उनके चरण स्पर्श किये। दुष्यंत, रानी शकुंतला के निकट आकर बैठे, ''समझने का प्रयास करो शकुंतला, सर्वदमन का अभी विवाह भी नहीं हुआ है, इसलिए तुम्हारे पुत्र को तुम्हारी आवश्यकता है... अन्यथा वो अकेला पड़ जायेगा।''

''किन्तु विवाह के समय जो जीवन भर साथ निभाने का वचन दिया था उन वचनों का क्या स्वामी...'' शकुंतला ने दुष्यंत से प्रश्न किया।

''जब उचित समय आयेगा तो मैं तुम्हें अपने पास बुला लूँगा शकुंतला, अभी तो अपने पुत्र की चिंता करो, क्योंकि महाराज विश्वसेन को मनाना सरल कार्य नहीं है।'' कहते हुए दुष्यंत मुस्कुराये।

सर्वदमन का मुख लाल हो गया। शकुंतला ने प्रश्न किया, ''आपका ये विनोद मेरी समझ में नहीं आया।''

''मैं विनोद नहीं कर रहा शकुंतला, बस अपने पुत्र के प्रेम का समर्थन कर रहा हूँ।'' कहकर दुष्यंत ने सर्वदमन की ओर देखा, ''मुझे तुम्हारे और महाराज विश्वसेन की पुत्री सुनंदा के विषय में सबकुछ ज्ञात है पुत्र सर्वदमन।''

सर्वदमन का मुख लज्जा से लाल हो गया। उसने झेंपते हुए कहा, ''उसे सुनंदा न कहिए पिताश्री, सुनंदा मेरी बहन का नाम है इसलिए मैं उसे उसके दूसरे नाम ''सुमेधा'' से ही बुलाता हूँ।''

शकुंतला ने सर्वदमन का कान पकड़कर ऐंठा, ''तुम्हारे जीवन में कोई कन्या है और तुमने मुझे भनक भी नहीं लगने दी।''

''क्षमा माता, क्षमा कीजिये, मैं आपको सब कुछ विस्तार से बताता हूँ।'' सर्वदमन ने क्षमा याचना की।

''तो फिर शीघ्र बताओ उसके विषय में।'' शकुंतला ने उसे डपटते हुए कहा।

''वो मत्तमयूर के राजा विश्वसेन की पुत्री है।'' सर्वदमन ने बताया।

शकुंतला ने सर्वदमन का कान छोड़ा और उससे प्रश्न किया, ''मत्तमयूर इतना विकसित राष्ट्र तो है नहीं, तो उनका ये साहस हुआ कैसे कि उन्होने पुरुराष्ट्र के उत्तराधिकारी से सम्बंध जोड़ने से इंकार कर दिया?''

''अपनी जाति के रक्षण के लिये।'' सर्वदमन ने बताया।

''तनिक विस्तार से तो बताओ।''

''शतद्रु और सरस्वती नदी के बीच स्थित मत्तमयूर के राज्य की जनता आर्यावर्त की बाकी जनता से बहुत भिन्न है। वो जैसे थल पर जीते हैं वैसे ही जल में भी जीवित रह सकते हैं और युद्ध भी कर सकते हैं। जलचरों के उन मानव वंशजों को जलकुम्भ

कहा जाता है। कुछ वर्ष पूर्व मैं उस राज्य में जलयुद्ध की कला सीखने के उद्देश्य से गया था, वहीं मेरी भेंट वहाँ की राजकुमारी से हुई। वो तो मुझे पहली दृष्टि में ही भा गयीं,और जलयुद्ध में मेरा पराक्रम देख मैं भी उन्हें भा गया। किंतु महाराज विश्वसेन की विडम्बना ये है कि वर्षों से बाहरी राज्यों के लोगों से विवाह सम्बंध जोड़ने से जलकुम्भियों की विशिष्ट क्षमताएँ कम होती जा रही, इसलिए अब उनके राज्य में लोग किसी बाहरी मनुष्य से विवाह नहीं करते और राजा विश्वसेन अपनी पुत्री का विवाह किसी सामान्य मनुष्य से करके अपनी प्रजा का अपमान नहीं करना चाहते।'' सर्वदमन ने विस्तृत किया।

''ये तो बहुत बड़ी विडम्बना है पुत्र, क्योंकि महाराज विश्वसेन तो वही कर रहे हैं जो उनके धर्मनुसार उन्हें करना चाहिए। किन्तु ये तो बताओ, क्या राजकुमारी सुमेघा के मन में भी वही भावनाएँ हैं जो तुम्हारे मन में हैं?'' शकुंतला सोच में पड़ गयी।

सर्वदमन ने अपने मुख के संकेत से सहमति जतायी। शकुंतला सोच में पड़ गयी। उन दोनों को मौन देख दुष्यंत ने उन्हें टोका, ''इस समस्या का कोई न कोई हल महर्षि विश्वामित्र तो खोज ही लेंगे।'' कहकर दुष्यंत ने विनोद भरे स्वर में कहा, ''किन्तु मुझे बड़ा दुःख हुआ कि आज मेरे परिवार के साथ मेरा अंतिम दिन है और माँ-बेटे अपनी ही सुध में खोये हैं।''

सर्वदमन को शीघ्र ही अपनी भूल का भान हो गया, ''क्षमा कीजिए पिताश्री, मैं वन तक आपके साथ ही चलूँगा।''

दुष्यंत, सर्वदमन के कंधे पर हाथ रख मुस्कुराये, ''मैं तो बस विनोद कर रहा था पुत्र... माता और पुत्र के प्रेम में विघ्न डालने की मंशा नहीं थी मेरी।''

सर्वदमन ने अपने पिता के चरण स्पर्श कर कहा, ''किन्तु पिता भी तो ईश्वर समान ही होता है न, और मैं तो संसार के श्रेष्ठ पितृभक्त महाराज पुरु का वंशज हूँ, इसलिए यदि मैं अपने पिता के प्रति अपने कर्तव्य का निर्वहन करने में भूल करूँ तो मैं पुरुवंशी कहलाने के योग्य नहीं।''

दुष्यंत ने उसे आशीर्वाद देते हुए कहा, ''एक दिन सम्पूर्ण पुरुराष्ट्र को तुम पर गर्व होगा सर्वदमन; मेरी तुमसे एक और विनती है पुत्र।''

सर्वदमन ने हाथ जोड़कर दुष्यंत की आँखों में आँखें डालकर कहा, ''विनती नहीं पिताश्री, आदेश दीजिए।''

''मैं तो वन में जा रहा हूँ, किन्तु मुझे पुरुराष्ट्र की ये राजधानी हस्तिनापुर सदैव स्मरण रहेगी। जब तुम्हारा जन्म हुआ था, तुम्हारी कुंडली में सम्राट बनने के गुण थे। मेरी यही इच्छा कि यदि कभी जीवन में तुम सम्राट बनो तो तुम्हारी राजधानी हस्तिनापुर ही हो... ये हमारे पूर्वजों की नगरी है, इसलिए मेरे लिए बहुत आदरणीय है।''

“आपकी इस आज्ञा का पालन अवश्य होगा पिताश्री; मेरे राज्य का विस्तार चाहे जितना भी फैल जाये, मैं वचन देता हूँ कि इसकी राजधानी हस्तिनापुर ही होगी।” सर्वदमन ने दृढ़तापूर्वक कहा।

दुष्यंत मुस्कुराये, “अब हमारी भेंट तुम्हारे राजतिलक के दिन होगी पुत्र; गुरु विश्वामित्र ने कहा है कि आने वाली रामनवमी-सा शुभ मुहूर्त सदियों में एक बार आता है।”

चतुर्दशम अध्याय

कपटी भैरव

कुछ दिनों की यात्रा के उपरांत दुर्भीक्ष, दुर्धरा, शत्रुंजय और भद्राक्ष अपने कारवाँ के साथ विदर्भ लौट आये। शीघ्र ही शोक सभा का आयोजन हुआ और ब्रह्मभोज की व्यवस्था भी की गयी। ये सब कुछ समाप्त होने के उपरांत दुर्भीक्ष एक दिन शत्रुंजय के कक्ष में आया। शत्रुंजय अपने कक्ष में मौन बैठा था। द्वार पर खड़े दुर्भीक्ष के कदमों की आहट उसे नहीं मिली। दुर्भीक्ष कक्ष के बाहर खड़ा उसे निहार रहा था, तभी भद्राक्ष भी उसके समीप आकर खड़ा हो गया, ''आप क्या विचार कर रहे हैं असुरेश्वर?''

''शत्रुंजय अभी भी अपने शोक से उबर नहीं पाया है। इस स्थिति में उसे छोड़कर जाने की इच्छा नहीं हो रही।''

''किन्तु असुर प्रजा भी तो आपका उत्तरदायित्व है महाराज; आप विदर्भ नरेश की चिंता मत कीजिए, मेरे रहते कोई संकट इन्हें स्पर्श तक नहीं कर पायेगा।'' भद्राक्ष ने विश्वास भरे स्वर में कहा।

''आओ चलो पहले शत्रुंजय से भेंट कर आते हैं।'' दुर्भीक्ष और भद्राक्ष ने कक्ष में प्रवेश किया।

दुर्भीक्ष ने भीतर आकर शत्रुंजय के कंधे पर हाथ रखा। अकस्मात ही दुर्भीक्ष के आने से शत्रुंजय चौंक गया, ''आप यहाँ काकाश्री...''

''बस तुमसे विदा लेने आया था पुत्र।''

शत्रुंजय ने उठकर दुर्भीक्ष के चरण स्पर्श किये, "मैं आपको अपना कर्तव्य निभाने से नहीं रोकूँगा, किंतु क्या मैं एक प्रश्न कर सकता हूँ?"

"हाँ क्यों नहीं, कहो।"

"पातालपुरी की प्रजा का रक्षण तो दानवराज वृषपर्वा कर ही रहे हैं, किन्तु एकचक्रनगरी का क्या होगा? मेरे पिता ने जो आपसे विनती की थी वही विनती मैं भी आपसे करना चाहता हूँ, कि आप एकचक्रनगरी का उत्तरदायित्व सँभाल लें।" शत्रुंजय ने विनय भरे स्वर में कहा।

"किंतु दानवराज वृषपर्वा इस योग्य नहीं हैं पुत्र...।"

"आपकी बात काटने के लिये मैं क्षमा चाहता हूँ काकाश्री, किंतु मैं केवल अपनी पिता की इच्छा का मान रखने के लिये ऐसा नहीं कह रहा, इसके पीछे राजनैतिक कारण भी है।"

"राजनीतिक कारण? कैसे राजनीतिक कारण?" दुर्भीक्ष ने आश्चर्यपूर्वक प्रश्न किया।

"उस रात्रि मुझे कीर्तिध्वज का मस्तक काटकर संतोष करना पड़ा, क्योंकि महाबली अखण्ड ये तर्क लेकर प्रस्तुत हो गये कि पिछले युद्ध में आपने कीर्तिध्वज को पराजित और अपमानित किया था इसलिए उसने अपने निजी प्रतिशोध के लिये मेरे माता पिता की हत्या की। किंतु आप ही बताइए एक सेनापति बिना अपने राजा की आज्ञा के अपने राजअतिथि की हत्या करने का साहस भी कैसे कर सकता है। उन्हें ज्ञात था कि मैंने सम्पूर्ण दक्षिणी आर्यावर्त को अपने नियंत्रण में कर लिया है। उत्तर में पांचाल जैसे विशाल राज्य से भी हमारी संधि थी। राजा जयवर्धन ने वर्षों पूर्व आपकी सहायता से उस पर विजय प्राप्त की थी, तथा वहाँ के सम्पूर्ण राज परिवार की हत्या कर वहाँ पर अपने एक दानव प्रतिनिधि क्षत्रदेव को बिठा दिया था। किंतु राजा जयवर्धन को यह ज्ञात नहीं था कि पांचालराज का एक पुत्र वीरभद्र अपने प्राण बचाकर भाग निकला था। महाराज जयवर्धन की मृत्यु के उपरांत उस वीरभद्र ने अपने पुत्र के साथ मिलकर न केवल दानव क्षत्रदेव का वध किया, अपितु पांचाल के सिंहासन पर अधिकार भी कर लिया, और उसके उपरांत पुरुराष्ट्र ने पांचालों से संधि कर ली। इसीलिए मुझे संदेह है कि पुरुराष्ट्र के योद्धाओं की नीयत में खोट हो सकता है। क्या पता, यदि मैं निद्रा में होता तो मेरी भी हत्या हो जाती। ये भी तो सम्भव है कि ये षड्यंत्र कर उन्होने हमें दुर्बल करने का प्रयास किया हो, और उनकी मंशा उनके पूर्वजों की भाँति सम्पूर्ण आर्यावर्त पर अधिकार करने की हो।"

दुर्भीक्ष का मस्तक क्रोध से जलने लगा, "यदि ऐसा था तो तुमने मुझे पहले क्यों नहीं बताया, मैं उसी समय हस्तिनापुर से युद्ध की घोषणा कर देता।"

"क्या केवल संदेह के आधार पर लाखों योद्धाओं की बलि चढ़ाना उचित है काकाश्री?" शत्रुंजय ने प्रश्न उठाया। दुर्भीक्ष के पास उसके इस तर्क का कोई उत्तर नहीं था। कुछ देर मौन रहकर उसने शत्रुंजय से प्रश्न किया, "तो तुम किस राजनैतिक कारण की बात कर रहे थे?"

"मैंने सर्वदमन की शक्ति को देखा है काकाश्री, आपके इस शिष्य को भी उसने बड़ी सरलता से पछाड़ दिया; यदि महाराज दुष्यंत ने रोका न होता तो वो मेरा वध भी कर देता। पुरूवंश की परंपरा रही है कि वो अपने शक्ति प्रदर्शन के लिये दूसरे राज्यों पर अधिकार करने के लिये आक्रमण करते ही हैं और, मतस्य देश पर आक्रमण कर उन्होने ये सिद्ध भी किया है। मुझे बस यही भय है कि यदि उन्हें ज्ञात हुआ कि आप पातालपुरी में हैं, तो वो विदर्भ पर आक्रमण कर सकते हैं।" कहकर उसने दुर्भीक्ष के नेत्रों में संकल्प भरी दृष्टि से देखा, "मुझे मृत्यु का भय नहीं है काकाश्री, न ही राज्य का मोह है, किंतु मैं पुरूयोद्धाओं से पराजित होकर अपने माता-पिता की मृत्यु का अपमान नहीं करना चाहता, इसीलिए मैं चाहता हूँ आप एकचक्रनगरी की बागडोर सँभाल लें... इससे मेरे पिता का इच्छा का मान भी रह जायेगा और यदि हस्तिनापुर ने आक्रमण किया तो आप शीघ्र से शीघ्र मेरी सहायता के लिये आ सकते हैं। और आपकी सहायता के बिना मैंने पौरवों से नहीं जीत सकता।"

दुर्भीक्ष ने शत्रुंजय के कंधे पर हाथ रख उसे आश्वस्त करते हुए कहा, "यदि ऐसा है तो मैं अपने मित्र शत्रुघन की इच्छा का मान अवश्य रखूँगा। मैं एकचक्रनगरी चला जाऊँगा और वहाँ की सत्ता की बागडोर भी सँभाल लूँगा। और यदि किसी ने तुम्हारी ओर दृष्टि उठायी तो उसका सर्वनाश मैं अपने हाथों से करूँगा। तुम चिंता मत करो, मैं हूँ तुम्हारे साथ; किंतु क्या तुम मेरी एक विनती मानोगे?"

"कैसी विनती काकाश्री, मैं भला आपको क्या दे सकता हूँ?" शत्रुंजय ने आश्चर्यभाव से प्रश्न किया।

"दुःख बहुत झेल लिये पुत्र। अब चंद्रलेखा से विवाह करके सुखमय जीवन का आरम्भ करो।"

शत्रुंजय के मुख पर निराशा छा गयी, "क्षमा कीजिए काकाश्री, किंतु मेरे माता-पिता की मृत्यु हुए एक मास भी नहीं हुआ और आप मुझसे विवाह का उत्सव मनाने को कह रहे हैं।"

"किंतु राजकुमारी चंद्रलेखा को कब तक यूँ ही प्रतीक्षा करवाओगे पुत्र; वो तो दिन-रात इसी प्रतीक्षा में है कि तुम उसके पास जाओगे और उसका हाथ पकड़ उसे विवाह मण्डप में बिठाओगे। किसी की आशा को ऐसे कुचलना उचित नहीं है पुत्र शत्रुंजय।"

"किंतु मैं अपने पिता की मृत्यु का अपमान भी तो नहीं कर सकता। चंद्रलेखा यदि मुझसे प्रेम करती है तो क्या एक वर्ष की प्रतीक्षा नहीं कर सकती; मैं एक वर्ष से पूर्व विवाह नहीं कर सकता।"

दुर्भीक्ष मुस्कुराया, "तो ये बात स्वयं उससे जाकर क्यों नहीं कहते।"

शत्रुंजय ने कुछ क्षण विचार किया और मुस्कुराकर कहा, "यदि आपकी यही इच्छा है तो यही सही; मेरा कर्तव्य स्मरण कराने के लिये आपका धन्यवाद अवश्य करना चाहूँगा... मैं शीघ्र ही चंद्रलेखा से भेंट करने जाऊँगा।"

"तो फिर अब मैं प्रस्थान करता हूँ, भद्राक्ष तुम्हारे साथ ही रहेगा। और जब तुम्हारी विवाह की इच्छा होगी तो सूचना भिजवा देना मैं आ जाऊँगा।"

"जो आज्ञा काकाश्री, आशा है आपसे शीघ्र ही भेंट होगी।"

शीघ्र ही दुर्भीक्ष, दुर्धरा को लेकर एकचक्रनगरी की ओर प्रस्थान कर गया। उसे विदा करने के उपरांत शत्रुंजय और भद्राक्ष वापस महल में आये। शत्रुंजय अपने कक्ष में आकर बैठा। भद्राक्ष भी उसके सामने रखे आसन पर आकर बैठा और तत्काल ही अपने वास्तविक रूप में आ गया। ये कोई और नहीं रक्षगुरु भैरवनाथ था।

उसे मौन देख भैरवनाथ ने उससे प्रश्न किया, "हमारा हर एक पग हमें सफलता की ओर ले जा रहा है, फिर तुम्हारे मुख पर ये शोक क्यों है? क्यों नहीं विवाह कर लेते चंद्रलेखा से?"

"आपसे ऐसे मूर्खतापूर्ण कथन की आशा नहीं थी गुरुदेव। बचपन से अपनी पुत्री की तरह पाला है मैंने उसे, ऐसा नीच विचार आपके मन में आ भी कैसे सकता है।" शत्रुंजय का मस्तक क्रोध से जलने लगा।

"देखो, मेरी बात सुनो सुबाहु....।"

"पहले आप मेरी बात सुनिए गुरु भैरवनाथ। योजना बनाने से पूर्व आपने ये तो नहीं कहा था कि अपने उद्देश्य की पूर्ति के लिये मुझे श्रुतायुध की बलि चढ़ानी पड़ेगी।"

भैरवनाथ ने सुबाहु रूपी शत्रुंजय को समझाने का प्रयास किया, "इतनी जटिल योजना बनाने में कुछ त्रुटियाँ तो हो ही जाती हैं। जब योजना का विचार किया था तब हमें कहाँ ज्ञात था कि बिंगरौली में हमारा सामना नंदका नाम के किसी शत्रु से होगा; वैसे भी तुम जयवर्धन की संतानों को अपनी संतान मानने की मूर्खता कैसे कर सकते हो?"

"जिन्हें बाल्यावस्था से अपनी संतानों जैसा माना है उनका मोह कैसे न करूँ मैं।"

''यदि जीवन में उच्च आकांक्षाएँ हों तो आहुतियाँ देनी पड़ती हैं सुबाहु। तुम्हें अनुमान भी नहीं है कि असुरजाति का वर्चस्व स्थापित करने के लिये मैंने सदियों से कितना संघर्ष किया है, और तुम एक श्रुतायुध का शोक मनाने बैठ गये। एक बात स्मरण रखो सुबाहु, उस श्रुतायुध में रक्त तो जयवर्धन का ही था न... जैसे दिग्विजय ने तुम्हारे साथ द्रोह किया, एक न एक दिन वो भी तुम्हारे साथ द्रोह करता ही करता, ऐसे शत्रुओं का मोह करना तुम्हें शोभा देता है।''

शत्रुंजय रूपी सुबाहु निरुत्तर हो गया। भैरवनाथ ने उसे सांत्वना देते हुए कहा, ''यदि तुम चंद्रलेखा से विवाह नहीं करना चाहते तो मैं तुम्हें विवश नहीं करूँगा, किंतु अपने उद्देश्य से भटको मत, ब्रह्मदेव के दिये इस वरदान को व्यर्थ न करो।''

''मुझे समझ में ये नहीं आता कि आपने मुझे शत्रुंजय के शरीर में प्रविष्ट होने को क्यों कहा; यदि सीधा दुर्भीक्ष के ही शरीर में प्रवेश करता तो उसके बल का प्रयोग कर मैं समग्र आर्यावर्त को जीत लेता।''

भैरवनाथ ने कटाक्षमय स्वर में कहा, ''शत्रुंजय भी तो एक अनन्य योद्धा था, दुर्भीक्ष ने वायु तत्व की शक्ति दी थी उसे, फिर भी सर्वदमन की मुष्टि के एक प्रहार ने तुम्हें विचलित कर दिया; यदि वास्तविक शत्रुंजय वहाँ होता तो वो सर्वदमन के समक्ष इतना शिथिल नहीं पड़ता।''

''आप कहना क्या चाहते हैं?'' सुबाहु ने आश्चर्यपूर्वक प्रश्न किया।

''यही कि मनुष्य की सबसे बड़ी शक्ति उसका आत्मबल होता है जो उसे उसकी अंतरात्मा से प्राप्त होता है। यही कारण था कि तुम कभी जयवर्धन के सम्पूर्ण सामर्थ्य का उपयोग नहीं कर पाये। ब्रह्मदेव ने तुम्हें वरदान देते समय ये भी कहा था कि यदि तुमने किसी अधिकार किये हुए शरीर को स्वयं नष्ट करने का प्रयत्न किया, तो तुम्हारी आत्मा सीधा नर्कलोक की ओर चली जायेगी। और दुर्भीक्ष को तो जयवर्धन से कोई मोह भी नहीं था इसलिए मैं इतने मास से इस जटिल योजना पर कार्य कर रहा था, ताकि शत्रुंजय का प्रयोग कर हम दुर्भीक्ष को अपना दास बना सकें। और अब तुम्हें इसी प्रकार धर्मपरायण होने का ढोंग करते रहना है। यदि तुम्हारे व्यवहार में परिवर्तन आया तो दुर्भीक्ष को तुम पर संदेह हो सकता है, और जयवर्धन की मृत्यु के उपरांत तो महाबली अखण्ड इस खोज में ही होंगे कि सुबाहु की आत्मा किसके शरीर में वास कर रही है... एक छोटी सी चूक हमारी समस्त योजना को मिट्टी में मिला सकती है।''

शत्रुंजय ने क्षणभर विचार कर कहा, ''आपका दिया तर्क मिथ्या नहीं है गुरुदेव, किन्तु आप चिंता मत कीजिए, मैं आपके संघर्ष को व्यर्थ नहीं जाने दूँगा।'' सुबाहु ने हँसते हुए कहा, ''लेकिन इस जटिल योजना के लिये श्रम भी बहुत करना पड़ा।''

''हाँ सत्य कहा तुमने; महीनों से कार्य कर रहा हूँ मैं इस योजना पर। सर्वप्रथम

मैंने महाबली अखण्ड का वेश धरा और शत्रुघन को ये बताया कि उसका मित्र दुर्भीक्ष जीवित है... फिर भद्राक्ष जब दुर्धरा को लेकर वापस दुर्भीक्ष के पास लौट रहा था तब मैंने अपनी माया से उसके अश्वों को विचलित किया। जब भद्राक्ष अपने अश्वों के लिए जल लेने वन में गया तब मैंने उसे पकड़कर बंदी बना लिया और उससे सारी जानकारी प्राप्त की... तब मुझे अपनी योजना का अगला चरण सूझा। दुर्भीक्ष के उस परमभक्त दास भद्राक्ष को मारकर मैंने उसका स्थान लिया और दुर्भीक्ष को उसके जीवन का सम्पूर्ण सत्य बताया। इससे उसे मुझसे घृणा अवश्य होने लगी, किन्तु उसके मन में अपने परिवार और वंश के प्रति जो अगाध प्रेम उत्पन्न हुआ है उसका लाभ हमें भविष्य में प्राप्त होगा।''

भद्राक्ष रूपी भैरवनाथ ने कहना जारी रखा, ''फिर मैंने एक मायावी असुर को असुरजाति के कल्याण का तर्क देकर उसे अपना रूप लेकर अपने स्थान पर बलिदान होने के लिये प्रेरित किया, और भद्राक्ष के रूप में असुरेश्वर की सेवा में लग गया। दुर्भीक्ष ने योजना बनायी कि वो शत्रुंजय के चरित्र निर्माण के लिए एक यात्रा पर ले जाना चाहता है और इस विषय में उसने मुझसे मंत्रणा भी की, और मैंने सुझाव दिया कि बिंगरौली की जनता सबसे अधिक अशिक्षित और मूढ़ है इसलिए जनता के सबसे निम्न वर्ग से परिचित होकर शत्रुंजय का चरित्र उत्तम बनेगा। फिर मैं त्रयम्बक का वेश धरकर दुर्धरा को लेकर उसके साथ हो लिया। जब दुर्धरा के हाथों का बना हलवा खाकर दुर्भीक्ष मुस्कुराया, उसी क्षण मैं समझ गया कि उसने हमें पहचान लिया है और भद्राक्ष पर तो दुर्भीक्ष अंधा विश्वास करता ही है, इसका मैंने भरपूर लाभ उठाया।''

''पहले तो मैंने बस दुर्भीक्ष पर दृष्टि जमाये रखने का निर्णय लिया। सोने पर सुहागा ये हुआ कि उसने शत्रुंजय को वायु तत्व की शक्ति देकर उसे एक शक्तिशाली योद्धा बना दिया। बिंगरौली पहुँचने से पूर्व ही मैंने तुम्हें अर्थात जयवर्धन को ये संदेश भिजवा दिया था कि राजकुमारी चंद्रलेखा को गुप्तचर रूप में बिंगरौली भेज दिया जाये ताकि वो अपने प्रेमजाल में शत्रुंजय को फँसा सके... ताकि समय आने पर हम उसका उपयोग कर सकें। योजना बहुत सीधी-सी थी कि बिंगरौली में चंद्रलेखा शत्रुंजय का ध्यान खींचकर उसे स्वयं पर मोहित होने के लिये विवश कर देगी, और फिर वो स्वयं को अपने पिता से पीड़ित बताकर शत्रुंजय को जयवर्धन से द्वन्द्व करने को उकसाएगी। किन्तु फिर न जाने कहाँ से नंदका और उसका दल बिंगरौली पहुँच आया, इसलिए हमें योजना बदलनी पड़ी। मुझे ज्ञात था कि नंदकेश्वर जैसे ब्राह्मण का यूँ अकस्मात बिंगरौली में आना महज एक संयोग नहीं हो सकता, और जैसे कि करौल और बलरामपुर में विद्रोह भड़का था, इस बात की पूरी सम्भावना थी कि विदर्भ की अर्थव्यवस्था के तीसरे स्तम्भ बिंगरौली में भी इस प्रकार के विद्रोह की सम्भावना हो सकती है। इसलिए चंद्रलेखा को गुरुकुल में शिष्य बनाकर भेजा गया ताकि शत्रुंजय पर मोहपाश फेंकने के साथ-साथ वो उन ब्राह्मणों का भी भेद जान सके। किन्तु सद्भाग्य से

दुर्भीक्ष, शत्रुंजय को लेकर नंदका के गुरुकुल में ही चला आया। गुरुकुल के प्रथम दिन ही चंद्रलेखा ने शत्रुंजय पर ऐसा प्रभाव छोड़ा कि वो उसका पीछा करने को विवश हो गया।''

''किंतु चंद्रलेखा को शत्रुंजय से सच में प्रेम हो गया। तुम एक वृद्ध का वेश धरकर गाँव में ही विचरण करने लगे। जयवर्धन के रूप में तुमने चंद्रलेखा से नंदका की योजना को जानने का अथक प्रयास किया किन्तु सफल नहीं हो पाये। किन्तु नियति फिर भी हमारे साथ थी। नंदका ने अपना योजना-पत्र शत्रुंजय को दे दिया। तब तुम एक वृद्ध का वेश धरे घर के बाहर बैठे थे। जब अर्धरात्रि में शत्रुंजय निद्रा में था, तब मैंने वो योजना-पत्र चुराकर तुम्हें दिखाया फिर वापस शत्रुंजय के पास रख दिया।''

''फिर तुमने भी बड़ी उत्तम योजना बनायी। उन पिंजरों को बिंगरौली में ऐसे घुमाया कि नंदका के योद्धाओं को ज्ञात ही नहीं हुआ कि वृहदत्त का कारवाँ आरम्भ कहाँ से हुआ है। और तब तक ग्रामीण युवक अपनी बलि चढ़ाने के लिये उन पिंजरों में घुस चुके थे। फलस्वरूप सहस्रों ग्रामीणों की बलि चढ़ गयी और नंदका ने बिना विचारे तुम्हारी सेना पर आक्रमण कर दिया।''

''अपनी योजना के असफल होने का भय तो मुझे तब लगा था जब न जाने कहाँ से वो बल्लार बीच में आ गया। किंतु सद्भाग्य से दुर्भीक्ष ने उसे पीछे हटाकर हमारा मार्ग सरल कर दिया। फिर तुमने योजना के अनुसार शत्रुंजय को द्वन्द्व के लिये ललकारा और मेरी दी विषाक्त तलवार से तुम पर विष का प्रभाव भी दिखने लगा। उसी समय यदि शत्रुंजय, जयवर्धन का वध कर भी देता तो भी राजकुमारी चंद्रलेखा, शत्रुंजय के समक्ष विदर्भ नरेश का पद स्वीकार करने का प्रस्ताव रखने ही वाली थी, और सुबाहु के रूप में तुम उसे स्वीकार भी कर लेते।''

सुबाहु रूपी शत्रुंजय मुस्कुराया, ''इसीलिए मैं दो दिन पूर्व ही वहाँ पहुँच गया था। चंद्रलेखा छुपकर मुझसे मिलने आयी और मुझे बताया कि कैसे वो और शत्रुंजय प्रेम में पड़ चुके हैं। तब मैंने अपनी पुत्री चंद्रलेखा से कहा कि उसका भ्राता दिग्विजय द्रोह कर चुका है और श्रुतायुध तो बलरामपुर के एक साधारण-से योद्धा से परास्त हो गया इसलिए वो भी शासन के योग्य नहीं है। इसलिए मैंने उससे ये वचन ले लिया था कि यदि कल के युद्ध में मुझे कुछ हो गया तो वो शत्रुंजय को विदर्भ का शासक बनने को बाध्य कर देगी।''

भैरवनाथ ने अट्टहास करते हुए कहा, ''किन्तु हमारा सद्भाग्य था जो बल्लार बीच में आ गया, और तुमने मृत्यु से पूर्व दुर्भीक्ष से ही ये वर माँग लिया कि शत्रुंजय ही विदर्भ के सिंहासन पर बैठेगा।''

''और भाग्य का खेल तो देखिए गुरुदेव, उसी समय द्रविड़ों ने भी आर्यावर्त में कदम रखा और आपका दिया सुझाव भी बड़ा उत्तम था जिससे द्रविड़ सेना जैसी

महाशक्ति भी मेरे पक्ष में हो गयी।'' शत्रुंजय के मुख पर शैतानियत भरी मुस्कुराहट थी।

''हम्म... द्रविड़राज को उनका राज्य लौटाकर तुमने उन्हें भी अपना ऋणी बनाया और दुर्भीक्ष के समक्ष अपनी उदारता का परिचय भी दिया; तुम उसकी दृष्टि में एक धर्मनिष्ठ राजा हो जो कभी अधर्म के मार्ग पर नहीं चल सकता।''

''पर सत्य कहूँ तो ये अभिनय करना बहुत कठिन है मेरे लिए।'' शत्रुंजय ने झल्लाते हुए कहा।

''पर ये अभिनय तो तुम्हें करना ही पड़ेगा। खैर तुम ये तो बताओ उस दिन हस्तिनापुर में क्या हुआ?''

''बताता हूँ। जब कीर्तिध्वज ने शत्रुघन के कक्ष में प्रवेश किया, तब तक वो और सुदेष्णा गहन निद्रा में जा चुके थे।'' कहकर शत्रुंजय ने हस्तिनापुर में हुई उस घटना का विवरण देना आरम्भ किया।

जब कीर्तिध्वज को विश्वास हो गया कि शत्रुघन और सुदेष्णा निद्रा से नहीं जागेंगे तो उसने उस कक्ष में बनाये एक गुप्त द्वार को खोला और उसका प्रयोग कर उसमें प्रवेश कर गया। किंतु रात्रि भ्रमण पर निकले शत्रुंजय ने उसे कक्ष के भीतर जाते देख लिया।

कक्ष में प्रवेश कर कीर्तिध्वज ने अपनी कमर में छिपी कटार निकाली और गहन निद्रा में मग्न शत्रुघन और सुदेष्णा की ओर दबे पाँव बढ़ा। शय्या के बायीं ओर रानी सुदेष्णा लेटी थीं इसलिए वो उसके सबसे निकट थीं। कीर्तिध्वज ने बिना विलम्ब किये सुदेष्णा का मुख दबाया और कटार उनके हृदय में उतार दी। कीर्तिध्वज, रानी सुदेष्णा के चीखने का स्वर तो दबाने में सफल रहा किन्तु उन्होंने अपने हाथ से शत्रुघन को झटका देकर उठा दिया।

निद्रा खुलते ही शय्या पर फैला रक्त देख शत्रुघन स्तब्ध रह गया। कीर्तिध्वज ने हड़बड़ाकर शत्रुघन पर प्रहार करने का प्रयास किया, किंतु शत्रुघन ने उसका हाथ पकड़कर उसे शय्या के दूसरी ओर फेंक दिया। अपनी भार्या का रक्त देख शत्रुघन की भुजाएँ फड़क उठीं। कीर्तिध्वज ने उठकर प्रहार करने का प्रयत्न किया किंतु शत्रुघन ने शय्या से उठकर उसकी छाती पर ऐसी लात मारी कि वो कक्ष में रखे एक घड़े से जा टकराया। उसे शत्रुघन के मस्तक पर मानों यमराज दिख रहा था। किंतु इससे पूर्व कि वो आगे बढ़ता, उसकी पीठ पर किसी ने कटार से प्रहार किया।

किंतु पीठ पर लगे उस घाव से कहीं अधिक पीड़ा उसे तब हुई जब उसने पलटकर पीछे खड़े व्यक्ति की ओर देखा। उसका मुख देख शत्रुघन को विश्वास ही नहीं हुआ। ये उसके हृदय पर कुठाराघात जैसा था, ''पु... पुत्र शत्रुंजय तुम!''

शत्रुंजय के मुख पर मुस्कुराहट थी। उसने शत्रुघन की पीठ में धँसी कटार

निकाली और वापस उसकी छाती में घोंप दी। मृत्युशय्या पर लेटी रानी सुदेष्णा अपने पुत्र के इस घात को देख सहन न कर पायीं। उनकी हृदयगति रुक गयी और आत्मा ने देह का त्याग कर दिया। शत्रुंजय ने शत्रुघन को भूमि पर धकेल दिया। एक हारा हुआ पिता अपने पुत्र का विरोध नहीं कर पाया।

वहीं कीर्तिध्वज के पाँवों तले जमीन खिसक गयी। उसने हड़बड़ाते हुए कहा, ''ये... ये सब क्या है, मुझे इस षड्यंत्र का भाग नहीं बनना।'' कहकर वो कक्ष से भागने लगा। किन्तु शत्रुंजय ने उसकी गर्दन पकड़कर उसे भूमि पर धकेल दिया। इसके उपरांत उसने कीर्तिध्वज के हाथ से उसकी कटार छीनी, उसका मुख बंद कर उसे भूमि पर गिराया और दायीं जाँघ पर प्रहार किया। कटार इतनी लम्बी थी कि वो जाँघ को चीरते हुए भूमि में धँस गयी। कीर्तिध्वज ने चीखने का प्रयास किया किन्तु शत्रुंजय ने उसका मुख दबाकर उसे चेतावनी देते हुए कहा, ''यदि त्रिगर्ता का सिंहासन चाहिए तो मौन बैठे रहो, अन्यथा तुम्हारे प्राणों का अंत करने में मुझे एक क्षण भी नहीं लगेगा।''

शत्रुंजय की चेतावनी सुन कीर्तिध्वज मौन हो गया। भूमि पर दीवार के सहारे बैठा शत्रुघन आश्चर्य भरी दृष्टि से अपने पुत्र की ओर देख रहा था। शत्रुंजय उसके सामने पालथी मारकर बैठ गया।

शत्रुघन को अभी भी विश्वास नहीं हो रहा था जो सामने बैठा है वो शत्रुंजय ही है। पीड़ा से तड़पते हुए शत्रुघन के मुख से शब्द निकले, ''ये... ये सब क्या है पुत्र?''

शत्रुंजय बिना कुछ कहे बस मुस्कुराये जा रहा था। उसकी आसुरी मुस्कान देख शत्रुघन को संदेह हो गया, ''नहीं नहीं, तुम मेरे पुत्र नहीं हो, अवश्य ही कोई मायावी हो।''

''उचित अनुमान लगाया एकचक्रनगरी नरेश। जिस दिन तुम्हारे पुत्र ने जयवर्धन को पराजित किया था उसी दिन रात्रि में विश्राम के समय मैंने तुम्हारे पुत्र के शरीर पर अधिकार कर लिया था। मेरा नाम सुबाहु है... वही सुबाहु जिसने पहले राजा जयवर्धन के शरीर का प्रयोग कर दुर्भीक्ष को अपनी मुट्ठी में किया था, और अब तुम्हारे इस पुत्र का शरीर पूर्ण रूप से मेरे अधिकार में है। तुम्हारे पुत्र की आत्मा तो इस शरीर के कोने में दबकर रह गयी है। तनिक विचार तो करो दुर्भीक्ष अपने इस भतीजे और एकमात्र वंशज के लिए क्या क्या कर सकता है।'' शत्रुंजय रूपी सुबाहु के मुख पर दुष्टता भरी मुस्कान थी।

क्रोधित शत्रुघन ने उठकर प्रहार करने का प्रयास किया, किंतु शत्रुंजय के रूप में सुबाहु ने इस बार कटार का प्रहार सीधा शत्रुघन के हृदय पर किया। पीड़ा से तड़पता हुआ शत्रुघन भूमि पर गिर पड़ा।

''तुम्हारा प्रयत्न व्यर्थ है शत्रुघन, अब सम्पूर्ण आर्यावर्त पर असुरों की पताका

लहराना निश्चित है। हम असुर, देवों को झुकाने में तो विफल रहे, किंतु मनुष्यों को तो हमारे समक्ष झुकना ही होगा।'' सुबाहु ने छाती ठोकते हुए कहा।

शत्रुघन ठहाका मार कर हँस पड़ा, ''ये प्रयास तुम सदियों से करते आये हो, किंतु राक्षस, असुर और दानव मिलकर भी आज तक अपने अभियान में सफल नहीं हो पाये और न कभी हो पायेंगे, ब्रह्माण्ड में श्वेत शक्तियों का अकाल नहीं पड़ा। चाहें तुम दुर्भीक्ष को ही अपना प्रमुख अस्त्र क्यों न बना लो, कोई न कोई योद्धा अवश्य आयेगा जो उसे भी पराजित कर देगा, क्योंकि अधर्म की विजय न पहले कभी हुई और न कभी सम्भव हो सकती है।'' कहते-कहते शत्रुघन ने अपने नेत्र बंद कर लिये।

शत्रुंजय रूपी सुबाहु ठहाका मारकर हँस पड़ा, ''व्यर्थ का प्रलाप... मृत्यु की ओर जाता व्यक्ति और कर भी क्या सकता है।'' कहकर शत्रुंजय ने शत्रुघन के हृदय पर कटार एक और प्रहार किया।

शत्रुघन की हृदयगति शीघ्र ही रुक गयी। शत्रुंजय उठकर अपने शरीर पर लगा रक्त पोछने लगा। भयभीत कीर्तिध्वज ने अपनी जांघ में धँसी कटार निकाली, ''मुझे अपनी भूल का भान हो गया है, मैं इस अधर्म का भागी नहीं बनूँगा।''

कहकर वो कक्ष से भागने लगा। यह देख शत्रुंजय रूपी सुबाहु उसके पीछे दौड़ा।

''उसके बाद क्या हुआ वो तो आप जानते ही हैं गुरुदेव।'' कहकर शत्रुंजय ने भैरवनाथ को देख अट्टहास किया।

भैरवनाथ ने भी अट्टहास करते हुए उसका समर्थन किया, ''सत्य कहा तुमने सुबाहु; अब तुम देखना, तुम्हारा पक्ष लेते हुए और हस्तिनापुर के पुरु योद्धाओं पर शस्त्र उठाते हुए जब दुर्भीक्ष को ये अटल विश्वास होगा कि वो धर्म के पक्ष में है तब उसके सामर्थ्य की कोई सीमा नहीं होगी। संसार का कोई भी वीर उसके इस विश्वास की शक्ति के समक्ष टिक नहीं पायेगा।''

''सो तो है गुरुदेव, अब दुर्भीक्ष मेरी मुट्ठी में है।'' शत्रुंजय ने मुस्कुराते हुए कहा।

''केवल इतना ही पर्याप्त नहीं है सुबाहु, तुम्हें केवल दुर्भीक्ष को ही नहीं अपितु विदर्भ की समस्त प्रजा को अपनी मुट्ठी में करना है।''

''वो क्यों?'' शत्रुंजय ने आश्चर्यपूर्वक प्रश्न किया।

''दुर्भीक्ष के सामने जो तुम्हारी छवि है वो धूमिल नहीं होनी चाहिए, इसलिए तुम्हें अपने स्वभाव के विपरीत अपनी प्रजा का पालन एक पिता की भाँति करना ही होगा। जयवर्धन ने जो भूल की वो तुम्हें नहीं करनी... प्रजा के साथ कोई अन्याय या कोई अधर्म नहीं होना चाहिए।''

''ये तो आप मेरे स्वभाव के विपरीत व्यवहार करने को कह रहे हैं गुरुदेव, मानवों

से सद्भावना रखना बड़ा कठिन है मेरे लिए।'' शत्रुंजय ने खीझते हुये कहा।

''किंतु जब तक हम अपने उद्देश्य में सफल नहीं हो जाते तुम्हें ऐसा करना ही होगा। प्रजा का ऐसा पालन करो कि जब समय आये तो हर एक प्रजाजन तुम्हारे लिए प्राण देने को तत्पर हो जायें। यदि तुम अपनी ये छवि बनाये रखोगे तो कोई लाख बार भी दुर्भीक्ष से कहेगा कि तुम्हारे शरीर में सुबाहु की आत्मा है वो कभी विश्वास नहीं करेगा।''

''मैं समझ गया गुरुदेव... आगे की क्या योजना है?'' शत्रुंजय रूपी सुबाहु ने प्रश्न किया।

''सर्वप्रथम हमें ये सिद्ध करना है कि असुर, राक्षस अथवा दानव प्रजाति मानवों से श्रेष्ठ है।''

''और वो हम करेंगे कैसे?'' शत्रुंजय ने प्रश्न किया।

भद्राक्ष रूपी भैरवनाथ मुस्कुराया, ''आर्यावर्त के जितने भी राज्य तुम्हारे अधिकार में नहीं है, वहाँ के हर जिले हर प्रांत में सात सात मायावी असुरों के दल को भेजा जायेगा जो मानव का भेष धर वहाँ प्रवेश करेंगे। वो सब मिलकर कुछ इस प्रकार कार्य करेंगे कि मानव एक-दूसरे के ही शत्रु बनने लगेंगे, बिना कारण पाप करने लगेंगे। फिर उन्हें अपने राजा के विरुद्ध विद्रोह के लिये उकसाया जाएगा। पुरुराष्ट्र और उनके मित्र राज्यों को छोड़ बाकी सभी राज्यों में ऐसे असुर भेजे जायेंगे।''

''पुरुराष्ट्र को छोड़कर क्यों?''

''क्योंकि ब्रह्मऋषि विश्वामित्र, महर्षि कण्व जैसे विद्वानों के रहते वहाँ हमारी योजना सफल नहीं हो पायेगी। और मैं ये भी नहीं चाहता कि पौरवों को हमारी योजना की भनक भी लगे इसलिए उनसे दूर ही रहो। जनता को पापी बनाने हेतु पहले उनमें असंतोष को जन्म देना होगा, और इस असंतोष का लाभ उठाकर उन्हें अपने-अपने राजाओं के विरुद्ध विद्रोह के लिये उकसाया जायेगा। तब आर्यावर्त में उन सभी के सिंहासनों की नींव हिल जायेगी जो तुम्हारे नियंत्रण में नहीं हैं। सिंहासन खाली होने लगेंगे और एक-एक करके असुरजाति के योद्धा उन पर अधिकार करते जायेंगे। कुछ मानवों के रूप में, तो कुछ असुरों के रूप में और कुछ सिंहासन खाली छोड़ दिये जायेंगे ताकि किसी को हमारी योजना पर संदेह न हो। कई राज्यों की प्रजा अनियंत्रित होने लगेगी और जितने भी राज्य तुम्हारे नियंत्रण में हैं वहाँ तो कोई ऐसा पाप फैलेगा नहीं, तो तुम आर्यावर्त के लिये एक उदाहरण बन जाओगे कि तुमने कैसे कुशलतापूर्वक समग्र दक्षिणी आर्यावर्त को नियंत्रण में किया हुआ है, फिर तुम दुर्भीक्ष से यह कहोगे कि तुम असमर्थ राजाओं और पापी हो रहे मानवों को नियंत्रित करने के लिये समग्र आर्यावर्त को जीतकर चक्रवर्ती सम्राट बनना चाहते हो।''

शत्रुंजय के मुख पर शैतानियत भरी मुस्कुराहट छा गयी, ''और मैं दुर्भीक्ष की सहायता से एक असुर होकर समग्र आर्यावर्त का सम्राट बन जाऊँगा।'' कहकर शत्रुंजय ने ठहाका लगाया।

''हमारा उद्देश्य यहीं समाप्त नहीं होगा शत्रुंजय!'' भैरवनाथ ने चेतावनी भरे स्वर में कहा।

''तो इसके अतिरिक्त और क्या चाहिए आपको?'' शत्रुंजय ने आश्चर्यपूर्वक प्रश्न किया।

''मेरा उद्देश्य सम्पूर्ण आर्यावर्त पर केवल तुम्हारा नहीं सम्पूर्ण असुरजाति का वर्चस्व स्थापित करना है... किन्तु द्रविड़ों को अपने राज्य में सुख से राज करने देना, क्योंकि वो हमारी शक्ति का आधार बनेंगे। तुम्हारे आर्यावर्त पर विजय के अभियान को छेड़ने से पूर्व हम पहले चार-पाँच अशक्त राजाओं की हत्या भी करवायेंगे ताकि आर्यावर्त के बाकी राजाओं के मन में भय उत्पन्न होने लगे कि प्रजा का किया विद्रोह उनकी मृत्यु का कारण भी बन सकता है। हो सकता है भय के मारे कुछ लोग खुद ही अपना सिंहासन छोड़ दें। एक बार तुम्हारा अधिकार सम्पूर्ण आर्यावर्त पर हो गया, तब तुम्हारे अधिकृत हर राज्य में असुर, राक्षस और दानवों का प्रवेश होगा और मानवजाति को उनका दासत्व स्वीकार करना होगा।''

''और कुंतल और किष्किंधा का क्या होगा? वहाँ के राजा भी तो अपने राज्य में धर्म और मानवता का राग अलापते रहते हैं।'' शत्रुंजय ने प्रश्न उठाया।

''उन्हें हमें झेलना होगा, तब तक, जब तक सम्पूर्ण आर्यावर्त पर अधिकार नहीं कर लेते, उसके उपरांत हम विचार करेंगे कि उनका क्या करना है।''

शत्रुंजय ने मुस्कुराते हुए भैरवनाथ से कटाक्षमय स्वर में प्रश्न किया, ''इतनी बड़ी-बड़ी बातें तो आपने कह दीं, किन्तु क्या ये सब आपको वास्तव में इतना सरल लगता है? जब किसी राज्य के राजा की हत्या होगी और उस पर कोई असुर विराजमान होगा तो... तो क्या आर्यावर्त के शेष राजा मौन बैठे रहेंगे? क्या असुरेश्वर को हम पर संदेह नहीं होगा। और क्या पुरुराष्ट्र जैसी महाशक्ति आर्यावर्त को असुरों के हाथ में जाता देख मौन बैठी रहेगी?''

''जहाँ तक असुरेश्वर दुर्भीक्ष का प्रश्न है तो मैं तुम्हें बता दूँ कि वो मानवों और असुरों में कोई भेद नहीं करता, क्योंकि काम, क्रोध, ईर्ष्या, लालसा, अहंकार और आलस्य जैसे जो छह दुर्गुण असुरों में पाये जाते हैं, वही मनुष्यों में भी विद्यमान होते हैं। इतना ही नहीं, ये दुर्गुण तो किसी भी जाति के किसी भी प्राणी में हो सकते हैं इसलिए दुर्भीक्ष को असुरों का आर्यावर्त के राज्यों के सिंहासन पर विराजमान होना नागवार नहीं होगा, और यदि उसे कोई आपत्ति हुई भी तो भद्राक्ष के रूप में मैं उसे समझा लूँगा। रही

बात पौरवों की, तो तुमने उचित ही कहा कि आर्यावर्त में होने वाली उथल-पुथल को देख वो मौन तो नहीं बैठेंगे।''

''तो फिर उनके लिए हमें क्या करना चाहिए?'' शत्रुंजय ने प्रश्न किया।

''अभी तो पहले मुझे सात-सात मायावी असुरों को आर्यावर्त के विभिन्न राज्यों में भेजने का प्रबंध करना है... इस अभियान का नाम होगा रक्षप्रकोप। यदि हम अपने उद्देश्य में सफल रहे तो समग्र आर्यावर्त की शक्ति के समक्ष एक अकेला पुरुराष्ट्र भला कब तक टिक पायेगा। किन्तु उससे पूर्व भी ये पूरी सम्भावना है कि पौरव योद्धा असुरों को विभिन्न राजसिंहासनों पर देख कोई न कोई कदम अवश्य उठायेंगे, और उनकी गतिविधि क्या होगी ये जाने बिना मैं उनके विरुद्ध कोई योजना नहीं बना सकता।''

शत्रुंजय ने कुछ क्षण विचार कर कहा, ''सुना है महाराज दुष्यंत किसी वन में तपस्या हेतु चले गये हैं और हस्तिनापुर का सिंहासन इस समय रिक्त है। सूचना ये भी है कि आने वाली रामनवमी से पूर्व हस्तिनापुर के युवराज सर्वदमन का राजतिलक नहीं होने वाला। और राजसिंहासन रिक्त हो तो युवराज का अपने राज्य पर इतना प्रभाव नहीं होता गुरुदेव... तो अराजकता तो वहाँ भी फैलायी जा सकती है।''

भैरवनाथ उसे देख मुस्कुराया, ''तुम्हें भी राजनीति की अच्छी ख़ासी समझ हो गयी है सुबाहु; किन्तु पुरुराष्ट्र में ये सम्भव नहीं, क्योंकि सर्वदमन अकेला नहीं है, उसके साथ पास महाबली अखण्ड और मेघवर्ण जैसे योद्धा भी हैं जो इस समय हस्तिनापुर के निकट ही मथुरा के वनों में निवास कर रहे हैं। इसीलिए अभी मथुरा, अयोध्या, पांचाल और पुरुराष्ट्र के निकट के किसी भी प्रांत में हमारे असुर सैनिक नहीं जायेंगे।''

''किन्तु एक जटिल प्रश्न अभी भी है गुरुदेव, और वो ये है कि आपके हाथ में तो असुरों का नियंत्रण है नहीं, फिर आप ये करेंगे कैसे?''

भद्राक्ष मुस्कुराया, ''दुर्भीक्ष ने मुझे दानवराज वृषपर्वा को ये संदेश देने के लिये कहा है कि वो एक वर्ष की अवधि के उपरांत वृषपर्वा से भेंट करने जायेंगे और उसी समय वो पातालपुरी के भविष्य की घोषणा करेंगे... किन्तु।''

''किन्तु आप उन्हें कुछ और ही संदेश देने वाले हैं, है न?''

''तुम मुझे समझने लगे हो सुबाहु। पातालपुरी के सिंहासन को सँभाले वृषपर्वा को वही संदेश प्राप्त होगा जो मैं उसे दूँगा... उससे अपनी योजना के विषय में बताऊँगा और ये कहूँगा कि ये असुरेश्वर दुर्भीक्ष की योजना है।''

''किन्तु यदि दुर्भीक्ष और वृषपर्वा की भेंट हो गयी तो?''

''उसकी चिंता मत करो, उस विषय में मैंने सोच रखा है; अभी तो मुझे उन राक्षस, असुर और दानव जाति के उन योद्धाओं को खोजना है जो इस योग्य हों कि उन

राजाओं के स्थान पर बैठ सकें जिन्हें हम सत्ता से हटायेंगे। और अपने इसी उद्देश्य की पूर्ति के लिये मैं पातालपुरी जा रहा हूँ। पहले मैं वहाँ से असुरों को विभिन्न राज्यों की ओर रवाना करूँगा। आरम्भ होगा मुख्यतः गांधार, कम्बोज, कश्मीर, तक्षशिला, मत्तमयूर और दस छोटे-छोटे अन्य राज्य से ।''

''जैसी आपकी इच्छा गुरुदेव... आप प्रस्थान कीजिए, तब तक मैं चंद्रलेखा से भेंट कर आता हूँ।''

पंचदशम अध्याय

रक्षप्रकोप

हर दिन की भाँति प्रातःकाल सर्वदमन तलवार से वृक्षों को काट रहा था। किन्तु आज उसका मन बहुत विचलित था। एक-एक के बाद एक उसने वन के कई वृक्ष काट दिये।

तभी पीछे से उसे विश्वामित्र ने टोका, ''ये क्या कर रहे हो सर्वदमन?''

सर्वदमन ने मुड़कर विश्वामित्र को प्रणाम किया। उसके मुख का भाव देख विश्वामित्र ने प्रश्न किया, ''हस्तिनापुर के भावी राजा को इतना विचिलत होना शोभा नहीं देता।''

''मुझे क्षमा करें गुरुदेव, किंतु मुझे वो दृश्य भुलाये नहीं भूलता जब मेरे निर्दोष पिता का गर्व और उनकी तलवार शत्रुंजय के समक्ष झुकी थी; उस कीर्तिध्वज के कारण मेरे पिता अपने पूर्वजों के समक्ष लज्जित हुए और मैं कुछ न कर सका... दिन रात वो क्षण मुझे बिच्छू की भाँति डंक मारता है गुरुदेव ।'' सर्वदमन ने खीझते हुये कहा।

''कीर्तिध्वज को तो उसके किये पापों का दण्ड प्राप्त हो गया, अब अपना मन मैला करके क्या लाभ प्राप्त होगा तुम्हें?''

''पीड़ा तो इस बात कि है कि कीर्तिध्वज को दण्ड हमारे हाथों प्राप्त होना चाहिए था, किन्तु वो हो न सका।'' श्वास भरते हुए सर्वदमन ने कहा, ''आपने उचित ही कहा गुरुदेव, पुराने घावों को स्मरण करने से भविष्य अंधकारमय हो सकता है, किन्तु आप

ही बताइए कि अपनी इस पीड़ा का निवारण मैं कैसे करूँ?''

विश्वामित्र मुस्कुराये, ''जब महाराज दुष्यंत नवमी के दिन हस्तिनापुर का राजमुकुट तुम्हारे शीश पर रखेंगे तब उनकी चौड़ी छाती और गर्व से भरे नेत्र देख स्वयं ही तुम्हारी समस्त पीड़ा दूर हो जायेगी। किन्तु अभी के लिये मत्तमयूर जाओ और अपने प्रेम को जीतकर लाओ, कदाचित इससे तुम्हारे हृदय को संतोष प्राप्त हो।''

कुछ क्षण विचार कर उसने प्रश्न किया, ''किन्तु मेरी अनुपस्थिति में शत्रु लाभ उठा सकता है गुरुदेव।''

''उसकी चिंता मत करो, भगदत्त जैसे महावीर को सेनापति नियुक्त किया है तुमने, वो इस नगर पर आँच नहीं आने देगा। और यदि कोई विकराल संकट आया तो मैं अपने सबसे तीव्रगति से उड़ने वाले बाज को मथुरा भेजकर मेघवर्ण को बुला लूँगा और उसकी शक्ति का सामना तो दुर्भीक्ष के अतिरिक्त और कोई नहीं कर सकता।'' विश्वामित्र ने सर्वदमन को आश्वस्त करते हुए कहा।

''जैसी आपकी इच्छा, मैं अभी मत्तमयूर की ओर प्रस्थान करता हूँ।'' विश्वामित्र को प्रणाम कर सर्वदमन यात्रा की तैयारी करने हेतु प्रस्थान कर गया।

गांधार

पातालपुरी के सबसे निकट के राज्य गांधार की सीमा में अनेक असुरों का दल पहुँच चुका था। सात असुरों के दल का नेतृत्व करते हुए वृषपर्वा के ज्येष्ठ पुत्र अनुप्रवा ने गांधार की राजधानी में प्रवेश किया। उन सातों ने मानव का वेश धरा हुआ था। शीघ्र ही वो राजनगर की प्रजा के साथ घुल-मिल गये।

योजना के अनुसार अर्धरात्रि के समय अनुप्रवा एक असुर को साथ लेकर गांधार के राजवैद्य के घर में छुपकर प्रवेश कर गया।

अनुप्रवा के साथ छुपे अनुचर ने प्रश्न किया, ''अब हमें आगे क्या करना है महामहिम?

''कुछ दिनों से गांधार की राजधानी में एक प्रकार का रोग फैला हुआ है; ये रोग लगभग राजनगर की एक चौथाई जनता को अपनी चपेट में ले चुका है। अब तक लगभग पचास लोगों की इससे मृत्यु भी हो चुकी है। सुना है राजवैध सुबोध ने इसकी ओषधि बना ली है और वो कल से इसे प्रजा में वितरित करने वाले हैं।'' कहकर अनुप्रवा ने अपनी कमर में बँधी पोटली में से एक शीशी निकाली, ''आओ मेरे साथ।''

अनुप्रवा और उसका अनुचर दबे पाँव राजवैद्य की प्रयोगशाला में गये। वहाँ एक विशालकाय मटके में वो औषधि भरी पड़ी थी जो राजवैद्य को कल प्रजा में बाँटनी थी। अनुप्रवा ने अनुचर को आसपास दृष्टि जमाये रखने के लिये कहा। फिर उसने धीरे से जाकर वो पूरी शीशी उस मटके में खाली कर दी। तत्पश्चात वो दोनों दबे पाँव राजवैद्य के घर से बाहर निकले। बाहर निकलने के उपरांत अनुचर ने चलते-चलते अनुप्रवा से प्रश्न किया, ''ये तो बताइए महामहिम कि आपने जो कुछ भी किया उसका प्रभाव क्या होगा?''

अनुप्रवा ने मुस्कुराते हुए कहा, ''राजवैद्य की बनायी हुई ओषधि निःसंदेह प्रजा के हर रोगी को स्वस्थ कर देगी, किन्तु मैंने जो मिश्रण उसमें मिलाया है वो उन सभी रोगियों को मदांध भी कर देगा; उनका मानसिक संतुलन इतना बिगड़ जायेगा कि वो अपने आसपास किसी मनुष्य को देख उसे अपना शत्रु मान उस पर प्रहार करने लगेंगे।''

''किन्तु यदि औषधि का ऐसा असर दिखने लगा तो राजवैद्य सावधान नहीं हो जायेंगे?''

''नहीं, क्योंकि मेरा ये मिश्रण मनुष्य के शरीर पर प्रभाव दिखाने में कम से कम तीन दिवस का समय लेता है, और तब तक तो ये दवा गांधार के राजनगर के सभी रोगियों तक पहुँच ही जायेगी... इसलिए चिंता मत करो हम अपने उद्देश्य में अवश्य सफल होंगे।''

तीन दिन उपरांत

अनुप्रवा के छह अनुचर दो-दो का तीन दल बनाकर गांधार के राजनगर के अलग-अलग स्थानों पर फैलने लगे। योजना के अनुसार दो अनुचरों का दल नगर में एक साथ घूम रहा था। उन दोनों ने देखा कि एक स्थान पर भीड़ इकट्ठी हो रही है। यह देख दोनों आपस में बात करते-करते भीड़ के आसपास चलने लगे।

पहले अनुचर ने दूसरे से कहा, ''अरे भैया सुने हैं कि गांधारराज सत्यसेन ने राजवैद्य से मिलकर बड़ा घिनौना षड्यंत्र रचा है।''

''अरे हाँ भैया, सुनने में आ रहा है कि जिस भंयकर रोग से गांधार के राजनगर की प्रजा ग्रसित है उसकी ओषधि राजवैध ने बना ली है और सभी रोगियों को दे भी दी गयी; किन्तु उन औषधियों में बड़ा झोल है भैया।''

''सही कहे भैया तुम, सुने हैं कि गांधारराज ने अपनी अधिकतम प्रजा को मरवाकर उनकी सम्पत्ति पर अधिकार करने की योजना बनायी है, इसीलिए जिस भी रोगी को राजवैद्य सुबोध ने अपनी औषधि दी है वो ठीक तो हो जायेगा, किन्तु उसकी

मानसिक स्थिति ऐसी हो जायेगी कि वो क्रोध में आकर अपने आसपास के मनुष्यों की हत्या करने लगेगा।''

''वाह! क्या योजना बनायी महाराज सत्यसेन ने, साँप भी मर जाये और लाठी भी न टूटे... प्रजा की हत्या का पाप भी महाराज के सर ना लगे और जिनके परिवार के लोग मारे जायें उनकी पूरी सम्पत्ति तो वैसे ही राजकोष में चली जायेगी।''

तभी उनकी बात सुनने वाले एक नगरवासी ने उन्हें टोका, ''एय, तुम दोनों क्या भ्रांतियाँ फैला रहे हो हमारे महाराज के विषय में, कोतवाल से शिकायत करें तुम्हारी?''

उनमें से एक अनुचर ने ऐंठते हुए कहा, ''अच्छा भैया तो अब हम भ्रांतियाँ फैला रहे हैं, अरे तुम सुने नहीं क्या कि आज सुबह-सुबह ननकू नाम के एक किसान ने अपने पूरे परिवार की हत्या कर दी। और वो भी उसी रोग से पीड़ित था जिसकी निवारक औषधि राजवैद्य बना रहे थे।''

उस नगरवासी ने उस अनुचर को जोर से डपटा, ''प्रलाप बंद करो, हमारे महाराज प्रजा के रक्षक हैं, उन पर संदेह करना पाप है हमारे लिए।''

तभी पीछे से दो चीखते हुआ स्वर सुनाई दिये। नगरवासियों ने पलटकर देखा तो दो वृद्ध स्त्री और पुरुष एक युवक से भाग रहे थे जो उनके पीछे हँसिया लेकर उन्हें दौड़ा रहा था।

''अरे ये तो बिरजू है, ये अपने ही माँ-बाप को क्यों दौड़ा रहा है?'' एक नगरवासी ने उसे पहचान लिया।

तभी एक अनुचर ने हस्तक्षेप करते हुए कहा, ''अरे ये भी तो उसी रोग से पीड़ित था न जिसकी औषधि राजवैध ने प्रजा को बाँटी थी।''

इस बार अनुप्रवा के उस अनुचर की बात संदेह का रूप लेकर नगरवासियों के हृदय में घर कर गयी। वे सभी आपस में चर्चा करने लगे। अनुप्रवा के छह अनुचरों ने धीरे-धीरे ये भ्रांतियाँ पूरे नगर में फैला दी। इतना पर्याप्त था प्रजा के मन में विद्रोह की भावना उत्पन्न करने के लिये। और कुछ दिनों में राजवैध की औषधी का दुष्प्रभाव समग्र प्रजा को झेलना पड़ा। कई लोगों ने अपने ही परिवारजनों की हत्या कर दी।

जब प्रजा का क्रोध बढ़ने लगा और वो लोग राजाज्ञा का उल्लंघन करने लगे तथा राजकीय सम्पत्ति को क्षति पहुँचाने लगे, तब कोतवालों ने उन पर अंकुश लगाने का प्रयास किया। तब एक सामान्य ग्रामीण के वेश में दानव अनुप्रवा उनका नायक बनकर उभरा और दो-दो नगर कोतवालों को उनके दल समेत मार डाला। जिन कोतवालों ने मामले की जाँच करने का प्रयास किया, उन्हें अनुप्रवा के अनुचरों ने छुपकर मार डाला और आरोप उन मदांध रोगियों पर लगा दिया जो राजवैद्य की औषधि से पीड़ित हुए थे। जब राजा सत्यसेन को इस बात का ज्ञान हुआ तो उन्होंने ग्रामीणों से वार्ता करने का

निश्चय किया।

नगर के प्रधान ने अनुप्रवा को ही प्रजा का प्रतिनिधि चुना क्योंकि तब तक अनुप्रवा नगरवासियों की दृष्टि में उनका नायक बन चुका था। नगरवासियों को लेकर अनुप्रवा सीधा राजमहल की ओर आने लगा।

गांधारराज सत्यसेन को जैसे ही इसकी सूचना मिली वो अपने विश्वासपात्र योद्धाओं के साथ प्रांगण में आ खड़े हुए। नगरवासी चीखते हुए राजमहल के बाहर आ पहुँचा।

सत्यसेन के आदेश पर सैनिकों ने प्रवेश द्वार बंद कर दिये। नगरवासियों ने द्वार के बाहर से ही पथराव आरम्भ कर दिये। महल की दीवारों की ऊँचाई इतनी अधिक नहीं थी कि फेंके हुए पत्थरों से बचा जा सके। सैनिक पत्थरों से घायल होने लगे।

कुछ देर पथराव करने के उपरांत द्वार के बाहर खड़े अनुप्रवा ने एक बड़ी चट्टान उठायी और पूरी शक्ति लगाकर द्वार के पार फेंकी। उस चट्टान से टकराकर तीन-तीन सैनिकों के मस्तक फट गये और वो घायल होकर भूमि पर गिर पड़े।

यह देख राजा सत्यसेन ने आदेश दिया, ''खोल दो द्वार।''

सेनापति ने उन्हें सावधान करने का प्रयास किया, ''किन्तु यहाँ हमारे पास पर्याप्त सेना नहीं है महाराज, हम इन्हें रोक नहीं पायेंगे।''

सत्यसेन ने सेनापति को मौन रहने का संकेत दिया, ''हमें प्रजा का सामना करना ही होगा, अन्यथा मुझे सिंहासन पर बैठने का कोई अधिकार नहीं है।''

द्वार खुलते ही सहस्त्रों नगरवासियों की भीड़ राजा के समक्ष आकर खड़ी हो गयी और राजा सत्यसेन के विरुद्ध नारे लगाने लगी। सत्यसेन ने उन्हें शांत करने का प्रयास किया।

वहीं अनुप्रवा के एक संकेत पर ही समस्त ग्रामीण मौन हो गया।

प्रजा का उस पर प्रभाव देख सत्यसेन हतप्रभ रह गये, ''तो वो तुम हो जो मेरी प्रजा को मेरे विरुद्ध भड़का रहे हो।''

''इतना घृणित षड्यंत्र रचने के उपरांत आप मुझ पर आरोप लगा रहे हैं... स्वार्थ और धन-सम्पत्ति के लालच में आपने एक रोग का लाभ उठाया और सहस्त्रों के प्राण ले लिये। ये कैसा अत्याचार है?'' अनुप्रवा ने चुनौती भरे स्वर में कहा।

सत्यसेन को भी क्रोध आ गया, ''हमने कोई षड्यंत्र नहीं किया, ये एक मिथ्या आरोप है।''

''प्रलाप मत कीजिए महाराज, ये सब आपकी और राजवैद्य की मिलीभगत है। यदि आप निरपराध थे तो अभी तक अपनी प्रजा के रक्षण का कोई उपाय क्यों नहीं

किया? पिछले दो दिनों में ही सहस्त्रों की बलि चढ़ गयी। कितनों को तो हम नगरवासियों ने अपनी शक्ति से नियंत्रित कर कैद किया है, वहीं आप और आपके राज्य के योद्धा हाथ पर हाथ धरे बैठे रहे।''

अनुप्रवा का आक्षेप सुन सत्यसेन ने स्वयं का बचाव करते हुआ कहा, ''हमें स्थिति का कोई अनुमान नहीं था, किसी भी स्थिति का मुआयना करने हेतु दो दिन पर्याप्त नहीं होते। हम प्रजा की इस मुश्किल घड़ी में उनके साथ हैं और हम अवश्य ही इसका कोई उपाय करेंगे।''

''क्षमा करें महाराज, किन्तु आपका ये राजनगर इतना भी बड़ा नहीं है कि दो दिनों में आप स्थिति का मुआयना नहीं कर सकते, इसलिए प्रलाप बंद कीजिए महाराज और राजवैद्य को दण्ड देकर सत्ता छोड़िए।'' अनुप्रवा ने चुनौती देते हुए कहा।

''बिना अपराध प्रमाणित हुए न किसी को दण्ड मिल सकता है और न मैं सत्ता छोड़कर राज्य की व्यवस्था बिगाड़ सकता हूँ।'' अकस्मात ही हमने सत्ता छोड़ दी तो इस राज्य को सँभालेंगा कौन? सत्यसेन ने तर्क दिया।

यह देख अनुप्रवा के एक अनुचर ने उसका हाथ उठाकर कहा, ''ये योद्धा बनेगा हमारा नया राजा।''

अनुप्रवा के शेष अनुचरों ने भी ऐसा ही किया। भोले भाले नगरवासियों भी बिना विचारे अनुप्रवा के समर्थन में नारे लगाने लगे।

सत्यसेन ने अनुप्रवा की खिल्ली उड़ाते हुए कहा, ''ये साधारण-सा ग्रामीण राजा बनेगा... गांधार का नरेश बनने के लिये केवल वाकचातुर्य नहीं भुजाओं का बल भी चाहिए। और वैसे भी किस जाति और गोत्र का योद्धा है ये जो राजा बनने का स्वप्न देख रहा है?''

अनुप्रवा ने गरजते हुए कहा, ''मैं आपके ही राज्य के एक सैनिक की संतान हूँ राजा सत्यसेन, इसलिए क्षत्रिय तो मैं हूँ ही। और यदि नगरवासियों की इच्छा है कि मैं उनका शासक बनूँ तो मैं अपनी शक्ति का प्रदर्शन कर आपको पराजित भी करूँगा और इतने नगरवासियों के जो प्राण गये हैं उसके दण्ड स्वरूप आपका वध भी करूँगा राजा सत्यसेन... यदि अपनी क्षत्रियता और सिंहत्व पर इतना ही अभिमान है तो स्वीकार करो मेरी मल्लयुद्ध की चुनौती। नगरवासियों ने मुझे अपना प्रतिनिधि बनाया है और उनकी ओर से मैं वचन देता हूँ कि यदि तुमने मुझे पराजित कर दिया तो हम सब लौट जायेंगे।''

क्रोधित सत्यसेन ने अपने अंगवस्त्र उतारे, ''तुम्हें तो मैं अपने हाथों से दण्ड दूँगा।''

सत्यसेन और अनुप्रवा दौड़ते हुए मल्लयुद्ध को टकरा गये। आवश्यकता से

अधिक आत्मविश्वास से भरे सत्यसेन दुर्बल पड़ने लगे। उन्हें भूमि पर गिराकर अनुप्रवा उसकी छाती पर सवार हो गया। इसके उपरांत वो बिना रुके सत्यसेन के मुख पर मुष्टि से प्रहार करने लगा। सत्यसेन का मुख रक्तरंजित करने के उपरांत अनुप्रवा अपना दायाँ घुटना लेकर सीधा सत्यसेन की गर्दन पर चढ़ गया।

''ये उन सभी नगरवासियों की हत्या का दण्ड है सत्यसेन।'' अनुप्रवा ने अपना सम्पूर्ण बल लगा दिया और देखते ही देखते सत्यसेन के प्राण पखेरू उड़ गये।

सत्यसेन की मृत्यु के साथ ही वहाँ उपस्थित सभी योद्धाओं की दृष्टि झुक गयी। वो सभी अपने समर्पण का संकेत दे चुके थे।

नगरवासियों ने अनुप्रवा की जय-जयकार आरम्भ की। अनुप्रवा ने अपने एक अनुचर को बुलाकर आदेश दिया, ''जितने भी रोगियों को हमने बंदी बनाया है उन्हें उस मादक तत्व की काट वाली ओषधि दे दो।''

''जो आज्ञा गांधारराज, बस उन्हें जल की कुछ तीव्र धाराएँ ही तो मारनी हैं।'' अनुचर उसे देख मुस्कुराया।

कम्बोज

जब अनुप्रवा गांधार के अभियान में व्यस्त था उसी दौरान मतंग नाम के मायावी असुर ने अपने दल के साथ कम्बोज की राजधानी में प्रवेश किया। योजना के अनुसार वो और उसके सभी छह अनुचरों नगरवासियों में घुल-मिल गये। कम्बोज का राजा शुक्रमान कुछ हद तक तो प्रजा के कल्याण का कार्य तो करता था किंतु सूर्यास्त के उपरांत वो भोग-विलास में मस्त हो जाता, और किसी में इतना साहस नहीं था कि सूर्यास्त के उपरांत उसके इस आनंद में विघ्न डालने का प्रयास करे, क्योंकि वो राजा अहंकारी और क्रोधी भी था। मतंग और उसके दल की योजना शुक्रमान के इसी दुर्गुण का लाभ उठाने की थी।

नगर में एक गज्जूमल नाम का फैली तोंद वाला साहूकार था। उसके पास ही एक घर में संतोष नाम का उसका दास भी निवास करता था। साहूकार की एक बीवी और दो पुत्र थे और दास संतोष की भी एक बीवी और दो पुत्र और एक पुत्री थे। साहूकार अपने दास के साथ मित्रवत व्यवहार ही करता था और तो और उसे व्यापारिक यात्रा में भी अक्सर साथ ले लिया करता था।

मतंग और उसके अनुचरों ने अपनी योजना का पहला शिकार साहूकार और उसके दास को ही बनाया। सूर्यास्त के उपरांत दास संतोष अक्सर स्वयं को स्वच्छ करने नदी किनारे जाता था। उस संध्या जब वो नदी से लौट रहा था तब मतंग का अनुचर उसे

खींचकर झाड़ियों में ले गया। अनुचर ने अपना मुख ढका हुआ था। संतोष ने चीखने का प्रयास किया किन्तु अनुचर ने उसका मुख दबाकर उसके हाथ में पत्र थमाया और उसे चेतावनी दी, ''ये पत्र लो और ध्यान से पढ़ो।'' कहकर अनुचर ने संतोष को झाड़ी के बाहर धकेल दिया।

भूमि पर गिरे संतोष को पहले तो कुछ समझ नहीं आया, किन्तु अनुचर का दिया पत्र पढ़ते ही उसकी आँखें आश्चर्य से फैल गयीं।

तुम्हारा ज्येष्ठ पुत्र हमारे पास है, यदि उसे जीवित देखना चाहते हो तो अपने मालिक साहूकार गज्जूमल की हत्या कर दो। केवल आधे प्रहर का समय है तुम्हारे पास, यदि तुमने ये कार्य पूर्ण नहीं किया तो वन के दक्षिणी भाग में तुम्हारे पुत्र का शव लटका हुआ मिलेगा और यदि किसी से भी कुछ बताया तो तुम्हारे साथ तुम्हारा सम्पूर्ण परिवार काल के गाल में समा जायेगा।

संतोष को पहले तो कुछ समझ नहीं पाया। वो भागता हुआ अपने घर की ओर दौड़ा। संध्या काल में अपने पुत्र को वहाँ न पाकर वो विचलित हो गया। एक क्षण के लिये उसने अपने मालिक की हत्या के विषय में विचार भी किया, किन्तु अगले ही क्षण उसके विवेक ने उसे सँभाल लिया, ''नहीं नहीं मैं अपने ईश्वर समान मालिक की हत्या नहीं कर सकता, ये भी तो सम्भव कि किसी ने परिहास किया हो।'' विचार कर वो भागता हुआ वन के दक्षिणी भाग की ओर गया।

इधर साहूकार गज्जूमल भी संध्या को अपने घर के बाग में टहल रहा था। मतंग के एक अनुचर ने बड़े से पत्थर में एक पत्र लपेटकर गज्जूमल के कंधे पर मारा और वहाँ से भाग गया। गज्जूमल स्तब्ध रह गया। कुछ क्षणों उपरांत उसने पत्थर में लिपटा पत्र उठाकर पढ़ा।

तुम्हारा ज्येष्ठ पुत्र हमारे पास है, यदि उसका जीवन चाहते हो तो अपने दास संतोष की पत्नी को निर्वस्त्र करके नगर के चौराहे पर लाओ; यदि किसी को सूचित करने का प्रयास किया तो तुम्हारे साथ तुम्हारे सम्पूर्ण परिवार का अस्तित्व समाप्त कर दिया जायेगा। यदि हमारी चेतावनी को गम्भीरता से नहीं लिया तो आधे प्रहर के उपरांत वन के पश्चिम भाग में अपने पुत्र का शव लटका हुआ पाओगे।

वो चेतावनी भरा पत्र देख साहूकार को क्रोध आ गया। अपने घर के भीतर आकर अपने ज्येष्ठ पुत्र को अनुपस्थित देख वो विचलित हो गया। साहूकार भागता हुआ कोतवाल के पास गया और उसे इस घटना की सूचना दी। इसके बाद नगर के कई लोगों को साथ लेकर साहूकार अपने पुत्र को खोजने के लिये वन के पश्चिमी भाग की ओर निकले ।

इधर विचलित हुआ संतोष, वन के दक्षिणी भाग में आया। अकस्मात ही भूमि पर

उसे ताजा रक्त दिखायी दिया। वो दौड़ता हुआ उसी मार्ग पर आगे बढ़ता गया। कुछ दूर आगे आने के पश्चात जो दृश्य उसने देखा उससे उसका हृदय फट पड़ा। उसके ज्येष्ठ पुत्र का शव वृक्ष से लटका हुआ था। उसके शरीर के कई भाग में छिद्र किये गये थे जहाँ से रक्त की धारा बहे जा रही थी। संतोष अपना सर पकड़कर भूमि पर बैठ गया और विलाप करने लगा। तभी एक पत्र में लिपटा हुआ पत्थर संतोष को आकर लगा। संतोष ने पत्थर में लिपटा वो पत्र उठाया। उसे पढ़कर भय के मारे संतोष के पसीने छूट गये।

दिया गया कार्य शीघ्र से शीघ्र पूर्ण करो अन्यथा तुम्हें अपने दूसरे पुत्र का भी शव देखना पड़ेगा।

इस संदेश के साथ ही मतंग के अनुचरों ने संतोष के सामने एक हँसिया भी फेंक दी। संतोष ने भारी मन से वो हँसिया उठायी और साहूकार की हत्या करने दौड़ पड़ा।

इधर वन के पश्चिमी भाग में नगर के लोगों को साथ लेकर जब साहूकार पहुँचा तो उसे भी अपने पुत्र का शव वृक्ष से लटका हुआ मिला। साहूकार घुटनों के बल आ गया। उसे भी मतंग के अनुचरों ने पत्थरों में लपेटकर संदेश भेजा। साहूकार ने सँभलकर वो पत्र पढ़ा।

तुम्हें चेतावनी दी गयी थी कि किसी को इस विषय में ज्ञात नहीं होना चाहिए और इसके उपरांत भी तुम अपने परिवार को असुरक्षित छोड़ आये। फिर भी हम तुम्हें एक और अवसर देते हैं। हमने तुम्हारे दूसरे पुत्र का भी हरण कर लिया है, अब यदि उसे जीवित देखना चाहते तो अपने दास की पत्नी को निर्वस्त्र करके चौराहे पर खड़ा करो।

साहूकार पत्र फेंककर अपने घर की ओर दौड़ा। कोतवाल ने वो पत्र उठाकर देखा। उस पत्र का कागज और उस पर चिन्हित अक्षरों को देख कोतवाल स्तब्ध रह गया, ''ऐसे कागज...ऐसे कागज का प्रयोग तो राजा शुक्रमान के पुत्र राजकुमार उल्लूप करते हैं और स्याही भी उन्हीं की है।''

रात्रि के अंधकार में वृक्ष की ओट में छुपे दो अनुचरों ने कोतवाल की ये बात सुन ली।

''चलो इस साहूकार ने कोतवाल को बुलाकर हमारा कार्य और सरल कर दिया, अन्यथा हमें और कई दिनों तक मेहनत करनी पड़ेगी। महामहिम मतंग ने बहुत उत्तम योजना बनायी थी राजकुमार उल्लूप के कागज और स्याही और कागज चुराकर।'' एक अनुचर ने दूसरे से कहा।

''सही कहा मित्र, चलो महामहिम को इसकी सूचना दी जाये।'' दूसरे अनुचर ने उसका समर्थन करते हुए कहा।

इधर साहूकार भागते हुए दास संतोष के घर में घुस गया। घर में घुसते ही उसने

शय्या पर बैठी संतोष की पत्नी को आदेश दिया, ''अपने वस्त्र उतारो दासी!''

संतोष की पत्नी क्रोधित हो गयी, ''ये क्या प्रलाप कर रहे हैं आप?''

''प्रलाप नहीं कर रहा... तुम मेरे दास की पत्नी हो तथा मेरी दासी हो इसलिए मेरा अधिकार है तुम पर।'' कहकर साहूकार ने संतोष की पत्नी के बाल पकड़े और उसे पकड़कर घर से बाहर ले आया। संतोष की पत्नी ने भरसक विरोध किया और बाहर निकलते हुए जब लोगों की दृष्टि उस पर पड़ी, तो उसका विरोध और बढ़ गया। यह देख साहूकार ने उसे भूमि पर गिराया और उसके वस्त्र फाड़ने आरम्भ कर दिये।

तभी हाथ में हँसिया लिये संतोष वहाँ पहुँचा आया। साहूकार का दुष्कर्म देख उसके मन से ग्लानि का स्थान क्रोध ने ले किया। वो दौड़ता हुआ साहूकार की ओर गया और इससे पहले कि साहूकार सँभल पाता उसने हँसिये के एक ही वार से साहूकार की आधी गर्दन काट दी। गज्जूमल की गर्दन से रक्त का फव्वारा फूटा और वो भूमि पर गिरकर तड़पने लगा। संतोष तब तक प्रहार करता रहा जब तक उसकी गर्दन कटकर अलग नहीं हो गयी। तब तक कोतवाल समेत और लोग भी वहाँ एकत्रित हो गये।

उसकी गर्दन काटते हुए संतोष के स्वयं के नेत्रों में भी अश्रु आ गये। हँसिया उसके हाथ से गिर गयी। संतोष की बीवी के वस्त्र कई जगह से फट गये थे। जब लोगों की दृष्टि उस पड़ी तो वो ये अपमान सहन नहीं कर पायी। उसने भूमि पर गिरी हँसिया उठायी और अपनी गर्दन पर चला दी।

ये झटका संतोष सहन न कर पाया। वो भूमि पर गिरकर मूर्छित हो गया। मतंग और उसके दो अनुचर वहीं उपस्थित थे। तभी कोतवाल का एक सैनिक उसके पास सूचना लेकर पहुँचा, ''कोतवाल जी, पास में ही दो घरों में ऐसा विवाद हुआ कि उन दोनों घरों के लोगों ने एक-दूसरे के कई परिवारजनों को मार डाला।''

कोतवाल दौड़ता हुआ उस सैनिक के पीछे गया।

मतंग ने अपने अनुचरों को आदेश दिया, ''दो शिकार पूरे हुए, अब भ्रांतियाँ फैलाने का समय हो गया है।''

मतंग और उसके असुर दल ने अपनी योजना के अनुरूप कार्य करना आरम्भ किया। मतंग और उसके अनुचर तो भ्रांतियाँ फैला ही रहे थे, ऊपर से नगर में आये दिन विचित्र घटनाएँ हुई जा रही थीं। कितने नगरवासियों ने एक-दूसरे की हत्या कर दी और नगरवासी इन सबका कारण केवल कम्बोज के युवराज को मान रहे थे। मतंग के अनुचरों ने ये भ्रांतियाँ अलग फैला दी थीं कि युवराज उल्लूप ये सब केवल अपने मनोरंजन के लिये कर रहे हैं। संतोष ने कोतवाल के साथ जाकर राजा शुक्रमान से न्याय की गुहार लगायी, किन्तु अपने पुत्र पर लगा आरोप शुक्रमान ने मान्य नहीं किया, ऊपर से संतोष को चेतावनी दी कि यदि वो दोबारा उनके द्वार पर आया तो उसे

मृत्युदण्ड प्राप्त होगा। राजा के इस निर्णय ने आग में घी का कार्य किया।

समस्त नगरजनों में विद्रोह की ज्वाला धधकने लगी, किन्तु उनमें भय भी था कि राजा शुक्रमान के महल की रक्षा लगभग दस सहस्त्र सैनिक करते थे। उनका सामना भला नगरवासी करते तो करते कैसे।

मतंग, राजा शुक्रमान और उसके पुत्र उल्लूप की हत्या की योजना पर कार्य करने लगा। उसने और उसके अनुचरों ने छुपकर पहले लोगों में शत्रुता फैलायी फिर स्वयं ही उनके बीच सुलह करवाने सामने आये। ऐसा चार-पाँच बार करते हुए मतंग ने कोतवाल से मित्रता करके उसका विश्वास जीत लिया।

एक दिन मतंग और कोतवाल साथ बैठकर जलपान कर रहे थे।

''इस राजा का तो कुछ करना पड़ेगा मित्र, इक्कीस दिनों में अब तक दो सौ लोग युवराज उल्लूप के मनोरंजन की भेंट चढ़ चुके हैं।'' मतंग ने कोतवाल को भड़काते हुए कहा।

कोतवाल ने खीझते हुये उसका समर्थन किया, ''उचित कहा मित्र, युवराज तो अपने अपराध को स्वीकार करने को तैयार नहीं हैं और राजा शुक्रमान तो अपने पुत्र का विरोध करने से रहे। और ऊपर से आरोपित को खोजने का कार्य भी हम कोतवालों को दिया जो कि ये जानते हैं कि ये कार्य युवराज का ही है; भला और किस में इतना साहस कैसे हो सकता है जो दिनदहाड़े लोगों को अपहरण करे और लोगों को एक-दूसरे को ही मारने पर विवश कर दे। कम्बोज एक स्वतंत्र राज्य है और बाहर का कोई व्यक्ति तो राजनगर में प्रवेश करता दिखा नहीं।''

''मैं तो कहता हूँ अब युवराज को पाठ पढ़ाने का समय आ गया है।'' मतंग ने सुझाव दिया।

''किन्तु हम ये करेंगे कैसे, दस सहस्त्र का सैन्य दल रक्षा करता है उनके महल की।''

''सुना है हर पूर्णिमा की संध्या को राजा शुक्रमान अपने परिवार के साथ अपनी कुलदेवी के दर्शन को जाता है और उस समय उसके रक्षण के लिये केवल दो सहस्त्र सैनिक होते हैं, क्यों न हम इसका लाभ उठायें?'' मतंग ने सुझाव दिया।

''हम भला इसका क्या लाभ उठा सकते हैं... दो सहस्त्र सशस्त्र सैनिकों के आगे तो पाँच सहस्त्र नगरवासी भी टिक नहीं पायेंगे।''

''मैं युद्ध करने की बात नहीं कर रहा कोतवाल जी।'' कहकर मतंग ने अपनी पोटली में से एक शीशी निकालकर कोतवाल को दिखायी, ''मेरे पिता कम्बोज के ही एक नगर में वैद्य का कार्य करते थे, इसी कारण मुझे भी कुछ द्रव्यों का ज्ञान है।''

"हाँ ये तो तुमने पहले भी बताया था, किन्तु इन द्रव्यों से क्या होगा?" कोतवाल ने प्रश्न किया।

"इन द्रव्यों की कई शीशियाँ हैं मेरे पास, इसे अग्नि में डालने से एक विचित्र धुंध उत्पन्न होती है जो मनुष्य की चेतना छीन लेती है। मेरा सुझाव ये है कि हम इस धुंध को उन दो सहस्त्र सैनिक और राजा शुक्रमान के परिवार पर छोड़ेंगे, फिर हम लगभग सौ नगरवासियों को एकत्र करेंगे जो मुख पर कपड़ा बाँधकर राजपरिवार तक पहुँच जायेंगे। सैनिकों और राजपरिवार के अन्य लोगों की मूर्छा का लाभ उठाकर हम युवराज उल्लूप को बंदी बना लेंगे और उसे प्रताड़ित कर उसी के मुख से उसका सत्य उगलवायेंगे। जब युवराज लिखित में अपना अपराध स्वीकार कर लेंगे, तो राज्य के न्यायतंत्र को उन्हें दण्ड देने से तो स्वयं महाराज भी नहीं रोक सकते।"

कोतवाल ने कुछ क्षण विचार किया, "योजना तो उत्तम है, किन्तु नगरवासियों को इसका गम्भीर परिणाम भोगना पड़ सकता है।"

"यदि युवराज को नियंत्रित नहीं किया तो वैसे ही न जाने कितने नगरवासियों की बलि चढ़ जायेगी। और यदि युवराज ने अपना अपराध स्वीकार लिया, तो न्यायतंत्र के रहते राजा प्रजा को कोई हानि नहीं पहुँचा पायेंगे।" मतंग ने तर्क दिया।

कोतवाल ने कुछ क्षण विचार करने के उपरांत मतंग के तर्क से सहमति जतायी, "उचित कहा तुमने मित्र, हम तुम्हारी इसी योजना पर अमल करेंगे।"

पूर्णिमा का दिन शीघ्र ही आया। राजा शुक्रमान अपने परिवार और सुरक्षादल के साथ कुलदेवी के मंदिर की ओर बढ़े। जब उनका कारवाँ वन मार्ग से होते हुए जा रहा था, तभी वन में अग्नि की छोटी-छोटी लपटों से मूर्छा का धुआँ समग्र वन में फैलने लगा। मतंग और उसके छह अनुचरों के साथ नगरवासी अपने मुख पर वस्त्र बाँधकर उस धुंध के बीच घुस गये। कोतवाल भी उनके साथ था।

राजपरिवार और उनका सुरक्षादल मूर्छित हो चुका था, किन्तु जैसे ही नगरवासियों ने धुंध में प्रवेश किया उनके नेत्रों में जलन होने लगी। कोतवाल भी अपनी आँखें मलने लगा। वहीं मतंग और उसके अनुचरों ने अपने नेत्रों को पारदर्शी पन्नियों से ढक लिया जिससे धुंध उनके नेत्रों मुं प्रवेश न कर सके। राजपरिवार को विवश देख मतंग और उसके दल ने राजा शुक्रमान, उनके पुत्र उल्लूप, उनकी रानी और कुछ चार-पाँच सैनिकों का गला रेत दिया और रक्त से सने अस्त्र कुछ नगरवासियों और कोतवाल के हाथ में थमा दिये। इसके उपरांत मतंग और उसके अनुचर वहाँ से भाग खड़े हुए।

नगरवासी और कोतवाल धुंध छटने तक अपनी आँखें मलते रहे। धुंध छटने के

उपरांत जब सैनिकों की आँखें खुलीं तो उन्होंने राजपरिवार का शव देख। जिन नगरवासियों के हाथ में रक्त से सने शस्त्र थे सैनिकों ने उन पर आक्रमण कर दिया। कोतवाल समेत दस अन्य नगरवासी मारे गये, शेष को बंदी बना लिया गया।

अपना उद्देश्य पूर्ण कर अनुप्रवा और उसका दल कम्बोज के राजनगर से पलायन कर गया।

तक्षशिला

जब गांधार और कम्बोज में अनुप्रवा और मतंग अपने अभियान पर कार्य कर रहे थे उसी दौरान कम्बोज से आती हुई कुम्भा नदी को पार करते हुये मायावी राक्षस अश्वसेन ने मानव वेश धरकर अपने दल के साथ तक्षशिला की राजधानी में प्रवेश किया।

अश्वसेन की अद्भुत नौका तक्षशिला के राजनगर की जनता का विशेष आकर्षण बन गयी थी। चालीस गज लम्बी, दस गज चौड़ी, स्वर्णों से जड़ित नौका ने सभी का ध्यान आकर्षित कर रखा था। वो नौका इतनी बड़ी थी कि उसे चलाने के लिये सात नाविकों की आवश्यकता थी और वो सातों नाविक स्वयं अश्वसेन और उसके छह अनुचर ही थे। अश्वसेन ने नगरवासियों को लुभाकर नौका विहार का व्यापार आरंभ किया। उसने उन्हें लुभाने के लिये अपनी नौका की प्रशंसा में ये बात फैलायी कि उसकी नौका गहरी से गहरी नदी में भी बड़ी सरलता से तैर सकती है। व्यापार के आरम्भ से ही उसने बहुत कम दाम पर नगरवासियों को सैर करवाया। कुछ ही दिनों में अश्वसेन नाम का नाविक तक्षशिला की राजधानी में प्रसिद्ध हो गया।

शीघ्र ही उसकी प्रसिद्धि की चर्चा तक्षशिला के नरेश सर्वसेन तक पहुँची। राजा सर्वसेन ने उसे दरबार में आमंत्रित किया। दरबार में आकर अश्वसेन ने राजा को प्रणाम किया।

राजा सर्वसेन ने उससे प्रश्न किया, ''आजकल हमारी राजधानी में तुम्हारे बहुत चर्चे हैं नाविक, तनिक हमें भी बताओ इसका कारण क्या है?''

''इसका कारण मेरी अद्भुत नौका है महाराज।'' अश्वसेन ने विनम्रता भरे स्वर में कहा।

''ऐसी क्या विशेषता है तुम्हारी नौका की?''

''मेरी नौका इतनी बड़ी है महाराज कि उसमें पाँच सौ जन यात्रा कर सकते हैं; नदी की बड़ी से बड़ी लहरें भी मेरी इस नौका का कुछ नहीं बिगाड़ सकतीं। इसलिए

किसी भी नदी अथवा सागर की गहराइयों में जाकर भी बड़ी बड़ी से बड़ी लहरों के समक्ष ये दृढ़ खड़ी रहती है।''

''किन्तु यदि नदी में भयानक जलचर सामने आ गये तो?'' सर्वसेन ने प्रश्न उठाया।

अश्वसेन मुस्कुराया, ''मैं जानता था आप ये प्रश्न अवश्य पूछेंगे महाराज। और मैं आपको बता देना चाहता हूँ कि मेरी नौका के चारों ओर ऐसे लम्बे-लम्बे भाले लगे हुए हैं जो किसी भी जलचर को अपने समक्ष फटकने भी नहीं देंगे।''

''भाले! क्या इतने भाले यदि बाहर की तरफ होंगे तो उनके भार से नौका का संतुलन नहीं बिगड़ जायेगा?'' सर्वसेन ने आश्चर्य भाव से प्रश्न किया।

''कदापि नहीं महाराज... ये शूल नौका के भीतर ही छुपे रहते हैं और जब तक उन्हें नियंत्रित करने वाले सातों हत्थों को एक साथ न घुमाया जाये तब तक वो बाहर नहीं आते। मेरी आपसे विनती है महाराज कि आप भी मेरी इस भव्य नौका को एक बार अपनी सेवा का अवसर अवश्य दें, सामान्य प्रजा के साथ नौका विहार करके आप स्वयं इस अद्भुत यात्रा की प्रसन्नता सभी के मुख पर देखेंगे।'' अश्वसेन ने विनती करते हुए कहा।

सर्वसेन ने मुस्कुराते हुए सहमति जतायी, ''हम तुम्हें ये अवसर अवश्य देंगे अश्वसेन, हम तुम्हारी नौका में सवार होकर सिंधु नदी की गहराइयों को मापना चाहेंगे। कल हम, हमारे दस अंगरक्षक, सेनापति, परिवार और मंत्रीमण्डल के कुछ लोग प्रजाजनों समेत पूरे पाँच सौ लोग नौका विहार का आनंद लेने आयेंगे, क्या इतने लोगों का भार तुम्हारी नौका उठा पायेगी?''

अश्वसेन ने प्रसन्न भाव से कहा, ''निःसंदेह महाराज, आपकी प्रतीक्षा रहेगी।''

अगले दिन प्रातः काल राजा सर्वसेन अपने दल के साथ नदी तट पर पहुँच गये। उसकी भव्य नौका देख सर्वसेन बहुत प्रसन्न हुए। अश्वसेन और उसके छह अनुचर नाविकों के स्थान पर आकर बैठ गये।

''तनिक अपने भालों के तो दर्शन करवाओ अश्वसेन।'' सर्वसेन ने निवदेन किया।

''अवश्य महाराज।'' अश्वसेन ने अपने अनुचरों को संकेत किया। उसका संकेत पाकर अपने अपने स्थानों पर खड़े नाविकों ने नौका में लगे हत्थे घुमाये। फलस्वरूप नौका के हर एक कोने से भाले निकल आये।

''अद्भुत! अद्वितीय!'' सर्वसेन और उनके साथ आये लोग प्रसन्न हो उठे।

"विराजिए महाराज!" अश्वसेन ने विनती की।

राजा और उनका सम्पूर्ण दल और प्रजाजन नौका पर सवार हो गये। सात नाविकों ने नौका खेनी आरम्भ की । कुछ समय में नदी के गहरे भाग में जाने के उपरांत कई घड़ियाल उस नौका के निकट आने लगे, किन्तु नाविकों ने उन्हें भाले दिखाकर क्षण भर में पीछे हटा दिया। यह देख नौका में बैठे लोग बहुत प्रसन्न हुए।

अश्वसेन और उसका दल नौका को खेता रहा। जब राजा ने लौटने को कहा तो अश्वसेन ने अपने सभी साथियों को संकेत किया। उसका संकेत पाकर उनमें से एक नाविक ने सबकी दृष्टि बचाकर अपने ठीक नीचे नौका में एक छोटा-सा छिद्र खोल दिया। जैसे ही उस छिद्र से जल का फव्वारा ऊपर उठा, नौका में उपस्थित सभी जन हतप्रभ रह गये। धीरे धीरे नौका पर पानी फैलने लगा। सभी उपस्थित जन भयभीत हो गये। नाविक भी भयभीत होने का अभिनय करने लगे।

राजा सर्वसेन ने अश्वसेन से प्रश्न किया, "ये सब क्या है, नौका में छिद्र कैसे हो गया?"

अश्वसेन घबराते हुए बोला, "पता नहीं महाराज, अब तक तो नौका ठीक थी, किन्तु अब जल फैलने के कारण नौका का भार बढ़ता जा रहा है, हम तट पर पहुँचने से पहले निश्चित ही डूब जायेंगे।"

राजा ने झल्लाते हुए कहा, "अरे कोई तो उपाय होगा इसका, क्या इस छोटे से छिद्र को ठीक नहीं किया जा सकता?"

"नहीं महाराज, इतनी शीघ्र इस छिद्र की मरम्मत करना सम्भव नहीं, इसका केवल एक ही उपाय है।"

"क्या है वो उपाय शीघ्र कहो।" सर्वसेन ने खीझते हुये प्रश्न किया।

अश्वसेन ने घबराते हुये कहा, "यदि हमें सुरक्षित तट पर पहुँचना है तो नौका का भार कम करना होगा। जल की धारा तो रुकेगी नहीं और न हम सातों नाविकों के बिना ये नौका चलायी जा सकती है, इसलिए आप में से जिसको नदी में तैरना आता है वो यदि नदी में कूदकर तैरकर तट पर पहुँचने का प्रयास करें तो नौका का भार कम हो सकता है।"

राजा और अन्य उपस्थित जन स्तब्ध रह गये। सभी लोग आपस में चर्चा करने लगे। उनमें से एक ने अश्वसेन को डपटकर कहा, "अरे मूर्ख, नदी में कूदने के बाद जो इतने नरभक्षी घड़ियाल यहाँ घूम रहे हैं वो हमें चीर फाड़ नहीं देंगे।"

"मैंने तो बस आपको एक मार्ग बताया है, यदि आप अपने प्राण बचाने के लिये महाराज के प्राण दाँव पर लगाना चाहते हैं तो आपकी इच्छा, हम तो नाविक हैं, नौका के डूबते ही अपनी विद्याओं का उपयोग करके घड़ियालों से येन केन प्रकारेण बच ही

जायेंगे, आप सब अपने विषय में विचार कर लीजिए।'' अश्वसेन ने कठोर स्वर में कहा।

नौका में बैठे नागरिक एक-दूसरे को निहारने लगे। राजा भी बड़ी दुविधा में थे। शीघ्र ही नागरिकों में विवाद आरम्भ हो गया और वो एक-दूसरे को नौका से ढकेलने के लिये संघर्ष करने लगे। राजा सर्वसेन के साथ केवल दस अंगरक्षक थे। राजा को समझ नहीं आ रहा था कि वो अपनी रक्षा करें या फिर नागरिकों को नियंत्रित करने का आदेश दें।

नागरिकों का रोष बढ़ता गया। पूरी नौका में भगदड़-सी मच गयी। लोग अपने प्राण बचाने के लिये एक-दूसरे को ढकेलने लगे। अश्वसेन ने चीखते हुए राजा सर्वसेन को लताड़ा, ''अरे कैसे राजा हैं आप, अपने अंगरक्षकों के घेरे में छुपकर केवल अपने प्राणों का विचार कर रहे हैं और आपके प्रजाजन आपस में लड़ मर रहे हैं, क्या आपके इन अंगरक्षकों में इतना सामर्थ्य नहीं जो मुट्ठीभर नागरिकों को नियंत्रित कर सकें!''

नौका में सवार प्रजा के लोग क्रोध भरी दृष्टि से राजा सर्वसेन को देखने लगे। कोई और चारा न देख सर्वसेन ने अपने अंगरक्षकों को आदेश दिया, ''नियंत्रित करो प्रजाजनों को!''

राजा सर्वसेन की सुरक्षा छोड़ उनके अंगरक्षक सामान्य प्रजा को नियंत्रित करने आगे बढ़े। अब तक सौ लोग नदी में गिरकर घड़ियालों के झुण्ड का शिकार हो चुके थे। उनका रक्त पूरी नदी में फैलने लगा था।

अश्वसेन ने चेतावनी भरे स्वर में कहा, ''इतना पर्याप्त नहीं है महाराज, हमें कुछ ही क्षणों में सौ और लोगों को नदी में फेंकना होगा, अन्यथा हम सबका डूबना निश्चित है।''

मृत्यु के भय से राजा सर्वसेन ने अपने रक्षकों को आदेश दिया, ''शीघ्र सौ लोगों को नदी में फेंको!''

अंगरक्षक राजा का आदेश सुन क्षण भर के लिये स्तब्ध रह गये, किन्तु अगले ही क्षण तत्काल ही उन्होंने सर्वसेन के आदेश का पालन किया और भालों के प्रहार से प्रजाजनों को नदी में धकेलना आरम्भ किया।

नदी में गिरने वालों में से एक का भाई क्रोध में भरकर एक अंगरक्षक पर कूद गया, ''मेरे भाई को मारा कैसे।'' चीखते हुए वो उस अंगरक्षक के मुख पर मुष्टि से वार करने लगा।

उस अंगरक्षक ने अपनी कटार से उस युवक की छाती भेद डाली। इसके उपरांत उसने उस युवक को अपने शरीर से हटाया और नदी में धकेल दिया। इससे नगरवासियों का रोष और बढ़ गया, उन्हें नियंत्रित करना अंगरक्षकों के लिए कठिन

होता जा रहा था।

तभी नौका तिरछी होने लगी। नौका पर सवार नगरवासियों समेत राजा और मंत्रीमण्डल के लोग भी भयभीत हो गये। सभी को जल में विचरते हुए घड़ियालों का भय सताने लगा। नगरवासियों से मुठभेड़ में राजा के मंत्रीमण्डल के तीन सदस्य मारे गये।

तभी उन सभी को एक शंख की ध्वनि सुनायी दी। उन सबने पलटकर देखा तो लगभग बीस नौकायें उन्हीं की ओर आ रही थीं।

उस नौका दल का नेतृत्व एक राक्षस कर रहा था। निकट आते ही उसने घोषणा की, ''जो जो अपने प्राण बचाना चाहता है वो हमारी नौका में आ जाये।'' उन नौकाओं ने अश्वसेन की उस नौका को चारों ओर से घेर लिया।

उस राक्षस के आदेश पर सभी नौकाओं से रस्सियाँ फेंकी गयीं। नगरवासियों के लिए इस बात का कोई महत्व नहीं था कि उनकी सहायता राक्षस कर रहा है या मनुष्य, उन्हें तो बस अपने प्राणों की रक्षा करनी थी। वो रस्सियाँ पकड़कर उनकी नौका में चढ़ने लगे। वहीं उस राक्षस के सैनिक बाणों के प्रहार से घड़ियालों को नागरिकों से दूर रखने लगे।

शीघ्र ही राजा समेत प्रजा और मंत्रीमण्डल के कुछ बचे-खुचे लोग विभिन्न नौकाओं पर सवार हो गये। उन नौकाओं ने शीघ्र ही उन सभी को तट पर पहुँचा दिया। नदी के तट पर पहुँचने के उपरांत भी प्रजा का रोष कम नहीं हुआ था। राजा के दो अंगरक्षक, मंत्रीमण्डल के तीन सदस्य और डेढ़ सौ से भी अधिक नगरवासी अपने प्राण गँवा चुके थे।

तट पर पहुँचकर राजा सर्वसेन ने उस राक्षस के प्रति आभार प्रकट किया, ''हम सब आपके बहुत बहुत आभारी हैं मान्यवर।''

राक्षस ने क्रोध में भरकर सर्वसेन को डपटा, ''तुम्हारे जैसा स्वार्थी और कपटी मनुष्य के धन्यवाद की कोई आवश्यकता नहीं है मुझे।''

राजा सर्वसेन अचंभित रह गये। अगले ही क्षण उन्हें क्रोध आया और वो राक्षस पर चीख पड़े, ''हमारे प्राण बचाने के लिये हम तुम्हारे आभारी अवश्य हैं, किन्तु इसका अर्थ ये नहीं कि प्रजाजनों के समक्ष हम अपना अपमान सहन कर लेंगे। बड़े आश्चर्य का विषय है कि एक राक्षस होकर तुम मुझे स्वार्थी और कपटी कह रहे हो... अरे वो तो तुम जैसे राक्षसों की प्रवृत्ति है।''

राक्षस ने गरजते हुए कहा, ''राक्षस होने का अर्थ ये नहीं कि तुम क्षत्रिय कुल के मानव हमसे उत्तम प्रवृत्ति के हो गये; तुम्हारे स्थान पर यदि मैं होता तो अपनी प्रजा को यूँ नदी में धकेलने का पाप नहीं करता, भले ही उसके लिये मेरे प्राण ही क्यों न चले

जाते।''

उसने कहना जारी रखा, ''हे दुष्ट राजन, तुमने अपने प्राण बचाने के लिए सैकड़ों को आपस में लड़ने दिया, उन्हें नदी में धकेला, अतः तुम्हारे जैसा धूर्त और कपटी राजा सिंहासन पर आसीन होने के योग्य कदापि नहीं है।''

सर्वसेन ने क्रोध में भरकर उस राक्षस के नेत्रों में देखा, ''तो अब समझ आया कि तुमने हमारे प्राण क्यों बचाये; तुम हमारी प्रजा को विद्रोह के लिये उकसाकर हमारा सिंहासन छीनने आये हो, किन्तु तुम्हारी ये कूटनीति सफल नहीं होने वाली; हमारी प्रजा हमारे विरुद्ध कभी नहीं जायेगी और हमारी सेना आती ही होगी तुम्हें बंदी बनाने।''

उस राक्षस ने मुस्कुराते हुए कहा, ''अपने चहुँ ओर दृष्टि घुमाकर तो देख लो सर्वसेन; नौकाओं में मेरे साथ रक्षजाति के बीस सहस्त्र योद्धा भी आये हैं। यदि अपनी सेना बुलाकर नदी के इस तट पर युद्ध कर तुम अपनी प्रजा के प्राण संकट में डालना चाहते हो तो हमें भी आत्मरक्षा के लिये तुम्हारी चुनौती स्वीकार करनी ही पड़ेगी... जाहिर है तुम्हें अपनी प्रजा का चिंतन क्यों होगा।''

राजा सर्वसेन धर्मसंकट में पड़ गये। प्रजा के समक्ष उनकी छवि वैसे ही गिर चुकी थी। उन्होंने उससे प्रश्न किया, ''ये बताओ राक्षस तुम्हारी मंशा क्या है?''

''मेरी मंशा तुम्हारे जैसे अयोग्य व्यक्ति को सिंहासन से हटाने की है, इसीलिए मैं रक्षजाति का योद्धा बृजबाली तुम्हें द्वन्द्व की चुनौती देता हूँ, जो विजयी हुआ तक्षशिला की ये भूमि उसकी।'' बृजबाली ने चुनौती भरे स्वर में कहा।

राजा सर्वसेन अपनी प्रजा की ओर देखने लगे जिनकी दृष्टि में वो पहले ही गिर चुका था।

बृजबाली ने उसे फिर से चुनौती दी, ''कहो राजन, क्या अभी भी अपनी वीरता का प्रदर्शन कर अपनी प्रजा को जीतने की इच्छा नहीं है तुम्हारी?''

सर्वसेन ने भी दृढ़तापूर्वक उत्तर दिया, ''तुम एक मायावी राक्षस प्रतीत होते हो, यदि द्वन्द्व में स्वयं को पराजित होते देखकर तुमने किसी माया का प्रयोग किया, फिर तो मेरी पराजय निश्चित है।''

''तुम्हारा सम्पूर्ण सैन्य दल मेरी सेना से तीन गुना अधिक है, यदि तुम्हें भय है तो बुला लो अपनी सेना को इस तट पर; तुम्हें पराजित करने के लिये मुझे किसी माया की आवश्यकता नहीं है। और यदि मैंने माया का प्रयोग किया तो अपनी सेना को आक्रमण का आदेश दे देना, तब तक हम प्रतीक्षा कर लेंगे।'' बृजबाली ने कटाक्षमय स्वर में कहा।

''उसकी कोई आवश्यकता नहीं है, मैं द्वन्द्व को सज्ज हूँ।'' राजा सर्वसेन ने

अपने एक अंगरक्षक को संकेत दिया।

उस अंगरक्षक ने अपना भाला और ढाल सर्वसेन को सौंप दिया। बृजबाली भी एक भाला और ढाल उठाये द्वन्द्व को सज्ज हो गया। बिना विलम्ब किये दोनों एक-दूसरे की ओर दौड़े। सर्वसेन भाले का सीधा प्रहार बृजबाली के वक्ष की ओर किया, किन्तु बृजबाली बायीं ओर हटा और भाले के डण्डे से सर्वसेन की पीठ पर प्रहार कर उसे पीछे धकेला। बृजबाली की गति इतनी तीव्र थी कि सर्वसेन ने अभी पलटकर बृजबाली की ओर देखा ही था कि उसका भाला सर्वसेन के हृदय के पार हो गया। अपनी छाती से रक्त का फव्वारा छोड़ते हुए सर्वसेन भूमि पर गिर गये।

राक्षसों की सेना ने गर्जना की, "तक्षशिला नरेश बृजबाली की जय!"

बृजबाली ने पलटकर अश्वसेन की ओर देखा। अश्वसेन और उसके सभी अनुचरों ने उसे प्रणाम किया।

इधर विदर्भ में शत्रुंजय रूपी सुबाहु, चंद्रलेखा के कक्ष में उससे भेंट करने पहुँचा।

"समय मिल गया मुझसे मिलने का?" चंद्रलेखा ऐंठते हुए बोली।

"इच्छा तो हर समय तुमसे भेंट करने की होती है, किंतु क्या करूँ, राजकाज का कार्य इतना भारी है कि समय ही नहीं मिल पाता।" शत्रुंजय ने असमर्थता जताते हुए कहा।

"इतने दिन बीत गये और अभी तक आप केवल दो बार हमसे भेंट करने आये हैं। ऐसी भी क्या व्यस्तता थी जो अपनी होने वाली भार्या के लिए थोड़ा भी समय न निकाल सके आप?" चंद्रलेखा ऐंठते हुये बोली।

"देखो चंद्रलेखा हमारा विवाह सम्भव नहीं है।"

"विवाह सम्भव नहीं है, ये आप क्या कह रहे हैं?" शत्रुंजय की बात सुन चंद्रलेखा विचलित हो उठी।

"पहले मेरी बात ध्यान से सुन लो चंद्रलेखा, फिर तुम अपने निष्कर्ष पर पहुँचना।" शत्रुंजय ने उसे ढाँढ़स बताते हुये कहा।

"कहिए मैं सुन रही हूँ।"

शत्रुंजय ने श्वास भरकर कहना आरम्भ किया, "तुम्हारे पिता जयवर्धन ने तुम्हें आदेश दिया था कि तुम शत्रुंजय को अपने मोहपाश में बाँधो और फिर अपने पिता से द्वन्द्व करने के लिये उकसाओ, है न?"

चंद्रलेखा स्तब्ध रह गयी, "ये सब आपको कैसे..."

''अधीर मत हो चंद्रलेखा, पहले मेरी पूरी बात सुनो, फिर तुमने अपने पिता को बताया कि तुम वास्तव में मुझसे प्रेम करने लगी हो, किन्तु तुम्हारे पिता अपनी योजना पर कायम रहे... उन्हें किसी भी प्रकार मुझसे द्वन्द्व करना ही था।''

''मुझे पिताश्री ने सम्पूर्ण योजना नहीं बतायी थी।'' चंद्रलेखा ने विस्मित स्वर में कहा।

''हाँ मुझे ज्ञात है, तुम्हारे पिता ने वर्षों तक श्रम करके और दुर्भीक्ष की सहायता से आर्यावर्त के विभिन्न प्रान्तों को जीता और एक शक्तिशाली राजा बने; किन्तु क्या तुम अपने पिता की वास्तविकता से परिचित हो?''

''कैसी वास्तविकता?'' चंद्रलेखा ने विस्मयपूर्वक प्रश्न किया।

''बहुत वर्ष पूर्व सुबाहु नाम एक असुर था। उसने ब्रह्मदेव की तपस्या कर ये वरदान प्राप्त किया कि मृत्योपरांत वो जिसके चाहे उसके शरीर में प्रवेश कर उसके मन मस्तिष्क पर अपना अधिकार कर सकता है। सुबाहु का पहला शिकार तुम्हारे पिता थे। उसने सर्वप्रथम जयवर्धन के शरीर में प्रवेश किया और उनके मन-मस्तिष्क पर अपना अधिकार किया। फिर उसने दुर्भीक्ष को पुनर्जीवित करके उसे ऋणी बना लिया। तीन वर्ष के उपरांत दुर्भीक्ष का समर्थन पाकर जयवर्धन ने अपने पिता महाराज तेजस्वी से विद्रोह किया और सिंहासन पर अधिकार कर लिया।''

चंद्रलेखा स्तब्ध रह गयी, ''अब मुझे समझ आया कि भ्राता दिग्विजय ने उनसे द्रोह क्यों किया।''

''ये भेद तुम्हारे भाई श्रुतायुध को भी ज्ञात था, किन्तु उसने तो विद्रोह नहीं किया। दिग्विजय कितनी बार उससे गुप्तरूप से भेंट करने आया और उसका झुकाव अपनी ओर करने का प्रयास किया, किन्तु जानती हो उसने क्या कहा?''

''कहिए।'' चंद्रलेखा ने शंकित भाव से प्रश्न किया।

''यही कि भले ही जयवर्धन के शरीर में सुबाहु की आत्मा का वास हो, किंतु जन्म भी हमें सुबाहु ने दिया है साथ ही पालन और पिता का प्रेम भी हमें उसी से प्राप्त हुआ है इसलिए वो अपने पिता का त्याग नहीं कर सकता। और अंततः उस पितृभक्त ने अपने पिता के लिए रणभूमि में अपने प्राणों का बलिदान दे दिया।'' कहते-कहते शत्रुंजय का स्वर भारी हो गया।

''क्या मैं जान सकती हूँ कि ये सारी बातें आपको कैसे ज्ञात हुई?'' चंद्रलेखा ने प्रश्न किया।

शत्रुंजय ने चंद्रलेखा के नेत्रों में देखकर कहा, ''क्योंकि इस समय तुम्हारा वो पिता सुबाहु एक नया शरीर धारण कर तुम्हारे समक्ष खड़ा है, और यही कारण है जो मैं तुमसे विवाह नहीं कर सकता, क्योंकि बालपन से मैंने तुम्हें पुत्री की भाँति पाला है, मैं

तुम्हें उस दृष्टि से नहीं देख सकता पुत्री।''

चंद्रलेखा अचम्भित रह गयी। उसके पाँव तले जमीन खिसक गयी थी, ''तो इसीलिए आपने ये योजना बनायी थी कि मैं शत्रुंजय को आपसे द्वन्द्व के लिये उकसाऊँ और यदि महाराज जयवर्धन का वध हो जाये तो मैं उसे विदर्भ के सिंहासन पर बिठाऊँ। मैंने आँखों पर पट्टी बाँधकर आपकी आज्ञा का पालन किया और आपने अपने स्वार्थ के लिये मेरी भावनाओं को आहत किया... छल किया आपने मेरे साथ।''

''मैंने जयवर्धन के ही रूप में तुम्हारी माता से विवाह किया; जयवर्धन के ही रूप में अपनी तीनों संतानों को जन्म दिया। तुम तो मेरी सबसे प्रिय पुत्री थी चंद्रलेखा जो आँख मूदकर मेरे हर आदेश का पालन करती थी। मैंने तुम्हें शत्रुंजय को अपने रूप के मोह में फँसाने का आदेश दिया था, किन्तु तुम तो उस पर ही आसक्त हो गयी।''

चंद्रलेखा के नेत्रों से अश्रु छलक पड़े, ''भावनाओं पर किसी का वश नहीं होता, आपने ऐसा किया ही क्यों?''

''मैं एक असुर हूँ पुत्री चंद्रलेखा, दशकों पूर्व हुए पाँच दिन के उस महासमर में अपने सम्पूर्ण परिवार को खोया था मैंने। और उसी के प्रतिशोध हेतु मैंने ब्रह्मदेव से तप करके ये वरदान प्राप्त किया कि अपनी मृत्यु के उपरांत भी मैं किसी के भी शरीर पर अधिकार कर सकता हूँ। जब भी मैं किसी के शरीर को धारण करूँगा तो उसकी मृत्यु से पूर्व मैं उसका शरीर नहीं त्याग सकता, न ही अपने हाथों से उस शरीर को नष्ट कर सकता हूँ। मेरा स्वप्न है सम्पूर्ण आर्यावर्त पर असुरजाति का वर्चस्व स्थापित करना, इसीलिए मेरे जयवर्धन वाले रूप की मृत्यु आवश्यक थी।''

चंद्रलेखा मौन होकर अपनी शय्या पर बैठ गयी।

सुबाहु ने कहना जारी रखा, ''पहले मुझे असुरेश्वर दुर्भीक्ष का समर्थन प्राप्त तो था, किन्तु फिर भी वो मन ही मन जयवर्धन से अत्यंत घृणा करता था इसलिए मेरे पक्ष में युद्ध करते समय वो कभी अपनी सम्पूर्ण शक्ति का प्रयोग नहीं करता, इस प्रकार मैं आर्यावर्त पर अपना अधिकार करने के अपने उद्देश्य में कदापि सफल नहीं हो सकता था, इसीलिए मैंने जयवर्धन का शरीर त्यागकर शत्रुंजय का शरीर धारण करने की योजना बनायी क्योंकि दुर्भीक्ष अपने इस भतीजे की इच्छा के लिये अपना सर्वस्व लुटा सकता है।''

चंद्रलेखा की दृष्टि क्रोध से भर गयी, ''तुम केवल अपने स्वार्थ के लिये जीते हो, तुम कभी किसी के पिता नहीं बन सकते सुबाहु। तुमने मुझसे मेरा पिता छीना, मेरा प्रेम छीना, मैं तुम्हें तुम्हारे उद्देश्य में कभी सफल नहीं होने दूँगी।'' कहकर चंद्रलेखा आगे बढ़ी।

शत्रुंजय रूपी सुबाहु ने उसके बाल पकड़कर उसे उसकी शय्या पर धकेल दिया,

"तेरे सुख के मोह में पड़कर मैंने तुझे अपना सम्पूर्ण सत्य बताया ताकि तू शत्रुंजय से विवाह करने की आशा छोड़ अपने जीवन में आगे बढ़ सके, किसी नये जीवनसाथी को चुनकर एक सुखी जीवन का आनंद उठा सके। मुझे ऐसा लगा था कि तू सदैव की भाँति अपने पिता का समर्थन करेगी और तू मुझसे ही द्रोह करने का विचार कर रही है।"

चंद्रलेखा ने क्रोध में भरकर कहा, "एक क्षत्राणी यदि एक बार किसी को अपना वर चुन ले तो मृत्यु से पूर्व किसी और कभी स्वीकार नहीं कर सकती। तुमने कुमार शत्रुंजय के शरीर पर अधिकार तो कर लिया, किन्तु मैं तुम्हें सफल नहीं होने दूँगी; मैं असुरेश्वर दुर्भीक्ष को सम्पूर्ण सत्य बता दूँगी।" उसने कक्ष से भागने का प्रयास किया।

किन्तु सुबाहु ने उसके बाल पकड़कर उसे वापस खींचा और उसे उसकी शय्या पर धकेलकर उसके कक्ष का द्वार बंद करके बाहर आ गया, 'इसका कुछ प्रबंध करना पड़ेगा।'

राजकुमारी चंद्रलेखा द्वार को पीटती रही, किंतु शत्रुंजय रूपी सुबाहु ने उस स्थान से हर व्यक्ति को पहले ही दूर कर दिया था ताकि कोई उसका स्वर न सुन सके। उसने कुछ विचार किया और उसी रात्रि उसने एक दासी को राजकुमारी चंद्रलेखा जैसे वस्त्र धारण करने का आदेश दिया। फिर उसे साथ लेकर उसने चन्द्रलेखा के कक्ष में प्रवेश किया।

चंद्रलेखा उस समय तक रोकर और थककर सो चुकी थी। दासी के साथ कक्ष में प्रवेश कर शत्रुंजय ने द्वार बंद किया और बिना एक भी क्षण का विलम्ब किये कटार से उस दासी की गर्दन रेत दी। उसके चीखने से पूर्व ही शत्रुंजय ने उसका मुख बंद कर दिया। किंतु उस खींचातानी के स्वर ने चंद्रलेखा की निद्रा भंग कर दी।

शय्या से उठते ही उसने भूमि पर तड़पती दासी को देखा। इससे पूर्व वो कुछ समझ पाती, शत्रुंजय ने उसके कंधे में एक सूई चुभो दी। चंद्रलेखा अपनी चेतना खोने लगी। उसने शत्रुंजय का हाथ पकड़ उससे कुछ कहने का प्रयास किया, किंतु उससे पूर्व ही वो अपनी चेतना खोकर भूमि पर गिर पड़ी।

शत्रुंजय रूपी सुबाहु उसे करुणामयी दृष्टि से देख रहा था, "क्षमा करना पुत्री। मैं विवश हूँ; तुम मेरा भेद जान चुकी हो किंतु फिर भी मैं तुम्हारे प्राण नहीं ले सकता।"

सबसे पहले शत्रुंजय ने उस दासी के शरीर को तेल से नहलाया और फिर वही तेल सारे कक्ष में जगह-जगह फैलाया। इसके उपरांत उसने उस कक्ष का एक गुप्त द्वार खोला। तत्काल ही उसने कक्ष में आग लगायी और उस गुप्तद्वार से चंद्रलेखा को लेकर भाग निकला।

अर्धरात्रि में ही उसने मूर्छित चंद्रलेखा को रथ पर बिठाया और वहाँ से भागने लगा। कुछ दूर जाकर उसने रथ रोका, जहाँ भद्राक्ष उसकी प्रतीक्षा में खड़ा था।

शत्रुंजय मूर्छित चंद्रलेखा को रथ से उठाकर भद्राक्ष के निकट आया।

भद्राक्ष स्तब्ध रह गया, "ये क्या मूर्खता है सुबाहु, तुमने मुझे यहाँ क्यों बुलाया, और इसे यहाँ लेकर क्यों आये हो?"

"चंद्रलेखा मेरा भेद जान चुकी है इसलिए इसका गुप्तवास में रहना आवश्यक है।"

भद्राक्ष का वेश धरे भैरवनाथ के मस्तक पर मानों पर्वत गिर पड़ा, "ये तुम्हारा भेद जान गयी, कैसे?"

"ये मेरी एकमात्र संतान है जिससे मैं प्रेम करता हूँ; मैंने तो बस इसे इसलिए बता दिया ताकि ये शत्रुंजय को भूलकर अपने जीवन में आगे बढ़ सके, किन्तु ये मुझसे विद्रोह कर बैठी।"

भद्राक्ष झल्ला उठा, "संतान... संतान... संतान... अरे मूर्ख सुबाहु, ये तुम्हारी नहीं जयवर्धन की पुत्री है। और इसका किया विद्रोह इस बात का प्रमाण है कि इसकी धमनियों में उसी का रक्त है, इसलिए मेरा कहा मानो और बिना विलम्ब किये इसकी हत्या कर दो।"

"यदि आपने इसे हानि पहुँचाने का विचार भी मन में लाया तो मैं स्वयं जाकर दुर्भीक्ष से सम्पूर्ण सत्य कह दूँगा।" शत्रुंजय को क्रोध आ गया।

भद्राक्ष मौन होकर क्रोध भरी दृष्टि से शत्रुंजय को घूरने लगा। शत्रुंजय ने उनसे विनय भरे स्वर में विनती की, "समझने का प्रयास कीजिए गुरुदेव; मैंने बालपन से ही इसे अपनी पुत्री माना है इसलिए इसका रक्त बहते हुए नहीं देख सकता। मैं इसे आपके पास लाया हूँ ताकि आप इसे किसी गुप्त स्थान पर बंदी बनाकर रखें।"

भद्राक्ष मुस्कुराया, "तो तुम भी सांसरिक मोह जाल में फँसकर रह गये, तुमसे ये आशा न थी सुबाहु। संतान की उत्पत्ति तो तुम शत्रुंजय के शरीर का उपयोग करके भी कर सकते थे, किन्तु अब मैं तुम्हें क्या कहूँ।" भद्राक्ष ने श्वास भरते हुए शत्रुंजय की ओर देखा, "एक बात बताओ, जब ये किसी और पुरुष को स्वीकार ही नहीं करेगी तो इसका भविष्य कैसा होगा। समग्र आर्यावर्त को ज्ञात कि इसका विवाह शत्रुंजय से होना था और ये उसके महल में वास भी करती थी... ये सब जानकर कौन कुलीन पुरुष इसे स्वीकार करेगा? चंद्रलेखा अपना सम्पूर्ण जीवन एकांत में बितायेगी और जो लांछन लगेगा सो अलग; ऐसे जीवन से उत्तम तो मृत्यु है, और सत्य कहूँ तो ऐसा लांछन लगने पर कुलीन स्त्रियाँ स्वयं ही आत्मदाह कर लेती हैं। तुम चाहे जितने भी प्रयास करो किन्तु चंद्रलेखा का अंत भी यही होगा।"

शत्रुंजय ने कुछ क्षण विचारकर उत्तर दिया, "माना लांछन से भरे जीवन से उत्तम मृत्यु है फिर भी मेरी इच्छा है कि ये जीवित रहे। अपने उद्देश्य की पूर्ति के उपरांत मैं

निर्णय लूँगा कि आगे क्या करना है, तब तक आपको चंद्रलेखा को बंदी बनाये रखना होगा।''

''और यदि इसने कभी मुक्त होकर हमारा भेद खोल दिया तो? हमारे समस्त श्रम पर पानी फिर जायेगा।

शत्रुंजय रूपी सुबाहु ने अपना मन कठोर करते हुए कहा, ''यदि कभी ऐसी स्थिति आये तो आप चंद्रलेखा की हत्या करवाने को स्वतंत्र हैं; किंतु ये तभी होगा यदि चंद्रलेखा मुक्त होकर महाबली अखण्ड, दुर्भीक्ष, मेघवर्ण, चंद्रकेतु या फिर दिग्विजय तक पहुँचने का प्रयास करती है। मैं माह में एक बार अपनी पुत्री को देखने आता रहूँगा। सम्भावना ये भी कि है वो आत्महत्या की कोशिश करे, इसलिए कह दीजिएगा अपने रक्षकों से कि उसके हाथ ऐसी कोई चीज लगनी ही नहीं चाहिए जिससे वो स्वयं को क्षति पहुँचा सके। कल वैसे भी चंद्रलेखा द्वारा किये आत्मदाह का प्रचार हो ही जायेगा, उसके उपरांत कोई उसे खोजने का प्रयास नहीं करेगा।'' कहकर शत्रुंजय अपने महल की ओर बढ़ चला।

षोडशम अध्याय

हिंसा का रहस्य

मत्तमयूर

जब गांधार, कम्बोज और तक्षशिला में विद्रोह की ज्वाला भभक रही थी, उसी दौरान वृषपर्वा के दूसरे पुत्र मृतंगप्रवा ने मानव वेश धरकर प्रजा में विद्रोह का लावा भड़काने की मंशा से अपने छह अनुचरों के साथ मत्तमयूर की राजधानी में प्रवेश किया। उसके छह अनुचरों में से एक अत्यंत मायावी दानव कन्या भी थी।

नगर में प्रवेश के उपरांत एक रात्रि मृतंगप्रवा और उसके अनुचर राजनगर के वेश्यालय के प्रमुख सदानंद के घर पहुँचे। उन सभी ने मिलकर सदानंद और उसके दस वर्षीय पुत्र को मूर्छित किया और उठाकर एक गुप्त स्थान पर ले आये। तत्पश्चात उन्होने सदानंद को धमकाया कि वो उनकी इच्छा अनुसार कार्य करे अन्यथा वो उसके पुत्र की हत्या कर देंगे। सदानंद उनकी बात मानने को विवश हो गया।

तत्पश्चात मृतंगप्रवा के साथ आयी दानव कन्या ने अत्यंत रूपवती स्त्री का वेश धरा और नगर के प्रमुख वेश्यालय में मयूरी नाम से वास करने लगी। मृतंगप्रवा और उसके चार अनुचर वेश्यालय में ही रहे जबकि एक अनुचर ने सदानंद के पुत्र को बंधक बनाया हुआ था। सदानंद ने वेश्यालय के सभी कर्मचारियों को यह कह दिया कि आज से उन्हें मयूरी और उसके साथियों के कहे अनुसार ही चलना है। मृतंगप्रवा की योजना अनुसार पूरे नगर में सदानंद ने ये भाँति फैलायी कि इस वर्ष वेश्यालय में संसार की

अप्रतिम सुंदरी आयी है जो केवल एक मास के लिये नगर में निवास करने वाली है। मयूरी का रूप था ही इतना मनोहर कि उसने नगरवासियों को अपने नृत्य और मोह जाल में ऐसा फाँसा कि आये दिन वेश्यालय में कुछ अधिक ही भीड़ लगने लगी। उसकी एक झलक पाने हेतु नगरवासी अपना धन लुटाने को सज्ज थे।

चार दिन में ही वेश्यालय की ख्याति बहुत बढ़ गयी। इसके उपरांत मृतंगप्रवा ने अपनी योजना पर कार्य करना आरम्भ किया। उस दिन वेश्यालय में पाँच सौ की भीड़ एकत्र हुई थी। मृतंगप्रवा के अनुचरों ने मदिरा में वही द्रव्य मिलाना आरम्भ किया जिसका प्रयोग कभी अनुप्रवा ने गांधार में किया था। वही द्रव्य जिसके प्रभाव से तीन दिन पश्चात मनुष्य इतना विक्षिप्त हो जाता है कि सामने किसी मनुष्य को देखते ही आक्रमक हो जाये।

मृतंगप्रवा अपने चारों अनुचरों के पास गया और उन्हें चेतावनी दी, ''स्मरण रहे, ये द्रव्य सारे पात्रों में नहीं होना चाहिए, केवल आधे पात्रों में वो द्रव्य मिलाओ। यदि आधे लोग यहाँ से जाने के उपरांत भी पूर्णतः स्वस्थ रहेंगे तो हम पर कोई आरोप नहीं लगा पायेगा।''

''जो आज्ञा महामहिम।'' अनुचरों ने सहमति जतायी।

योजना के अनुसार पाँच सौ में से आधे लोगों को ही वो मिश्रित मदिरा पिलायी गयी और रोज की भाँति नृत्य का आनंद लेकर वो सभी अपने-अपने घरों में वापस चले गये। उस पूरे दिन पाँच सौ लोगों का चार दल वेश्यालय में आया और मयूरी के नृत्य का आनंद लेने की लालसा में लगभग एक सहस्त्र लोगों ने उस मिश्रित मदिरा का पान किया।

राजनगर के लोगों के इस प्रकार वेश्यालय के प्रति आकर्षण की सूचना मत्तमयूर के युवराज सामंतक तक पहुँची। नगरवासियों की इस प्रकार की आसक्ति से राज्य के कई कार्यों में व्यवधान उत्पन्न हुआ था।

अगले ही दिन सामंतक अपने पाँच गुप्तचरों के साथ भेष बदलकर मयूरी के विषय में जानकारी लेने पहुँचा। मयूरी का अप्रतिम सौंदर्य देख युवराज सामंतक भी उस पर मोहित हुए बिना नहीं रह पाया। उसके सौंदर्य के मोह में खोकर वो वहाँ आने का अपना वास्तविक उद्देश्य ही भूल गया। उसने मृतंगप्रवा की मिश्रित मदिरा का पान कर लिया, किन्तु गुप्तचरों ने उसे अधिक मदिरा पान नहीं करने दिया। वो सभी वेश्यालय से शीघ्र ही लौट आये।

सामंतक को जब ज्ञात हुआ कि मयूरी केवल एक माह के लिये वेश्यालय में निवास करने वाली है तो उसने वेश्यालय के प्रमुख सदानंद को अपने पास बुलाया। उसने सदानंद के समक्ष यह माँग रखी कि मयूरी को पूरे एक दिन के लिये उसकी सेवा

में प्रस्तुत किया जाये। सदानंद में इतना साहस नहीं था कि वो युवराज की आज्ञा का उल्लंघन कर सके। वो युवराज की आज्ञा का पालन करने के लिये मृतंगप्रवा के पास पहुँचा और उसे सामंतक की इच्छा के विषय में बताया। मृतंगप्रवा ने युवराज की आज्ञा का उल्लंघन करना उचित नहीं समझा और मयूरी को एक दिन के लिये युवराज की सेवा में उपस्थित होने का आदेश दिया।

अगले ही दिन मयूरी युवराज सामंतक की सेवा में उपस्थित हुई। सामंतक उसे अपने साथ कक्ष में ले गया और सभी को आदेश दिया कि पूरे दिन कोई उसके द्वार का कक्ष न खटखटाये।

इधर मृतंगप्रवा के द्रव्य ने नगरवासियों पर असर दिखाना आरम्भ कर दिया। उस द्रव्य से प्रभावित हुए लगभग दो सहस्त्र नगरवासी नगर में हिंसा फैलाने लगे। कइयों ने तो अपने परिवार पर ही आक्रमण कर दिया। किसी को कुछ समझ नहीं आ रहा था कि नगरवासी अकस्मात ही इतने हिंसक कैसे हो गये।

इधर सामंतक ने अपने कक्ष में पहले मयूरी का नृत्य देखा, फिर पूरे दिन बार-बार उसके साथ शारीरिक सम्बंध स्थापित कर उसके यौवन का आनंद लिया। मयूरी ने भी अपनी योजना की सफलता को ध्यान में रखते हुए अपने लावण्य से सामंतक को संतुष्ट करने का पूर्ण प्रयास किया। सामंतक की वासना की तृप्ति होते-होते रात्रि हो गयी। तभी अकस्मात ही उसके मस्तक में भीषण पीड़ा हुई। वो चीखने लगा। मयूरी को कुछ समझ नहीं आया। उसने अपने वस्त्र पहने और आश्चर्य भरी दृष्टि से सामंतक को देखने लगी।

सामंतक ने जब अगली दृष्टि मयूरी पर डाली तो वो भय के मारे काँप गयी। कक्ष में पड़ी एक तलवार उठाकर वो मयूरी की ओर दौड़ा। मयूरी समझ गयी कि ये उस द्रव्य का ही असर है। वो बचने के लिये खिड़की की ओर दौड़ी। सामंतक का मुख भाव किसी रक्त पिपासु पशु की भाँति प्रतीत हो रहा था। बचने के लिये मयूरी खिड़की से नीचे कूद गयी।

उस द्रव्य से प्रभावित सामंतक बिना कुछ विचारे उसका पीछा करने नीचे कूद गया। मयूरी अपने प्राण बचाने हेतु भागती रही। भागते-भागते वो एक नदी के किनारे पहुँची जहाँ कुछ नाविक तट पर बैठे एक-दूसरे से वार्ता कर रहे थे। वो भागकर नाविकों के पास गयी और दो नाविकों को अपने निकट आते युवराज सामंतक के समक्ष धकेल दिया। सामंतक का ध्यान नाविकों की ओर चला गया जिसका लाभ उठाकर मयूरी घने वनों में भागकर लुप्त हो गयी।

सामंतक ने बिना एक भी क्षण गँवाये उन दोनों नाविकों का मस्तक धड़ से अलग कर दिया। उसकी पशु समान गर्जना सुन सारे नाविक अपनी नौका छोड़ भागने लगे।

इधर मयूरी वेश्यालय में मृतंगप्रवा के पास पहुँची। उसे हाँफता देख मृतंगप्रवा ने उससे प्रश्न किया, ''ये क्या मयूरी तुम तो कल प्रातः आने वाली थी।''

''वो युवराज...युवराज पर हमारे उस द्रव्य का असर हो गया है, वो मेरा अंत करने दौड़ पड़े हैं।'' मयूरी ने हाँफते हुए कहा।

मृतंगप्रवा स्तब्ध रह गया, ''ये... ये कैसे सम्भव है, युवराज तो यहाँ कभी आये ही नहीं ?''

''वो सब मुझे ज्ञात नहीं, किन्तु उनके मुख पर जो हैवानियत थी उसे देख स्पष्ट है कि उन पर द्रव्य का असर हुआ है।'' मयूरी अब भी हाँफ रही थी।

मृतंगप्रवा ने कुछ क्षण विचार कर कहा, ''कदाचित वो युवराज गुप्त रूप धरकर हमारे वेश्यालय आया होगा, इसलिए वो तुम्हारे रूप पर मोहित हुआ और अपनी वासना की तृप्ति के लिये तुम्हें अपने महल में बुलाया और उसी समय उसने हमारे द्रव्य का सेवन किया होगा।''

उसके एक अनुचर ने उससे प्रश्न किया, ''युवराज पर द्रव्य के प्रभाव से कहीं हमारी योजना विफल तो नहीं हो जायेगी महामहिम?''

''सम्भावना तो है, इसलिए उसकी हत्या आवश्यक है। इस समय वो नगर में एक पशु की भाँति विचरण कर रहा है और नगरजनों ने पहले ही नगर में हिंसा फैला रखी है। इसका लाभ उठाकर युवराज सामंतक की हत्या की जा सकती है... चलो मेरे साथ!'' अपने चार अनुचरों के साथ मृतंगप्रवा आगे बढ़ा।

मत्तमयूर के राजनगर में चहुँ ओर हिंसा फैल चुकी थी। लगभग तीन सहस्त्र निर्दोष मनुष्य इस हिंसा की भेंट चढ़ चुके थे। सामंतक भी एक निर्दयी पशु की भाँति बिना कारण अपनी ही निर्दोष जनता को अपनी तलवार से काटे जा रहा था। शीघ्र ही मृतंगप्रवा और उसके अनुचर वहाँ पहुँच आये। युवराज सामंतक को पशु की भाँति संहार करते देख मृतंगप्रवा ने अपने धनुष पर बाण चढ़ाया और सामंतक के कण्ठ की ओर लक्ष्य कर छोड़ दिया। किन्तु इससे पूर्व कि वो बाण सामंतक को क्षति पहुँचाता, वायु की गति से आते हुए एक बाण से उसके बाण के टुकड़े कर दिये। उस बाण चलाने वाले धनुर्धर के मुख का तेज देख मृतंगप्रवा स्तब्ध रह गया। काँधे पर धनुष और पीठ पर बाणों से भरा तूरीण टाँगे हस्तिनापुर का युवराज सर्वदमन वहाँ आ पहुँचा था। उसने तत्काल ही सम्मोहिनी विद्या का प्रयोग किया और वहाँ उपस्थित उपद्रवी जनता को मूर्छित करना आरम्भ किया। समग्र जनता को मूर्छित करने के उपरांत सर्वदमन का ध्यान मृतंगप्रवा की ओर गया जिसने सामंतक पर आक्रमण किया था। निकट से जाकर देखा तो उसे और उसके साथियों को मूर्छित पड़ा पाया। अकस्मात ही सर्वदमन को ये आभास हुआ कि कोई उस पर प्रहार करने के लिये आ रहा है। समय का अभाव देखते

हुए सर्वदमन ने अपने तूरीण में रखा बाण निकाला और उसकी नोक पर सामंतक की तलवार का प्रहार रोक उसे पीछे धकेल दिया।

सर्वदमन अपने अश्व से कूदा और भूमि पर गिरे सामंतक से प्रश्न किया, ''ये क्या मूर्खता है युवराज... हमने आपके प्राण बचाये और आप हम पर ही प्रहार कर रहे हैं।''

किंतु सामंतक को जैसे अपनी कोई सुधबुध ही नहीं थी। वो गुर्राते हुए अपनी तलवार उठाये सर्वदमन की ओर दौड़ा। सर्वदमन ने उसका दायाँ हाथ पकड़ा और उसके कंधे की नस दबाकर उसे मूर्छित कर दिया। उसे गिराने के उपरांत सर्वदमन ने एक गहरी श्वास भरी और अपने चारों ओर दृष्टि डाली।

चारों ओर शवों के अम्बार लगे थे। रक्त से वहाँ की भूमि लाल हो उठी थी। यह सब देख सर्वदमन विचलित हो उठा। इसके उपरांत सर्वदमन, मृतंगप्रवा और उसके अनुचरों के निकट गया जो सम्मोहिनी विद्या के प्रभाव से मूर्छित हो गये थे।

उन्हें देख सर्वदमन ने कुछ समय पहले का दृश्य स्मरण करने का प्रयास किया। शीघ्र ही वो एक निष्कर्ष पर पहुँचा कि कुछ जनता भय से भाग रही थी, कुछ के मुख पर युवराज सामंतक के समान ही पशु जैसा क्रोध था। किंतु ये चारों न भयभीत थे और ना ही इनके मुख पर कोई क्रोध था। ये जो कर रहे थे पूरी चेतना में कर रहे थे।''

तत्पश्चात सर्वदमन ने युवराज सामंतक की सूचना महाराज विश्वसेन तक पहुँचायी। शीघ्र ही राजभवन के सैनिक वहाँ आये और मृतंगप्रवा और उसके अनुचरों को बंदी बना लिया, साथ ही अपने मूर्छित युवराज सामंतक को भी उठाकर ले गये।

मत्तमयूर नरेश विश्वसेन ने सर्वदमन का अपने महल में स्वागत किया। सर्वदमन ने उनसे एकांत में चर्चा करने का आग्रह किया। इस आग्रह पर विश्वसेन उसे अपने कक्ष में ले गये। दोनों ने आसन ग्रहण किये और फिर चर्चा आरम्भ हुई।

सर्वप्रथम विश्वसेन ने विनम्रतापूर्वक कहा, ''हम आपके बहुत आभारी हैं युवराज जो आपने हमारे एकमात्र पुत्र का रक्षण किया; किन्तु आप यहाँ कैसे?''

सर्वदमन मुस्कुराया, ''मुझे लगा था आप मेरे यहाँ आने के कारण से परिचित होंगे महाराज।''

विश्वसेन ने कुछ क्षण विचार कर कहा, ''मुझे ज्ञात है कि मेरी पुत्री के लिए आपसे अधिक योग्य और कोई नहीं हो सकता, किन्तु यदि राज्य की परम्परा भंग हुई तो प्रजा के विद्रोह की आशंका है।''

''मैं आपकी विवशता समझता हूँ महाराज। और मैं यहाँ इसी उद्देश्य से आया था कि यहाँ कि प्रजा का हृदय जीत सकूँ ताकि वो मेरे और सुमेघा के सम्बंध को स्वीकार करें... किन्तु यहाँ का वातावरण बड़ा परिवर्तित-सा प्रतीत हो रहा है।''

विश्वसेन ने सर्वदमन के तर्क का समर्थन करते हुए कहा, ''हाँ युवराज आज प्रातः ही हमें सूचना मिली थी कि कल रात्रि राजनगर के कई लोग हिंसा पर उतर आये हैं और अपने लोगों पर ही आक्रमण कर रहे हैं। हमने अपने सेनापति को भेजकर कुछ लोगों को बंदी भी बनाया था, किन्तु दिन के तीसरे प्रहर तक हिंसा फिर बढ़ने लगी। हमने युवराज को भेजने का मन बनाया, किन्तु हमें बड़ी लज्जा के साथ कहना पड़ रहा है कि आज का पूरा दिन उसने एक वेश्या के लोभ में बिता दिया।''

सर्वदमन स्तब्ध रह गया, ''वेश्या!'' कुछ क्षण विचार कर सर्वदमन ने फिर से प्रश्न किया, ''जहाँ तक मुझे ज्ञात है युवराज सामंतक में भोग विलास के प्रति इतनी लालसा तो नहीं है।''

''हाँ ये आपने उचित ही कहा, किन्तु ये वेश्या जिसका नाम मयूरी है, वो एक मास के लिये ही इस नगर में वास करने आयी है। उसका मधुर रूप देख युवराज सामंतक उस पर कुछ अधिक ही आसक्त हो गये थे और इसीलिए आज का पूरा दिन उन्होने उस वेश्या के साथ बिताया।''

''क्या उसके साथ समय बिताने के उपरांत वो कहीं और गये थे?''

विश्वसेन ने कुछ क्षण विचारकर उत्तर दिया, ''नहीं युवराज; सैनिकों ने भी यही बताया कि उन्हें कक्ष से बाहर रहने का आदेश दिया गया था। उसके उपरांत तो युवराज सामंतक को आपके पास मूर्छित ही पाया गया।''

''फिर तो निःसंदेह नगरजनों की दशा का कोई न कोई सम्बंध उस वेश्या से अवश्य है, क्योंकि युवराज सामंतक की भी वही दशा थी जो बाकी हिंसक नगरवासियों की थी। मैंने युवराज की प्राणों की रक्षा की, किन्तु उसके उपरांत भी वो मुझ पर आक्रमण करने वाले थे इसलिए मुझे उन्हें मूर्छित करना पड़ा।''

विश्वसेन स्तब्ध रह गये, ''युवराज की ऐसी दशा कैसे हुई?''

''अभी किसी भी निष्कर्ष पर पहुँचना कठिन है महाराज, प्रतीत होता है जैसे कोई महामारी है या फिर किसी की माया जिसने नगरवासियों को इतना हिंसक बना दिया है।''

''फिर तो आप ही कोई उपाय बताइए युवराज।'' विश्वसेन ने सर्वदमन से आग्रह किया।

''मेरा सुझाव तो यही है कि आप पूरे राजनगर की घेराबंदी कर दीजिए, जो भी हिंसा करते दिखे उसे बंदी बना लिया जाये; हो सके तो किसी को भी घर से बाहर न निकलने दिया जाये, और तब तक हमें उन चारों से जानकारी प्राप्त करनी होगी जिन्होंने युवराज सामंतक पर प्राणघातक आक्रमण किया था, क्योंकि वो चारों नगरवासियों की भाँति विक्षुब्ध नहीं हुए थे।''

विश्वसेन को क्रोध आ गया, "यदि ऐसा है तो हम कल प्रातः ही उन्हें दरबार में पेश करेंगे और आपको जो भी प्रश्न करना होगा आप वहीं उनसे कर लीजिएगा।"

सर्वदमन ने सहमति जताते हुए कहा, "जैसी आपकी इच्छा महाराज, किन्तु मेरा सुझाव है कि जब तक इस समस्या का कोई हल नहीं निकल आता आप युवराज सामंतक को बंदी बनाकर रखिए।"

मृतंगप्रवा और उसके अनुचरों कि जब चेतना लौटी तो उन्होंने स्वयं को कारागार में पाया। मृतंगप्रवा भयभीत हो गया कि कहीं उसके रचे षड्यंत्र का भेद न खुल जाये। यह विचारकर उसने अपने साथियों के साथ एक योजना बनायी।

जब उन्हें सैनिकों के पदचाप सुनायी दिये तो वो पागल मनुष्यों की भाँति आपस में ही उलझ पड़े। सैनिकों ने उन्हें छुड़ाया और बेड़ियों में बाँधकर शीघ्र ही राजसभा में प्रस्तुत किया।

राजसभा में वे चारों उन्हीं मनुष्यों की भाँति हिंसक और विक्षिप्त होने का अभिनय कर रहे थे जिन्हें उन्होंने अपने द्रव्य का आखेट बनाया था। उन्हें दरबार में आया देखते ही समांतक के एक गुप्तचर ने उन्हें पहचान लिया, "ये चारों तो वही हैं जो हमारे राजनगर के वेश्यालय में नये-नये थे।"

उस गुप्तचर की वार्ता सुनकर एक क्षण के लिए मृतंगप्रवा स्तब्ध रह गया, किन्तु अगले ही क्षण पुनः विक्षिप्त और हिंसक होने का अभिनय करना आरम्भ कर दिया। किन्तु सर्वदमन उस पर एकटक दृष्टि टिकाये हुआ था। उसने विश्वसेन से कहा, "इनसे सत्य उगलवाने का कार्य मुझे करने दीजिए, महाराज।"

"अवश्य युवराज, आप स्वतंत्र हैं।" राजा विश्वसेन ने आज्ञा दे दी।

अपने आसन से उतरकर सर्वदमन बेड़ियों में बँधे मृतंगप्रवा और उसके तीनों अनुचरों के निकट गया। वे चारों बिना किसी भय के विक्षिप्त और हिंसक होने का अभिनय कर रहे थे। सर्वदमन ने मृतंगप्रवा की आँखों में आँखें डाल उसे क्रोध भरी दृष्टि से घूरकर प्रश्न किया, "कल तुम्हीं ने युवराज पर बाण चलाया था, है न!"

सर्वदमन के नेत्रों की अग्नि देख क्षण भर के लिये मृतंगप्रवा काँप गया, किन्तु अगले ही क्षण स्वयं को सँभालते हुए वो स्वयं सर्वदमन को हिंसक दृष्टि से घूरने लगा।

यह देख सर्वदमन ने अपनी कमर में छुपायी कटार निकाली और मृतंगप्रवा के बायीं ओर खड़े अनुचर की भुजा पर दे मारी। वो अनुचर पीड़ा से चीख पड़ा।

सर्वदमन ने महाराज की ओर पलटकर कहा, "ये सिद्ध हो गया महाराज कि ये चारों के चारों केवल विक्षिप्त होने का अभिनय कर रहे हैं, क्योंकि कल इस माया या

महामारी जो भी है, इससे ग्रसित मैंने दो मनुष्यों को आपस में लड़ते देखा था और दोनों के मस्तक पर ऐसा क्रोध था कि एक-दूसरे पर कटार का प्रहार करने के उपरांत भी उनके मुख पर पीड़ा की एक शिकन भी नहीं थी। उस वेश्या से भेंट करने के उपरांत ही युवराज सामंतक की ऐसी दयनीय दशा हुई है और उनकी दशा का लाभ उठाकर इन्होंने युवराज पर पूरी चेतना में बाण चलाया था, किन्तु समय रहते मैं वहाँ पहुँच गया और इनके कुकर्मों को अपनी आँखों से देख लिया। इसका अर्थ यह है कि वो वेश्या और उसके ये साथी ही नगरवासियों की दशा के उत्तरदायी हैं इसलिए इन सभी को मृत्युदण्ड दिया जाये।''

मृतंगप्रवा और उसके अनुचरों के पसीने छूट गये। मृतंगप्रवा ने अपना अभिनय छोड़ चेतावनी भरे स्वर में कहा, ''यदि हमें मार दिया तो अपने नगरवासियों को कभी स्वस्थ नहीं कर पाओगे राजन!''

सर्वदमन उसकी ओर देख मुस्कुराया, ''तुम्हें इतनी सरल मृत्यु मिलेगी भी नहीं।'' इसके उपरांत उसने राजा विश्वसेन को प्रणाम किया, ''मेरा साथ देने के लिये धन्यवाद महाराज।''

इतना कहकर सर्वदमन ने मृतंगप्रवा की आँखों में देखा, ''अब बताओ कौन हो तुम और ये सब क्यों किया, और तुम्हारे बाकी साथी और वो वेश्या कहाँ हैं?''

मृतंगप्रवा मुस्कुराया, ''तुम हो कौन और तुम्हें ऐसा क्यों लगता है मैं तुम्हारे समस्त प्रश्नों के उत्तर दे दूँगा?''

सर्वदमन ने मुस्कुराते हुए उसके तीनों अनुचरों की ओर देखा, ''तुम्हारे अनुचरों के नेत्रों में जो दृढ़ता है, उससे तुम्हारे प्रति इनकी निष्ठा का आभास होता है, किन्तु जब तुम्हें सत्य का ज्ञान है ही तो इनका क्या कार्य, इन्हें तो अभी चौराहे पर सूली पर लटका दिया जायेगा।''

मृतंगप्रवा ने सर्वदमन को चुनौती देते हुए कहा, ''बालकों से क्या खिलवाड़ करते हो, यदि इतना ही साहस है तो मुझे बेड़ियों से मुक्त कर मुझसे द्वन्द्व करो। सत्य तो बाहर आ ही गया है, इसलिए छिपाने का कोई लाभ नहीं। मैं दानवराज वृषपर्वा का पुत्र मृतंगप्रवा ये वचन देता हूँ कि यदि तुममें से किसी ने भी मुझे द्वन्द्व में पराजित कर दिया तो मैं सम्पूर्ण सत्य बता दूँगा... अन्यथा चाहे तुम मेरे प्राण ही क्यों न ले लो मैं या मेरा कोई अनुचर कुछ नहीं बोलेगा।''

''दानवराज वृषपर्वा का पुत्र... तो ये तुम दानवों की नीति थी।'' सर्वदमन ने क्षण भर उसे क्रोध भरी दृष्टि से देखा, ''ठीक है, स्वीकार है मुझे तुम्हारी चुनौती।''

सर्वदमन को पहचाने बिना ही मृतंगप्रवा अपने अहंकार में भरकर मुस्कुराया।

शीघ्र ही सर्वदमन और मृतंगप्रवा अखाड़े में एक-दूसरे के समक्ष आ खड़े हुए।

द्वन्द्व के आरम्भ से पूर्व मृतंगप्रवा ने सर्वदमन से प्रश्न किया, ''यदि द्वन्द्व में मैं विजयी हुआ तो मुझे क्या प्राप्त होगा?''

''क्या इच्छा है तुम्हारी?'' सर्वदमन ने प्रश्न किया।

''मेरी इच्छा ये है कि द्वन्द्व में विजयी होने के उपरांत मुझे राजा विश्वसेन से युद्ध करने का अवसर प्राप्त हो, और यदि मैं उन्हें पराजित कर दूँ तो उन्हें मत्तमयूर का सिंहासन मेरे सुपुर्द करना होगा।''

सर्वदमन ने अट्टहास किया, ''बड़े मूर्ख हो तुम दानव, अपनी कल्पनाओं और इच्छा का आकार कुछ अधिक ही बढ़ा लिया है तुमने। चुनौती तुमने हस्तिनापुर के युवराज को दी है और माँग कर रहे हो मत्तमयूर के राजा से।''

''हस्तिनापुर का युवराज?'' मृतंगप्रवा स्तब्ध रह गया।

''हाँ मैं हूँ हस्तिनापुर का युवराज सर्वदमन जिसने एक बार तुम्हारे पिता वृषपर्वा को जीवनदान दिया था, किन्तु यदि मुझे ज्ञात होता कि दानवजाति इतने बड़े षड्यंत्र का सूत्रधार बनेगी तो मैं उसी दिन वृषपर्वा का मस्तक कुचल देता।'' सर्वदमन ने क्रोधित स्वर में कहा।

मृतंगप्रवा का मन भय से संतप्त हो गया, किन्तु फिर भी उसने साहस जुटाकर कहा, ''हम केवल अपने नरेश असुरेश्वर दुर्भीक्ष की आज्ञा का पालन करते हैं युवराज सर्वदमन, और वो राक्षस, दानव या असुरों में कोई भेद नहीं करते। जानता हूँ कि मैं तुम्हें पराजित नहीं कर सकता, और पराजित होने के उपरांत मुझे अपने वचन का पालन करते हुए तुम्हें सत्य बताना होगा... ऐसा करके मैं अपने ईश्वर समान राजा से द्रोह नहीं कर सकता।'' कहकर मृतंगप्रवा ने अपने गले में लटकी माला खोल उसका विष अपने मुख में भर लिया।

सर्वदमन स्तब्ध रह गया। वो दौड़कर मृतंगप्रवा के निकट गया और उसे पकड़ लिया। उसके मुख से झाग निकलना आरम्भ हो चुका था। अपने नेत्र बंद करने से पहले उसके मुख से अंतिम शब्द श्रद्धा से भरे हुए थे, ''असुरेश्वर दुर्भीक्ष की जय हो!'' इतना कहकर मृतंगप्रवा ने अपने प्राण त्याग दिये।

उसे भूमि पर लिटाकर सर्वदमन उठा और उसके अनुचरों की ओर देखा। मृतंगप्रवा को भूमि पर गिरा देख वहाँ खड़े उसके बेड़ियों में बँधे तीनों अनुचरों ने भी अपनी अपनी माला में से विष निकाला और अपने मुख में उड़ेल लिया। कुछ ही क्षणों में वो तीनों भी भूमि पर गिरकर मृत हो गये।

सर्वदमन ने तत्काल ही महाराज विश्वसेन से विनती की, ''शीघ्रता कीजिए महाराज, अपने राजनगर की घेराबंदी करवा दीजिए, उस वेश्या को हमें पकड़ना ही होगा।''

विश्वसेन ने तत्काल ही अपने सैनिकों को मत्तमयूर की राजधानी की घेराबंदी करने का आदेश दिया।

सर्वदमन का मस्तक क्रोध से जल रहा था, "तो उस दुर्भीक्ष ने अपनी वास्तविकता प्रकट कर ही दी। महर्षि कण्व का कथन सत्य ही था कि असुर स्वयं अपने विनाश को निमंत्रण देंगे।"

सर्वदमन अपनी आगे की योजना पर विचार कर रही रहा था कि तभी दूर से ही उसे एक व्यक्ति त्राहिमाम की पुकार लगाता हुआ महाराज विश्वसेन की ओर दौड़ा चला आ रहा था। ये कोई और नहीं वेश्यालय का प्रमुख सदानंद था, जिसका मार्ग सैनिकों ने रोक लिया। उसने विश्वसेन से चीखते हुए विनती की, "त्राहिमाम महाराज! मेरे पुत्र की रक्षा कीजिए।"

विश्वसेन के आदेश पर सैनिक सदानंद को निकट लाये। सदानंद ने घुटनों के बल झुककर महाराज विश्वसेन से विनती की, "मेरे पुत्र को इसी दानव के अनुचरों ने बंदी बनाया हुआ है महाराज, इसके अंत के उपरांत वो मेरे पुत्र को जीवित नहीं छोड़ेंगे।"

यह सुनकर सर्वदमन उसके निकट आया, "पूरी बात बताओ।"

सदानंद ने घबराते हुए मृतंगप्रवा और उसके छह अनुचरों के वेश्यालय आने और उसे विवश करने का सम्पूर्ण वृत्तान्त कह सुनाया। कहते-कहते सदानंद गिड़गिड़ाने लगा, "मैं नहीं जानता उन्होने मेरे पुत्र को कहाँ बंदी बनाकर रखा हुआ है, कृपा करके मेरी सहायता कीजिए।"

"इसका अर्थ ये है कि उसके दो दूत और हैं और साथ ही वो वेश्या भी अभी नगर में ही है।" सर्वदमन अभी विचार कर रही रहा था कि तभी एक सैनिक ने आकर महाराज विश्वसेन को सूचित किया, "नगरवासियों को उनके घर में कैद रखने का कोई लाभ नहीं हुआ महाराज, कई लोग घर के भीतर अपने ही परिवार को हानि पहुँचा रहे हैं।"

क्रोधित विश्वसेन ने आदेश दिया, "अपने साथ सैन्यदल की एक विशेष टुकड़ी ले जाओ और घरों में घुसकर उपद्रवियों को बंदी बनाओ!" वो सैनिक भाग खड़ा हुआ।

सर्वदमन सोच में पड़ गया कि वो आगे क्या करे। तभी एक बालक का क्षत-विक्षत शव उसके चरणों में आ गिरा जिसे देख वहाँ उपस्थित सभी मनुष्य अवाक रह गये। उसके दोनों पैर और पंजे कटे हुए थे, साथ ही छाती में कटार धँसी हुई थी। ये कोई और नहीं सदानंद का पुत्र था। उसे देखते ही सदानंद दौड़ता हुआ उसके निकट आया और छाती पीट-पीटकर विलाप करने लगा। सर्वदमन की दृष्टि सीधे उन दो

व्यक्तियों की ओर गयी जिन्होंने इमारत की ऊँचाई से उस बालक का शव फेंका था। उसके क्रोध से जलते नेत्र देखते ही वो दोनों भूमि पर कूद गये और तीव्र गति से भागने लगे। सर्वदमन उनके पीछे दौड़ा।

इधर एक सैनिक ने राजा विश्वसेन को सूचित किया, ‘‘युवराज अपने बंधनों को तोड़कर भाग निकले हैं महाराज!’’

इस सूचना ने विश्वसेन की चिंता और बढ़ा दी। उन्होंने अपने सैन्य दल की एक टुकड़ी भेजकर युवराज सामंतक को खोजने का कार्य सौंपा।

वहीं सर्वदमन, मृतंगप्रवा के उन दोनों अनुचरों का पीछा कर रहा था। वो उन दोनों के बहुत निकट आ चुका था। तभी वो दोनों एक-दूसरे को संकेत कर विपरीत दिशा में भाग खड़े हुए। सर्वदमन ने शीघ्रता में अपने दायीं ओर गये अनुचर का पीछा करने का निश्चय किया, किन्तु उस अनुचर को ये तनिक भी आभास नहीं था कि वो स्वयं अपनी मृत्यु के मुख में जा रहा है। इससे पूर्व कि सर्वदमन उसकी दिशा में दौड़ना आरम्भ करता, उस अनुचर का कटा मस्तक रक्त के फव्वारे छोड़ता हुआ उसके चरणों में आ गिरा।

ये कोई और नहीं युवराज सामंतक था जो हाथ में कुल्हाड़ी लिये एक पशु की भाँति विचरण कर रहा था। सर्वदमन ने उसे छोड़ अपनी बायीं ओर भागे अनुचर का पीछा करने का निश्चय किया। सामंतक भी अपनी कुल्हाड़ी लिये सर्वदमन के पीछे भागने लगा।

अंततः सर्वदमन ने एक लम्बी छलाँग लगाकर मृतंगप्रवा के उस अनुचर को पकड़ ही लिया और उसे अपने पैरों के नीचे दबा दिया। अब सर्वदमन को उस अनुचर से प्रश्न तो करना था किन्तु उसके पीछे सामंतक भी कुल्हाड़ी लिये दौड़ा चला आ रहा था। सर्वदमन ने अनुचर को डपटकर प्रश्न किया, ‘‘बता, बता इस माया का उपचार क्या है अन्यथा सामंतक यहाँ आकर सर्वप्रथम तेरा ही वध करेगा।’’

उस अनुचर ने हँसते हुए कहा, ‘‘हमें मृत्यु का कोई भय नहीं है युवराज, हम अपना मुख खोलकर असुरजाति के स्वप्न पर पानी नहीं फिरने देंगे।’’

इतने में सामंतक ने वहाँ आकर अपनी कुल्हाड़ी चलायी। सर्वदमन ने उसका प्रहार रोका, किन्तु उसका ध्यान बँटा देखकर अनुचर स्वयं को छुड़ाकर वहाँ से भाग निकला। सर्वदमन और सामंतक के मध्य संघर्ष आरम्भ हो गया, किन्तु सर्वदमन की शक्ति की आगे सामंतक की एक न चली। उसने सामंतक को भूमि पर धकेल दिया। भूमि पर गिरकर सामंतक की दृष्टि गलियों में घूम रहे दो सैनिकों पर पड़ी। वो सर्वदमन को छोड़ अपनी कुल्हाड़ी उठाये उनके पीछे भागने लगा मानों वो मानव रक्त का प्यासा हो।

सर्वदमन ने पलटकर अनुप्रवा के अनुचर का पीछा करने का प्रयास किया, किन्तु कुछ कदम आगे बढ़ने के उपरांत उसे उसका शव ही दिखायी दिया। वो भी विषपान करके अपने प्राण त्याग चुका था।

लगातार मिलती असफलता से खीझा हुआ सर्वदमन, सामंतक के पीछे दौड़ा। किन्तु सामंतक तब तक उन दोनों सैनिकों को अपनी कुल्हाड़ी का शिकार बनाकर वहाँ से जा चुका था।

सर्वदमन विचलित हो गया। उसे अब सूझ ही नहीं रहा था कि वो मयूरी की खोज करे या सामंतक के पीछे जाये। अंततः उसने सामंतक के पीछे ही जाने का निश्चय किया क्योंकि वो अकेला ही नगर में घूम रहे सैकड़ों सैनिकों का नाश कर सकता था।

कुछ क्षण विचार करने के उपरांत सर्वदमन वहाँ की सबसे ऊँची इमारत पर चढ़ गया।

उसने वहाँ से गर्जना करते हुए घोषणा की, ''सारे योद्धा अपनी सुरक्षा का भार स्वयं उठायें और जहाँ स्थान मिले वहाँ छुप जायें, युवराज समांतक के समक्ष कोई नहीं आयेगा!''

सर्वदमन का ये संदेश आसपास के क्षेत्रों में पहुँचा। सैनिकों को तनिक आश्चर्य तो हुआ किन्तु उन्होंने बिना कुछ और विचार किये सर्वदमन के आदेश का पालन किया और बंदियों के साथ छुपने का स्थान खोजने लगे । सैनिकों को निर्देश देकर सर्वदमन उस इमारत से सीधा नीचे कूद गया।

अब सर्वदमन का एक ही लक्ष्य था कि किसी प्रकार सामंतक को खोजकर उसे विनाश करने से रोकना। वहीं नगर में छिपी मयूरी ने जब सर्वदमन की घोषणा सुनी तो उसे सैनिकों का छुपना एक सुलभ अवसर प्रतीत हुआ। वो अपने स्थान से निकलकर नदी की ओर भागने लगी। नदी के तट पर नौका देख मयूरी उत्सुक हो गयी। वो दौड़ते हुए नौका के निकट गयी। तभी एक सशक्त भुजा ने उसे पकड़ लिया। मयूरी ने पलटकर देखा ये कोई और नहीं सर्वदमन ही था।

सर्वदमन मुस्कुराया, ''मुझे ज्ञात था कि इस नगर से भागने का सबसे तीव्रतम मार्ग इस नदी से होकर ही जाता है और यदि सैनिक हटेंगे तो तू यहाँ से भागने का प्रयास अवश्य करेगी... अब बता क्या योजना है असुरेश्वर दुर्भीक्ष की?''

मयूरी ने अपना हाथ छुड़ाने का प्रयास करते हुए कहा, ''एक स्त्री के साथ ऐसा व्यवहार करते हुए लज्जा नहीं आती तुम्हें।''

''ताड़का वध पर तो प्रभु श्रीराम को भी स्त्री हत्या का लांछन नहीं लगा था, तो तुझ जैसी दानवी का अंत करने में मैं संकोच क्यों करूँ।'' सर्वदमन ने अपनी पकड़ और मजबूत की।

सर्वदमन के कसाव से मयूरी का हाथ लाल होने लगा, "यदि तुमने इसी समय सत्य नहीं उगला और नगरसियों के रोग का उपचार नहीं बताया, तो महादेव की सौगंध मैं तनिक भी विचार नहीं करूँगा कि तुम एक कन्या हो और तुम्हारे शरीर के एक हर एक अंग को काटकर अत्यंत कष्टदायक मृत्यु दूँगा तुम्हें।"

सर्वदमन के नेत्रों की अग्नि देख मयूरी का मन भय से दहक उठा, "म...मुझे बस इतना ज्ञात है कि नगरवासियों में हिंसा फैलाकर उन्हें राजा विश्वसेन के विरुद्ध विद्रोह के लिये उकसाना था, इसके उपरांत हमारे नायक मृतंगप्रवा विश्वसेन का वध करके मत्तमयूर के सिंहासन पर अधिकार करने वाले थे।"

सर्वदमन का क्रोध बढ़ता ही जा रहा था, "तो ये है उस असुरेश्वर दुर्भीक्ष की योजना; अपने दानव प्रतिनिधि को वो मत्तमयूर की सिंहासन पर बिठाना चाहता था?"

"हाँ इससे अधिक मुझे कुछ भी ज्ञात नहीं।" मयूरी ने अपना हाथ छुड़ाने का प्रयास किया।

"पहले ये बताओ कि युवराज और नगरवासियों की ये दशा हुई कैसे?" सर्वदमन ने उसके हाथ पर कसाव और बढ़ाया।

मयूरी से वो पीड़ा सहन नहीं हुई। उसने कहना आरम्भ किया, "हम वेश्यालय के मदिरा पात्र में एक विशेष द्रव्य मिला देते थे, जिसका प्रभाव किसी भी मनुष्य पर तीन दिवस के पश्चात होता है। ये द्रव्य मनुष्य को इतना विक्षिप्त कर देता है कि वो किसी भी दूसरे जीव को अपने समक्ष देखते ही हिंसा पर आतुर हो जाता है।"

"और इसका उपचार क्या है, शीघ्र बताओ!"

सहमते हुए मयूरी ने कहा, "जब रोगी चेतना में हो और उसके शरीर और मुख्यतः मुख पर जल की कम से कम सात तीव्र धाराएँ बरसायी जायें तभी वो व्यक्ति इस द्रव्य के प्रभाव से मुक्त हो सकता है... दनु माता की सौगंध इससे अधिक मुझे कुछ भी ज्ञात नहीं।"

सर्वदमन ने मयूरी का हाथ छोड़ दिया, "भागने का प्रयास मत करना, क्योंकि अब तुम एकमात्र साक्षी हो असुरेश्वर दुर्भीक्ष की योजना की। यदि तुम स्त्री न होती तो तुम्हारे हाथ-पैर काटकर तुम्हें दुर्भीक्ष के पास ले जाता और उससे कहता कि, यदि उसे आर्यावर्त पर अधिकार करने की ही कामना थी तो सीधा रणभूमि में क्यों नहीं आता... बहुत बड़ा कायर है तुम्हारा असुरेश्वर।"

दुर्भीक्ष का अपमान मयूरी से सहन न हुआ, "सावधान युवराज सर्वदमन, हमारे ईश्वर का अपमान करने का दुस्साहस न करना, उनके सामर्थ्य का भान नहीं है तुम्हें; यदि वो चाहें तो अकेले ही बिना किसी सेना का उपयोग किये समग्र आर्यावर्त को जीत सकते हैं। और उनके लिए कोई भी असुर, दानव या राक्षस बिना एक क्षण विचारे

अपने प्राणों की आहुति दे सकता है। तुमने यहाँ मुझसे सत्य उगलवा लिया, किन्तु इसका अर्थ ये नहीं कि मैं अपने ईश्वर के अपमान का कारण बनूँगी। मैंने युद्ध कला नहीं सीखी इसलिए अपना रक्षण करने में समर्थ नहीं हूँ, किन्तु अपने ईश्वर के लिए प्राण देने में मैं तनिक भी संकोच नहीं करूँगी।'' कहकर मयूरी ने अपने कण्ठ में लटकी एक छोटी-सी माला से विष निकालने को हाथ बढ़ाया, किन्तु सर्वदमन ने एक ही झटके में उसकी माला पकड़कर तोड़ दी।

अपनी माला टूटते ही मयूरी भागने के लिये नदी में कूद गयी। सर्वदमन मुस्कुराया। मयूरी अभी कुछ ही पग आगे बढ़ी थी कि नदी में से निकलकर दस सैनिकों ने उसे पकड़ लिया। सर्वदमन ने मुस्कुराते हुए हतप्रभ मयूरी पर कटाक्ष किया, ''कदाचित तुम मत्तमयूर की जलकुम्भी सेना के विशिष्ट गुण से अपरिचित हो, यहाँ के योद्धा तीन प्रहर तक जल में रहकर युद्ध कर सकते हैं।'' श्वास भरते हुए सर्वदमन ने कहा, ''अब युवराज सामंतक का उपचार तुम्हारे सामने ही होगा और यदि तुम्हारा कहा असत्य सिद्ध हुआ तो उसका परिणाम भी तुम्हें ही भोगना होगा।''

सामंतक को खोजने में सर्वदमन को कोई विशेष परिश्रम नहीं करना पड़ा। नदी के तट पर मनुष्यों को देख वो स्वयं ही उस ओर खिंचा चला आया। उसके निकट आते ही सर्वदमन ने उसके कंधे पर प्रहार कर उसे मूर्छित कर दिया।

शीघ्र ही सामंतक को बेड़ियों में बाँधकर राजप्रांगण में खड़ा किया गया। कुछ सैनिकों के साथ मयूरी भी वहीं खड़ी थी। सर्वदमन के निर्देश पर दस बड़े-बड़े घड़ों में जल भरकर सीधा सामंतक के मुख की ओर लक्ष्य कर फेंका गया। जल प्रभाव से नेत्र खुलते ही उसने सर्वप्रथम मयूरी को अपने समक्ष देखा। उसे देखते ही उसके नेत्र क्रोध से जलने लगे। सैनिक उस पर जल डालते गये, किन्तु विक्षिप्त हुए सामंतक ने अपने बल का प्रयोग कर बेड़ियाँ तोड़ डाली और सीधा मयूरी पर कूद गया। भय के मारे सैनिक पीछे हट गये। इससे पूर्व कि सर्वदमन कुछ करता उसने मयूरी का मस्तक घुमाकर तोड़ दिया। मयूरी तड़पते हुए भूमि पर गिर पड़ी।

सामंतक को अनियंत्रित होता देख सर्वदमन ने उसे पकड़कर अपनी काँख में दबा लिया और सैनिकों को आदेश दिया, ''अब मारो इसके मुख पर जल की धाराएँ।''

सैनिकों ने आदेश का तत्काल ही पालन किया और घड़ों में भर भरकर तीव्रगति से सामंतक के मुख पर जल फेंकने लगे। सामंतक की चेतना लौटने लगी।

स्वयं को सर्वदमन द्वारा जकड़ा हुआ देख उसने आश्चर्यभाव से प्रश्न किया, ''ये आप क्या कर रहे हैं युवराज सर्वदमन?''

सर्वदमन ने सैनिकों को रुकने का संकेत किया। इसके उपरांत उसने सामंतक को अपने बंधन से मुक्त किया, ''तो आप स्वस्थ हो ही गये युवराज!''

अपना सम्पूर्ण शरीर जल से भीगा देख सामंतक आश्चर्यचकित था, ''स्वस्थ हो गया? मुझे हुआ क्या था? म... मैं तो अपने कक्ष में था फिर...।''

''विचलित न होइए युवराज, अब आपकी ही भाँति नगरवासियों को भी स्वस्थ करने का कार्य करना है।'' सर्वदमन मुस्कुराया।

जब तक सभी नगरवासी स्वस्थ नहीं हुए सर्वदमन मत्तमयूर में ही रुका रहा। तीन दिन के उपरांत समस्त प्रजा ने मिलकर राजा विश्वसेन और हस्तिनापुर के युवराज सर्वदमन को राजकीय सम्मान दिया।

विश्वसेन ने सर्वदमन का आभार व्यक्त करते हुए कहा, ''यदि आप नहीं होते तो हमारा सम्पूर्ण राष्ट्र नष्ट हो गया होता युवराज, आपका बहुत-बहुत आभार; आपने हमारी प्रजा का हृदय जीत लिया इसलिए हमारा भी ये दायित्व है कि हम आपकी इच्छा पूर्ण करें। मत्तमयूर आपको अपना जामाता स्वीकार करता है पुरूकुमार, हम शीघ्र ही विवाह का प्रस्ताव लेकर हस्तिनापुर पधारेंगे।''

सर्वदमन मुस्कुराया, ''बहुत-बहुत धन्यवाद महाराज, किन्तु विवाह की बातें बाद में भी हो जायेंगी, अभी तो मुझे संदेह है कि संकट समाप्त नहीं हुआ।''

''संकट समाप्त नहीं हुआ, ये आप क्या कह रहे हैं युवराज?'' विश्वसेन आश्चर्यपूर्वक प्रश्न किया।

इससे पूर्व कि सर्वदमन कुछ कहता, उसकी शंका को सत्य करने एक सैनिक सूचना लेकर पहुँचा, ''महाराज हमारे दो और नगरों में हिंसा फैल रही है, नगरजन अनियंत्रित हो रहे हैं।''

विश्वसेन ने आश्चर्यपूर्वक प्रश्न किया, ''ये क्या कह रहे हो... किस प्रकार की हिंसा?''

''हमारे एक नगर श्यामली में तो लोहार और व्यापारियों के संगठन में संघर्ष हो रहा है, प्रतीत होता है कि ये हिंसा जातिवाद के नाम पर हो रही है। लगभग सौ लोग इस हिंसा की भेंट चढ़ चुके हैं। सैनिकों ने किसी प्रकार कई लोगों को बंदी बनाकर स्थिति नियंत्रित की है, किन्तु पता नहीं ये स्थिति कब सुधरेगी।''

''और दूसरा कौन-सा नगर?'' विश्वसेन ने प्रश्न किया।

''दूसरा नगर है वेदांती जहाँ बिलकुल उसी प्रकार की हिंसा फैल रही है जैसे कि हमारी राजधानी में फैली, और वहाँ अब तक पाँच सौ से अधिक लोगों के प्राण जा चुके हैं।'' सैनिक ने उत्तर दिया।

विश्वसेन का मुख पीला पड़ गया। सर्वदमन ने उसका साहस बढ़ाया, ''आप चिंतित न होइए महाराज, प्रतीत होता है मुझे कुछ और दिन मत्तमयूर में ही रहकर इन

षडयंत्रों को जड़ से उखाड़ना होगा। प्रश्न ये है कि असुरेश्वर दुर्भीक्ष ने आपके राज्य को ही अपना आखेट क्यों बनाया या फिर और भी राज्यों पर उसकी दृष्टि है।''

विश्वसेन ने निराशा भरे स्वर में कहा, ''आपका बहुत-बहुत आभार युवराज, अब आप ही हमें इस संकट से मुक्त होने का कोई मार्ग दिखाइए।''

''मैं एक सहस्त्र सैनिकों का दल लेकर वेदांती नगर जाऊंगा, क्योंकि वहाँ संकट अधिक है; युवराज सामंतक को अपने सैन्य दल के साथ श्यामली जाना चाहिए।'' सर्वदमन ने सुझाव दिया।

मथुरा के एक वन में मेघवर्ण और चंद्रकेतु पत्थरों पर बैठे किसी गम्भीर विषय पर वार्ता कर रहे थे। तभी एक गुप्तचर उनके निकट आकर खड़ा हो गया। मेघवर्ण ने उसके मुख के भाव की ओर देखा, ''क्या हुआ गुप्तचर, बड़े विचलित दिखायी दे रहे हो?''

''स...सूचना ही कुछ ऐसी है महामहिम।'' वो गुप्तचर हकलाने लगा।

मेघवर्ण और चंद्रकेतु अपने स्थान से उठे। मेघवर्ण गुप्तचर के निकट गया, ''प्रतीत होता है तुम कोई बहुत अशुभ समाचार लाये हो।''

''हाँ महामहिम, सूचना मिली है कि आपकी बहन चंद्रलेखा ने आत्मदाह कर लिया।'' गुप्तचर एक साँस में सब कुछ कह गया।

चंद्रकेतु स्तब्ध रह गया। मेघवर्ण का मस्तक क्रोध से जल उठा। उसने उस गुप्तचर का मस्तक पकड़कर कसकर दबाया, ''ये क्या अनर्गल बातें कर रहे हो तुम... अभी पिछले ही माह मैं उससे भेंट करके आया था, स्वस्थ और प्रसन्न थी वो, आत्मदाह क्यों करेगी?''

''म... मुझे कारण ज्ञात नहीं है महामहिम, किन्तु सूचना सत्य है।''

मेघवर्ण विचलित हो उठा। उसने गुप्तचर को पीछे धकेल दिया और हताश होकर पत्थर पर बैठ गया, ''एकमात्र बहन थी हमारी और वो भी...।''

चंद्रकेतु ने उसके कंधे पर हाथ रख उसे समझाया, ''भाग्य को दोष देकर कोई लाभ नहीं मेघवर्ण, इस समय हमें उसकी मृत्यु का कारण जानना होगा।''

मेघवर्ण उठ खड़ा हुआ, ''उचित कहा तुमने, ये समय शोक का नहीं है; दिग्विजय को बुलाओ हम तीनों साथ जायेंगे।''

तभी महाबली अखण्ड ने वहाँ आकर कहा, ''दिग्विजय विदर्भ की ओर निकल चुका है।''

मेघवर्ण स्तब्ध रह गया, ''क्या! किन्तु क्यों?''

"तुमने ही तो उसे स्वयं से दूर रहने को ही कहा है न, इसलिए अपनी बहन की मृत्यु की सूचना उससे सहन नहीं हुई और वो बिना विलंब किये निकल गया।"

महाबली अखण्ड की बात सुन मेघवर्ण क्रोधित हो उठा, "अच्छा ही किया न जो उसे स्वयं से दूर किया। अपने ज्येष्ठ के लिए उसके मन में तनिक भी सम्मान नहीं है।"

महाबली अखण्ड को क्रोध आ गया, "बस करो मेघवर्ण, प्रतीत होता है तुम अपना विवेक वास्तव में खो चुके हो। भले चंद्रलेखा तुम्हारी भी बहन है, किन्तु केवल एक बार भेंट हुई है तुम्हारी उससे, और दिग्विजय ने उसके साथ अपना पूरी बाल्यवस्था व्यतीत की है।"

"आप कहना क्या चाहते हैं गुरुदेव?" मेघवर्ण ने आश्चर्यभाव से प्रश्न किया।

"जिस प्रकार तुम्हारी भावनाएँ तुम्हारे पालक पिता सुवर्मा से जुड़ी थीं, उसी प्रकार दिग्विजय की भावनाएँ उसकी बहन चंद्रलेखा से जुड़ी थीं, और संसार में सबसे अधिक महत्ता इन भावनाओं की है, किसी रक्त सबंध का नहीं। तुमने दिग्विजय को आदेश दे रखा है कि जब तक तुम स्वयं उसे न बुलाओ वो तुम्हारे सामने नहीं आयेगा। वो आवेश में आकर इसलिए चला गया होगा क्योंकि अनुज होने के नाते वो तुम्हारे आदेश का उल्लंघन नहीं कर सकता। तुम कब तक इस प्रकार अपने अनुज से दूरी बनाये रखोगे? हम चंद्रलेखा की मृत्यु का भेद नहीं जानते कि उसने आत्मदाह किया भी है या ये शत्रु का कोई षड्यंत्र है, और दिग्विजय वहाँ अकेला गया है, तो विचार कर लो कि इस समय अपने अहंकार को पोषित करना तुम्हारे लिए अधिक महत्व का है अथवा किसी अंजान संकट की ओर बढ़ रहे अपने अनुज की रक्षा करना अधिक आवश्यक है।"

महाबली अखण्ड के शब्दों ने मेघवर्ण को उसकी भूल का भान करा दिया, "मुझे क्षमा कीजिए गुरुदेव, हम दोनों इसी समय विदर्भ की ओर निकलेंगे, चलो चंद्रकेतु!"

सशस्त्र दिग्विजय विदर्भ के राजमहल के निकट आ चुका था। क्रोध में महल के प्रहरियों को अपने तीखे बाणों से घायल कर वो अंदर प्रवेश कर गया। राजप्रांगण में पहुँचते ही दिग्विजय ने हुंकार भरा, "विदर्भ नरेश शत्रुंजय, बाहर निकलो!"

उसकी दहाड़ सुन शत्रुंजय, दुर्भीक्ष, भद्राक्ष और कुछ अन्य अंगरक्षक बाहर आ गये। उन सभी ने श्वेत वस्त्र धारण किये हुए थे।

दिग्विजय ने गरजते हुए प्रश्न किया, "कहाँ है मेरी बहन?"

उसका यह प्रश्न सुन शत्रुंजय की दृष्टि झुक गयी। दिग्विजय अपने अश्व से उतरकर शत्रुंजय के निकट आया, "आप पर विश्वास करके उसे आपके रक्षण में छोड़ा था हमने, बताइए कहाँ है मेरी बहन चंद्रलेखा?"

शत्रुंजय की दृष्टि झुकी हुई थी। दुर्भीक्ष ने दिग्विजय को समझाने का प्रयास किया, ''समझने का प्रयास करो, यही विधि का विधान था।''

''प्रश्न मैंने आपसे नहीं किया असुरेश्वर और न ही चंद्रलेखा का उत्तरदायित्व आप पर था, मुझे मेरे प्रश्न का उत्तर महाराज शत्रुंजय से चाहिए। जब हम यहाँ उसे छोड़कर गये थे, बेहद प्रसन्न थी वो, इसलिए उसके आत्मदाह करने के मिथ्यावचन पर मैं विश्वास नहीं कर सकता।'' कहते हुए दिग्विजय ने आगे बढ़कर शत्रुघन की गर्दन पकड़ ली।

क्रोधित दुर्भीक्ष ने उसे पकड़कर चार हाथ दूर फेंक दिया। किन्तु मेघवर्ण ने वहाँ आकर उसे तत्काल ही सँभाल लिया। क्रोधित मेघवर्ण ने दुर्भीक्ष को ललकारते हुए कहा, ''सावधान असुरेश्वर दुर्भीक्ष, मेरे अनुज को हाथ लगाया तो तुम्हारा मस्तक उखाड़ फेंकूँगा मैं!''

दुर्भीक्ष ने भी गरजते हुए कहा, ''और यदि किसी ने शत्रुंजय की ओर दृष्टि उठाने का दुस्साहस किया तो मैं उसके शरीर से उसके प्राण निकाल लूँगा।''

''यदि ये युद्ध का आवाहन है तो मुझे स्वीकार है।'' मेघवर्ण ने भी दृढ़तापूर्वक कहा।

''मौन हो जाइए आप लोग!'' शत्रुंजय ने चीखते हुए हस्तक्षेप किया। इतना कहते हुये शत्रुंजय भी घुटनों के बल बैठ गया और भद्राक्ष को नेत्रों से संकेत किया। शत्रुंजय के अश्रु देख मेघवर्ण और दुर्भीक्ष मौन हो गये।

भद्राक्ष ने आगे आकर मेघवर्ण को समझाने का प्रयास किया, ''आप लोग कृपा करके शांत हो जाइए; राजकुमारी चंद्रलेखा की मृत्यु का दुःख हम सभी को है, महाराज शत्रुंजय भी उसी शोक से ग्रस्त हैं, इनका दुख आपसे कम नहीं है।''

''यदि ऐसा है तो हमें अपनी बहन की मृत्यु का समाचार एक गुप्तचर द्वारा क्यों मिला?'' दिग्विजय का क्रोध शांत नहीं हुआ था।

भद्राक्ष ने उसे शांत करने का प्रयास किया, ''समझने का प्रयास कीजिए कुमार। राजकुमारी की मृत्यु से महाराज बिलकुल टूट चुके थे, उन्हें यह भान ही नहीं था कि किसे बतायें और किसे नहीं... असुरेश्वर भी कल ही हमारे नगर में पधारे हैं।''

''जब हम चंद्रलेखा से मिले थे वो बहुत प्रसन्न थी, तो वो आत्मदाह क्यों करेगी?''

दिग्विजय का यह प्रश्न सुन भद्राक्ष मौन हो गया। यह देख शत्रुंजय उठकर दिग्विजय और मेघवर्ण के निकट आया और घुटनों के बल झुक गया, ''चंद्रलेखा की मृत्यु का उत्तरदायी मैं हूँ, मुझे मृत्युदंड देकर मुक्त कीजिए क्योंकि उसके बिना मैं भी संसार में नहीं जीना चाहता।''

दिग्विजय ने तलवार खींचने के लिये म्यान में हाथ डाला, किन्तु मेघवर्ण ने उसका हाथ रोक लिया, ''धीरज रखो अनुज।'' इसके उपरांत वो शत्रुंजय की ओर मुड़ा, ''आप तनिक विस्तार से बताइए, विदर्भ नरेश।''

शत्रुंजय ने हकलाते हुए कहा, ''मैं....मैं उस दिन उसके कक्ष में उससे भेंट करने पहुँचा था और बातों ही बातों में उसने मुझे अपने किये एक दुष्कर्म के विषय में बता दिया, और मैंने क्रोध में आकर कह दिया कि मैं उसका परित्याग करता हूँ और कदाचित इसलिए उसने स्वयं को...।'' कहते-कहते उसका गला रुँध गया।

''कैसा दुष्कर्म? आप क्या बात कर रहे हैं महाराज शत्रुंजय?'' मेघवर्ण ने आश्चर्यभाव से प्रश्न किया।

शत्रुंजय भूमि से उठा और मेघवर्ण के नेत्रों में देखकर बोला, ''आज से कुछ मास पूर्व मैंने गुरु नंदका के दल की ओर से पूर्व विदर्भ नरेश जयवर्धन के विरुद्ध युद्ध किया था। उस युद्ध से ठीक एक रात्रि पूर्व गुरु नंदका के एक योद्धा ने मुझे युद्ध की योजना का पत्र लाकर दिया था। जयवर्धन दस सहस्त्र का सैन्य दल लेकर आने वाला था, इसलिए हमने ये रणनीति बनायी थी कि गाँव के युवक बिना किसी विरोध सदैव की भाँति जयवर्धन के कारागार में बंदी बन जायेंगे, और जब उन्हें बंदी बनाकर जयवर्धन लौट रहा होगा तब गाँव के वो बंदी बने युवक अपने आसपास के सैनिकों पर मूर्छित कर देने वाली सूइयों से आक्रमण करेंगे, और शेष कार्य हमारे सौ उच्च कोटि के योद्धा कर लेंगे। किन्तु जयवर्धन को हमारी योजना ज्ञात हो गयी, जिसका परिणाम ये हुआ कि दस सहस्त्र निर्दोष युवकों की बलि चढ़ गयी। हम कभी ज्ञात नहीं कर पाये कि हमारी योजना के विषय में उस जयवर्धन को किसने बताया। किन्तु उस दिन चंद्रलेखा ने मुझे बताया कि जयवर्धन एक वृद्ध का वेश धरे गाँव में घूम रहा था और गुरु नंदका का योजना-पत्र जो मुझे रात्रि में मिला था उसे चंद्रलेखा ने ही जयवर्धन को दिखाया था। उस समय मुझे बस बिंगरौली के उन दस सहस्त्र युवकों के शव दिखने लगे और मुझे क्रोध आ गया। चंद्रलेखा ने मुझसे क्षमा माँगी, पर मैंने क्रोध में उससे कह दिया कि मैं उसका परित्याग कर रहा हूँ। मैं कक्ष से बाहर चला गया और उसी रात्रि उसने अपने पूरे कक्ष को अग्नि को समर्पित कर दिया। अग्नि इतनी भीषण थी कि उसका शव भी नहीं बचा।'' कहते कहते शत्रुंजय का गला रुँध गया।

दिग्विजय ने असहमति जतायी, ''नहीं, मेरी बहन एक योद्धा थी, वो इतनी दुर्बल कभी नहीं हो सकती कि इतनी-सी बात पर स्वयं के प्राण ले ले।''

दिग्विजय का प्रतिरोध देख दुर्भीक्ष आगे आया, ''बालिका थी वो, और साथ ही एक क्षत्राणी भी। क्षत्राणी अपने जीवन में केवल एक बार अपना जीवन साथी चुनती है और कदाचित अपने अंधकारमय भविष्य के विषय में अनुमान लगाकर उसने ऐसा आत्मघाती निर्णय लिया होगा। इसलिए जो हुआ वो केवल हमारा दुर्भाग्य था और कुछ

नहीं, जिसका दुःख हम सभी को है।''

दिग्विजय ने आगे बढ़ प्रतिरोध करने का प्रयास किया, किन्तु मेघवर्ण ने उसे रोका, ''शांत हो जाओ अनुज, दुर्भीक्ष उचित कह रहा है; ये दुर्भाग्य के अतिरिक्त और कुछ नहीं है।''

दिग्विजय के मुख पर असंतोष था, किन्तु उसने मेघवर्ण का कहा नहीं टाला। भद्राक्ष ने अस्थि कलश दुर्भीक्ष के हाथ में दिया। दुर्भीक्ष ने आगे बढ़कर वो अस्थि कलश मेघवर्ण के हाथों में देते हुए कहा, ''आज चंद्रलेखा की मृत्यु की तेरहवीं की शोक सभा है, आशा है तुम लोग इस सभा का भाग बनना चाहोगे, और ये अस्थि कलश अपने पास ही रखो। चूँकि तुम्हारी बहन अविवाहित थी इसलिए उसकी अस्थियाँ विसर्जित करने का अधिकार तुम्हारा ही है।''

मेघवर्ण ने वो अस्थि कलश लिया। शोक सभा में कुछ देर रहने के उपरांत मेघवर्ण, दिग्विजय और चंद्रकेतु को अपने साथ लेकर मथुरा लौट गया।

सप्तदशम अध्याय

महाराज भरत

दो दिन के उपरांत दुर्भीक्ष भी एकचक्रनगरी लौट गया। सूर्यास्त होने के उपरांत शत्रुंजय और भैरवनाथ बाग में भ्रमण करने आये।

भद्राक्ष ने ठिठोली करते हुए कहा, ''वैसे तुम किसी नाट्य के मंचन में भाग लेते तो अव्वल ही आते।''

शत्रुंजय मुस्कुराया, ''सो तो है गुरुदेव... उस दिन का अभिनय सत्र बहुत गम्भीर था।''

दोनों कुछ क्षण के लिये मौन हुये। फिर शत्रुंजय ने प्रश्न उठाया, ''वैसे आपने बताया नहीं कि आपने चंद्रलेखा को कहाँ रखा है।''

''चिंता मत करो, उसे विदर्भ की उत्तरी सीमा पर एक छोटे से महल के कक्ष में बंद रखा गया है, वहाँ उसकी सेवा के लिये दास-दासियाँ भी उपस्थित हैं।''

''आप भूल रहे हैं गुरुदेव कि चंद्रलेखा में एक कुशल योद्धा के गुण भी हैं; क्या उस महल की रक्षा कर रहे योद्धाओं में इतना सामर्थ्य है जो चंद्रलेखा को बंदी बनाकर रख सकें?'' शत्रुंजय ने प्रश्न किया।

''उस महल की रक्षा उपनंद कर रहा है, इससे और अधिक क्या प्रमाण चाहिए तुम्हें चंद्रलेखा के सुरक्षित रहने का?'' भद्राक्ष ने प्रश्न किया।

"हम्म... फिर तो उत्तम है।"

तभी आकाश से उड़ता हुआ एक चील सीधा आकर भद्राक्ष के कंधे पर बैठ गया। भद्राक्ष ने उसके पंजों में बँधा संदेश पत्र खोलकर निकाला।

उस पत्र को पढ़ते ही भद्राक्ष का रूप धरे भैरवनाथ की आँखें आश्चर्य से फटने लगीं, "असम्भव... नहीं... ये कैसे हो सकता है।"

"क्या हुआ गुरुदेव, ऐसा क्या पढ़ लिया आपने पत्र में?" शत्रुंजय ने आश्चर्यभाव से प्रश्न किया।

"पौरव युवराज सर्वदमन को हमारी योजना की भनक लग गयी।" कहते-कहते भद्राक्ष के हाथ से वो पत्र नीचे गिर गया।

शत्रुंजय भी अचम्भित रह गया, "ये...ये आप क्या कह रहे हैं गुरुदेव, ये कैसे सम्भव है? हस्तिनापुर के आसपास के राज्यों में तो हमारे असुर गये ही नहीं।"

"सर्वदमन, मत्तमयूर का होने वाला जामाता है और जब मृतंगप्रवा ने मत्तमयूर की राजधानी में हिंसा फैलाना आरम्भ किया, उसी समय सर्वदमन ने वहाँ आकर समस्त योजना पर पानी फेर दिया। अपने बुद्धि कौशल से उसने एक माह में ही मत्तमयूर के नगरों से चुन-चुनकर दानवों और असुरों को खोज निकाला और हमारे कई अनुचर तो उसके भय से रातों रात मत्तमयूर की सीमा से भाग निकले।"

"क्या उसे हमारी सम्पूर्ण योजना का ज्ञान हो गया?" शत्रुंजय ने प्रश्न किया।

"नहीं, उसे बस इतना ज्ञात हुआ है कि असुरेश्वर दुर्भीक्ष ने मत्तमयूर के विरुद्ध कोई योजना बनायी थी। इससे पूर्व कि वो मृतंगप्रवा से सत्य उगलवाता, उसने विष खाकर अपने प्राण त्याग दिये; मत्तमयूर के शेष किसी असुर को हमारी योजना की विस्तृत जानकारी नहीं थी।"

"अब तो पुरुराष्ट्र के गुप्तचर बाकी राज्यों में भी भेजे जायेंगे और शीघ्र ही उसे ज्ञात हो जायेगा कि प्रजा में हिंसा केवल मत्तमयूर में ही नहीं अपितु आर्यावर्त के अनेक राज्यों में फैल रही है... हमारी सम्पूर्ण योजना पर पानी फिर सकता है गुरुदेव।" शत्रुंजय चिंतित हो गया।

कुछ क्षण विचार करने के उपरांत भद्राक्ष ने कहा, "इस समय हमारे लिए सबसे बड़ा संकट दानवराज वृषपर्वा है, पहले हमें उसके अंत का प्रबंध करना है।"

"दानवराज वृषपर्वा का अंत... वो क्यों गुरुदेव?" शत्रुंजय स्तब्ध रह गया।

"समग्र असुरजाति, रक्षजाति और दानवजाति यही जानती है कि ये सब जो भी हो रहा है वो असुरेश्वर दुर्भीक्ष की इच्छा से हो रहा है... किन्तु ये भेद केवल मुझे और दानवराज वृषपर्वा को ज्ञात है कि ये वास्तव में मेरी अर्थात रक्षगुरु भैरवनाथ की योजना

है, और यदि कोई ऐसा समय आया जब भय के मारे वृषपर्वा ने ये सत्य असुरेश्वर को बता दिया तो हमारा सारा परिश्रम व्यर्थ हो जायेगा।''

''आपने वृषपर्वा को अपनी वास्तविकता बता दी?''

''मैं विवश था। जब भद्राक्ष के रूप में मैं वृषपर्वा के पास अपनी योजना का प्रस्ताव लेकर पहुँचा तो वृषपर्वा ने ये स्वीकार ही नहीं किया कि दुर्भीक्ष ऐसी कोई योजना बना सकता है, इसीलिए उसके समक्ष मैंने अपनी वास्तविकता प्रकट कर दी और उससे दानवजाति की प्रगति का प्रलोभन देकर अपनी योजना पर कार्य करने के लिये मना लिया। इस समय वृषपर्वा पातालपुरी का कार्यकारी राजा है और अपने इस पद का लाभ उठाकर वृषपर्वा पातालपुरी के योद्धाओं को ये विश्वास दिलाने में सफल रहा कि ये योजना असुरेश्वर दुर्भीक्ष की है... इसीलिए पातालपुरी का हर योद्धा अपने प्राण दाँव पर लगाने को सज्ज हो गया।''

शत्रुंजय ने असहमति जताते हुए कहा, ''मुझे भय है गुरुदेव कि असुरों की दुर्भीक्ष के प्रति ये निष्ठा कहीं हम पर भारी न पड़ जाये।''

''चिंता मत करो, मैंने हर संभावनओं के लिये योजनाएँ तैयार कर रखी है।'' भद्राक्ष रूपी भैरवनाथ ने उसे आश्वसन देते हुए कहा।

भद्राक्ष ने तत्काल ही एक पत्र लिखा और उसे अपने पालतू चील के पंजे में बाँधकर उसे आकाश में उड़ा दिया।

वो चील एक दिन में ही भैरवनाथ का संदेश लेकर पातालपुरी आ गयी।

अपने पुत्र मृतंगप्रवा के शोक में दुःखी बैठा वृषपर्वा प्रतिशोध के अवसर की प्रतीक्षा में था। तभी भैरवनाथ का भेजा हुआ चील वृषपर्वा के पास आया। वृषपर्वा ने उसके पंजे से पत्र खोलकर पढ़ना आरम्भ किया।

तुम्हारे पुत्र मृतंगप्रवा ने असुरजाति के सम्मान के लिये स्वयं के प्राणों का बलिदान कर दिया, मैं उसकी मृत्यु पर शोक प्रकट करता हूँ... किंतु अब समय नष्ट करके अपने पुत्र के बलिदान को व्यर्थ न करो। जाओ और उस हस्तिनापुर से प्रतिशोध लो जिसके युवराज के कारण तुम्हारे पुत्र को अपने प्राण गँवाने पड़े। उस सर्वदमन को हमारी योजना की भनक लग चुकी है इसलिए वो कोई न कोई कदम अवश्य उठायेगा। किंतु हस्तिनापुर का राजा दुष्यंत सिंहासन का त्याग कर चुका है और सर्वदमन का राज्याभिषेक नहीं हुआ इसलिए अभी वो अशक्त है। आज से सोलहवें दिन सर्वदमन का राज्यभिषेक होने वाला है। उससे पूर्व ही तुम्हें दुष्यंत की हत्या करनी होगी। यदि तुमने ये कार्य सम्पन्न कर दिया तो मैं तुम्हें विश्वास दिलाता हूँ कि मैं पुरुराष्ट्र की प्रजा में ऐसी अराजकता फैलाऊँगा कि सर्वदमन का राजतिलक हो ही नहीं पायेगा। हस्तिनापुर की उत्तरी सीमा पर एक कंदरा है, जहाँ दुष्यंत तपस्या में लीन है। उचित तो यही होगा कि

तुम योगमुद्रा में ही उसकी हत्या कर दो... किंतु अपने शस्त्र को विषयुक्त अवश्य कर लेना; क्योंकि दुष्यंत एक उत्कृष्ट योद्धा है, यदि वो उठ गया तो उससे युद्ध करना दुष्कर हो सकता है, और यदि सर्वदमन हस्तिनापुर का नरेश बन गया तो हमारी बनी बनायी योजना विफल हो जायेगी।

-भैरवनाथ

भैरवनाथ का पत्र पढ़ते ही वृषपर्वा ने तनिक भी विलम्ब नहीं किया। वह तत्काल ही अपने कुछ विश्वासपात्र दानवों को साथ लेकर पातालपुरी से निकल पड़ा।

मत्तमयूर की समस्या का समाधान कर सर्वदमन भी हस्तिनापुर की ओर निकल चुका था। रामनवमी अर्थात राजतिलक से ठीक तीन दिवस पूर्व वृषपर्वा अपने चार कुशल दानव योद्धाओं के साथ छुपते-छुपाते हस्तिनापुर की उत्तरी सीमा में प्रवेश कर गया। उसके चारों साथी मानव वेश धरकर उस कंदरा को खोजने में लग गये जिसके विषय में भैरवनाथ ने बताया था। पूरे एक दिन के परिश्रम के उपरांत वो उस गुप्त कंदरा को खोज पाये जिसमें पूर्व हस्तिनापुर नरेश दुष्यंत विश्राम कर रहे थे।

उन चारों ने वृक्ष के पत्तों को शरीर पर लपेटा और उस कंदरा पर दृष्टि जमायी जिसकी रक्षा सैकड़ों सैनिक कर रहे थे। किन्तु उन्हें ज्ञात नहीं थ कि सैकड़ों गणान्ग समस्त हस्तिनापुर में फैले हुए थे। ऐसे ही कंदरा के निकट एक गणान्ग सामान्य नागरिक जैसा भेष बनाकर एक वृक्ष पर चढ़ा हुआ था। वृषपर्वा के वो चारों अनुचर उसकी तीखी दृष्टि से बच नहीं पाये।

पत्तों के आकर की चार मानव समान आकृति एक साथ देख उस गणान्ग योद्धा को संदेह हुआ । उसने उन्हें धीरे-धीरे वहाँ से सरकते हुए भी देखा। गणान्ग ने भी उन्हीं का तरीका अपनाया और पत्तों की चादर ओढ़कर उनके पीछे लग गया। कुछ कोस की दूरी पर उनका पीछा करने के उपरांत गणान्ग ने उन चारों को घने वन में दानवराज वृषपर्वा से भेंट करते हुए देखा।

यह देख गणान्ग ने तनिक भी विलम्ब नहीं किया। वो दौड़ते हुए कुछ कोस की दूरी तक आया और पूरी शक्ति से चीखा, "महायोगी संकट में भयो, योग काज में विघ्न पड़ौ!"

हस्तिनापुर के नगाड़े वाले संदेशवाहक गणान्ग का संकेत समझ गये। अगले ही क्षण उन्होने नगाड़े बजाते हुए चीखना आरंभ किया, "महायोगी सकंट में भयो, योग काज में विघ्न पड़ौ!"

सद्भाग्य से हस्तिनापुर की राजधानी वहाँ से मात्र तीस कोस की दूरी पर थी। कई

नगाड़ों की ध्वनि द्वारा ये संदेश राजधानी तक पहुँचने में अधिक समय नहीं लगा।

राजमहल के निरीक्षण का कार्य कर रहे भगदत्त ने भी यह ऊँचा स्वर सुना, ''महायोगी संकट में भयो, योग काज में विघ्न पड़ौ।''

''ये तो महाराज दुष्यंत पर आने वाले संकट का संकेत है।'' भगदत्त तत्काल ही अश्व पर अपने शस्त्र लादकर राजमहल से निकल पड़ा।

इधर वृषपर्वा और उसके चार योद्धाओं ने कंदरा का रक्षण कर रहे सौ योद्धाओं पर आक्रमण कर दिया। दुष्यंत अभी भी कंदरा के भीतर योगमुद्रा में लीन थे। सैनिकों ने वृषपर्वा और उसके सैनिकों के साथ घनघोर युद्ध किया, किन्तु वो सभी एक-एक करके गिरते चले गये। परंतु ने एक ने भी अपना कर्तव्य पथ छोड़ पलायन नहीं किया।

अपने अनुचरों को सैनिकों से युद्ध करता छोड़ वृषपर्वा कंदरा के भीतर प्रवेश कर गया। दुष्यंत अभी भी योगमुद्रा में लीन थे। उनके आसपास सात सशस्त्र अंगरक्षक उनके रक्षण को खड़े थे। वृषपर्वा जैसे विशालकाय दानव को दुष्यंत की ओर बढ़ते देख वो अंगरक्षक उसकी ओर दौड़ पड़े।

वृषपर्वा ने दोनों हाथों में तलवार उठायी और एक-एक करके उन अंगरक्षकों को काटता गया। इतने निकट से शस्त्रों के टकराने का स्वर सुन दुष्यंत की योग मुद्रा भंग हो गयी। अपने अंगरक्षकों की मृत देह देख वो गरज उठे, ''कौन हो तुम मूर्ख दानव! साहस कैसे किया हमारे योद्धाओं को क्षति पहुँचाने का?''

वृषपर्वा ने अट्टहास करते हुए कहा, ''मैं तुम्हारा काल हूँ दुष्यंत, मैं दानवराज वृषपर्वा तुम्हारा काल बनकर आया हूँ।'' कहकर वृषपर्वा दुष्यंत की ओर दौड़ पड़ा।

दुष्यंत अपने समाधिस्थल से नीचे कूदे और भूमि पर पड़ी दो ढालें उठाकर वृषपर्वा का प्रथम प्रहार रोका और अपने भुजबल का प्रयोग कर उसे पीछे धकेल दिया। उसके भूमि पर गिरते ही दुष्यंत ने भी भूमि पर गिरी एक तलवार भी उठा ली।

वृषपर्वा भूमि से उठकर दुष्यंत की ओर दौड़ पड़ा। दोनों में घनघोर युद्ध आरम्भ हो गया। वहीं बाहर युद्ध कर रहे वृषपर्वा के चार दानवों ने कंदरा के बाहर खड़े सभी सौ सैनिकों का अंत कर दिया। वो वृषपर्वा की सहायता करने हेतु कंदरा की ओर बढ़े।

तभी सशस्त्र भगदत्त वहाँ आ पहुँचा। सैनिकों के शव और दानवों को कंदरा के भीतर जाते देख उसने उन्हें चुनौती दी, ''सावधान दानवों!''

दानवों के पलटते ही भगदत्त ने म्यान से अपनी तलवार निकाली और अपने अश्व से कूदा। अहंकार में भरकर एक दानव अपना खड्ग उठाये उसकी ओर दौड़ा। भगदत्त अपनी तलवार उठाये तीव्रगति से दौड़ता हुआ उस दानव के निकट गया। निकट आते ही दानव ने अपने खड्ग का प्रहार भगदत्त की कमर की ओर लक्ष्य कर किया।

किन्तु भगदत्त भूमि से उछलकर उसके खड्ग पर ही चढ़ गया और अपनी तलवार सीधा उस दानव के मस्तक में घुसा दी। उस दानव का मस्तक तरबूज की भाँति फट पड़ा। सिर के ऊपरी भाग से रक्त की धारा छोड़ता हुआ वो दानव भूमि पर गिरकर तड़पने लगा।

भगदत्त का पराक्रम देख शेष तीन दानवों ने एक-दूसरे को संकेत किया। वो तीनों साथ में भगदत्त की ओर दौड़े। भगदत्त ने उन दानवों के शस्त्र देखे जो तीन बड़े-बड़े खड्ग उठाये थे। वो दौड़कर अपने अश्व के पास गया और दो तलवारें खींच निकाली। तीन दानव और भगदत्त युद्ध को दौड़ पड़े।

तीन-तीन चपल योद्धाओं के प्रहार से स्वयं को बचाना इतना सरल कार्य नहीं था, किन्तु भगदत्त की चपलता उन दानवों से कहीं अधिक थी। तीनों दानवों ने एक साथ उसके मस्तक, जाँघ और कमर की ओर अपने खड्ग चलाये। भगदत्त झुककर प्रथम दानव के प्रहार से बचा और अपनी तलवारों पर बाकी दो दानवों का प्रहार रोक पूरी शक्ति से उन्हें पीछे धकेल दिया।

प्रथम दानव ने इस बार पीछे से वार करने का प्रयास किया, किन्तु खड्ग का वो प्रहार भी भगदत्त ने बिना पलटे ही अपनी दायीं हाथ में थमी तलवार पर रोका और पलटकर दूसरी तलवार उसके उदर में घुसा दी जो उसकी आँतों को पार करती हुई उसकी पीठ तक चीर गयी। घायल प्रथम दानव के खड्ग पर उसकी पकड़ ढीली हो गयी, जिसका लाभ उठाकर भगदत्त ने क्षणभर में ही उस दानव का मस्तक काट गिराया।

शेष दो दानव भी तब तक सँभल चुके थे। वो भी अपना साहस जुटाकर अपने काल की ओर दौड़े। भगदत्त ने अपनी दोनों तलवारें खींची और उनसे द्वन्द्व को सज्ज हो गया। उन दोनों के खड्ग का प्रहार भगदत्त ने अपनी तलवार पर रोका। अगले ही क्षण उसने एक दानव के उदर पर पैर से प्रहार कर उसे भूमि पर धकेल दिया तथा अपने हाथ में थमी दूसरी तलवार से अपने सामने खड़े दानव का हाथ काट दिया। खड्ग थामा हुआ उसका वो हाथ भूमि पर गिर पड़ा। अभी वो दानव इस पीड़ा से उबरा भी नहीं था कि भगदत्त ने अपनी दायीं हाथ में थमी तलवार उसके कण्ठ में घुसा दी। दानव भूमि पर गिरकर तड़पने लगा।

भय के मारे अंतिम दानव के पसीने छूट गये। उसने उठकर भागने का प्रयास किया किन्तु भगदत्त ने अपने पैर से उसकी एड़ी दबा दी और तलवार सीधा उसकी जाँघ में मारी। वो दानव पीड़ा से तड़पने लगा। भगदत्त ने अपनी दूसरी तलवार उसके कंठ पर टिकाकर प्रश्न किया, ''बोलो दानव, किस प्रयोजन से यहाँ आये थे तुम लोग?''

भयभीत दानव सबकुछ उगलता गया, ''ह... हम यहाँ पूर्व हस्तिनापुर नरेश

दुष्यंत की हत्या करने की मंशा से आये थे, हमारे राजा उसी प्रयोजन से कंदरा के भीतर गये हैं।''

यह सुनकर क्रोधित भगदत्त ने एक झटके में उस दानव का शीश उसके धड़ से अलग कर दिया। इसके उपरांत वो कंदरा की ओर बढ़ा। तभी कंदरा से उड़ता हुआ दानवराज वृषपर्वा बाहर की भूमि पर गिर पड़ा। संन्यासी का वेश धरे दुष्यंत भी निःशस्त्र थे और वृषपर्वा भी। वृषपर्वा तत्काल ही भूमि से उठकर खड़ा हो गया। उन दोनों में मल्लयुद्ध आरम्भ हो गया।

स्वयं से डेढ़ गुना आकर के विशालकाय दानव से मल्लयुद्ध करना सरल कार्य नहीं था, किन्तु दुष्यंत का भुजबल भी कम नहीं था। पूरे एक दिन तक दोनों में संघर्ष जारी रहा।

तब तक सूचना पाकर सर्वदमन भी वहाँ आ पहुँचा। उसके वहाँ आने से वृषपर्वा का मानों साहस ही टूट गया। दुष्यंत ने अपने दाँव का प्रयोग कर अपने बायें हाथ से उसके दोनों हाथ पकड़े और उसका मस्तक अपनी काँख में दबा लिया।

वृषपर्वा को काँख में दबाकर दुष्यंत ने वहाँ खड़े भगदत्त को आदेश दिया, ''कल तुम्हारे युवराज का राजतिलक समारोह है भगदत्त, जाओ और उसकी तैयारियाँ आरम्भ करो।''

भगदत्त हिचकिचाया, ''किन्तु महाराज....।''

''क्या तुम्हें मेरी शक्ति पर विश्वास नहीं?'' दुष्यंत ने उससे प्रश्न किया।

सर्वदमन ने भगदत्त समझाया, ''पिताश्री उचित कह रहे हैं भगदत्त और मैं तो यहाँ हूँ ही।''

दुष्यंत ने सर्वदमन को टोका, ''भगदत्त के साथ तुम भी राजधानी जाओ सर्वदमन, आज के दिन हमारे मित्र राज्यों के नरेश हमारी राजधानी में आने वाले हैं उनका स्वागत तुम्हें स्वयं करना होगा।''

सर्वदमन स्तब्ध रह गया। दुष्यंत का ध्यान बँटा देख वृषपर्वा ने स्वयं को छुड़ा लिया और वहाँ से भागने लगा। उसे भागते देख दुष्यंत ने सर्वदमन से कहा, ''ये एक पिता का आदेश है सर्वदमन!''

''किन्तु एक भागते हुए योद्धा के पीछे जाने की क्या अवश्यकता है पिताश्री?'' सर्वदमन ने प्रश्न किया।

''वो छुपकर वार करने वाला छलिया दानव है पुत्र, उसे जीवित छोड़ना उचित नहीं होगा, मैं कल प्रातः निश्चित समय पर तुम्हारे राजतिलक के लिये पहुँच जाऊँगा।''

''किन्तु पिताश्री....।'' सर्वदमन हिचकिचाया।

''बस इतना ही विश्वास है अपने पिता पर...'' दुष्यंत ने प्रश्न किया।

''जैसी आपकी इच्छा पिताश्री।'' सर्वदमन, भगदत्त को लेकर राजधानी लौट गया।

दुष्यंत, वृषपर्वा के पीछे दौड़े। वन में उसे खोजते-खोजते सूर्यास्त हो गया और अंततः एक नदी तट के किनारे दुष्यंत ने उसे ढूँढ़ ही लिया। दुष्यंत उसके सामने आकर खड़े हो गये, ''अब भागने के सारे मार्ग बंद हैं दानवराज, हस्तिनापुर में अपना पग रखकर तुमने स्वयं अपने काल को निमंत्रण दिया है।''

भागने का कोई मार्ग न पाकर वृषपर्वा ने दुष्यंत पर आक्रमण किया। उन दोनों का द्वन्द्व फिर से आरम्भ हो गया जो पूरे तीन प्रहर तक चला। सूर्योदय होने को था और साथ ही साथ वृषपर्वा का साहस भी टूट रहा था। सूर्योदय होने से ठीक क्षणभर पूर्व ही दुष्यंत ने वृषपर्वा को घुटनों के बल बिठाकर उसकी गर्दन को अपनी बाँहों के कसाव से दबाना आरम्भ किया।

वृषपर्वा के मुख से रक्त बहना आरम्भ हो गया। वो समझ चुका था कि उसके प्राण निकलने वाले हैं। तत्काल ही उसने अपनी कमर में छुपी एक सूक्ष्म आकार की विषाक्त कील निकाली और दुष्यंत की जाँघ में दे मारी। उस छोटी कील के प्रहार से दुष्यंत तनिक भी विचलित नहीं हुए और सूर्योदय होते-होते उन्होंने वृषपर्वा की साँसे रोक दीं। उसकी निष्प्राण काया को भूमि पर गिराकर दुष्यंत ने सूर्यदेव को प्रणाम किया। इसके उपरांत उन्होने अपनी जांघ में धँसी कील निकाल फेंकी। उसके विष प्रभाव से अनभिज्ञ दुष्यंत वहाँ से तीस कोस दूर राजनगर की ओर निकल पड़े।

हस्तिनापुर के राजप्रांगण में आज एक भव्य समारोह का आयोजन हुआ था। मथुरा नरेश शल्लभ, मत्स्य नरेश जलसंघ, पांचालराज वीरभद्र, अयोध्या नरेश सुतकर्मा, मत्तमयूर नरेश विश्वसेन, काशीराज भद्रसोम और बलिष्ठगढ़ नरेश श्रुतकर्मा अतिथि के रूप में उपस्थित थे। इनमें से हर राजा या तो पुरुराष्ट्र का मित्र था अथवा उन्हें शक्ति के बल पर झुकाया गया था। महाबली अखण्ड के साथ-साथ मेघवर्ण, चंद्रकेतु और दिग्विजय भी वहाँ उपस्थित थे।

महर्षि विश्वामित्र, महर्षि कण्व और अन्य ऋषिगण समेत सर्वदमन भी दुष्यंत की प्रतीक्षा में थे, और उनकी इस प्रतीक्षा का समापन शीघ्र ही हुआ। शुभ मुहूर्त आरम्भ होने से पूर्व ही तीव्रगति से अपना अश्व दौड़ाते हुए दुष्यंत वहाँ पहुँच आये।

उन्हें देख सभी के मुख पर प्रसन्नता छा गयी। दुष्यंत को अपना मस्तक हल्का घूमता हुआ महसूस हो रहा था... कदाचित वृषपर्वा के विष का प्रभाव दिखना आरम्भ हो गया था। किन्तु फिर भी उन्होंने स्वयं को सँभाले रखा।

शीघ्र ही सर्वदमन को दुग्ध से स्नान कराते हुए ऋषियों ने मंत्रोच्चारण आरम्भ किया। स्नान के उपरांत उसे राजसी वस्त्र पहनाये गये। महारानी शकुंतला ने अपने पुत्र की आरती उतारी। इसके उपरांत सर्वदमन अपने पूर्वजों की धरोहर चंद्रवंश के सिंहासन की ओर बढ़ा। बीस गज की ऊँची चढ़ाई कर वो सिंहासन के समक्ष आकर खड़ा हो गया। दुष्यंत और ब्रह्मऋषि विश्वामित्र भी उसके समीप आ खड़े हुए।

दुष्यंत अपने हाथ में मुकुट लेकर खड़े थे। राजतिलक से पूर्व विश्वामित्र आगे आकर कहना आरम्भ किया, "भ अर्थात भूमि, रत का अर्थ है ज्ञान का प्रकाश। इसलिए शत्रुओं का सदैव दमन करने वाले सर्वदमन को आज मैं प्रजा का भरण पोषण उत्तरदायित्व सौंपते हुए 'भरत' नाम से अलंकृत करता हूँ और पूर्व पुरुराज दुष्यंत से ये विनती करता हूँ कि वो अपने पुत्र भरत को चंद्रवंश का पवित्र राजमुकुट पहनाकर अपने दायित्व का निर्वहन करें।"

महारानी शकुंतला ने अपने पुत्र की आरती उतारी। उसके उपरांत पूर्व पुरुराज दुष्यंत ने चंद्रवंश का मुकुट भरत के शीश पर रखा। उसके सिंहासन पर विराजते ही चारों दिशाओं से पुष्प वर्षा आरम्भ हो गयी। सभी उपस्थित राजाओं ने पौरवराज भरत की जयघोष आरम्भ की।

कुछ क्षणों उपरांत विश्वामित्र ने कहा, "अब मैं महाराज भरत से सभा को सम्बोधित करने का आग्रह करता हूँ।"

विश्वामित्र की आज्ञा से पुरुराज भरत अपने सिंहासन से उठे और सर्वप्रथम उन सात राजाओं को प्रणाम किया जो उनके प्रति समर्पण प्रदर्शित करने आये थे, "मैं आप सभी राजाओं का समर्थन पाकर बहुत-बहुत आभारी हूँ। और हम सबकी एकता आवश्यक भी है क्योंकि इस समय पाप का अंधकार आर्यावर्त की भूमि को निगलने के लिये निकला है। असुरों ने अपनी रंगत दिखानी आरम्भ कर दी है। आर्यावर्त के कई नरेश उनके छल, प्रपंच और षड्यन्त्र का आखेट बन चुके हैं और इन सारी कुटिल योजनाओं के पीछे एक ही व्यक्ति का हाथ है और वो है असुरेश्वर दुर्भीक्ष, जो अब सम्पूर्ण आर्यावर्त पर अधिकार करने का स्वप्न देख रहा। इस तथ्य के साक्षी मेरे साथ साथ मत्तमयूर नरेश विश्वसेन भी हैं। उसकी इसी कुटिल योजना के छत्र में दानवराज वृषपर्वा ने मेरे पिता महाराज दुष्यंत पर छुपकर आक्रमण किया था। किन्तु पिताश्री ने वृषपर्वा का वध कर ये सिद्ध कर दिया कि उन्होंने केवल सिंहासन का त्याग किया है, अपना सामर्थ्य नहीं खोया।"

पुरुराज का कथन सुन मेघवर्ण के साथ महाबली अखण्ड भी स्तब्ध रह गये। उन्होंने एक-दूसरे की ओर आश्चर्य भरी दृष्टि से देखा, किन्तु उस समय कुछ कहना उचित न समझा। वहाँ उपस्थित पुरुराष्ट्र के मित्र राजाओं का भी रक्त खौलने लगा।

भरत ने कहना जारी रखा, "असुरों ने ये सिद्ध कर दिया है कि हम शांति का

कितना भी प्रयास करें वो अपनी पापी प्रवृत्ति का त्याग नहीं करेंगे। इसलिए अब समय आ गया है कि आर्यावर्त की ओर बढ़ते इस अंधकार को रोका जाये, इसलिए मैं चंद्रवंशी पुरुराज भरत आज और इसी समय असुरजाति के विरुद्ध अपना अभियान छेड़ने की घोषणा करता हूँ।''

पांचालराज वीरभद्र अपने आसन से उठ खड़े हुए, ''मैं आपका बहुत-बहुत आभारी हूँ पुरुराज जो आपने मुझे असुरेश्वर दुर्भीक्ष के प्रतिकार के लिये आमंत्रित किया। उन असुरों ने बहुत निर्दोषों का रक्त पिया है, अब समय प्रतिकार का है।''

पौरवराज ने वीरभद्र के साहस की प्रशंसा करते हुए कहा, ''आपके प्रतिकार की भावना सम्मानीय है पांचालराज। जयवर्धन ने दुर्भीक्ष के सामर्थ्य के आधार आपके लगभग सम्पूर्ण परिवार का नाश कर दिया, किन्तु आपने साहस नहीं खोया और वर्षों उपरांत अपने पुत्र और मुट्ठी भर योद्धाओं को लेकर असुर प्रतिनिधि क्षत्रदेव से अपनी मातृभूमि को वापस छीन लिया। मैंने आज असुर विरोधी अभियान की घोषणा अवश्य की है, किंतु ये यात्रा आपसे ही आरम्भ हुयी है महारथी वीरभद्र, जो आपने निर्भीक होकर एक महाशक्तिशाली राजा जयवर्धन से विद्रोह का साहस किया। आप हम सभी के लिए एक प्रेरणा है।''

अयोध्या नरेश सुतकर्मा को क्रोध आ गया, ''यदि आप आदेश दें नरेश, तो हम सभी राजा एकत्र होकर दुर्भीक्ष और उसके उस प्रिय भतीजे शत्रुंजय के विरुद्ध युद्ध छेड़ने को सज्ज हैं। हमारा भी संकल्प है कि पापी असुरों का ध्वंस करके आपको इस अखण्ड आर्यावर्त का सम्राट बनाये जाये।'' कहकर सुतकर्मा ने शेष राजाओं को सम्बोधित करते हुए प्रश्न किया, ''क्या आप सभी महाराज भरत को सम्राट बनाने को सज्ज हैं?''

सभी राजाओं ने खुलकर पुरुराज का समर्थन किया। केवल मतस्य नरेश जलसंघ के मुख पर ही निराशा छायी थी। किंतु फिर भी उन्होंने अनिच्छा से ही भरत के समर्थन में नारे लगाये।

सभी राजाओं का क्रोध से भरा मुख देख पुरुराज ने कहा, ''मैं आप सभी की संकल्पशक्ति का सम्मान करता हूँ, किन्तु सर्वनाश का संदेश लाने वाला महासंग्राम हमारा अंतिम विकल्प होगा। मत्तमयूर में हमें दुर्भीक्ष के किए षड्यन्त्रों के साक्ष्य प्राप्त हुए हैं... शेष स्थानों से केवल भ्रांतियाँ ही सुनी गयी हैं, इसलिए सम्पूर्ण सत्य को जाने बिना हम युद्ध का निर्णय नहीं लेंगे। आज के महोत्सव के उपरांत मैं सभी राजाओं से इस विषय पर विचार-विमर्श करूँगा।''

सर्वदमन आगे कुछ और कहता इससे पूर्व ही दुष्यंत अपना संतुलन खोकर भूमि पर गिर पड़े। पूर्व पुरुराज की ऐसी दशा देख सर्वदमन के साथ-साथ वहाँ उपस्थित सभी जन स्तब्ध रह गये।

उनका नीला पड़ता शरीर देख महारानी शकुंतला भी विचलित हो उठीं।

आगे की कथा जारी रहेगी रणक्षेत्रम के अंतिम खण्ड में जिसका शीर्षक है....

रणक्षेत्रम

दण्डकारण्य संग्राम

www.ingramcontent.com/pod-product-compliance
Ingram Content Group UK Ltd.
Pitfield, Milton Keynes, MK11 3LW, UK
UKHW042136021026
15589UKWH00003B/869

9 789388 556569